德语上海小说翻译与研究系列　张帆 / 主编

德语文学中的上海形象

张帆 等 / 著

世界知识出版社

图书在版编目（CIP）数据

德语文学中的上海形象 / 张帆等著. —北京：世界知识出版社，2020. 10

ISBN 978-7-5012-6303-5

Ⅰ. ①德… Ⅱ. ①张… Ⅲ. ①德语—文学研究—世界

Ⅳ. ①I106

中国版本图书馆CIP数据核字（2020）第187690号

书　　名	**德语文学中的上海形象** Deyu Wenxue Zhong de Shanghai Xingxiang
作　　者	张帆 等/著
责任编辑	贾如梅
责任出版	赵　玥
责任校对	张　琨
出版发行	世界知识出版社
地址邮编	北京市东城区干面胡同51号（100010）
网　　址	www.ishizhi.cn
电　　话	010-65265923（发行）　010-85119023（邮购）
经　　销	新华书店
印　　刷	北京旺都印务有限公司
开本印张	720毫米 × 1020毫米　1/16　27½印张
字　　数	409千字
版次印次	2020年10月第一版　2020年10月第一次印刷
标准书号	ISBN 978-7-5012-6303-5
定　　价	89.00元

（教育部备案）

上海外国语大学中德人文交流研究中心

系列成果

总 序

张 帆

大概是五年前，我参加了一场上海市政府决策咨询专家会，会议谈论的焦点多是经济发展、城市建设、社会管理、科技金融、文化产业等对接国家战略的应用性话题，文学俨然是这场学术盛宴中不合时宜的“零余者”。时代发展，对学者提出了更高的要求，一场“书斋里的革命”看似已是必然。可是，对于我这样一个多年从事德语语言文学工作的教书匠来说，学术转型，谈何容易。知识、思维、学养已然定型，离开文学本行的学术越界，无异于飞蛾扑火。思来想去，选定了一个较为折中的方向，姑且一试——围绕上海文化，立足文学阵地，利用德语优势，研究城市形象。

依照我的粗疏理解，文学形象学研究，尤其是跨文化的比较文学形象学研究，可以拓展文学研究的内涵，即从审美的途径延展到文化学、社会学、人类学、传播学、政治学等诸多领域。研究德语文学中的上海形象——乌托邦之美、恶托邦之罪、异托邦之实的书写，辨识小说中的“语词上海”与历史现实中的上海之间的叙述裂隙，揭示上海自开埠以来德国作家对上海的想象、夸饰、曲解和征用，进而分析德国文化之于上海形象、海派文化乃至中国观念的建构和演变历程；同时，反观以上海形象为表征的海派文化在何种向度上因德语文学的传播，参与和影响了近现代德国现代性的构想和进程。就目前“上海学”研究而言，这是一个颇有挑战性的新话题。这一越界研究自然有其他学科无法比拟的优势，文学作为一个城市无可争议的精神地标，对于文化形态及其包含的文化关系的把握，其价值绝不在史学资料铺陈和社会田野调查之下，相反，其通过更有意蕴的审美感受，言有尽而意无穷的想象空间，在一定程度上展示出更为宏阔的价值和意义。

开埠后的上海作为东西方文化、传统与现代文明交汇之地，成为西方人对中国想象最典型的具象符号。毫不夸张地说，有“万国博览会”之称的老上海以一城之力投射全球风貌，是当时世界文学和电影的最佳取景之地。“上海主题”，或者更确切地说，“上海传奇”，作为叙事母题曾风靡欧美。正如王德威在《想象中国的方法》中所言：小说之类的叙事文体，“往往是我们想象、叙述‘中国’的开端”。[①] 而“上海，连同它在近百年来成长发展的格局，一直是现代中国的缩影”，是其他任何城市难以匹敌的，它“提供了那用以说明现代中国已经发生和即将发生的新事物的钥匙”。[②] 因而，“上海”已不仅仅是一个单纯的地理名词、故事的背景，而是一个承载着丰富内涵的文化符号，构成故事的核心要素，拥有独立的叙述功能，并“为它的书写者提供着语言、经验和叙述”。[③] 就此而言，“上海小说”充当了西方想象中国的重要媒介，作家们勾勒出一个个他们心目中的上海乃至“中国”形象。借用法国当代形象学家达尼埃尔–亨利·巴柔的说法：形象是一种象征性的语言，一种承载着特殊文化意义的符号。[④]

事实上，在中国现代性的进程中，大上海云谲波诡、风起云涌，改良在上海，革命在上海，运动在上海，战争在上海，改革在上海，发展在上海，奇迹在上海……中西方知识分子云集在天堂和地狱的交

---

① 王德威：《想象中国的方法》，百花文艺出版社，2016年，第5页。

② 罗兹·墨菲：《上海——现代中国的钥匙》，上海人民出版社，1986年，第4—5页。

③ 高秀芹：《都市的迁徙——张爱玲与王安忆小说中的都市时空比较》，《北京大学学报》，2003年第1期。

④ 达尼埃尔–亨利·巴柔：《形象》，载孟华主编：《比较文学形象学》，北京大学出版社，2001年，第157—159页。

汇处、天使和恶魔的混居地，思想文化交互激荡，多语种“上海文学”应运而生，展示了“文学上海”的世界性：眼花缭乱的异域风情，荡气回肠的爱情体验，命悬一线的历险，光怪陆离的奇遇……那些浮动在叙事与人物之间难以言喻的风光与情调，成就了一个都市的传奇，更近于呈现老上海的原汁原貌，是任何怀旧照片和资料都难以还原的。多语种“上海传奇”的广泛传播，宣传和强化了人们对上海的固有印象——魔都、东方夜巴黎、冒险家乐园、十里洋场、地狱上的天堂……在西方主导的话语格局中，老上海被固化为愚昧落后的“被启蒙者”。正如巴柔所言：“形象的一种特殊而又大量存在的形式”就是“套话”，而“套话”使得形象这一原本多义的文化符号逐渐演变为只表述单一文化意义的“信号”，从而建立起自我区别于“他者”的有效机制，并将在“二分法”的对立或对照关系之中发挥作用。①

显然，“多语种上海小说”建构起的近乎“套话”的价值评判使上海形象屈从于“他塑”的尴尬境地。作为社会集体的想象物，套话“高度浓缩地表达了一个民族对异民族的认识和感受”，且“一旦形成就会融入本民族的集体无意识深处，潜移默化地影响着本族人对异国异族的看法”。② 作为租界地的“宗主国”，英、法、日为母语创作的“租界小说”形塑了对上海的刻板性偏见。在已经大量译介的英、日“上海小说”或“上海叙事”作品中，各种陋习，举凡烟、赌、娼、淫戏、淫书、无耻、下流、邪恶、坑、蒙、拐、骗、买官卖官、流氓、拆白党、白相人，无一不涉及，而所谓崇洋、奢靡、浅薄，也几乎无处不在，不可避免地有丑化上海形象之嫌。

当然，对于文学图景中这种流行的“上海印象”，德语作家自然也是不遗余力的，现代德语中甚至衍生出了“Shanghai-Roman”——“德

① 达尼埃尔–亨利·巴柔：《形象》，载孟华主编：《比较文学形象学》，北京大学出版社，2001年，第158—160页。

② 姜智芹：《欲望化他者：西方文学中的中国形象》，《国外文学》，2004年第1期。

语上海小说”这样的专有名词，足见上海题材在德语文学界的兴盛。然而，德国在上海缺乏专有的租借地，加之一战失败的创伤记忆，以及上海作为犹太人流亡的避难之所、西德左翼运动的“乌托邦飞地”、东德意识形态阵营的伙伴等诸多原因，使得德国作家所构建的上海形象，在承继西方传统观念和套话的基础之上，又生发出新的主题、视角与手法，较之英美文学、日本文学等更具客观真实性、情感认同性、审美复杂性、文化多元性，呈现出多彩斑驳的“上海形象”，并将海派文化这一“中国现代性”的理念和形态呈献给德国民众。形形色色的“文本上海”在对传统东方想象的解构与戏拟之中，在现代主义或后现代主义的叙事之中构建新的中国知识与想象，赋予现代德国文学对东方名城——上海的独特想象、文化记忆和历史镜像，在总体趋向性中形成了观照上海历史文化与现代性的“德意志视角”。

近年来，我已搜集“德语上海小说”百部/篇，但迄今为止，国内几乎未有译介；概因此类作品大多取材凡俗市井生活而被归为通俗文学，而难入“经典文学”之列，导致少有学者问津。但事实上，通俗文学作为一种模式化的“类叙事”，更能集中展示和承载海派文化的物象化表征，对研究德语文学如何在内容和理念上构建上海城市形象，并受到海派文化的反向传播与影响，是绝佳的素材。

三年前，我和我指导的学术团队开始着手翻译和研究这些精彩的德语上海小说，先期出版“德语上海小说翻译与研究系列”十五部，以飨中国读者。该系列德语上海小说经过精心挑选，故事性和可读性强，主要涉及侦探、言情、商战、革命、抗战等题材，以跌宕起伏的好莱坞电影式情节引领了当时德国民众的阅读热潮，如今也将以其异域情调的叙事风格、独特的叙事视角以及丝丝入扣的情节吸引中国读者。它们一改德语文学思辨艰涩的风格，以简洁写实的笔调多维度、立体式呈现洋人、内地人、本帮人、犹太人之间的文化冲突、爱恨纠葛、家国情仇，生动还原了老上海的社会百态与人文风貌。

安娜·西格斯（Anna Seghers）是前民主德国作家协会主席、享誉世界文坛的反法西斯作家。《安娜·西格斯中国作品集》辑录表现中国革命的小说、杂文、书信、演讲等，其中多篇作品以上海为叙事背景，在国内鲜有译介。如与中国女作家胡兰畦合写的《杨树浦的五一节》，讲述杨树浦的工人代表为庆祝“五一国际劳动节”策划罢工和示威游行的故事。《驾驶执照》以20世纪30年代初日寇入侵上海为背景，讲述一位被俘的中国司机与日本军官同归于尽的事迹。《计秒表》中，以泽克特将军为首的德国军事顾问为国民党出谋划策打内战，但冲锋号吹响后，士兵们却调转枪头，反戈相向，为正义和光明而战。

理查德·许尔森贝克（Richard Huelsenbeck）是德国达达主义主要创始人之一，小说《中国审判》是一部达达主义杰作，讲述了天真烂漫的德国少年埃米尔·布莱克尔曼和饱读诗书的维尔·施拉姆被投机商诓骗来到德国军火走私船“贝克尔市议会号”谋生，却遭到逮捕，审判释放后的两个人开始了在香港、上海等地颠沛流离的求生之路。他们所到之处，在华外国人的百态生活一一呈现：有的倾家荡产、有的成为替罪羊、有的投机发财、有的惨死战场、有的沦为流浪汉，怀揣发财梦的殖民者苟延残喘，前途堪忧……

弗里德里希·李希特内柯（Friedrich Lichtneker）的《台风登陆上海》以德国人的视角原汁原味摹写出20世纪20年代老上海的寡头政治、白人权力和工人革命的风貌。有人绝望地死去，有人一蹶不振，有人飞黄腾达，有人出卖爱情，有人丧失人格乃至国格，每个人的欲望、野心和爱情在一场革命飓风之后，该如何清算……

瓦尔特·佩尔西斯（Walter Persich）的《在上海做出决定》则讲述了一场德国人、中国人、日本人、俄罗斯人在上海、汉口、矿山小镇三地悄然展开的铁矿商战，官员、政客、商人纷纷卷入这场漩涡之中，争权夺利，国家博弈。与此同时，瘟疫的阴云笼罩在小镇上空。这一切是天灾还是人祸？德国商人普莱姆一行人能否带领小镇战胜瘟疫、让工厂重现生机？所有人的爱情和命运出路何在？中国，能否摆脱任人摆布的命运？决定，是否会在上海做出呢？

彼得·施特伦茨（Peter Strunz）的《上海要将我吞噬》背景是1940年前后的上海滩，那里暗流涌动，黑帮势力猖獗。小说标题向读者暗示，主人公的上海之旅暗藏着不安、危险和意外。为什么上海黑帮会绑架施特伦茨这个异乡人？遭遇袭击后的施特伦茨又经历了什么？朋友杜穆深这位神秘人物的真实身份是什么？在真相大白之后施特伦茨又会做出什么选择？小说情节紧凑，悬念迭生。“外滩”“汇中饭店”“黄包车”“黑帮头目”这些打着时代烙印的符号在这位德国作家的笔下显得熟悉而陌生、真实又虚幻。

胡戈·科赫尔（Hugo Kocher）的《苦力、走私犯与强盗——一则来自中国的小说》讲述了年轻的德国神父帕特·赫尔穆特在上海布道、救赎穷人的经历。当时的上海风起云涌，各色人等三教九流，赫尔穆特周旋其间，竭尽所能，不辞辛劳，给远在大山中的传教分站运送补给品。此时，给予他帮助的商人魏路请求神父帮他捎带一些神秘的箱子。魏路究竟是敌是友？神父赫尔穆特在执行任务时会遇到哪些威胁？他在上海的传教之路最终又会走向何方？

弗里德·略夫（Friedel Loeff）的侦探小说《上海恶魔》讲述了一个迷雾重重的案件：英国伦敦的一家诊所内，一名染上怪病的年轻人不治身亡，由此牵涉出另外三起死亡症状极其类似的病例，死者生前均在中国居留些许时日。极具侦探天赋的外交官约翰·罗伊前往上海调查此案。四名死者在上海居留时均出没于一名中国医生的社交宴会和舞会。罗伊以此为线索，一步步抽丝剥茧，最终将狡猾的犯人绳之以法。

罗伯特·雅克斯（Norbert Jacques）的《上海商人》讲述了一出惊险曲折的三角恋，既有东方神秘色彩的马来西亚魔法——血咒，又有中国玄学的意念操控，还有一系列谋杀中国人的案发现场，身心疲惫的男主角奈伊深陷爱情泥潭，又面临谋杀指控，最终洗脱罪名，在恐惧中与心上人逃离魔都上海。

君特·艾尔弗雷德·海因内克（Günter Erfried Heinecke）的侦探

小说《上海来客》讲述了一起有关珠宝遗产的连环杀人案。诡异的事情接二连三地发生，几位合法继承人相继离奇横死。作为遗产托管人的律师协助警方查案，接连发现的证据指向两位来自上海的客人。这两位可疑的上海来客身上究竟隐藏着怎样的秘密？杀人凶手能否被绳之以法？连环谋杀案又与那座神秘的东方都市有着怎样的联系？

阿弗雷德·施洛考尔（Alfred Schirokauer）的《上海枪声》讲述了在闭塞的修道院内长大的德国女孩伊莎·霍费尔来上海投亲不成，举目无亲的她遇人不淑，不谙世事的德国少女与沉沦堕落的俄国瘾君子在繁华乱世的"东方巴黎"上演了一段荒诞而又离奇的际遇。东方与西方、闭塞与开放、落后与进步、善良与邪恶、文明与杀戮在上海错位交织……

恩斯特·阿道夫·比尔克豪泽（Ernst Adolf Birkhäuser）的《上海女孩》是一部带有浓厚东方元素的爱情悲喜剧。爱情围绕着眼睛的失明、复明，以及通过手术消除恋人之间种族和血统的差异展开。来自上海富商家庭的女主人公经历人生劫难，对自己的民族以及身份又会产生何种新的认识？跨越种族的爱情能否最终开花结果？

威廉·野原驹吉（Wilhelm Komakichi Nohara）的《埃尔文在上海——一则来自中国动荡年代的故事》以一对德国父子的视角描述他们在上海的所见所闻以及他们救助上海百姓免遭日军战火之苦的艰难历程。书中对于中国传统建筑、文化艺术的描述生动有趣，以德国人的独特视角还原了风韵犹存的老上海风貌。

乔·雷德勒（Joe Lederer）的儿童文学作品《阿凡在中国》围绕瑞士少年阿凡与中国少年阿程之间的友谊展开，他们从最初的互相看不顺眼，到后来成为朋友，再到后来一起经历劫匪事件，两个人相互陪伴、共同成长，纯真的友情不分国界。小说故事发生在20世纪30年代的上海，充满浓浓温情，有亲情、有友情、更有人间真情，是一部刻有浓厚老上海印记的德语儿童文学作品。

乌尔苏拉·梅尔彻斯（Ursula Melchers）的小说《蕾娜特和比尔在

上海》以第一人称讲述了德国小女孩蕾娜特在上海的成长经历，及其与英国少年比尔的真挚情谊。两位小伙伴为寻找一份遗失的重要文件，在上海滩冒险游历，见识了上海的民生百态。上海沦陷后，比尔历尽艰难险阻，逃离日本人的魔爪，逃亡前夜，他与蕾娜特约定和平时期再见。战争结束后，蕾娜特一家被引渡回德国，离开了被她视如故乡的上海。多年后，她突然收到一封中国老熟人的信，这封信里究竟写了些什么？蕾娜特为何激动不已，动身前往东方……

汉斯·海因茨·辛茨曼（Hans-Heinz Hinzelmann）的自传体小说《哦，中国：古老道路上的国度——由西向东生命之旅的真实发现》，用富有表现力的语言形象地再现了一个流亡至上海的犹太难民的命运。读者透过作者的第一人称视角，体味犹太难民生活的艰辛，感受主人公最初遭遇文化冲击时的不安和惶恐，并领悟他逐渐理解并接受异乡文化的过程。通过辛茨曼的叙述，中国读者们或许可以从别样的视角加深对本国文化的了解，并对20世纪三四十年代的上海都市风情略窥一斑。

弗兰西斯卡·陶西格（Franziska Tausig）的自传《上海船票》以细腻质朴、略带幽默的语言真实地描绘了身为犹太难民的女主人公跌宕起伏的一生，塑造了一位勤劳乐观、坚强勇敢的独立女性形象。自传中不仅生动地刻画了众多犹太流亡难民的人物形象，还讲述了各国人民在上海的生存故事，勾勒出一幅千姿百态、繁冗复杂的上海多元文化景观。值得一提的是，德国当代女作家乌尔苏拉·克莱谢尔（Ursula Krechel）的著名长篇小说《上海，远在何方？》中的女主人公便是以弗兰西斯卡·陶西格为人物原型创作的。

此外，鉴于“犹太难民在上海”的文学文本相对匮乏，我们编选翻译了《上海犹太流亡报刊文选》，所涉报刊主要收藏于德意志国家图书馆和美国犹太研究机构，国内现有可用馆藏极少。二战时期，犹太流亡难民在上海创办了五十余种报刊，我们从其中五份主要德语报刊中臻选出“以上海为叙事主题”的小说、杂文、诗歌等文学作品共一百四十余篇，犹太文化与海派文化历史性交汇与碰撞，呈现出犹太难民感受上海、认识中国、反思自我的心路历程，身处上海的犹太难民之境况悉汇于此。

阅读这些德语上海小说，“上海性”被重新“发现”。外滩大楼、上海大厦、国际饭店、摇着小铃铛的有轨电车、老年爵士乐、百乐门舞厅、咖啡店、石库门、新式里弄、南京路、上海青楼、黑帮大亨、风月明星、阿飞艳史……“魔都”上海作为现代性、国际化大都市的繁华魅影和“上海味道”一览无余。异国文学中的上海文本，以“他者”视角揭示上海作为城市文化载体的多维立面与意义，从而在跨文化的城市叙事之中观照作为中国现代性滥觞的上海文化在“他者”眼中的想象与构建，进而在对异文化与自我文化的镜像式双向审视之中重新探讨、界定上海之于中国现代性的历史及文化意义。

德语“上海小说”无疑是研究不同时期上海乃至中国历史文化的重要文献，对此进行研究将对深化和丰富中国文化的自我认知模式大有裨益。本德语上海小说系列大多创作于20世纪三四十年代，且均为通俗小说和畅销书。这些通俗小说文本在其对日常生活与细节的描述之中成为见证现代上海的重要文献，具有重要的史料价值和学术价值，并将极大丰富和推动德语文学乃至西方文学中的上海形象研究。与此同时，透过文本“夸饰”与“误读”上海形象背后的文化动力路径，有助于中国学者探究这一时期德国的精神文化与民族心理。由此，对现代德语“上海小说”的阅读研究无疑将促进中德文化交流与理解，具有重要的现实意义。

此外，在德语上海小说系列翻译的基础上，我们撰写了研究论著《德语文学中的上海形象》，对近四十部作品进行详尽解读，一是便于读者对德语上海小说有更加深刻的赏析和理解，二是推进挖掘德语上海小说的学术价值，为今后出版《德语上海小说研究文库》奠定基础。

“德语上海小说翻译与研究系列”作为（教育部备案）上海外国语大学中德人文交流研究中心的系列成果推出，值此出版之际，我要特别感谢上海外国语大学党委书记姜锋教授、科研处处长王有勇教授、德语系系主任兼中德人文交流研究中心主任陈壮鹰教授、德语系党总支书记谢建文教授的亲切关怀和鼎力支持。诚挚感谢我的导师卫茂平教授，铭记先生教诲，未敢丝毫懈怠。感谢德国弗莱堡大学Achim Aurnhammer教授，柏林自由大学Anne Fleig教授、Almut Hille教授，海德堡大学Gertrud Maria Rösch教授的学术交流与合作；感谢德意志学术交流中心（DAAD）外教Gabriele Otto博士、Maike Lechner女士，奥地利学术交流中心（ÖAAD）外教Andrea Plank女士的语言帮助。感谢国家“万人计划”青年拔尖人才项目、上海市“曙光计划”项目、上海市“浦江人才”项目对相关学术研究的资助。衷心感谢世界知识出版社章少红总编辑的鼎力支持和贾如梅编辑为审稿所付出的辛勤劳动。还要感谢参与丛书翻译和校对的每一位团队成员，她们虽然水平有异，但专注、认真、负责的态度，都值得称赞。因小说原作多为20世纪上半叶的德语旧文，翻译过程中，颇费踌躇的困难不少，如方言俗语、生僻旧字、花体印刷等，虽然我们尽心耗时，细致推敲，勉力而为，但粗疏错漏想必难免，敬请读者批评指正，见谅海涵。

2018年7月于海德堡

目　录

序 言

自近代始，多语种“上海小说”呈现出纷杂的“上海叙事”，通过策略性的叙述、形塑和想象上海，建构出符合西方霸权需要的“上海形象”，并逐渐固化为一种刻板而流行的“上海叙事套话”，使上海成为西方人对现代中国想象的典型具象符号。其间，德语作家自然不甘人后，现代德语甚至衍生出“德语上海小说”（Shanghai-Roman）这一专有名词，德语作家以时文、游记、通俗小说、传记、日记、诗歌等多种文学形式构建纷繁的上海形象，彰显对上海题材的青睐。

事实上，尽管“德语上海小说”对异域上海形象的塑造同样沾染了意识形态幻象的宰制，但德国在上海没有专属的殖民租界，加之一战失败的创伤反思，以及犹太作家对避难所上海的“感恩”心态、西德左翼运动的“乌托邦飞地”、东德意识形态相同阵营等诸多原因，使得大多数“德语上海小说”以“在地化”的立场看待上海土著、外来者、文化杂糅，批判殖民主义对上海的戕害，以及由此形塑的“海派文化”和上海形象，较之英、美、日、法等“上海文学”更具审美复杂性、文化多元性和情感认同性，一改西方殖民文学先入为主地把上海视为“恶贯满盈”的魔都，转而更多摹写上海本土景观、文化杂交对中德文化身份的改写，形成海纳百川的上海形象，在一定程度上规避了英语和日语小说中固化老上海的象征性符号和套话，呈现出现代上海的多元“他者”面孔。

然而，迄今为止，“德语上海小说”并未得到日耳曼学界的足够重视，概因这类小说大多取材凡俗市井生活，且以侦探故事和情欲内容被纳入通俗文学之流。事实上，此类作品对于比较文学形象学研究，尤其是研究文学如何在内容和理念上构建上海城市形象、承载历史记忆和文化想象有着重要意义。因此，"德语上海小说"在此向度上值得研究界重视。目前，有限的研究主要集中于以下几点：

第一，老上海被作为以偏概全的符号，缺乏"在体化""在地化"的"触摸式"形象建构。解读以老上海为背景和题材的文学作品时，上海通常只是被当作事件或故事的发生地，是发现中国的窗口、研究中国形象的符号，由此，德语文学研究中的上海形象是比较模糊的。例如，Ki-Chung Bae的《魏玛共和国时期德语文学中的中国小说》（1999）主要阐述分析了理查德·胡尔森贝克的游记小说《中国审判》等几部德语作品中的中国形象，但并未专论上海形象。Josef Goldberger的《1900—1930年德语小说中的中国形象》（2003），Willy Richard Berger的《启蒙时代欧洲的中国形象和中国时尚》（1990）等亦如此。中国德语文学资深学者的德语论著，如李昌珂的《1890—1930年德国文学中的中国小说：趋势与视角》（1992）、张震环的《中国作为愿望与想象：1890—1945年德国通俗文学中的中国和中国人形象研究》（1993）、方维规的《德语文学中的中国形象1871—1933》（1992），均是针对德语文学中的中国形象进行系统深入的专论研究。

第二，重视社会、历史资料的挖掘钩沉，但忽略德语老上海题材小说蕴含的城市社会文化内涵。德国学者Brunhild Staiger的《从历史角度看上海的政治与文化发展》（1997）、Barbara Schmitt-Englert的《德国人在中国1920—1950年：日常生活与变迁》（2012），国内学者刘伟健的《德语文学对上海描述的文化理解》（2004，论文），均结合历史背景侧重研究老上海的时代变迁，欠缺对德语小说中上海形象的详细的文本解读和话语分析。

第三，作为犹太人生活史和社会史的老上海研究。上海作为流亡之地，"犹太人在上海"在学术界已有丰硕的研究成果，德国学者

Armbrüster Georg《流亡上海：1938—1947年流亡中的犹太人生活》（2000）、Inge Stephan《文学和电影中上海的流亡影像：以维吉·鲍姆、乌尔里克·奥廷格、乌尔苏拉·克莱谢尔为例》（2011）、Amnon Barzel《在上海流亡1938—1947》（1997）、Hans-Albert Walter《德国流亡文学1933—1950》（1984），国内学者潘光《来华犹太难民研究》系列、王健《上海的犹太文化地图》（2010）等，均展示犹太民族在老上海的社会经济文化发展史；特别值得一提的是，庄玮的德语学术专著《犹太人流亡上海（1933—1950）的记忆文化》（2015）从文化史、记忆研究、比较文学、媒体研究和国别研究等跨学科视角出发，再现历史。

第四，文学中的上海形象学研究。汉学家李欧梵《上海摩登——一种新都市文化在中国1930—1945》（2001）、张旭东《上海的意象：城市偶像批判与现代神话的消解》（2002）对中国文学中的老上海进行了形象学阐释；李雁南《在文本与现实之间：近现代日本作家笔下的中国》（2012）、吕进《比较文学视域下的城市异托邦——以英语长篇小说中的老北京和老上海为例》（2008，博士论文）分别研究了日语和英语文学中的上海形象；吕超《海上异托邦——西方文化视野中的上海形象》视野开阔，但囿于篇幅容量，未展开文本分析。徐昉昉的德语专著《"上海也发生了巨大的变化"——德语文学中上海形象的变迁（1898—1949）》（2015）分"威廉帝国时期""魏玛共和国时期""1933年到1949年"三阶段考察德语文学中的上海形象变迁，研究广度有余而细化不足，尤其在内容、题材的多样性和复杂性方面有待拓展。另有Heribert Seifert《"……但是上海是一片罪恶的土地"——一座大都市的文学形象》、Thomas Zimmer《20世纪文学中上海图像与角色》、冯晓春《创伤书写和上海叙事——德国作家波伊克曼的"上海小说"评介》等有所关涉的单篇论文发表。总之，德语上海小说研究就文学层面而言，文本细读匮乏，难以深入文学内里，无法冲破"陈说俗套"，也就难言其特有的魅力。

显然，关于现代上海在英语小说和日语小说中的叙事研究，学界已有较丰硕的成果。本书拟补充德语叙事环节，选取近四十部/篇典型德语上海小说文本，涵盖德语游记文学的上海形象、德语犹太流亡文学的上海形象、德语革命战争文学的上海形象、德语犯罪小说的上海形象、德语冒险小说的上海形象、德语儿童文学的上海形象、德语家庭小说的上海形象等；运用比较文学形象学、文化地理学、文化杂交和接受美学等理论，对现代德语小说中的上海形象——乌托邦之美、恶托邦之罪、异托邦之实进行系统耙梳、分析和研究；通过辨识小说中的“语词上海”与历史现实中的上海之间的叙述裂隙，考察作为“他者”的上海形象如何被德国作家所想象、体验和征用的同时，亦被误读、曲解和构建为帝国文化意识规训下的语言幻象，进而分析德国之于上海形象、乃至中国观念的建构和演变过程，并探索塑造这种形象的文化“逻辑”和规律；揭示现代“德语上海小说”叙事形象背后所收束、折叠或展开的言说逻辑、话语策略、叙事伦理以及时代无意识的欲望旨向与隐喻特征，以此补足德语学界对上海形象，特别是老上海形象认识的薄弱环节。从而以小见大，对国内盛极一时的“中国形象学”“上海学”领域，不失为一种补充、一种实证。而德国作家笔下复杂多元的上海形象也将为我们反思自身和确立自我身份提供一面宝贵的“他者”之镜。

本书由我和我指导的学术团队撰写完成，他们既有年轻学者，也有硕博研究生，其中多数参与了该套“德语上海小说翻译与研究系列”的翻译和校对，在所感所悟的基础上做了细致的文本解读。他们尽管学识所限，水平有异，但专注、严谨、认真的态度，都值得称赞。作为国内此领域翻译和研究系列的首次尝试，不足之处想必难免，敬请批评指正，见谅海涵。

第一章
德语游记文学的上海形象

游记作为记述旅行经历的文本，在西方可追溯至古希腊罗马时期。[①] 在德语文化圈内，自14世纪朝圣游记诞生以来，至今已逾500年。[②] 而19世纪末至20世纪上半叶是德语游记文学发展史上的重要时期。殖民扩张、野心天下的膨胀心态、社会转型、思潮澎湃的动荡时局、复杂多样的文化生态与精神求索，催生了德语游记书写的繁荣。1850年，郭实腊（Karl Friedrich August Gützlaff, 1803—1851）所作“中国国门已开”的著名煽动性演讲令威廉四世对中国这个遥远的文明古国产生了极大兴趣，[③] 也得到德国新教传教差会的积极响应，巴色会、巴勉会、小巴陵会、巴陵女书会等传教差会陆续派遣传教士来华。[④] 两次鸦片战争，中国国门洞开，亦为德国人来华提供了便利。1898年，德意志帝国皇帝威廉二世扬言要夺取“阳光下的地盘”，出兵占领胶州湾，德国一跃成为帝国主义列强在华的新贵。教会势力增大，来华人

---

① Vgl. Gerhard Wolf: Deutschsprachige Reiseberichte des 14. Und 15. Jahrhunderts. In: Wolfgang Achnitz (Hrsg.): Reiseberichte und Geschichtsdichtung. Bd. 3. Berlin: de Gruyter, 2011, S. V.

② Vgl. Peter J. Brenner: Der Reisebericht in der deutschen Literatur: Ein Forschungsüberblick als Vorstudie zu einer Gattungsgeschichte. Tübingen: Niemeyer, 1990, S. 1.

③ Vgl. Karl Rennstich: Die zwei Symbole des Kreuzes. Handel und Mission in China und Südostasien. Stuttgart: Quell Verlag, 1988, S. 143.

④ 参见孙立新:《从中西文化关系角度看19世纪德国新教的中国传教》，载《文史哲》，2003年第5期，第41—42页。

数与日俱增，“亲历者在报告（游记）中所呈现的鲜活事迹比国内精心编织的故事（刻板的俗套）具有更大的影响力”，[①] 在一定程度上构筑了当时德国人的中国形象。及至纳粹时期的德语中国游记或成为纳粹种族意识形态的传声筒，或成为逃遁现实的精神场所，失去了魏玛共和国时期德语游记的多样性与深刻性。新中国时期的德语中国游记则由于西方国家对中国的封锁、冷战意识形态的影响以及“文化大革命”等历史政治因素，在题材与内容上更显单一与重复。[②] 改革开放后，德语中国游记的数量急遽增长，但现代交通、通讯和媒介技术的日新月异，使游记文本作为信息传递的功能已然退居次要，加之游记作为自传性书写，文本构建性与虚构性同样使其难以承载书写者的主体性，真实的旅行与旅行经验在文学化的加工中呈现出一种新的文学意识与表现形式。

上海作为中国现代性的发端以及中西文化碰撞、交流与对峙的场所，备受德语中国游记的青睐。不管是对愚昧中国形象套话的确证，或对乌托邦中国的想象，上海这座城市本身的东方性与德国的现代性通过游记书写者的感知形成一种镜像式的对比与观照、互动与沟通、拒斥与认同，在情感体验与价值判断中传递出游记书写者的现代性体验与反思。值得注意的是，德国上海游记对于转型时期的德国乃至整个西方社会的弊端，对东西方文化差异及未来发展趋势作出了批判性反思和展望，与英、美、日等上海游记大相径庭。本章选取的文本，力求多角度呈现德语上海游记的多元面相和文化肌理：《秘密的中国》通过上海无产者的苦难呈现，以及帝国主义、殖民主义与资本主义残酷压迫的并置叙事，揭示中国无产阶级革命的必要性与必然性；《动荡

① Missionsordnung der Gesellschaft zur Beförderung der evangelischen Missionen unter den Heiden zu Berlin. Berlin: Im Selbst-Verlage der Gesellschaft, 1882, S. 67.

② Vgl. Mechthild Leutner, Dagmar Yu-Dembski (Hrsg.): Exotik und Wirklichkeit: China in Reisebeschreibungen vom 17. Jahrhundert bis zur Gegenwart. München: Minerva-Publ., 1990, S. 67-109.

的亚洲》借助中国革命叙事解析上海革命诸要素;《中国近况》则通过对上海工业文明与农业文明共存现象的分析，在世界总体发展的维度下探讨中华文明在工业化与现代化道路上所面临的艰巨任务;《一个哲学家的旅行日记》通过对上海公共空间里传统中国知识分子的塑造，为“西方的没落”开出一张中国传统文化的药方，也为贫病落后的中国指出一条借鉴与学习西方的道路，在中西方文化的兼容并蓄与取长补短中勾勒人类文化的未来;《中国，中国》以上海生活为中心，将在中国执教与旅行的真实经历纳入小说的框架之中，在真实与虚构的交互映照中传递对异文化与自我成长的反思。

总之，通过德语上海游记的阅读和分析，我们亦在反向维度触探德国文化和社会的诸多面相；游记文学作为一种文化心理与思维潜意识的“社会总体想象物”，① 是一个社会借以“反思自我、书写自我、反思和想象”的客体，② “揭示出和说明了他们置身于其间的文化的和意识形态的空间”。③ 因而，德国上海游记文本可视作德国现代性体验在文学上的表征。

---

① 达尼埃尔-亨利·巴柔:《形象》，载孟华主编:《比较文学形象学》，北京：北京大学出版社，2001年，第155页。

② 达尼埃尔-亨利·巴柔:《从文化形象到集体想象物》，载孟华主编:《比较文学形象学》，北京：北京大学出版社，2001年，第124页。

③ 同上，第121页。

第一节
基希旅行报道的上海观察与无产阶级革命叙事：《秘密的中国》

埃贡·艾尔温·基希（Egon Erwin Kisch，1885—1948）是20世纪初蜚声世界的新闻记者与报告文学家，其报道文集《秘密的中国》（*Chinageheim*，1932）秉承新闻记者的客观性与社会责任意识，运用文学家的想象力与生花妙笔，对20世纪30年代的中国社会进行了鞭辟入里的描写。上海动荡的社会政治环境、复杂的殖民情感纠葛、多元的文化氛围使之成为当时中国诸多历史问题与矛盾的汇集之地，也成为基希中国游记报道的主要场所。在对上海社会、政治、经济、文化现象的择取、剪裁与组合中，基希赋予碎片化的表象与经验以现实意义，开掘出浮光掠影的行旅印象背后中国社会最为深层与隐秘的机理，昭示出资本主义的世界图式中压迫者与被压迫者恒定不变的两极。

一、基希及其报告文学创作

埃贡·艾尔温·基希出生于奥匈帝国城市布拉格一个以德语为母语的犹太布商家庭。1906—1913年，基希成为捷克第二大德语报纸《波西米亚日报》的记者与专栏撰稿人。这份工作成为其记者与报告文学家生涯的起点，也正是这份工作使之在对当地新闻的每日发掘与报道中熟悉与了解了底层人民的生活与社会的深层肌理。第一次世界大战爆发后，基希应召入伍，在前线身负重伤后居留后方，从事后勤及官方宣传工作。在此期间，他以隐晦含蓄的笔触撰写了多篇带有和平主义色彩的新闻报道和宣传稿。战后，他热忱投身于工人与士兵的革命运动，并加入奥地利共产党，为在奥地利建立起一个社会主义共和国而奔走呼告。政治革命活动受挫后，他暂缓其政治活动及纯粹的新闻工作，移居柏林（1921—1933），转而专注于文学创作。1933年希特勒掌权之后，基希被迫流亡海外，但仍积极组织参与无产阶级革命及反法西斯运动。

作为一名坚定的共产主义者，基希始终站在被损害和被压迫的弱者一边，他不仅以政治革命运动为其谋求解放与权利，也以报告文学创作揭示其受压迫、被损害的真实处境，为其发声。作为“现代报告文学的奠基人”，[①] 基希一生创作了《怒吼的新闻记者》（*Der rasende Reporter*，1925）、《沙皇，东正教教士，布尔什维克》（*Zaren*，*Popen*，*Bolschewiken*，1927）、《天堂美国》（*Paradies Amerika*，1930）、《亚洲巨变》（*Asien gründlich verändert*，1932）、《秘密的中国》（*Chinageheim*，1932）、《五洲探险》（*Abenteuer in fünf Kontinenten*，1936）、《在澳大利亚登陆》（*Landung in Australien*，1937）、《墨西哥漫游记》（*Entdeckungen in Mexiko*，1945）等十几部脍炙人口的报告文学集。基希的报告文学多以其在世界范围内的旅行为基础。正如他的传记作者施伦施塔特所言，在基希的一生中，“真理、斗争与艺术是统一的”，[②] 他在异国的行旅体验中追寻世界历史发展的真理，以文辞犀利的报告文学为檄文，揭示阶级社会的真相，为世界受压迫与奋起反抗的无产阶级摇旗呐喊。

《秘密的中国》是基希基于其中国之旅创作的一部报告文学集。1932年3月，基希从苏联穿越西伯利亚，秘密来到中国，历时数月，走访了上海、北平、南京等城市，实地考察当时中国的政治、经济、文化及社会环境，将所见所闻撰写成23篇报告，汇编成书。该书于1933年在柏林出版，虽因纳粹党上台而未能像其他作品那样屡次再

① Caterina Kostenzer: Die literarische Reportage: Über eine hybride Form zwischen Journalismus und Literatur. Wien: StudienVerlag, S. 68.

② Dieter Schlenstedt: Egon Erwin Kisch. Leben und Werk. Berlin: Das Europäische Buch, 1985, S. 7.

版，但一经问世就受到国际文学界的关注，不久便出版了英译和法译本。[①] 1938年，我国著名作家周立波将《秘密的中国》译介到中国，他的译本对中国报告文学的形成与发展产生过重要影响。[②]《秘密的中国》中的每篇上海报道均有各自的主题，但彼此关联，通过一个个鲜活的场景、一份份翔实的数据、一组组鲜明的对照，揭露日本侵华的骇人罪行、帝国主义列强对中国人民的政治与经济压迫、资本主义生活方式对中国民众的腐化侵染，勾勒出20世纪30年代中国政治动荡、社会混乱、民生凋敝、外侮猖獗的现实境况。

二、压迫与被压迫——上海社会百相及其密码

基希访问上海之时，正值一·二八事变后英、美、法、意等国际联盟成员来华调查中日争端之际。国联作为一战后以维护世界和平秩序为宗旨而建立的国际组织，本应主持公道、制裁日本的对华军事侵略、遏制其进一步侵华的野心，此时却与日本帝国主义沆瀣一气，全然置日本的不义行为与战争对中国造成的苦难与损失于不顾。在首篇报道《吴淞废墟》中，战后的吴淞在基希笔下变作"中国的庞贝"，除了"悬着迎风飘展的外国国旗的屋宇"，"没有一样东西是不被毁坏的"。[③] 面对此种情景，"顶甲板上的日本太太和绅士们"却在"高兴地指点那些掩蔽着人的尸体的被毁的房屋，欣赏破坏工作中那奇异的佳作"（1），冷漠至极。而来自国联的先生们"调查了一个早晨"后，乘着"华丽的汽车"疾驰而去，只因"要在一个恰当的时间，赶回用午膳"（2），就好似他们此行专为享用日方精心准备的西式大餐而来，再无其他目的。在日本军方的安排下，国联的先生们推迟了视察战地的

① 吴晓樵:《中德文学因缘》，上海：上海外语教育出版社，2008年，第102页。

② 参见邹理:《周立波与〈秘密的中国〉在中国的传播》，载《中国现代文学研究丛刊》，2013年第10期，第190—195页。

③ 埃贡·艾尔温·基希:《秘密的中国》，周立波译，北京：群众出版社，1981年，第2页。后文出自该书的引文，将随文标注出处页码，不再另注。

时间，以便日方能有时间移走"一堆堆被砍掉手脚、嘴里塞满了东西的中国人的尸体"（4）。基希还充分调动"合乎逻辑的想象"，[①] 虚构出一个租界外籍人士透过家中窗户，在夜晚如同观赏烟花般观赏战火的场景。吴淞是日海军炮队的目标，这一地区遭受到空前残酷的打击，但中国人却无所还击。吴淞炮台不放炮，因为中方的军队"不想危害任何欧洲船只而使自己遭受欧洲的公然敌视"（6）。基希并不分析其中缘由，但稍作联想便可知中方军队因何人下达的命令而不做抵抗。日本军国主义者奸诈凶残，国际联盟伪善无为，国民政府谄媚逢迎，于是"吴淞只好听凭毁灭"，一任"日本军旗和日本海军旗在吴淞的尸体之上飘动着"（6）。

帝国主义武装侵略无疑是最为非人道与灾难性的压迫，但殖民统治、本国统治阶级与反动势力对普通民众的欺压与压榨同样令人发指。基希在《盎格鲁·撒克逊缩影》中讽刺与揭露了英国殖民主义者借民主平等之名行殖民统治之实的无耻行径。英国人自诩"公共租界的30种不同国籍的人都享有绝对平等的权利"，而事实却是"英国人掌握着一切权利，而中国人毫无权利"（134）。即使迫于民众压力而成立"中国顾问委员会"，其成员也只是五个富裕的中国人，因为"并不想妨碍这个中国城市的百分之百的英国的行政"才得以当选，且"中国董事和中国选举人都和这里进行审议的市民会议毫无关系"（135）。法租界的状况同样如此，那里占总人口数百分之三的法国人对全区进行着"毫无顾忌"的、"我行我素"（135）的独裁统治。总而言之，在中国，殖民统治下的中国人没有任何政治权利与保障。《即决审判》借公共租界内法庭即决判决的掠影揭示下层中国民众所遭受的司法不公。中国公民一旦遭到欧洲人的举报，就"一定要毫不抵抗地忍受外国人的诬陷，而且被他们抛进监牢里"；被告的中国人没有辩护人，但租界法庭与巡捕房却各有一名"公家律师"；犯了罪的底层中国民

① Egon Erwin Kisch: Gesammelte Werke in Einzelausgaben. Bd. 8. Berlin: Aufbau Verlag, 1983, S. 206.

众在只讲英文的法庭上“像雕刻的傀儡似的”，只能任人摆布与宰割。（63、64）而对于无产阶级革命者，甚至只是“有马克思主义嫌疑的人”就不按照法律受审，“二十年的监禁，或是枪决，或是杀头，是他的命运”（69）。《死刑》中，借副捕头之口，基希道出了殖民政府对于无产阶级进步分子的残忍迫害：枪决政治犯“差不多每周都有”（36）；“革命书店”只能以隐秘的方式传播革命书籍，因为“读书会要走上断头台”（38、39）。

在外国势力统治下的中国普通民众不仅没有任何政治权利与自由，还要遭受本国黑帮势力的压榨与欺侮。报道《一个罪人的丧礼》开篇浓墨重彩地渲染了拆白党首领张继贵死后的哀荣：

是怎样的一个丧礼！这城市的整个区的人，拥挤在许多马路上。前面三个包着头巾留着胡须的印度塞克教徒……甚至还有一个欧洲副捕头和他们一道骑着马走……灵柩由三十二名夫役抬着，这是头等葬礼的规定人数……上海的任何阔人走到他的墓地去都会感到他像一位王子那样的风光。（7–9）

通过这样的描述，基希设置了如下悬念：张继贵何以死后竟能如此风光？拆白党又是什么样的社会组织？报道后半部分即是对这两个问题的回答。张继贵并非王子，而是拆白党的首领；而他所领导的拆白党则是“社会的柱石”（11）。那么，拆白党何以成为“社会的柱石”？文中给出的答案是：通过收取保护费、擅自设立赌窑、秘密贩卖儿童、种植倒卖鸦片这一系列对穷苦民众的强取豪夺；通过在“统治者下令剿灭共产党人的时候”，“迅速地担当了刽子手的职务”（11），他们以此证明自己是“有用的公民”，既“得到中国政府的信任，同样也得到外国绅士的信任”（11）。

帝国主义列强不仅在政治上培植自己的在华势力，还通过对华军售“援助着本地的压迫者”（107），以向各个军阀供给武器来维持中国分裂混乱的局面，并从中渔利。《军火贸易》记录了同一位活动在上海的德国军火商“真德先生”之间的对话，揭露了帝国主义列强在华猖獗的军售行为。早在太平天国时期，帝国主义列强便开始向中国销售军火，“太平天国的战争区划了白种人从对中国的鸦片输出，转变到对中国的军火输出时代”（108）。而到基希拜访中国的1932年，对华军火贸易已经肆无忌惮到令人发指的程度。海关和警察当局因为源源不断而来的军需而“经常在船上”，军需“装载是这样的匆忙，使脚夫们不得不连续做七班……搬运弹药箱时，疲倦得常常倒了下去”（122）。

如果说对华军售是帝国主义列强搅动中国乱局以牟利的手段，那么，资本输出和开办工厂则是攫取经济利益的直接手段。《秘密的中国》一书中，基希怀着对中国无产阶级劳动者的深切同情，深入调查了包括黄包车夫、工厂工人、童工、犯人、苦力等底层人民的悲惨境遇。对此，他感慨道：“在中国，人是汽车，是起重机，是机器，是桥梁，是电线，为什么他不可以同时也做门筲、门闩、大门和警铃？在这个文化教养很低、人口过剩的国家，人是多余的。”（126）《“黄包车！黄包车！”》深入调查了上海黄包车行业的发展史和黄包车夫的真实生活状况。以剥削者的视角看：“用人力来代替牛马和机械的动力，是一桩最稳当的生意”，因为“就是在今日……它（黄包车行业）每年也要替法租界挣二六七，九六六（267, 966）两银子，替公共租界挣三三七，〇三〇（337, 030）两银子！”（44）黄包车夫为上海租界带来巨大财富，所受待遇却极其恶劣。他们工资低廉，平均每月12元。但就是为了这低廉的12元，他们必须付出超出身体极限的劳动。“他们要一个月30次……天天一样……平均每分钟跑130码，一点钟跑十公里”，“过度的痨瘁，心脏病，肺痨病，危险和虐待，是黄包车夫的命运”（45）。不仅如此，作为“人力牲畜”，黄包车夫毫无人的尊严可言，“差不多随便那一天，你都可以看到黄包车被撞翻的事件”，“每一次撞车，总是汽车司机跳下车子，殴打黄包车夫”（45）。黄包车苦力如此，纱厂童工的境遇同样令人触目惊心：“工人阶级的百分之四十是小孩”(71);“每天，孩子们工作12个钟头到14个钟头，中午都不停工”(77)。这些“不被允许做孩子的孩子”，一进入纱厂就被判了“无期徒刑”，“最初一天教会你的动作，也是你直到最后一天的动作”(76)。最后，《堆栈》一文中，基希报道了堆栈工人简陋的工作环境、非人的劳动强度以及微薄的薪酬。基希控诉“上海的伦敦商人，坚执着狄更斯时代的劳动状况，而且根本不想去改变它”(157)。在加工棉料的堆栈中，“绒毛和尘埃在空中飞旋着”，“工人们在灰色的棉堆上吃饭”；在加工皮毛的堆栈中，“所有在这里工作的男人、女人和小孩的嘴上都扎着一块布，要不然他们会被呛死——最新式的混凝土建筑没通气孔，也没有消除尘芥的装置”；而在腊肠加工的堆栈中，“空气里充满了动物的腐败物和肠子里面原有的气味”，“这里没有小孩子工作，臭气是使成年人也要呕吐的”(158–160)。只有在一个美国人的蛋制品加工堆栈中，中国工人们才有相对卫生与安全的工作环境，但这仅仅只是“为了顾客的胃的利益”(162)，丝毫无关现代企业对员工人身安全的责任和人道主义关怀。

三、上海的文化景观与半殖民地社会的怪象

20世纪30年代错综复杂的上海社会文化景观是西方文明强势入侵的结果。随着西方文明而来的，不仅有政治上的压迫与经济上的豪夺，还有现代资本主义生产关系及其所造就的文化与生活方式。资本主义现代性的入侵使得半殖民地半封建的中国社会产生了更多的社会问题，粗暴闯入的“新事物多以变质的形式恣肆蔓延”，[①] 造就了中国社会一系列畸变扭曲的荒诞怪象。其中最为突出的便是中国民众如疯似狂的投机热情、眈眈逐逐的金钱欲望和沉溺娱乐活动的堕落腐化。

《金融投机》如此描述中国黄金交易所中人们对于金子的热情：“要

① Johannes Witte: Sommer-Sonnentage in Japan und China. Reise-Erlebnisse in Ostasien im Jahre 1924. Göttingen: Vandenhoeck & Ruprecht, 1925, Vorwort.

求金子的呼号……快要溺死的人也不会这么急切地叫喊，快要饿死的人也不会这么绝望地悲泣，被痛打的人、酷刑的牺牲者也不会这么凄厉地狂号的。”（12）“资本主义的投机精神侵蚀了传统的金匠行会，将其变作“纯正的投机”（15）的场所；这里的黄金不再是生产手段，而是“抽象的价值”的象征物，“所有的人的精力都集中去变更小数点后面的数字，却没有一个小数点的生产价值被创造出来”（16）。然而，与欧洲类似交易所不同的是，上海的金业交易所的房屋破旧，“木板代替了镶木细工的地板，木棚代替了电话箱，赤脚苦力代替了穿制服的仆人，扫帚和水桶随便地摆着”（13）。而出入交易所的，不像在欧洲那样，尽是“那种肥胖的满足的脸孔”，而是“纤弱的苍白的年轻人”（13）。不管贫穷福贵，“一切人都追求着金子，不仅是边景上的苦力们，就是远远离开这摇摇欲动的地板的大小市民们，也是一样”（14）。此外，在《比利牛斯山的插曲》一文中，基希描绘了一种源自西班牙的球戏如何在中国被用于赌博，“引得看台上挤满了中国人，拼命地叫喊着”（85）。

除金融投机和赌博外，唯利主义与贪婪造成的社会道德堕落与体制腐朽在中国也随处可见。《即决审判》除揭示中国犯罪者所受不公外，也描述了因金钱而引发的偷盗、伪造、谋杀等一系列犯罪问题。对此，基希以充满戏谑的口吻描述道：“关系着金钱的时候，两方的争执比那仅仅关系生命问题的时候更为凶暴。关系着金钱的时候……法官也关心。”（67）为攫取金钱而不顾他人与自我的性命，这背后的价值观与欲望是多么荒谬与疯狂。而法官更关心金钱，而非公平正义，则揭露了中国司法的腐败：“中国是被外快腐蚀了……我们不能断定哪一个判决是免费宣告的，哪一个是对于酬报的报答。”（68）事实上，腐败的不只是中国的司法制度，“外快”原则早已成为整个社会的运转机制：

> 外快是部长从军火工业和银行那里收受的东西。
>
> 外快是买办泄露营业秘密给敌对的商号所得到的报酬。

外快由出租汽车车主付给挑夫，由鲜果菜蔬商人付给厨司，煤炭商人付给“仆欧头”；由邻近的商店付给公馆仆役……

外快由国民党收取和支付。

外快由将军从他的敌人那里收取。

外快由包探从富裕的犯人那里收取……（67）

通过上述排比，基希道出“外快”原则在政治、经济、军事、外交以及日常生活等各个方面的渗透，揭示出中国半殖民地社会的混乱不堪与道德沦丧。

20世纪初，随着西方工业化和城市化进程的加快，消费主义和大众文化首先在一战后的美国兴盛起来，并随着西方经济殖民的脚步散布到诸多亚洲国家。基希在“中国资本主义的摇篮”[①]上海的街道上也观察到了兴旺发达的中国消费和娱乐场所。“大世界”和“新世界”是上海最具代表性的娱乐场所。这是“长长的、独立的、六层楼的娱乐场，里面有花园、剧场、走索表演、赌博台、小孩子的跳舞表演、掷椰子戏、抽彩、射击房、电影、哈哈镜和其他一切从欧洲游戏场学来的有吸引力的玩意”，还有“雏妓和她们的龟婆一道徘徊着”（185）。基希敏锐地注意到，在靠近这些娱乐和消费场所的地方，“每一条街的转角，都有不需要陈列窗、不要广告的当铺的圆形厚重的建筑物”（185），而且尽管当铺数量众多，每个当铺中“却还是常常挤满了人”（184）。基希以此暗示：人们用金钱换取消费与娱乐的欲望是如此强烈，以至于当铺全然无需招徕顾客就能生意兴隆。而当铺生意之所以兴盛，却是因为众多的中国普通民众穷困潦倒，没有多余的财富用来进行娱乐性的消费。即便如此，还是有如此多的民众愿意接受当铺的剥削，带着自己仅有的值钱物品来到这里，“用恳求和咒骂，竭力想

① 白吉尔：《上海史：走向现代之路》，王菊、赵念国译，上海：上海社会科学院出版社，2014年，第338页。

讨到一笔较多的贷款”，以换取“一种失常的作乐和小小的奢华”，使生活暂时脱离“原来的样子”（184）。德国社会学家克拉考尔在对魏玛共和国时期新兴的职员阶层的解析中意识到，大众文化的兴盛作为一种现代资本主义社会的文化现象，其表象背后蕴含着不为人知的政治意义，即消费和娱乐是“分散大部分社会成员对其真实境况注意力的手段”，[①] 使之成为失却人的本质，机械服从资本主义抽象理性的“大众装饰物”，丧失认识与改变真实处境的意志。基希显然识破了在贫困的下层中国人中兴起的大众娱乐的本质，由此写道：

变压器把愉快的玩物购买者、鸦片窟的常客、嬉笑的戏迷、阔绰浴室的顾客，变成前门大街上一切诱惑、招引、迷人的光彩之中偷偷走动的人物：变成了龌龊的乞丐，变成了背着婴孩的忧伤伛偻的女人，变成了有着像橄榄一样绿色脸孔的、憔悴蹒跚的抽鸦片的男子。（185）

这里的“变压器”其实就是外表不起眼的当铺的“圆形厚重”建筑，它最终会将资本主义娱乐世界的幻影转化为赤裸裸的现实，即赤贫的无产者被剥夺得毫厘不剩，或遭到麻痹损害，完全失去反抗的意志。

最后，白俄人是上海社会中一个特殊的群体。作为“被（十月）革命冲洗出来的污泥”（87），曾经的沙俄贵族及其拥护者逃难到上海，不得不自谋生计，但却不是通过勤勉的劳动。男人们或“替法国巡捕做暗探，破坏罢工”，或加入“白卫队”，成为上海公共租界工部局近卫队的一员，成为英国统治者“打倒布尔什维克”（90）的帮凶。不仅如此，他们彼此仇视，毫不团结，又被上海的其他外国人所鄙夷，“每个人都竭力想用大话和夸耀凌驾于他人”（92），以获得些许的自我满足。而无论他们如何自我标榜，他们的妻子和女儿们却无一例外，除

① 戴维·弗里斯比：《现代性的碎片：齐美尔、克拉考尔和本雅明作品中的现代性理论》，卢晖临等译，北京：商务印书馆，2016年，第197页。

了极少数“被雇为裸体模特儿或咖啡店和茶馆的女侍，所有其余的（和前者的一部分）……都从事于夜生活的营业”（89），成为舞女或妓女，靠出卖自己的肉体来换取金钱。基希写到上海俄文报纸上医治花柳病的广告和“大街上，小巷里”（94）无处不在的白俄女人，以此暗示这些从事卑贱营生的女人最终的不幸命运。对此，他无不感慨：“要是她们留在家乡，她们也可以有些造就的。”（95）然而，这些女人（也包括她们的丈夫、兄弟们）的前途终究是“过去了的前途”（95），一去不复返了，他们再难过上体面而有尊严的生活。

四、基希的上海叙事与“中国的秘密”

克拉考尔对报告文学与现实间的关系曾有如下反思：

> 唯心主义思想的抽象性丝毫无法接近现实，报告文学是通过对具体存在的呈现来反对这种抽象性……但是存在不会因为人们在报告中描述它而被捕捉到……现实是一种建构……但它（现实）绝不存在于或多或少是偶然观察到的事物的罗列中，而是在了解所见现象的内涵的一次次观察所构成的马赛克中形成的。报告是对生活的摄像，而这样的马赛克则是它的照片。[①]

上述理论强调现实是一种建构，这体现在《秘密的中国》这一报告文学集中，是基希以文学形式对于“中国秘密”，即中国社会的根本问题的探索与追问。基于他本人的政治立场和人道主义道德信念，他在纷繁复杂的上海社会文化景观中择取了17个主题（也即17篇报道）来再现他所认知的中国社会；每个主题又是在其在场的、直接的旅行见闻的基础上，结合历史事实、客观数据被呈现的；所有彼此独立的各个主题又在彼此关联中昭示出一个隐而不现的共同意义，这便是

① Siegfried Kracauer: Schriften I. Frankfurt a. M.: Suhrkamp, 1971, S. 216.

"中国的秘密"，也即中国社会快照在基希社会认知的底片上显现的、内含有历史真理的世界图式。

在关于上海压迫与被压迫的社会关系的报道中，国联委员们调查的悠闲自得与赴宴的匆忙与吴淞战地的废墟和残肢断臂形成鲜明的对比，不言而喻地突出帝国主义列强对中国人民生命的冷漠践踏；拆白党首领声势浩大的葬礼、国联先生们丰富的午餐菜单与黄包车苦力、纱厂童工、堆栈苦力的生存境遇形成强烈的反差，凸显中国人民受到的经济压迫之深；上海租界内少数英法人对多数中国人的统治，同审判庭上雕像般无助的中国被告与草率被判刑的疑似革命分子间的对照，使中国人民毫无政治权利与保障的状况暴露无疑。而国联委员们在中日关系调查与调停中虚与委蛇，国民党政府在中日交战中下达的不抵抗命令与帝国主义列强对华军售则表明，在对毫无政治经济权利的中国人民的压迫上，不仅帝国主义列强间相互勾结，中国的封建军阀、资产阶级统治者与列强间也沆瀣一气，极尽对本国同胞的压迫。这些压迫者与被压迫者的群像以一种错综复杂的关联性表明，在阶级社会中，被压迫的无产阶级只有通过革命运动推翻统治阶级的压迫，才能改变其境况。

基希不仅对当时居于统治者地位的各群体进行了全方位的描绘，也通过对上海沙俄遗民的报道呈现了旧时代统治者们的下场。因十月革命出逃的沙俄旧贵族及其拥戴者没能在上海成为统治者一员，男人们成为英法统治者镇压中国革命运动的工具，女人们则靠出卖肉体换取金钱，尽皆沦为社会的糟粕，而不是劳动者和社会财富的创造者。显而易见，这些被历史所淘汰的人无法成为推动历史进步与社会发展的力量。

最后，基希对堆栈工人生存境况的概括同样适用于整个半殖民地半封建的中国：

混乱代替了规则，武装代替了机械，鸦片烟代替了食物，传教士代替了教师，巡捕代替了工会——这是欧洲给中国的赠予。看一下，听一下，嗅一下和感觉一下堆栈里面的这种生活罢……觉察那西方文明在这里施与了和没有施与的一切罢。（161）

言下之意是，西方文明尽管给中国带来了物质文明的发展，但却没有带来真正的进步。帝国主义列强与西方殖民者将政治压迫与经济剥削带到中国的同时，也带来了资本主义社会的陋习和弊病。对投机与赌博的狂热和对大众娱乐的沉迷，无疑将使原本就积贫积弱的中国民众进一步滑向贫困的深渊，也造就社会上不劳而获、耽于享乐的不良风气。上海金业交易所破旧的室内陈设、赤脚苦力与苍白纤弱的年轻人等，无一符合欧洲人对金融投机活动的想象。而正是在这样的空间内，正是众多赤贫的中国民众在其中的出现，造就了一种极为畸形扭曲的文化怪象。而基希通过对大城市令人眼花缭乱的娱乐场所、人满为患的典当铺和因享乐而沦落为龌龊的乞丐、佝偻的妇女、憔悴蹒跚的男子的并置叙事，同样勾勒出一幅荒诞离奇的画面。除此之外，唯利主义与贪婪造成的社会道德堕落与体制腐朽，无孔不入的“外快”原则，更是让人瞠目结舌。

从压迫与被压迫的社会关系，到资本主义文明给中国社会带来的陋习与弊病，再到旧时代残余势力的当时境况，基希在其上海之行最为直接的经验中一再发掘中国“秘密”的要义，确认了历史的正义与真理所在：在阶级社会中，无论是残余的封建旧阶层——曾经的压迫者，还是资产阶级——当下的压迫者，都无法改变中国人民的悲惨命运；只有被压迫者的反抗才能彻底根除压迫与被压迫的社会关系，无产阶级革命是历史必然的趋势。在《一个印度人指挥交通》中，基希跳出中国叙事的范畴，从更为广阔的历史视角考察了这种历史必然性。在这篇报道中，作为“殖民地资本的守护犬”的上海印度人，成为“殖民地人民的吸血鬼”，“一朝抛弃了他们的巡捕的职业，投身于商业，他们以很高的利息借钱给中国人”，“手里满握着期票，他们整天地留在法院里”（23）。基希进一步回溯印度锡克教徒反英的悲壮历史，陈述中国资产者在马来西亚与印度“用欧洲人榨取中国人的同样方法，去榨取他们所在地方的本地人”（26）的事实。以此，基希昭示出这样一个真理，即在阶级社会中，在资本主义生产关系中，统治者与被统治者、资产者与无产者身份的倒置，并不能改变压迫与被压迫、剥削与被剥削的社会基本关系，力证无产阶级革命的历史必然性与进步性。

正是因为坚信无产阶级革命的历史必然性与进步性，基希尽管意识到中国革命者正在经受的残酷迫害，当仍对其充满希望。上海的“革命书店”里还在传阅着“一些英文、德文、俄文的什么小册子”（38），而黄包车夫们在夜晚集会时“在那里学习，讨论、决议什么事情”（47）。更为可喜的是，中国的无产者们已经建起了苏区，那里“没有帝国主义，没有资本主义，没有封建统治，没有外国人，没有鸦片烟，没有私人银行，没有儿童劳动，没有贩卖儿童，没有传教士，没有苛捐杂税，没有土匪将军，没有贿赂”（166）。尽管基希未曾真正到过苏区，他简略提及的苏区也只是基于已有知识与信息的合理想象，但在他所构建的中国社会图景中，苏区无疑始终是以上海为代表的中国半封建半殖民地社会的对立面，代表着中国未来的发展方向。而这便是《秘密的中国》所揭示的又一个关于中国社会的“秘密”。

（陈雨田　张帆　文）

第二节
霍利切尔东方游记的上海叙事与无政府主义乌托邦:《动荡的亚洲》

日耳曼学者福尔克尔·魏德曼（Volker Weidermann）追踪了首批在纳粹“焚书事件”中的被焚书籍，创作《焚书之书》(*Das Buch der verbrannten Bücher*，2008）一书，以拯救这些书及其作者被历史遗忘的命运。匈牙利德语作家阿图尔·霍利切尔（Arthur Holitscher，1869—1941）的作品亦在其列。对此，魏德曼评价道:“在我编纂此书过程中，没有几本书能像阿图尔·霍利切尔的人生回忆录那般令我动容。”① 熟悉托马斯·曼（Thomas Mann）作品的文学爱好者或研究者或还知晓，这位名为阿图尔·霍利切尔的作家是托马斯·曼著名短篇《特里斯坦》(*Tristan*，1903）中那位模样丑陋、畏葸避世又滑稽可笑的唯美主义者史平奈尔的原型。② 除此之外，霍利切尔其人其作在二战后几乎已完全被世人所遗忘。诚然，霍利切尔在诗歌、戏剧、小说等传统虚构文学体裁的创作上成就有限，但其自传体作品和大部分游记作品时至今日“仍是引人入胜的读物”。③ 20世纪六七十年代，德语文学理论研究亟待冲破形式主义文论的拘囿，文学研究与文化研究不断

① Volker Weidermann: Das Buch der verbrannten Bücher. Köln: Verlag Kiepenheuer & Witsch, 2008, S. 105.

② Ebd., S. 105f.

③ Heribert Seifert: Ein weises Kind geht durch die Welt. Die Reisen des Arthur Holitscher. In: Neue Deutsche Hefte, 31. 01. 1984, S. 49.

交互渗透，自传、游记等“第四种文类”[1]由此逐渐进入文学研究的视野，也成为文化研究的重要文本。在此背景下，以游记及自传作品著称的霍利切尔及其作品在战后被遗忘几十年后又重新为德语文学与文化研究界所发现。

《动荡的亚洲——穿越印度、中国与日本的旅行》（*Das Unruhige Asien: Reise durch Indien - China - Japan*，1926）是霍利切尔1926年出版的东方游记，记述作者在几个亚洲国家见闻与感想的同时，也深刻剖析了纷繁杂乱的异国印象与体验背后深层的政治、社会、历史与文化要素。作为左派市民知识分子，霍利切尔在其亚洲之旅中尤其关注被殖民、被压迫的东亚各民族的革命与政治运动。就中国而言，对中国革命及工人运动形式的描述与反思构成霍利切尔中国叙事的核心内容。旅行者感知世界的方式深深扎根于自我文化“历史与思想史发展的历史长河之中”[2]，且与旅行者“社会地位及其受社会群体心态的影响程度”、“在其受教育程度、知识储备、志趣及其总体的感知能力中体现出来的个人的秉性”密切相关[3]，因此，为探知旅行作家对异文化的感知及书写模式，有必要了解其生平及精神发展轨迹。由此，本文结合霍利切尔的自传探讨作家从唯美主义者向共产主义者转变的人生及精神轨迹，并以此为基础分析霍利切尔东方游记中的上海叙事及其对中国文化的感知与书写模式。

一、阿图尔·霍利切尔——从唯美主义到共产主义

阿图尔·霍利切尔于1869年出生于奥匈帝国首都布达佩斯一户犹

---

① Friedrich Sengle: Die literarische Formenlehre. Stuttgart: J. B. Metzlersche Verlagsbuchhandlung, 1967, S. 10.

② Peter J. Brenner: Die Erfahrung der Fremde. Zur Entwicklung einer Wahrnehmungsform in der Geschichte des Reiseberichts. In: Peter J. Brenner (Hrsg.): Der Reisebericht. Die Entwicklung einer Gattung in der deutschen Literatur. Frankfurt a. M.: Suhrkamp, 1989, S. 19.

③ Ebd., S. 27.

太富商之家。中学时期的霍利切尔喜好文学与艺术，并已开始尝试文学创作。中学毕业之后，一方面出于父母意愿，另一方面基于对自己市民身份的认同及顺从，霍利切尔先后在布拉格、维也纳等城市做了六年银行职员。尽管如此，霍利切尔始终感到自己与这种“体面的职业生活”[①]格格不入。他称这六年是“被虚掷的年岁”[②]，感到自己在“了无生气的一群人中，在单纯挣钱养家的人，工资低廉、善于计算、精通外语的一般会计与总账会计之间蹉跎岁月”；在他看来，“这一群人庸庸碌碌，与其说滑稽可笑毋宁说可悲可叹，因循守旧、胆怯畏葸，既愤愤不平，又心灰意懒”[③]。他敏锐地感受到银行职员不过是随时可被更廉价的求职者取代的“商品”[④]，市民阶层中人与人之间的关系是一种“共同利益的虚假共同体”，“外部的经济关系已成为其本性的一部分”。[⑤]霍利切尔对于市民阶层及市民性的拒斥与否定无疑切中了时代最为敏感的神经。[⑥]在德国社会由农业社会急剧向工业社会转型的背景下，面对资本主义化与理性主义化的社会现实，霍利切尔如此描述其个人的生活体验与时代精神氛围的关系：“那种不仅精神上，肉体上也极度空虚而陷入绝望之人，由此而变得极度敏感，面对生活斗争软弱无力，亦无力自保。描述这种人的经历所呈现的风格与病态的紧迫感与我自身的命运息息相关——随着年岁渐长，我日后得知，这也是

① Arthur Holitscher: Lebensgeschichte eines Rebellen. Meine Erinnerungen. Berlin: S. Fischer Verlag, 1924, S. 79.

② Ebd., S. 78.

③ Ebd., S. 82.

④ Ebd., S. 81.

⑤ Ebd., S. 82.

⑥ 19世纪末20世纪初的德国处于农业社会急剧向工业社会转型的历史时期，随之而来的资本主义经济浪潮带来进步的同时，也带来个体孤立化、原子化、异化等生命体验。在此背景之下，市民阶层作为这一发展趋势的代表却在思想文化与社会政治等各个领域发动反对其自身的运动，宣扬反对资本主义社会文化的理论。这在文学领域表现为颓废主义、先锋主义以及表现主义，在哲学领域表现为生命哲学的兴起，在政治领域表现为工人运动等，不一而足。

我那一代人的共同命运。”[①] 孤立化、原子化、异化的现代性体验以及随之而来的消极颓废情绪，使得霍利切尔与其同时代众多“市民之子”一样，放弃市民阶层的生存方式及对一切现实利益的追求，转而追求非功利的艺术与美。

19世纪末20世纪初的世纪末（fin de siècle）风潮与颓废主义（Décadence）[②] 对于年轻时代的霍利切尔产生了重要影响。自1894年始，霍利切尔结束了银行职员生涯，致力以自由作家的身份确立其存在。1894—1907年，霍利切尔过着一种波西米亚式居无定所的反市民生活；他游历欧洲各大城市，结交众多同时代的著名作家与艺术家，频繁出入画展、美术馆、剧院、艺术家与作家圈子。在文学创作上，霍利切尔的诗歌与散文创作呈现出表现主义风格；其虚构作品受同时代欧洲唯美主义、颓废主义文学的影响，小说人物多为敏感、神经质、面对生活软弱无能的艺术家。慕尼黑是作家在“唯美主义”[③] 时

① Arthur Holitscher: Lebensgeschichte eines Rebellen. Meine Erinnerungen.Berlin: S. Fischer Verlag, 1924, S. 91.

② 世纪末（fin de siècle）作为一个时代概念指的是19世纪末至20世纪初欧洲文化转型时期，以末世情绪以及现代性意识为其主要特征。颓废主义（Décadence）突出了世纪末的文化危机意识。作为一个文学概念，它涵盖了1890—1910年反对自然主义的各种文学流派，如唯美主义、印象主义、象征主义、新浪漫主义等。颓废主义文学多以时代或普遍的衰落为主题，赋予生理机能的衰退、神经衰落以及歇斯底里等病症以特定的文化以及文学语义。浪荡子（Dandy）、业余爱好者（Dilettant，指爱好文学艺术或某种特定学科的非专业人士）是颓废文学中常出现的人物形象，而丹蒂主义（Danyismus）与业余主义（Dilettantismus）不仅仅是文学主题，也是一种生活方式。Vgl. Jürgen Viering: fin de siècle. In: Harald Fricke (Hrsg.): Reallexikon der Deutschen Literaturwissenschaft. Neubearbeitung des Reallexikons der deutschen Literaturgeschichte. Bd. 2. Berlin: de Gruyter, 2007, S. 602-605.

③ 唯美主义是对美与艺术的神圣化。在艺术上，唯美主义强调艺术与文学超世俗道德的独立性与自律性；作为一种生活理念，以“美”为原则的生活意味着强烈的主观性与敏感性。此外，唯美主义是“世纪末”下的一个概念，与颓废主义等文学流派相关的生活哲学与理念多有重叠和相似之处。Vgl. Renate Werner: Ästhetizismus. In: Klaus Weimar (Hrsg.): Reallexikon der Deutschen Literaturwissenschaft. Neubearbeitung des Reallexikons der deutschen Literaturgeschichte. Bd. 1. Berlin: de Gruyter, 2007, S. 20-23.

期的主要阵地，除专注于自己的文学创作外，霍利切尔还同慕尼黑的作家圈子交往密切。这一圈子包括托马斯·曼（Thomas Mann）、魏德金德（Frank Wedekind）、爱德华·冯·凯泽林男爵（Eduard Graf von Keyserling）、库尔特·马腾斯（Kurt Martens）、马克斯·道滕戴（Max Dauthendey）等人。这些作家无一例外在其创作生涯中曾与颓废主义有过密切联系。霍利切尔称当时慕尼黑的作家圈子为“同类人或相近之人的狭窄圈子”[①]，并在创作、精神与生活上竭力向此靠齐。即便如此，霍利切尔并不是一个决然不问政治的唯美主义者。

少年时代的霍利切尔对于政治与艺术均有所关注。早在银行职员时期，霍利切尔就对法国的无政府主义运动产生了浓厚兴趣。父母的专断、学校权威式教育的压迫以及作为银行职员所受到的规约与束缚都使得霍利切尔渴望绝对的自由。他如此形容自己对于巴黎无政府主义者的兴奋之情：“我深感自己软弱无能，无法从权威的压迫之中逃脱、甩掉规训与奴役的枷锁，正因如此，巴黎那些如此热烈呼喊自由的个人社会主义者才令我如此神往。他们是自由的！”[②] 由此可见，与在艺术与美王国中追求自由的唯美主义者不同，霍利切尔反市民社会的自由追求一开始便不乏现实政治的维度。

霍利切尔追求自由，也渴望联结，对他而言：“自我的世界无疑开始于拥有共同命运、共同追求的同志所在之处：这里有令人渴求的要素，即友情、同志情谊、理解、好感以及人与人之间的温暖。天性敏感的人缺少了这些要素，鲜活的生命也注定要枯萎。在这里，在这个志同道合、意气相投者所组成的世界里，弱者没有被强者利用、毁灭的危险，而这在市民世界里再理所当然不过。在这里，……在同类人

---

① Arthur Holitscher: Lebensgeschichte eines Rebellen. Meine Erinnerungen.Berlin: S. Fischer Verlag, 1924, S. 215.

② Ebd., S. 98.

中间，我感到安然。”[①] 由此可见，霍利切尔对艺术与文化的追求更多是一种反市民性的叛逆；借助对艺术家身份的追求和认同，霍利切尔试图在非市民的团体之中寻找人与人之间非功利的、充满同情与理解的联结。这种反对人际及社会关系功利化的诉求与整个时代对于共同体[②] 的追求不谋而合。霍利切尔与道滕戴曾设想“以纯粹美学原则建立一个艺术家营地”，在那里，“我们，一群诗人和艺术家构成的小团体，想要去往哥特兰岛上那个古老的维斯比小镇定居，在那里写作、绘画、编织地毯”。[③] 尽管这一艺术家共同体的构想仍强调美学原则，但“美”在这里已然不是抽象的概念与虚构物，而成为一种生活的组织形式。

事实上，对于共同体的渴望贯穿霍利切尔的一生。在其第二部自传《我在这一时期的生活：1907—1925》中，霍利切尔写道：“我充满渴望地在世界中寻找着共同体，除共同体外，别无所寻。假若我自己的生活无法参与其中，那么我至少希望能得到这样的安慰，即世界上有一种全新的、幸福的人类共同生活的形式正在形成。”[④] 霍利切尔关于艺术家共同体的理想在与现实的碰撞中逐渐破灭：艺术家营地的设想仅仅停留在想象与计划之中，缺乏实施的现实基础；慕尼黑的作家和艺术家圈子令其大失所望，因为处在封闭的圈子中，作家和艺术家

① Arthur Holitscher: Lebensgeschichte eines Rebellen. Meine Erinnerungen.Berlin: S. Fischer Verlag, 1924, S. 215f.

② 共同体是20世纪初现代资本主义生发时期的时代关键词，滕尼斯《共同体与社会》一书对这一概念的形成与流行有至关重要的影响。该书中，滕尼斯以共同体（Gemeinschaft）与社会（Gesellschaft）为两个相对立的概念来表征传统与现代两种不同的共同生活秩序。共同体以血缘、地缘和友谊等具体、天然的联系为基础，因而是自然的、有机的；社会则建立在抽象、人为的契约（包括政治契约和经济契约）纽带之上故而是机械的、非自然的。前者使人感到有所归属、人与人之间的联结与温暖，后者使人感到孤立及人与人之间的疏离。参见李荣山：《共同体的命运——从赫尔德到当代的变局》，载《社会研究》，2015年第1期，第229页。

③ Arthur Holitscher: Lebensgeschichte eines Rebellen. Meine Erinnerungen.Berlin: S. Fischer Verlag, 1924, S. 215.

④ Arthur Holitscher: Mein Leben in dieser Zeit. Potsdam: Kiepenheuer, 1928, S. 231.

之间相互利用、相互嫉妒的情形也时有发生，彼此缺少一种“深厚的同志之谊”[①]。与世隔绝的艺术家存在与霍利切尔对于人以及社会组织形式的关注日渐处于矛盾中，作家心中“沉寂的社会天性”[②]又重新活跃起来。

1910年以后，霍利切尔积极参与左派文学及文化活动，如为普费姆费尔特创办的文学政治期刊《行动》撰稿，参与报道社会党国际大会，担任工人与市民委员会的特派员，组建“无产阶级文化联合会”与“无产阶级戏剧会”等。1917年，俄国十月革命爆发，十月革命的胜利及其后无产阶级专政国家的建立令其欢欣鼓舞。俄国无产阶级革命及其共产主义的政治蓝图赋予霍利切尔的共同体渴望以新的政治与现实维度，成为其乌托邦想象与渴望的重要组成部分。霍利切尔在其自传中如此形容苏联之旅对他的重要性：“苏联所经历的现实前所未有，同这一现实的真实接触是我存在的转折点，一个纯粹的哲思、与我心气相通的理论以及我心中为社会服务的意愿都无法促成的转折点。”[③]在游记《在苏俄的三个月》中，霍利切尔称布尔什维主义是“一个伟大的思想，或许是人类有史以来最伟大的思想，值得动用一切政治力量，甚至外交诡术去实现之”[④]。尽管霍利切尔拥护共产主义与无产阶级革命，但他却并不将自己定义为一个共产主义者：“作为艺术家，我是独立创作者，在社会关系之中主要还是无政府主义者。与此同时，与成为现实的共产主义信条的接触让我明白，俄国迈出了实现无政府主义理想这一人类共同体发展终极目标的第一步，这是必不可少的、强劲有力的、至关重要的一步。”[⑤]共产主义对霍利切尔而言是

① Arthur Holitscher: Lebensgeschichte eines Rebellen. Meine Erinnerungen.Berlin: S. Fischer Verlag, 1924, S. 192.

② Ebd., S. 245.

③ Arthur Holitscher: Mein Leben in dieser Zeit. Potsdam: Kiepenheuer, 1928, S. 193.

④ Arthur Holitscher: Drei Monate in Sowjet-Rußland. Frankfurt a. M.: S. Fischer Verlag, 1921, S. 16.

⑤ Arthur Holitscher: Mein Leben in dieser Zeit. Potsdam: Kiepenheuer, 1928, S. 193.

其理想实现的“预备阶段”，而他真正希冀的理想社会则是“人与人不受统治，全然自由地共生于地球之上”①。

一如霍利切尔自己所言，“我不是一个能够专注于哲学理论书籍的好读者，我的大脑反感对一个素材进行系统化与条文化的处理，我看待一个素材，纯然以感情为基础”。② 霍利切尔的政治性虽受到理论与学说的影响，但始终与其主观体验与感受密切相关。霍利切尔强烈反对市民社会关系对人的压迫和奴役，因而视工人阶级以及世界上受压迫者与被损害者为其共命运者。从本质上来看，他对后者的关注与同情事实上是一种深刻的社会道德③，而非共产主义信仰。正因如此，霍利切尔尽管拥护并致力于宣传共产主义思想，但却始终不愿加入任何党派。谈及自己不加入任何党派的原因，霍利切尔如此说道：“这不过是因为意识到自己的僵化与不足，但也是为了保持精神上的独立……以便不受拘束地批判与促进这场运动。”④ 正如克罗科夫称市民阶层的自我否弃为“反市民的市民性”⑤，霍利切尔的反市民性始终难以摆脱其市民身份的根本。霍利切尔意识到市民知识分子在对待具体的革命政治运动上的局限性，即专注于纯然精神性的反思与构想，缺少政治实践的现实维度，却仍执着于精神思想的独立性与理性批判的中立性，始终与坚定明晰的政治理念与具体的革命实践保持一定的距离。尽管如此，与缓慢的社会变革相比，霍利切尔在主观上却更赞成通过激烈的革命道路来改变资本主义社会关系，解放资本主义社会中被压迫与

① Arthur Holitscher: Drei Monate in Sowjet-Rußland. Frankfurt a. M.: S. Fischer Verlag, 1921, S. 17.

② Arthur Holitscher: Lebensgeschichte eines Rebellen. Meine Erinnerungen.Berlin: S. Fischer Verlag, 1924, S. 98.

③ Vgl. Heribert Seifert: Ein weises Kind geht durch die Welt. Die Reisen des Arthur Holitscher. In: Neue Deutsche Hefte, 31. 01. 1984, S. 53.

④ Arthur Holitscher: Mein Leben in dieser Zeit. Potsdam: Kiepenheuer, 1928, S. 201f.

⑤ Christian Graf von Krockow: Die Deutschen in ihrem Jahrhundert 1890-1990. Reinbek: Rowohlt, 1990, S. 50.

奴役的大众。[①] 这又使霍利切尔的作品常有一种表现主义式的激情与呐喊。

概括而言，无论是向美王国的逃遁还是对于共产主义学说与无产阶级运动的热情，霍利切尔的两种反市民姿态都包含有强烈的个人感性因素与抽象反思的特征。无论是作为唯美主义者，还是作为共产主义者，霍利切尔的反市民性都是不彻底的。但在这种不彻底性与矛盾性中，霍利切尔始终是一个理想主义者，摆荡在对于共同体乌托邦的精神性渴望与对现实政治的考量之间。换言之，政治和历史现实对于霍利切尔而言是其理性反思与精神乌托邦的素材和要素，而其无政府主义的理想主义则是其衡量与阐释现实的标尺。

二、霍利切尔及其中国游记

旅行是霍利切尔生命中恒常的主题。对他而言，旅行是一种极为主体性的体验，一种“外化的自我探索之旅”[②]：“在陌生的处所，不安的漫游者感到内心有一根琴弦被拨动，奏起内心的和弦……从陌生的地区回到原初的地方，我们会变得更加崇高、完整与正直……就这样，我们在世界上的某处，在那些让我们感到莫名被吸引的地点与人身上，找到自我的碎片并以这些散落的部分构建起自我的整体。一个个分子寻求聚合的渴望，激发着远行的欲望。……最终我们将——世界将帮助我们——获得与找到与故乡的联系。”[③] 霍利切尔在旅行之中寻找自我的整体以及自我同世界的联系，既追寻个体性的自我，又追寻个体在共同体中的归属。如果说投身艺术的霍利切尔在波西米亚式的浪游

---

① Vgl. Arthur Holitscher: Lebensgeschichte eines Rebellen. Meine Erinnerungen.Berlin: S. Fischer Verlag, 1924, S. 98.

② Heribert Seifert: Ein weises Kind geht durch die Welt. Die Reisen des Arthur Holitscher. In: Neue Deutsche Hefte, 31. 01. 1984, S. 55.

③ Arthur Holitscher: Lebensgeschichte eines Rebellen. Meine Erinnerungen.Berlin: S. Fischer Verlag, S. 227f.

中寻找着具有共同生活感受与生命体验的同类、以排解个体的愁闷与不安的话，那么作为左派知识分子的霍利切尔在其游历的异文化与异民族之中追寻的则是人类共存的不同形式，即理想中的共同体。从“新世界”美国到革命后的苏维埃俄国，再到犹太复国主义行动伊始的巴勒斯坦和革命中的中国，霍利切尔的远洋旅行是一次次“救赎史式的远征”[①]，在远离欧洲文明的国度探索人与人共存的新形式，想象人类共同体的未来形式。

1925年10月至1926年3月，霍利切尔在费舍尔出版社的资助下开始为期半年的远东之旅，主要游历了印度、中国、日本等国家，并根据其旅行经历创作游记《动荡的亚洲》。此时的东亚诸国正处于西方殖民主义、帝国主义奴役下，反侵略反压迫的运动此起彼伏。正如俄国十月革命与苏维埃共和国的建立给予霍利切尔对未来的无尽期待，亚洲各民族的反帝国主义、反殖民主义以及民族主义斗争同样孕育着诞生新共同体的希望。在游历的亚洲国家中，霍利切尔尤为关注苏俄的邻国——中国的革命进程。他称中国是“世界历史新进程的焦点”、“东方世界的命运之乡”，或是“一种新的世界秩序的诞生地”。[②]对于霍利切尔而言，受到十月革命影响的中国“通过团结苏联，能在何种程度上促进苏联思想的发展和巩固俄国及其思想在这个世界上的存在”（284）自然是其作为“共产主义的精神追随者”[③]最为关切之事。然而在其游记书写中，霍利切尔不是“以可能性为尺度来衡量现实，而是在现状之中发现未来”[④]。霍利切尔分析与考量中国革命现状的落

---

① Gert Mattenklott: Der Reiseführer Arthur Holitscher. Nachwort. In: Holitscher, Arthur: Der Narrenführer durch Paris und London. Frankfurt a. M.: S. Fischer Verlag, 1986, S. 163.

② Arthur Holitscher: Das Unruhige Asien. Frankfurt a. M.: S. Fischer Verlag, 1926, S. 225. 后文出自该书的引文，将随文标注出处页码，不再另注。

③ O. A.: Ein Idealist über Rußland. In: Vorwärts, 07.01.1921.

④ Heribert Seifert: Ein weises Kind geht durch die Welt. Die Reisen des Arthur Holitscher. In: Neue Deutsche Hefte, 31. 01. 1984, S. 56.

脚点在于展望中国革命的未来，建构一个东方革命乌托邦，其着眼点却是社会历史中的人与命运以及那些映照出一个古老文化与文明宠辱兴衰的风土人情。安德烈亚斯·赫尔措格曾将霍利切尔《动荡的亚洲》与民族志田野工作中的文化书写进行比较，认为霍利切尔对异国文化与社会状况的体验观察与民族志田野工作中“参与其中的观察”有相似之处，如对日常文化的关注、从当地人处获取信息、对对话的重视、对于真实性的强调以及介入当地人生活的尝试等。尽管如此，霍利切尔在游记中对于直观印象经验的筛选、裁剪、分割、排列与整合仍然是一种文学想象与建构。[①] 霍利切尔运用对印象的罗列、表现主义式的呐喊、自然主义式的写实[②] 以及报道式审慎客观的分析等多种文学手法，将看似分散零碎的印象、经历与分析统一在一种“政治异国情调”[③] 的建构之中，运用异国文化中陌生的经验材料来勾勒其政治乌托邦的蓝图。[④]

霍利切尔在中国主要游历了广州、上海以及北京等城市，其游记也基本围绕着这三座城市中的见闻展开。如前所述，霍利切尔为追寻人类理想共存形式与“苏联思想”而踏上其世界之旅，因而他对中国政治革命的现状与未来走向的关注程度是不言而喻的，而他对三个不同城市的文学表现则是以形象或抽象的方式对此问题的探讨。在对广

① Vgl. Andreas Herzog: Writing Culture – Poetik und Politik. Arthur Holitschers Das unruhige Asien. In: KulturPoetik. Zeitschrift für kulturgeschichtliche Literaturwissenschaft. Bd. 6. Göttingen: Vandenhoeck & Ruprecht, 2006, S. 30.

② Vgl. Xu Fangfang: Auch Shanghai hat sich verändert. Der Wandel des Shanghai-Bildes in der deutschsprachigen Literatur 1898-1949. Würzburg: Ergon Verlag, 2015, S. 162-165.

③ Wolfgang Reif: Exotismus im Reisebericht des frühen 20. Jahrhunderts. In: Peter J. Brenner (Hrsg.): Der Reisebericht. Die Entwicklung einer Gattung in der deutschen Literatur. Frankfurt a. M.: Suhrkamp, 1989, S. 454.

④ Vgl. Gerhart Pickerodt: Exotismus. In: Klaus Weimar (Hrsg.): Reallexikon der deutschen Literaturwissenschaft. Neubearbeitung des Reallexikons der deutschen Literaturgeschichte. Bd. 1. Berlin u. a.: de Gruyter, 2007, S. 544.

州的描述中，霍利切尔通过“广州的红色阅兵”及“广州的俄国人”两个章节表现了中国革命的生机及其走上苏联道路的征兆与希望。在“广州城市全景图”的章节中，霍利切尔在对犯罪活动、革命行动、商业活动以及苦力车夫的描述之中呈现出这座城市或正向或负面的生机与力量。而在“沙面”一章中，颓败萧条的欧洲聚居区则象征着帝国主义与殖民主义在中国的最终命运。北京被霍利切尔称为“鞑靼城市”（270）、“中国的耶路撒冷”（266）；在对这座城市中鲜活的日常生活与传统悠久的民俗风情的展现中，作者探索这个民族的个性与心态特征对于革命的促进或阻碍；在这里，霍利切尔在苦力车夫身上找寻到一种理想人类的原型——“冷静、朴素、强壮”，“智慧、洞察人心，有着健康的判断力”，从属于互助互爱的“秘密会社”（Geheimbund）（279）。而上述城市与人物形象的建构在对上海这座城市的双重文化与历史逻辑的呈现与论述之中才获得其清晰的赋意；上海作为各种要素的综合成为霍利切尔观照中国命运与未来的载体，同时也是建构其异国乌托邦的媒介。

三、霍利切尔笔下的上海

在《动荡的亚洲》中，霍利切尔通过《上海及革命诸问题》和《东方芝加哥》两章内容，充分道出了上海这座城市的双重历史逻辑——无产阶级的反抗与西方资本主义的入侵。在探讨上海革命的“左倾”红色走向时，他如此评述道：“说到底，中国的问题（如前所述）在于两种同时存在但却截然相反的影响：美国和日本的影响使得中国越来越趋向于现代工业主义及其体制；与此同时，从莫斯科传来工人们反对这种制度的口号，尽管这一制度正是以他们为根基。”（245）通过对革命的上海与颓废的上海的并置叙述，霍利切尔为中国问题找到了一个令人信服的答案：“通过苏联与中国的协力合作，人类将进入共产主义的未来时代之准备阶段，即殖民帝国主义列强遭削弱乃至走向毁灭的阶段。”（245）

霍利切尔在其上海章节的开篇如此说道："生活教导我，一定要相信最初印象，即使是那些看似微不足道的事物所留下的印象。这不仅适用于个人，也适用于城市、国家与民族。"（232）霍利切尔对于日常生活的关注与描写使得其游记有种切近现实的真实感以及"近乎民族志式的可信度"。[①] 而这种叙述与观察的直接性又并非仅仅停留在描述与呈现的层面上，而是导向深刻的理性分析与见解。在探讨中国革命之前，霍利切尔回溯在香港与广州的经验与体会，对两个给他留下深刻印象的日常现象做了生动形象的描述。一是家庭经营的个体商铺的日常生活："在集市街道顾客罕至的一些小商铺中，常常围坐着10个或12个中国人，抽着水烟，或围望着烟灰缸闲谈、吐痰，闲散悠然；到了晚上，所有人围拢着一个饭盆蹲着，用筷子迅速向嘴里送饭；再过些时候，当卷门落下，一天的劳作结束，街巷里就传来麻将噼里啪啦的响声……"（233）二是在作家看来十分特殊的一种商业组织形式："整条街道都是布局类似的商店，彼此相邻的丝绸商铺，彼此相邻的象牙雕刻人……"（233）霍利切尔由这些看似平常的现象联想到中国传统社会的基本组织形式："家庭是中国社会最为原始的基础。而行会（Gilde）则产生于家庭。家庭与行会的联系显而易见，如果人们获悉特定的手工行业、手艺几个世纪内都在一个家族中流传继承的话。譬如，一种清漆的加工与使用是一个家族的秘密，而这个家族凭此而在行会之中拥有主导权。又如，某些精神传统与杰出能力，也常与家族传统相关；而地方和国家官员能够借自己在国家中的高位来推助其家庭传统……裙带关系导致中国集体生活腐败猖獗。假若一个统治集团下台……那么，整个政府部门就会随着部长的消失而消失。他的兄弟、堂表兄弟、侄子外孙以及他们的子孙都会立马离开自己的职位……"（233、234）此外，在霍利切尔的认知中，行会作为家庭之外中国传统社会另一基本组织形式，历史悠久，最早"可追溯到公元前

---

① Andreas Herzog: Writing Culture – Poetik und Politik. Arthur Holitschers Das unruhige Asien. S. 27.

几世纪，欧洲人必须称之为史前的时代”（235）。[①] 霍利切尔概括出中国行会的如下特点：“中国行会的外部特点由这种紧凑的集中所决定，即手工业者的相邻而居与手工行业的相邻而市。自古代以来，行会就有以下职责：保持街道整洁、自扫门前雪（并借此偷窥邻家店铺）、共同捐助学校、由管理者发放工资、抓捕小偷……竞争者紧密集中的另一个意义是：防止行会成员提供比邻居更低的价格！”（235）

事实上，霍利切尔所描述的应当是明清时期、甚或唐宋时期城市手工业行会的特征。此时的行会是小商品经济发展到一定阶段的产物，其建立的主要目的是限制同行间的商业竞争，维护其成员的共同利益。[②] 然而，中国行会制度演变至近代，“对同业团体的认识趋于理性，主张行会既应保护同业、亦不排斥竞争”。[③] 此外，尽管“家庭劳动”的生产方式在近代仍普遍存在，但随着商业资本对传统手工业的渗透，这种遗留的封建生产方式不过是商业资本“在原有生产方式的基础上占有手工劳动者的剩余价值”[④] 的一种手段。显然，霍利切尔笔下的中国家庭与行会并非深入体验与考察或科学研究后的结果，而是直观的经验感觉、书本知识与主观想象的综合物。在对历史与传统的凸显与强调之中，霍利切尔忽视了商业资本与资本主义生产关系对近代中国行会制度的渗透，从而借“家庭”与“行会”这两种机制建构起资本主义生产方式与社会组织结构的对立面。在霍利切尔的想象中，作为社会机制的“家庭”与“行会”，其人与人之间的关系并非抽象的金钱与利益关系，而是以血缘或地域为联结的或天然或自发的互助互利的

---

① 事实上，中国的行会形成于唐宋时期，发展于明清时期，并非如霍利切尔所说可追溯至史前史。参见刘永成、赫治清：《论我国行会制度的形成与发展》，载南京大学历史系明清史研究室主编：《中国资本主义萌芽论文集》，南京：江苏人民出版社，1988年，第119页。

② 参见刘永成、赫治清：《论我国行会制度的形成与发展》，载南京大学历史系明清史研究室编：《中国资本主义萌芽论文集》，第118页。

③ 彭南生：《近代中国行会到同业公会的制度变迁历程及其方式》，载《华中师范大学学报》，2004年第3期，第17页。

④ 王翔：《近代中国手工业行会的演变》，载《历史研究》，1998年第4期，第57页。

关系；其目的也并非个体的利益与个人财富与资本的积累，而是共同体的利益与福利。除家庭与工会外，他认为秘密社会（Geheimbund）同样是中国传统的社会组织形式之一。霍利切尔认为秘密社会“属于中国各个历史时期，但其对于建构新中国的意义自鸦片战争与太平天国运动将革命运动引入当下中国以来才得以凸显”（237）；从太平天国运动到义和拳运动，再到辛亥革命，最终到1925年全国范围内的工人运动，秘密社会的革命运动极大推动与促进了中国革命的进程。

家庭、行会、秘密社会等前资本主义社会组织形式均是农业文明中共同体的表现与组织形式，分别对应着血缘共同体、劳动共同体、信仰共同体。这些古老的封建共同体组织形式在工业化与现代化的社会之中已然遭到破坏，霍利切尔也无意以其作未来理想社会的底本。借助对上海“乞丐行会”（237）的描述，霍利切尔明确了家庭、行会、秘密社会等历史传统在中国未来发展道路上的作用与意义。霍利切尔笔下的“乞丐行会”是行会组织中的重要一环：“乞丐行会有头领，也有负责人。他们与各行会、手工业者、大大小小的商人关系密切。若某一商人行会的成员犯下了定价过低的罪过，那么这一行会就会派遣一名负责人前往乞丐们的宿处；24小时之内，低价店铺门前就会聚集起一堆乞丐行会衣衫褴褛的成员；他们躺倒坐定，叫喊、哭闹，散发着臭气，引来成群的老鼠害虫，吓跑顾客，在大庭广众之下揭露这一行会成员的不忠；直到这商家弥补了罪过，缴清了罚款，也就是敲诈成功，这些乞丐行会成员们才带着从委托他们闹事的商人团体手中得来的丰厚报酬，回到他们的乞丐领地去；在那里，他们整夜饕餮狂饮、吸食鸦片，将麻将打得噼啪响。”（237）对此，霍利切尔并不作道德上的评价与批判，而是肯定其作为一种团体的组织性与功能性：“在一个组织良好的团体之中，每种职业都有其特殊的功能。”（237）

霍利切尔认为，中国古代社会悠久的共同体传统将中国人造就为“一流的社会组织材料”（236）。由此，霍利切尔得出结论，中国人在“苏联思想”、即共产主义的引导下就能释放巨大的政治势能：“自从俄国人组织起中国工人进行反抗，自从他们激发起中国工人的自信感与团结感，为共同目的而建立联盟的古老原则以一种强有力、坚决的方式在中国的无产阶级身上显现出来。”（236）此外，中国传统社会组织形式蕴藏着的潜在变革力量也只有同共产主义思想与革命运动相结合，才能以摧枯拉朽的力量消灭西方资本主义、帝国主义以及殖民主义，从而建立起独立自主的民族国家。在对秘密社会反帝国主义、反殖民主义革命运动的历史回溯中，霍利切尔如此评价道：“观察这个生机勃勃、坚韧不拔、勤勤恳恳的中华民族一段时间，人们就会感到不解：为什么它能够如此长久地忍受列强肆无忌惮的非分要求与明目张胆的巧取豪夺？人们只要探究一下，自俄国革命胜利以来，那在中国群众间组织与实施反抗的力量源泉来自何处，答案便不言自明。”（238）太平天国运动与义和团运动无法阻挡西方列强侵占中国的脚步，而1912年建立的中华民国同样无法将日本抵挡在国门之外，因此只有无产阶级革命才是中国的未来与希望。因而以上海与广州为主要发生地的“五卅运动”不仅是“中国历史的转折点，就其影响与前景来看，甚至可能是人类文明史的转折点”（239）。

提及上海方兴未艾的无产阶级革命运动，霍利切尔就中国其时所面临的历史选择问题，发表了如下观点：“中国人有足够的抵抗力与生命力，因而不至于在两种敌对的力量（资本主义与共产主义）的冲突下毁灭；相反，中国会在两者身上汲取必要的进步因素。”（245）霍利切尔所希冀的新生与变革的力量并非来源于现代工业文明，而是来自于家庭、行会、秘密社会等蕴含巨大潜力的传统组织与共产主义的结合；与此相应，这种力量的理想载体也不是在现代工业文明中发展壮大的工人阶级，而是具有卢梭式自由精神的苦力。[①] 在参观上海某处工

① Wolfgang Reif: Exotismus im Reisebericht des frühen 20. Jahrhunderts. In: Peter J. Brenner (Hrsg.): Der Reisebericht. Die Entwicklung einer Gattung in der deutschen Literatur. Frankfurt a. M.: Suhrkamp, 1989, S. 454.

厂后，霍利切尔如此总结中国苦力的特征：“人们不能要求中国人进行高强度、无间断的工作……他们的本质与天性使其无法如同机器一般严肃、长时间地从事一项机械化的工作。这并非因其如印度人那般疲弱、无力与颓废，而是因其体内与精神结构之中有着反抗工业主义的自由天性……百折不挠、卓越非凡，张开的强健双腿上是捋起袖子的双臂——站立在中国革命新时期入口的是一个至今饱受屈辱、默默无闻、充满威胁的伟大人物：末人中的末人，新人中的新人，苦力！”在表现主义式的呐喊之中，霍利切尔呼唤他理想中的新人——自由强健、坚强不屈。无疑，霍利切尔所建构的中国苦力的形象与其对家庭与行会等社会机制的想象有着一致的内在逻辑。一方面，“本质与天性”作为一种超时间的民族属性无疑在前工业时代便早已存在，就其时间属性而言，甚至较家庭与行会更为古老与原始。霍利切尔赋予这种“本质与天性”以新生的活力与生机，而这种活力与生机又在其反工业文明的僵化与机械之中获得其现代性批判与乌托邦想象的将来维度。另一方面，苦力或中国人的自由天性、家庭关系的天然性与非人为性以及封建工会组织的自发性与一定程度的自治性均符合滕尼斯《共同体与社会》一书中对共同体特征的界定。[①] 无论是“苦力”“家庭”抑或“行会”，霍利切尔均对其非现代与非工业文明的文化语义加以征用，将其建构为变革工业化与理性主义化现实的力量源泉；而共产主义作为一种规划未来蓝图的政治理念则在其乌托邦想象之中承担着舵手与领航者的角色。对霍利切尔而言，中国无产阶级革命的伟大力量与光明前景更多的是一种政治想象与自身无政府主义与共同体渴望的投射；异国的经验与异文化的知识是其建构东方革命乌托邦的现实或历史素材。

事实上，尽管霍利切尔将广东视为中国革命的中心，但上海强大的无产阶级运动（作为五卅运动的发起地与重要阵地之一）与殖民主义（多国势力盘踞之地）的历史逻辑使他仍不得不将上海革命叙事作

① 参见滕尼斯:《共同体与社会》，北京：北京大学出版社，2010年，前言第2页。

为中国革命叙事的载体。上海革命叙事与中国叙事的难解难分在《上海及革命诸问题》这章节标题中便有所体现。如果说霍利切尔在对现实经验碎片的描述与对历史的反思之中正向建构中国革命叙事话语的话，那么对于上海西方各国人的叙述则反向确立中国革命的正当性及其实现的可能性。西方的上海尽管还维持着其繁华的表象，但始终象征着西方文明的堕落。[①] 上海是"欧洲与美国的海市蜃楼"（247），或许相较于其他中国城市能更久地维持其西方文明的繁华幻象，但却必将走向衰亡，因其本质是"美国主义的"。[②]

南京路上商铺林立、旌旗飘扬、热闹非凡的商业活动盛景在霍利切尔看来具有"美式的野蛮、美式的程式、美式的速度"（247）。上海如美国般繁盛的商业活动具有一种侵略性的诱惑力："不仅橱窗拥挤得好似炸裂，广告牌、旗帜和彩带也侵袭压迫着行人，就连店铺上面敞着窗户的阁楼里，也有鼓手和号手在吹吹打打，大肆宣传着楼下橱窗里诱人的商品，将闹哄哄的吹打声传遍整个街巷。"（247、248）与南京路平行的福州路则更加"混乱、喧闹与有趣"；与消费主义与物质主义并行的是对感官享乐的追求与欲望。"在这里，茶馆挨着茶馆，开

---

① Vgl. Xu Fangfang: Auch Shanghai hat sich verändert. Der Wandel des Shanghai-Bildes in der deutschsprachigen Literatur 1898-1949. Würzburg: Ergon Verlag, 2015, S. 169.

② 美国主义是西方现代文明的代名词。远离堕落的现代文明、返归自然是自西方卢梭以来就有的思潮，而在20世纪初西方工业资本主义大肆扩张的背景之下，这种"反文明"的思潮又获其新的话语方式与对象。近代德国的思想中则有一种以德意志民族"文化"(Kultur)来对抗西欧的物质文明(Zivilisation)的意识形态。文化意味着精神教养的升华，"充满活力的有机性生成、内在性精神的自然发展"。与此相对，"文明则意味着堕落的西方资本主义、人性所能够达到的最为做作和肤浅的状态，意味着死亡和僵化，意味着机械、理性与堕落"。具体而言，美国主义主要意味着"经济直觉的高度发达及其在所有生活领域内的统治"，一种社会大生产下的"精神的浅薄化"。参见姜涌：《德语语境中的"市民社会"概念》，载《广东社会科学》，2011年第1期，第80页；曹卫东主编：《危急时刻：德国保守主义革命》，上海：上海人民出版社，2014年，第18页；Peter Berg: Deutschland und Amerika 1918-1929. Über das deutsche Amerikabild der zwanziger Jahre. Hamburg: Matthiesen-Verlag, 1963, S. 135; Valerie Popp: Aber hier war alles anders-: Amerikabilder der deutschsprachigen Exilliteratur nach 1939 in den USA. Würzburg: Königshausen & Neumann, 2008, S. 45.

放的大厅内聚集着这个城市中的下等妓女。那些穿着花哨丝绸裙的中国女人！尽管裙子的花纹鲜艳华丽，凸显在街景中，但剪裁却极其简单，完全遮掩了身型。这些女人的头发乌黑亮丽，简单地梳向两边，在脑后扎起，额前留着剪短的卷发刘海。戴的首饰不多，几乎没有戴耳环，只在耳垂上装饰着俗气的镶金宝石。"（248）在那些大酒楼里，食客云集，"人们吃下出奇多的、令人难以想象的东西"，"流动的小贩、拿着象牙抓钩的挠背人进进出出"；向对面的茶楼打一个电话，"就有一个较小纤弱的妓女带着一个姿色比之稍逊的女伴和一个琴师来了"；"这妓女把脸化得很白，身穿一条鲜艳五彩的锦缎裙，耳朵上如同在正经街巷上的优雅体面的女士那样戴着宝石耳环"；"歌声调子高得不自然，声音尖细，以至于我不得不闭上眼睛，因为耳朵实在没法闭上"（248、249）。尽管霍利切尔对于异国文化与风俗持一种揶揄与拒斥的态度，但他分秒必录的风格却生动形象地呈现出一幅色彩斑驳、热闹非凡、混杂着欲望与堕落的声色市井图。

霍利切尔认为，上海不过是欧洲与美国创造的海市蜃楼，因为他相信沉睡中的东方大国一旦觉醒，便将以摧枯拉朽的力量毁灭租界这片殖民主义者与帝国主义者的飞地。霍利切尔通过描述西方殖民者对于中国革命形势的恐惧与不安——外滩上随处可见戒备森严的印度、法国雇用警察，欧洲上海住民自发组成的保卫队，以及黄浦江上各列强将炮口对准外滩的战舰——暗示反抗的中国所蕴含的巨大变革力量。帝国主义列强对中国的敌视与恐惧尤以英国人为代表。对于最早打开中国大门与最早在上海建立租借地的英国帝国主义，霍利切尔如此评价道："如同在印度，这里也是——对当地人充满憎恨、蔑视，还有恐惧……怪乎，英国这个毋庸置疑颇具殖民天赋的民族，却全然认识不到，那个利用更精良的武器镇压并奴役另一个民族的时代已然不复存在，认识不到冷漠以及借外部特征以彰显权威的做法已无法再维持一个世界霸权的形象。"（251）一接触到中国的革命现实，这个殖民传统悠久的国家就犹如惊弓之鸟，在报刊中发出"布尔什维主义！"（251）的怒斥。而这种对布尔什维主义的恐惧与憎恶在霍利切尔看来不过是一叶障目。布尔什维主义仅仅是解放运动的一种解释，而“在五月第一次冲破岸堤的自由浪潮，随时都有可能带着鲜血、巨浪与毁灭冲向高空”（251）。

上海有极尽繁华的外滩，也有极度穷困的乞丐。“在中国城那个悲惨、狭窄、荒凉、坍圮的亭子周围，在那座曾经闻名的‘柳亭’周遭的烂泥与灰烬中，我看到有欧洲人在向中国人乞讨……他把瘦骨嶙峋的一双手伸到一个富有、肥胖、冷血的中国男人面前，而这中国人却径自走他的路，避开了这双手。”（252）这些欧洲人是因革命而流亡中国的沙俄遗民。他们在流亡之中失去了一切，一贫如洗，在上海屈辱、没有尊严地活着，连苦力都对他们的处境幸灾乐祸：“他蔑笑着站在外滩岸边，看着警察如何在手中高高挥动着一张10元的纸币，将一个刚投水的可怜的欧洲自杀者又引回岸边，使其重获生命。10元墨西哥币——这就是一条欧洲人性命的价格！”（253）尽管霍利切尔基于人道主义而对流亡中国的穷困沙俄旧民充满了同情，但这样的情形无疑表明了民族主义在中国民众间的传播，以及欧洲在中国声望的下降。

霍利切尔以讽刺、夸饰的笔调呈现出美式堕落的消费主义和享乐主义、英国人故步自封的殖民主义心态以及白俄落魄的难堪处境，并以此暗示西方资本主义、殖民主义与帝国主义必然走向没落与灭亡的命运。上海作为革命阵地与作为“东方芝加哥”的双重逻辑也是中国革命的双重逻辑。霍利切尔在对两者的并置叙事中勾勒出中国革命必然推翻资本主义、殖民主义与帝国主义的美好远景。

四、结语

从唯美主义到“共产主义的精神追随者”，霍利切尔对于共同体的渴望使他一次次踏上去往异国他乡的旅程，在世界民族多种多样的生存形式之中找寻未来的希望。从另一层面来看，霍利切尔的追寻之旅也是逃离之旅，逃离令他深感失望的西方文明。无论是厌倦市民生活的审美主义，还是渴望革命的共产主义，从根本而言都是对西方现代文明的失望与不满。在《动荡的亚洲》一书中，霍利切尔对于印度与中国的描述最多，对日本的关注却十分有限。这是因为，前二者在革命与社会的动荡之中孕育着变革的巨大希望；而20世纪20年代已然跻身于世界列强的日本更似西方文明，而非想象中的东方。上海是中西文化碰撞最为激烈的中国城市，霍利切尔借上海建构起“东方与西方”“革命与帝国主义、资本主义”“活力与衰退”等正反题，在并置的对比与观照之中凸显中国作为革命乌托邦的形象。尽管对上海以及中国革命现状与前景的考察始终以苏联思想以及俄国的革命经历为对比参照，但中华民族内蕴的神秘力量与共产主义理想结合迸发出的巨大革命力量才是霍利切尔最为关切之事。霍利切尔将变革世界秩序的渴望寄托在充满力量活力的苦力车夫身上，又通过建构堕落颓废的西方文明来作为其反面。由此，霍利切尔的革命想象表现为对新生与力量的渴望，这与表现主义对于新人与新世界的渴望如出一辙，因而是一种主观的理想主义与唯心主义。“家庭”“行会”“秘密社会”是一种过去时的共同体，而共产主义则是理想化的将来时。正因如此，霍利切尔才视中国为“世界历史新进程的焦点”“东方世界的命运之乡”，甚至是“一种新的世界秩序的诞生地”。借助对城市上海双重历史逻辑的建构，霍利切尔将广州的革命维度与北京的传统维度集中一处，将城市叙事与国家叙事相融合，从而建构起异国乌托邦的想象。

（陈雨田　文）

第三节
瓦尔特探索之旅的上海观察与中国未来：《中国近况》

1932年，威廉·P. O. 瓦尔特（Wilhelm P. O. Walter）所作《中国近况》（*Das China von heute*）由法兰克福社群出版社（Societäts-Verlag）出版，作者生平不详。作者在该书的前言中如此写道："内容丰富的众多欧洲文学已对中国进行了报道。通过这些文献，我们在国内的同胞得以了解诸多亚洲国家的特征，熟知中国历史与哲学、政治革命及其意义。在东亚事件频发的十年之中，读者们通过阅读这些文献以及每日不断变化的新闻获得对中国的印象。——尽管如此，中国的德侨仍然时常听到祖国的人们说起，他们所知的描述和新闻无法勾勒出当下中国生活的全貌；也总是听到这样的愿望，即他们希望能像毫无偏见四处张望的中国旅行者那样获得关于中国的印象。——正是实现这一愿望的动机促成了此书的形成。希望这一尝试能够成功。"[①] 从中可看出，瓦尔特希望借助旅行观察与游记书写承担起文化交流与信息传递的角色，以客观与中立的态度呈现出他的旅行经验，尽可能地呈现出当下中国的全貌。

《中国近况》共有五个章节，分别为：《中国——概览》《北平——旧貌》《南京——新颜》《吴淞——分界线》《上海——国际化》。文字记述后附有112张旅行之中所摄照片，内容涵盖景观、建筑、风俗、

① Wilhelm P. O.Walter: Das China von heute. Frankfurt a. M.: Societäts-Verlag, 1932, S. 7. 后文出自该书的引文，将随文标注出处页码，不再另注。

人物等主题，随行文标注照片页码，将文字与图片叙述紧密结合。该书在力图客观描绘旅行印象与经验的同时，大量穿插历史、政治、经济、哲学、民俗风情、民族心理等方面的探讨与介绍，旨在以此为读者勾勒出中国文化与社会生活的全貌，为理解直观印象与经验提供知识背景与参考依据。另外，对旅行中所得的印象与经验过程的书写为作者进行文化反思与对比提供素材，确证、修正或丰富作者所铺垫的中国知识与中国印象，真正实现了同异文化之间的对话与交流。尽管瓦尔特在叙述与评价之中仍然无法全然摆脱西方中心主义的立场，但他将中国文化、文明提高到与西方文化、文明同等地位的努力与尝试始终贯穿全书，从而以睿智的理性思考与细腻的感性体察为中国文化与中华文明的自我审察提供了一面极具价值的他者之镜。

一、概览中国——城市与人

《中国——概览》一章首先承接前言，进一步阐述了撰写此书的原因。瓦尔特首先阐明异国旅行作为一种社会活动在当时的普及化及其意义。第一次世界大战促成了世界范围内的人口流动，尤其对年轻人而言，旅行已成为生活的常态（10、11）。战后人们的旅行大多并非以浪漫主义式的冒险为出发点，而是往往带有目的性与实用性。在此背景下，异国游记及与异国相关的科普读物成为广受欢迎的阅读素材："人们会在冬天的夜晚里阅读书籍，了解那些他们想要拜访的国家的情况，印证自己在其他地区游历所获的经验，或探知那些遥远的部落，尽管命运之路几乎不会将这些人带到这些部落中间。游记、国家概况、图片报道被热情的读者贪婪阅读，他们的世界观由此得以拓展，这使他们在生活斗争中拥有坚实的基础。"（10）此外，在瓦尔特看来，无论读者偏好历史或地理读物，还是更喜欢有关民俗风情的描述，归根结底，"他们看到的都是有着优缺点的人，他们将自己与所处的环境与之进行对比"（10）。瓦尔特对于旅行与游记阅读的看法无疑同其所处的时代密切相关。一战之后前所未有的世界格局使得德国精神世界产生一种深刻的失向感，表现主义退潮的魏玛时期无论在政治或文化领域都兴起一股理性务实之风，强调对现实状况的适应；[①]在文学消费领域，诸如游记等以自身经历为对象的自传性作品以及资料文献等，因其与现实的关联性与对世界的解释性而尤其受到读者青睐。[②]这一趋势表现在瓦尔特的游记创作中则是对具体问题冷静、客观化的反思，而非异国情调式的想象或对艺术手法的追求。另外，魏玛共和国的文化悲观主义[③]无疑也使得西方对初踏工业化道路、但文明形态尚未定型的中华文明产生浓厚兴趣。瓦尔特认为，中国之所以在当时还能引起西方世界的普遍关注，是因为中国蕴藏着“我们所预感到的沉睡中的力量”，拥有着“由‘北平’这一总概念所代表的千年文化”，更因为对本国现代文明感到失望的西方人期待“这一古老的文化能通过释放蕴藏的力量而重生，从而以新的形式向前发展”（14）。从德国现代史来看，统一后迅速崛起的德意志工业大国在政治文化上寻求与英、法、美等西方国家不同的现代化道路，[④]试图在“自由主义与民主主义、资本主义与个人主义、自由贸易与任何形式的国际主义或对和平的热爱”[⑤]的经典西方现代性之外另辟蹊径。这就使得东方作为截然相异的文化与文明形态，较之英、美、法等资本主义大国，更容易引起德国知识分子观察与对比的兴趣。加之一战后德国从世界帝国主义体系的退出、德国军工企业对中国市场的倚重以及同国民党政府的密

---

① Vgl. Jost Hermand, Frank Trommler: Die Kultur der Weimarer Republik. München: Nymphenburger Verlagshandlung, 1978, S. 40f.

② Vgl. Bernhard Weyergraf: Literatur der Weimarer Republik 1918-1933. München: Deutscher Taschenbuchverlag, 1995, S. 549.

③ Louis Dupeux: „Kulturpessimismus“. Konservative Revolution und Modernität. In: Manfred Gangl, Gérard Raulet (Hrsg.): Intellektuellendiskurse in der Weimarer Republik: zur politischen Kultur einer Gemengelage. Frankfurt a. M.: Peter Lang, 2007, S. 412.

④ 参见单世联：《中国现代性与德意志文化》，上海：上海人民出版社，2011年，第2页。

⑤ 弗雷德里希·奥古斯特·冯·哈耶克：《通往奴役之路》，王明毅等译，北京：中国社科院出版社，1997年，第28页。

切关系等都使得德国在某种程度上将中国视作一个平等的伙伴。[①]《中国近况》中一以贯之的平等姿态与探求精神无疑与魏玛时期的精神气候相契合。这种契合在对“新”与“旧”、“中”与“西”的反思之中得到具体呈现。

瓦尔特从地中海乘坐轮船到达上海，稍作停留后到达天津港上岸，短暂游览后北上抵达北平，后乘火车前往南京，又从南京出发，遍览长江沿岸、东南沿海重要城市，最终经由吴淞到达上海，结束其旅程。在描述其旅行见闻与感想之前，瓦尔特对中国重要城市、民族特性和民俗风情作了简要介绍。就北平、南京与上海这三座最为重要的中国城市的关系而言，北平依旧是“皇家宫殿、天坛的所在地，精湛艺术的代名词”或古代交通要道上的站点，但在“动荡岁月里失去了实际的重要性”（15、16）。而南京的地位则日渐重要：“国民党以南京替代北平。这意味着，现代中国抛弃了北平的旧方法；南京之于新中国，就如同北平之于旧中国。”（14）南京作为国民政府所在地，尽管拥有极高的政治地位，但“对长江流域巨大的贸易往来却从来没有产生过重要影响”（21），而与之互通铁路的上海作为“中国贸易与工业的中心”填补了南京在经济影响力上的缺失。尽管自国民党政府建立以来，南京已经发生了天翻地覆的变化，但只有上海“日益呈现出一个国际大都市的样貌，使人联想起美国与欧洲的港口城市”（21）。

人作为文化的载体无疑是一个民族文化的重要组成部分，因而对中国人的生活和思想习惯的探究无疑是了解中国文化的重要途径。“鉴于人们对几乎毫不了解的事物也可形成看法”，瓦尔特因此认为，在踏上旅行之前，有必要先“了解一下，我们拥有哪些有待证实的中国知识”（23）。就如何看待中国人这一点上，瓦尔特提出应当“将中国人看作与我们有着共同感知与行为能力的人来看待”，而不是仅仅关

① 参见柯伟林：《德国与中华民国》，陈谦平等译，南京：江苏人民出版社，2006年，第19—21页。

注“必然能感知到的差异”（26）。在他看来，中国人与欧洲人最大的不同在于“中国的道德、责任与正义观并非如我们这里一般由国家法律所决定，而是由习俗和礼节所规定”（27）。瓦尔特将此与中国人的祖先崇拜联系起来，即“中华民族几千年来将死者作为家庭成员的看法”（27），认为以死者或祖先为尊的民族心理追根到底则是儒家家庭本位的思想。因而，“中国人首先感到对家庭负有责任，并通过家庭对国家负责”（27）。尽管“青年中国”（Jungchina）与传统思想龃龉不断，“将党与国家置于家庭之前的理念已成为青年中国纲领的一部分”（28），但习惯的力量依然坚不可摧。此外，儒家学说的正统性使得知识分子阶层“享有远超其他阶层的声望”，但随着中国近代社会的发展，中国古代社会士农工商兵的等级秩序正在逐渐解体。

瓦尔特称首章对中国的概述是“有待证实的中国知识”，其目的是为读者“在获得丰富的印象之前勾勒出处在空间与时间之中的人与物分类与关系的轮廓”（29）。而事实上，已有的中国知识作为固有见解的一部分对于旅行者的文化感知与书写都具有引导与形塑的重要影响；瓦尔特对于已有中国知识的选取、综合与描述在一定程度上框定与限制了其后对旅行经验的书写。

二、旧都与新都——历史与当下

从上海乘船到达天津，港口城市给予瓦尔特的影响使其得出以下结论：“只不过中国的经济还不似西方经济那般肆意，思想也未深入到生产与商品交换的关系中。所有这一切均由天然聚居在一起的大众所决定，他们认定一切重大变革皆是天意所为。”（30、31）瓦尔特笔下的中国文明受西方资本主义文明侵染不深，还带有田园牧歌式的余韵，人民也仍保有天然拙朴的虔敬，“勤劳、热爱劳作”（31），即使生活重负沉重不堪，依旧不失乐观与天真的品性。（33）中国的这种“旧”，或中国文明得以赓续至今，依靠的正是儒家学说以及将其奉为圭臬的文人阶层。（37）瓦尔特将孔子比之于歌德，认为“追求实用是中国人的普遍共性，它不仅深植于孔子的学说之中……也扎根于近代以来孙中山为其民族所遗留的智慧中”（38）。孔子的学说“不像西方哲学那般建立在因果律上，而是遵循孔子视为正确的古老习俗”，也就是“礼”（39）。瓦尔特提及“青年中国”对儒家思想的反对，他们“将中国与西方相比之所以落后全然归因于儒家思想”（38）。对此，瓦尔特也认为这种“说孩子永远不会比父母更为杰出的学说自然应通过一代代人的努力去消除”（38）。

北京（国民政府成立后改称北平）是中国千年古文化的代名词，是旧中国的象征。在正式描述北京的旅行经历与体验之前，瓦尔特先简要回溯了中国古代历史。瓦尔特认为，“中国政治的发展与其思想潮流相一致，或受其制约”（39）。由于中国历史上的异族侵略一再重演，而中华文明却始终长存不衰，因而中国人民便认定“欧洲列强的入侵”也终将以中国文明同化异族为结果。

瓦尔特与其旅伴乘坐汽车穿过使馆区的现代设施与各国使馆的欧式建筑时，感慨道：“（这里）唯一的中国要素是围绕着每个大使馆的高墙。”（49）“高墙”似乎是古代中国闭关锁国的隐喻。然而无论城墙如何高耸，北平都已不再是中国的政治中心，冲破中华文明高墙的西方文明显然无法被同化，如今统治着中国的是“北平以南1500公里处的南京”（49）。

南京的“新”最直观地体现在“两条大道上，一条是从长江到达中心广场，另一条从中心广场延伸到紫金山脚下的孙中山纪念碑”；这两条新规划的城市道路旁坐落着“铁道部、一些新建的兵营、华侨招待所、交通部、国民政府首都建设委员会、军校与军事机场等机构与场所的建筑”（59）。这里所列举出的无一不是国民政府定都南京后几年之内设立与修建的军政机构，但瓦尔特仍然认为“今日的南京，还不是一座首都”，而仅仅是“作为首都的一种构想”（59）。之所以这么说，是因为在他看来，旧中国的统治是去中心化的，首都只是一个代表。这种政治统治形式要转变为现代行政体系是十分困难的。（61）

瓦尔特以中国众多机构自主经营的现状为例，指出诸如中国铁道部等机构虽然能够有所收入，却无力开展更为大型的铁路建设。（61）中心广场混乱不堪的交通，"即使减少三分之一的量，也不会被管理得更加有序"（62）。城市用水还要通过小推车从城郊运往城里。（63）瓦尔特所观察的这些现象都直观地表明南京城市建设方面所面临的艰巨任务。

紫金山是瓦尔特在南京的重要一站，是中山陵所在地。抵达紫金山脚，作者首先看到的是明孝陵："第一座山的山脚下坐落着……皇帝陵墓的主建筑。最后几千米的道路上装点着古怪的石雕形象，超过实际大小的人、马、象及其他动物的雕塑……"（68）巨型雕像夹道不可谓不壮观，但同中山陵相比却相形见绌："新建的、保养得当的公路穿过……新规划的森林直达中山陵宏伟台阶前的广场。陵墓耀眼的白色与巨型构造使得古老的明陵显得微不足道。"瓦尔特对中山陵本身着墨不多，更关注孙中山的治国理论与国民党统治的关系，并以此为国民党独裁统治做辩护。

在瓦尔特看来，国民党专制并非西方意义上的独裁："国民党虽然也颁布了一些专制政策，但也兼顾了许多不容改变的传统习惯，而这些习惯在西方观念下无疑是民主的；再者，中国人与深深扎根的儒家思维方式仍关系紧密，而儒家思想是在健康的妥协之中寻求国家发展的良方，对于独裁是陌生的……国民议会中就混杂着许多不同的观点……中国原有的以家庭为单位自下而上的统治还主导着大众的思想，追求从上至下的独裁对党员来说并不寻常。"（72）紧接着，他详细阐述了孙中山关于国家体制发展三阶段的理论，即从军政到训政再到宪政的发展程序[①]，并认为国民党统治正处于训政时期（Zeit der politischen Vormundschaft）。（73）此外，因为"在我们穿越过的一小

① 按照孙中山先生在《建国方略》中提出的构想，军政为武装推翻清朝专制时期，训政为过渡时期，以促进地方自治与民权发展为任务，而宪政则是正式订立宪法，实现民主统治。参见孙中山：《孙中山文选》，北京：九州出版社，2012年，第227—228页。

块地方中，生活在茅屋、农舍的人民大众对于政治环境的了解相当片面”，而使“我们意识到这种（训政）阶段的必要性”（73）。

三、上海：中国与世界的未来

《中国近况》关于上海的内容包括《吴淞——分界线》与《上海——国际化》两个章节。瓦尔特在首章便提出了“大上海”的概念。国民党政府于1927年建立上海特别市，将包括吴淞区在内的所有华界区域纳入“大上海”的统一管辖之下。[①] 瓦尔特之所以以“吴淞”为题单列一章，是因为吴淞“以少量炮火便可封闭进入长江及黄浦江的入口”，因而“阻断了外来者进入中国面积广大的交通网络，也将上海这一国际大都市分别同外国与通往中国内陆的巨大交通网隔离开来”（80）。一如标题所指示的那样，吴淞作为上海与中国、上海与世界的分界线，强调并突出了上海这座城市的特殊性。瓦尔特先乘船抵达上海，但却没有立刻参观这座城市，也是因为：“吴淞将上海与中国隔开，又将中国与世界隔开。在我们了解中国人之前，我们有充分的理由不去拜访上海；就是现在，我们也不想受上海复杂形象的影响，集中整理我们的印象。”（81、82）上海的特殊性不仅仅在于它是“新”与“旧”、“中”与“西”融合集中之地，更在于它是世界经济与政治的缩影。

如同对北平与南京的描述一样，瓦尔特对上海的描述也包含大量对城市基本情况与历史的介绍。首先是对上海行政区域与人口的介绍：“上海由公共租界、法租界及‘大上海’，即围绕着两个租界的所有纯中国区域组成。根据1931年1月的数据，上海人口3195477人，其中外国人49407人（其中日英两国人占多数）。俄国革命时期的流亡者在中国定居之后，上海又有了许多俄国人。德国人大约有1600人。”（102、103）对于公共租界，瓦尔特如此评论道：“公共租界的政治地位十分复杂，总体而言处于一种中间状态，摆荡于中国与列强

① 参见唐振常主编：《上海史》，上海：上海人民出版社，1989年，第651—652页。

之间的书面协议与默许之间，而中国又不断受到广大人民群众起义的压力与他国的政治与军事举措的反压力的影响。租界内产生影响的中国势力根本而言是非政治的，主要是那群能从上海特殊的经济地位获得利益，以及那些从企业经济角度看有充足理由维护这种特殊地位的人们。外国势力的影响也与此相似。极少的政治因素，几乎仅仅是经济要素……对于主要由外国人控制的市政当局的决策起着决定性作用。"（103）然而，上海的发展不仅得益于有利的经济前提与地理位置，更得益于它"灵活适应其独特的政治、经济、法律与文明形态上的中间状态的能力"。（103）瓦尔特回溯上海治外法权的历史，以展现上海政治与司法局面的复杂性，并指出："民族主义者要眼看着漫长的时光流逝，才能等到他们的梦想——公共租界、法租界和大上海完全处于中国管辖之下——实现的那一天。"（105）最后，作者详细勾勒了上海租界与华界的分布图，从空间上描绘出华界与租界交错分布、彼此紧密联系又相互区分的景象。（105）

从吴淞码头乘船到达上海，黄浦江沿岸的工业设施引起了瓦尔特的特别关注："再往上一些，我们看到了华界的新发电厂和它后面闸北自来水厂的中式宝塔型水塔。紧接着，雾气之中显现出一座大城市的轮廓，此间弥漫着公共租界发电厂厚厚的烟云。这座工业设备的线条使人从远处就意识到，那里有20万马力的煤力被转换为电力，并从那里集中为一座大城市提供电力、灯光与电热。大型的机械煤炭卸载设备及灰烬装载设备与中国压榨其廉价劳力所用的原始运输方式形成鲜明的对比。事实上，这些大企业也不过是英美国家的飞地罢了。"（102）这是和北平与南京截然不同的城市景象，现代工业文明的气息扑面而来；然而，一如这一描述所对应的配图，高大机械装置下的小船上犹如蝼蚁般的搬煤工人还在以最原始的方式劳作。在苏州河畔的大型工厂与手工作坊上，瓦尔特再次观察到这种格格不入的对照："黄浦江的尖角到苏州河最外沿的支脉间有许多大型工厂。这里有棉纺厂、缫丝厂、面粉厂、印刷厂、印染厂、锅炉锻造厂、玻璃制造厂以及其他工厂。穿过法租界的边界到达华界，我们就能看到那里也有相似的工业企业，只不过更为原始，其中有些已然停工。进入侧巷之中，我们又看到与这些大工厂毗邻的家庭工业；这些家庭工业有些与大工厂形成竞争，有些则是一种补充。就是租界的边界线也无法阻挡这种家庭工业。在最为现代化的工业区中，还散布着许多小茅屋。在那里，勤劳的双手不分日夜地纺织着棉布。"（109、110）这种小农经济的生产方式与现代化机械生产的对峙正是中国传统农耕文明与西方工业文明的对峙。在瓦尔特看来，西方工业文明的入侵要比西方政治与思想的影响更为深刻与剧烈。中国古代技术建立在"事物的自然秩序"之上，而机器"则是冷硬的"；"西方的思想可以'曲解'"，但机械设备却是"不可弯折的"（111）。因此，"它（机器）是入侵的'他者'，比之侵袭青年中国的思想要更加粗暴"（111）。"中国面临着工业化与其他任务"（112）。而上海作为现代技术进入中国的门户（111）、中国的经济与贸易中心，无疑代表着中国工业化与现代化的未来。

与西方工业文明的入侵相比，上海的西方生活和西方人是上海国际化更为生动直观的体验。静安寺路的夏季集市与庙会呈现出一幅中西交融、热闹非凡的市井图："中国人、印度人、欧洲人都在这里购买洗手盆、篮子、铁丝制成的家居用品；所有这些平日里在上海都能以低廉的价格买到，但是市场使得它们尤其吸引人。在这样的场合下，人们还会购买水果、零食和价格低廉的针织品；年老的女人走进庙里，为死去的亲人点上香烛。"（106）租界内的这种场景让瓦尔特感到十分新奇，尤其是拥挤不堪的人流之中还有欧美人开着汽车艰难穿行。欧洲人的娱乐生活自然不在此处。市中心的跑马场、南京路上的百货大楼和舞厅、外滩和租界内的休闲公园、基督教青年会的体育场、俱乐部和酒吧等显示出西方现代大都市丰富多彩的休闲文化；随处可见的建筑工地和繁忙的交通则呈现出这座城市的生机与活力。（106–108）

关于这座城市中的人，瓦尔特略述了因革命而流亡上海的俄国人、老牌在华殖民者葡萄牙人的后代，详细介绍了在上海的欧美人及中国商人。上海的欧美人大多由家庭、朋友或俱乐部介绍而来，短暂在上海的“商行、银行、保险公司和轮船公司工作几年”（114）。这些人大致可分为两类，一类是将上海仅仅当作一种人生体验的年轻人；另一类是将上海当作人生前进道路上的一个阶段的人。（116）第一类人或许与欧美通俗小说中“轻浮、投机与不负责任”的形象相符；第二类人在上海的生存却面临着激烈的竞争与艰难的决断，只有积极地工作才能使他们向前。（116）对于上海的中国商人，瓦尔特的评价是：“我们不能说每个在上海的中国商人都是聪明的，但或许可以说，他们都是精明的。”（117）瓦尔特还提到早期在外国进口商和中国大企业之间协调的买办阶层，认为后来中方与欧洲的直接贸易及变化了的司法结构都使得贸易变得极为困难。此外，瓦尔特还提到日本在上海贸易中占有重要比重，并认为在企业方面，日本是中国的榜样。（117）概览上海各个国家的居民后，瓦尔特感慨道：“这座城市不仅折射出中国的忧虑，还反映出世界的忧虑。欧洲大国与美国的所有经济与政治动荡都能在这里产生反响。美国、英国和德国的工商界领导人来到上海，希望在这里找到改善经济的建议和新见解。”（118）

四、结语

瓦尔特在南京目睹中国农民和手工业者在西方工业文明入侵之下艰难的生活境况，发出了这样的追问：“为什么中国要适应现代技术？为什么各国列强要向其展示，结构精妙的钢铁构造能给使用镰刀的农民带来更多的产量，能比手持刀剑的强盗屠杀更多人？为什么人们要将这个悠然自在生存着的民族投入到激荡的变革之潮中？”又答道：“此为事物运行之常规！世界大势即为世界之发展！……正是在对现状的不满中，在斗争中，而不是在不费吹灰之力的胜利之中，民族发展能力才得以强健。”（65）在瓦尔特的中国游记里，北平象征着衰落的中华文明，儒家思想的智慧虽然能使之赓续几千年，但却始终抵挡不过西方文明的入侵。国民党政府意图依照孙中山先生的遗嘱，以南京为起点，建立起现代中国。然而，国民党的统治仍受到儒家思想的影响，且仅凭国民党一党之力，要实现中国现代化，道路漫长且艰辛。上海则不同，它不仅是西方现代文明进入中国的门户，上海的中国人也在西方工业文明的影响之下，参与到上海经济文明的建设中。在“技术的世纪”与“经济的世纪”（119）的历史潮流与背景之下，上海作为中国现代技术、贸易与经济的中心，无疑代表了引领中国城市发展的潮流，成为中国发展的方向，并以其国际化与开放化而成为世界发展的缩影。

另一方面，虽然瓦尔特反复强调在旅行目的地观察与游记书写的中立性与客观性，但他却将西方列强对中国的侵略与殖民当作推动中华文明变革与发展的助力。他在游记末尾中写道：“尽管如此，无论是贫穷、依赖出口的德国，还是对世界贸易感兴趣的富有的美国，到目前为止都没给予中国以帮助。只有借助这些从外部获得的支持，中国才拥有经济力量去实现孙中山的纲领。中国与世界的忧虑相互影响。下诊断的医生很多，但有效的良方却始终没有出现。”（118、119）瓦尔特对帝国主义援助的期待不过是坚信“世界联结”（120）的理想主义。尽管他对中国文化与哲学颇有倾慕之情，但他看待当时中国的现实与发展趋势时，仍没能跳脱西方中心主义的窠臼，因而无法看到中华民族本身革故鼎新的决心与力量。

（陈雨田　文）

第四节
凯泽林世界纪行的上海印象与哲学反思：《一个哲学家的旅行日记》

一、热爱旅行的哲学家——赫尔曼·凯泽林

旅行是物质交换和精神文化交流的重要媒介，在大航海时代之前，长途旅行主要承载了商贸、传教等实用功能，除专职的探险家以外，旅行的休闲和开辟视野的功能并不凸显，因此旅行的文化意义通常是作为附属品出现的。但是，随着交通方式发生质的变化，信息交换和交流的发生变得频繁密切，越来越多的人不满足于借助文学作品、传教士和商旅人士的二手描述来接触异文化，选择踏上旅途，以自己的五感六识取代他人的经验感受。从19世纪后期到20世纪初，通过游记展现异国他乡风貌的文本层出不穷，同时，这一时段的全球交往在政治、经贸、文化等不同层面的发展和深入不一而足，因此旅行者的身份也更加多种多样，赫尔曼·凯泽林伯爵（Hermann Graf Keyserling，1880—1946）的旅行正是基于一系列的时代背景和机缘才成为可能。

赫尔曼·凯泽林出生于欧洲北部、波罗的海东岸与俄罗斯接壤的利沃尼亚地区（波罗的海东岸地区）[①]。被称为“波罗的海德国人”（Die

① 利沃尼亚是中世纪后期的波罗的海东岸地区，即现在的爱沙尼亚以及拉脱维亚的大部分领土的旧称。历史上曾先后由圣剑骑士团（通称利沃尼亚骑士团）、丹麦、条顿骑士团、波兰立陶宛联邦、瑞典、俄罗斯帝国、德意志帝国、纳粹德国和苏联统治。以下称“波罗的海地区”。

Deutsch-Balten或者Deutschbalten、Baltendeutsche，旧称：Balten）的移民是受斯拉夫文化与日耳曼文化共同影响的群体，德语是他们的主要语言，在政治上保留了自治权力，在文化上保持着自己的传统。凯泽林所属的德国贵族移民一直是本地的上层阶级，无论在政治上还是文化上，都具备相当的号召力和影响力。在七年战争（1756—1763）期间，凯泽林家族以俄国军队身份驻扎柯尼斯堡；当时的凯泽林伯爵夫人（Gräfin Caroline Charlotte Amalie von Keyserlingk，1729—1791）与当地文化界交往频繁，颇受康德赞誉。波罗的海地区作为德国和俄国交往的地理桥梁，处于日耳曼文化体和斯拉夫文化体的碰撞中心，当地的贵族深受两种文化的熏陶。凯泽林家族作为其中的代表，"汇聚了德国精神和俄国血脉"，并"融合了斯拉夫民族的思维"。[①] 赫尔曼·凯泽林的"祖父是沙皇亚历山大二世的顾问，祖母则是沙皇尼古拉一世的财政大臣乔治坎卡林伯爵的女儿"，[②] 他们结交俾斯麦、洪堡等一流政治家、教育家，家族的多元文化背景以及充斥名流政要的家族交际圈子都为赫尔曼·凯泽林日后进入德国知识精英阶层提供了不少便利。他熟识贵族"话语"，在同知识精英兼贵族接触时完全没有像当初席勒之于歌德、费希特之于康德的陌生和距离感。这份隐形遗产对于他日后出行及社交有着不可忽视的重要帮助。

凯泽林年幼时接受课程密集、学科广泛的家庭教育，仅语言就包罗拉丁语、希腊语、俄语、法语和德语，数学、历史、宗教、音乐和物理等通识教育为他打下了坚实的知识基础。他的语言天赋在后来游历欧洲各国时展露无遗，除俄语和德语两门母语外，凯泽林还掌握了英语、法语、西班牙语和意大利语。在当地高中毕业之后，他辗转于

---

① Ute Gahlings: Hermann Graf Keyserling. Ein Lebensbild. Darmstadt: Justus von Liebig Verlag, 1996, S.18.

② 严洁琼:《末代贵族的微弱叹息》，载上海图书馆历史文献研究所主编:《历史文献第十三辑》，上海：上海古籍出版社，2009年，第463页。

日内瓦、海德堡和维也纳等城市学习。在游学过程中，他的兴趣从原本的地质学专业转向了哲学。大学毕业后，他继续在欧洲主要城市游历，于巴黎、柏林、米兰、威尼斯等地留下了足迹。在旅行过程中，他逐渐发展着自己的哲学兴趣，寻找着未来的事业方向。在对欧洲各地的社会、文化有了初步体验后，他认为欧洲整体的文化和氛围对他而言太过熟悉，无法在思想和精神高度对他产生刺激。经过慎重考虑和筹划，他于1911—1912年展开了为期一年的世界旅行，正是这次旅行为他开阔文化视角和形成哲学旅行偏好奠定了基础。

二、旅行小说或哲学日记——《一个哲学家的旅行日记》

在世界旅行过程中，他将自己的所见所闻、所思所悟记录下来，并在一战后以《一个哲学家的旅行日记》（*Das Reisetagebuch eines Philosophen*，1919）为题出版。该书甫一出版便引发热议，后相继被译成英、法、西班牙语等多国语言而广泛传播。他的这本“游记”不同于纯粹描写异国风情的旅行指南，不仅没有离奇情节的虚构小说，反而充斥着大量生僻的哲学名词和抽象的主观思辨。这本书究竟有何神奇之处，使之得以吸引大众的眼球、引发学界兴趣？从内容来看，书中以自己的旅行线路为基本线索，上卷包括了从地中海、苏伊士运河、红海、印度洋到斯里兰卡、印度的热带和亚热带区域；下卷从中国开始，取道日本和夏威夷横渡太平洋地区，抵达美国（旧金山、优胜美地国家公园、盐湖城、黄石公园），结束了这次旅行。中国作为古老东方文明的传承者之一，对异质文化背景的凯泽林具有极强吸引力：“就东方文化之代表而言，或许没有比中国更加合适的。”[①] 从凯泽林在旅行中选择的落脚点和考察重点来看，他对异质文化的感触十分敏锐。他在中国逗留了半年左右，占全部旅行时间的一半；与此同时，中国

① 叶隽：《德国学理论初探——以中国现代学术建构为框架》，上海：上海外语教育出版社，2012年，总序第2页。

旅行的感悟和记录也占据了此书的大部篇幅，因此中国旅行在他心中的地位和意义是不言而喻的。

从书写叙事的角度和手法来看，凯泽林在第四部“远东”的“中国篇”部分，主要叙述了他对中国人、中国哲学以及中国文化的认识，并追忆了他在中国旅行中所结识的文人。“中国篇”共分为十章，章名依次按照旅行所至城市名字或地区命名（香港、广州、澳门、青岛、穿过山东、济南府、北京、汉口、长江之旅、上海），每章再以页眉标注的形式对内容重点加以提示和补充。“中国篇”里，他对城市印象和景观的描写远不如上卷，但是对中西文化差异的探讨和思考却比全书任何地方都多。因此，十座城市串联起的既是凯泽林的旅行路线，同时也揭示出凯泽林对中国认识的深化发展过程，尤其能够展现凯泽林作为一名德国贵族兼哲学家，其对东方文化的评价和态度的转变历程。所以就“中国篇”而言，其内容上的哲学思辨特征或许要超出其作为游记文本的题材特征。

《一个哲学家的旅行日记》成稿于1912年，因一战爆发延迟至1919年首次出版，书中对欧洲以外的东方文明包括印度、中国、日本以及新兴的美国文化的关注和评论独树一帜，出版后迅速引发热议。凯泽林对西方文明的反思和忧虑与斯宾格勒在《西方的没落》中所呈现的相似，他也因此被认为是一战后西方文明危机中与斯宾格勒比肩的预言家和智者。有学者这样概括凯泽林这本书的时代意义：“当前，西方文化正经受着一场危机，这场危机在世界大战之后尤其表现出来。斯宾格勒谈论西方的没落绝不是偶然的，西方的没落已是当代的普遍感觉。就在我们产生西方走向没落的感觉时，东方却放射出越来越夺目的光芒。拯救的新思想从四面八方涌向我们：泰戈尔从印度来，作为带来福音的人受到热烈欢迎；人们也对中国有很多期待，特别是老子哲学影响巨大，与这一哲学相关的不满者和追随者越来越多；

我们也阅读了漫游哲学家的旅行日记。人们开始倾听东方的思想。”[①] 通过这次世界旅行，凯泽林对印度和中国的文化产生了浓厚兴趣。在此后的近二十年中，他继续将中国传统文化资源应用到自己的哲学思考和文化改革里，成为20世纪上半叶化用中国文化最为知名的德国哲学家和作家。这本书作为他的成名之作，既是他作为哲学家的早期哲学思辨的体现，也是他一生之中多次将旅行和哲思结合起来的首次尝试。此后，他维续了将旅行和哲思相结合的写作风格，相继写出了《新生的世界》《南美冥想》等著作以展现他在北美、南美等不同文化区域内游历时的观察和思考。可以说，凯泽林是为数不多在旅途中多发哲思的哲学家，也是别出心裁始终把旅行作为人生乐趣的贵族。

三、城市镜像与文化认知——观察和评价

无论是就个体而言还是就文化体而言，异质精神资源的刺激和取用都是其发展和进步的必由之路，中国文化作为东方文明的重要组成部分一直受到凯泽林等西方知识精英的主动择取。“文化的感性世界必须通过那些仍然陌生的文化图景来扩展”；[②] 对一战之后处于迷茫之中的欧洲人而言，这种扩展恰恰就需要中国印象。中国作为古老东方文明的传承者之一，对异质文化背景的凯泽林具有极强的吸引力。基于德国历来汲取外来文明精华的传统，凯泽林在抵华之前想必有所“先见”，不论是歌德、席勒等文学巨匠对于中国形象的文学解读，还是传教士苦心孤诣所做的记录与调查，都为凯泽林展现了一幅中国画卷；而他关于中国文化的好奇和疑问，尽在此行中得到了满足。凯泽林以东方世界为主要观察、记录对象的旅行无疑带有一种寻觅的色彩，冥

---

① 卫礼贤:《东方思想对西方复兴的意义》，载卫礼贤:《中国人的生活智慧》，蒋锐译，济南：山东大学出版社，2010年，第215页。

② Ute Gahlings: Hermann Graf Keyserling. Ein Lebensbild. Darmstadt: Justus von Liebig Verlag, 1996, S. 67.

冥之中寻觅到的正是感性哲学的灵感，“西洋生活是直觉运用理智的；中国生活是理智运用直觉的；印度生活是理智运用现量的”。[①] 通过实在的旅行经历，凯泽林获得了超出以往西方哲学家的大量感性经验。正是这些感性经验，推动了凯泽林日后感性哲学观的发展。

因为行程和现实原因，凯泽林旅行所逗留的地点均是大城市。今天的大城市总带着一种全球化导致的千篇一律和个体性的迷失。当凯泽林抵达中国香港时，他也担心在辛亥革命对这一古老帝国的影响下，自己将无法见识到真正的传统中国。不过他很快意识到，他恰好在中国剧烈变革时期来到中国，尚可以瞥见留存的中国“自然—人”之间的秩序；而这种秩序，也正是凯泽林所期望见到的、为他的哲学思考提供基础的重要内容。随着旅行的深入、对城市的观察以及周遭交往人物的启发，凯泽林逐渐形成了比较系统全面的对中西文化和社会各个方面的比较。一方面，西方社会的价值观作为凯泽林头脑中固有的坐标是他在旅途中衡量和评价外界事物的一种标准；另一方面，在他得到了足够的感性材料之后，中国文化又成为他衡量和修正固有的西方价值的标准。这种“互为他者”的比较与对照，贯穿了他的“中国篇”。比如公共生活方面：“我在中国的最初一段时间，不单单是时间上的不合宜，空间上亦是如此：在广州，生活的表象给人以巨大的压力，以至于心理上似乎根本无法再透过表象而看清本质。如今，公众的生活对我而言已全无吸引力，因为它的形式无法表达出与其朝夕相处的灵魂所在，而仅能够体现相处的客观必然性或可能性……中国和欧洲的社会制度并无显著差异；即使前者在事实上可能真的是独树一帜，但就内在意义而言，前者与后者的差别微乎其微。在如此一座因其独特的魅力而闻名于世的商业大都市里，我几乎从未有过身处异地的感受……或许很难感受到此地与彼处在精神上的差异……即我们欧洲人与中国人在本性上是一样的，只不过在文化层次上要低其一

① 梁漱溟:《东西文化及其哲学》，北京：商务印书馆，1999年，第162页。

等。”[①]凯泽林在广州——这座最为知名的商业都市里感受到的，是和欧洲都市截然不同的公众生活和公共空间，这里没有文化沙龙或者舞会，而只有像“不知疲倦的老黄牛总是劳碌并快乐着”（9）、“只会像勤劳的蚂蚁一般不知疲倦地忙碌着”（12）的中国人。正如他观察到的那样，为生计奔波的中国人是无暇顾及丰富而深刻的公共生活的，即便有，也是为了某些“客观必然性”而存在，并非为了生活本身这一纯粹目的。从这一点来看，广州和欧洲的任何一个商业都市，在本性上是一致的，这也是为何凯泽林逐渐改变之前旅行中的观察思路，将关注重点从中国人劳动群体转向中国文人个体。而这一转变的契机就是凯泽林通过德国汉学家卫礼贤的介绍与辛亥革命之后避居青岛的清朝官员和皇室成员的见面：“一个数量众多、身份显赫的中国人群体，其中包括多位前总督和副国王，为了逃避西方人而聚集于小小的青岛。卫礼贤为我们双方作了引荐，于是我得以认识中国最高等级的精英。”（44）凯泽林常和卫礼贤、辜鸿铭等人谈天说地，这种小范围内的“公共生活”成为凯泽林了解中国文化的重要途径。卫礼贤在其著作《中国心灵》中对凯泽林和辜鸿铭的一次会面作了简短的描述：“伯爵（指凯泽林）说话时，辜鸿铭总是迫不及待，等不到轮到自己。他把中文、英文、法文和德文都混到一起，又说又写。这位东方哲人的心灵和头脑中充满了各种各样的思想和感觉，包括整个世界的历史和神圣的创造计划，以及远东的精神和西方的野蛮掠夺。他把所有的一切都倾泻给伯爵。宴饮终于结束了，曙光透过窗棂照射进来。地上撒落着没踝的碎纸，上面写满了欧洲和中国的格言、各种建议、妙言警句和引语。辜鸿铭起身去睡觉，凯泽林伯爵承认自己确实面对着一个充满活力的中国人。”[②]凯泽林和辜鸿铭之间的交流和共鸣无疑体现

---

① 赫尔曼·凯泽林：《另眼看共和：一个德国哲学家的中国日志》，刘姝、秦俊峰译，福州：福建教育出版社，2015年，第8—9页。后文出自该书的引文，将随文标出引文出处页码，不再另注。

② 卫礼贤：《中国心灵》，北京：国际文化出版公司，1998年，第145页。

了他们的某些共同特质，吴宓在纪念辜鸿铭的文章中就曾提到：中国印度之有此二人（指辜鸿铭和泰戈尔），正如德国今日之有凯泽林伯爵。[①] 这种评价显然是注重知识精英个体在同异质文化交流时起到的沟通和推动作用，而这种沟通和推动作用，正是发生在以公共空间为基础的社交场合里。对于熟悉上流社会社交生活的贵族凯泽林来说，这种交流方法更符合他的口味。20世纪初的上海正是这样一座注重公共空间发展、为社会名流提供宽广社交舞台的大都市，凯泽林也非常幸运地得到了它的青睐。

四、上海演说——中国之行的总结与升华

上海是凯泽林中国之行的最后一站，他在此结识了他在旅途中一直听闻的沈曾植，并感慨“一个比他承载了更加丰富的天性和更加完美文化的人，我在中国是再也无法遇见了”（162）。凯泽林“借助于从沈曾植身上得到的新鲜印象”[②] 对“中国性”（Chinesentum）作了详细总结，并作了题为《东西方以及两者对共同真理的探索》的演说。凯泽林的上海经历不但是中国之行的终点，也为他总结东方思想提供了绝好契机，他进行演讲的地方是当时上海最为知名的社会活动公共空间之一：尚贤堂。尚贤堂的创立者李佳白（Gilbert Reid）与卫礼贤类似，最初也是一位前往山东传教的传教士，后在传教过程中逐渐意识到士绅阶层的影响力，逐渐转变了传教策略，结交华人，宣扬儒家思想，提倡将基督教和儒学相结合。在宣教过程中，他的活动重心和立场也在逐渐变化。他热心中国的政治改革和社会民生，也是较早将西方政体作为中国改革目标和参照物的西方人士：他向翁同龢进书陈述改革

① 吴宓：《悼辜鸿铭先生》，载黄兴涛编：《旷世怪杰——名人笔下的辜鸿铭，辜鸿铭笔下的名人》，上海：东方出版中心，1998年，第6页。

② 同上，第163页。

政策，也曾书写中、德、美三国的政体比较。[①] 他对中西文化的熟悉和丰富的人脉使他成为承办清末民初西方人士在华文化活动的主要掮客，他创办于北京、在1903年迁至上海的尚贤堂也就成为了当时参者众多、影响广泛的文化交流场所。正如李佳白本人已经不是单纯的传教士，尚贤堂也并非单纯传教场所。西方创办者得到了主场优势，使中西人士借此进行思想交汇和社交活动，而尚贤堂从北京搬到上海之后也迎来了其活动和影响力的高潮。它一方面是“在野朝臣时常逗留之处”，[②] 另一方面也成为当时上海西方侨民各种社团的集合地；更得到了上海政商名流以及美国使领馆的青睐和响应。凯泽林作演说的背景大致如此，而他的演说题目也正符合了此时李佳白的活动策略，即最广义的“各教联合”[③] 思想。因此，在尚贤堂的预告和宣传下，共有各界代表上百人参加凯泽林的这场演讲，其中不但包括来自《大陆报》《申报》《共和日报》等新闻媒体的记者，也包括俄国驻上海领事等社会名流。凯泽林对上海之行十分激动，他对这座城市“怀有莫大的憧憬和期待”（160）。这种期待既是基于城市本身，更是因为上海吸引了无数学者名人；能有机会同这些上海的知识精英结识交流，怎能不让人激动？凯泽林在同代表了“中国人”整体的中国人个体——沈曾植打交道之后总结出“中国性”，并在演讲中着重强调了他所了解到的中国哲学的特点、可供西方哲学借鉴的地方以及未来中西应互相学习借鉴共同发展的观点。当时的上海报刊业发展十分兴旺，不仅有着大量中文报刊，而且有不少知名英文报刊，如《字林西报》（*North China Daily News*）和《大陆报》（*The China Press*），甚至还有销量不小的德文报纸《德华新报》（*Der Ostasiatische Lloyd*）。《德华新报》还独辟版

---

① 参见张朋园：《中国民主政治的困境》，台北：联经出版事业公司，2007年，第25—26页。

② 林志宏：《民国乃敌国也：政治文化转型下的清遗民》，台北：联经出版事业公司，2009年，第55页。

③ 参见胡素萍：《李佳白与尚贤堂——清末民初在华传教士活动个案研究》，载《史学月刊》2005年第9期，第60页。

块，增设了“上海消息”（Shanghaier Nachrichten）一栏。无论是报业的昌荣还是语种的多元，种种情况均能说明当时上海城市文化的繁荣和市民对文化修养的追求。凯泽林的演讲能在多家报纸上全文刊登，也从侧面反映了社会热点的趋势和大众不俗的品位。

上海是东西方文化的交融之地，自开埠以来就成为近代中国文化与西方舶来文化不断碰撞、排斥和接纳包容的试验场。作为近代最重要的中国城市，上海的外在是国际化的，内在仍不脱于中国。这种复杂性和融贯性使凯泽林一方面不至于在纯粹的异域中丧失哲学家的理性审视，沦为新鲜景色的录影机，另一方面也不至于彻底脱离对东方的感性认识。这也是凯泽林以上海为重点、总结自己旅行思考的缘由。而其作品中鲜见对上海都市容貌描写的原因在于，“东方”的上海不会令他惊讶，“西方”的上海不会排斥他，怡然自得的气氛和情绪主导了他的头脑和笔端，流淌出沉静的思辨，而不是饱胀激烈的异域印象。

青岛和上海是凯泽林中国之行的两个重要节点。前者将他从景观感受和视觉表象引向了同中国文人个体的深入交流；后者为他提供了升华感受、理性总结的契机。特别是他所作的演说，成为他日后发展感性哲学观的重要资源，这也是凯泽林的旅行日记区别于同时代其他游记文学或异域探险笔记之处；同时，这也正是中国近代城市带给凯泽林的最大收获。

五、结论

凯泽林对中国的认识之所以能区别于其他同时代的游记作品，没有流于表面的景观介绍或者对欧洲文明的歌功颂德，主观上是因为他同如辜鸿铭、沈曾植等中国文人的交往比较深入持久；客观上当然少不了重要的德国汉学家卫礼贤和社会活动家李佳白的引介之功；同时还要归功于他在旅行之初设定的目标和动机与其他游记作者不同：“我得出一个结论，我所认为的哲学，不是科学而是艺术……带着这个结论，我的目标将是运用一种需要实质物体和活生生的人的单纯技巧来得到哲学的意义。”[①] 他的旅行是以哲学家和理论家的身份开始的，不是纯粹的消遣、自然享受，也不是学术活动或者提高自我教育水平的漫游，而是为了理解在内在体验中获取的形而上的真实，并且发现形而上的自我的深度入口。[②] 凯泽林此书给读者的印象是一个诗意化的整体世界观和凯泽林的思想世界的展示，而不是完全依赖于事实上的旅途叙事。虽然他最终在使用中国传统文化资源时类似“将当地知识（话语）转变成与欧洲形式和权利关系有关的欧洲国家和大陆的知识”，[③] 但是凯泽林在立场和主张上并没有充当欧洲殖民主义的先锋，这也是在当时殖民扩张大潮中的一股清流。

客观来讲，凯泽林对中国的认识和评价具有很强的主观性。一方面，由于对青岛和上海的都市公共生活空间的选择，他的社交可能性受到了极大的限制。他所交往的人物都有着极其鲜明的政治立场和文化主张，其中多为传统士大夫。另一方面，他对西方文化危机的忧虑使他迫切希望在异文化尤其是中国文化中找到解决办法。在此动机之下，接受主体同客体文化资源发生信息交互时也就进行了有选择的评论和叙事，强烈的主观印记和个人好恶因而无法避免。

总体来看，他与中国文人的交往及其对中国城市的印象体现了当时欧洲旅行哲学家对中国的解读。这种解读是互动性、连锁性的：上海影响了他，独特的城市文化和中国思想持续影响了他的哲学建构以及哲学实践，使之发展并成为20世纪上半叶德国社会思潮乃至整个中德文化交流史中十分重要的一部分。这场蝴蝶效应的起点，正是凯泽林甫一踏足中国时的城市印象。

（董琳璐　文）

① Hermann Graf Keyserling: Reise durch Zeit. Bd.1. Liechtenstein: Liechtenstein Verlag, 1948, S.238.

② Ute Gahlings: Hermann Graf Keyserling. Ein Lebensbild. Darmstadt: Justus von Liebig Verlag, 1996, S. 67.

③ 玛丽·路易斯·普拉特:《帝国之眼：旅行书写与文化互化》，方杰、方宸译，南京：译林出版社，2017年，第263页。

第五节
金德游记小说的上海百态与新中国掠影：《中国，中国》

一、赫尔曼·金德其人

德国作家赫尔曼·金德（Hermann Kinder）1944年出生于波兰城市托伦（1939—1945年被德国占领），在德国巴伐利亚州度过童年。中学毕业后，他先后在明斯特、阿姆斯特丹和康斯坦茨攻读艺术史和语文学，1972年取得博士学位，同年开始在康斯坦茨大学任教。同时，金德以自由作家为第二职业，加入了民主德国作家协会，曾荣获博登湖文学奖（1981年）、阿勒曼尼文学奖（1996年）和斯图加特文学奖（1998年）。

金德的作品通常采用第一人称视角，带有自传色彩。他曾自述写作的原因是“在虚构文学中将‘谎言和欺骗’以及现实混淆”，而他所有虚构作品中的现实都“亦真亦假”。[①] 在处女作《研磨槽》（*Der Schleiftrog*，1977）中，金德展现了年轻的日耳曼语言学博士生、成长于基督教中产阶级家庭的布鲁诺，在“左派”解放理想和自身家庭理念之间的摇摆和挣扎。文章体裁为“反成长小说”，采用怪诞元素、微妙的蒙太奇技法叙述了德国整个六八一代由充满希望到幻灭的过程。而金德在大学的工作经历，则促成其创作了第二部作品《时间的忧郁》（*Vom Schweinemut der Zeit*，1980）。书中的主人公，年轻的艺术史家、

① Alle meine Fiktionen sind wahr und unwahr. Sigmund Kopitzki im Gespräch mit Hermman Kinder. In: Christof Hamann, Siegmund Kopitzki (Hrsg.): Hermann Kinder. Eggingen: Edition Isele, 2008, S. 117.

新生学者在一系列自我调整和努力后仍旧不可避免地走向了失败。在这本书中，金德继续探讨了整装待发的六八一代如何在沮丧、抑郁的时代精神中自处的问题。1986年，金德曾被派往上海任客座教授。这段异国经历同样成为金德的灵感来源，造就了游记小说《中国，中国》（*Kina Kina*，1988）中德国教授约翰·安德玛特难忘的中国故事。

二、日耳曼学者的艰难求生之旅

《中国，中国》开篇，约翰·安德玛特的旅程还未开始，便已举步维艰：发去上海的电报和挂号信皆杳无回音，中国之行眼看就要不了了之，在他几乎放弃等待之时，签证姗姗来迟。出师不利，旅途颠簸，经历九小时晚点，安德玛特终于抵达上海。在难以忍受的炎热中，他突然发现自己置身于陌生的中国人的海洋，而负责接待的中国教授王和同行的公务员大多数时间只与彼此说着他无法理解的中文。身体上水土不服，生活条件也与他所习惯的天差地别。连驱动他来到中国的原因——教学，亦进展得不如人意。沉默胆怯、总是“悲伤地看着书，好像他们在里面丢了东西”[①] 的中国学生让他感到无奈，而中国对于性等种种话题的敏感和忌讳，更使他的工作难上加难。

去往中国各地旅游的计划一再受阻，安德玛特独自走上上海街头探险，但不论是乘公交还是照相，应接不暇的中国日常和文化冲击无一不让他疲惫。直到走入“只有侍应生是中国人”（60）的和平饭店，他才感到了片刻的安宁。在那里，他认识了瑞士人唐。与唐一起，安德玛特终于踏上了前往杭州的旅程，并在那里见到了他一直期待的“真正的中国”。短暂的杭州之行再次燃起了安德玛特想要一窥中国真貌的愿望。在与王反复商量之后，安德玛特决定独自乘火车前往旅游杂志中风景宜人、有着六朝古墓和石兽的古城镇江。奈何旅程还未开始，这位曾经的

① Hermann Kinder: Kina Kina. Erzählung. Zürich: Haffmans Verlag, 1988, S.39. 后文出自该书的引文，将随文标注出处页码，不再另注。

“诠释学家，理解行家”（96）就在尝试订票的过程中，在人山人海、喧嚣混乱的镇江火车站感到了走投无路的绝望。历经波折，安德玛特终于找到了预订的宾馆，等待他的却是比上海条件更差的脏旧房间。忍着膝盖的疼痛，他坚持探索镇江，却发现旅游杂志所描述的美景历史早就已经无迹可寻，所见只有“黄的天，黄的空气，黄的扬子江，无可慰藉充满硫黄蒸汽，无景可言”（105）。安德玛特想不出旅行的意义，觉得自己处处多余。他心灰意冷、精疲力竭地走入一家小饭馆，但在这里，他却收获了意外的善意温暖，第一次体会到中国食物的美味，第一次有了归属感，也终于第一次，敢于用中文道一句“谢谢”。

镇江之行虽以安德玛特病倒不省人事终结，但却成了他中国旅程的转折点。安德玛特终于将目光投向赶来照顾他的王身上，而在他眼中原本千篇一律“白衬衣，蓝裤子”（15）的中国人群中，也终于开始出现具体的面孔。参观学生宿舍、学生酒吧，应邀去王家做客，安德玛特慢慢深入中国人的生活，也对中国的种种有了新的感受。当回国的时刻转瞬到来时，他恍然发现自己对这片土地的不舍和牵绊。

三、新中国缩影——金德笔下的上海

1986年，金德来到了上海，他笔下的安德玛特也在同一时期被派往上海。然而，面对自己即将到来的旅程，安德玛特全无兴奋之情，心心念念的只有梦中净土托斯卡纳。19世纪二三十年代，黄金时期的上海也曾作为重要的经济政治中心吸引过世界的目光。此时的“东方巴黎”在文学和电影创作中被中外艺术家刻画为冒险者的天堂，隐藏着危险却也充满机遇。作为受外国影响最大的中国城市，[①] 不管是外滩上林立的西式建筑、随处可见的外国俱乐部，还是数量众多居住于此

① Vgl.Thomas Zimmer: Bild und Rolle Shanghais in der Literatur des 20. Jahrhunderts. Teil 1: Späte Kaiserzeit und Republikzeit. In: Wolfgang Kubin und Suizi Zhang-Kubin (Hrsg.): minima sinica, Zeitschrift zum chinesischen Geist,Nr.1, 2007, S.35.

自称“上海人”的外国人，上海无处不彰显着“上海不是中国”，[①] 亦不属于中国。而这一状况在1949年新中国成立后骤然改变。歌女、妓院、鸦片馆在共产主义中国无处可寻，同样失去踪影的还有上海街头的外国面孔。上海特立独行的形象渐渐被统一的中国形象所取代。人们看到的不再是“外国人的上海”，而是高速发展的新中国的缩影。

20世纪50年代，西方反共产主义热潮盛行，而新中国又因政治原因几乎与世隔绝。直至1978年改革开放，中国再次向世界开启大门，西方才慢慢将复杂的目光投向真正的中国。透过安德玛特的眼睛，金德在《中国，中国》中展现的正是此时经济政治重新开放的上海。

起初，这里的一切都是破破烂烂、不如人意：专供外国教授的住所无论是电器还是窗纱都年久失修，无法使用（21）；中国人眼中的奢侈早餐成分不明，难以下咽（29）；连庆祝用的糖果也只是“尝起来像盐渍的李子酱”（35）；充满氯味的水和空气，难以入口的饭菜，语言不通的陌生人潮和不断抗议的肠胃成了安德玛特的日常。酷暑、蚊子、噪声一刻不停地叨扰，让他在上海的第一夜便难以入睡、高烧不停。在高烧中睡去，在不变的闷热与嘈杂中醒来，他绝望地发现自己“还在中国”（43），他不断默念心中的净土“托斯卡纳”给自己希望，带着玩笑感叹“只有热爱蚊子和中国人，才能在这里生存下去”（26）。而要热爱这片陌生的土地和中国人，对安德玛特来说，似乎并不比热爱蚊子更容易。他对扑面而来的陌生文化毫无准备，而对中国的观感亦无法摆脱西方当时对第三世界国家的普遍消极印象。

还未来到上海，面对默不作声、没有回音的电报，安德玛特心里便想道：“这本就是中国”（8）。到了上海，他拿着相机走上街头，所见之处尽是或拆迁或未完工的房子，他又立即自语“他们说的对，中国整个就是个建筑工地”（21）。而初见上海的人潮，他则立刻回想起

① Vgl.Natascha Gentz: Mythos Shanghai. Gesichter einer Stadt im Spiegel ihrer Geschichte. In: Forschung Frankfurt: Das Wissenschaftsmagazin der Goethe Universität,Nr. 2, 2004, S.8.

基辛格号召提防中国的“红色军团”（18）和他对“黄祸”（19）的警告：“中国，我只能强调中国。”（18、19）[①] 在安德玛特眼里，中国人都穿着千篇一律的“白衬衣、蓝裤子”（15、19、21……），走在“分不清是建于30年前还是一年前”（34）的千篇一律的建筑之间。他们不畏酷暑，与总是汗流浃背的自己不同，他们几乎从不流汗（10、15、42……）；他们吃苦耐劳，相信辛勤劳动能够改变生活（94）；他们野心勃勃，上海街头的姑娘自信满满要求他给自己在新楼前拍照，毫不怀疑“上海会变得又大又强，我们一定会胜利”（54）。他们坚定不移地相信，现代化和市场经济是“唯一的道路”（31），为此，他们可以毫不犹豫地铲除山峰，抛弃“不够现代”（80）的鸟市和旧文化，摒弃安德玛特期待看到的“真正的中国”（80）。

中国人王与安德玛特的对话展现了中国人对现代化的信心：“‘他们吃到死，我们工作到死；中国一定能做到，拼尽全力，中国会变强。’然后，王鞠了一躬，就轮到我们了。‘中心之国。’安德玛特微笑道。‘没错，’王回答道，‘和日落之国。’”（31、32）这段对话与瑞士人唐从西方视角对中国现代化的评价不谋而合：“中心之国不会改变，而我们都只是从世界边缘来的外国人，我们吃喝纵欲不劳而获……而贫困的中国站在最后，他们一边拼命干活一边等待，直到西方自己自取灭亡，从日本已经传来了艾滋人[②] 这个词；若这个国家的土地不是如此贫瘠，若他们不是如此在高科技世界和自我间纠结挣扎，若他们不是总先与自己人内战，我们就真的要求上帝保佑了；但他们不是日本，不是韩国，他们可以铲自己的坟；除了现代化外，他们一无所有；而它会破产并毁灭他们；他们会成为第四世界；那算我们走运，不然的话倒霉的就是我们了；旧的坏掉了，而什么也没变好。”（74、75）

① 1969年，当时的巴登-符腾堡州总理库尔特·乔治·基辛格（Kurt Georg Kiesinger）在基督教民主党党代会上发出著名的“黄祸”警告：“我只能强调中国，中国，中国。”

② 20世纪80年代日本社会对外国人的一种歧视性称呼。

安德玛特对中国作为第三世界国家的观感和距离感可能与唐并无不同，对他的话却不置可否。尽管这里的日常让他筋疲力尽，但在不接受中国人作为客人、咖啡没有氯味、凉爽空旷与外面的中国现实天差地别的和平饭店，在傲慢的西方人的包围之中，安德玛特还是感到了不自在："安德玛特也是长鼻子外国人，他能闻到自己腋下的味道，他看不到自己，他现在只能看到他学生眼中肥胖的天堂上国人民。"（70）他拿着相机捕捉中国日常，想要看到真正的中国；他越挫越勇，誓要完成不可能的任务——自己挤上公交车，并为小小的胜利而雀跃；他在人潮中对小孩子微笑，努力回答学生千奇百怪的问题；他邀请王一起去和平饭店喝咖啡，试图去理解中国人。尽管现实不尽如人意，探索屡屡受挫，安德玛特开放的态度和对通过观察和感受探索这个陌生国度的坚持，最终帮助他在个体身上看到中国积极的一面：上海小巷中为安德玛特指路的英语语言文学教授，镇江车站上热心帮助安德玛特买票的年轻小伙，雨中路边摊的一碗饺子、和善的目光和笑容，昏睡时守在自己身边的王。安德玛特慢慢在心安中找到了归处，他赤着脚跑过温暖的大雨，不再发烧，感觉舒适，托斯卡纳也不再重要（122、123）。他不知不觉深入中国人的生活，眼中的中国也不再相同。

骑着王给他找来的自行车，安德玛特再次来到上海街头，与庞大的人流一起骑行，同行同止，以同样的节奏遵循着的"温和的法则"（128），透露出近乎乌托邦的美感：[①]"足够快，以不至于停下来，足够慢，以不至于彼此纠缠，以不至于撞到任何人，以在混乱中能够找到自己的路。"（128）他在两个学生的带领下体验中国的大学生生活，混入放着摇滚音乐、墙上挂着叛逆画作的学生酒吧，与学生们聊着禁忌的话题——政治、西方生活和性。他又惊又喜地接受了王的邀请，去他家做

① Jens Dirksen: Aufs Rad. Pedaler Antrieb als Leitmotiv in Hermann Kinders Prosa. In: Christof Hamann, Siegmund Kopitzki (Hrsg.): Hermann Kinder. Eggingen: Edition Isele, 2008, S. 74.

客。已经了解中国人强迫症般隆重待客的习惯，亦知道王并不宽松的经济条件，安德玛特与王约定只准备一顿西方标准下“吃得完的、简单的”（141）中式晚餐，却还是见到了满桌昂贵食材。他抱怨这与约好的不同，王一家人却只是微笑，“约翰·安德玛特注意到，他不能这么说话，他有自己的角色，这个角色叫朋友，而它有自己的规则”（143）。他诚惶诚恐地接受着王的情谊：“一切都前所未有的好吃，但约翰拿筷子的手却因害怕而颤抖，怕吃得不够多，喜欢了错的食物，自己道谢的不够、太早或太晚。”（143）但是，在欢乐的气氛中，安德玛特终于理解了从前难以理解的中国人的笑，那代表着友好。在以王为首的独立个体身上，安德玛特看到了这片土地上人们的善良、慷慨、贴心，了解了他们的志向、自尊和坚守。也正是通过具体的人，安德玛特终于与中国和中国人达成了和解，感受到了真情和归属。故事到这里已近尾声，安德玛特的异国自我认知之旅似乎有了一个积极的结尾。未曾想到的是，与王在车站前一别，二人便再也未能相见。在此之后，安德玛特失去了与他人再次深交的兴趣，他的中国之旅也因此瞬间加快。离开上海之日恍然来临，安德玛特早已熟悉这里的车站、街道，感受过这片土地上人们的诚挚和善意，但终只是对帘幕后的中国有过匆匆一瞥，与中国和中国人深入联系的那一刻也如过眼云烟，这个遥远的国度又再次回到了疏离神秘的原点，无法看透，令人怅然。

（韩梦怡　文）

第六节
结　语

萨义德的《东方学》是当下诠释西方世界的中国书写和形象塑造的宝典。东方“过去不是（现在也不是）一个思想与行动的自由主体”，[①]而是“欧洲物质文明与文化的一个内在组成部分”，[②]“揭示了东方学中隐藏的文化帝国主义‘阴谋’”。[③]如此理解大抵符合东方后发展国家的民族心理和文化态势。但19世纪末至魏玛时期的部分德语中国游记却很好地诠释了“另一种东方主义”——并非仅仅否定与贬抑东方，还有“仰慕东方、憧憬东方、渴望从东方获得启示甚至将东方想象成幸福与智慧的乐园”的一面,即存在另一种“肯定的、乌托邦式的东方主义”。[④]

19世纪末至魏玛时期，德国笼罩着没落的悲观论调，众多德国知识分子将目光转向了东方，以求在东方古老文明中汲取西方文化复兴的文化养料。上海因其现代与传统、东方与西方的双重逻辑而提供了更多反思与想象的空间。中国游记中的上海叙事，多以总体性视角勾连起异文化的过去、当下、未来与自我的联系，并在这种勾连之中投射自我的渴望。本章三部游记，即《一个哲学家的旅行日记》《动荡的亚洲》和《秘密的中国》，分别借上海叙事探讨了中西文化的本质、中

---

① 爱德华·沃第尔·萨义德:《东方学》，王宇根译，北京：三联书店，1999年，第5页。

② 同上，第2页。

③ 周宁:《另一种东方主义：超越后殖民主义文化批判》，载《厦门大学学报》(哲学社会科学版)，2004年第6期，第5页。

④ 同上。

国的政治状况以及中国的社会现状等问题。他们赋予中国文化承载世界希望的未来向度，却又不像17、18世纪那般美化与理想化中国；他们对中国文化、历史与社会的考量折射出他们感知世界的批判维度，将中西文化平等地置于世界文化的参考系中，并以此实现了中西文化实质性的精神沟通。

德国哲学家赫尔曼·凯泽林于1911—1912年进行了为期一年的世界之旅，中国对于凯泽林的意义是不言而喻的，在他的世界之旅中有一半行程在中国，并以此为基础创作了《一个哲学家的旅行日记》，关于中国的叙述在游记中占了大半篇幅。凯泽林怀着追寻中国文化之根而来，但商业大都市广州令其大失所望。“在广州，生活的表象给人以巨大的压力，以至于心理上似乎根本无法再透过表象而看清本质。如今，公众生活对我而言已全无吸引力，因为它的形式无法表达出与其朝夕相处的灵魂所在，而仅能够体现相处的客观必然性或可能性。……在大都市的喧嚣中，他或许很难感受到此地与彼处在精神上的差异。”[①] 凯泽林既敏感地觉察到东西方现代性在商业主义下的共性，又积极寻求中国文化的特殊性，而在中西知识分子汇聚的上海体验则对凯泽林日后的感性哲学观产生了重要影响。

与凯泽林对中国的哲思性书写不同，霍利切尔更关注中国的政治革命现状与未来。霍利切尔借上海构建起“东方与西方”“革命与帝国主义、资本主义”“活力与衰退”等正反命题，在并置对比与参差观照中凸显中国作为革命乌托邦的形象。尽管对上海及中国革命现状与前景的描述始终以苏俄思想和革命经历为参照，但中华民族的文化底蕴与共产主义理想迸发出的革命力量才是霍利切尔最为关切之事。霍利切尔批判堕落颓废的西方文明，将变革世界秩序的希望寄托在充满力量的无产阶级苦力车夫身上，并在“家庭”“行会”与“秘密帮会”

① 赫尔曼·凯泽林：《另眼看共和：一个德国哲学家的中国日志》，刘姝、秦俊峰译，福州：福建教育出版社，2015年，第8页。

等中国封建社会组织形式中开掘人类共存的理想形式，进而视中国为“世界历史新进程的焦点”“东方世界的命运之乡”，甚至是“一种新的世界秩序的诞生地”。[①] 借助对城市上海双重历史逻辑的建构，霍利切尔将城市叙事与国家叙事相融合，从而构建起异国乌托邦的想象。

《秘密的中国》尽管不乏政治维度，但其着眼点并非中国贫苦人民所蕴含的摧枯拉朽的革命力量，而在于“阶级社会的根本问题”，[②] 即资本主义社会中压迫与被压迫、剥削与被剥削的关系。基希以新闻记者的敏锐与洞见、文学家的想象力与表现力描绘出一幅纷繁复杂的上海众生相；在对压迫者与受压迫者、剥削者与被剥削者或铺叙或白描的交替呈现中，发掘错综复杂的现象与事件背后的本质与真实；在辛辣的讽刺与悲悯的同情中彰显正义立场；又在过去、当下与将来的历史维度之中开掘希望。尽管《秘密的中国》借对上海这座城市的速写集中揭露资本主义精神对中国民众思想的侵蚀，并时时听闻中外反动势力绞杀革命者的消息，但基希始终对中国革命满怀希望——上海的“革命书店”里还在传阅着“一些英文、德文、俄文的什么小册子”，[③] 而黄包车夫们利用夜晚集会“在那里学习，讨论，决议什么事情”。[④]

凯泽林、霍利切尔和基希对中国形象与中国未来的书写建构基于对自身文化的反思与批判精神，上海作为异空间成为自我观照的正向参考系与坐标，为中西文化的平等交流以及20世纪上半叶德语文化的精神图式留下了珍贵的历史见证。

与《一个哲学家的旅行日记》《动荡的亚洲》和《秘密的中国》相比，瓦尔特的《中国近况》则表现出德国魏玛时期理性务实的精神风

---

① Arthur Holitscher: Das Unruhige Asien. Frankfurt a. M.: S. Fischer Verlag, 1926, S. 225.

② Egon Erwin Kisch: Gesammelte Werke in Einzelausgaben. Bd. 9. Berlin: Aufbau Verlag, 1983, S. 10.

③ 埃贡·艾尔温·基希：《秘密的中国》，周立波译，北京：群众出版社，1981年，第38页。

④ 同上，第47页。

尚。[①]“游记、国家概况、图片报道”等文本能使读者的“世界观由此得以拓展，并使他们在生活斗争中拥有坚实的基础”。[②]因而，《中国近况》不是呈现异国情调，而是以客观写实的手法记录旅行的经验印象，并结合中国历史文化、社会与政治现状，勾勒出一幅较真实的中国状貌。瓦尔特笔下的上海既是中国的，也是“世界的”。[③]瓦尔特借上海这座特殊中国城市的双重性——“新”“旧”共存，农耕与工业文明并立——而将中国纳入世界文明发展的进程之中；国际化的上海是世界经济与政治的缩影，也是中国展望未来的窗口。

金德的《中国，中国》在虚构与真实交织、主观感受与经验叙事的交错之中寻求对时代问题以及自身问题的启示。[④]在对上海由负面到积极的感知中，主人公克服了自我面对时代的抑郁与沮丧，重新获得面对未来的希望。上海不仅是新中国的缩影，也是世界的缩影，代表着未来与希望。

德国游记中的上海叙事不仅是上海城市与文化变迁的历史见证，也记录了中西方文化碰撞、交流的历史轨迹，不仅加深我们对上海这座城市历史与文化的理解，更能在古今中西的对照互现中感受这座城市乃至中国文化的发展动力及其未来。

---

① Vgl. Jost Hermand, Frank Trommler: Die Kultur der Weimarer Republik. München: Nymphenburger Verlagshandlung, 1978, S. 40f.

② Wilhelm P.O. Walter: Das China von heute. Frankfurt a. M.: Societäts-Verlag, 1932, S. 10.

③ 瓦尔特将吴淞作为上海与中国、上海与世界的分界线，强调并突出了上海这座城市的特殊性：“吴淞将上海与中国隔开，又将中国与世界隔开。”（Wilhelm P.O. Walter: Das China von heute. Frankfurt a. M.: Societäts-Verlag, 1932, S.81-82）

④ Vgl. Thomas Kraft (Hrsg.): Lexikon der deutschsprachigen Gegenwartsliteratur seit 1945. Band 2: K-Z. München: nymphenburger, 2003, S. 670.

第二章
德语犹太流亡文学的上海形象

上海作为德奥犹太人的避难之所，在德语犹太流亡文学中扮演了至关重要的角色。流亡上海的犹太作家创立出版社、创办报刊、发表作品、演出戏剧，[①]书写上海的历史变迁，参与空间的社会性、历史性和文化性建构，赋予上海不同的文化内涵和符号意义。正如法国著名哲学家列斐伏尔在《空间的生产》中所言："文学表征空间作为文化表征空间的重要组成部分，是指文学以语言文学符号为媒介，以现实景观世界为对象，以思想情感为内容，运用再现、表现、隐喻、象征、想象、虚构等手段，在赋予空间以社会历史文化意义的同时，所生产出的符号化空间。"[②]以上海为故事背景的犹太流亡文学，通过摩天大楼、法租界、咖啡店、剧院、照相馆、大饭店等现代符号，建构出充满强烈自我情感色彩和象征意义的上海城市空间。本章选取六部德语犹太流亡文学，涉及纪实、都市、历史、爱情等不同上海题材，以多样化视角呈现出20世纪三四十年代的老上海风貌。

自1939年犹太难民涌入上海，到二战结束后陆续离开，短短几年内犹太难民创办的德语、英语、意第绪语等报纸期刊约五十余份，其

---

① 参见高中甫、宁瑛：《20世纪德国文学史》，青岛：青岛出版社，2014年，第114页。

② 谢纳：《空间生产与文化表征——空间转向视域中的文学研究》，北京：中国人民大学出版社，2010年，第82页。

中德语报刊达三十余份。正如本尼迪克特·安德森所言，民族作为共同体现象，是借助想象来实现文化认同的，而报刊为“重现”民族想象的共同体提供了技术手段。[①] 犹太报刊发行时间较长且阅读量较大的有《上海周报》《八点钟晚报》《黄报》《上海犹太纪事报》《论坛》等。内容除刊载国际和当地新闻、政治、经济、社区、救济、文化、教育、宗教等信息外，也刊发众多文学作品，呈现出作为“他者”的犹太难民感受上海、认知上海文化、反思自我的心路历程。

流亡上海的犹太人擅以自传的形式书写刻骨铭心的创伤记忆，据笔者统计，迄今为止出版的犹太难民上海流亡自传有三十余部。尽管“自传并不完全等同于过去生活的写照，它更多的是在文本基础上对过去的构建”，但“这种构建从它的叙事形式中获得大部分的重要意义（例如情节结构及其他的文学体裁的本质特点）”。[②] 汉斯·海因茨·辛茨曼在流亡期间创作的自传体小说《哦，中国：古老道路上的国度》，用简明而富有表现力的语言逼真再现了作者本人于20世纪三四十年代举目无亲在上海滩曲折离奇的流亡生活与见闻实录，中国——这个仍旧走在“古老道路上的国度”——令主人公感受到强烈的文化冲击。奥地利犹太难民弗兰西斯卡·陶西格根据流亡上海的亲历创作《上海船票》，记录下她与难民同胞、中国人和“上海洋人”结下的深厚友谊，其对上海的记忆不仅存储在城市空间的文学叙事中，也蕴含在对生活在同一时空下人们的情感回忆里。

奥地利犹太女作家维吉·鲍姆的长篇小说《上海大饭店》以淞沪会战中发生在上海市区的空袭为故事背景，将上海塑造为汇聚世界流亡者的大都市，九位主人公的命运殊途同归。笔触细腻地刻画了两次世界大战之间多国人民的命运与上海的众生百态，形塑了色彩斑斓、对

---

① 参见张鸿声：《文学中的上海想象》，北京：人民出版社，2011年，第17页。

② 阿斯特莉特·埃尔、安斯加尔·钮宁：《文化研究的记忆纲领：概述》，冉媛译，载《文化记忆理论读本》，北京：北京大学出版社，2012年，第217页。

比鲜明的上海形象；虚构事件与真实空间相得益彰，上海被演绎为一个被异化、寓言化、妖魔化的文学空间;《上海大饭店》“结合了历史小说与时代小说的写作模式”，[①] 堪称“德语通俗文学的代表作”，成为“虚构的时代记录”。中国籍犹太裔女作家克拉拉·布鲁姆的半自传体长篇小说《牛郎织女》以布鲁姆本人与爱人朱穰丞的苦恋经历及生活记忆作为创作原型，以上海为故事背景，将个人经历与中国民间传说巧妙结合，讲述了张牛郎和流亡上海的波兰犹太姑娘汉娜独特的“上海爱情故事”。两位犹太流亡作家作为历史的见证者，在文学创作时加入虚构元素，对过去进行创造性的回忆，在讲述都市传奇、言说爱情故事的同时，呈现出20世纪三四十年代上海光怪陆离的城市形象。

跨入21世纪，“犹太流亡上海”主题成为国际社会关注的热点，为年轻一代德语作家的文学创作提供了重要资源。尽管他们既非见证者，亦非亲历者，但他们通过搜集耙梳历史文献，凭借文学想象和艺术虚构对真人真事进行截取、剪辑和重构，最终拼贴成一组不同寻常的犹太人流亡上海的马赛克图像。德国女作家乌尔苏拉·克莱谢尔的长篇小说《上海，远在何方？》用高度艺术的创作手法将历史与虚构融为一体，创作了一幅犹太流亡时期的全景图。德国新闻记者施台凡·舒曼的传记小说《最后的避难地：上海》，在对主人公及其朋友深入采访的基础上，将历史资料融于文学创作，讲述了流亡上海的犹太青年罗伯特·劳伊文·索卡尔与客居上海的宁波望族闺秀杨珍珠相遇、相知、相爱一生的故事，表现出犹太难民与中国人民的文化碰撞与文化融合。两部作品均从“历史与真实的虚构结合”中折射出上海中西杂糅、古今交汇、新旧交替的多元文化景观。

---

① Stefan Scherer: Globalisierung in der Zwischenkriegszeit. China im Weltstadtroman des Exils: Vicki Baums Hotel Shanghai. In: Uwe Japp, Aihong Jiang (Hg.), China in der deutschen Literatur 1827-1988. Frankfurt a. M. 2012, S. 125-141, hier S. 132.

第一节
犹太难民自传的上海书写与文化认知：《哦，中国：古老道路上的国度》

一、犹太人辛茨曼与自传体小说

汉斯·海因茨·辛茨曼（Hans-Heinz Hinzelmann）1889年生于德国吕贝克，1970年逝于柏林。他曾在耶拿和波恩学习，先后在汉堡、柏林当过剧院经理、脚本作家和自由撰稿人。1938年3月，辛茨曼为逃避纳粹大屠杀开始流亡，几经辗转，最后到达欧洲流亡犹太人的安全聚集地——上海。他在上海开过一家照相馆，后又参加过游击队，1949年回到德国。根据阿斯特里德·弗莱艾森在《上海和第三帝国的政策》一书中记载，辛茨曼在流亡上海期间于1940年创办了报刊《自由德国运动》(*Frei-Deutschlandbewegung*)，该报刊以德、英、汉三国语言刊文，旨在抵抗法西斯主义和当时的日本侵略者，“自由德国运动反法西斯者的目的在于，通过有目的地分发传单来抵抗纳粹和日本人，该组织的大本营应该是辛茨曼在虹口一户中国人家的狭小房间内。《自由德国运动》约12名成员中最著名的是曾为柏林乌尔斯坦出版社工作的君特·伦哈特（Günter Lenhardt），他在上海担任《八点钟晚报》（*8-Uhr-Abendblatt*）的编辑和创立人；辛茨曼也曾短暂担任过该报编辑。”[①] 流亡上海期间，辛茨曼创作了小说《哦，中国：古老道路上的

① Astrid Freyeisen: Shanghai und die Politik des Dritten Reiches. Würzburg: Königshausen & Neumann, 2000, S. 432.

国度》（*O China*，*Land Auf Alten Wegen*，1948）和《中国人与洋鬼子》（*Chinesen und fremde Teufel*，1950）。

小说《哦，中国：古老道路上的国度》取材于辛茨曼在流亡上海期间的真实经历，带有强烈的自传体色彩，用简明而富有表现力的语言形象再现了作者于20世纪三四十年代在上海的流亡生活与所见所闻。小说以主人公“我”的第一人称视角，描绘了主人公最初遭遇文化冲击时的不安和惶恐，并书写他逐渐理解接受异乡文化的过程，犹太难民生活的艰辛也跃然纸上。通过辛茨曼的叙述，读者或许可对上海30年代至40年代的城市景象略窥一斑。

二、第一人称视角：犹太难民的亲历

1938年3月，小说主人公“我”乘坐轮船“阿拉米斯”号从法国马赛出发，开始了他的流亡之旅。起先，他希望在印度孟买获得庇护，但由于许可证问题他不得不离开。主人公途经许多国家，他形容“每一次流亡都像跳进一个深渊”。[①] 最终难民组织建议他前往上海——当时不用签证和居留许可即可避难的城市。

在开往上海的轮船上，主人公结识了一位会说德语的英国朋友。在这位朋友的帮助下，主人公很快在上海站稳脚跟，在公共租界的主干路——静安寺路（现南京西路）开了一家照相馆。开业过程并不顺利，亚洲的生意模式令主人公感受到强烈的文化冲击，但是他在上海的生活总算逐渐走上正轨。然而没过多久，他聘用的经理触犯了上海的黑帮势力，强盗团伙抢劫了照相馆里所有的摄影设备，并把店铺砸了。求助警方无果后，主人公无奈认命，离开了生活成本高昂的公共租界搬到虹口。出人意料的是，一直照顾他生活起居的中国伙计却因此事感到颜面尽失，结束了自己的生命。面对这样一位不可或缺的同

---

① H. H. Hinzelmann: O China, Land auf alten Wegen. Braunschweig: Paul Schlösser Verlag, 1948, S. 7. 后文出自该书的引文，将随文标注出处页码，不再另注。

伴的离去，主人公深受震撼，他感到自己对中国文化和人情世故一无所知。

搬到虹口后，主人公住在了一栋俄罗斯人经营的膳食公寓中，与一个看似礼貌的日本人为邻。有一次主人公看到照顾自己饮食起居的阿妈被日本人欺负，欲上前理论时被一个中国人制止。这个中国人是楼上的住客，一位历史学博士，另一重身份是国民党党员。很快，主人公与这位李博士成了朋友，两人常常一起探讨东西方的文化差异，探讨儒家智慧、佛教教义或阴阳法则。与此同时，日本人已开始侵占虹口，整个虹口都弥漫着被日本人统治的压抑气氛。主人公目睹了堆满死尸的废墟，令他深感悲痛的是，他还在其中发现了膳食公寓里阿妈的尸体。之后，主人公加入了国民党地下运动，以经营照相馆为名义，事实上则在暗地里进行反法西斯报刊的出版工作。然而，1941年年末的日本偷袭珍珠港事件将一切计划打乱，李博士也连夜从膳食公寓中搬离。

珍珠港事件后，日本逐步军事占领了整个上海。数以万计的日本公民出现在上海。一日，一位名叫田中的日本女孩来到主人公的照相馆拍照。后来，她又邀请主人公去她家中为家人拍全家福。但其实这一切只不过是个圈套，其真正目的是要调查主人公的身份，以及他是否参与过反法西斯行动。一个形似摔跤手的日本人与他的白俄罗斯手下强制将主人公带到审讯政治犯人的桥楼中，对他进行审讯。万幸的是，他在桥楼中碰上了熟人，在其帮助下得以脱身。第二天，他回到照相馆时，却发现日本人已经将他的店砸毁。主人公拖着疲惫的身躯准备回家，发现膳食公寓也已易主，他被日本人赶出了膳食公寓。

之后，他搬到了真正的中国城区，这个区域聚集着许多中国老百姓，欧洲犹太难民在他们那里寻找到栖身之所。日本人占领虹口后，主人公深刻感受到战争给人民带来的苦难和四处弥漫的恐怖气氛。之前在出版反法西斯报纸时结识的中国国民党党员傅罗找到他，恳请以他为首的欧洲难民帮助国民党运送枪支炸药，以便他们炸毁日军运输用的桥。执行任务时，他们遭遇日军并展开了一场激烈的枪战。最终成功脱险。

在中国城区的生活让主人公接触到真正的中国。战火之中，他感受到中国百姓一如既往的淳朴和热心，他们对犹太难民的友善与同情。他结识了制烟工人严余恩的妻子和她的妹妹雪镜小姐。正是从这两位女性身上，他体会到中国女性的稳重、温婉与可爱。在两位女士的照顾下，主人公的难民生活终于不再那么孤单，而他也在数次空袭中保护了她们。在主人公融入当地生活的过程中，他也发现东西方文化中一些不可消除的差异性。最终他理解了这种差异性存在的原因，并对这个民族的人情世故和价值观念有了更深刻的领会。

1945年的夏天，在美军向广岛和长崎投掷原子弹后，日军无条件投降。二战结束后，主人公被中国最高司令部聘任去处理有关纳粹德军的事务。然而因为上级的突然调动，主人公决定不再与司令部继续合作。他准备回到自己心心念念的祖国，却不知归国的轮船何时能够起航。朋友严余恩劝他留在中国，与妻子的妹妹雪镜小姐结婚。虽然经过长时间的相处，主人公也对雪镜萌生了好感，但是他还是婉言谢绝了。

在主人公焦急等待归国轮船起航的这段时间里，他接受了上海参谋总部的一次任务，目标是解救被兵痞绑架的寺院长老和富商。任务地点在济南附近的内陆地区，而内陆地区正是主人公一直向往的地方，那里对他来说是虚无缥缈的，然而又是绝对真实的中国。在执行任务的过程中，主人公的所见所闻令他深切地体会到中国的古老智慧和民间盛行的道德准则。

待主人公再次回到黄浦江边时，他的归船终于要起锚了。当船从上海的港口起航驶向欧洲时，主人公再次回望他过去几年所生活的这座城市，回想起那些他今后再也见不到的人，他感到自己其实已经深深爱上了这片土地、这个国家。

三、文化冲突下，异乡人的迷茫与融入

小说平铺直叙地将一位典型的德国犹太难民流亡上海的经历娓娓道来。故事的开头写道："难民总是孤独的，身在异乡总感到束手无策且不得安宁。也只有寥寥几人愿意不谋私利地帮助他。"（7）一句话道出难民背井离乡的艰辛苦涩，尤其是与主人公一样遭受迫害、不得不独自离开家乡的犹太难民。身处举目无亲的异邦之中，两种截然不同的文化相互碰撞摩擦。中国——这个仍旧走在"古老道路上的国度"——令主人公感受到强烈的文化冲击。无论是行为举止，还是思想意识的差异，都令主人公在融入当地文化的过程中感到无所适从。主人公流亡上海的七年间，经历了两次搬迁，第一次是从上海公共租界搬入虹口的外国人膳食公寓，第二次是从公寓搬入中国人的出租屋。两次搬迁反映出主人公的境遇每况愈下，但同时也意味着主人公逐渐融入了当地生活。

在辛茨曼另一部关于中国的小说《中国人与洋鬼子》中，他描绘了初到上海时的情景："那时是1937年11月。一个拖着四个箱子的难民抵达了中国上海海关。那里人头攒动，中国的海关官员每次只允许一位旅客通过狭窄的通道踏上陆地，并要求每一位轮船乘客出示证件：'你的文件！你的护照！'"可见当时有不计其数的外国人想要涌进上海，上海海关的检查也极其严格。然而工作人员得知主人公是难民后，便立马换了一种态度："'难民？从欧洲来的？您的行李不用上税。您也不必接受搜身。您到这儿来！'他轻柔地拉着我，说道：'别担心！难民在这里很受照顾！''外面一直有公共汽车等候着我们。难民在这儿很受照顾。不要害怕！您现在可是在中国！'"① 从海关官员短短的几句话中便可感受到上海这座城市对犹太难民的同情与包容。当时，在大多数西方国家都将欧洲犹太难民拒之门外时，只有上海还在接纳大

① H. H. Hinzelmann: Chinesen und fremde Teufel. Hamm: G. Grote Verlag, 1950, S. 3.

量的犹太人，成为他们的避风港。

“在上海聚集着六百万人，熙熙攘攘地分布在数不尽的城区中。最摩登的美国文化与几千年的中国文化在这里相互碰撞，鲜明的差异随处可见。”（10）初到上海，这座城市的兼容并包让主人公感触颇深，西方的摩登与中国的传统在这里交汇。主人公结识的两位上海常家小姐的性格也是迥然不同，一位有着亚洲式的恬静、内敛，一位则是西方式的洒脱、奔放。“身着蓝紫色绸缎的晚香小姐看上去就如夜晚月光下花园里，一缕梦幻般的芳香。纯玉小姐则像是一个身穿制服的当代世界的象征，诉求着没有桎梏的公平一致。两位小姐的个头几乎一样高。依照家庭传统，她们有着同样出色的教养。尽管如此，她们的身上仍体现出了当今中国的两极分化：一边是整日的极度不安，另一边则是亚洲的宁静、沉思。”（23）

作者常常用略带讽刺幽默的口吻，讲述主人公在上海遭遇到的一些无奈之事。在朋友的帮助下，主人公在静安寺路上（今南京西路）租下一间商店，用以开设照相馆。装修工人也如他所愿将照相馆装修得富丽堂皇。然而，殊不知一个月之后，这个“豆腐渣工程”便让主人公眼界大开：“夏季的第一个月过去后，我就得到了答案。首先，天花板上的整块石灰板都裂开了。第一场台风过后，墙纸就不再有黏性，从墙上剥落了下来，当人们试图坐下时，坐垫的布套撕裂了。橱柜的侧壁就像是潮湿的纸板一样变了形，所有的油漆涂料在几个星期之内也都脱落了。其余的东西在热带的炎热气候下也无所遁形。原来，所有的一切都是一场假面舞会，豪华的布置只不过是骗人的把戏。中国人在粉饰一堆毫无价值的破烂方面真可谓精明的大师。”（19）

一段时间后，主人公的照相馆遭到黑帮洗劫。他第一时间想到向警方求助，然而警方的不作为和一副事不关己的模样令他倍感绝望。“督察官坐在一张木质的办公桌前，喝着茶，桌上放着一只盛满了烟灰的铁盖。他并不是用玻璃杯喝茶，而是直接用小茶壶喝。他将茶壶的壶嘴放在嘴边，惬意地吮吸着。每喝一口，就可以看到他的眼珠因满

足而得意地转动着。另外，在喝茶的同时，他也表现出一副不想被人打扰的样子。”（45）

主人公的店铺被洗劫一空，因而无法再继续运营。将店铺转手他人后，主人公收拾行李离开公共租界，准备搬入当时已被日军统治的虹口。而他的中国管家奥托因为主人的不幸遭遇而忧郁沮丧，再加上他原本就是从日军统治下逃脱出来的，在双重压力下奥托选择了自杀。这让主人公深受打击，但也正是这次打击，令他渐渐对这个民族敞开心扉，试着去接受去理解这个民族的文化。“我们白人对亚洲了解些什么？我们欧洲人对中国人，对他们的感情、他们的伤痛、他们灵魂上的创伤，还有他们几千年的古老文化又都了解些什么？我的伙计奥托已经成为我难民生活的一部分，他是那么富有同情心。中国灵魂的源泉是那么高深莫测，饱含了最深沉的人性。”（54）

二战前期，欧洲犹太难民主要居住在公共租界以及地处公共租界和华界交叉地带的虹口地区。虹口地区的房租“比公共租界和法租界低75%。除少数难民自行租屋居住外，大多数难民都住进了临时租用或搭建的难民收容所，一般30—50人挤在一间房间里，最拥挤的有100人甚至200人住一间的”。[①] 相比其他难民，主人公已然是幸运的。他在朋友的帮助下顺利地在公共租界开了一家照相馆，虽然经营没多久后便倒闭了，但他仍住进了相比难民收容所高级得多的膳食公寓。1943年2月，日本当局迫于德国纳粹政府的施压，发布通告要求犹太难民迁入位于虹口的“无国籍难民隔离区”。小说中的主人公也被赶出了膳食公寓。不过在此之前，他曾为了出版反法西斯报刊，在虹口的中国人那儿租了一间小屋子避人耳目。而这间小屋正好位于“无国籍难民隔离区”，于是这里便成了他日后的栖身之所。“有许多的欧洲难民都很羡慕我，他们其中只有很少的一部分人能够拥有这样一个小屋作为家。他们必须同几千个人一起挤在人满为患的难民营里，若非拥

① 王健:《上海的犹太文化地图》，上海：上海锦绣文章出版社，2014年，第32页。

有日本难民管理员的特许证，或是白俄罗斯人警察的监管，没有一个人能够越过隔离区域的边界。”（131）可见，对于隔离区的其他犹太难民来说，拥有这样一间小屋是件极为奢侈的事情。这也反映出当时犹太难民艰苦的生存状况。

“从现在起我便住在了中国城区，住在一间中式房屋里，在一条中式弄堂里，在百分之百的中式住宅区里。在楼房底层的一间小屋子里，长宽两三米，墙上用石灰粉刷过，地板已经被踩烂了。一扇玻璃小窗直接朝向弄堂内部。房子里，弄堂中，到处都是和蔼、热心的中国人。我曾深陷于难民的孤独感以及周遭的冷漠中，终于在这里，我再一次体会到了快乐。”（83）作者在小说中描写了许多与虹口老百姓一起生活的场景。他感叹中国人的淳朴、热心，并总是发自内心地对难民抱以同情。“中国人从很久以前就习惯了各种摧残。在虹口，人们很快就开始重建码头和住宅区，重建市井生活的平静与秩序。1939年和1940年这两年发生了一些稀奇的事情，上千名流落到中国来的欧洲难民中，大多数都在虹口与中国的小老百姓和工人生活在一起。这儿的人们非常理解难民的处境。然而，住在租界区的白人们则在他们的俱乐部或者奢华的摩天大楼里，高高在上地傲视着这些同为白人的欧洲难民，就如同他们是贱民一般。”（51）

“整栋房子唯一的一个水龙头就在我的小屋门前。就如同大家沉默协商好了一样，这么多年来我早晨和晚上在这里洗漱时，从来都没有被打扰过。在这样一间人满为患的中式房屋里，人们要多么体贴与谅解，才能让一个白人、一个陌生的洋鬼子在没有洗浴设备的情况下，在如此可怕的热带酷暑中冲个冷水澡，擦去那一身的汗！中国人还让我按照当地习俗在房间里放一个木质的便桶，以便解决身体需要。中国人能够包涵这些排泄物，但是他们始终认为苦力是最低阶层，他们每天早晨推着车来，将厕所打扫干净，也将白人洋鬼子的便桶取走，然后再将其清爽干净地还回来。中国人通过这成百上千次沉默的帮助，向一个素不相识的欧洲难民证明了他们的亲切与乐于助人，他们也仅

仅是来自港口地区朴素的人们。”（131）

通过作者的描述可以看出，虽然当时战火纷飞，中国民众自身都饱受磨难，但是他们仍怀着淳朴的同情之心，对犹太难民伸出援手。《上海的犹太文化地图》一书中也记录道：“在犹太难民被迫迁入隔离区期间，上海市民，特别是隔离区的虹口市民纷纷腾出自己的住房给难民居住。在犹太难民医院建立之前，中国医院收治了许多犹太难民，抢救了其中不少人的生命。1945年7月，美国飞机误炸虹口犹太难民居住区，造成31名犹太难民死亡、250名难民受伤，周围的中国居民虽同样伤亡惨重，但仍奋不顾身地冲入火海，抢救出许多犹太难民。”[①]

第二次世界大战结束后，主人公的中国朋友劝他留在中国娶妻生子，但是他却婉言拒绝：“不，不会留在中国，胃不舒服，心脏也不舒服，必须回欧洲。”（166）虽然在上海生活了多年，但是中国这个仍旧走在老路上的国家对他来说依旧陌生，主人公形容自己“如同一颗被吹散的尘埃”，他选择了在战后归国。大部分犹太难民选择去了美国、澳大利亚等国家，一小部分回到欧洲，他们并没有在上海生根，没有融入上海社会，在二战结束后迅速离去。小说最后，主人公虽乘坐归船离开了上海，但是他在上海的遭遇、经历和冒险已成为他生命中不可磨灭的一部分。尽管那些曾经在一起生活战斗过的人们再也无法相见，尽管再也没有人向他传授古老的中国智慧和人生法则，但他已然与中国、与上海之间产生了千丝万缕的联系。小说以这样一句话结尾：“但是，因为你的精神和你的人民，我会永远爱你，中国，你这个仍旧走在古老道路上的国家！”（196）

（韩晓莉　文）

① 王健：《上海的犹太文化地图》，上海：上海锦绣文章出版社，2014年，第27页。

第二节
女性自我书写的上海形象与文化记忆：《上海船票》

奥地利犹太女性弗兰西斯卡·陶西格（Franziska Tausig，1895—1989）曾在二战期间流亡上海，回国后在《社团》《维也纳工人报》等报刊上发表过关于流亡经历和回忆上海的文章。1987年，她根据流亡经历创作的自传《上海船票：一个维也纳女人的逃亡和避难》（*Shanghai Passage. Flucht und Exil einer Wienerin*）由维也纳社会评论出版社付梓出版。1989年，陶西格在维也纳去世。2007年，维也纳米雷娜出版社将其自传更名为《上海船票·流亡隔都》（*Shanghai Passage. Emigration ins Ghetto*）再版，这一版本更新了部分内容，并增加了新版前言和作者之子奥托·陶西格①为自传撰写的后记。为了纪念弗兰西斯卡·陶西格与奥托·陶西格母子，2013年维也纳维登区（第四区）设立了陶西格广场。

德国当代女作家乌尔苏拉·克莱谢尔（Ursula Krechel，1947—）的长篇小说《上海，远在何方？》（*Shanghai fern von wo*? 2008）以弗兰西斯卡·陶西格为原型，融合虚构元素塑造了女主人公陶西格夫人。该小说以极富诗意的语言和打动人心的故事情节深受评论界好评，荣获约瑟夫·布莱特巴赫奖和德国批评奖等。与之相比，《上海船票·流亡隔都》更为真实地还原了陶西格夫人的人生经历。

① 奥托·陶西格（Otto Tausig, 1922—2011），奥地利著名演员和电影导演。

一、犹太难民自传《上海船票》

1938年11月9日“水晶之夜”爆发后，德国和奥地利的犹太人惨遭纳粹迫害，被迫逃亡国外。美国、法国等众多西方国家面对纳粹惨绝人寰的暴行，采取了限制性移民政策，几乎令欧洲犹太人陷入绝境。中国上海，这座当时被置于殖民管辖且不需要签证的东方大都市成为犹太人最后的避难地。从1938年到1941年，大约有两万名德国和奥地利犹太人远涉重洋来到上海，尽管他们在贫困与饥饿中苦苦挣扎，生活与文化的巨大差异使他们无所适从，但在中国人民和世界各国犹太人的援助下，犹太难民在上海得以幸存。

二战结束后，为了纪念流亡上海的艰辛岁月和战争中遇难的亲友，不少幸存者开始书写这段刻骨铭心的历史记忆。他们想要将独一无二的流亡经历和在远东经受的创伤传递给下一代人以及感兴趣的读者。从二战结束至今，已有三十余部犹太流亡难民自传问世。《上海船票》是其中颇具影响力的一部作品。这部自传以第一人称展开叙述，弗兰西斯卡·陶西格既是叙事者，也是主人公。她用细腻质朴、略带幽默的语言描绘了自己跌宕起伏的一生，塑造了一位勤劳乐观、坚强勇敢的独立女性。陶西格夫人1895年出生于奥匈帝国的蒂米什瓦拉，从小与父母居住在维也纳，家境优渥。原本幸福的生活在希特勒纳粹上台之后倏然而逝。面临死亡威胁的陶西格夫妇最终流亡上海。在上海的漫长岁月中，夫妻俩忍受着与儿子骨肉分离的痛苦，在异国他乡经历着种种磨难。面对陌生的环境，丈夫日益消沉，最终客死他乡。陶西格夫人独自艰难熬到战争结束，并最终回到满目疮痍的故乡维也纳。

《上海船票》共分为三章：“‘无忧无虑’的时光”“自1938年以后的故事”以及“上海岁月”。第一章讲述了弗兰西斯卡从出生到流亡上海之前的家乡生活。弗兰西斯卡出身于一个富裕的犹太家庭，与年轻的匈牙利律师阿拉达·陶西格一见钟情并结为夫妻。短暂的甜蜜之后小家庭卷入了一战的旋涡。丈夫奔赴前线，在一场战役中被爆炸击中造成严重耳疾。弗兰西斯卡冒着生命危险探望受伤的丈夫，不久后将丈夫接回维也纳。之后陶西格夫妇有了一个可爱的儿子，并在维也纳度过了20年衣食无忧的美好时光。第二章描写了陶西格一家在纳粹统治下的悲惨遭遇。为了躲避纳粹铁蹄的践踏，弗兰西斯卡将儿子奥托送上了由基督教教友会组织的逃往英国的火车。奥托在此最后一次见到父亲，也开始了与母亲的八年之别。正当弗兰西斯卡不停地寻找出逃机会时，她的丈夫被纳粹从家里逮走了。这使得她的处境更加恶劣，心境更加绝望。对于身处险境的犹太人来说，外逃的船票就像茫茫苦海中的救生圈。弗兰西斯卡花高价买来了一张伪造的船票，使丈夫得以暂时脱离危险。陶西格夫妇不断寻找离开维也纳的出路，但始终遭遇"上天无路，入地无门"的境遇。在弗兰西斯卡对未来绝望之时，她在旅行社橱窗里偶然发现前往上海的"乌萨拉莫"号邮船还有最后两张船票，便倾其所有买了这两张船票。弗兰西斯卡在自传中写道："现在我把'天大的幸运'——两张前往上海的船票，紧紧握在了手中。"[①] 在《逃亡与拯救——二战中的犹太难民和上海》一书中也有关于"乌萨拉莫"号邮船的论述："有两艘专门租赁的德国邮船将运送犹太难民经南非和爪哇来到上海。这一路线的选取是为了避免支付苏伊士运河费用，因为这一费用只接受英国英镑，不接受德国马克。6月28日德国'乌萨拉莫'号邮船到达的459名难民也得到了安置。这批人中有114对夫妇、150名孩子、142名单身男子和33名单身女子。"[②] 这其中也包括陶西格夫妇。1939年，经过九个星期不同寻常的海上之旅，弗兰西斯卡和丈夫终于抵达遥远而陌生的远东第一大城市——上海。第三章"上海岁月"讲述了陶西格夫妇在异国他乡生存的艰辛。

---

① Franziska Tausig: Shanghai Passage. Emigration ins Ghetto. Milena Verlag, 2007. S. 60. 后文出自该书的引文，将随文标注出处页码，不再另注。

② 王健：《逃亡与拯救——二战中的犹太难民和上海》，上海：上海交通大学出版社，2016年，第77—78页。

为了养活生病的丈夫，弗兰西斯卡在“科里布瑞”西餐厅烤制维也纳苹果卷和萨赫蛋糕。太平洋战争的爆发使犹太难民的境遇雪上加霜，在犹太人被迫迁入虹口隔离区之后，弗兰西斯卡原先工作的西餐厅倒闭。她在犹太人隔离区租下一间面包房分店，然而面包房的生意并非一帆风顺，故事情节一波三折。陶西格先生病情逐渐恶化并最终离世，这彻底击垮了弗兰西斯卡，但是想到远在英国的儿子，弗兰西斯卡不得不继续生活下去，她在医院厨房做帮工直到回国。二战结束后，弗兰西斯卡在儿子的劝说下最终决定回到家乡维也纳，成为第一批返回欧洲的犹太难民。1947年，弗兰西斯卡在朋友们的欢送中踏上了返回欧洲的“猎鹰”号军舰，告别了居住八年的第二故乡上海。经历了漫长的旅途终于抵达维也纳火车站，弗兰西斯卡百感交集。

二、自传中的上海城市记忆

犹太人流亡上海的历史在弗兰西斯卡·陶西格的自传中得以回忆、解构与重构。德国学者瓦格纳·艾格尔哈夫指出，自传并不完全等同于过去生活的写照，它更多地是在文本基础上对过去的构建，这种构建从它的叙事形式中获得大部分的重要意义。作为文学记忆体裁之一的自传不仅与个人记忆，还与文化记忆紧密相关。[①] 作为时代见证者，犹太难民对亲身经历的故事进行了文学叙事，将个人记忆用文学形式传递给后世。与此同时，犹太难民的个人记忆往往以某种形式从集体记忆中提取，并受到社会群体集体记忆的支配。作为文化记忆的媒介，自传对上海历史形象、价值结构以及自我和他者的想象进行了解构与修正。[②] 本文的立足点并非对上海进行历史叙述，而是作为东方“他

---

① 阿斯特莉特·埃尔、安斯加尔·钮宁:《文化研究的记忆纲领：概述》，载阿斯特莉特·埃尔、冯亚琳主编:《文化记忆理论读本》，北京：北京大学出版社，2012年，第217页。

② 参见阿斯特莉特·埃尔:《文学作为集体记忆的媒介》，载阿斯特莉特·埃尔、冯亚琳主编:《文化记忆理论读本》，北京：北京大学出版社，2012年，第375页。

者”的上海在犹太难民自传中如何构建和重现。

弗兰西斯卡以下面这段叙述开启了对上海的记忆：“上海岁月让我饱尝人世间的苦涩滋味。日子就像高脚杯，盛满了残酷无情的命运之酒，直到我饮尽最后一滴。”（99）对犹太难民而言，这段饱含伤痛的经历注定会成为永不磨灭的记忆。上海作为最后的避难地是他们唯一的选择。在此之前，大部分犹太难民都未曾来过中国。“上海”这个名词仅仅是一个模糊的概念，也是一个差异性的、边缘化的他者空间。在弗兰西斯卡未到达上海之前，她认为身无分文且毫无生存技能的自己根本无法在千百万的中国人中生存下去；而她的丈夫——一名匈牙利律师——在中国也毫无用武之地。经过九个星期的海上航行，搭载着四百多位欧洲犹太难民的轮船终于接近了目的地。弗兰西斯卡以流亡者的视角审视上海这个陌生的世界：“之前深蓝色的海水，现在突然变成了脏兮兮的黄褐色。”（91）当难民们获悉可以上岸时，不由得欢呼雀跃起来。弗兰西斯卡第一次见到“奇怪的墨汁瓶和细如发丝的毛笔”（92）。

抵达上海后，弗兰西斯卡被移民局登记为女厨师并幸运地获得了一份工作，因为她会烤制真正的维也纳苹果卷和萨赫蛋糕。她开始接触中国贫苦大众的日常生活，并对上海有了进一步的认知。每天凌晨五点，西餐厅老板会接弗兰西斯卡去市场采购食材。她在市场上看到了过去从未见过的食物：“泛着银光的小鱼、埋在土里的鸡蛋、堆积如山的菠萝、干瘦如柴的火腿等”（101、102）。在弗兰西斯卡看来，中国市场是“一副热闹非凡的宏大场面”（101、102）。与此同时，她也目睹了成群结队沿路乞讨的乞丐，“每个乞丐手上都拿着一个破旧的讨饭碗，上下来回晃动。人们扔给他们肉、鱼的下脚料、一把米饭或者是半腐烂的水果。一口铁锅和身上背着的一个竹席就是这群乞丐的全部家当。情况稍好一点儿的乞丐会随身携带一个大的保温壶。我从未见过像中国一样有这么多热水壶的地方。它们成为生存必需品。对于人们而言，半瓢热水比整顿饭还要重要。谁的碗里盛有米饭，就会再浇上一些热水。我看见许多人用手指将生肉或者生鱼块从垃圾里拣出来放进锅里，然后狼吐虎咽地吃下去。这种贫穷难以想象，但是人们却必须承受。老弱病残沿街乞讨，大批死亡。”（102、103）彼时的上海已被日军占领，整个城市陷入水深火热之中，造成了上海历史上空前的大劫难，穷苦老百姓在死亡线上苦苦挣扎。由于饥寒交迫，越来越多的人走上街头行乞为生，还有些人铤而走险偷抢害命，许多女性沦为娼妓。上海沦陷后，这些混乱的社会状况通过弗兰西斯卡笔下的细节描写得以真实再现。

经历了种种困难和曲折，犹太难民们逐渐适应了上海的生活环境，在基本解决温饱问题之后，便开始试图在这个客居地构建具有自己文化特色的生活氛围。犹太难民乔治·赖尼希在回忆录中写道：“随着时间的推移，难民们虽被本地文化逐渐融化，但也极力保留他们源自欧洲中部的生活方式。”[①] 犹太难民们在虹口提篮桥地区开办了许多咖啡馆、餐厅、杂货店、面包房、理发店、鞋帽店等，一时间虹口地区德文招牌林立，奥式露天咖啡馆也出现在街头和屋顶露天平台。中国的土地上生发出一种柏林和维也纳亚文化，“小维也纳”和“小柏林”由此而生。在被迫迁入虹口隔离区后，弗兰西斯卡失去了原先的工作。她被阴险狡诈的亚美尼亚人玛通茨欺骗，被迫租下了一间面包房分店，取名“欢迎面包房”。精心装饰后的面包房充满浓浓的维也纳风情，犹太难民惊喜地喊道：“这不就是上海的得美尔甜品店[②] 吗！”（117）面包房门庭若市人来人往，不仅吸引了犹太难民，还有来自不同国家的人们前来品尝维也纳的咖啡和甜点，弗兰西斯卡和丈夫也因此收获了许多友谊。

自传中的上海记忆也体现在反复提到的亚热带炎热的气候上。每

---

① 潘光主编：《艰苦岁月的难忘记忆——来华犹太难民回忆录》，北京：时事出版社，2015年，第89页。

② 得美尔甜品店（der Demel）是维也纳最著名的甜品店之一。

天晚上陶西格先生都会在餐厅门口等弗兰西斯卡下班，然后俩人一起去黄浦江边散步，享受江风吹来的丝丝凉意。“水面上帆樯栉比，覆盖整个江面。就像在巴达维亚，[①] 人们干着脚就可以走到河对岸。往来船只千里不绝，气势如虹。能够呼吸到新鲜空气，令每个人都心情愉悦，所有人都涌向江边。那里甚至有一个小公园和一艘报废的旧船，在船上建有一个茶馆。”（104）陶西格夫妇在面包房不分昼夜地工作，偶尔也会早点儿关门去江边散步，因为客人们十点多就离开了。“这个得归功于炽热的夏日夜晚，人们在封闭的房间里几乎无法度过。”（119）就算穷苦中国人家也会有电风扇，因为上海的夏天到深夜依然酷热难耐。当弗兰西斯卡被玛通茨先生解雇时，玛通茨让人把她房间里的电风扇拆除。弗兰西斯卡写道：“他的做法无异于用东西堵住一个原本就即将窒息的人的喉咙。”（148）

三、自传中的多国人物记忆

上海记忆不仅存储在城市空间的文学叙事中，也蕴涵在对生活在同一时空下的2.5万名苦难同胞们的情感回忆里。德国、奥地利犹太流亡者中有大量的知识分子和专业人才，如医生、律师、教师、工程师、理发师、建筑师、记者、作家、演员、画家、音乐家等，他们在困难中相互扶持，同舟共济。犹太难民在极其艰苦的岁月里，仍然开展了丰富多彩的艺术活动，追寻一种根植于本我文化中的生活方式和文化氛围，尽可能地去丰富自己的精神世界。美军的空袭结束之后，弗兰西斯卡工作的医院厨房上演了“一生中最值得关注的宴会”（141）。“男士们，每天一律带着粗糙的亚麻围裙干活，今天都穿上了黑色的西装甚至是晚礼服。几乎所有人都有金色的袖口纽扣，真丝的领带甚至金色的烟盒。女士们身着小晚礼服或者下午穿的连衣裙。所有人都在手艺精湛的维也纳理发师那里做了发型，他在上海也经营着一家不错的

① 巴达维亚（Batavia），今雅加达，印度尼西亚首都。

理发店。人们几乎认不出这个精心打造的团队，旧貌换新颜。”（142）

犹太难民在上海创作了许多具有维也纳风格的轻歌剧及其他各种剧目。通过建立戏剧社和创作鲜明时代特征的戏剧作品，犹太艺术家们鼓励困境中的上海犹太难民坚定生存意志，维持和修复自我社会文化身份。小型歌舞场卡巴莱表演深受广大难民的欢迎，他们在业余时间自导自演，通过这种方式追忆故土情怀。“吃完饭大家把桌子打扫干净，将值钱的东西放到安全的地方，然后开始卡巴莱表演和跳舞。鲁迪模仿了一个宴会之后想要借给邻居假牙的妇女。他站在那里，吧嗒嘴、咕哝、抱怨，人们几乎已经忘记了这里不是维也纳，忘记了战争的存在，也忘记了他不是那个真正的摩泽尔[①]。”（143）弗兰西斯卡觉得那个夜晚十分幸福，在没有美军轰炸的璀璨星空下，人们可以做一个有关“回家的梦”（143）。

在漫长的流亡岁月中，陶西格夫妇还结识了来自不同国家的“上海洋人”：心地善良的白俄难民斯克里亚宾“阁下”、阴险狡诈的奸商玛通茨先生、为人仗义的瑞典船员汉内斯、乐于助人的维欧医生、充满传奇色彩的匈牙利人特里比西·林肯、通情达理的工部局官员凡·惠更斯先生、沉静寡言的高本夫妇、收养穷人小孩的犹太难民等。弗兰西斯卡所描绘的生存故事不仅生动地刻画出德国、奥地利犹太流亡者的众生相，并且折射出一幅多民族文化融合的全景图。不同国家、不同文化的人们汇集在上海，文化的相互碰撞和交汇造就了上海“华洋杂糅”的城市性格。

四、自传中的中犹文化交融

在共患难的岁月里，犹太难民与中国百姓相识相知、和睦相处、真情相助。弗兰西斯卡在自传中讲道：“我丈夫总是将多余的面包分给左邻右舍的孩子们，孩子们称他为‘善良的面包大叔’。几百人来询问

① 汉斯·摩泽尔（Hans Moser，1880—1964），奥地利著名演员。

他的情况，当大家得知他离世的消息后，许多人都潸然泪下。”（131）在《上海船票》对文化记忆的书写中不乏对旧中国传统女性和传统习俗的记叙。很多年过去了，弗兰西斯卡并没有忘记她与一位中国女孩结下的友谊，这段记忆随着时间的流逝反而更加刻骨铭心。女孩因家境贫寒被父母卖给妓院，弗兰西斯卡将这个美丽的女孩称为“娜芙蒂蒂”：“高颧骨和黄皮肤构成了女孩棱角分明的侧脸轮廓，亚光面的中国丝绸长裙凸显出女孩高贵和苗条的身材，这让我不禁想起那位年轻的埃及女王，她的美丽在几千年后仍让人无法忘记。”（110）女孩由于强烈的自卑心而不敢与弗兰西斯卡说话，当弗兰西斯卡和她讲话时，她用洋泾浜英语说道：“女士，请您不要跟我说话。我太卑贱了。”（110）弗兰西斯卡不顾旁人的眼光坚持和她成为朋友。弗兰西斯卡的丈夫去世后，“娜芙蒂蒂”陪她度过了人生中最孤单的日子。中国人对逝者传统的悼念方式在自传中反复出现：“娜芙蒂蒂”将纸钱和其他用纸糊的东西点燃，充满敬畏地向死去的陶西格先生深鞠躬。（111）回国后的弗兰西斯卡听说“娜芙蒂蒂”自杀的消息后，在维也纳选择了同样的方式来纪念这位美丽的中国女孩。在犹太难民与中国邻居接触的过程中，文化碰撞和误解不可避免。邻居的妻子沈荷绿因不能生育四处寻医问诊，然而街里的中国医生只通过眼睛诊断，开的药方则是加入蟑螂的药草。弗兰西斯卡好心找来妇科医生，却因为沈荷绿的丈夫不能接受陌生男子为妻子做妇科检查，治疗以闹剧收场。沈荷绿最终遭到了丈夫无情的抛弃，含泪目睹丈夫张灯结彩地迎娶新妻。通过对“娜芙蒂蒂”和沈荷绿两位旧上海传统女性生动形象的刻画，作品真实地再现了女性在旧社会毫无地位的生存现状和女性被封建礼教束缚的悲惨命运，从中折射出中国传统家庭观念。

当得知日本人投降的消息时，弗兰西斯卡与中国人一起分享胜利的喜悦：“胜利，伟大的胜利终于来了。大部分房子都太小，不能举办庆祝活动，但是中国人很乐于帮助我们。”（150）岁月流逝，犹太难民早已将这座陌生的他乡城市视为第二故乡，一种难以割舍的情愫在离别之际萦绕心头。二战结束后，犹太难民纷纷开始寻求可以永久居留的新家园，大部分人选择去美国、加拿大、澳大利亚、以色列四国，很少一部分人回到欧洲。弗兰西斯卡拒绝了多位犹太难民的追求，因为她心中始终惦念着多年未见的儿子。长久以来，正是这份深深的思念之情给予弗兰西斯卡生活下去的勇气，维也纳成为弗兰西斯卡最终的归宿："如果我去了澳大利亚、美国或者其他地方，那我一定已经窒息而死了，因为我儿子回到了维也纳。我会因为永远的思乡之痛离开人世。"（148）1947年，弗兰西斯卡登上了返回欧洲的轮船，告别了居住八年的城市。医院厨房的所有人前往港口送别。轮船启航时，朋友们一起合唱古老的送别歌曲："明年再相见，耶路撒冷再相见"（179）。故事的结尾令人动容，儿子与母亲见面却不敢相认，年轻人礼貌地问道："仁慈的女士，请问您是我的母亲吗？" 弗兰西斯卡在自传结尾写道："这个问题为我的流亡生活画上了句号，也成为故乡新生活的开始。"（192）

作者在回忆最为艰难的虹口隔都岁月时说道："生活越是艰难，生命就越渺小，留下的回忆越来越多。我们中许多人更多的是生活在回忆里。这些回忆不会随着时间的磨灭而变模糊。正好相反，人们越是打磨它，它越加光芒四射。"（113）《上海船票》首版发表两年后，弗兰西斯卡离开了人世，没能再回到记忆中的故土——上海。她的自传作为集体记忆的组成部分，对城市空间、人物、气候等方面进行了文学书写，解构和重构了上海的历史形象，重新塑造了自我和他者的想象，共同构建出上海犹太难民的文化记忆。

（唐洁　文）

第三节
犹太人流亡上海的历史印记与艺术呈现：《上海，远在何方？》

《上海，远在何方？》（*Shanghai fern von wo*? 2008）是德国女作家乌尔苏拉·克莱谢尔（Ursula Krechel，1947—）的小说处女作。克莱谢尔1980年第一次到上海，小说出版前的将近三十年时间都在不断搜集关于犹太流亡者的资料。她在生活报道、档案文献、照片描述、信件、叙述等史料的基础上进行文学加工，用高度艺术的创作手法将历史与虚构融为一体，创作出一幅犹太难民流亡上海的全景图。小说2008年在德国一经发表就成为畅销书，以富有诗意的语言和触动人心的艺术表现力深受评论界好评。德国文学评论者亨利克·瓦尔特对小说的艺术价值作出高度评价："《上海，远在何方？》并非记录性地查阅文献资料，论证来源和事件的发生，它运用了一种特殊的叙事形式，是一部充满感情色彩的艺术作品。"① 小说接连获得了约瑟夫·布莱特巴赫奖（德国范围内奖金最高的文学奖项）和德国批评奖等众多文学奖项，并很快被译介到世界各地。2013年，北京外国语大学韩瑞祥教授将这部长篇小说译介到中国。

克莱谢尔在德国国家图书馆搜集资料时，偶然发现了一盘未曾公开发布过的录音带。一位名叫拉扎鲁斯的柏林书商在录音带里幽默自嘲地口述了自己流亡上海的整段经历。克莱谢尔由此获得灵感，将拉

① Henrike Walter: Märchen, Mythen und Montage. Ursula Krechels Roman Shanghai fern von wo als Mosaik von Bedeutung. In: Exil. Forschung, Erkenntnisse, Ergebnisse, Nr. 2, 2010, S. 22-23.

扎鲁斯塑造为贯穿小说始终的中心人物，巧妙地将其他人物和故事线索通过中心人物串联在一起。小说虽以书商拉扎鲁斯的口述为蓝本，但并非对录音带进行逐句引用，而是在此基础上对同命运者的境遇进行了文学叙事。这部小说既有书商拉扎鲁斯以“我”的视角进行讲述，也有作家用第三人称的全知视角进行叙事。多重视角的交织，丰富了文本的叙事层面。小说中登场的角色均以真实人物为原型，正如小说译者韩瑞祥教授在译序中所说：“小说中的人物既有真实的背景、真实的信息、真实的名字和真实的地址，而且是贯穿小说始终的真实内核，同时也是酝酿已久呼之欲出的艺术形象。”[①] 女主人公弗兰西斯卡·陶西格的人物原型曾于1987年首度发表自传作品《上海船票：一个维也纳女人的逃亡和避难》(*Shanghai Passage. Flucht und Exil einer Wienerin*)。[②] 克莱谢尔在充分考证和研究自传的基础上，对这位坚强自立的女性进行了艺术虚构和文学想象，小说角色超越了纯粹真实的人物写照。

小说共分为15章，各章相互独立，又彼此联系。克莱谢尔对各章中流亡者的故事进行截取、剪辑和重构，最终将其拼贴成一组不同寻常的犹太人流亡上海的马赛克图像。书商路德维希·拉扎鲁斯出身于柏林的一个富裕家庭，在椴树大街上拥有自己的书店。拉扎鲁斯成为共产党员后，书店变成“新开端”抵抗成员的聚会点，他因此蹲过14个月的监狱，紧接着又被关进达豪和布痕瓦尔德集中营。拉扎鲁斯于1940年越过德国边境，从意大利登上开往上海的轮船。在上海依靠救助委员会的资助创办了一家“微型书店”，这家书店为流亡者提供精神食粮，成为犹太难民暂时的“避风港”，拉扎鲁斯也通过书与报刊结

① 韩瑞祥:《译者序》，载乌尔苏拉·克莱谢尔:《上海，远在何方？》，韩瑞祥译，北京：人民文学出版社，2013年，译者序第2页。

② Franziska Tausig: Shanghai Passage. Flucht und Exil einer Wienerin.Wien: Verlag für Gesellschaftskritik, 1987.

交了许多同胞。小说的女主人公弗兰西斯卡·陶西格——一位勤劳勇敢的维也纳女人，和丈夫一起逃亡上海，用她那原本弹钢琴的双手烤制维也纳苹果卷来维持生计。弗兰西斯卡起初工作的餐馆一夜之间烧为灰烬，生活的希望和大火一起被浇灭。陶西格先生原本是一名雄心勃勃的年轻律师，可奥地利律师在上海根本无人问津。他在巨大的身份落差之下日益消沉，最终客死他乡。弗兰西斯卡独自艰难地熬到了战争结束，最终返回满目疮痍的故乡维也纳。另一位贯穿始终的人物布里格是一位年过花甲的艺术史家，发表过几部关于艺术收藏理论和实践的著作，因其犹太身份被德国大学开除。流亡上海后，在美国教会布道团办的圣约翰大学给中国大学生讲课，然而学生对他所传授的知识毫无兴趣。他穿梭于上海的大街小巷。从静安寺路到外滩再到苏州河北岸，他走遍了这座不用签证就接纳了他的城市。他曾毛遂自荐成为犹太富商哈同先生的艺术顾问，在上海度过了一段惬意的黄金时期。但这注定只是昙花一现，哈同先生托付给他的是一个不可能完成的任务，不久他又回到了犹太人隔离区。

除此之外，小说中还出现了律师、医生、钟表匠、共产党员等不同身份的犹太难民，他们在欧洲面临着死亡的威胁，四处寻找逃亡的机会，然而包括美国在内的许多西方国家采取了种种限制性移民政策。走投无路之时，上海向犹太难民伸出了援助之手。小说的开始引用了两个流亡者的对话："去上海。""什么？那么远啊？""远在何方？"[①] 上海究竟是什么样的？没有人知道。对于欧洲犹太难民而言，"上海"这个名词仅仅是一个模糊的概念，一个遥远的、陌生的、边缘的他者空间。当他们历经艰辛抵达上海时，这座东方大都市令人感到震惊和无所适从。这里既有高楼大厦与霓虹灯的摩登，也有茅屋草棚的破败衰落。繁华绚烂的租界与颓废落后的华界空间杂糅形成一个万

① 乌尔苏拉·克莱谢尔:《上海，远在何方？》，韩瑞祥译，北京：人民文学出版社，2013年，第2页。后文出自该书的引文，将随文标注出处页码，不再另注。

花筒般的大千世界。在随后的流亡岁月中，犹太难民切身感受到中西方文化的巨大差异。这种感知随着时间的推移呈现出动态的变化，从最初的震惊到被动接受，再到主动融入，上海这座遥远的他乡城市逐渐成为犹太难民心中难以忘却的东方家园。

一、异托邦想象与体验

犹太流亡者经历了九个星期的海上之旅，终于到达了目的地。“这座神秘莫测的城市，这座令人望而生畏的城市、一个陌生而德高望重的城市。”（11）真实的画面使流亡者意识到，他们已经抵达了这座“梦寐以求”（11）的城市。“港口里停泊着一艘艘战船，一艘艘巨型旧船，无数的小舟漂来漂去，陶西格夫妇后来才知道它们被称之为‘舢板’。一条条大帆船扬起制作精美的灰帆。来自五湖四海的商船又是卸货，又是装载。”（12）拉扎鲁斯对流亡经历的叙述是从对上海的回忆开始的：“上海是一扇大门，进入中国的大门，也是它的后门，人们可以穿过它钻进去……我来到上海，跟大家一样，要寻求一隅幸福，远离那伤及我的不幸。我在上海生活过，我在上海活下来了。”（34、35）

初到上海时，面对地理、气候、文化、语言等各方面巨大的反差，犹太难民陷入深深的迷茫和窘境中。这一时期的上海已被日军占领，整个城市陷入水深火热之中，上海城里挤满了来自中国各个地区的战争难民。“上海经历过战争的破坏，这座城市满目疮痍，埋葬了自己的死者。”（16）尽管如此，从1938年8月到1939年8月的一年间，上海接纳的欧洲犹太难民总数超过了1.6万人。大多数难民在刚到上海时住进了临时租用或搭建的难民收容所，这些难民收容所的住宿条件很差，一般30—50人挤在一间房里，最拥挤的甚至100—200人住一间。在小说里有大量关于难民收容所的描写：“难民营都建在上海最贫穷的市区，远离港口，远离那条条看上去欧洲式的繁华大街，远离那些富丽堂皇的维多利亚银行与商务大厦，远离外交代办处和领事馆，位于花园桥对岸，一个丑陋得令人沮丧的市区。”（18）

除了艰苦的居住条件外，欧洲犹太难民对上海的气候也难以适应。小说中反复出现“酷热的潮湿或潮湿的酷热”（33）、“酷热难耐”（107）、“闷热”（128）、“酷热”（193）、“双脚在酷热里肿胀”（195）、“地狱般的酷热”（206）等有关上海潮热气候的描述。弗兰西斯卡·陶西格在工作的西餐厅烤制各类甜点，“和厨师们一起蒸在酷热之中”（24），却唯独不敢尝试萨赫蛋糕，因为上海的天气闷热无比，巧克力很容易就融化了。犹太难民罗森鲍姆夫妇在上海开了一家手套商店，然而“上海的闷热不是戴这种牛皮或猪皮制作的高档品的理想地方。”（128）拉扎鲁斯觉得那潮湿劲儿可以将一切溶化，他发明了一种避免出汗的穿衣方法：“他每天早上先穿上鞋，弯下腰，系上鞋带，然后迅速穿上裤子，最后才穿上衬衣。如果先穿上裤子和衬衣，然后再系上鞋带的话，只要一弯腰，衬衣就已经湿透了。”（193）“在1942年夏天，仅仅在一天里就有16个流亡者因为酷热和身体衰竭而死亡。糟糕透顶的酷热使得记忆和感觉变成了一片空白。”（189）陶西格夫妇的房间里起初有一台电扇。当他们没有钱交房租时，房东会将电扇关掉作为预先警告，因为“失去电扇是一个严重的威胁”（216）。

上海的暴雨和台风天气在小说中也多次被提及。“只要天一下雨，这样的点心很快就会发霉。况且经常下雨，也不仅仅是淅淅沥沥的蒙蒙细雨。突然间，大雨如注，倾盆而下，淹没条条大街，一个个雨水口排都排不及。遇到台风天气，天空连续数日犹如爆炸一样，乌云翻滚，阴沉沉的，再也看不到天，既看不到希望，也看不到绝望。”（25）由于居住的房屋条件简陋，难民只好用锅碗瓢盆来抵挡不断上涨的洪水：“面对这样的洪水，无奈只有带上贵重物品和证件逃走。房子陷入泥潭之中，沦为贫民窟。”（25）每年六七月份是上海的梅雨季节，往往会持续较长时间阴沉潮湿的多雨天气。当弗兰西斯卡·陶西格去新公墓埋葬死去的丈夫时，发现一个下葬到墓坑里的草席棺材上面压了一块石头。她百思不得其解，掘墓人告诉她，“上海的房子没有地下室。每当梅雨季节时，那散发着臭味的地下死水就泛起来，地面变得一片泥泞，以至于穷人的墓坑下面，死水漫过泥土，于是墓坑便成了水洼，雨水或洪水就会将轻飘飘的棺材或裹着尸体的草席翻腾到地面上来。”（224）

二、多元文化城市景观

自1843年开辟为通商口岸以来，上海从昔日的落后渔村一跃成为中国最现代化的城市，成为东西方贸易枢纽。法租界和公共租界的相继建立吸引了数以万计来自世界各地的商人、传教士、外交人员等。西方人将欧美的物质文明、制度文明和精神文明带到这里，使租界变成了东方文化地图中的一块西方文化“飞地”。“一部租界史，就把上海变成了世界的城市。”[①] 这座远东第一大城市令从未来过中国的犹太难民感到震惊。外滩上耸立的高楼大厦令拉扎鲁斯大开眼界：“上海好惊人，一座座高大的建筑物，一座座摩天大楼。我有一种茅塞顿开的感觉，觉得自己像个乡巴佬。”（35）“银行哥特式圆厅”“亚洲石油公司巴洛克建筑”“气势恢宏风格现代的贝斯阿龙犹太教堂”（35）等欧式风格的建筑让人望而生叹。

与大部分犹太难民落脚的萧条破败的虹口地区形成巨大反差的是优雅精致的法租界。布里格将其称为“上海的小东方”（101）。“这里有马术学校、俱乐部和医院、舒适而带有电梯的公寓楼、十分精美的商店。还有一座座别墅、一条条颇为宁静的街道。它们让你身临其境，忘记身在上海。”（101）在布里格成为哈同先生的艺术顾问后，他从萧条的虹口区搬到了“上海的西方”（240），这里“就像是柏林的格伦纳瓦尔德区”（240）。根据路名判断是在上海的法租界里：“白赛仲路30/20，他为这个法语地址感到自豪。”（240）他在那里租了一个现代化的小居室，里面有透明的窗户、地道英国风格的带丝罩的台灯、抽水马桶、冷热水龙头，除此之外还雇用了一个中国阿妈。

---

① 曹聚仁:《上海春秋》，上海：上海人民出版社，1996年，第9页。

来自世界各国、中国各地具有不同地域特色、不同历史传统的文化在上海碰撞、流通、融合，使近代上海成为摩登与传统并存、中西文化交汇之地。这座“东方巴黎”在不断吸纳古今中外的文化后，成为一个多元文化的大熔炉。从某种意义上来说，“混血儿”可以看作是对上海身份的一种隐喻。[①] 作者通过极具感染力的描写真实地再现了当时上海的多元文化景观：“上海就是这样一座城市：可以买到德国香肠、卡尔斯巴德手套、维也纳苹果卷等，也可以在一个‘波西米亚’流亡者那里定做适合自己的鞋。”（178）“在上海港，每个民族都有地盘，只要你愿意，你就可以喝鸡尾酒，进舞厅，请伴舞女郎，打网球。”（177）上海好比是一座最复杂的、最奇特的、最丰富的博物院。世界上再没有一座博物院有那样复杂完备的活的“陈列品”了。[②] 在上海的街道上，可以看见疲于奔命的黄包车夫，也可以看见精心抛光的豪华轿车；为了获取一顿晚餐，人们可以选择烧香拜佛，也可以去基督教传教士那里聆听一次虔诚的布道。上海赫赫有名的犹太富商赛里斯·A. 哈同临终前要求他的葬礼按照犹太教和佛教传统举行。

当上海文化深受外来文化深刻影响的同时，中国传统文化也对久居在此的西方人产生了潜移默化的影响。布里格对中国艺术颇有兴趣，尤其沉迷于古董店里的一个唐代小匣子，“纤细盘绕的饰线，羽毛，孔雀眼睛，莲花迷。一件闻所未闻的精美漆器，巧妙玲珑；一件令人五体投地的珍品。”（209）布里格对中国水墨画也情有独钟，他觉得“黄山奇峰”“李子树”“山涧茅屋”这些中国绘画无比精妙。在反复的观察中，他总结出看画的一些技巧：“一定要在黄昏时分观看中国水墨画，色彩随之闪闪绽放，耀眼的光线分解了墨迹与色彩，夺去了它们的光泽，赋予墨迹一种看上去脏兮兮的、泛起灰烬的色彩。”（238）另

① 吕超：《比较文学新视域：城市异托邦》，北京：中国社会科学出版社，2011年，第204页。

② 参见郑振铎：《上海的居宅问题》，载倪墨炎主编：《浪淘沙——名人笔下的老上海》，北京：北京出版社，1998年，第119页。

外，布里格还钟情于中国画家持久而艰辛的培养方式。他对中国画如何握笔、蘸墨、运笔都充满了浓厚的兴趣。“他在观看水墨画时获得了身心修养。”（238）在小说中，“山峦叠嶂”“菊花”“莲花”“茶花”“芍药”“竹子”“鱼”“鸡”等典型的中国画创作题材跃然纸上。（238）

此外，小说还在多处介绍了犹太流亡者在上海创办的德文杂志《黄报》。住在德租界的人、商人和领事馆工作人员将其称为“黄祸”。但作者对这份流亡报刊却进行了高度赞扬：“一个勇气十足的杂志，一个充满智慧的杂志，尽管生存十分艰难，但依然坚持不懈地办下去。”（105）这份杂志经常为犹太难民介绍中国的风俗习惯，比如中国的童棺、中国的艺术、麻风病和迷信等，为加速犹太难民在上海的文化融入发挥了积极的作用。

三、艰难岁月与上海记忆

1943年，日本当局规定所有犹太难民必须迁到在虹口东北部建立的“无国籍难民区”，大约1.4万犹太难民被迫迁入隔离区生活，进出隔离区需要通行证。许多流亡者因此失去了收入微薄的工作。据犹太难民杰里·摩西回忆：“在1942—1944年最艰苦的时期，我们与中国邻居互相帮助，同甘共苦。”[①] 拉扎鲁斯描述了当时的情况：“如今在流亡者和虹口区贫穷的中国居民之间出现了许多友好的气氛。犹太人受到希特勒迫害，中国人受到日本人蹂躏，贫困折磨着所有的人。一个奇怪的犹太人区。”（194）隔离区恶劣的卫生条件导致疾病的迅速蔓延。1943年，隔离区的死亡人数达到311人。拉扎鲁斯说：“因为害怕感染上一切有可能的疾病，我们用消毒液擦洗双手，擦洗身体上每一个可以触及的地方，直到我们把浑身擦洗得发红变糙。”（209）

1944年夏天之后，美国军队对上海开始大规模空袭。这无疑令中

① 潘光主编：《艰苦岁月的难忘记忆——来华犹太难民回忆录》，北京：时事出版社，2015年，第168页。

国百姓和犹太难民的苦难更雪上加霜。“上海的房子都没有地下室，地下太潮湿，也不再修筑战壕，因为只要天一下大雨，它们恐怕太容易坍塌。”（253）再小的炸弹也会造成无比巨大的灾难，“这座城市人口那样密集，一座座房子造得那样简易，像一个个身体虚弱的人，相互支撑，相互靠拢，一条条巷子的房子都坍塌在一起了。”（255）1945年7月17日，美国飞机误炸了犹太人隔离区，造成巨大的人员伤亡，夺去了六百多人的性命，幸存者充满了对死亡的恐惧。

经过漫长的等待和痛苦的煎熬，犹太难民终于迎来了反法西斯斗争胜利的这一天。难民中只有少数定居中国，大部分人选择前往美国、澳大利亚、以色列等国家。几位主人公面临着艰难的选择：布里格一心渴望回到柏林，柏林艺术大学的召唤令他备受鼓舞。返乡的过程异常艰辛，他像货物一样被国际难民组织搬来运去，由于偶然的幸运才得以返回柏林。长途跋涉令布里格一病不起，残垣断壁的城市景象和冷漠的社会风气令他失去了生活的勇气，他从上海返乡后不久突然离世。弗兰西斯卡·陶西格想念儿子，不愿意再成家。她回到了家乡维也纳，与分别八年的儿子重逢。儿子奥托·陶西格后来成为奥地利著名的喜剧演员。而拉扎鲁斯先去了英国，在伦敦见到了“新开端”组织的一些老成员。为了在英国站稳脚跟，这些人都已经放弃了政治活动。拉扎鲁斯回到德国，他与遍布世界各地的上海流亡者保持通信联系。在拉扎鲁斯维护自己作为受害者的正当权益时，一次又一次地无功而返，他的“回归”变成了彻头彻尾的伪命题。小说的最后，暴雨前的汉诺威闷热无比，这种天气令拉扎鲁斯想起了上海的夏季；当他躺在卧榻上，脑海中浮现出上海那张寒酸的床架；他打开推拉窗，仿佛听到了木头架在石地上拖动的响声，想起卖水夫的呼叫和自行车的铃铛声。上海成为他永远挥之不去的记忆，曾经遥远而陌生的城市清晰地浮现在眼前，随着时间的流逝反而更加刻骨铭心。

《上海，远在何方？》是作者克莱谢尔首次尝试用小说的形式讲述犹太人流亡上海的历史。她并非犹太人，也不是这段历史的亲历者，但是她通过大量的史料搜集塑造了一个个鲜活的流亡者形象。作者在言说人物故事的同时，凭借超凡脱俗的艺术表现力塑造了一个流亡者心中永远的东方家园。

（唐洁　文）

第四节
犹太裔女作家的上海情结与空间构建：《牛郎织女》

1904年，中国籍犹太裔女作家克拉拉·布鲁姆（Klara Blum，1904—1971）出生于切诺维茨[①]一户殷实的商人家庭。一战爆发后，布鲁姆与其家人逃亡至维也纳。战争结束后，布鲁姆和母亲继续留在维也纳生活。1934年，布鲁姆完成高中学业，继而在维也纳教育学院攻读文学和心理学。布鲁姆的文学天赋与政治激情自年轻时便崭露头角，1923年，年仅19岁的布鲁姆开始在《东犹太报》上发表文章和诗歌。1929年，加入奥地利社会民主党，为该党的中央机关报《工人报》持续供稿，关注教育与犹太妇女地位，发表评论文章及诗歌。1933年，国际革命作家联盟以"反法西斯"为主题举办有奖征文，布鲁姆凭借长篇反战诗歌《服从谣》获奖，于1934年受邀前往苏联访问学习两个月，这个经历成为她人生的第一个重要转折点，正如她寄与友人曼弗雷德·格奥尔格的书信中所言："拜法西斯所赐，两个月变成了11年（的流亡经历）。"[②] 流亡莫斯科期间，她发表了《回答》（*Die Antwort*，1939）、《就要对着干》（*Erst recht!* 1939）、《我们决定一切》（*Wir entscheiden alles*，1941）、《多瑙河之歌》（*Donauballaden*，1942）与《战

① 切诺维茨是位于奥地利与罗马尼亚两国边境上的小城，该城市当时属奥匈帝国的领土，今属乌克兰境内。这是一座德意志和犹太文化传统相交融的城市，布鲁姆降生时，这里十分繁荣，有"小维也纳"之称。

② Klara Blum: Brief an Manfred Georg. In: Yang Zhidong (Hrsg.): Klara Blum. Kommentierte Auswahledition, Wien: Böhlau Verlag, 2001, S. 514.

场与地球》(*Schlachtfeld und Erdball*, 1944)五本诗集。

1937年年底，布鲁姆在莫斯科与我国近代话剧先驱人、辛酉剧社创始人、共产党员朱穰丞相识相恋。朱当时在莫斯科学习戏剧导演，同时从事党的秘密联络工作，正因如此，他不能向布鲁姆透露他的住址和联系方式。两人共同生活了三个月，1938年4月，朱穰丞在一通电话后彻底失联，从此杳无音信。布鲁姆坚信爱人已被共产党遣调回国，从事秘密工作，故二战结束后，她毅然决然地踏上了前往中国的征程，继续过着浮家泛宅的流亡生活。

诚然，布鲁姆的流亡作家身份极具争议性。回顾其经历可发现，她最初前往苏联并非遭遇直接的政治迫害，而是缘于一次访学经历，但她在访学结束后未能如期离境，更因为此次苏联之旅失去了罗马尼亚国籍，而后因种族及意识形态原因“一直受苏联的优遇与保护”[①] 长达11年之久。布鲁姆在流亡之旅即将告一段落之时，自愿踏上她的第二段异国征途。其前往中国的旅途犹如一次寻根之旅，而非不得已的逃亡征程，并最终在这个文化迥异的亚洲国度寻得了精神归属。

1947年，布鲁姆历经辗转后抵达上海。由于内战，上海彼时经济情况衰颓。刚到上海的布鲁姆生计无着落，一度陷入山穷水尽的生活窘境，后获犹太救助委员会提供的经济资助，在虹口难民区寻得居所。1948年，布鲁姆因国际笔会[②] 成员身份在同济大学谋得教师职位。其间，她以“受压迫种族的创造力”为题发表公开演讲，并在中文杂志《妇女》上发表文章。1951年，布鲁姆受聘为华东人民革命大学附设外文专修学校（今上海外国语大学）的图书馆管理员。次年，先后在复

① 克拉拉·布鲁姆:《自传》，载林笳编译《中国籍犹太裔女诗人朱白兰生平与作品选》，广州：中山大学出版社，2016年，第17页。

② 国际笔会(PEN)，现全称为Pen International, 1921年创立于英国伦敦，致力于促进国际作家间的学术合作与理解，强调文学在世界文化发展中的中心地位，捍卫言论自由。

旦大学和南京大学任德语教师，并申请加入中国国籍。1954年，布鲁姆的申请获准，她承爱人朱穰丞之姓氏，为自己取名朱白兰。1957年，中山大学成立德语系，朱白兰受聘任德语和德语文学教授。教书育人的同时，朱白兰迎来了她的创作高峰期，她虽出身于资产阶级，但最终发展成为一名不折不扣的无产阶级作家，撰写革命题材文学作品声援中国革命运动，摹写“现实乌托邦、实现幸福追求”、讴歌“社会主义中的解放和自由”[①] 是朱白兰作品的主旋律，其中篇小说集《香港之歌》(*Das Lied von Hongkong*，1959) 被女作家多拉·温策评论为充分体现“中德友谊之作”，[②] 诗歌集《长路漫漫》(*Der weite Weg. Volk und Welt*，1960) 被赞誉为“德语现代诗歌的最好范例”。[③] 此外，朱白兰热爱中国文化，她评价中国文化体现了“中国人天才般的审美志趣”，“这个饱受苦难的国家在其最心酸的痛苦之中蕴藏着丰盈而精妙的想象力”。[④] 她改写和翻译了大量中国诗歌、民间传说和故事，如艾青的《向太阳》(*Zur Sonne*)、《木兰诗》(*Das Lied Mulan*)、李季的《王贵和李香香》(*Wang Gue und Li Hsiang-Hsiang*，1954) 和《龙王的女儿——唐代故事十则》(*Die Tochter des Drachenkönigs. Zehn Geschichten aus der Zeit der Tang Dynastie*，1955) 等。民主德国党报《新德国》赞誉朱白兰的“所有作品——诗歌、长篇小说、中篇小说、报刊文学，无不体现着人民情谊与社会主义精神”。[⑤]

身为反法西斯、无产阶级革命作家，朱白兰尽管在流亡上海期间

---

① Thomas Lange: Dshu Bailan oder: Wer war Klara Blum? Porträt einer Vergessenen. In: Das neue China, Heft 4, 1990, S. 30-33, hier S. 31.

② Dora Wentscher: Ein Buch der Freundschaft. Dshu Bai-Lan: Das Lied von Hongkong. In: Neue Deutsche Literatur, Heft 11, 1960, S. 152f., hier S. 153.

③ Thomas Lange: Dshu Bailan oder: Wer war Klara Blum? Porträt einer Vergessenen. S. 31.

④ Klara Blum: Nachwort. In: Richard Wilhelm: Die Geister des Gelben Flusses. Chinesische Märchen. Rudolstadt: Greifenverlag, 1955, S. 356.

⑤ Adrian Hsia: China-Bilder in der europäischen Literatur. Würzburg: Königshausen & Neumann, 2010, S. 169.

背负生活与精神的双重重担，但她从未放弃文学创作。她征用中国神话素材，将其对中国爱人的苦思和对中国友人的理解和同情，全然倾注于半自传体长篇小说《牛郎织女》（*Der Hirte und die Weberin*, 1951）。小说在民主德国发表，朱将全部稿费捐给了抗美援朝，广东外语外贸大学林笳教授于2016年将该小说翻译出版。时任民主德国艺术院主席阿诺德·茨威格曾在1952年写信给出版《牛郎织女》的格莱芬出版社，信中写道："我现在想对您说，我对克拉拉·布鲁姆德语出版物的再次发行感到无比欣喜。直到战争结束，我们始终能在《国际文学》和莫斯科的书籍出版物上读到她的诗歌，这些诗歌都是一流的，并且是用德语发表的。"① 德国小说家里翁·福伊希特万格高度评价作品中"那些用爱与理解描绘出的当今中国的美好面貌，不仅是故事的背景，作家用她不断变换的笔触将这一大国勾勒得无比清晰。我不知道还有哪部作品能以如此真切的画面展现现今中国的内部图景。"② 同时，这也是一部蕴含着作家对爱情与革命双重"坚贞"的文学作品："《牛郎织女》是一部考验矢志不移的忠贞的长篇小说。不只是个人的忠贞，也包括政治的忠诚。"③ 一方面，朱白兰将自己与朱穰丞的苦恋经历及生活记忆作为创作原型，通过细腻温情的叙事手法，以上海为故事背景，将个人经历与中国民间传说巧妙结合，谱写出独特的"上海爱情故事"。另一方面，朱白兰作为中国彼时历史的见证者和亲历者，在书写经历、言说爱情的同时，力图烛照20世纪上海的历史幽巷，以多种角度呈现出别样的"上海叙事"。

---

① Vgl. Yang Zhidong: Klara Blum - Zhu Bailan (1904-1971): Leben und Werk einer österreichisch-chinesischen Schriftstellerin. Frankfurt a. M.: Peter Lang, 1996, S. 47.

② Lion Feuchtwanger: Der Hirte und die Weberin. In: Martin Karl (Hrsg.): Der Greifenalmanach auf das Jahr 1958. Rudolstadt: Greifenverlag, 1957, S. 189.

③ Klara Blum: Brief an Karl Dietz. In: Yang Zhidong (Hrsg.): Klara Blum. Kommentierte Auswahledition. Wien: Böhlau Verlag, 2001, S. 526.

一、半自传体长篇小说《牛郎织女》

小说《牛郎织女》全篇以第三视角呈现，分为五个章节:《上海的幻想者》《片刻幸福》《两颗星星写日记》《彩云》和《老百姓》。开篇借助一部改编自中国民间传说《牛郎与织女》的舞台戏剧，引出正和友人观戏的主人公张牛郎。张出身于上海一户富商家庭，从小接受开放的西式教育，精通英文和法文，任职于一家法国进出口公司。他创办夜校，醉心于话剧，立志创作出“当今中国人的戏剧”。少时奉父母之命，与唐美音结为夫妻，但他始终将这位尊奉孔儒礼法的妻子视为“大姐和老师”，无涉夫妻之爱。唐彩云是唐美音同父异母的妹妹，姐妹二人“一个举止优雅，另一个开朗活泼”。性格与姐姐截然不同的彩云是思想进步的女权主义者，追求女性独立与思想自由，积极参演姐夫张牛郎排演的话剧，也因“抛头露脸”被唐家赶出家门，依靠姐姐美音接济。牛郎夜以继日地翻译、撰写剧本和指导话剧拍摄，努力呈现给观众“对家庭和社会进行批评的戏剧”，先后排演和上映了《咖啡店之夜》《雷雨》《底层》《文舅舅》和《虎子来了》等戏剧作品。随着日军的不断进攻，国民党政府的警察对反日宣传的跟踪也愈加密切，牛郎决定踏上前往巴黎的征程。牛郎在巴黎加入了中国共产党，执行国家情报传递的秘密任务，平日在巴黎一家马戏团从事舞台布景工作，后被邀请至莫斯科。在莫斯科国际工人援助办公室，牛郎对前来办理护照的波兰犹太姑娘汉娜一见钟情，两人在许多方面志趣相投，牛郎借中国传说“牛郎织女”的爱情故事含蓄地向汉娜表达了爱意，四个月后的一通电话结束了这对跨民族情侣的短暂幸福，牛郎自此杳无音信。在第三部分中，牛郎和汉娜在不同时空下，以日记的方式记录各自的革命与生活经历，将思念倾注于文字。二战结束后，为找寻失踪的爱人，汉娜申请前往中国，经多国辗转与漫长等待，终在近九年后踏上来华征途，另一面的牛郎因继续执行秘密任务不得已将此间日记全部销毁。汉娜抵达牛郎的家乡上海，受聘任职于“梨大学”（原型为今同济大学）教授德语文学课，通过班上学生——张牛郎之子张新路结识其小姨唐彩云，但彩云和张家人同样没有牛郎的音讯，认为牛郎早已在革命中牺牲。上海即将解放，汉娜不愿放弃爱人尚在世间的希望，遂前往北平，打算在解放军部队中继续找寻爱人。汉娜在北平四处碰壁，没人愿意接待她，恐防她是女间谍，贫困交加的汉娜险些因饥饿客死异乡。后经人介绍，她最终见到了张牛郎曾经的夜校学生王朴城。朴城如今已是运输部长，在他的安排下，汉娜和牛郎终得以相见，虽只有短暂的几小时，也知道也许再没有机会见面，但汉娜理解牛郎的事业，为来到爱人的国家而心感满足。

事实上，朱白兰在1938年与朱穰丞失去联系后，直到1971年病逝也没能再见到昔日的爱人。根据高年生《跨越时空的追寻——犹太裔女诗人朱白兰的中国故事》所述，朱穰丞于1938年被苏联内务人民委员会以“间谍罪”被判处在劳改营监禁八年，1943年在西伯利亚劳改营去世。[①] 小说的结尾既是朱白兰为自己勾勒的理想爱情结局，也欲借此为自己多年寻爱无果的感情悲剧画上句号，亦表明朱白兰已经接受爱人不在人世的事实，实现自我的爱情救赎。在与爱人分离近二十年后，朱白兰在诗歌《致一位老人的情诗》（1957）中苦诉已近迟暮的自己仍无法与爱人相见的悲凉场景，爱侣年轻的容颜不再，伴随着岁月愈加弥坚的忠贞已化为革命的崇高信念：“你和我分离了几十个寒暑。/ 我生命的路标指向了黄昏，/ 它发出的光映出你的模样。/ 你消瘦的脸浮动在我眼前，/ 俊美摧毁了，但却神采奕奕。/ 更增添了至高人性的辉煌。……笑容泯灭了，笑脸绽开。/ 世界摆脱了恐惧和血腥，/ 普照着未来儿童的目光……/ 我们久经考验的爱情/ 千百倍地奉献给

① 参见高年生:《跨越时空的追寻——犹太裔女诗人朱白兰的中国故事》，载《中华读书报》，2016年11月26日。

后人。”[①]

二、不同城市空间下的上海

“租界一隅，平时为大商埠，乱时为极乐园。”[②] 自上海租界开辟后的几十年间，租界内的外国商行遍地开花，直至小说故事发生的20世纪三四十年代，租界已成为“这座富豪和乞丐共存的城市里最繁华的区域”。[③] 租界作为一种特殊的殖民地形式，其文化与上海原有社会文化之间的冲突和重组不仅体现为空间上的冲突，同时也是“现代”与“传统”的激烈碰撞与交融，新思想与精神觉醒在新旧交错的火花中迸发，殖民主义的空间入侵作为一种“恶”的力量存在的同时，也具将上海从“传统”带入“现代”。异常繁华的半殖民地上海与横行遍布的西方势力极易给人以全盘西化和“去中国化”的错觉，朱白兰在构建上海叙事时，力图塑造上海文化的“另类”特质，努力凸显上海文化的混杂性。如咖啡馆是彰显现代性的西方文化符号，《牛郎织女》中数次提到法租界亚尔培路上那间“昏暗的小咖啡馆”，唐彩云和美音与友人在咖啡馆里喝茶的情节无不体现作家对中西文化融合的刻意凸显。

小说中，张牛郎的家便位于法租界内的亚尔培路，“为了让自己作为中国人能住在这里，他的父亲付出了昂贵的税”（151）。在作品中的上海法租界，中西方的融合、旧与新的碰撞、传统与现代的对抗不断凸显。“他（张牛郎）的屋是一栋平房，很宽敞，当中有几道别致的天井。客厅里挂着一幅丝织的装饰品，上面绣着7世纪诗人王绩的一首诗……丝织品的下面，摆放着一只画着花鸟的长身花瓶。花瓶右边放着一座精致的小银塔，一个装绿茶的黑色漆盒，一把刺绣的折扇，花

① 朱白兰：《致一位老人的情诗》，载林笳编译：《中国籍犹太裔女诗人朱白兰生平与作品选》，广州：中山大学出版社，2016年，第135页。

② 姚公鹤：《上海闲话》，上海：上海古籍出版社，1989年，第60页。

③ 朱白兰：《牛郎织女》，载林笳编译：《中国籍犹太裔女诗人朱白兰生平与作品选》，广州：中山大学出版社，2016年，第243页。后文出自该书的引文，将随文标注出处页码，不再另注。

瓶左边放着一座小巧玲珑的象牙塔，一个装红茶的绿色漆盒，一把绘画的折扇。”（151、152）小说中不乏对这类精致的、带有典型中式元素的装饰摆设的描写，这些考究而华丽的瓷器和漆器、精美的象牙摆件和折扇是旧时富商官宦家中的经典摆设，是富贵与地位的象征物，是过去或当时繁盛境况的见证，同时在小说中也隐喻中国封建的旧俗传统，“人们下跪叩头，奉父母之命娶妻，奉父母之命尽男女之欢”（152）。张牛郎和妻子唐美音的结合正是基于“父母之命”，张牛郎反感这样的婚姻，也“厌恶了中国古代推崇美女的传统”（165），始终无法与尊奉儒家仁义、出身于京城高门大户的妻子心意投合。受西方教育的张牛郎一心投身革命，创办职工夜校，力图通过教育为底层民众带来精神启蒙，但其父认为他是“在政治紧张时期干些名声相当不好的事情”，“思想上走上了偏道”，“好心办了坏事”（152、153）。因为夜校教育让工人和苦力了解了历史，学会利用罢工为自己谋得公平待遇，但对工人的精神启蒙却成为资本家父亲的“毒药”，使其利益蒙损，新旧思想的对抗致使父子间的矛盾愈难调和。

剧院是《牛郎织女》第一部分中频繁出现的另一个城市空间。一方面，朱白兰笔下的上海亦宛如一个大剧场，作家采用“剧中剧”的表现手法将小说中的戏剧作品作为彼时上海的社会缩影，以双重张力彰显繁华都市上海中的虚妄与晦暗，展现城市生活的纷繁、荒谬与失实，杂乱而赤裸的社会现象化为舞台上的每一剧幕，借剧中普通人物之口唤醒浮华都市中沮丧失望的民众。如小说中的独幕剧《咖啡店之夜》，彩云扮演的女招待员用“美丽的、细心改写的词语”唤醒了“一个事业失败、借酒消愁的知识分子”（161），并在剧中探讨“社会贫困和妇女卖淫”等社会乱象。又如借戏剧《底层》表达“即使在最深层的痛苦中仍然存在人的价值和灵魂的活力”（163）的思想。另一方面，剧场也是作品中牛郎等爱国人士对殖民主义与帝国主义施以文化反抗、实现民族救赎的社会场域。小说中对剧院如是描写道，“他们走到了昆平路拐弯角上那栋灰色的两层楼前。对于牛郎来说，房屋的墙仿佛变成了玻璃。他看见了能容纳两百人的大厅，看见一个舞台，舞台上活跃着形形色色的人物，痛苦、讥讽、骄傲、希望……”（157）小说中的上海到处充斥着不满与躁动，“几乎每个上海的中国人都将盼望中的政治变动称为好事”（250）。牛郎将剧团取名为“梅花剧团”，因为“梅花作为一年当中最早开放的花，在严寒和风雪中盛开，对于中国人民来说，是革命的象征。他的剧团也是这么盛开的——面对半殖民地的屈辱和半封建的警察恐怖”（177）。故而剧院也表征了充斥着自由与光明的文化空间，是新思想与革命火种的萌芽地。谈及戏剧，牛郎对汉娜如此回忆说：“在我的记忆中，这些作品有时候就像一座五层的彩塔……周围曾经发生或正在发生的事情只是阴影，将被我们时代的风暴驱除，我造型优美的小楼丝毫无损地保留了下来。这也许只是艺术家的自负。很多时候，我想得更谦虚、更客观一些。于是，我的戏剧演出如同易逝的影子，在黑色背景上温柔的、彩色的影子。”（177）此处朱白兰有意以戏剧譬喻中国民间艺术“皮影戏”。在另一部长篇小说《命运的战胜者——彩色身影的苦力》中，作家亦将“皮影戏”比喻为“一座塔——既是运动的，又是静止的”。[①]“皮影戏”也作为贯穿该作品的主要线索，被作家赋予同戏剧类似的教育意义。朱白兰热爱中国文化与民间艺术，深知皮影戏在旧时中国对广大贫苦人民有重要的娱乐和教育作用。晚清作家富察敦崇也曾在《燕京岁时记》中提及：“影戏借灯取影，哀怨异常，老妪听之多能下泪。”[②] 小说《彩色》中的林春半曾是皮影戏高手，但在华洋人的盘剥与压迫令身为普通艺人的他生活愈发窘困，“如果艺人赚到几块铜板，那么，他必须拿出三分之一交给有权势的官员，要是给少了，就被他们收买的歹徒打得头破血

① 朱白兰：《命运的战胜者——彩色身影的苦力（节选）》，载林笳编译：《中国籍犹太裔女诗人朱白兰生平与作品选》，广州：中山大学出版社，2016年，第178页。

② 潘荣陛、富察敦崇：《帝京岁时纪胜·燕京岁时记》，北京：北京古籍出版社，1961年，第94页。

流”。[1] 朱白兰借“皮影戏”这一传统民间艺术映射外国殖民者和帝国主义者的贪婪劣性在彼时的中国文化上投下了肮脏的阴影，慨叹灵巧美丽的皮影艺术被摧残、艺人被屈辱和盘剥的弱者命运。

二战期间的犹太难民聚居地——虹口区，是小说中不可忽视的另一文化空间。虹口区在小说中被多次提及，朱白兰对这一区域的情感是矛盾且复杂的。据资料记载，战火后的虹口区虽得到部分重建，但“充其量仍只能说是丑陋沉闷的”。[2] “部分带着钱财、能付得起高昂房租的难民在虹口落脚不久后，就搬入法租界，那里环境优雅，充满西方情调，是理想的居住之所。”[3] 小说中的虹口同样是个“贫寒的城区”。汉娜辗转到达上海后，“犹太援助委员会分给她一个房间。屋子只有两层，像虹口的大多数房屋一样，已经有点儿腐烂”（239）。相较于租界区，虹口诚然破败不堪，但汉娜觉得住在这里要比住在租界的豪华区域更加舒服，一方面，租界里的“外国人仍然趾高气扬地走来走去，在精美的陶瓷店购物，用一种不堪打扰的表情将站在门前的乞丐赶走。他们仍然用脚催赶人力车夫快跑”（243、244）。汉娜和爱人牛郎一样，对租界地的“阔洋人”有着“深深的蔑视”（162），饱受白人侮辱与奴役的中国苦力，和那些因种族歧视与屠杀被迫流亡国外的犹太民族承受着相似的命运与遭遇，这样的画面令汉娜只觉反感和愤懑。另一方面，虹口区的房租和物价都远低于租界区，对于疲于奔波辗转、早已一贫如洗的汉娜显然更加适合。此外，身处异国、独自找寻恋人的汉娜依然渴望置身于文化共同体之中，感受同胞的温暖，“虹口是令人眼花缭乱的异国城市中一个不显眼的小市民的区域，这里有

---

① 朱白兰：《命运的战胜者——彩色身影的苦力（节选）》，载林笳编译：《中国籍犹太裔女诗人朱白兰生平与作品选》，广州：中山大学出版社，2016年，第454页。

② 戴维·克兰茨勒：《上海犹太难民社区》，许步增译，上海：上海三联出版社，2006年，第25页。

③ 叶兰莲：《监狱和犹太难民社区》，载《上海城区史（下册）》，苏智良主编，上海：学林出版社，2011年，第983页。

大约7万来自中欧的犹太流亡者，他们住在一起，产生了某种程度的人间温暖。当然也会发生一些尴尬的事情：流言蜚语，恶意中伤，敌视华人的无聊谩骂，前途未卜的沮丧情绪。……人们扶植一种要求不高的文化交流，音乐，讨论，演唱。”（241）

三、上海人与城市文化

“柳下月夜繁华间，醉生梦死亦徒劳。上海犹如七彩果，肉藏硬核怪又坚。”（161）这是小说中对上海的整体性描述，这里有“宽阔喧闹的爱多亚路”、霓虹灯下绚丽的“黄浦江畔”、“漂亮宽敞的霞飞路”，还有位于百老汇[①]的“花柳街”。这里“男人远远多于女人。空气中到处弥漫着对女人的渴求，它使情欲的火炙热地燃烧，但同时又令人有点儿胆战心惊”。“在上海，女人即使又丑又老，统计数字也会像一位好大婶，给她找到爱慕者。”（241）《牛郎织女》中除构建了不同城市空间外，亦不乏对上海人的多层次描写。朱笔下的上海人是时尚和冷漠的，“时髦”的上海女子“只会手舞足蹈讨男人的喜欢”（159）。“待人冷冰冰的，简直不知礼仪。十足的上海人。”（160）此外，作家在书写人物的同时也遗留下自身的阶级符号，无产者在朱白兰笔下通常具有较高的道德地位，对于尚残存资产阶级意识形态的富人和职员多现批判之词。其中上海的苦力车夫是一个不容忽视的群体，他们在作品中反复出场或退场，穿行于街市之间，又隐没于都市之角隅。他们是无产阶级的典型代表，从对该群体和资产阶级的描述中即可清楚感知作家对无产者的同情和对资本家的痛恨，“鸦片烟的作用显然减退了，苦力拖着疲惫的步伐，可怜地咳嗽着。”（151）“穷人抽鸦片，是因为他们在贫困中喘不过气。富人抽鸦片，是因为他们在奢侈中喘不过气。”（150）在塑造张牛郎身份各异的夜校学生时，作家亦流露出相似

---

① 百老汇大厦（Broadway Mansions），1951年更名为上海大厦，位于今虹口区北苏州路，是可以俯瞰苏州河外白渡桥的21层标志性建筑。

的喜恶倾向：店员“通常是典型的上海人，一心想着钱，道德上不如工人和农民的水平”（147）；身为无产者的擦鞋童则善良淳朴，他不顾生意，热心帮助病重的汉娜，他的“斜眼睛里流露出不可摧毁的人性的骄傲和温良”（245），温暖了汉娜布满民族伤痛的内心，令她对人世不再厌恶。上海苦力和仆人使用的洋泾浜英语也被作家表述为充满“人性”的语言，“上海方言总是将sche音发成sse。中国人钟鸣般的声音总是将沉闷的R变成响亮的L。中国无产者的洋泾浜英语，就像法国黑人的方言，或者像汉娜先辈说的意第绪语，使语言产生扭曲、变形、变色”（240）。“……洋泾浜英语，殖民地无产者使用的五色斑斓的语言，极度贫穷和高度人性的语言。”（289）

被迫卷入资本主义和殖民主义暴力的上海在20世纪三四十年代常被称作“孤岛”，它“与中国传统隔绝，与中国的过去割裂，置身于现代的海洋，前途未卜”。[①] 在不断接纳与融合的过程中，上海反复经历着流动和变迁，但又充满幻想、沉醉和幻灭。朱白兰在书写上海华丽与多面之余，对中国传统元素和民间习俗的描绘亦不吝笔墨，对中国文化表现出极大兴趣。除上文提及的对传统的、雕梁画栋的中式建筑及象牙雕刻、翠鸟羽毛等精致摆设的细致描摹外，《牛郎织女》中还多次提及中国古代诗人及其诗歌作品，如王绩和杜甫，详细刻画了春节、七夕节等中国传统节日，“这是中国新年的喜庆日子，上海的早春带着微微的寒意。一条由十个人抬着的巨大的纸扎的紫金龙沿着马思南路前进”（167）。“在上海附近的小乡村浦东，牛郎走进一间小农舍。简陋的房子用蓝、绿、红、紫等颜色的灯笼装饰了一番，因为今天是庆祝春节的最后一天。一个用纸画和彩色丝绸做的、挂着流苏的大灯笼随着气流转动，上面的图像不断变换，有大慈大悲的观音，有看守着大珠的小龙，有大龙和手拿神笔、逃脱地狱的小鬼，有带着银白色小

① 张英进：《中国现代文学与电影中的城市：空间、时间与性别构形》，秦立彦译，南京：江苏人民出版社，2007年，第128页。

月兔的嫦娥。”（169）对于中国传统习俗和民间传说，小说以讲故事的形式呈现了“农村招魂”的风俗和“后羿与嫦娥”“牛郎与织女”等民间传说。关于中国神灵和祖先祭祀的惯俗亦有所涉及，“王家历代祖先的名字书写在房顶的一根横梁上，格外显眼。灶台上方的小壁龛里贴着灶神的像，他留着胡子的嘴唇上涂抹了甘蔗汁，好让他向神灵多讲家庭的好话”（236）。

四、结语

上海是朱白兰的中国恋人朱穰丞的故乡，特殊的爱情经历、民族遭际以及城市独特的文化印记使上海成为她反复言说的文学场域。《牛郎织女》这部半自传体长篇小说通过形塑不同的上海城市空间，摹写现实社会政治与革命生活，借以论批帝国主义者与资本家对上海城市空间和中国文化的侵占与掠夺，力求在半虚构的日常人伦情感话语空间中释放作家内心的焦忧，表达对自由与未竟的幸福的热望与期盼，同时更是为中国无产阶级群众的自由与解放而书写，最终成为20世纪上半叶、战争与动荡年代里一种独特的文学守望。

（陈悦　文）

第五节

异国恋曲的上海叙事与文化身份探寻：《最后的避难地：上海》

德国新闻记者施台凡·舒曼（Stefan Schomann）1962年出生于慕尼黑，长期生活在柏林和北京两地。2008年，他出版了传记体小说《最后的避难地：上海——索卡尔和杨珍珠的爱情故事》（*Letzte Zuflucht Schanghai. Die Liebesgeschichte von Robert Reuven Sokal und Julie Chen-chu Yang*，2008），小说讲述了动荡不安的20世纪三四十年代，流亡上海的犹太青年罗伯特·劳伊文·索卡尔与客居上海的宁波望族闺秀杨珍珠相遇相知、共度一生的爱情故事。在对索卡尔和杨珍珠本人及其亲友深入采访的基础上，施台凡·舒曼将历史资料融于故事发生的背景之中，别出心裁地使用了两条平行发展的故事线，让两位主人公交替讲述各自的人生历程以及不同视角下的上海生活，真实地再现了一段跨越时空的异国恋曲。这部传记体小说以新颖的叙事结构和真实的情感表达获得了德国媒体的高度称赞：评论家彼得·冯·贝克在《每日镜报》文化栏目刊登的书评《不幸中的万幸》中称“这本精彩的书在各种方面都是一个新发现”；[①] 原美国财政部部长、柏林犹太博物馆馆长维纳·迈克尔·布鲁门塔尔也对该书给予好评：“关于犹太人流亡上海的书良莠不齐，而这一本脱颖而出。”[②] 与其他从西方文化视角出发描述上海犹太流亡者的德语文学作品相比，这部小说将中国女性设

---

① Peter v. Becker: Der Schrecken ein Glück. In: Der Tagesspiegel, 24. 05. 2009.

② 参见网页：https://www.stefanschomann.de/

置为作品的中心人物，展现出东方视角下的中国人和犹太难民之间的文化碰撞与文化融合。上海作为两人孕育真挚爱情的地方，在索卡尔和杨珍珠的讲述中呈现出一幅中西杂糅、古今交叉、新旧交替的多元文化景观。

小说共分为三章：第一章《旧世界》分别讲述了男女主人公的成长经历以及来上海之前的故事；第二章《遥远的城市》集中刻画了犹太流亡者和中国战争难民的上海生活及不同视角下的上海形象；第三章《新时代》描述了二战结束后索卡尔和杨珍珠相识相知、白头偕老的传奇爱情故事。男主人公罗伯特·索卡尔1926年出生于维也纳的一个富裕家庭，父亲西格弗里德·索卡尔是一位成功的颜料商人，母亲则是一位犹太男爵的女儿。罗伯特从小就受到母亲为其精心选择的良好教育。1938年德国吞并奥地利后，反犹主义在维也纳日益猖獗。面对纳粹政府一次又一次的逮捕浪潮，索卡尔全家被迫逃亡。当前往墨西哥、巴勒斯坦、土耳其等国家的希望破灭后，上海向他们敞开大门，成为拯救其命运的“诺亚方舟”。索卡尔跟随父母流亡上海时只有13岁，他在这里接受了中学和大学教育，1947年从上海圣约翰大学[①]毕业后前往美国芝加哥大学留学。索卡尔在美国潜心钻研学术研究，后来成为享誉世界的昆虫学家。妻子杨珍珠成长在宁波一个传统的医生世家，父亲杨传炳曾留美学习西医，归国后开办了一所私立医院并担任宁波入境检疫医生。1937年日本发动侵华战争后，宁波遭到日军大规模轰炸，父亲杨传炳带一家人前往上海，期望在西方列强的租界中寻求庇护。杨珍珠在父亲的影响下决定学医，由于上海日益恶化的战争局势，杨珍珠被迫中断学业，和全家一起前往天台山寺庙里避难。战争结束后，杨珍珠回到上海，不甘落于人后的她决定改读生物系。在圣约翰大学生物学学会成立大会上，她第一次遇见了罗伯特。两人

① St. John’s University，美国传教士于1879年在上海创办，是中国首座全英语授课的学校，也是中国第一所现代高等教会学府。

经历了最初的犹豫和踌躇，到后来为了爱情冲破世俗的重重枷锁，最终决心携手共度余生。杨珍珠的父亲在上海为两人举行了隆重的订婚仪式。五天后，罗伯特登上了驶向美国的轮船，启程前往芝加哥大学。1948年，杨珍珠获得赴美签证，前往芝加哥探亲，并在那儿与罗伯特举行了犹太教婚礼。为了支持丈夫的研究工作，杨珍珠不得不放弃学业，在异国他乡一边打零工维持家庭生计，一边做家务、照看孩子。因此，罗伯特在拿到博士学位时说，妻子杨珍珠“也应该获得‘使丈夫通过’的博士头衔”。[①] 在国内五六十年代政治运动期间，杨家遭受了灭顶之灾，财产被剥夺，杨珍珠的父母相继离世。杨珍珠与家人在长达17年间完全失去联系，而她原定在美国的短暂逗留也成了不容逆转的流亡。她的余生与罗伯特一同在美国度过，儿女均已成家立业。如今，已届耄耋之年的两人在美国长岛一家养老公寓里安享晚年。

一、流亡视角下的上海形象

这部传记体小说不仅讲述了来自维也纳的犹太青年和出身名门的宁波姑娘的爱情故事，并且通过二者不同的叙事视角展现出上海亦中亦西、中西兼容的多元文化形象。20世纪三四十年代的上海为不同国家、不同地区无家可归的人们提供了容身之所，仅在1933—1941年就接纳了约2.5万欧洲犹太难民。十月革命以后，大批俄国贵族逃到上海，最多时达到了十万余人。由于内地频繁战乱，来自全国各地的难民大批涌入上海较为安全的租界区。原先西方人和中国人泾渭分明的状态因此大大改变，逐渐形成了“华洋杂居”的局面。上海这座移民大都市在犹太流亡者眼中呈现出错综复杂的多元城市形象。

罗伯特流亡之前对上海一无所知，童年时代他曾经朗读过一首与中国相关的歌曲：“我还从来没到过/中国人的国度/首先因为路太远/

---

① 施台凡·舒曼:《最后的避难地：上海——索卡尔和杨珍珠的爱情故事》，李士勋译，北京：人民文学出版社，2010年，第187页。后文出自该书的引文，将随文标注出处页码，不再另注。

其次因为我没时间。”（16）这是罗伯特与中国的第一次接触，那时他一定不会想到，未来会和这个遥远的国度结下一份不解之缘。当希特勒纳粹在欧洲疯狂迫害、屠杀犹太人之时，世界上几乎所有国家都将四处寻求庇护的犹太人拒之门外，上海成为索卡尔一家最后的避难地，因为这座城市是世界上唯一不需要签证就可以前往的地方，“这是一个特例，一个官僚主义的反常现象。法国人和英国人控制的国际占领区享有治外法权，其他地方在日本人的占领之下。协约国从未就签证义务达成一致。绝望的流亡者发现了有机可乘，从那时起，向上海的迁移就开始了。”（45）对于流亡异乡的犹太难民而言，落脚的城市再美丽，也难以让他满意，而当时的上海甚至连差强人意都谈不上。东西方的文化隔阂、城市生活的巨大差异以及战争带来的空前混乱与痛苦，这些无一不使得这个城市在他的眼里更加陌生恐怖。

小说第二章《遥远的城市》以奥地利女作家维吉·鲍姆（Vicki Baum，1888—1960）小说《上海大饭店》（*Hotel Shanghai*，1939）中对上海的描述作为开场白：“在大海边上的城市，上海，那个外国人的城市。”（69）第二章第一节《现在你们只剩下是犹太人了》描绘了一个初来乍到的欧洲人眼中的上海。所有的一切都令索卡尔感到不适：噪音、气味、气候、食物以及拥挤肮脏的居住环境。与欧洲相比，上海是如此的喧闹、贫困、落后、肮脏和令人绝望。“在欧洲要找到这样一种人声嘈杂的景象，必须回到中世纪去。”（72）索卡尔对江南地区的船屋感到新奇：“有些人就在那种船上过一辈子，他们干活、吃饭、恋爱、结婚、生儿育女，最后也死在船上。据说有几个人从来没有上过岸。”（73）除此之外，欧洲难民对上海夏季炎热的天气也无法适应，穿衣服也不合时宜。索卡尔模仿当地居民，“把一条薄毛巾围在脖子上吸汗”（77）。“当地人把这种热分为三种，小热、大热和‘老虎热’。我们觉得几乎总是‘老虎热’。”（77）由于语言不通，犹太难民和中国人只能借助“洋泾浜英语”进行简单的沟通，并在长年交往中产生了一种德语和汉语掺杂混合的语言。索卡尔的父母从来不吃中国饭，索卡尔在大学时才开始接触中国饭菜，因为中国饭馆“令人感到恐惧”（84）。

尽管上海与欧洲的巨大反差令索卡尔难以适应，然而“无论如何，在上海也比在达豪集中营好得多”（79）。索卡尔一家住在位于公共租界和华界的交叉地带——虹口地区，这里因战乱破败萧条、物价较低，逐渐形成了一个难民居住区。“只要他们没有因为驱逐而被完全打散，他们就会拼命地努力建设一个新的生存环境。”（75）两千多年的流散生活培育了犹太人对城市的特殊感情，奥地利犹太难民将居住的虹口提篮桥地区建造成具有故国风情的“小维也纳”，德国犹太流亡者将舟山路打造成一条新的“库尔菲尔斯滕达姆”，[①] 试图在上海这个客居地构建具有自己文化特色的生活氛围。维也纳咖啡馆、奥式餐厅、蛋糕店不断涌现：“像‘德里卡特’这样的饭馆提供‘家庭面食和最好的维也纳风味’——吃饱了不想家。‘菲亚科’饭馆定做维也纳以外最可口的各种蛋糕。与此同时，干净的特拉维夫餐馆靠的是犹太复国主义的希望。‘白马餐厅’幸运地用魔法招来白马轻歌剧，‘椰子树花园餐厅’把维也纳森林小镇格瑞金的一部分搬到上海，通过这种办法，在最炎热的时候也能吸引人们来品尝今年新酿的酒。”（76）据索卡尔回忆，“那时候每两个难民就有一个开饭馆或者食品商店。我们也尝试了自己的运气。”（82）索卡尔家经营的饭馆因货真价实颇受犹太难民欢迎，连居住在虹口的日本人也成了固定客户群。

索卡尔对上海的了解随着时间的推移而逐渐加深。虹口的私人图书室、德国柏林书商开设的街头流动图书馆、学校图书馆和租界区图书馆都成为索卡尔源源不断汲取知识的地方，同时也在书里看到了上海的另外一面。第二章第三节的标题《啊，你这个可怕的城市》取自作家林语堂在《上海颂》中对上海的评价：“上海是可怕的，非常可怕。上海的可怕，在它那西方的下流的奇怪混合，在它那浮面的虚

① 德国首都柏林的一条商业街。

饰，在它那赤裸裸而无遮盖的金钱崇拜，在它那空虚平凡与低级趣味。”（101）小说也引用了奥地利犹太画家弗里德里希·希夫对上海分裂的城市空间的描述：“这豪华地带有中央供暖、空调和私人游泳池的公寓楼房旁边就是苦力们最原始的房屋。为了逃避室内难以忍受的闷热，人们都睡在马路上，下面只铺一张椅子……这里有饥饿和贫困，也有世界上最精致的厨房。这里有最古老的生活智慧，也有几乎像动物一样艰难度日或者不顾一切攫取和追逐物质财富的人。”（96）在许多老上海文学作品中，繁华摩登和萧条阴暗的城市空间形成了鲜明的对比，凸显出上海现代空间的文明和传统空间的落后。索卡尔眼中的上海也受到套话和社会集体想象物的影响，在他的叙述中呈现出风格迥异的城市奇观。苏州河畔和外滩高楼林立，哥特式、新古典主义等不同风格的各国建筑形成了一道独特的异国风景线，彰显出上海国际化大都市的风貌。然而，隐匿于繁华背后的传统空间真实地反映出大部分中国人的艰辛生活：“商人和外交官们在这边用餐，那边就蹲着腿有残疾或者腿上长疮的乞丐。豪绅巨贾住在柚木镶嵌墙壁和有多个壁炉的公寓里。与此同时，那些无家可归的人则在那些断壁残垣上睡在烂西瓜和死猫中间。”（105）在同一座城市中，有人过着灯红酒绿、纸醉金迷的奢靡生活，有人却还在死亡线上苦苦挣扎。文明与落后、繁华与贫穷、华丽与肮脏，种种对立与并存共同塑造了上海光怪陆离的城市杂糅形象。

除此之外，小说还对“珍珠港事件”爆发后上海混乱的战争局势进行了描述：日本和纳粹德国在上海争夺利益和控制权，各个国家各种党派的代表和间谍聚集于此，社会动荡引发恶性通货膨胀，犹太难民被迫搬进隔离区。身处同一片战争阴云下的犹太难民和中国人渐渐形成了一个命运共同体。“不论这两种文化相互多么陌生，它们之间偶尔还是有些胆怯的接触。”（140）楼上的犹太家庭和楼下的中国人互相赠送饭菜、一位上海人为隔离区里的犹太难民妇女运送织毛衣所需的毛线、在日军空袭中难民们和中国邻居互助互救……这些举动极大地改善了犹太难民与中国人的关系，也是战时中犹人民携手共渡难关的生动体现。

二、杨珍珠的上海叙事与文化身份

与索卡尔的“他者”视角不同，杨珍珠的“东方”身份属性使其从“本我”视角出发，以占领区人民的眼光观察这座“外国人的城市”（50）。在宁波遭到日军轰炸后，杨珍珠一家搬进相对安全的上海法租界，这次迁徙“带有流亡的性质，是在同一个国家内的流亡”（50）。在杨珍珠看来，租界的管理权被不成比例地掌握在较少数外国人手里，列强的公民人人都享受着外交豁免权，在这片中国的土地上却是外国人掌控一切。但并非所有外国人都是上海滩的宠儿，悬殊的阶级差异同样存在于外国人之中。街上游荡着来自东欧的流亡者和犹太难民，即使在难民内部，敌视态度也屡见不鲜。“西班牙风格的楼房”这一节延续了对上海租界空间的描述。杨家住在法租界中心一家仿西班牙风格建造的房子里，法租界安静优雅的环境令人忘记城市的喧嚣。日军占领上海后，法租界成为“西方生活方式的孤岛”（88），“这里的商店卖的是菲特尔矿泉水，那儿可以买到鹅肝酱、来自蒙特利马的牛轧糖、冷藏得很好的沙布利酒。贵族饭店和香气扑鼻的法式糕点很诱人，舞厅里传出圆舞曲的声音，公园里站着健身球球员。东西方在这里混杂在一起，成为一种闪亮的丝织物。”（88）租界区的西餐厅、法式咖啡馆、舞厅、公园、百货公司、电影院等现代消费空间和生活方式在潜移默化中影响着杨珍珠的文化身份。

杨珍珠在认同“他者”文化的过程中逐渐成为“文化杂糅体”，[①] 这种文化身份与自然种族身份处于一种相互矛盾的关系之中。美国文化学者斯图亚特·霍尔认为：“身份是被创造的、表征的，而不是固定

① 后殖民理论家霍米·巴巴（Homi K. Bhabha）提出了“文化杂糅”的概念，指不同种族、种群、意识形态、文化和语言相互混合的过程。

不变的。它们绝不是永恒地固定在某一本质化的过去，而是屈从于历史、文化和权力的不断‘嬉戏’。”[①] 杨珍珠的文化身份是一个不断发展的“存在”，随着个体的成长而不断变化。杨珍珠出生在中国最早设立的通商口岸之一——宁波，且自幼受到留美学习西医的父亲影响，在开放的城市文化和自由的家庭氛围熏陶下成长为一名纯洁开朗的新知识女性。上海法租界优雅浪漫的格调风情不断影响着杨珍珠的思想观念和生活方式，并使其在不知不觉中模仿并认同西方文化。日本投降后，杨家从天台山搬回上海，杨珍珠在圣约翰大学转读生物学系，并在生物学学会成立大会上与罗伯特初次见面。爱情使两个来自不同国家和不同文化背景的年轻人走在了一起，然而，这在当时的上海却是一桩令人震惊的“丑闻”。由于难以逾越的语言和文化障碍，大部分犹太难民流亡上海十年却很少与中国人往来，与中国人结婚更是天方夜谭。双方父母和亲友对此极力反对，认为这是一场“门不当户不对的婚姻”（2）。面对家庭、家族和社会的偏见与阻力，杨珍珠勇敢地追求爱情和婚姻自由，实现了中国传统女性的个性解放和人格独立。这也从另一侧面反映出西方自由精神对杨珍珠思想的内在影响。杨珍珠前往美国后，和罗伯特举行了犹太教婚礼，并随丈夫皈依了犹太教。据杨珍珠回忆：“我每周学习一次希伯来语和犹太人的宗教习惯。晚上罗伯特还要给我上课。这样持续了两年，那之后我就在某种程度上成了获得证书的犹太女人了……然而，许多犹太人开始还是鄙视我。这时候，我好像比他们更加一贯地遵守十戒，我对犹太文化的了解可能超过他们中的大多数人。”（185）杨珍珠在异国他乡希望得到他人的认可，努力寻求一种文化身份的认同感。中国20世纪五六十年代的政治运动使杨珍珠与国内的亲人完全失去了联系，她不敢触碰一切勾起她痛苦的事物，不再接触美国华人，不看中国新闻，不再使用中文名字，彻

---

① 斯图亚特·霍尔：《文化身份与族裔散居》，载刘象愚、罗钢主编：《文化研究读本》，北京：中国社会科学出版社，2000年，第211页。

底变成了西方化的“朱丽叶”。

由于犹太难民与中国人在语言、文化、道德理念、宗教信仰等方面的巨大差异，大多数犹太难民只是将上海作为短暂的落脚之地，“在那一万八千人当中，大概只有十来个人与中国人结婚”（2）。索卡尔和杨珍珠的爱情故事如“一条大黄鱼”[①] 般非同寻常，在当时的中国成为一桩奇闻异事。然而，索卡尔和杨珍珠勇敢地去追求跨越两种文化的爱情，并在不断的文化碰撞中坚守爱情。他们的跨国婚姻不仅是两个个体的结合，更是两种不同文化的融合，二者的文化身份也在融合中和多种因素影响下产生变化。这段跨国婚姻就像是上海在这个时代的一个重要象征：来自世界两端的文化在这里碰撞，小心翼翼地共存，不可避免地摩擦，最终有限地融合。上海作为见证索卡尔和杨珍珠爱情的地方，同时也为其搭建起一座中西文化沟通与交流的桥梁。

（唐洁　刘小诗　文）

① 宁波方言将特别稀奇罕见的东西称为“一条大黄鱼”。2009年本书再版时更名为《一条大黄鱼：朱丽叶和罗伯特——一段来自中国的爱情故事》（*Stefan Schomann: Der große gelbe Fisch: Julie und Robert. Eine Liebesgeschichte aus China. München: Heyne Verlag*, 2009）。

第六节

旅馆小说与上海众生百态:《上海大饭店》

奥地利著名女作家维吉·鲍姆（Vicki Baum，1888—1960），原名海德薇格·鲍姆（Hedwig Baum），生于维也纳一个保守的犹太家庭，是享誉盛名的畅销书女作家。1914年，维吉·鲍姆发表处女作《破晓的暗影》（*Frühe Schatten*），反响不俗，自此她笔耕不辍，共出版小说三十余部。维吉·鲍姆独创“旅馆小说”（或称“饭店小说”），先后创作《旅馆里的人们》（*Menschen im Hotel*，1929）、《上海大饭店》（*Hotel Shanghai*，1939）、《柏林饭店》（*Hotel Berlin*，1943），主题各不相同，但皆以“旅馆”为公共空间，彼此陌生的个体命运在“旅馆”空间里相互交织。[①]“旅馆是把不同背景的人聚集在一起的理想场所，它具有更强的流动性、孤立性和匿名性，是现代性的标志。”[②]“旅馆小说”《上海大饭店》“结合了历史小说与时代小说的写作模式”，[③]堪称“德语通俗文学的代表作”。

长篇小说《上海大饭店》创作于1938年，最初以《上海37》为题，连载于美国《时尚》杂志，1939年发行单行本。小说以1937年8月14

① Vgl. Nicole Nottelmann, Strategien des Erfolgs. Narratologische Analysen exemplarischer Romane Vicki Baums. Würzburg 2002, S. 53.

② Inge Stefan: Bilder und Nach-Bilder vom Exil in Shanghai in Literatur und Film. In: Almut Hille (Hrgs.): Deutsch-chinesische Annäherungen. Kultureller Austausch und gegenseitige Wahrnehmung in der Zwischenkriegszeit. Köln:Böhlau Verlag, 2011, S. 191.

③ Stefan Scherer: Globalisierung in der Zwischenkriegszeit. China im Weltstadtroman des Exils: Vicki Baums Hotel Shanghai. In: Uwe Japp, Aihong Jiang (Hrgs.): China in der deutschen Literatur 1827-1988. Frankfurt a. M.:Peter Lang, 2012, S. 132.

日淞沪会战中发生在上海市区的空袭为背景，将上海塑造为一个汇聚世界各地流亡者的大都市，这部作品对战争与动乱的时局进行了有力控诉，为维吉·鲍姆在反法西斯文学阵营中赢得了一席之地。

《上海大饭店》基于维吉·鲍姆上海之行的旅途见闻。1935年3月30日，维吉·鲍姆乘船抵达上海港，她伫立在栏杆旁，眺望这座海滨之城："上海平躺在江边，岸边虽有几座高楼大厦，不知为何并未形成天际线。"[①] 上海之行为维吉·鲍姆创作长篇小说《上海大饭店》提供了丰富的素材与灵感，鲍姆下榻于当时位于南京路上的华懋饭店，即小说中上海大饭店的原型。她穿梭于这座城市，好奇地观察和探索上海，为广泛搜集素材，她还参观了鸦片窟和妓院等场所，"大脑'相机'不停地存储记录各种印象，即使多年以后，她依然能够唤醒它们"。[②] 三年后，维吉·鲍姆从杂乱无序的印象、见闻、笔录和图片中，凭借丰富的想象在《上海大饭店》中绘制了一幅色彩斑斓、反差鲜明的现代上海城市画卷，"务实，时尚，极具时代品味"。[③] 传记作家妮可·诺特曼评论道，维吉·鲍姆技艺娴熟地运用大熔炉的传奇故事和不同阶层间的强烈对比，令人难以置信她在上海仅逗留了几天。[④]

《上海大饭店》共分为两个篇章：人物篇与城市篇。随着来自不同国家、社会、宗教和政治背景人物的登场，错综复杂的人物关系铺陈开来。叙事空间除上海外，还有杭州、广州、北平、柏林、巴黎、维也纳、伦敦、洛杉矶、东京和夏威夷，其中上海作为世界大都市被描

---

① Zit. nach Nicole Nottelmann: Die Karrieren der Vicki Baum. Eine Biographie. Köln:Kiepenheuer & Witsch, 2007, S. 223.

② Ebd., S. 225.

③ Almut Hille: „Tausendjährige Augen". Beobachtungen in China von Autorinnen der Weimarer Republik. In: Almut Hille (Hrgs.): Deutsch-chinesische Annäherungen. Kultureller Austausch und gegenseitige Wahrnehmung in der Zwischenkriegszeit. Köln:Böhlau Verlag, 2011, S. 181.

④ Vgl. Nicole Nottelmann: Die Karrieren der Vicki Baum. Eine Biographie. Köln:Kiepenheuer & Witsch, 2007, S. 226.

绘为“世界现代史的场所”。[①] 在小说的“人物篇”中，拥有不同文化背景的九位主人公各自独立成篇，分别记录了他们自出生至来到上海的传奇经历。这些人物的出身背景各不相同，人生经历跌宕起伏，其中两位德裔的生平经历尤为值得一提。伊曼努尔·海因出身于犹太裔医生世家，在第一次世界大战中作为一名军医在德国军队中服役，并取得卓越功勋。一战结束后，他在柏林一家医院担任首席外科医生。然而好景不长，纳粹分子夺去了他爱子的生命，并迫使他与爱妻分离，逃往国外。海因医生家破人亡，名声扫地，最终绝望地流亡到上海。在无法出具工作许可与资产证明等文件的情况下，上海是他唯一的选择。海因对这座流亡城市充满向往，上海“如同一个自由自在的天堂，无忧无虑的城市”。[②] 另一位主人公库尔特·普朗克的父亲是海因医生的战友兼司机，因受海因医生一家的照顾，库尔特得以进入音乐学院攻读钢琴专业，并结识了多位犹太裔友人。他在好友的影响下加入了共产党，而这也正是迫使他背井离乡的原因。纳粹掌权后，他紧随海因医生的脚步，先是逃往法国巴黎，后辗转来到上海。他在上海大饭店的酒吧担任钢琴师，染上鸦片毒瘾。

在老上海这座鱼龙混杂的大都市里，即便当时“享有特权的白人”也有被吞噬殆尽的危险，小说中的中国人则更加命途多舛。三位中国人物，大银行家常博古、爱国知识分子常裕星、黄包车苦力隆仁，分别代表了当时的三个社会阶层。常博古起初是在河上漂流的无名流民，后来到上海做过苦力和搬运工，“起初就像到了异国他乡，人们操着不同的语言，长相不同，他们又黄又矮，皮肤油光锃亮”（25）。“在这座城市里能学到许多新东西”（34），这让他欣喜不已。常博古做起鸦片

---

① Vgl. Thomas Zimmer: Bild und Rolle Shanghais in der Literatur des 20. Jahrhunderts. Teil I: Späte Kaiserzeit und Republikzeit. In: minima sinica. Zeitschrift zum chinesischen Geist, Nr.1, 2007, S. 60.

② Vicki Baum: Hotel Shanghai. Köln: Kiepenheuer & Witsch, 1975, S. 94. 后文出自该书的引文，将随文标注出处页码，不再另注。

生意，很快发家致富，逐渐成为上海最富有、最有权势的银行家，持有上海饭店的大部分股份，独享豪华公寓。常博古在这座城市尽享奢华，挥金如土，视战争如“赛马赌注”（274）。其子常裕星幼时接受传统儒家教育，青年时期接受西式教育，就读于教会学校。他目睹不公与苦难、暴力与无助、饥荒与疾病、腐败官员与受压迫民众。他寄希望于革命斗争，与工人和苦力打成一片，“他痛恨、畏惧西方，与西方势力斗争。但战争使他明白，国人要想救亡图存，必须学习西方……他要去美国，因为西方能给他想拥有的知识和武器”（276）。常裕星在美国取得医学博士学位，回国后在上海卫生署任职，致力于传染病防治宣传与童子军组织工作。他虽是一个推崇科学与民主的新文化倡导者，却无法彻底摒弃传统文化中的陋习，为了传宗接代而背叛发妻，在外包养妾室。黄包车苦力隆仁则处于社会最底层，身负巨额债务且鸦片上瘾，他将生活唯一的希望寄托在老家的儿子身上。为了让儿子对他有一个美好的印象，他千方百计地营造出一个体面的商人形象，然而假象最终被现实揭穿。小说再现了当时中国社会各阶层间的矛盾冲突，呈现出一幅生动鲜活的上海众生相。

其余四位主人公也各具鲜明的特点：迎高踩低的俄罗斯美女叶莲娜·特鲁波娃，凭借自己出众的姿色步步上位，先后嫁给英国贵族拉塞尔氏的叔侄两人，更名为海伦·拉塞尔，成为社会名流，同时兼有特务身份，为英国政府搜集秘密情报；美国摄影师弗兰克·泰勒为了赚钱结婚，只身来到上海寻找商机，却在邀请未婚妻露丝·安德森前来成婚之际巧遇海伦，并与她产生感情纠葛；爱好和平、崇尚中国传统文化的日本记者村田芳男为了完成弟弟遗愿，违背自己的内心意愿接受了日军的任务，来到上海从事谍报工作。小说中的九位主人公或出于种族及政治立场原因，或心怀不同目的，聚集在上海这座城市，而在小说的结尾，他们同时身处上海大饭店，在八·一四空袭中罹难。

小说第二部分“城市篇”以人物之间复杂的关系网，将九位主人公的生活和行动轨迹串联起来。他们从不同的角度观察和感知上海，读者跟随他们的脚步穿越众多半开放的空间，如鸦片窟、宿舍、妓院、公寓楼、餐馆、黄包车，尤其上海大饭店是他们唯一共同行动与体验的空间。空间、边界与跨界具有超越国家的、独特的社会与文化意义。①

20世纪二三十年代，拥有350万人口的大都市上海，作为现代商业城市在东方崛起，"像一只幼兽正在茁壮成长"（274）。自鸦片战争以来，英、法、美、日等国在上海设立租界，约有10万外国人在此居住。维吉·鲍姆把上海比作世界文化的熔炉："乐观主义者、悲观主义者、西方人、东方人、男人、女人、欧洲人、美国人、东方人；勇敢和懦弱、敌意与友爱、理想主义和利益追逐；各色人种、各路人马、各种宗教信仰；噪声、笑声、阴暗、茶水，威士忌……"（405）上海成为不同文化相互交流与碰撞的空间，"自由自在的国际化氛围、丰富多彩的生活方式、独一无二的亚文化、中欧文化的共生、传统与现代、苦难与奢华的共存、政治上的对立，使处于两次世界大战间的上海成为全球问题和利益冲突集中交汇的地方：全世界都汇聚在这座城市"。②

维吉·鲍姆在小说《上海大饭店》中从多个层面描述20世纪二三十年代的上海及其多维城市空间，"外滩一带的银行和高楼大厦看起来很小，苏州河只是中英之间一条细细的褐色带子。法租界紧挨着公共租界……苏州河的另一侧是拥有巨大绿色停车场的虹口，具有迷宫般小街的闸北有很多带有高高烟囱的四边形工厂。在黄浦江的另一侧——浦东，建有更多工厂。杨树浦位于黄浦江的拐弯处，桥墩像狭

① Vgl. Achim Aurnhammer: Vicki Baums Roman Hotel Shanghai im Kontext der deutschen Shanghai-Romane. In: Wei Maoping, Wilhelm Kühlmann (Hrsg.): Deutsch-chinesische Literaturbeziehungen. Vorträge eines im Oktober 2003 an der Shanghai International Studies University abgehaltenen bilateralen Symposiums. Shanghai: Shanghai Foreign Language Education Press, 2006, S. 224.

② Ebd., S. 215.

长的支架一样伸入水中。拥有一排排房屋的灰色不规则的圆形区域是老城厢，它被主街上的灯带隔开，主街对面则是公共租界。另一条水道将位于西南的南市与法租界隔开，色彩亮丽的部分是新开发的郊区，那里拥有众多绿色花园和尚未开发的土地”（338）。

小说的主体场景，即坐落于英租界南京路上的上海大饭店，其原型为上海和平饭店。上海和平饭店建于1929年，原名华懋饭店，由当时富甲一方的英籍犹太人建造，豪华典雅，有“远东第一楼”的美誉。和平饭店接待过世界各国的社会名流，维吉·鲍姆于1935年游历上海时亦下榻于此。维吉·鲍姆在小说序言中写道：“这栋崭新且宏伟的建筑在四年前，即1932年战争结束不久后刚刚落成；它矗立在南京路上，位于外滩和跑马场之间，有18层楼、柱廊和声名远扬的空中花园。”（8）斥巨资建成的上海大饭店是上流社会的象征：[①] 气派的接待大厅、镶有两座塔式建筑的空中花园、神秘的银色大厅、宴会厅、豪华套房、纽约风格的阁楼和璀璨夺目的黑色大理石，“这一切都透露出一种不可言说的优雅与宏伟”（317）。维吉·鲍姆甚至断言，世界上每一个功成名就的人，迟早都会走过这间大厅，身处上海大饭店即处于世界的中心。

租界的奢华和华界的苦难形成鲜明对比，每位主人公在这些空间里都经历着身份危机与认知转变。外国人在租界内有在特定管辖区或城市定居的特权，并且只受本国法律的约束管辖。租界里充斥着令人眼花缭乱的洋货，公共租界在白人看来是“神圣优雅的冒险家乐园”，但对中国人而言是“充满敌意的区域”（482）；常裕星愤慨陈词：“看看租界，这座基督徒的城市：鸦片窟、赌坊、妓院、诈骗、肆无忌惮的利益追逐。”（253）

中国城“闻起来像洗碗水、烧糊的油、熏香、大蒜、旧衣服的味

---

① Vgl. Johann Holzner: Zur Ästhetik der Unterhaltungsliteratur im Exil am Beispiel Vicki Baum. In: Alexander Stephan, Hans Wagner (Hrgs.): Schreiben im Exil. Zur Ästhetik der deutschen Exilliteratur 1933-1945. Bonn: Bouvier, 1985, S. 241.

道”（330）。闸北、虹口、杨树浦、嘉定路、福州路、四川北路的老城厢、茶馆、九曲桥、虹口公园、鸟市、火车站和弄堂里，“回荡着苦力和小贩的叫卖声，门前挂着鸟笼，人们抽着水烟，讨价还价，吃饭睡觉，有说有笑，心满意足”（389）。在英国女人海伦·拉塞尔看来，“一切都那么有趣，中国街道、灯笼、令人晕头转向的人口和难以名状的陌生气味”（340）。犹太医生海因博士则觉得城市混乱无序，在日本人村田芳男看来，上海“每天上演着各种卑劣行径”（415），美国人弗兰克·泰勒则痛斥上海充满罪恶、颓废堕落，“腐败到极点……这座城市为挥霍无度之人而存在”（453、454）。

维吉·鲍姆在小说中详细描述了闸北工人区的鸦片窟：“吸食鸦片的人躺在破旧的垫子上，用隔板一层层摞起来，头下枕着木枕……两个衣衫褴褛、脸色苍白的小姑娘，都是孤儿，伺候着点鸦片，并给那些男人送上解乏的热面巾。鸦片味道像厚厚的蜘蛛网一样氤氲在各处，不过院子里垃圾腐烂的恶臭更为浓烈”（297）。身陷苦难的隆仁“虚弱得像乞丐或流浪狗”（365），对鸦片的渴望驱使他每天在租界拉黄包车，然后拼尽最后一点儿力气跑到闸北鸦片窟。当他躺在鸦片房里，“第一袋烟便使他镇静下来，第二袋过后，他变得机智又活跃，还开始与相邻垫子上的老男人畅聊起来……隆仁躺了回去，闭上眼睛……然后他看到许多盛开的芍药花……听到了水声潺潺，那是一种具有巨大魔力与穿透性美感的声音，新鲜又凉爽”（298）。苦力们一贫如洗，“生活充满痛苦，只有吸食鸦片麻木忍受”（328）；鸦片“将人们驯服得如动物般温顺，失去思考的能力。”（506）

在维吉·鲍姆笔下，上海是一座“苦力城市”，“人力车夫在车辆间挤来挤去，其他苦力用扁担挑着货物运到码头，唱着歌，听起来既像在呻吟，又像在抱怨”（396）。他们整日整夜跑着、挑着，气喘吁吁，汗流浃背。“厅堂、院子、车库和地窖里，苦力们汗流浃背的身体挤在一起，不停地咳嗽。肩膀上扛重物留下的伤口，老人溃烂眼睛里的苍蝇，病态的呼吸，无尽的贫穷！”（259）人力车夫总是候在饭店门口，彼此遇见时会心一笑，“他们的快乐总是简单又廉价”（293）。苦力隆仁来到上海，“起初感觉那些比高塔还高的房子就要倒塌下来，砸在他身上，他被街上的车声和人声震得耳聋，被臭气熏天的汽车废气熏钝鼻子，被柏油路的灰尘迷了双眼”。[①] 隆仁经常载客到南京路的上海大饭店，却对南京路商业街一无所知，于他而言，南京路只是一条大马路，“街道变得越来越拥挤，也越来越陌生”。[②]

上海的各种城市空间具有强烈反差，新旧时代、东方与西方、中国传统与西方文明相互碰撞：黄包车与汽车、娼妓与传教士妻子、传教士与百万富翁、胜利者与战败者、勒索者与敲诈者，“一座宏伟巨大、沉沦堕落、勤劳与危险并存的城市”（388）。各种矛盾在此上演，“洋人对这座城市倾注了恩惠和罪行……他们既鄙视又佩服中国人，中国人对待洋人亦是如此”（390）。维吉·鲍姆将文化背景迥异的九位主人公并置：三个中国人、两个德国人、两个美国人、一个俄罗斯人和一个日本人。文化差异表现在人物性格与行为特征，并通过不断重复刻板印象强化普遍的文化成见，诸如“令人难以捉摸的、像面具一样的微笑”“永远猜不透中国人的想法”等。通过刻板的东西方对比，中国人常被妖魔为异类。殖民主题与东西方隔阂凸显了上海的异国情调，这也是小说《上海大饭店》取得巨大成功的原因。

《上海大饭店》描写了九位主人公殊途同归的命运，笔触细腻地刻画了两次世界大战之间多国人民的命运与上海的众生百态，形塑了色彩斑斓、对比鲜明的上海形象。虚构事件与真实空间相得益彰，上海被演绎为一个被异化、寓言化、妖魔化的文学空间，小说《上海大饭店》成为“虚构的时代记录”。

（张帆　牛金格　文）

---

① Vicki Baum: Es war alles ganz anders. Erinnerungen. Berlin: Verlag Ullstein, 1962, S.143.

② Ebd., S. 295.

第七节
结　语

文学中的上海形象实际上是作家所处的社会、民族、国家对上海的想象和再现。正如法国形象学家巴柔所言，“异国形象”实际上是一个社会对“他者”的审视和想象，“属于社会集体想象物的范畴”。[①] 而社会集体想象物由于注视者的视角和立场不同，生成的上海形象也有所不同。犹太流亡文学中塑造的上海形象在继承西方传统观念和套话的基础上，呈现出新的视角和特点，具体表现为“流亡者的上海”“革命者的上海”和“多元化的上海”三方面。

首先，犹太流亡上海的文学作品与上海经历息息相关。依照扬·阿斯曼的记忆理论，集体记忆的存储媒介是文本，回忆库存会在文字媒介中快速打开，直接运用过去的知识视野，并通过“教育记忆”形成“联系性记忆”，而通过大量不同时间的“联系性记忆”和“大我身份认同”，文化记忆得以存储并保持活力。[②] 犹太难民在流亡岁月中失去了原本的文化身份，需要借助文学来唤醒集体记忆，以此减轻身份丧失所带来的心理创伤，强化犹太身份意识，在流亡中日渐迷失的个体由此得以建立稳固的族群文化认同。犹太流亡作家需要持续以亲眼所看、亲耳所听和亲身所感重绘那段创伤记忆，因此，上海就成为他们的“记忆之场”，其文学创作必然再现一个包罗万象的“海上之城”。

---

① 孟华：《比较文学形象学》，北京：北京大学出版社，2001年，第156—158页。

② 参见阿斯特莉特·埃尔：《文学作为集体记忆的媒介》，吕欣译，载阿斯特莉特·埃尔、冯亚琳主编：《文化记忆理论读本》，北京：北京大学出版社，2012年，第232页。

其次，犹太流亡作家对法西斯主义充满了仇恨，具有很强的革命意识和反抗精神。小说《牛郎织女》的作者朱白兰就是坚定的无产阶级革命者，她笔下的男女主人公在反帝反封建的斗争中不断成长，表现出对爱情和革命的双重忠贞，歌颂了中国农民、工人，特别是中国妇女为追求自身解放而进行的革命斗争。小说《哦，中国：古老道路上的国度》的作者辛茨曼在流亡上海期间创办革命报刊《自由德国运动》，用以宣传和抵抗法西斯主义，帮助抗日军队运送枪支炸药，炸毁日军运输的桥梁，与日本帝国主义进行英勇斗争。

再次，上海“华洋杂糅”的城市形象不仅受到基督教和天主教的影响，而且烙上了犹太教、东正教文化的印迹。有“沙族”之称的犹太民族长期寄居世界各地，致使犹太文化往往具有本族文化和寄居地文化的双重属性。19世纪以来，巴格达塞法迪犹太人和俄国犹太人陆续定居上海经商。到20世纪30年代，上海已经形成了近6000人的犹太社团。精明能干的犹太人拥有上海租界的大部分财富，沙逊、哈同、嘉道理等犹太富商对全中国乃至远东地区的经济都发挥着举足轻重的作用，也对整个上海的文化生活起到了深远的影响。与此同时，上海的本土文化对犹太人也产生了潜移默化的影响。这在犹太流亡文学中的中国元素和上海叙事中得以呈现。小说《牛郎织女》即是借用了中国家喻户晓的民间传说“牛郎织女”，隐喻男女主人公追求美好爱情的坚贞与勇气；小说《哦，中国：古老道路上的国度》也有大量对中国人和中国传统文化的叙述。

“文本上海”虽不等同于真实的上海，却能折射出创作者所处时代的历史文化特征。20世纪上半叶，异域文化云集上海，共同塑造了近代上海的海派文化传统。犹太民族离散史上的东方篇章为上海深深地打上了流亡时期的烙印。虽然德语文学中的上海形象不可避免地受到社会集体想象的影响，难以跳脱西方文学描述中国形象的“套话”枷锁，但上海作为犹太难民的庇护之所、流亡作家的自由之地、犹太文化的滋生土壤，在犹太流亡文学中呈现出独异的城市形象。

第三章
德语革命战争文学的上海形象

20世纪上半叶的中国，战火纷飞，多灾多难，反帝反殖，革命战争自然是众多德语上海小说关注的焦点，这些小说以远东地区的政治状况和战局为素材，一方面延续了传统上海小说中"异托邦"光怪陆离的大都会形象，另一方面突破了将上海想象为东方"孤岛"的飞地，将其与远东时局联系起来，使得上海在历史维度与空间维度上获得新的内涵，"老上海"这一标签在纸醉金迷的底色上，又增添了革命与战争的时代气息，并被纳入革命战争小说的框架下。但具体到每部作品，作者究竟是书写战争的阴霾、为帝国主义摇旗，还是吹响革命的号角、记叙古老中国的崛起，又因其政治立场和所处时代的差异而截然不同。本章选取颇具代表性的典型作家和文本进行梳理分析，探索作为叙事空间的上海与革命战争这一文学命题之间的联系，以及上海在其中所扮演的角色。

革命战争小说与其他类型的小说不同，其题材本身的政治性、鲜明的时代性和深刻的社会性，成为窥视作者政治立场乃至其所处的社会文化意识形态的一面镜子。纵观西方文学的战争题材作品，其创作主旨亦不外乎"荣誉、勇气、责任的颂歌"；[①] 但在20世纪上半叶这个

---

① 武跃速、蒋承勇:《20世纪西方战争文学中的"毁坏"意识》，载《浙江社会科学》，2011年第8期，第112页。

特殊的历史时期，德语文学中的“革命战争”主题随时代变化产生了新的书写趋势。

一战后，作为战败国的德国内忧外患，国际地位骤降，极端民族主义思潮开始蔓延。宣扬德国人主导的普世价值、为德国而战的吁求亦体现在德语上海小说中，这种“救世主”心态背后包藏的殖民心态、种族主义思想不言自明（见《远东的守卫》《在上海做出决定》）。20世纪初，殖民主义大行其道，极端民族主义“黄祸论”应运而生，大受追捧。西方社会污名化中国，将中国人塑造为病态丑陋、进化不全的负面形象，以凸显其社会发展的进步性与人种的优越性，“确立以西方为中心的价值观和统治地位”，[①] 为种族歧视、污名革命的心态寻找借口，进而赋予殖民者镇压工人革命、对上海进行独裁统治以正当性（见《台风登陆上海》）。1917年，冬宫一声炮响，宣告了世界上第一个社会主义国家的诞生，这在资本主义大一统世界中不啻天崩地裂。反观战后资本主义世界，工业文明的恶果和制度的内在缺陷令其陷入消沉，中国人民越来越坚信只有无产阶级革命才能救中国，这自然招致一批德语上海小说对无产阶级革命和布尔什维克的无端仇视、恐慌和抹黑（见《台风登陆上海》《在上海做出决定》）。德国作为共产主义理论的摇篮，无产阶级革命者深受十月革命的鼓舞；而远东这片古老土地上燃起革命的星星之火，预示世界局势发展的全新可能性，“令渴望社会变革的德语左翼作家产生了共鸣”，[②] 中国出现的工人运动得到德国无产阶级左翼文学家的积极关注和赞扬（见《杨树浦的五一节》等）。在动荡诡谲的欧洲，仍不乏关注远东局势、深具政治敏感度的作家，他们惊叹中国千年文明内在的吸纳和内化能力，敏锐地发现这片神奇的土地上积蓄的新生力量，在遥远的欧洲感知中国革命的脉动，

① 吕超：《比较文学视域下的城市异托邦》，北京：中国社会科学出版社，2011年，第51页。

② 卫茂平等：《异域的召唤——德国作家与中国文化》，银川：宁夏人民出版社，2002年，第230页。

进而断言中国的觉醒与解放的生机（见《在上海做出决定》《中国审判》）。两次世界大战的深刻创伤，科技对人类文明伦理的挑战，促使人们反思资本文明和理性主义，在某种程度上，此时的德语战争文学“实质上成为地道的‘反战文学’”，[①] 这在达达主义者理查德·许尔森贝克笔下体现得淋漓尽致（见《中国审判》）。二战结束后，人们从大战的疮痍磨难中获得喘息之机，却旋即陷入冷战新格局。政治上，东西方阵营的明争暗斗从未停歇；思想上，意识形态尖锐对立愈演愈烈，新中国对资本主义改造过程中出现的波折无疑成为全球意识形态斗争的一个缩影（见《13是个幸运数字》）。

由此可见，无论是无产阶级革命赞歌，抑或殖民主义书写范式，中西文明杂糅的“魔都”上海在空间、社会和文化层面具有无可比拟的容载力，并由此获得巨大的审美能量和多元的阐释维度。

首先，20世纪上半叶的上海作为殖民地“异托邦”，是一个“生发幻想和表达欲望的地方”，[②] 叙事空间的两个特性——物理存在的真实性与想象再现的虚构性——在文本中互相交融。在西方文化主导的语境下，上海无疑成为“他者”，成为西方文化认识自我的一面多棱镜，折射出“自我”的文化结构与认知模式的同时，一个服务于西方中心主义的东方想象范式亦随之建构起来。这一模式下塑造出的“东方性”赋予文学中的上海以独特张力。一方面，被屡屡书写的建构套语，如掌权者的专制残暴、权力交易的神秘血腥、革命斗争的智慧热情、贫富的云泥悬殊、城市的混乱异质等，是西方“自我”中心表征的不同侧面；另一方面，这些特质又被无限夸张放大，置入“他者”视野中，产生独属于异托邦的别样风情。《在上海做出决定》中，上海被描写为德国人巴尔根的“厄运之城、痛苦之城、灵魂的苦难之城”。《台风登

① 卫茂平等：《异域的召唤——德国作家与中国文化》，银川：宁夏人民出版社，2002年，第113页。

② 吕超：《比较文学视域下的城市异托邦》，北京：中国社会科学出版社，2011年，第46页。

陆上海》中的上海则经历了一场失败的革命，在法国人的操纵下瑟瑟发抖。安娜·西格斯笔下的中国革命志士与敌人同归于尽，挺起民族脊梁，在战火纷飞的上海画卷中，共产主义英雄形象令人动容……凡此种种或魔幻夸张或现实摹写，都展现出德语作家对异托邦的憧憬与焦虑。

其次，上海作为中国历史上首个开埠城市和远东最大自由港，是中西文化激烈交锋和融合的前沿阵地。前有租界的设立和物质文明的渗透，后有接踵而至的西方制度、价值理念传入，上海逐渐在社会空间和文化空间上具有强大的包容性和韧性，碰撞、冲突和融合之后的上海无所不包、无奇不有。《远东的守卫》中，福州路上“每隔一定距离就有印度警察和中国警察站岗”;《在上海做出决定》中，陷入战祸的上海街道上“中日商人之间纠纷不断”;《谍海忆旧》中，维尔纳则记录下自己的亲身经历，“中国最著名的京剧演员梅兰芳正在上海进行旅行演出，这是一次难得的经历。他扮演的是女人的角色，他是那样妩媚和漂亮，简直妙不可言”……作为中西文化交锋的阵地，上海因其半殖民状态而成为战争与革命题材热衷的故事背景，治外法权、外交豁免权、华洋分治等政治现实在文学维度被无限放大。

借助战争和革命题材，人性中的善与恶、求生与向死、政治博弈与个人爱恨之间的对立被书写到极致，带来深刻而剧烈的审美震撼。作为叙事空间与舞台幕布出现在各个故事中的上海，以截然不同的风格、笔调与精神面貌展现海上异托邦世界。

第一节
安娜·西格斯的中国书写与上海革命：《杨树浦的五一节》等

安娜·西格斯（Anna Seghers）被誉为20世纪德国最伟大的女小说家，她自幼喜爱中国悠久的历史文化和灿烂的艺术文明。“早在孩提时代，我便渴望去中国，我读了一些童话和诗歌，那些汉字在我看来诗画一体。我自问道，那是些什么样的人能够用墨汁和毛笔写这些汉字来表达思想……后来我读了一些关于中国人的书和中国人写的书。”[①] 在海德堡大学求学期间，西格斯主修汉学、历史和艺术史，经常与思想进步的汉学家菲利普·舍弗勒共同探讨孔子与老子思想，阅读《聊斋志异》和《道德经》，这对她毕生的文学创作产生了深刻影响。

20世纪20年代，安娜·西格斯投身于国际无产阶级左翼文学运动，关心中国发生的一切，从孙中山和他的“三民主义”，到中国共产党领导的工人运动。她深知，中国也正在进行着一场正义与自由的斗争。当时的柏林是“国际政治重要舞台”，汇聚了众多中国革命者和政治流亡者，与他们的交流给西格斯提供了重要的素材来源，促使她对中国进行更深入的研究，创作了一系列以政治革命斗争为题材的作品。[②] 中国革命成为西格斯文学创作的重要题材，其中涉及20年代末

① Anna Seghers: Verwirklichung. In: Gustav Seitz: Studienblätter aus China. Mit einem Geleitwort von Anna Seghers. Berlin: Aufbau-Verlag, 1953, S. 6.

② Vgl. Christiane Zehl Romero: Anna Seghers. Mit Selbstzeugnissen und Bilddokumenten. Berlin: Rowohlt Verlag, 1999, S. 22.

至50年代初中国政治革命发展过程中的重要历史事件。

安娜·西格斯与流亡德国的中国女作家、社会活动家胡兰畦合作创作了《杨树浦的五一节》，围绕纺织女工徐茵，讲述了上海杨树浦的工人代表们如何策划罢工和示威游行，通过捍卫自己的权利来庆祝“五一国际劳动节”的故事，这篇展现上海工人精神风貌的作品于1932年发表在德国《红旗》杂志上。同年刊登在德国左翼作家联盟机关刊物《左翼阵线》上的《来自我工作坊的小报告》，以对话的形式忠实记录了两人创作这篇通讯的过程。西格斯提出：“我们应该写一写5月1日在上海发生的事，我们可以共同创作……我们必须向每一个德国同志生动地展现出来。全世界都在共同庆祝5月1日，但在每个国家，庆祝的方式都有所不同……上海和柏林举行着完全不同的活动，杨树浦和柏林的威丁区也大不相同。杨树浦究竟是什么样子？”在对话中，两人探讨了报告文学的写作内容和创作手法，西格斯主张不要一味描述中国纺织工人组织集会的行动，应注重详细描述“外在”事物，例如，上海杨树浦的“巷子”、纺织女工的“木板房”“灯泡”“床铺”“饭桌”等，关于“内在”与“外在”描写，西格斯指出“木板房里的灯泡并不是外在的东西，正如五一节也不是什么内在的东西一样。我们描述灯泡微弱的灯光，并不是为了制造一个画面效果，而是因为这些灯泡表现出它的使用者的阶级境况，正如其他每件物品一样。这样便准确地描述了一部分事实，并且很快抓住了事实最重要的元素，即它的精髓——在我们这个例子里就是这条街道的精髓——以此使读者透过我们的眼睛，走进这条街道，走进我们的五一节。但是，一条‘简陋、破旧的’街道读者是无法走进去的，因为千千万万条简陋破旧的街道让读者无法辨认出它。”[①] 安娜·西格斯一语切中了当时众多西方战地记者身临其境、影像式记录革命中国的弊端，那些煽情式的外部描写只是皮相之见，貌似客观中透出事不关己的冷漠，无法让置身其

① Anna Seghers: Kleiner Bericht aus meiner Werkstatt. In: Die Linkskurve. 09. 09. 1932, S. 223.

外的外国读者感动和“入戏”，甚至无法赚取一掬廉价同情的眼泪。“从物体上找出迹象，一种显示境况的迹象”，以此塑造出的“不再是一个模糊的中国同志，而是一个会吃饭、会睡觉、有嗅觉的人。她不是报纸上游行报道中的人物，而是一个有血有肉、与读者并肩行走的人”。[①] 西格斯提出文学作品通过描述现实达到改变现实的创作主张：“我们不能仅仅停留在描述上，因为我们不是为了描写而写作，而是通过描写，为改变而写作。”[②] 这一美学思想践行在《杨树浦的五一节》的通讯中，“可以视作中德左翼文学互动的产物”。[③] 此时的西格斯尽管还未踏入中国半步，但她凭借想象，将美与价值赋予中国宏大革命中的平凡人物，以革命者形象感动世界，让读者产生“代入感”，理解同情并支持中国革命。

安娜·西格斯从胡兰畦等中国革命者那里了解到中国抗战的情况，据此创作了反映中国革命题材的作品，刻画了“典型共产主义英雄事迹”。[④]《驾驶执照》以20世纪30年代初日寇入侵上海为背景：一位被俘的中国司机被日军强迫开车接送日本军官，“他们命令着他的一举一动，却无法掌控他的思想，还有他的使命和决心”，他“猛转方向盘”将车驶入江中，与敌人同归于尽，划出了“一道永远烙在民族记忆中的弧线”。[⑤] 小说歌颂了中国人民视死如归的精神和抗战到底的浩然正气，突出个人为抗日斗争牺牲的历史意义，表达了中国人民必胜的信念。小说发表在德国左翼作家联盟机关刊物《左翼阵线》上，虽仅有八百余字，却令人荡气回肠。让世界看到革命者“对共产主义有一种

---

① Anna Seghers: Kleiner Bericht aus meiner Werkstatt. In: Die Linkskurve. 09. 09. 1932, S. 223.

② Ebd.

③ 载2009年6月25日《人民政协报》。

④ Vgl. Christiane Zehl Romero: Anna Seghers. Mit Selbstzeugnissen und Bilddokumenten. Berlin: Rowohlt Verlag, 1999, S. 41.

⑤ Anna Seghers: Der Führerschein. In: Anna Seghers: Der Bienenstock. Band I. Berlin: Aufbau-Verlag, 1963, S. 157.

宗教式狂热的纯粹情感”，这种“简单而强烈的”的革命热情，“很符合逻辑”的信念，是“任何一支十字大军为了要加强精神团结、勇气、为事业而牺牲的必要的信条”。[①] 与《驾驶执照》中描写的个人反抗不同，短篇小说《计秒表》讲述了全体士兵的反抗故事，以塞克特将军为首的德国军事顾问为蒋介石出谋划策，帮助训练国民党军队围剿红军，揭露了帝国主义干涉中国内战的事实。小说以“计秒表”表现国民党军队的作战装备优良，外援强大，但结局出乎意料：冲锋号吹响后，国民党士兵们却调转枪口，反戈相向。作者的主旨呼之欲出：再精良的物质准备也不能够赢得战斗，民心才是历史进程的最终所向。

长篇小说《战友们》（1932）被誉为“那个时代最具挑战性的小说”，[②] 描写了席卷世界的国际共产主义运动，“书中作为主要战斗舞台的那些国家——匈牙利、保加利亚、波兰和中国——正以人民民主政体的身份向着社会主义未来前进。那时的战友们，曾经的地下战士、被关押者和被驱赶者如今正掌握着本民族的命运，他们早已成为更美好生活的战友们。”西格斯把中国革命纳入世界革命的视野，她在小说序言中将长征、抗日战争、解放战争等重大历史事件作为背景，“将真实生活中的诸多热血岁月化作寥寥数页的虚构人生”。小说讲述了中国一对廖氏兄弟献身革命的故事，廖廷凯与廖汉新在莫斯科短暂相会后，先后回国参加革命，廖廷凯遭到特务出卖而牺牲，但是廖汉新还活着，斗争还在继续。小说赞颂了中国青年救国救民的热情和坚忍不拔的意志。

中国革命者廖廷凯、廖汉新究竟是现实中的革命者，还是虚构的小说人物，西格斯在《战友们》前言中这样写道，“他们不久前还生活在我们这里，这些同伴的名字也会经常出现在报纸的简讯中……我们满怀激动地聆听他们的消息。这些消息对于当时许多德国人而言更像

---

① 埃德加·斯诺：《红星照耀中国》，董乐山译，北京：北京东方出版社，2005年，第296页。

② Vgl. Christiane Zehl Romero: Anna Seghers. Mit Selbstzeugnissen und Bilddokumenten. Berlin: Rowohlt Verlag, 1999, S. 22, S. 41.

是杜撰的惨闻，抑或在中欧难以想象的事件”，“对于我们而言，他们是真实存在、而非虚构的英雄”。[①] 西格斯用寥寥几笔就刻画出一个英雄形象，“廖汉新是个高高壮壮的北方人，他的脸棱角分明，没有皱纹，仿佛无论是他的青年时代还是整个民族的百年岁月都未在上面留下过任何痕迹与瑕疵……两眼不时地发出坚毅而专注的光芒”。[②] 西格斯又在短篇小说《将新纲要送往南方委员会》（1949）中讲述了廖汉新的另一革命事迹，故事以1930年前后许多革命根据地相互缺乏联系为历史背景，中央委员会在霍山召开秘密会议，商讨制定新纲要，使之更加适应当时的形势，在农民中巩固党的组织。但由于地点暴露，会议只得提前结束，委员会成员廖汉新负责将新修改的纲要送往南方根据地。当他凭借机智和群众帮助，一路艰险克服重重困难，突破敌人的封堵和暗杀终于到达根据地后，发现那里的同志早已根据自己的经验智慧，制定出与党中央完全一致的纲领。这则故事揭示了革命道路充满了困难与艰险，赞扬了以廖汉新为代表的共产党人在完成革命任务时不畏困难的精神与坚毅勇敢的品质，同时也歌颂了根据地人民参加革命的聪明才智和党的革命政策的深入人心。廖汉新送革命纲要一路的遭遇，反映出战乱中中国的众生百态，与西格斯代表作《第七个十字架》的立意有异曲同工之妙。

廖汉新的事迹在长篇小说《死者青春常在》中再次出现，协助蒋介石围剿红军的德国军事顾问温兹罗在家信中写道，“虽然我时常有预见地写信对你们说这个种族不堪信赖，可是我把他当作他同胞中的一个例外……最糟的是：他偷走了摊在写字台上的一些文件。我从来没有怀疑过这个似乎忠贞地伺候我们到了第二年的人……一个有那样教养和那样社交礼节的人，不觉得我们对他的好处，却去跟最坏的分子

① Anna Seghers: Die Gefährten. Berlin: Aufbau-Verlag, 1959, S. 6f.

② Anna Seghers: Überbringung des neuen Programms an das Südkomitee. In: Anna Seghers: Der Bienenstock. Band II. Berlin: Aufbau-Verlag, 1963, S. 252.

结合在一起。"[①] 温兹罗的这番"斥责"和"诅咒"反衬出廖汉新机智勇敢的英雄形象。

安娜·西格斯在墨西哥的流亡岁月中积极致力于反法西斯斗争，也一直密切关注中国的无产阶级革命和反对日本法西斯战争。艾格尼丝·史沫特莱讴歌中国革命与反法西斯运动的报告文学著作《中国的战歌》，成为西格斯在流亡岁月中的精神慰藉。西格斯撰文《中国的战歌——艾格尼丝·史沫特莱作品读后感》，[②] 发表在流亡者杂志《自由德国》(1944)。在文中，西格斯以多线叙述的方式，描述20世纪30年代中国的政治局势和社会状况，展现当时中国复杂广阔的社会现实；同时，她以热情积极的笔锋讴歌中国进行的一系列反法西斯的革命运动。西格斯"认识到本国的矛盾和在遥远的中国进行的斗争有着相互的联系"，[③] 她与史沫特莱一样，力图将中国进行的反抗斗争传递到全世界反法西斯人民耳中。在读后感中，西格斯延续了她注重个体、讴歌平凡英雄的写作方式，怀着深刻的同情，关注和讲述普通革命者的成长。她在文章末尾呼吁更多的人关注东亚反法西斯局势，呼吁为坚韧不屈的中国革命军提供武器援助，呼吁全球的反法西斯力量团结奋斗，充分表明了这位国际主义、共产主义作家反法西斯的坚定决心。

直至20世纪50年代初，中国在西格斯笔下一直是国际共产主义运动和无产阶级革命的重要舞台。西格斯坦承："二十多年来，我对中国的一切，尤其是中国革命，非常感兴趣。"[④] 中国革命者被西格斯誉为伟大光辉的榜样，[⑤] 在小说《失散的儿子们》(1951)中，西格斯成

---

① 安娜·西格斯:《死者青春长在》，庄瑞源译，上海：上海文艺联合出版社，1954年，第414—415页。

② Anna Seghers: Chinas Schlachtgesang. Betrachtungen zum Buch von Agnes Smedley. In: Freies Deutschland. Nr. 8, Juli 1944.

③ 弗朗克·瓦格纳:《安娜·西格斯与中国》，吕一旭译，载《国外文学》，1987年第1期，第83页。

④ 冯至:《冯至选集(第二卷)》，成都：四川文艺出版社，1985年，第246页。

⑤ 参见《人民日报》，1951年10月4日。

功塑造了为了革命斗争而牺牲个人幸福的中国革命者形象。谭程立为完成任务，把两个儿子托付给别人，只身前往南方红色根据地，孩子们辗转被拥护蒋介石、憎恨革命的银行家常聚飞收养，做着牛马不如的苦力。后来，兄弟俩在好心人的帮助下逃走。弟弟立平身体虚弱，积劳成疾，不久便离开人世。哥哥陶生则进城做了印染工，党组织获悉陶生的情况后与他取得联系。从此陶生的生活发生了巨大转变，他上了大学，参加抗日游行，抗日战争爆发后参军，成为一名坚定勇敢的优秀战士。其间，尽管陶生不断听到自己父亲的消息，但始终未曾得见。最终，在经历了种种考验与艰辛后，父子重逢于欢庆胜利的时刻。西格斯的这篇小说揭示了革命胜利是用牺牲换来的，但革命并不只是骨肉分离，它也会让分离的人们聚到一起。陶生在艰难的处境中成长为一名坚定的战士，预示中国革命后继有人，生生不息。

1951年9—10月，西格斯受邀参加新中国成立两周年的国庆典礼，这是西格斯第一次踏上中国的土地。此次中国之行，西格斯不仅参观名胜古迹、观赏京剧等文艺节目，还出席了北京市第一批电车女司机正式行车典礼、访问了保卫和平反美侵略委员会、参加了中央美术学院关于美术问题的座谈会等活动。[①] 西格斯与郭沫若、丁玲、冯至等中国作家进行了交流，她表示要深入了解中国工人在解放前后的状况，写一部关于他们的长篇小说。[②] 西格斯随代表团一起访问了南京、上海和杭州等地，她对中国的一切都很感兴趣，“不断地同工人和农民谈话，与成千上万人握手，受到科学家和艺术家的邀请”。[③]

西格斯归国后写下游记《在新中国》，连载于1951年11月的《每日瞭望》，该书记录了新中国在政治、经济、文化领域取得的进步。西格斯在《为勃兰登堡农民所作的关于中国农民的演讲》中赞颂“中国

---

① 参见《人民日报》，1951年10月4日。

② 冯至：《安娜·西格斯印象》，载《文艺报》1951年第1期。

③ 弗朗克·瓦格纳：《安娜·西格斯与中国》，吕一旭译，载《国外文学》1987年第1期。

农民数千年来凭借无与伦比的勤劳征服了每一寸土地”，把中国推翻封建主义、开展土地改革誉为中国人民“创作出的伟大和平战果”。[①] 在《中国人民赢得和平》一文中，西格斯赞扬了中国的和平运动："毛泽东和他的战友们，同党和军队一起创造出伟大的解放业绩。许多世纪才能有的历史、经验和牺牲都汇集在了这几十年里：长江以南成立了第一批苏维埃根据地、长征、日本人占领中国、持久而艰苦的抗日战争、人民解放军同蒋介石的斗争、两年前取得解放战争胜利并成立中华人民共和国、长期的建设工程以及支援朝鲜。这一切都是中华民族力量的展现。”[②] 西格斯为古斯塔夫·赛茨的作品《中国札记》撰写了前言《实现》，她在文中感慨道："在这次旅行中，我们第一次目睹了这个国家，我们小时候和成年后所热爱的一切，全部汇聚到一起。我们无时无刻不在这个国家，在他们的艺术、法律、歌曲、人民面貌和文字中感受到这个民族的力量。”[③]

纵观安娜·西格斯的一生，从最初热爱汉学，到关心支持中国革命，最后踏上中国的土地，中国对她的影响是多方面的。西格斯“不仅是一位勇敢的共产主义战士，也是中国人民的好朋友”，[④] 在所有支持中国革命的外国作家中，极少有像安娜·西格斯一样创作过如此之多的中国题材作品，[⑤] 其作品在中国经历了三次译介高潮，在中国学者和读者中广受欢迎。

（张帆　文）

---

① Anna Seghers:Vortrag über chinesische Bauern vor brandenburgischen Bauern. In: Anna Seghers: Frieden der Welt. Ansprachen und Aufsäze 1947–1953. Berlin: Aufbau-Verlag, 1953, S. 113.

② Anna Seghers: Das chinesische Volk hat den Frieden verdient. In: Neue Zeit, Januar 1952, S. 12.

③ Gustav Seitz: Studienblätter aus China. Mit einem Geleitwort von Anna Seghers. Berlin: Aufbau-Verlag, 1953, S. 9.

④ 冯至:《冯至选集》第二卷，成都：四川文艺出版社，1985年，第249页。

⑤ 叶廷芳:《遍寻缪斯》，北京：商务印书馆，2004年，第71页。

第二节
上海见证中国觉醒与远东殖民没落：《中国审判》

理查德·许尔森贝克（Richard Huelsenbeck，1892—1974）是德国达达主义主要创始人之一，他不仅是诗人、散文家、戏剧家，也是医生和精神分析学家，有评论家认为他“同时生活在两个世界，并且在这两个世界都是杰出的人才”。[①] 二战前，欧洲和美国都涌现出一批“医生作家”，他们既是医生，又从事文学创作。在美国，以威廉·卡洛斯·威廉斯为代表；在欧洲，许尔森贝克便是其中之一。

正如前引评论家所言，理查德·许尔森贝克无论作为医生还是作家，都取得了辉煌的成就。许尔森贝克自幼在祖父的藏书室饱读诗书，尤其喜爱海涅，并受其影响立志成为一名作家。大学时代，他在巴黎、苏黎世、柏林、慕尼黑等地攻读医学、哲学、日耳曼学和艺术史专业。1916年春，他与胡戈·巴尔（Hugo Ball）等人在苏黎世一家“伏尔泰酒馆”成立了名为“达达”的文艺活动社团，举行小型画展、即兴表演晚会等。他在社团成立当天的宣言中讲道：“我们决定将我们的各种活动以‘达达’命名。我们发现了达达，我们就是达达，我们拥有达达。达达是在一本百科词典中找到的，没有任何含义。这是无任何含义的、重要的虚无。我们要以虚无改变世界，我们要以虚

① Aaron H. Esman: Richard Huelsenbeck. In: American Imago, Vol. 32, No. 4, 1975, p. 359.

无改变文学与绘画，我们要以虚无终结战争。”[①] 直到1917年达达画廊成立后，人们才把它视为真正的社团。同年，许尔森贝克把达达“病菌”（汉斯·里希特对达达的称呼）带到了德国。一石激起千层浪，达达在德国迅速发展起来。随后，达达主义在视觉艺术、文学（主要是诗歌）、戏剧和绘画等领域迅速传播开来，达达主义者对整个20世纪文化进行了革命和重塑。在一战期间濒临崩溃的欧洲，人们被悲观和失望所笼罩，思想、哲学、文学艺术中盛行的是怀疑主义、虚无主义和对“理性”“进步”等信念的批判。在这一环境下产生的达达主义便是典型的代表。达达主义者们愤世嫉俗，拒绝约定俗成的艺术标准，追求清醒的非理性状态，向往无意、偶然和随兴而为的境界。他们通过公开集会、示威、出版艺术及文学期刊等，表达对野蛮一战的抗议。

1920年达达主义第一次国际大会后，理查德·许尔森贝克撰写了第一份《达达年鉴》（*Dada Almanach*）。在参与达达运动的同时，许尔森贝克仍然继续攻读医学，并于1922年成为一名医生。1924年至1927年，作为随船医生出海航行，所到之处包括中国、日本、印度等亚洲国家，在柏林多家报刊发表旅行日记，同时师从精神病学家赫尔曼·罗夏（Hermann Rorschach）研习荣格分析法。随后，许尔森贝克相继出版游记报道《非洲见闻》（*Afrika in Sicht*，1928）、《飞跃到东方》（*Der Sprung nach Osten*，1928）和长篇小说《中国审判》（*China frißt Menschen*，1930），以纪实或杜撰的方式呈现自己外出航海时所见到的异域风光。其中，《中国审判》一度成为德国的畅销书。

达达运动因追求虚无、精神空虚而无法持久，如昙花一现般稍纵即逝。1923年，达达主义流派的成员举行最后一次集会后宣告解散，许多成员随即转而加入超现实主义作家的行列。逐渐得势的纳粹党将所有现代艺术斥为布尔什维主义艺术，达达主义被视为“德国的布尔

① Richard Huelsenbeck: Erkärung (Vorgetragen im „Cabaret Voltaire“). In: Karl Riha, Jörgen Schäfer (Hrsg.): Dada total: Manifeste, Aktionen, Texte, Bilder.Stuttgart: Philipp Reclam, 1994, S. 33.

什维主义”。自1933年起，许尔森贝克不断被纳粹当权者调查，后被禁止写作。不甘于“内心流亡”的许尔森贝克于1936年移民美国，改名查尔斯·R. 胡尔贝克（Charles R. Hulbeck）。他作为医学博士在纽约长岛的卡伦·霍妮诊所担任精神病医生，成为卡伦·霍妮和存在主义心理分析流派的追随者，并以这一全新的身份于1969年荣获路德维希·宾斯万格奖。[①] 1970年，许尔森贝克返回瑞士提契诺州，并一直生活在那里直至1974年逝世。

许尔森贝克一生共出版作品二十余部，其中包括《达达宣言》（*Dadaistisches Manifest*，1918）、《前进，达达！》（*En Avant Dada*，1920）、《达达胜利了！》（*Dada siegt*，1920）等达达主义著作。他是一位忠实的达达主义者，直至生命的终点，许尔森贝克都坚称：“达达始终存在着。”出版于1930年的《中国审判》，虽然已不属于转瞬即逝的达达主义的时间范畴，但无论从内容上，还是从语言风格上，这部长篇小说都无疑是一部达达主义的杰作。达达主义崇尚虚无，反对战争，追求偶然性和新奇，他们推崇“生活并非由逻辑的和连续的事件组成，而是由令人迷惑的和杂乱无章的共生并发之物组成”。[②] 其外在标志是堆砌词汇、结结巴巴的语言、不连贯的形式等。[③]《中国审判》的内容和语言风格恰恰符合这种达达信念。

一、《中国审判》：崛起的中国与颠沛的洋人

有丰富航海经历且兼具医生与作家双重身份的理查德·许尔森贝克，在这部小说中以他亲眼所见的革命中的中国为背景，用表现主义手法对反抗帝国主义压迫、开始崛起的中国进行了独特的描写。他没有沉迷于对起义、行军和战争的虚构，而是从边缘人物入手，即欧洲

① Aaron H. Esman: Richard Huelsenbeck. In: American Imago, 1975, Vol. 32, No. 4, p. 359.

② C. W. E. 比格斯贝：《达达和超现实主义》，周发祥译，北京：昆仑出版社，1989年，第33页。

③ 参见韩耀成：《德国文学史》（第4卷），南京：译林出版社，2008年，第172页。

和中国的投机商、发战争财的传教士、卷入武器走私的水手和逐渐落入险境的欧洲妇女等，来刻画革命中的中国。这些“寄生虫”般的小人物，对整个轰轰烈烈的反帝国主义战争和大国崛起来说或许意义甚微，却同是这些重要事件的亲历者和见证者。作者正是透过这些小人物的生死沉浮，细致刻画了那个时代的中国民主革命。小说共13章，故事情节从海上开始，主要发生在香港，重要的节点发生在广州和新加坡，终结于上海。语言略显凌乱、跳跃，却生动形象、意味深长，表达的是作者对历史乃至人生的冷峻思考。整部小说没有陷入夸夸其谈或挖空心思的套路，而是通过描绘具体的战争细节，动人心魄、发人深省。

一艘驶往中国的军火走私船“贝克尔市议会”号拉开故事的序幕。走私船因破损而被迫停靠在香港，船上人员被捕，船只被扣押。一场法庭审判后，以船上的德国水手埃米尔、话务员施拉姆和船上军火为三条线索，分别将亨斯洛夫妇、叟考特尼夫妇和张晁江将军的命运串联起来。这三条线索在“新加坡会谈”一章中汇聚交叉，影响、改变了所有人的命运。

法庭审判后，暂时无罪释放的埃米尔和施拉姆在香港寻求谋生机会。施拉姆未能找到工作，而埃米尔得以在传教士亨斯洛夫妇家里打工，渐渐与亨斯洛太太暗生情愫。亨斯洛先生之所以来中国传教，表面上是为了自己的宗教信仰，实则为了躲开美国宗教委员会的监督，满足自己对商业、暴力和饮酒的狂热。在中国，他利用传教之便中饱私囊、打骂中国孩子、随意饮酒，可谓称心如意，并且因其能为中国军队筹款，在中国内战中也占据重要地位。同时，他衷心爱慕、顺从自己的妻子与天真少年埃米尔之间隐隐约约的情意让他心烦意乱。此时，他接到一单生意，前往新加坡谈判。

彼时，正值孙中山领导的民主革命浪潮席卷中国，反帝反封建的号角已经吹响，国内战争一触即发，并且中国内部诸多势力相互制衡，小规模内战时有爆发。广州的张晁江将军带领的军队即是其中一股势力。他们在跟随孙中山反帝反封建的同时，还要应对金鼎初领导的另一支队伍的频频攻击。双方都雇用德国军事顾问，都使用走私来的在世界大战中剩下的德国武器。当时像“贝克尔市议会”号这样前往中国的军火走私船并不在少数。金鼎初得到英国人资助，势力逐渐增强，而张晁江将军资金匮乏，又缺少武器，面对金鼎初的咄咄进攻，他只能选择背水一战。资金方面，张将军派自己的德国军事顾问科普克与传教士亨斯洛会谈，请其帮忙从美国募资；武器方面，他请投机商孙青生帮忙买“贝克尔市议会”号上的军火，而完成这次军火走私需要一个担保人，以防付钱后却收不到货。孙青生在新加坡组织会面，请亨斯洛、科普克前来共同商讨。会面时，亨斯洛向科普克承诺会帮张将军筹到5万美元，并倾诉了自己家中的苦恼事。作为回报，科普克提供了简单的解决办法：把埃米尔送到广州张将军的军队里。亨斯洛对此大喜过望。

英国富商叟考特尼掩盖了自己是亚美尼亚犹太人的身份，在中国香港做批发贸易，盈利颇丰。他对妻子格里姆斯的爱慕与顺从更甚，将自己能够娶到这样一位妻子视为人生中最大的胜利，愿意满足妻子的所有要求。可他的妻子格里姆斯却并不领情，厌倦了在中国枯燥乏味的生活，一心向往冒险，寻求婚外情。在旁听走私船“贝克尔市议会”号审判时，格里姆斯对话务员施拉姆一见钟情，认为他就是自己想找的“冒险家”，却无法与之取得联系。其时，香港等地对帝国主义国家（尤其是英国）实行经济封锁，在港的外国商人压力重重，叟考特尼也因蒙受巨大损失而濒临破产。不想让妻子担心的他选择独自承担压力，在四处求贷无门后，他只能求投机商孙青生帮忙。孙青生正需要一个人为他担任军火走私的人质，便许诺叟考特尼，只要他作为人质促成了这单买卖，就会获得张将军的一笔钱款以弥补亏空。走投无路的叟考特尼只得答应。

埃米尔被送往广州战争前线，叟考特尼也前往广州充当人质。同时，审判后一直找不到工作而在香港游荡的施拉姆也在神秘的温博士的游说下，前往广州作为军官进入张将军的部队参战。然而，军火走私一事失败，叟考特尼作为人质惨遭科普克枪毙。虽然资金武器不足，但形势所迫，张将军不得不立即对金鼎初发动战争。战火纷飞中，施拉姆意外地发现了埃米尔的尸体。

张将军的部队最终取得了胜利，之后离开广州迁到了上海。但因为资金不足，发不出军饷，军队支离破碎，包括施拉姆在内的大部分军人士兵只能自己谋生。施拉姆曾担任一位买办的警卫，后因买办失踪而再次流离失所。丧夫的格里姆斯来到上海，成为一个英国大商人的情妇，某天在南京路认出了正在乞讨的施拉姆，为他提供衣食住宿，并表达了自己一直以来的爱慕；施拉姆虽也爱上了格里姆斯，但对她的偷窃癖表示强烈不满。格里姆斯被富商抛弃后，两人生活无着，当施拉姆发现格里姆斯仍在继续做偷窃的勾当时，愤而离开了她。最终，施拉姆听闻格里姆斯被捕入狱，自己继续着游荡的生活，扬言在等格里姆斯出狱，其实是等待自己命运的最终审判。

一艘走私船、一场审判串联起众多人物相互交织的生死沉浮。故事所处的20世纪二三十年代，是中国对外来侵略者进行无情反击的时代。德国作家许尔森贝克既慨叹欧美人在当时的中国命途多舛，更站在宏观的世界性角度在文中反复提及这一历程的历史必然性：一方面，这是欧洲人自鸦片战争以来的“自讨苦吃”，[①] 文中的欧洲小人物在中国落难，都是被其欧美同胞而非中国人所害，不失为对帝国主义自掘坟墓的暗讽。另一方面，“中国宏大而古老，外国人就像在大象肚子上爬来爬去的虱子”（129），这个大国在迅速“崛起”（79、80），四亿人民要对压迫他们的帝国主义奋起反抗时，谁也无力阻挡。在历史洪流中，在大国崛起中，被迫投入这一洪流的每个人都身不由己，如大海中一叶扁舟上的蚍蜉蝼蚁，即便竭力抓住每一根救命稻草也是枉然。

作者虽然反对战争，却并不以夸夸其谈的大道理“轰炸”读者，

---

① Richard Huelsenbeck: China frisst Menschen. Frankfurt a. M.: Ullstein Bücher-Verlag, 1957, S. 108. 后文出自该书的引文，将随文标注出处页码，不再另注。

而是深入浅出，于细微处、边缘处入手，搭配其跳跃的讲述方式，让人初读不知所云，其隐含的深意却引人反复细读、深思，在这不断的复读中，读者自发的沉思与作者的本意逐渐产生共鸣，直至振聋发聩。这种由小及大的思考和表达方式与达达主义所提倡的理念不谋而合。达达主义缺乏明显的价值观，不承认有“好”“坏”之类的词语，[①] 对于信仰、民族之类高大神圣的词汇，他们持不信任的态度，反而更倾向于在具体的事物中体现自己的价值观。这与海明威《永别了，武器》中男主角所言有异曲同工之妙：“一听到神圣、光荣、牺牲等字眼和徒劳一词，我就感到有点不安。……过了这么久，真感觉没什么神圣的事，就连所谓光荣的事，也感觉不那么光荣，所谓牺牲就像芝加哥的屠宰场，把宰杀好的肉不按流程处理，白白埋掉。……到最终只剩下地名有尊严了。……抽象词语，如光荣、荣誉、勇敢或神圣，放在真实的村庄名和具体的路号、河名、军团编号及日期边，让人觉得滑稽可笑。”[②] 正是从这种信念出发，作者在《中国审判》中对微观的人物、街道、情感描写情有独钟，却对宏观的国家荣辱、生死存亡佯装漠不关心。我们可以看到，举足轻重的重大事件，作者常以稀松平常的笔调呈现，尽显调侃讽刺，例如张将军的小妾因顾虑自己在美国朋友圈中的社会声望而妄图阻止国家内战的爆发；通过经济封锁、华人工会和家佣罢工等日常事务，将中英国家之间的矛盾具体化；张将军的德国军官与俄国密使在寥寥数语间，便作出了发动内战的决定。

二、上海城市：东西方交融下的繁华

小说虽然涉及多处地点、多个城市，但唯独对上海进行了精准刻

---

① 参见C. W. E. 比格斯贝：《达达和超现实主义》，周发祥译，北京：昆仑出版社，1989年，第30页。

② 欧内斯特·海明威：《永别了，武器》，韩琳译，北京：北京理工大学出版社，2015年，第245页。

画。在《上海》之外的12个章节中，地点在故事中的地位并不突出，若不是作者写明，读者几乎无法辨认故事发生在中国的哪个城市。在关于上海的章节中，作者对中国城市（上海）和中国人的描写远比任何其他章节都详尽得多，每一个街名、每一个饭店，都让人感觉故事似乎真实发生在上海而非虚构。

整体而言，上海是一座“太混乱，太五光十色……什么都无法预测”（201）的城市。它时刻处于飞速发展中：“一座座摩天大楼在它（跑马场）周围拔地而起，车队蜿蜒到不见尽头”，[①]“房屋被拆除了，那些不久前还有些破败茅舍相互倚靠的地方，如今挺立着钢制脚手架。大吊车拔起一堵堵混凝土墙，工人像大猴子一样在梯子间穿梭”。[②] 作者花费大量笔墨细致入微地描写上海的繁华生活，小到中国职员胸口口袋露出的绣花手帕，大到南京路上的喧杂交通，无不透着奢华与繁荣；既有赛马场和各种俱乐部，又有皇宫酒店、大华饭店的歌舞厅；有新世界这样“有着大量精彩节目和头号新闻的娱乐场所”，[③] 还有先施百货的欧式婚纱、永安百货的屋顶花园。“南京路上的生活升华为拥密的、颇具东方风格的五光十色。……柜台上堆积着来自整个东方的琳琅满目的货品，柜台后站着中国人，他们是天生的商人，透着聪明的面庞上写满等待。”[④] 从大酒店走出来的“先生们抽着烟，女士们穿着华丽的晚礼服。撩起裙摆……银缎鞋子……长筒袜”（202）。

夜上海繁华喧闹、光怪陆离，在许尔森贝克眼中，甚至可以媲美巴黎，更使柏林相形见绌：

---

① Richard Huelsenbeck: Schanghai. Sonderbericht für den „Vorwärts“ von Richard Huelsenbeck. In: Vorwärts, 30. 06. 1925, o.S.

② Richard Huelsenbeck: Der Sprung nach Osten. Dresden: Wolfgang Jess Verlag, 1928, S. 231.

③ Richard Huelsenbeck: Schanghai. Sonderbericht für den „Vorwärts“ von Richard Huelsenbeck. In: Vorwärts, 30. 06. 1925, o. S.

④ Ebd.

夜上海的美景摄人心魄。这里的灯光浪费到了极致。可以称之为真正的“光之城”。[①] 与之相比，柏林只是一座中等省城，像马格德堡或者哈勒那样。

所有的高大建筑都镶有数千枚白炽灯泡，直到最顶端。或绿或红的广告灯环旋转、闪耀其间。

从高处看，被照得发亮的街道就像无数发着磷光的管道在乱跑。

人们坐在屋顶花园里，他们的声音与街上传来的沉闷的嘈杂声混在一起，犹如远处的激浪声。

这里店铺关门的时间是未知的。直到深夜人们还能畅通无阻地走进无数店铺中，并且到处都能找到礼貌的售货员。[②]

南京路的夜晚交通喧杂。一切都急匆匆的，职员从办公室出来，中国的、欧洲的售货员纷纷离开永安和先施。谈话声交汇，噪声越来越大，各种声响构成一片喧杂，大肆喧哗。其中有咯吱咯吱行驶的公共汽车发出低沉的“牟——”声，有轨电车传来尖锐的铃声。黑色电线划破天际，第一盏灯亮起来。皇宫酒店门前坐着一个没有腿的苏联人，他以前是沙皇宫廷的军官，现在哗啦翻开报纸……上海大晚报……上海……黄包车夫们在车上有人时跑得飞快，边跑边吐唾沫。警察举起白杆。更多的灯亮起来，红的，绿的，红的，绿的。这是永安……熙攘的人群变得暗了，更像蚂蚁了……支路上的商店里闪烁着小灯。不知从哪里传来沉闷的音乐。……黄浦江上竖起战舰的魅影，桅顶亮着黄灯……左边是外滩花园……已经被夜色笼罩。星辰藏在云雾身后，远离街上的喧嚣。交通仍然拥挤。（201、202）

现在是晚上了，透过树枝看到蓝色的夜空，外滩的汽车喇叭声没有停歇，在这里听起来就好像可怜的小姑娘着凉了。（221）

---

① 巴黎别称。

② Richard Huelsenbeck: Schanghai. Sonderbericht für den „Vorwärts“ von Richard Huelsenbeck. In: Vorwärts, 30. 06. 1925, o. S.

许尔森贝克认为，“上海是世界上最国际化的城市”（221）。那里的城市建设、交通、娱乐乃至时尚都与国外大城市相差无几。上海的江边“就像在易北河畔一样”（221）。上海的某座桥“远看会让人想到哈德逊河上的那座”（221）。“这里的电车跟纽约的没什么不同。巨大的公共汽车以令人惊恐的速度在街上呼啸而过。……交通就像在著名的第五大道‘世上最繁忙的角落’一样。”（221）上海有英国人建的跑马场，使“东方与西方在这最野性的生意中结为一体”（221）。大街上有留着波波头、开着福特汽车的美国女性，也有穿着宽松裤子、白色短上衣和镶着彩色边拖鞋的中国女人，与自以为高人一等的美国女性相比，中国女人毫不怯懦，反而在时尚方面与之抗衡：“她们笑着走过时尚的都市大道，抵抗仍旧推崇极度男性化的美国女人。”（221）

同时，西方与东方、现代与传统在上海完美交融。“上海是纽约和旧中国文化的混合体，而且是一个非常奇特的混合体。她混合了最先进的技术与千百年的天真。是一个由汽车、市内铁道和宝塔构成的半人半马怪。”（221）在上海的江边，有汽笛、油轮在低鸣，也有舢板这种传统小船在摇曳；有高耸的工厂烟囱和巨大的船坞，也有苦力边唱着奇怪的歌边工作。“岸上满是工厂，烟囱里冒着烟。庞大的起重机在天空投下敦实的剪影。高高的船坞上停靠着笨重的船体，一群工人在敲打着、奔跑着、喊叫着。……零星几艘帆船笨拙地在河上挪动。苦力们在高耸的天蓝色后甲板上工作着，伴着一首有规律的、异常尖锐的歌。一艘舢板——一种中国的小船——将我们渡到岸边。”外滩上有礼查饭店和欧式银行，附近也有满是跳蚤的小客栈。“小船在油船、工厂大烟囱和瓦楞铁皮仓库间滑行；然后就看到上海越来越高的石块建筑物，先是小一些的，之后就是礼查饭店[①] 和港口边的各大银行。沉闷的噪声从石头锅炉里发出，变成哨声、喇叭声和刺耳的声

① 今上海浦江饭店，被誉为“上海著名的里程碑建筑”。

音，就像一个大型动物在喘息时发出小动物的尖细叫声。”[①]“我坐在外滩花园的一张长椅上，看着黄浦江上激荡的潮水。在我前面，江的另一边，是一些工厂烟囱，我右边有一艘长江船，苦力们正在卸下装满水果的筐子，用沙哑的声音喊叫着。今晚我会在一家小客栈过夜，那里臭虫比跳蚤多。也有些客栈是跳蚤比臭虫多。”（220）公路上有与纽约无异的电车和公共汽车，还有福特轿车，却也有“一大群黄包车从这些现代化交通工具间挤过”。[②]而且“中国人坐在这些现代化车里的样子有些奇怪。他们摆出一副无所谓的表情，就好像这些最时新的技术发明对他们来说是理所当然的。同时，他们还没有脱下父辈流传下来的古老服装，就像画中的那样。不时还有梳着辫子的人出现，令人惊奇。”[③]“街上汽车呼啸而过，角落里蹲着的苦力们在烹饪父辈们教给他们的菜肴。”[④]“穿着古老服装的中国人与穿外套、戴圆顶礼帽的人混在一起。”[⑤]既有英国人开办的跑马场，又有贩卖双绉等传统丝绸的中国店铺……游走在上海这样一个东西方文化激烈碰撞、传统与现代交汇融合的城市，人仿佛在不同国家之间穿梭：“他拖着沉重的脚步走开时，还听到刚走出皇宫酒店的那拨人刺耳的咯咯笑声。走了几百米后，他走进一条支路的阴影里。在这里他置身于另一个世界，好像他刚刚离开欧洲，一股魔力把他扔进了这阴森的中国。”（203）许尔森贝克用达达主义的文笔，将看似不相关的意象肆意交叠，给人混乱、迷失的感觉，恰恰再现了上海这座城市万花筒般的光怪陆离。正是在这样一座城市，生活着同样复杂、多面的中国人。

---

① Richard Huelsenbeck,: Der Sprung nach Osten. Dresden: Wolfgang Jess Verlag, S. 230.

② Richard Huelsenbeck: Schanghai. Sonderbericht für den „Vorwärts“ von Richard Huelsenbeck. In: Vorwärts, 30. 06.1925, o. S.

③ Ebd.

④ Ebd.

⑤ Richard Huelsenbeck: Der Sprung nach Osten. Dresden: Wolfgang Jess Verlag, S. 230.

三、上海的中国人：天真与觉醒

对于20世纪20年代的大部分欧美人来说，中国及其文化是遥远而神秘的。与大多数靠偏见和想象书写中国的欧洲作家相比，许尔森贝克这位游历过世界各地的医生作家，对中国人及中国文化的理解更为真实、客观，甚至更带有一些尊重与公正。

许尔森贝克初到上海时见到的最具识别性的中国标志是中文："中文牌匾上那神奇的拼写方式让人明白自己身在何处"。[①]"南京路上永远飘扬着节日般的旗帜。巨大的红布上飘动着中国字，一笔一画的，看起来就像庞大的千足虫。"[②] 对于这神秘符号所代表的中国文化，许尔森贝克未持偏见，以开放、好奇的心态深入观察他所见到的每一个中国人，深入中国人的生活中去了解中国文化。他知道街边的苦力吃的秘密食物是什么，知晓并尊重中国的饮食文化，尽管其中的礼节可能与德国饮食文化的卫生要求刚好背道而驰：

街上汽车呼啸而过，角落里蹲着的苦力们在烹饪父辈们教给他们的菜肴。我们已经听过很多关于鸟窝汤和腐烂的鸡蛋沙拉的事，但是这种独创的中式炖肉打破了所有记录。它单凭烟雾就能打得军队落荒而逃。对于这些老鼠腿和鸡脯的秘密，知晓的人会永远保持缄默。这些好小伙子满面笑容，舒服得发出咕噜声。他们满意地拍着肚皮，大声打着嗝儿——在这里这样做是一种有教养的表现。

曾经有位中国北方的官员邀请我去吃午餐。当时不知有多少道菜，每道菜之后都必须听到打嗝声。事先已经有人让我们注意这种礼节，

① Richard Huelsenbeck: Schanghai. Sonderbericht für den „Vorwärts" von Richard Huelsenbeck. In: Vorwärts, 30. 06. 1925, o. S.

② Ebd.

而我们也尽我们所能完成了这一任务。[①]

许尔森贝克敏锐地抓住了中国当时的时代特点，一登陆上海便发现这里“到处飘扬着中华民国的彩色旗”。[②] 小说再现了许尔森贝克对当时中国社会状况的入微观察，并在小说中将其再现。例如，当时举国上下对孙中山的崇拜：张晁江将军简陋的接待室里只有一张桌子和几把破椅子，最引人注意的是“一张孙中山的全身像，画中的他穿着他有名的制服站在一辆车旁边，严肃地向下望着桌子”（63）。他另一个房间的“墙上也有一张孙中山像。人像下面是两把交叠的手枪”（68）。可以说，孙中山是张将军的力量源泉：

中国会起来反抗。我们遵循孙中山的口号。（77）

张想着孙中山的画像，中国崛起的领袖。这是我国历史上第一次成功地给英国人一点儿教训。经济封锁。他们在香港的珠江边上诉苦。成功了。这些曼彻斯特的家伙必须自己勒紧裤腰带。那些该死的软弱思想都滚开！孙中山，是的。伟大的口号。到上海去。（79）

中国崛起。我们紧跟孙中山的口号。我们已经教训了英国人。中国崛起。（80）

孙中山是一个天才……（84）

诸如此类的表达常见于张将军的自我勉励中，许尔森贝克通过对他的这一心理刻画，凸显孙中山对中国军人强大的影响力。而这种影响力不仅仅局限于中国军人，就连法国医生邦尼开办的医院里，“每个棚屋都挂着孙中山画像，有时会被（美国）修女们用花淹没。她们对

① Richard Huelsenbeck: Schanghai. Sonderbericht für den „Vorwärts“ von Richard Huelsenbeck. In: Vorwärts, 30. 06. 1925, o. S.

② Ebd.

孙只有模糊的概念，但知道他是个伟大的领袖，并且爱戴他，因为她们相信他是个英雄”（76）。在张将军与邦尼医生的谈话中，张将军直接表达了对领袖的崇敬之心：

墙上挂着领袖的画像。是的，那双有魅力的眼睛。这个男人用这双眼睛把中国拉起来了。

“您看看我们领袖的眼睛，邦尼医生。”

“当然，阁下。”

“那里面有些什么，这双眼睛里……有吸引力……不是吗？”

“是的……当然……它们很有吸引力……”

“您把它们跟列宁的眼睛对比一下，亲爱的。”

现在邦尼知道将军想要表达什么了。

“您说到点子上了，阁下……列宁的眼睛里有些冷峻、嘲弄……孙中山是位伟大的爱国者……”

张垂着脑袋，陷入沉思。贝思娣的妇人之见已经很多次说到点子上了。我们跟列宁没什么关系，孙中山感觉到了，他没法再说出来，他去世得太早。邦尼看出了张的忧郁。

“是无法治愈的胃癌……”

张点点头。

“医生们也帮不了我们……连欧洲的也不行。”

“是的……欧洲并不是什么都好。”邦尼笑着说。（78）

然而，张将军这个中国军人并不符合常见的将军或军人形象，甚至颠覆了读者对军人的传统想象。反传统而为之，这也是小说达达主义特色的体现之一。面对战事他通常犹豫不决，在来自俄国和德国的两个参谋的意见之间摇摆不定。很多时候相比于战争，他更关心自己的妻子。比如，他在忙公事时会考虑自己的妻子：“贝思娣现在在干吗？她真是太迷人了。这个女人有着怎样的胳膊、怎样的大腿啊！为什么不能按照古老中国的方式归隐湖边，在那里静静地相爱、读诗、饮热米酒……？为什么不行？那也非常惬意啊。是的，如果所有男人都有贝思娣这样的妻子，他们就会放弃战争和革命，不愿起床了。”（78）

在《战争》一章中，作者详细讲述了将军在下令发动战争之前经过了怎样的思量。常人所设想的场景或许是，将军与参谋运筹帷幄，研究战术与技巧，而许尔森贝克却反其道而行之，读者看到两个参谋关于战争的争论使将军不堪其扰，终于众人达成立即开战的共识，却遭到妻子贝思娣的反对，只因她不想在美国朋友面前“没面子”（66）：“她在加利福尼亚某个小地方的朋友弗洛莉……如果张现在进攻金，如果她没猜错的话，就会有几个囚犯被砍下脑袋。她觉得，如果弗洛莉知道了这件事，就会把张看作是野蛮人。她不想跟野蛮人做夫妻。”（188）于是“毫无保留地爱着她”（188）的张将军就决定不发动战争，他的参谋只好去转告其他战友，无法发动战争，“因为他老婆不愿意”（188）。最终，张将军的手下瞒着他发动了战争并取得了胜利，这一章的结束语却是“弗洛莉现在肯定不会再跟贝思娣来往了”（198）。

一场战争的爆发更像是一场闹剧，甚至只是夫妻间的争吵，这样荒诞的情节发展是达达主义者许尔森贝克刻意为之的。在达达主义者眼中，战争本身就是可笑的，没有什么神圣的理想，一切都是利益驱使。张将军最后也承认“我只认钱，我要给我的士兵发工资。谁给我钱，我就采纳谁的建议”（200）。“日本人和美国人向张提供巨额贷款。因此，张将军、他的随从、党以及大半个国家决定反对苏联共产党，尽管这好像违背了孙中山先生的遗愿。”（200）抛弃所谓传统，许尔森贝克塑造出将军的另一种可能性：相比于战争，爱情对他或许更重要。与其谈战争、谈理想，不如珍惜眼前的人。而张将军的这种想法也符合许尔森贝克对中国人的群体想象：简单、质朴、天真。

小说中，未受欧美文化影响的中国人处于一种“享受简单的内心幸福、对质朴的环境感到心满意足的状态”（39），他们“总是呆头呆脑而又幸福的样子……他们像动物一样，允许自己过惬意的生活”

（48）。这里的乡村“天空蔚蓝晴朗，粉色的云朵从天边大黄土山上飘过”（48）。寥寥几笔，作者便勾勒出中国人宁静美好的田园生活，这也正是前文所引张将军向往的生活。在许尔森贝克看来，这是一个文明古国“千百年的天真”（48）。上至将军，下至苦力，小说中出现的中国人往往都带有一些天真质朴的气质，“外滩花园这里也有苦力，他们围着一只夜莺坐成一圈。这鸟应该唱歌，但它不做讨他们喜欢的事。现在，他们都一脸愚蠢的表情，苦力们和夜莺，天知道……真是一群奇怪的人。”（221）

然而，小说中大多数欧美人所看到的是肮脏、落后、野蛮的中国人。比如，中国的民主革命在他们看来是“这些愚蠢的中国人有样学样”（21）；以前从不用表的不文明的中国人“需要在传教士那里学会文明人对时间的理解”（39）。再如，对于中国食物，德国水手们相互提醒：“在这里必须当心伤寒……这些家伙给什么都用粪便施肥。”（33）“我讨厌这些中国食物……简直是给老鼠吃的！”（33）“这种中国猪食我才不吃。”尽管欧美人出于傲慢对中国人有诸多不满，把中国人称作“恐怖的野蛮人”（156），但也不得不接受中国崛起的事实，相互警醒：“中国会振作起来……不能惹恼了这些人。”（21）

在许尔森贝克笔下，中国人是多种多样的。富足的中国人往往都是肥胖的：“中国人很胖，他们感觉不到寒冷。他们把蓝色的狂欢节斗篷紧紧地裹在肥胖的身躯上，像鳄鱼一样自信地喘着气。……他们有肚子，那么肥，就好像他们每个人早餐都吃了一个欧洲人那样。”（221）南京路上“肥胖的店老板站在店前鞠躬，即便面前并没有人。他们笑着，穿着丝绸短上衣的身躯笨拙地转身”。[①]“袁闯先生是中美银行的买办，重两百斤。”（93）“王驰是一家美国粮食公司的买办，但是从各处都赚钱。谁也说不清他给几家公司干活，因为他肥得流油，嘴却紧得像个死人。”（200）

① Richard Huelsenbeck: Der Sprung nach Osten. Dresden: Wolfgang Jess Verlag, 1928, S. 231.

在许尔森贝克眼中，很多中国人学习欧洲人的穿衣举止，总有一些不伦不类，“中国的职员很欧洲化，他们带着草帽，胸口口袋露出绣花手帕。他们的一举一动都是从欧洲人那里学来的……怎样把烟盒从口袋里拿出来……怎样问好告别”（202）；“我们附近一伙发迹的中国人在喋喋不休；男人们试着让自己黄色的面孔表现出一些礼貌；当他们挪椅子时，递大衣时，拿起餐巾纸时，他们所有的动作看上去都好像刚上完舞蹈课出来。黑礼服使他们的背变得硬挺，这公认的礼仪基础让他们坐得端端正正……穿着丝袜和精致高跟鞋的女士们引人注目，只是她们还穿着彩色的中式丝绸短上衣，而且长发用一个相当不时髦的饰针固定成塔形。”[①] 然而，不论这些欧洲化的中国人看起来如何，本质上都是对旧社会旧思想的反叛，是个人乃至社会的脱胎换骨。在作者看来，就仿佛正在从一场大病中康复，“她们柔弱的小脸看起来好像刚刚挺过了一场大病。可能是被儒家奴役的病……”[②] 而这种对旧社会、旧传统的反叛正是达达主义者所推崇的。

尽管如此，中国人也有些一时难以改变的习性，在欧美人看来粗俗野蛮。永安百货的“一楼有浓烈的肥皂和香水味”（213），而楼上的“中国剧院和餐馆……有猪油和香烟烟雾的味道”（213），用餐的中国人“喝东西像猪一样。一个穿着黄鞋、裤褶对得很齐的纨绔子弟忙着朝桌子底下的某个点吐痰”（214）；剧院里“有些人把腿放在前面人的靠背上；一个母亲在给孩子喂奶；有人站在角落里，使劲拉着帷幕，往一个沙盆里又擤鼻涕又吐痰”（214）；“整个世界散发着洋葱和大蒜的臭味”（221）……在德国话务员施拉姆眼中，中国人是一个“奇怪的民族”，“他们这么麻木，简单得像动物一样，同时又非常聪明……非常非常聪明……眼睛里闪着光。他们工作到昏倒。他们是发明家，手工业者，艺术家和科学家……但是他们像这个家伙一样往桌子底下

① Richard Huelsenbeck: Der Sprung nach Osten. Dresden: Wolfgang Jess Verlag, 1928, S. 235.

② Ebd., S. 236.

吐痰，下颌咔嚓响，让人觉得害怕。”（214）

苦力这一人物形象更集中体现了中国人的贫苦：“破碎的裤子遮不住裸露的屁股，头发里粘着秽物。他们脚步笨重地成一列纵队，扛着箱子和包裹走着，那都是些旧的家用器具。他们表情麻木，不喜不悲。”[①] 他们处在生活底端，处处受到压迫却仍在努力求生：

我们叫了一辆黄包车穿过南京路。每个街角都站着一个身材高大的印度警察，伸手阻止苦力。于是苦力们又加足脚力，继续前进，插着广告旗帜的店铺飞逝而过。[②]

一个中国警察不知道什么原因情绪很差，他只是闷闷不乐地晃着他的棍子，宽帽檐下的鼻子皱着。车夫胡崇文拉着黄包车在又湿又滑的石子路上小跑过来，没能在白杆前迅速停下来，在他意识到之前就成了官爷迁怒的对象。就是说……他意识到了点什么。他注意到了什么，车夫们有敏锐的嗅觉。他试图拉着黄包车小心翼翼地逃开。他走出三步去，准备跑时，警察意识到自己强大的权力，朝他跳上前去——从上往下几乎像扑向小动物的苍鹰——抢走了他黄包车上的坐垫。这种事在这里司空见惯。黄包车是车夫的全部财产，这一下变得没有用处了。警察把抢来的坐垫夹在胳膊底下，朝最近的警察局走去，车夫只得跟着他。（213）

正是这些处于生活底层的中国苦力，成了小说中主要人物施拉姆、埃米尔等人的比较对象，他们的生活水平还远不及中国苦力，不受同胞的垂怜，更不受中国保护，“他们笑埃米尔拿的报酬比中国苦力少”（112），“那个亨斯洛……他给白人工人的工资比给中国苦力的都低。苦力有工资标准……而对于海滩强盗，他可以为所欲为”（164）。

---

① Richard Huelsenbeck: Der Sprung nach Osten. Dresden: Wolfgang Jess Verlag, 1928, S. 230.

② Ebd., S. 230f.

无论是哪种中国人，在许尔森贝克看来似乎都有“另一面”。商人们对西方人笑脸相迎、殷勤相待，但温和微笑的表面下深藏的是独立自强的心，因为他们知道自己很快也会享有在自己国家应有的幸福生活，就像现在西方人在中国所享受的那样，“像对所有人做过的那样，他们总是面带微笑。就好像要说：‘等着吧，很快我们也会的。’”[①] 作者甚至在小说中塑造了孙青生这样的人物，他表面八面玲珑，周旋于各方势力之间，其实只为谋取最大利益。当他曾经的合作伙伴叟考特尼走投无路向他求助时，他同样“微笑着”将他诱进了死亡的深渊。中国人勇于赶走欺凌自己的英国人，抵抗帝国主义压迫：“‘英国人，’那个中国人说，‘坏人……但现在……’他用手指在脖子上划过，‘我们把他们这个切下来。’”（34）这在许尔森贝克看来理所应当，对于上海的华人涌入“租界”，作者认为是中国人“正想获取他们在自己国家所应有的权利”。[②] 而“战争……使在中国的欧洲人，尤其是英国人的处境变得非常棘手。殖民者曾经犯下的罪孽开始带来恶果了。”[③]

四、结语

作者通过错综复杂的关系网塑造了丰富生动的人物形象，这些形象是多面的、立体的、复杂的。单纯的德国少年埃米尔急于摆脱在家乡平淡无味的生活，向往海上生活，因而离家出走，却被骗上一艘驶往中国的走私船，在中国经历被捕、审判后，他继续无法自控的人生，稀里糊涂死在了中国内战的战场上；受过高等教育的德国话务员施拉姆同样被骗到船上，法庭审判后虽免于牢狱之灾，却在香港难谋生计，又被骗至广州参与中国内战，最终在上海外滩混吃等死；白手起家、

① Richard Huelsenbeck: Schanghai. Sonderbericht für den „Vorwärts“ von Richard Huelsenbeck. In: Vorwärts, 30. 06. 1925, o. S.

② Ebd.

③ Ebd.

钟爱妻子的犹太富商叟考特尼，在香港遭遇经济封锁、公司破产、妻子背叛，直至作为人质白白丧命于战争的尔虞我诈中，而妻子从无忧无虑的富商太太逐渐沦为上海的阶下囚；道貌岸然的传教士亨斯洛夫妇，利用职务之便在中国内战中大发战争财……所有这些人物，在上海这座"大熔炉"里，上演着五彩斑斓的人生悲喜剧。作为一位来过中国的德国作家，作者根据亲身经历描绘了光怪陆离的大上海，杜撰了惊心动魄的中国故事。小说红极一时，它究竟为欧洲人塑造了怎样的上海城市和中国人形象，值得我们在阅读中细细寻味。

除了具有时代特色和反对战争的普世思考之外，小说还涉及多重主题。例如，在小说的最后一章，作者借施拉姆之口着重发表了自己对于青少年教育的看法。正如达达主义者拒绝对"达达"加以界定一样，我们同样也无法将这部小说的立意界定为单一的。有人会读出男女情感的奇妙，有人感悟父母与子女的相处之道，有人慨叹大国之崛起，也有人唏嘘世人之渺小……或许正因为如此，这部小说才值得读者反复玩味，每读一次都有新的感悟，引发新的思考。总体而言，小说语言风格独特，内容深入浅出，涉及多重维度，是一部杰出的、具有深刻意义的现代小说。

（徐冠群　文）

第三节
上海滩商战与殖民势力博弈:《在上海做出决定》

德国作家瓦尔特·阿纳托勒·佩尔西斯（Walter Anatole Persich），曾用名瓦尔特·维利·卡尔·佩尔西斯（Walter Willi Karl Persich），1904年生于汉堡，1955年逝世，亦曾以笔名克里斯托夫·瓦尔特·德莱（Christoph Walter Drey）出版作品。他的作品主要为短篇小说和长篇小说，故事多发生在汉萨同盟或神秘的异国他乡，抑或描述水手的生活。小说情节常取材于真实的历史事件，描述著名人物的生活经历，以娓娓道来的叙事风格深受读者喜爱，部分作品二战后还有再版。尽管佩尔西斯自称是一个“非政治性”的人，纳粹时期也没有离开德国，但他在二战期间出版了带有强烈政治倾向的作品《温斯顿·丘吉尔——冒险家，贵族，罪犯》（*Winston Churchill, ganz „privat“. Abenteurer, Lord und Verbrecher*，1940）和《萨哈罗夫，欧洲的恶魔》（*Zaharoff der Dämon Europas*，1940）。20世纪50年代初，佩尔西斯在汉堡参与创立了“保罗·亚伯拉罕委员会”，以协助流亡美国、身患重病的犹太作曲家保罗·亚伯拉罕（Paul Abraham）返回德国。

《在上海做出决定》是佩尔西斯1937年出版于莱比锡的一部长篇小说。这部德语小说主人公虽为德国人，故事却发生在古老而神秘的中国。在20世纪二三十年代西方殖民侵略与中国内战的双重背景下，战争与灾难、商战与政斗、阴谋与爱情围绕着上海这座东方魔都展开，错综复杂的情节堪称一幅东方浮世绘，小说出版后在德国畅销一时。小说中呈现的东方想象，具体体现为中国形象和上海形象，对于我们了解作家的上海观、中国观乃至东方观，探求作家代表的该时期德国文化背景与民族心理，具有重要的启示作用。

一、上海滩的阴谋与爱情

20世纪二三十年代的中国，内忧外患，危机重重。一天晚上，效力于某支中国军队的德国雇佣兵阿尔夫·普莱姆和他的挚友格拉夫在驾驶通讯机从北平飞往汉口的途中，因燃料耗尽迫降在汉口城外。彼时，他们效忠的黄宗元帅已经战败撤离，整个城市被熊熊战火包围。在寻找汽油的过程中，普莱姆碰巧从两个不怀好意的中国士兵手中救出失去亲人、独自被困家中的英国少女茱德·威灵霍普。一行人随即飞往上海。

在上海的国泰大酒店里，普莱姆意外重逢旧日未婚妻柯奈莉娅。交谈之后才得知，由于一个天大的误会，柯奈莉娅已嫁做人妇——她父亲临终前曾收到一封来自汉口医院的电报，称普莱姆身负枪伤，不治身亡。悲痛的柯奈莉娅不得不遵从父亲的临终遗嘱，嫁给了商人克劳斯·巴尔根。阴差阳错，物是人非，重逢的两人唏嘘不已。同时，茱德与柯奈莉娅一见如故，成了好朋友。

几天后，在巴尔根家的一次聚餐中，普莱姆告诉众人，他得到了汉口附近一个废弃铁矿山的开采权，并邀请巴尔根合作开办上海—汉口制铁公司。这对于刚在股票交易中损失惨重、濒临破产的巴尔根来说无疑是一根救命稻草。开铁矿的消息一时成为上海商界的轰动新闻，众多有名望、有财力的欧洲商人争相入股。在巨大的利益诱惑面前，普莱姆仍然坚持着他的原则：股份只出售给德国同胞，至多还出售给那些目前未与中国处于敌对状态国家的人。与此同时，日本间谍高仓、俄罗斯女间谍安娅·波拉萨罗夫与中国银行家龙楚勾结在一起，也对铁矿虎视眈眈。他们在普莱姆那里碰壁之后，便把目光投向了巴尔根。巴尔根在对方的挑拨离间下对普莱姆心生嫌隙。在高仓的威逼利诱、安娅的色诱和龙楚的催眠术多重作用下，他的防线彻底崩溃，在一份委托书上签下了名字。

工厂在汉口附近的小镇顺利建成开工，地下的矿藏被源源不断地开采出来，给小镇带来了无限生机。与此同时，一系列夺取公司股份的明争暗斗在上海、汉口、小镇三地悄然展开。官员、政客、商人纷纷卷入这旋涡之中，权力和财富的争夺、国与国之间的较量进行得如火如荼。这时，在巴尔根身边做秘书的茉德无意间发现了一个惊天秘密：当年柯奈莉娅父亲收到的普莱姆的“死讯”是巴尔根伪造的！震惊之下，茉德决定当即启程前往小镇面见普莱姆，告知真相。

正在此时，小镇暴发了肺鼠疫，大量百姓和劳工被感染。工厂被迫停产，瘟疫的阴云笼罩在小镇上空。灾祸面前，当地政府采取不作为的态度，普莱姆的公司陷入了危机。俄罗斯支持的资本团队趁机再次提出收购铁矿，却被普莱姆毅然拒绝。这时，普莱姆和格拉夫查出，这场肺鼠疫并非天灾，实为人祸——别有用心之人故意把携带病毒的老鼠投放在小镇，企图传播疫病、拖垮工厂，然后趁工厂危急存亡之际强取豪夺！普莱姆和格拉夫在小镇上建起了临时医院，决心带领小镇人民战胜肺鼠疫。来到这里的茉德也深受感染，决心留下来在医院里做一名护士，与她暗暗爱慕着的普莱姆同进退。而此时的上海，巴尔根却再次和日本人及俄罗斯人坐在一张桌子上，在一份转让普莱姆股权的协议上签下了名字。

巴尔根企图趁普莱姆全心抗击鼠疫之际在上海召开股东大会，并利用普莱姆授予他的全权委托瞒天过海。所幸，在他身边工作的茉德已经得知了他的计划并向普莱姆全盘托出，普莱姆在股东大会前一晚赶到上海。在巴尔根家中，巴尔根和普莱姆发生了激烈的争执，得知丈夫所做勾当的柯奈莉娅十分震惊和失望。三人最终不欢而散，走出巴尔根家门的普莱姆却遭到了跟踪和绑架。

在第二天的股东大会上，巴尔根带来了日本人高仓和中国银行家龙楚，宣布把自己和普莱姆的股份卖给日本人，还试图说服其他股东也向日本人出售股权，引起众股东不满。商会会长哈尔贝克觉察到其中诡异，暗中打电话请求柯奈莉娅来公司作证。柯奈莉娅前来揭露了普莱姆昨晚已到上海、此后却不知所踪的事实，巴尔根的谎言被妻子戳穿，颜面扫地。高仓和龙楚的阴谋破产，被赶出了会场。这场闹剧后，柯奈莉娅向巴尔根提出离婚。失去了爱人、事业和名誉的巴尔根心灰意冷，在最后一次和情人安娅约会时，他绝望地拿出手枪想要解脱自己，却误杀了安娅，被捕入狱。为了赎罪，巴尔根在警察面前主动把蓄意谋杀的罪责揽在自己身上。紧接着，商会会长哈尔贝克也被龙楚派来的人暗杀。排除一切障碍的龙楚出现在公司事务所，以巴尔根的亲笔签名为依据接管了公司的领导权。

此时，普莱姆被囚禁在龙楚家，龙楚胁迫他签署交出全权代理权的文件，被普莱姆拒绝。龙楚的女儿杨桃出于好奇，深夜探访这个德国人。普莱姆告诉她，她的父亲和日本人勾结在一起，女孩在震惊和痛苦之余，决心偷偷放了普莱姆。就在这时，柯奈莉娅在中国管家李的帮助下也查到了普莱姆的去向，带着警察前来营救。普莱姆成功获救，被惊动的龙楚从暗道逃走，杨桃却拒绝了普莱姆带她去租界避难的提议，毅然投身到了中国爱国青年抗日救国的队伍中。

普莱姆来到公司，正在他与龙楚对峙之时，一位中国高官造访，当众宣布了中国政府查明的真相。原来，一切围绕着铁矿的阴谋与争端的起因，是南京政府在俄罗斯和日本之间摇摆不定。俄罗斯人想借中日关系紧张之际，把这座铁矿制造为一个政治话题，所以他们的间谍假借日本政府的名义行事，以图激化中日矛盾，进一步疏远中日关系。所幸中方及时在中俄边境截获了那份巴尔根签了字的文件，真相水落石出。中国高官请求普莱姆把全部的钢铁产品出售给东京钢铁交易公司，因为“日本打算帮中国建造桥梁、水闸和大炮”。中国政府认为，中国的大型工业工厂应该接受日本的帮助。普莱姆闻言，同意了高官的请求，因为这正和他为中国工业化造铁的初衷不谋而合。龙楚则灰溜溜地被赶出了公司。

小镇人民在格拉夫的领导下战胜了肺鼠疫，工厂也恢复了运营。但莱德却在救治病人的过程中不幸被传染，献出了自己年轻的生命。

得知这一消息，刚对生活重新燃起希望的柯奈莉娅再次陷入了痛苦，普莱姆决定带她回欧洲进行蜜月旅行，格拉夫则留在这个他深爱的茉德被埋葬的地方，继续领导工厂运营。

三年后，获释出狱的巴尔根发现龙楚已经利用他签过的那张全权委托书侵占了他的全部财产。他离开上海去了香港，用仅剩的一点钱在港口区开了一家艺术品店，与过往的恩怨彻底告别，开始了全新的生活。

二、“高大全”的西方救世主形象

一方面，作家看到了各国殖民者的贪婪与丑陋，看到了他们在上海掠夺财富给这座城市带来的痛苦与罪恶，他对西方列强在中国的经济掠夺怀有极大的不满，对中国寄予深深的同情；另一方面，小说中的西方主人公被塑造为中国人的“救世主”，也将作家潜在的西方中心主义心态暴露无遗。

小说主人公之一德国人阿尔夫·普莱姆堪称正义的化身，是一个集智谋、勇气与责任感于一身的完美形象。普莱姆在中国军队里当雇佣兵是为了“跟随内心的正义”，[①] 甚至愿意为此抛弃未婚妻、牺牲个人幸福。而他后来办厂采矿也不仅仅出于商人逐利的目的，还源于一个伟大的想法：“把欧洲和亚洲在有成效的工作中联合起来”（143），也为“中国工业化的用途”（237）生产钢铁，让中国发展繁荣、免于战争。他创办的公司“股份只出售给本国同胞”，“或者至多还卖给那些目前未与中国处于敌对状态国家的人”（40）——以英国为代表的西方国家在东方“坚定不移地施加影响力”（50），这在普莱姆看来绝非正道，只有那些“在东方保持中立的国家”（50），尤其是德国，才真正算得上是“欧洲文化的代表”（50），才能拯救中国。事实上，小说

① Walter Persich: Die Entscheidung fällt in Shanghai. Leipzig: A. H. Payne Verlag, 1937, S. 21. 后文出自该书的引文，将随文标注出处页码，不再另注。

中铁矿股权的争端，本质上不过是不同殖民势力对殖民地财富资源的抢夺，是列强争夺全球霸权的缩影。在作者笔下，却被粉饰为德国资本家帮助中国发展经济、维护世界和平的伟大举措。这种救世主心态集中体现于普莱姆在矿厂开工仪式上发表的讲话中：

你们知道，这里几周前是什么样子。那时候，你们的村落是一堆被战争、仇恨、贫穷和绝望制造出来的废墟。看看那里！烟囱冒着烟，烟道里烧着火，它的力量可以为人们服务，只要这个城市还存在，这火焰就永远不会熄灭。地底下的宝藏只待人把它采掘到阳光之下。你们所有人都要工作，你们会得到报酬，用这报酬可以给孩子买面包，给女人买丝绸。这个时代就要来了，那时，你们就可以改善住房，兴旺人丁……我知道，这个工作会给我们所有人带来福祉，会让你们的城市重新变得富有。你们不愿浪费力气把自己国家的财富搬到大洋对面——但你们也知道，单凭你们是没有能力把这个国家的矿藏采掘出来的。因此，我从我的祖国漂洋过海运来了机器和高炉，我的祖国想要同你们的国家友好共处，也会用它最好的货物来交换中国的物品。那里的那些人（指欧洲股东们）已经准备好了他们的资金。一个伟大的任务将我们彼此紧紧地连接起来。（6）

小镇爆发肺鼠疫后，普莱姆与工厂共存亡、和小镇人同进退，面对各方势力威逼利诱仍坚守原则，付出大量财力和精力对抗瘟疫。在普莱姆赴上海之际，他的好友兼合作伙伴格拉夫主持抗疫大局，他强烈的责任感和雷厉风行的作风“赢得了这些中国人毫无保留的信任”（148），俨然成了他们眼中神一般的存在。格拉夫深深爱恋着的英国姑娘莱德同样是一个完美无瑕的正面角色：她放弃了在上海办公室里的轻松工作，义无反顾地投身于瘟疫小镇上的医疗服务中。这个勇敢自信、乐于奉献的姑娘毫无怨言地超负荷工作，却不幸被传染，甚至在病倒前，她还不忘把中国政府为她叔叔被刺杀而支付的赔款交给格拉夫，让他用这笔钱挽救工厂。莱德曾在叔叔死后悲痛地说，阿尔西叔叔是“为了中国的未来牺牲了性命”。“他总是在大使面前，在英国政府面前捍卫这个国家的权益。他拒绝了领事的职位，因为他从来都不太赞同他们的行事之道，称为‘冷漠无情的不列颠殖民手段’。‘我面对的是一个有高度文明的民族。’他经常这么说。”（38）莱德和叔叔无私无畏的精神可谓血脉相承。在远离小镇的上海，同样为疫情揪心的还有美丽善良的柯奈莉娅。在舞会上得知小镇爆发肺鼠疫后，她对这些中国人民遭受的病痛感同身受。看着酒店里漠不关心、谈笑风生的众人，她发出了“我们的无所作为是一种罪行吗”（85）的诘问。

与普莱姆、柯奈莉娅等人跨越国界和种族的大爱、大义形成鲜明对照的，是彼时中国政府的消极不作为。中国官员甚至勾结外国势力，企图借此机会把铁矿作为政治献礼拱手相让，以获取眼前的利益。通过伟大的西方救世主形象与卑鄙的中国卖国贼形象的戏剧性碰撞，作者的西方中心主义视角昭然若揭。“作家的异国知识从何而来，不仅影响着他者形象表现的形态，而且影响着表现的性质。”[①]“我‘看’他者；但他者的形象也传递了我自己的某个形象。在个人、集体或半集体的层面上，他者形象不可避免地同样要表现出对他者的否定，对我自身、对我自己所处空间的补充和外延。”[②]作者在言说东方的同时，他笔下的东方也折射出对西方的自我观照。受西方集体无意识的影响，在西方中心主义被尊为普世标准的前提下，作者不自觉美化西方殖民侵略行为，将被殖民的中国人定位为“劣者”的立场在所难免。“殖民者用枪炮占领被殖民地区以后，为了掠夺资源而在被殖民地区修建铁路、投资工业以及强行推行现代生活设施，‘现代性’往往被舆论渲染成殖民者的属性。这种舆论把人类文明简单划分成‘现代文明’与‘野蛮

① 曹顺庆:《比较文学教程》，北京：高等教育出版社，2006年，第133页。

② 孟华:《从文化形象到集体想象物》，载孟华主编:《比较文学形象学》，北京：北京大学出版社，2001年，第123—124页。

文化'的对立，殖民地文化被渲染成'野蛮'文化，只有殖民者才能给'野蛮'地区带来'文明'。"[①] 在殖民地开办工厂、采掘矿藏的掠夺行为被美化为救中国于水深火热之中的伟大举措。那些在中国办工厂、建设中国的欧洲人，"名字将被写在东方的欧洲人纪念碑最前列。中国那生了铜锈的文化只能从西方获得这种心灵的力量——没有它，中国将永远无法睁开它作为未来之国的双眼"（246）。落后的中国唯有在优越的西方意识的主导下，才有可能"睁开双眼"，朝"进步"与"文明"进发，而其顽固的"东方性"本质极大地阻碍了这种进发。与此同时，作者代表的德意志民族又充满了民族优越感，俨然以西方阵营中的正义之师自居，五十步笑百步地批判英美等在东方公然开辟殖民地的国家，认为德国作为"在东方保持中立的国家"和"欧洲文化的代表"（50），理所应当地承担着拯救中国的使命。作者借中国高官之口表露了自己的这一态度："在像您（指普莱姆）这种人的帮助下，它（中国）则会繁荣兴旺，成为一个和平的堡垒。"（237）

三、被妖魔化的神秘东方

与西方救世主形象相对应，佩尔西斯塑造的东方人形象一如既往地延续着神秘而邪恶的传统东方想象。在围绕铁矿展开的阴谋诡计中，不论是各怀鬼胎的始作俑者上海银行家龙楚、日本间谍高仓和俄罗斯女间谍安娅·波拉萨罗夫，还是推波助澜的中国政客，皆属作者眼中的东方文化阵营。而在小说另一主人公克劳斯·巴尔根身上，东西方文化的冲突更是体现无遗：巴尔根本是颇具天赋、前途无限的德国商人，却因自卑和懦弱，被来自东方的邪恶势力利用，在忠义与背叛之间苦苦挣扎，最终深陷泥潭，差点儿断送了公司的前途与自己的身家性命。在这个过程中，若说俄罗斯女人的色诱和日本间谍的圈套还算

---

① 陈思和：《有关20世纪中国文学史研究的几个问题》，载《文学评论》，2016年第6期，第156、157页。

得上贴近现实，那么中国人龙楚的“东方邪术”，显然是作者基于对神秘东方的想象，而进行的妖魔化书写。巴尔根浑浑噩噩地签下授权书，竟然是因为龙楚的眼睛让他无力抵抗——“谁能确凿无疑地解释清楚这种从潜意识里流露出的、能够奴役人的意志力的神秘力量？从那个男人眼睛里散发出一种令人麻痹的力量，人们在恢复意识之前不得不听命于它的控制。”“催眠！心理暗示！这些概念也不能解释中国人灵魂里蕴藏着的神秘。”（252）这并非巴尔根为自己开脱而编造的谎言，因为在股东大会上，荷兰商人埃塔姆与龙楚对视了一眼后也暗自惊叹道：“那个看上去好脾气的放高利贷的人，会用眼睛惑人心智！”（160）他立刻产生了巴尔根被龙楚催眠了的猜测。作者相信，“东方的一些聪明人，就像这个龙楚，可以使用不为我们欧洲人所知的神秘力量，让别人顺从他们的计划。尽管文明化的东方渐渐失去它的魔力，它依然是一个充满巫术与玄学的地方。”（252）在今天的读者眼里，这种看一眼就能将人催眠、让人言听计从的“巫术”自然是荒唐可笑的，但作者的这一书写却真实反映了当时西方人对东方的妖魔化想象，也说明西方文明缺乏平等对待其他文化形态的自信。

萨义德在《东方学》一书中指出，作为一种话语，东方主义是“西方用以控制、重建和君临东方的一种方式”。[①] 西方以自身为中心对东方进行想象与建构，东方作为“他者”，成为西方想象的产物。这一点在这部小说中得以充分体现。作者笔下的东方形象并非全然真实的现实写照，而是呈现出西方中心主义价值下的僵化模式。除了上文中提到的“东方邪术”，小说还以大量笔墨，借不同人物之口，反复描绘中国乃至整个东方社会对生活其中的西方移民人性的摧残与扭曲。普莱姆在安抚柯奈莉娅时曾说，“中国对白人来说就像毒药一样——直到人们适应了它为止……克劳斯·巴尔根必须克服它，就跟我们中的每一个人一样。中国人全能的神正在向他伸出巨手。”（133）“上海是一个

① 爱德华·W. 萨义德：《东方学》，王宇根译，北京：三联书店，1999年，第4页。

残酷无情的城市，中国是一个神秘莫测的国度。像他（巴尔根）那样的人并不总能抵御得住各种各样的影响。”（135）医生米勒也曾说过，中国“这头巨龙的利爪按照它自己不可捉摸的喜好把人击垮”（245）。类似的说法在普莱姆得知哈尔贝克被暗杀的消息时也曾出现：“东方用它有毒的利爪带走了一个又一个牺牲品。”（226）柯奈莉娅历经绝望后评价中国道：“希望、愿景和心灵在这里永恒而残酷地灭绝，这里是世界的熔炉。在这个国家，人们不仅会变脸，连心都会变。永恒的革新深埋在它可怖天空下的大地里。谁敢把它挖出来，谁就会为它心碎。”（245）巴尔根则把上海视为他的“厄运之城、痛苦之城、灵魂的苦难之城”（115），小说结尾，他向一位作家展示了自己曾在上海穿过的囚服：“从某种意义上来说，它是一个象征，象征着东方可以把一个男人变成什么样……那种奇特的‘道德和灵魂的蒙古化’……只有极少数白人能免受其害。”（249）他把记录了自己人生故事的日记本交给这位作家，希望他能把它改编出版，让读者受到触动，从而“永远不离开故乡去一个陌生的地方追逐所谓的幸福”（251）。

作家笔下的东方具有如此强大、神奇而可怖的力量，让生活在这里的西方人纷纷谈之色变。事实上，诸如此类的对东方的妖魔化在西方早已成为主导话语，成为一种集体无意识。早在19世纪末，“黄祸论”就甚嚣尘上，西方视野里的东方形象降到了最低点。“一个‘单一形态和单一语义的具象’一旦成为套话，就会渗透进一个民族的深层心理结构中，并不断释放出能量，潜移默化地影响着后人对他者的看法。”[1] 在20世纪二三十年代，西方殖民者的铁蹄早已把现代文明带到了东方，上海更是成为国际大都会，也成为众多西方移民的第二故乡。但在作者眼里，包括上海在内的东方仍然充满神秘、危险与罪恶，久居于此的西方人受邪恶的东方文化长期侵蚀，若无强大的意志力，

① 孟华：《试论他者“套话”的时间性》，载孟华主编《比较文学形象学》，北京：北京大学出版社，2001年，第190页。

便会陷入万劫不复的深渊。如此一来，“天性善良”的西方人若灵魂扭曲、道德沦丧，则一概源于他们的“蒙古化”，他们犯下的罪行皆可归咎于东方文化的负面影响，被妖魔化了的东方成为一切罪恶的替罪羊。如此便不难理解，为何犯下滔天大错的巴尔根被描写为“本性良善”，在两年多监狱生活后便得到灵魂的救赎，重归正道；而将他“拉下水”的龙楚、高仓和安娅却罪大恶极，不得善终。

四、突破传统中国想象与西方中心主义的尝试

抛开前文所述作者思维的局限性，小说描写20世纪二三十年代的中国内忧外患，社会动荡，饥荒蔓延，瘟疫肆虐，广大底层民众生活在水深火热之中，不失其真实性与客观性。作者对唯利是图、不顾人民死活的当政者的讽刺亦针针见血。佩尔西斯对中国的命运寄予深深的同情，对中国的未来抱有乐观的期望。他借书中人物之口表达了对英帝国主义在中国疯狂扩张行为的谴责，认为这是“冷漠无情的不列颠殖民手段”（38）；他崇拜中国数千年的文化传统和古老的智慧，认为中国是“一个有高度文明的民族”（38），“一个聪明的、伟大的、能干的民族”（69），但同时也是落后的，“五千年的文明古国，对卫生保健一无所知”（89）；最重要的是，这是“一个一点儿好战精神都没有的民族。还要发生许多巨大的事件，才能激起中国的斗志”（69），颇有些“哀其不幸，怒其不争”的意味。

小说中数次以戏剧性的笔法描绘了中国社会的苦难和上海豪华酒店里歌舞升平景象之间的强烈对照。作者将陷入军事冲突的上海比喻成“一个用迷人的灯光过分打扮的、因为毒品的作用满脸绯红的交际花，活在贪婪的兴奋中”（218）。彼时，“中日商人之间纠纷不断，每天都有大学生举行抗议活动，人群包围了司令府。大批人群从这场未被承认的战争殃及的地区，涌向黄浦江畔这座富裕的城市。人们身边充斥着露宿街头，被死亡、饥饿和疾病纠缠的逃难者的叫喊声，到处能听到机关枪的射击声。到港的轮船瞬间就挤满了白人和有色人的流

亡者。”（197）而与此同时，傍晚的国泰大酒店里，“小提琴和萨克斯风开始演奏。在愤怒和恐惧的寒战发狂般地飞快传遍这个国家时，在上海即将陷入一种自我折磨的绝望中时，这些汇聚在国泰酒店的人们看上去似乎不为任何惊天动地的事件所动。香槟酒瓶塞发出砰砰的声音，酒吧侍者的调酒器当当作响。魔幻的灯光瀑布中浮现出白皙的香肩和深色的燕尾服”（197、198）。就连德国人巴尔根都感受到“这优雅的酒店里夜晚时分轻松愉快的假象和中国危急的战斗之间的矛盾，刺骨而充满告诫的意味。”（198）柯奈莉娅也曾感叹道：“中国——一个癫狂与奢靡共存的国度，有人疲于奔命，有人终日享乐。激烈的战斗正在汉口进行，而在上海，在这里，我们却坐在歌舞升平的大酒店里。”（24）这种矛盾显示出作者对中国现实的关注和对那些危难关头仍贪图享乐、逃避现实的人的犀利讽刺，批判他们的麻木和冷漠“永远都不能彻底改造世界”（86），不能救中国。

事实上，作者在正文开始之前就借用拿破仑将中国比作睡狮的名句，以一段对中国未来的思考作为题记：

在中国，亚洲、欧洲和美洲每天都在金钱、权利和思想的战役中激烈交锋。只有中国，这个在我们那个时代一直仍未统一的中国，还太过弱小，以至于不能像现在这样在世界上维护自己。它似乎总是一再任由外国的力量摆布。这样的情形还要持续多久？决定将在这十年里来临，还是要等到下个世纪？它是否会再次闭上眼睛，沉睡千年？中国微笑着，中国是永恒的。（7）

小说接近尾声时又与题记遥相呼应：

对欧洲的时间观念而言，中国的“永恒”是全然陌生的概念——相对于它，三年时间不算什么。而对于世界局势来说，三年时间，足以将新事件持续不断地注入这个国家巨大的、屹立于地面却梦想着天空的身

躯里。洗牌的危机继续燃烧在中国的血管里，上海再次战栗于一个重大决定面前。最后一次决定？谁又能知道未来会怎样？（248）

可见，书名《在上海做出决定》不仅指几位主人公各自人生的决定，更指向关乎中国命运的重大决定。当众多西方作家纷纷借“上海”这一神秘的异文化符号吸引读者眼球，事实上却仅仅将上海作为奇闻轶事上演的舞台幕布时，佩尔西斯对世界格局和中国命运的深刻思考显得尤为难能可贵。

此外，相较于其他西方小说多将中国人描写成一张张模式化、类型化的刻板面孔，这部小说塑造的中国人形象也更具多样性。除了前文提到的颇具迷幻色彩的上海银行家龙楚，书中还有两位重要的中国角色：一位是巴尔根家的李姓管家，另一位则是龙楚的女儿杨桃。

身为管家的李忠诚、谦逊、尽职尽责，“对于巴尔根和柯奈莉娅夫人来说，他看上去简直是有教养、可信赖之人的完美典范”（127）。管家身份之外，他更像一位哲人，总能一眼看穿事物本质，说出的每句话都意味深长，时常“深深地侵入柯奈莉娅内心”（132），有时甚至让她感到“一道闪电般的光亮仿佛从这句话里照向她自己的人生”（128）。柯奈莉娅离婚后，打算解雇所有仆人，但李却带着仆人们表态忠于女主人，不愿离开。当柯奈莉娅坦白无力负担他们的薪水时，李说：“我们只想说：我们要留下。我们吃白米饭也没关系，一直吃白米饭。每个人都攒了一点儿钱，有的人多一点儿，有的人少一点儿。我们跟夫人一起分担。”（190）这份超越种族、跨越阶层的情谊令人动容。更令人意想不到的是，柯奈莉娅想要营救被绑架的普莱姆时，李通过自己的人脉打探到了普莱姆的下落；当龙楚鸠占鹊巢掌管了公司事务时，李竟带来一位中国高官与普莱姆谈判，并赶走了龙楚。原来，李出身望族，后因天灾家道中落，他曾是中国公使馆里一位身居高位的外交官，却在政治斗争中丢了官位，不得不在外国人家里做管家谋生。帮助普莱姆夺回公司、也为自己的国家解除了一个危机之后，李即将重新得到中国政府的重用。这一人物形象，既被作者塑造为古老东方智慧的化身，又是中华传统美德的完美典范，打破了西方作家将中国人定位为“劣者”的传统立场，是一次突破西方中心主义的大胆尝试。

小说中另一正面中国角色杨桃则是中国新生革命力量的典型代表。近现代中国社会中，中国人民反帝反殖民的斗争从未停息。上海这座城市作为中国革命的急先锋，见证了中国民主主义革命的进程和中国人民推翻封建帝制、将殖民者赶出国门的民族正气。20世纪之初的上海已经燃起了革命的星星之火，涌现出大批为民族独立自强发出呼声的进步青年，杨桃就是其中的一个。她在书中第一次出场就令人印象深刻：当柯奈莉娅得知这位欧式着装的少女是龙楚的女儿时，难掩惊讶之情：“请您原谅我的惊讶——当然了，我本以为会看到龙楚的女儿穿着家乡的衣服。”（83）杨桃则谦逊地答道：“中国人把太多心思花在刺绣上，耽于玩乐太久了。青年人认识到了错误，正在寻求真理。”（83）短短两句话不卑不亢，体现出的修养和见识令人叹服。与贪婪邪恶的父亲截然不同，杨桃善良勇敢，当得知自己的父亲与日本人同流合污时，她悲痛之余，竟决心冒着巨大的风险把父亲的“囚犯”普莱姆放走。她坦然承认：“当我父亲参与到这场冒险中来时，他犯了他这辈子最大的错误。”（215）并对普莱姆说：“您不必以为我想为我的父亲辩护——这并不会阻止我谴责他……就是因为这个，我才敢尝试解救您！除了保护我父亲使他免于蒙羞，我没有任何别的想法。”（215）不仅有勇气、有担当，年纪尚轻的杨桃胸中已深怀民族大义。当日本人兵临城下时，她拒绝了普莱姆将自己带进租界避难的提议。“‘我应该去那里。或者那里！’她指着火车北站的方向，那里此刻没有枪声传出。大学生们今天都穿上了蒋清部队士兵的制服，女生们救助伤员。我们必须战斗——为了中国！”（216）当普莱姆担忧她父亲恐怕不会喜欢她这种偏激的做法时，她冷静而明白地答道：“我父亲！他是一个属于过去的男人——他出身于昨天那个病病怏怏的中国。我则是将要解救中国的青年人中的一分子！”（216）接着便毅然决然地走进了黑暗中。这位中国少女的胆识和骨气令在场所有的西方人肃然起敬。就连日本间谍高仓都意识到，“中国的青年人，见多识广，受过高等教育，经过体育锻炼……将会开启一种新的生活”（70）。杨桃作为中国新青年、社会新生力量的代表，暗示了老上海、旧中国的命运必将迎来转机。如果说李还只是作者试图打破西方中心主义传统的一点尝试，那么杨桃这一角色的设定便毫无疑问地显示了作者进步的中国观和反法西斯主义的立场。同时，佩尔西斯的这一书写方式也向今天的读者传递了一个重要信息：当时的西方社会对中国革命的实际情况并非一无所知。而同时期其他西方作家在描写当时的中国和上海时，却大都有意无意地回避了这一事实，其中缘由令人玩味。

五、对日本侵华行为的美化和对布尔什维主义的抹黑

尽管佩尔西斯自称是一个“非政治性”的人，但其传记作品《温斯顿·丘吉尔——冒险家，贵族，罪犯》《萨哈罗夫，欧洲的恶魔》和《在上海做出决定》这部小说中对战争的描写，都折射出作者强烈的反战倾向。在这部小说中，作者多次借普莱姆之口批判英国在中国的掠夺行为，对中国的觉醒和变革抱有乐观的期待。但是，可能由于小说写成于1937年年初，彼时日本尚未发动全面侵华战争，而作者本人对其认知也较为局限，他对日本侵略行为不仅未加指责，甚至还赋予其正当性、合理性。书中，日本间谍高仓把吞并中国称为日本“特有的使命”（70），要将日本和中国统一为一个“黄色的世界帝国”（70），并满怀期待地描绘了这个“帝国”的蓝图：“面对它内在的强大，面对它庞大的人口，面对它团结一致的精神，一个世界在它面前都显得太弱小、太无能了。”（70）如果说这只是小说中人物的内心独白，无法代表作者本人立场，那么后来在股东大会上，当日本人公然发出“陆伍屯不会是唯一被我们和平征服的地方，日本必须扩张，它已经足够富裕，能用军饷来满足它在领土上的迫切需求”这赤裸裸的殖民宣言

后，作者还添上了一句旁白：“他的话听上去很强硬，但也很合理。”这就难免让人理解为，作者对于日本人的“宏图”似乎并没有太多微词。在小说接近尾声的时候，之前一直在俄罗斯和日本之间摇摆不定的中国政府，也向正在自己土地上点燃熊熊战火的日本伸出了橄榄枝。前来与普莱姆谈判的中国高官称，之前的一切全是俄罗斯的阴谋，目的是“在中日之间紧张的局势下……进一步疏远这两个一衣带水的国家之间的关系”（236），日本间谍高仓事实上早已被自己的国家驱逐出境，他的破坏行动并不代表日本政府。日本政府摇身一变，成了帮助中国的伟大盟友，还打算帮中国建造桥梁、水闸和大炮，“为了保护中国”（237）。“在日本的支援下……它（中国）则会繁荣兴旺，成为一个和平的堡垒。”（237）一向对殖民掠夺的帝国主义和卖国求荣的中国政客嗤之以鼻的普莱姆，这时却对高官的说法深以为然，同意“为中国工业化的用途”（237），将全部的钢铁产品出售给东京钢铁交易公司，忠于祖国的李管家看到这一结果亦颇感欣慰。普莱姆和李管家两位正面人物的表现无疑是作者态度的有力代言。

另外一个值得注意的细节是，小说中还出现了布尔什维主义者的身影。在小镇疫情暴发之际，曾有一个来自香港、名叫邙固的移民在工人中间发表演说，企图煽动人心：“你们给外国人做牛做马能得到什么！”“现在瘟疫来了，是外国人把它带给你们的。工人们必须占领工厂，在陆伍屯建立一个中国的新的红色组织！”（104）而当工人们掩埋病鼠尸体时，“只有从香港来的邙固没有加入这个行列”（106）。这是作者对这位“布尔什维主义者”只喊空口号却不付诸实践的作风的辛辣嘲讽。当格拉夫质问他是否想煽动这些工人时，他说：“我是要启蒙他们！他们应该赶走外国人！就像发生在香港的抵制活动那样。中国将会被苏维埃——”（106）还不等他说完，格拉夫便打断了他，威胁他若不离开，便要告发他在香港的抵制活动中曾开枪打死了一个商人。“这个中国人的脸色霎时变得苍白”，“结结巴巴”（107）地向格拉夫祈求了一点儿路费，便跑得没影了。这位空喊口号、贪生怕死、毫无尊严的“布尔什维主义者”形象显然是作者对布尔什维克的刻意抹黑，这一书写显示了作者代表的西方资产阶级对布尔什维主义的误解、抗拒乃至恐惧。在西方人的眼中，布尔什维主义是对资本主义文明的致命挑战。当布尔什维克政党在一战后短期之内重建俄国、改变世界局势后，西方国家眼中的苏联成为一个充满威胁的异类。在塑造了危险的俄国女间谍安娅这一形象之后，作者更是毫不掩饰地将矛头直接指向“布尔什维主义者”，曲解和抹黑布尔什维克也是当时西方社会的普遍倾向。

六、结语

西方作家以自身文化视角，对东方进行想象与建构，文本中的东方并非历史现实中的东方，而是西方集体无意识下传统东方想象与作者本人东方观的集中反射，故而难逃美化殖民侵略行为和殖民者形象、贬低和妖魔化东方之窠臼。尽管存在这样的局限，佩尔西斯尝试打破西方中心主义桎梏，刻画正面的中国人形象，尤其是塑造了爱国青年杨桃的形象，向德国读者揭开了中国民主革命的冰山一角，这在当时的西方作家中实属难得。可以说，德国作家对中国和上海的塑造，是从不同角度折射德国自身形象的一面多棱镜，因为任何作家塑造的异国形象都无法脱离其本民族的文化背景和意识形态。因此，作者既颇显进步、又有所保留的中国观，亦折射出同样动荡的德国历史中充满矛盾的文化心理诉求。

（何心怡 文）

第四节
上海殖民阴云与工人革命风暴:《台风登陆上海》

德国作家弗里德里希·李希特内柯(Friedrich Lichtneker, 1903—1950)的小说《台风登陆上海》(*Taifun über Schanghai*)出版于1929年,时值魏玛共和国时期。作为一战的战败国,德国内忧外患。工业文明的恶果以及经济制度的内在缺陷,令大多数西方人陷入了对资本主义的怀疑和恐慌,这场危机带来的“压力、精神困惑以及人的异化也成为久久挥之不去的噩梦与魔鬼”。[①] 俄国十月革命之后,欧洲上空弥漫着对无产阶级革命的仇视和恐慌。这种现实压力和精神危机反映在了当时的文学作品中。本书作者李希特内柯虚构了一场发生在上海的“风暴”,各方势力粉墨登场,外国资本统治着这座城市,殖民商人基德和加里克逊、外国高官杜瓦尔等人在十里洋场博弈,以马娜为代表的苏联势力蠢蠢欲动,中国的无产阶级革命领导内部四分五裂,而广大普通中国人则成为被国外殖民者奴役、被本国革命党愚弄的对象。本书中,这座城市的“主人”——美国人、英国人、法国人等,出于对无产阶级革命的恐惧和对权力金钱的贪婪,千方百计想要摧毁这场革命。最终,革命被暴力镇压,数以万计的普通工人和农民因此断送性命,被钱色腐蚀的革命叛徒被杀害。硝烟过后,白人仍然是这场风暴的赢家。人种之间的对立仇恨、人性的扭曲和堕落、浮华背后的罪恶,为李希特内柯笔下的上海蒙上一层“金箔阴影”。《台风登陆上海》

---

① 卫茂平等:《异域的召唤——德国作家与中国文化》,银川:宁夏人民出版社,2002年,第77页。

作为一本典型的殖民主义视角上海小说，为我们提供了了解和研究德国人眼中上海形象的另一个契机。

本书所呈现的上海形象与历史上的上海有着千丝万缕的联系。鸦片战争后，根据中英签订的《南京条约》，上海成为中国第一个开埠的港口城市，发展到20世纪初，“上海的城市面貌已发生了根本的变化，作为衡量近代城市的几个要素，如资本主义工商业，近代市政设施和管理，新式科技、文化、教育事业等，在这里都已有了较大的发展，上海已从一个旧式县城发展成为中国最大的近代城市，1910年人口已从开埠初期的27万增至128万余人”。[①] 但与此同时，上海旧城仍然保守、传统、陈旧，“租界均有电灯……如星罗棋布，晚间照耀，无异白昼”，而旧城“几同黑晦世界”。[②] 当时的国人对电灯、电气、自来水惊诧畏惧，旧城在这方面的发展落后租界，数载后才逐渐为人所接受。这一系列微观层面的变化，“可看作是近代西方物质文明渗透上海市居民社会经济生活过程的一个小小的缩影”，[③] 侧面也反映出当时新与旧、外国势力与本土居民的尖锐对立。上海的开埠不仅对中国的经济、国人的理念造成冲击，在遥远的大洋彼岸同样产生了影响：大批西方商人、传教士等来沪定居，他们所撰写的报道也开启了欧美对“上海”的认识。

《台风登陆上海》作为一本颇具代表性的20世纪二三十年代德语上海小说，无论是对上海作为叙事空间的塑造，抑或故事情节与人物设置，都体现出那一时代的欧洲人对中国、对上海的刻板想象。第一位有记载的来沪德国人是传教士郭实腊（Karl Friedrich August Gützlaff，1803—1851），他一生在中国活动二十余年，对中国的历

① 戴鞍钢：《上海开埠与江南城镇格局演变》，载《社会科学》，2014年第1期，第152页。

② 徐培华：《上海开埠时期上海人经济理念的嬗变》，载上海炎黄文化研究会主编：《长江流域经济文化初探》，上海：上海人民出版社，1999年，第379页。

③ 同上，第380页。

史、政治现状、地理、文化、语言等方面都有深入研究，他既是西方殖民者侵略中国的帮凶，同时也承担起文化沟通桥梁的责任，为双方的互相了解作出了一定贡献。郭实腊高度肯定了上海的地理位置优势，认为它的重要性不亚于广州，其地理位置以及商业价值是无可估量的，他对于上海的描述在欧洲形成了深远的、长期性的影响。上海开埠后，大批来华的德国人也开始记录和报道关于上海的一切。由外交官、传教士以及商人游客撰写的游记、通信、自传和传记在前人的基础上进一步描绘着上海这座城市。[①] "东方明珠"的轮廓在德国人心目中逐渐形成。在来沪德国人的笔下，上海是一个重要的贸易都会和国际海港，整个城市深深地为外商所影响和塑造，其规模甚至超过了普鲁士的中型城市；有数之不尽的黄金与红利，彼时世界上没有任何一个城市能与之匹敌，能有如此之快的贸易发展速度和一夜暴富的可能性。[②] 随着上海的发展，这个光怪陆离的东方都市成为性与罪恶、财富与剥削的同义词，令人作呕而又充满诱惑。[③] 经过艺术加工和想象，上海被描绘成冒险者的乐园、淘金者的天堂。20世纪上半叶，德国图书市场上涌现了大量以上海为故事背景的通俗小说，它们一方面将上海描写为现代化的国际都市，另一方面也将其塑造为腐朽罪恶的"魔都"。[④] 同时在许多小说中，主要人物都以西方人为主：英国人、法国人、德国人、美国人等，故事舞台也主要局限在租界之内；至于中国人的艰辛困苦抑或中国城的日常生活，则并不是这些小说着墨的重点。

《台风登陆上海》的作者弗里德里希·李希特内柯是20世纪上半叶

---

① Vgl. Xu Fangfang: „Auch Shanghai hat sich verändert." Der Wandel desShanghai-Bildes in der deutschsprachigen Literatur 1898-1949. Würzburg: Ergon Verlag, 2015,S. 14.

② Vgl. Joseph Maria von Radowitz: Briefe aus Ostasien. Stuttfart: Deutsche Verlags-Anstalt, 1926, S. 33.

③ Vgl. Erich Follath, Karl Johaentages: Mythos Shanghai. München: Heyne Verlag, 2005, S. 61.

④ Vgl. Xu Fangfang: „Auch Shanghai hat sich verändert." Der Wandel desShanghai-Bildes in der deutschsprachigen Literatur 1898-1949. Würzburg: Ergon Verlag, 2015,S. 14.

德国剧作家和小说家，他的《传说》(*Legende*)、《波尔奇亚》(*Porzia*)等戏剧在维也纳等城市剧院上演。本书以“上海小说”这一标签吸引读者眼球，成为当时的畅销小说。今人捧卷阅读，不难发现，书中涉及的人物、事件充斥着对中国以及中国文化的夸张想象和对上海半虚半实的描绘。本书内容和角色复杂丰富，在暗流汹涌的革命浪潮中，读者几乎找不到任何真、善、美的表达，凡事充满罪恶，人心不足信赖，资本与权势的烈焰吞没每一个角色。各方势力粉墨登场，依托上海这个舞台，将一场大风暴下的人性深处种种丑恶、贪婪与刻薄展露无遗。本书在人物塑造上广泛采用非虚构性叙事手法，通过对现实事件与人物进行艺术提取，使文本中的“第二现实”得以尽可能贴近“第一现实”。[①] 同时，作者并不放弃叙事立场的主观性，在对现实进行艺术提取和加工的创作过程中，将个人的情感意志投射到虚构的上海世界，对意境、场景诸要素的选择过程即是一种“改写”过程，[②] 文本中的人物与城市形象正是在这个过程中得到构建。

本书主角之一、英国商人基德甫一出场，他斗牛犬一样的五官、大腹便便的身材以及粗鲁无礼的举止，便为读者塑造了一个只手遮天的“上海教父”形象。此人乃欧洲驻华总商会主席，老而弥辣，暴烈狠毒，沉迷于金钱、权力和女色。在自己的妻子年老色衰之后，不知羞耻地将继女霸占为情妇正如他对政客杜瓦尔所宣称的那样：面对即将来临的风暴，“给谁让位？我们仍然会掌握着权力”，[③] 在他的词典中找不到任何与忠诚、善良、宽容有关的字眼。他一次次击败他人，无所不用其极，俨然坐在殖民统治的皇帝御座之上，在上海呼风唤雨：“他每天能毁灭上千人的生命——股市在他面前瑟瑟发抖，政府收到他

① 参见龚举善:《“非虚构”叙事的文学伦理及限度》，载《文艺研究》，2013年第5期，第49页。

② 同上，第50页。

③ Friedrich Lichtneker: Taifun über Schanghai. Berlin: Verlag Martin Maschler, 1929, S. 15. 后文出自该书的引文，将随文标注出处页码，不再另注。

的邀请，诚惶诚恐地为他准备精美的晚宴。这片土地创造的一切有价值的东西都会从他手里经过，他跺脚能生金，一旦需要军队，那么成群的士兵就会为他效力。”（14）对于这位权势通天的统治者在上海奢侈糜烂生活的描写，深刻透彻地体现出上海在本书中罪恶、龌龊与剥削的形象：

花园中的人群构成了一幅图景：灯笼和苍白的月光照亮了他们的脸，让那些人如同幽灵一般。她对于鬼魂和两栖动物的想象，来自这些真实的、从地底冒出来的人，来自各个种族和国家，来自证券所、工业大鳄还有政府高官，最高级的骗子，窃贼，娼妓和吸毒的花天酒地的醉汉。交易围绕着女人和爱情，在权术和绿票子中进行。（17）

他的庄园不正是一个温室吗？在这里面，最冒险的事情、最放荡的欲望、谋杀、抢劫和通奸都能够盛极一时，在阳光下开出道德败坏的淫荡之花。（18）

书中另外两位争夺最高权力的重要角色：杜瓦尔和马林则都是法国人，杜瓦尔是个不择手段的政客，马林是上海警署总长。杜瓦尔年迈无力，被视为废物，成为基德的弃子；而更加年轻的马林则凭借权谋心智，成功从一个巡捕房的间谍，爬上上海警署总长的宝座，最终在上海建立起属于自己的独裁时代。据《上海公安志》记载，1924年上海的公安机构主要包括：由上海巡警总局演变而来的淞沪警察厅；公共租界则设置工部局警务处与巡捕；法租界设置公董局与警务处。公安警备方面，上海仍然实行“华洋分治”，上海市公安局的局长由中国人担任；租界警卫机构在外国人的掌控之下，其市政机关不受制于中国法律。[①] 但作者在书中做了艺术化的处理，警署总长掌控的范围不仅局限于租界，还能够在整个上海呼风唤雨：“马林目前名义上还只是

① 参见上海市地方志：http://www.shtong.gov.cn/

刑警科的负责人，但他实际上已经控制着整个上海警署了。”（128）按照书中的描写，其权势的触角无处不在，间谍和警探密布全城，殖民统治者在这座城市无所不能、无所不为，“他还牢牢控制着其他地区。一队警局暗探分散在这个城市的各个角落。在这个古老的中国城市中，这些暴徒赤裸着上身，带着闪闪发光的武器出现在那些肮脏的巷道和角落里”（191）。离奇的文学性想象带着殖民主义色彩，塑造出一个压抑血腥、被殖民者玩弄于股掌之中的上海。

除了西方殖民势力之外，另一个重要势力则是革命团体。本书标题的“台风”正是喻指他们所领导的革命。书中首先登场的、代号Y的中美混血儿风度翩翩、举止得体，实则是无产阶级革命派的核心人物。但书中的这个“革命领袖”毫无革命的斗志和赤诚，他了无生趣，受女人引诱才浑浑噩噩投身“革命”。他痛恨自己的身份，视自己为卑劣的黄种人：一面无法自拔地垂涎基德的继女、英国白人莉莉安的美貌，一面又因自卑而憎恨白人。“她白色的肌肤闪烁着珍珠一般的光泽，燃烧他的理智。皮肤，长发，脸，还有种族！他难道厌恶她吗？白人和黄种人！种族扼杀种族，仿佛要将他撕裂一般，他不断地陷落，陷落，陷落……”（162）Y时时刻刻被自己的身份所折磨，他反复无常，时而臣服于莉莉安，时而又因为自卑怨愤燃起片刻革命的热忱，但这种摇摆不定最终让他泄露革命秘密，自己也惨死于起义中。为了革命而召开的会议在一家破旧不堪的酒店举行，酒店外面的巷子“终年散发着令人作呕的臭味”（86），充斥着彩色纸条和裂开的丝帛，“这里有种典型的中国人的气味，一个文明国家的人绝对不会在这儿下车”（87）。参会的人“都穿着西装，带着牛角框眼镜，这里仿佛变成一个文化人的社交活动”（88），在会议上，将要带领中国进行革命的知识分子毫无主见，听从Y与另一名颇有名望的“胡中山”的辩论，并最终被Y的花言巧语所糊弄，倒向了Y。无疑，书中主张中国进行独立革命、不能被苏联操控的“胡中山”影射的是孙中山，但这个唯一头脑清醒的人最后也放弃了自己的革命主张。除了这场“上等人的会议”外，书中还简单地描写了农民会议。来参加农民会议的人“衣衫褴褛”“筋疲力尽，浑身乏力”“憔悴枯槁”，“这就是中华民族，这就是新中国的基础和力量。农民革命，是社会革命的根基”（86）。最后，革命爆发，参与罢工的人“或是眼睛半瞎，或是鼓着流脓的眼疱，踏上了通往自由的大路。这些人带着自己哆哆嗦嗦的手脚，拖着疲惫破碎的步伐，跌跌撞撞从工厂走出来，从夜班岗位上走下来。就像一群牲口跌跌撞撞地往前迁移，贪婪地呼吸着清新的空气”（178）。“无数的乞丐、病秧子和老头被踩在地上碾压过去。几千年的中国带着被打碎的骨架和被踩烂的肉体，半死不活地倒在路上，倒在通往寺庙和宝刹的路上。”（181）这场来势汹汹的“台风”最终以失败告终。

显然，作者并不真正了解中国在20世纪20年代的情况，也不了解当时的中国革命。作者对革命的敌视、对中国人的种族歧视在字里行间暴露无遗。革命派在其笔下是一个由乌合之众聚集起来的团伙，参加革命的普通工人农民病态不振，带着天生的生理和精神的残疾：他们饱受压迫，没有思想，没有斗志，不懂革命为何物，最后糊里糊涂地死在殖民者的枪炮之下。

站在当下阅读本书，这种殖民主义、种族主义色彩写作显然是当时欧洲流行的“黄祸论”和革命仇视情绪的反映。上海当时既是中国殖民与封建交锋的阵地，也是中西文化交融的前沿。作者笔下的角色呈现出一种病态的特征：无论是外国大亨巨鳄、工人革命分子，还是普通市民，骨子里都是病态和畸形的。本书作者在写作中的种族对立论、对中国工人运动的全盘否定，流露出他对中国人的偏见、蔑视和白人至上心态。此外，这一时期德国在远东殖民上的弱势地位导致德国势力和德国人在书中的“上海缺席”，同时作者又不免产生对英国、法国殖民统治的厌恶，这种矛盾的心态在作者对人物的描写中展露无遗。李希特内柯的创作带有显著的时代特征，他塑造了一个扭曲的上海，既是纸醉金迷、腐化糜烂的销金窟，也是人性堕落、权力角逐的戏台。《台风登陆上海》讲述犯罪，却不是侦探小说；描写权术，却不是政治小说；杜撰革命，却不是无产阶级小说。小说指涉层面复杂而多样，它所描写的邪恶、堕落、浮华为读者展示了20世纪西方中心主义思潮下的别样上海。

（陈丽竹 文）

第五节

上海城市空间的文学重构与意识形态争斗：《13是个幸运数字》

克拉拉·布鲁姆（Klara Blum，中文名朱白兰）1959年发表的中篇小说集《香港之歌》（*Das Lied von Hongkong*），被誉为“中德友谊之作”。[①] 该小说集收录了《香港之歌》（*Das Lied von Hongkong*，1921—1922）、《燃烧的权利》（*Das brennende Recht*，1941）、《剪纸大师的复仇》（*Die Rachedes Chrysanthemenschneiders*，1944—1955）、《三个正义的妾》（*Die drei gerechten Konkubinen*，1947—1949）和《13是个幸运数字》（*Dreizehn bringen Glück*，1954—1955）五篇小说，每个故事独立成章，时间跨度达100年，涵盖了从鸦片战争到新中国成立的中国近代历史。这部以反帝反封建为主旨的中篇小说集也为朱白兰贴上了无产阶级作家的标签。

1954年，上海的教会学校和外国人开办的大学陆续关闭或由政府接管，马克思列宁主义被引入高校，但在一些教师身上，曾经的帝国主义思想与资本主义意识形态依旧余温未减。中篇小说《13是个幸运数字》正是基于这样的历史背景展开，讲述了发生在上海高校内两种意识形态的激烈对抗和日常生活的政治化特征。小说以女主人公张爱莲和曾经的追求者符高新之间的往来信函开篇。信中提及，上海的城市风貌在新中国成立后的几年里发生了天翻地覆的变化。过去的美国

① Dora Wentscher: Ein Buch der Freundschaft. Dshu Bai-Lan: Das Lied von Hongkong. In: Neue Deutsche Literatur, Heft 11, 1960, S. 153.

教会学校玛格雷特大学已归为国有，现改名为上海太平学院，张符二人在重新组建的学院中担任历史学教授。太平学院重新招收了13名学生，他们来自不同的社会阶层，有工人家庭出身的共产党员洪小梅、人民法官的儿子韩文武以及患有肺病的小商贩之子杨大摩等。学院内的李卓吾教授曾是教会学生，与太平学院前任校长、美国传教士史密斯过从甚密，他虽然表面上拥护共产党的领导，但内心期望美国帝国主义殖民者和国民党政府有朝一日能卷土重来，推翻现有政权。他有意引导学生偏离“马克思列宁主义阵营”，组建“反马克思主义三人帮”，并在课堂上发表荒诞言论，称“19世纪是中国没有历史的一段时期，要不是当时有来华的外国人，几乎不值一提”。“鸦片的使用，对于成年人主要产生好的影响。”[①] 洪小梅和其余12名学生最终揭露了李卓吾真正的政治嘴脸，李被撤销职务并送至再教育学院改造学习。尤为值得一提的是，作家在力图凸显上海高校内部意识形态冲突的同时，也将上海城市空间的改造与重组作为故事叙述的历史背景，与彼时政治意识形态的更迭相映照，使小说更具历史真实性，加强了读者阅读的代入感。

一、上海城市空间的文学重构

小说发生于1954—1955年的上海。作品开篇，在张爱莲寄与符高新的信函中，1949年前后的上海图景形成了鲜明对照。张首先回顾了七年前的上海风貌，“霞飞路上五光十色的霓虹灯广告，其中亮的时间最多、最耀眼的是美孚石油公司的广告。在我们四周，喧闹的上海充斥着肥胖的冒险家和消瘦的小贩、花花公子、乞丐、妓女。我们只能隐约感觉到，美好而悲惨的城市隐藏着一股红色的地下洪流。”（395）新中国成立前，上海霞飞路上无处不在的霓虹灯广告是朱白兰作品中

① 朱白兰：《13是个幸运数字》，载林笳编译：《中国籍犹太裔女诗人朱白兰生平与作品选》，广州：中山大学出版社，2016年，第428页。后文出自该书的引文，将随文标注出处页码，不再另注。

频繁提及的城市景观，俨然已发展成一种影响上海人民生活与生产的物质文化。作者通过对这些外国广告牌的描写，一方面有意识地构筑了上海现代性的流行想象，另一方面也彰显出资本主义在这座城市的文化渗透与势力范围。在时间线早于该作品的另一部小说《三个正义的妾》中，作者也曾控诉资本主义对上海原有社会文化的腐蚀与入侵："到处都见到美孚公司的广告。洋人把我们吃掉了。"[①] 但这些充满现代性想象的广告在某种程度上也助益了上海都市文化的构建，最终融为独特的海派文化中不可或缺的一部分。"红色的地下洪流"喻指共产党所代表的红色政权正在上海这座城市如洪水的激流般汹涌蔓延，暗意上海解放在即，但彼时的上海依旧尚未摆脱帝国主义者的压迫，商贩、乞丐、妓女等底层人的生活亦未获改善。《三个正义的妾》中，作家同样塑造了新中国成立前夕，挣扎于社会底层的赤贫百姓的狼狈生活，借由二者间的矛盾对立展现底层民众与资本家显著的阶级差异：当民族企业家冯先礼将一笔可观的小费塞给他的司机时，"五个乞丐几乎同时跑过来，……他们中有两人跪在地上，在路面上叩了三个头，另外两人边抓虱子边预先表示感谢……第五个乞丐露出苦笑，试图在这位年轻的纺织企业家的西装上擦净肮脏的手"。[②]

法国马克思主义哲学家、社会学家亨利·列斐伏尔认为，空间就是一个政治的、充斥着各种意识形态的产物。"空间并不是某种与意识形态和政治保持着遥远距离的科学对象，相反，它永远是政治性的和策略性的。"[③] 这说明了空间具有政治意涵，被打上了意识形态的烙印。在朱白兰笔下，小说围绕上海城市空间的描述也随着社会政治形态的更替和社会历史的发展不断演变和重构，体现出历史的动态性。

---

① 朱白兰：《三个正义的妾》，载林笳编译：《中国籍犹太裔女诗人朱白兰生平与作品选》，广州：中山大学出版社，2016年，第370页。

② 同上，第346页。

③ ［法］亨利·列斐伏尔：《空间政治学的反思》，载包亚明主编：《现代性与空间的生产》，上海：上海教育出版社，2002年，第62页。

正如张爱莲在信中描述的新中国成立以后上海发生的巨大变化：

您几乎认不出上海了。这个巨大的垃圾堆已经变成一座清洁的、勤劳的大城市。过去从事美元黑市交易的豪华酒店，如今是人民享受美食的餐厅。昔日的乞丐和妓女已不再当乞丐和妓女，他们有了工作、地位和人的尊严。洋人的跑马场过去竖着“狗与华人不得入内”的牌子，如今已不复存在。那里建了人民公园、图书馆。余下的地方，将原来狭窄的赛马跑道扩展成明亮通风、宽敞壮观的人民路。（396）

这段描写处处彰显着上海城市形象的变迁。豪华酒店和跑马场这些标志着西方霸权的建筑不仅在地理上是一种标记，还是资本主义与西方物质文明的具体表征，成为过去一个世纪中西文化在这座城市交流碰撞所留下的文化印记和历史车辙。但如今这个被西方资本主义所统治的纸醉金迷的“东方巴黎”已不复存在。过去的豪华酒店和跑马场已改建为全民共享的餐厅、公园和图书馆，新的城市建设已将曾经的殖民色彩抹去，这一城市空间构建的政治底色充分映射出从资本主义意识形态到社会主义意识形态的更迭。在这种情况下，新的空间生产也必将催生新的城市文化，正如李欧梵在《上海摩登——一种新城市文化在中国（1930—1945）》中所表述的，“城市文化本身就是生产和消费过程的产物。在上海，这个过程同时还包括社会经济制度，以及因为新的公共建筑所产生的文化活动和表达方式的扩展，还有城市文化生产和消费空间的增长”。[①]

在已归为国有的原教会学校——太平学院内部也体现着意识形态变迁对空间生产的影响，“在会议室北面墙上往下瞧的，已经不再是圣·玛格雷特，而是充满智慧和斗争精神、带有农民相貌的毛泽东”

① 李欧梵：《上海摩登——一种新城市文化在中国（1930—1945）》，毛尖译，北京：人民文学出版社，2010年，第7页。

（402）。会议室墙壁上的宣传画也“用图表的方式表示中国经济中社会主义成分的增长和资本主义成分的减少”（440）。这些细节描写正是政治意识形态的更迭在高校内部空间上的具体表征。同样在小说《三个正义的妾》中，新中国成立前出现在上海的政治形态和群众思想的巨大转变也催化了城市空间的变化与重组。在作品结尾处，共产党没收地主冯粲虎的土地进行“土改”。土地是城市最重要的资源与空间的物理表现形式，行政上对土地的使用、产权和税收制度所进行的改革，实际上也是政治权力在空间上的重构。正如列斐伏尔在《空间的生产》中所言：“一个正在将自己转向社会主义的社会（即使是在转换期中），不能接受资本主义所生产的空间。若这样做，便形同接受既有的政治与社会结构。”[①] 在小说结尾处，农民协会分还冯氏“三亩地”，“不是以前的一万三千亩”，这一情节与“土改”对原有地主阶级实施社会主义改造的真实历史相呼应。

列斐伏尔指出，“空间是社会性的。空间渗透着多种社会关系。它不仅被社会关系所支持，也生产社会关系和被社会关系所生产。”[②] 也就是说，都市空间是社会的产物，是在多层社会关系相互交织、缠斗和协调的过程中“生产”出来的。张爱莲在信中提及，“霞飞路现在叫淮海路，蒲石路现在叫长乐路”（396）。霞飞路和蒲石路这些重要的旧城市街道的重新改造与命名也暗示着城市面貌的巨大变化和城市主旋律的更替。曾经的霞飞路和蒲石路是租界区彰显经济繁荣、西方文化与小资格调的著名商业街，其独特的空间结构与中国本土文化有着本质区别，体现着中西文化与意识形态的差异和冲突。这块城市区域曾经的占领者对两条街道的规划，直接地传达着资本主义的政治理念，以此营构一种以西方为镜像的文明优越感。“当新的权利登临城市之

① 亨利·列斐伏尔：《空间政治学的反思》，载包亚明主编：《现代性与空间的生产》，上海：上海教育出版社，2002年，第54—55页。

② 同上，第48页。

上……旧有的空间形式并不必然地退让，而是裹挟着不甘退出舞台的意识形态甚至是政治权力，在城市空间中展开一场争夺。”[①] 上海的城市空间作为一种生产方式，不仅是中西不同文化表征的载体，也体现着不同政治形态对这座城市的塑造与统治。小说结尾，作家再一次对更名后的霞飞路展开描述：“宽阔喧闹的淮海路上闪烁着五颜六色的霓虹灯广告。它们当中有多少是属于成长中的社会主义经济成分，又有多少是属于萎缩的资本主义成分？”（441）欲借此喻指在新旧意识形态下，上海城市的空间争夺将在未来较长时间内持续存在。

二、意识形态斗争与无产阶级革命叙事

历史上的上海是重要的国际舞台，汇聚了诸多中国革命者和政治流亡者，身为反法西斯、无产阶级革命作家的朱白兰在旅居上海期间的所见所闻无疑成为她创作最重要的素材来源。中国革命是朱白兰作品的恒常主题，她将抗日战争、解放战争等重大历史事件作为文学创作背景，将彼时的革命热血化作小说中一个个有血有肉、与读者并肩而行的虚构人物。《13是个幸运数字》中的洪小梅便是典型的革命人物之一，作家用寥寥数笔即刻画出一个出身贫苦却智慧超群的共产主义革命者形象。但也有学者认为，朱白兰对于洪小梅的人物塑造是“老套的”，“一个受剥削的女工，出于无产阶级意识而发展成为一名共产党员，这在布鲁姆看来是理所当然的”。[②] 洪小梅是13名学生中年纪最小者，她从8岁到18岁都在一间缫丝厂当女工，在此期间受尽资本家的残酷剥削与虐待，她虽已摆脱过去的生活，却时常在噩梦中惊醒，梦到童年时在监工棍棒下的自己，赤裸着双手在滚烫的沸水中拨弄蚕茧。经年累月的营养不良令她身材矮小得“像14岁的女娃”，但她“热

① 蔡翔、董丽敏等：《空间、媒介和上海叙事》，上海：上海大学出版社，2013年，第10页。

② Yang Zhidong: Klara Blum - Zhu Bailan (1904-1971): Leben und Werk einer österreichisch-chinesischen Schriftstellerin. Frankfurt a. M.: Peter Lang, 1996, S. 215.

情、温柔、充满活力”，“比十个哲学家还要聪明”（403）。升入太平学院后，小梅负责大学生的政治工作，被同窗称为热情洋溢的“火花仙子”，由13位学生组成的班级在她的引领下成为“为祖国和进步而战的团体”，共同戳穿了“红皮白心”、暗自企盼资本主义与殖民主义者卷土重来的“帝国主义奴才”李卓吾虚假的政治嘴脸。李过去同美国传教士交往甚密，他的理想便是成为一名美国人，在他完全“美式布置”的房间里，“没有一样东西是中国的——除了他自己”，他“暗地里感到红色政权不能维持下去，美国人还将回来”（420）。值得一提的是，“在布鲁姆看来，外国传教士同外国帝国主义者关系紧密”。[①] 同美国传教士过从甚密的李卓吾代表着彼时留存在上海高校内的反动的意识形态，在他身上体现出当时上海部分知识分子存在的民族自卑心理，他坚信上海“流氓的统治就要结束”，期待摆脱自己“内心痛苦的中国人”身份，视中国文化为“下层的、粗俗的东西”（410），认为中国人是麻木腐朽的。李将学院对他的职务提拔看作是“美国人和蒋介石即将回来的明确征兆”（428），职务上的升迁促使他想要进一步夺取意识形态上的胜利，“在脑海里，他看见美国和台湾有成千上万只眼睛在望着自己”（429）。其在课堂上发表的荒诞言论遭到以洪小梅为首的进步学生的激烈反驳，洪控诉李“拿着优厚的报酬，向人民兜售的知识却是对压迫者卑躬屈膝，对被压迫者侮辱诽谤”（432）。在13名学生和学院其他校职工的声讨与揭露下，李卓吾的副院长职务被罢免，并被送至再教育学院改造。洪小梅带领12名同窗最终在学院内部取得了政治上的胜利。作家亦借进步学生对奴颜婢膝的“帝国主义奴才”的胜利斗争，喻指马克思列宁主义对抗资本主义意识形态的胜利，同时也是共产党政权对抗国民党政权的获胜，这正是作家在《三个正义的妾》中曾明确表达的政治立场：“中国的老百姓只要还处在国民党的

---

① Yang Zhidong: Klara Blum - Zhu Bailan (1904-1971): Leben und Werk einer österreichisch-chinesischen Schriftstellerin. Frankfurt a. M.: Peter Lang, 1996, S. 215.

统治下，就得饱受最残酷的饥荒。”[①]

与洪小梅形成鲜明对照的人物形象是上海大企业家的妹妹冯淑珊，“她哥哥是民族资产阶级分子——资产阶级的身份多于民族的身份”（414）。故而在小说前半部分，冯淑珊被塑造为一位在出身和思想上均残留资本主义意识形态的时髦的上海大学生，“一个奢侈的洋娃娃”，外号“交际花”。她会在课上泰然自若地搽脂抹粉，讨论深色和浅色唇膏的不同优点，有着“上海大城市人的矫揉造作”（415），其冬天穿的蔚蓝色绒毛大衣也和其他同学的“解放装——深蓝色平布缝制的棉衣棉裤”形成鲜明的阶级对照。冯淑珊过去和韩文武是情侣，两人的出身截然不同。韩是一位上海老革命者的儿子，他认为“我们的国民经济中暂时还保留着资本主义的成分，我们必须跟这种人共同相处，耐心地教育他们”（414）。他博学多才、睿智敏思，帮助张爱莲教授找到其授课的科学依据，对李卓吾所代表的美国文化侵略回以有力的反击。韩最终协助洪小梅，共同帮助包括冯淑珊在内的“反马克思主义三人帮”实现了思想上的转变，使他们认识到“社会主义道路”是“使人民的仇恨转变为友好”的唯一出路，重拾民族文化自信；认识到殖民主义者不仅“用鸦片，而且用他们的奢侈品，他们的好莱坞电影，他们全部的所谓西方文明”麻醉中国人，“扼杀我们中国人的尊严”，迫使人民“吞下任何侮辱”。最终，“三人帮”回到正确的政治轨道中来，和其他同学一起“紧密地团结在党的周围”（435）。小说的最后，思想进步但感情用事的张爱莲教授因不满学院新一届的职务安排，试图撤回自己的入党申请。学生蒴梦季劝慰道：“人民民主到社会主义的道路是一条暴风雨式的道路，当中会出现错误，谁如果被错误吓倒了，那就是懦夫。”（444）作家借人物之口预言社会主义道路未来可能遇到的艰难挑战，对人民政府的政策与领导表达出坚定的信心与

① 朱白兰：《三个正义的妾》，载林笳编译：《中国籍犹太裔女诗人朱白兰生平与作品选》，广州：中山大学出版社，2016年，第368页。

积极的拥戴。

三、结语

上海解放后，新政权和政治意识形态也投射在城市空间的改造上，原有的资本主义都市结构发生重组，朱白兰亲历并见证了上海这一时期城市建设的历史，并将之作为故事背景，将小说意欲表现的矛盾与冲突巧妙嵌入其中。在小说中，作家高度赞誉爱国反帝的学生干部洪小梅，“我一生中还没有遇到过这么热情、温柔、充满活力的女生”，在作家多拉·温策看来，用这句话描述作家本人亦恰如其分。[①] 朱白兰用激情与热血浇灌着作品中的青年革命者，生动展现新中国成立后发生在上海高校内部的政治意识形态冲突与文化斗争，意欲借助鲜活的人物形象对世界读者施以影响，激发读者对中国革命的理解和同情。

（陈悦　文）

① Vgl. Dora Wentscher: Ein Buch der Freundschaft. Dshu Bai-Lan: Das Lied von Hongkong. In: Neue Deutsche Literatur, Heft 11, 1960, S. 152.

第六节
上海滩的一战战局与民族主义苏醒：《远东的守卫》

“两百多年以来，西方文明世界通过战争的形式打垮了封建制度，以昂首阔步的姿态进入了现代化的历史进程中。”[①] 资本主义发展需要大量财富与资源支持，西方列强便将罪恶的手伸向非洲、美洲与亚洲大陆，中国这片沃土更是成为他们争相抢夺的目标。“鸦片战争后，中国的丰富资源和广阔市场就一直成为西方列强觊觎的对象，中国屡蒙列强军事侵犯，国土和主权一再沦丧，直到1900年的庚子事变，八国联军侵犯北京，清廷不得不签下城下之盟《辛丑条约》，中国最终完成半殖民地半封建的社会形态。”[②] 西方列强的坚船利炮不仅结束了中国闭关锁国的状态，也带来了万恶的殖民掠夺。“随着殖民主义兴起，殖民者用枪炮占领被殖民地区以后，为了掠夺资源而在被殖民地区修建铁路、投资工业以及强行推行现代生活设施，‘现代性’往往被舆论渲染成殖民者的属性。这种舆论把人类文明简单划分成‘现代文明’与‘野蛮文化’的对立，被殖民地文化被渲染成‘野蛮’文化，只有殖民者才能给‘野蛮’地区带来‘文明’。”[③] 就殖民地的规模而言，德国是西方列强中的迟到者，也正因为如此，它不甘落后于老牌殖民国家。

---

① 黄茂文：《战争文学：两大语境与四方格局》，载《解放军艺术学院学报》，2008年第4期，第25页。

② 陈思和：《有关20世纪中国文学史研究的几个问题》，载《文学评论》，2016年第6期，第155页。

③ 同上，第156—157页。

1897年，德国利用“巨野教案”发动对中国的侵略，教案发生后不到半个月便强行占领了胶州湾。次年，中德签订了《胶澳租界条约》，山东半岛落入德国人之手，由此拉开了德国人在中国殖民统治的序幕。

文学反映社会变迁与时代精神，西方的殖民主义在文学领域得以体现，其标志是自20世纪初涌现了许多以殖民地为背景的文学作品。理查德·屈阿斯（Richard Küas，1861—1943）的长篇小说《远东的守卫》（*Die Wacht im fernen Osten*）1915年由柏林奥古斯特·舍尔出版社出版，是德国一部以第一次世界大战爆发前的远东为背景的殖民战争题材小说。理查德·屈阿斯曾任德意志帝国驻非洲国家多哥的殖民地官员，业余从事写作和翻译。生活在西方殖民大扩张的时代背景下，殖民地官员的身份使屈阿斯拥有了丰富的个人经历和广泛的创作视野。依托这些经验，他创作了十余部小说，作品多反映德意志帝国海军、海员生活以及殖民活动等主题。小说《远东的守卫》全书故事情节近一半篇幅发生在上海，此外还有青岛、香港、美国檀香山和德国基尔等地，跨越亚洲、美洲和欧洲大陆。一方面，小说“把个人与民族、家族与国家的悲壮命运历史地糅为一体从而建构起家国一体、命运相系的叙事结构”；[①] 另一方面，同众多殖民战争题材小说一样，小说着重关注在远东的西方人，讲述了一家两代人经历战争前后的命运遭际。横向的空间转换与历史维度下世界格局的动荡交织，糅合出恢宏庞大的时代感与空间感。史诗般的时代底色与叙事空间为全书搭建起富有广度的立体结构，更加凸显故事中两对年轻情侣试图突破地理空间障碍、追求真爱的勇气。

小说主人公约翰内斯·林迪希是远东赫赫有名的德国商人、大资本家，从事船运事业，在上海滩享有盛名，跻身顶级富豪之列。他反对战争，期望实现各民族间永久的和平。“我是一位世界主义者，世界

① 张秀苹、娄延强:《论战争文学中兴的四个维度》，载《求索》，2013年第6期，第159页。

公民……我的心属于全人类。”[①] 他曾说过这样的话，并且梦想着“所有一切可能发生的争端都通过全世界的大国际仲裁法庭来解决……从此所有的战争从地球上消失。战争被驱逐至它该去的地狱。军队和战舰成为多余。这样就可以避免数额巨大的军备开支，开启人类的黄金时代”（118、119）。但是，对世界各民族抱有宽容心的约翰内斯，在子女婚姻问题上却相当专制。他的儿子罗尔夫·林迪希爱上了埃娃·延森，而女儿赫塔·林迪希的心上人马格努斯同罗尔夫一样是德国海军军官。父亲约翰内斯以不希望女婿是海员为由反对这桩婚事，实际他早已打算以所谓的民族团结之名把女儿嫁给英国军官。赫塔“宁愿一小时委身于心爱的男人，也不愿意把一辈子给一个不爱的男人”（175），她毅然违背父亲的意志，在没有他出席的情况下于甲板上举行了婚礼。

不久后，第一次世界大战在欧洲爆发。得知开战消息的约翰内斯大惊失色，他多年为世界和平作出的努力付之东流。然而，和平的幻想破灭仅仅是灾难到来的第一步，英国人显然对这场战争蓄谋已久。香港是英国的殖民地，德国商人在香港的资产全部被冻结，约翰内斯只身冒险前往香港处理无果，反被英国人囚禁起来。他怀着对英国的失望，反思和平的意义：和平意味着首先要保护自己的国家和民族。此刻，他的民族意识觉醒了，终于为儿子和女婿能为德意志民族而战感到自豪。

1914年，日军进攻青岛，一批驻守在青岛的德国军官被俘虏。与此同时，上海也悄然发生一系列变化：街道上警察人数少了，在上海生活的外国人之间的联系松散了，消遣和娱乐活动也减少了。“相识并问候20年的人突然彼此成了空气，不再互相说话。过去视彼此近乎为亲属的家庭不再互相走动。要么不发送邀请，要么邀请被拒。”（191）

---

① Richard Küas: Die Wacht im fernen Osten. Berlin: Verlag August Scherl, 1915, S. 117. 后文出自该书的引文，将随文标注出处页码，不再另注。

“原来熟识的英国和法国家庭明显不再理睬他们，美国人也不想和他们打交道。”（248）随着战况推进，德国人在上海的日子愈加艰难，由于通信线路落入敌方英国人的手里，他们只得依赖于协约国报纸上的“负面”消息来了解外界发生的事情。不少“德国人开的店铺关门，店主和伙计应征入伍”（234）。约翰内斯的代理人布朗先生也毅然辞去职务，加入海军。

为躲避战乱，叔叔延森带着林迪希女士、埃娃与赫塔一起辗转回到了德国。女人们止不住对丈夫的思念，在日复一日的等待中煎熬。赫塔志愿去了部队医院，投身救死扶伤的一线，也是希望能够第一时间获得海军的消息。直到有一天，她发现自己已经怀孕，才辞去这份工作在家休养。然而，漫长的等待换来的是德军舰船沉没的噩耗。海战中，德军不敌英日军队接踵而至的攻击，为避免被俘，舰长最终下令将舰艇沉入马尔维纳斯群岛的大海，马格努斯和罗尔夫为国捐躯。得知丈夫阵亡的消息后，赫塔陷入了悲痛，但她坚决不后悔当初的选择，而是化悲痛为力量，志愿投身于更伟大的事业中去——救助人类。她说：“阻止四处袭来的不幸！尝试帮助每一个人！直面我遭遇的苦难！帮助每一个人就能帮助我的民族！帮助我的民族就能帮助全人类。全人类是至高无上的，与我们民族的存亡相关！”（321）父亲约翰内斯则变得极端激进，开始狂热支持德国“神圣的战争”，彻底转变为一位狭隘的民族主义者。从历史的进程来看，正是这种盲目的民族自豪、民族自大为日后希特勒攫取政权埋下了祸根，是引发第二次世界大战这一人类历史上空前灾难的重要原因。

小说字里行间始终透露出作者自命崇高的民族优越感。无论是通过侧面抨击日本人进攻青岛为不义之举，还是讽刺英国人密谋战争的卑劣嘴脸，抑或是正面宣扬德国海军众志成城团结一致、牺牲自己保家卫国的壮举，作者始终把德国海军军士置于道德的制高点。然而事实上，第一次世界大战是一场西方列强之间非正义的战争，以争夺全球霸权为目标而侵略弱小国家、掠夺财富资源，给殖民地国家的人民带来深重的灾难。作者屈阿斯企图在书中通过占据道德高地来美化德国的战争行径，粉饰侵略事实，甚至借中国行会会长李先生之口，表达除德国人以外的所有外国人只想着吞并中国，而德国人却教会了中国人技术，帮助中国人保卫祖国："我儿子和一些其他中国人的孩子在青岛上大学。为什么偏偏选择青岛，而不是日本或者欧洲？因为我们觉得你们德国人是唯一一个保护我们的民族，保护我们不被别国吞并。"（267）

《远东的守卫》不仅反映了时代思潮，还独到地还原了老上海的城市风貌。在作者笔下，民国时期的上海散发着迷人魅力，堪与世界性大都会相媲美，被誉为"东方的芝加哥"（72）、"东亚的伦敦"（192）。金融业是当时上海城市生活的中心，主要体现在繁华的外滩区域："黄浦江宽阔的水路"（73）上船只如梭，而"上海最著名的外滩林立着银行和领馆，有德亚银行、俄中银行、帝中银行、南印中国银行、香港银行、上海银行、横滨银行"（71、72）。约翰内斯的公司也坐落于此，是"一幢两层楼的大房子。正面一长排窗户如同许多双眼睛，越过外滩，警惕地注视着黄浦江永不停歇的滔滔江水。一边的窗户斜视着远处清晰可见的德领馆富丽堂皇的建筑，另一边的窗户对着江的上游……一根根墙柱、游廊与阳台使得阳光在进入屋内前先在此洒下它炙热的光束。巨大的铁拱门，高高的入口，看上去俨然像一座华丽的私人府邸。没有人会预料到，这里每年出产数百艘轮船并运往太平洋的各个港口"（75）。对于来上海淘金的外国商人来说，追逐金钱、享受生活的至高乐趣是生活在上海的意义。正如罗尔夫所说："在这里，金钱和赚取金钱是首要任务，比其他地方更甚。似乎只有我的父亲找得到待在这里的乐趣，尽管他已经赚了足够多的钱。"（72）

作者不吝笔墨描写老上海租界区几条非常知名、有特色的街道。跟随主人公们乘坐的黄包车，九江路、福州路、南京路、静安寺路（今南京西路）的风貌一一呈现在读者眼前。"上海报纸编辑部"位于九江路上，南京路上"欧洲的百货公司和中国人开的珠宝首饰店铺一家挨着一家"（98）。作者尤其详细描写了上海的娱乐区——福州路。

福州路外围警戒严密，“就像人群中突出的小岛一样，每隔一定距离就有印度警察和中国警察站岗。印度警察裹着巨大的头巾，脸上露出难以捉摸的表情。警察们的身影比在这座城市任何一个地方都要密集，因为想要在这里消遣娱乐的欧洲和美国海员时常会遇上同样渴望去相同目的地的当地人”（159）。移步换景后，再次观察福州路沿街店铺，“福州路上坐落着的剧院和茶馆一个挨着一个，鸦片烟窟在等待着吸食鸦片的‘牺牲者’，广东和苏州来的小女子化着像彩绘瓷娃娃一样的妆容招揽顾客”（94）。最后，读者跟随约翰内斯的代理人布朗先生走进一家福州路上的茶馆，一探上海的市井生活：富有中国风味的茶馆装饰，弹唱的苏州女子，抬轿子的苦力，边抽大烟边闲聊的茶客，袅袅升起的烟雾，构成了一幅人声鼎沸的热闹景象。作者从视觉、听觉和嗅觉出发，全方位地描绘置身其中的感受：

（茶馆）底楼透出明亮灯光的橱窗边人头攒动，布朗从他们中间挤了过去。他无意中用手拂过一顶停留在旁、由两个苦力抬着的轿子，看见了轿子的帘幕后一位苏州女子画有淡妆的木偶般的脸。她是全中国最好的歌者，在不同茶馆间穿梭卖唱。福州路两侧坐落着数家茶馆，有的有四层楼高。布朗先生通过过道进入大厅，沿着茶馆四角的内墙走。屋顶高挂的纸灯笼绵延至一处通向游廊的楼梯。游廊则沿着建筑的内边向外修建，直通大厅。楼梯发出吱吱呀呀的声音，游廊看上去弯曲有弧度，建筑自身因为成百上千来往客人的脚步晃动着。苏州女子在大厅中央歌唱。靠墙的位子被吸食鸦片的人占据了，他们抽着大烟，闲聊，欢笑，喃喃细语，最终进入了梦乡……看门人给布朗送来了冒着热气的毛巾，但凡是中国人，立马就用它们擦拭起滴着汗水的脸，以便从仍然热乎乎的穿堂风中感受到一丝凉意。但是布朗谢绝了。他不希望离开这个国家的时候，还要花心思去顾虑是否感染麻风病。在他之前又有谁用过这块毛巾呢？……茶馆的墙上还挂着纸片，上面写有中国历代的箴言。店主用它们来装饰室内空间。（160、161）

电子弧光灯发出的明亮灯光，数百中国人身上升腾起的雾气混杂着低劣的香烟味、马尼拉烟草味以及鸦片散发的甜甜烟气，唱歌姑娘单调的尖声附和着类似响板乐器的碰撞声，所有这一切组成了一幅混合图景。（163）

主人公们观察到，白天和黑夜的福州路又不尽相同，“街道在明亮的白天有一颗沉睡的灵魂。要直到太阳下山，千千万万个纸灯笼和电子弧光灯亮起时，街道才会醒来，展现出个性并产生意义”（94）。上海素有“不夜城”的美名，夜幕降临后的夜上海华灯璀璨，更具魅力，吸引络绎不绝的人群前来。

沿着绿树成荫的南京西路，便可进入上海的别墅区，“数十个英国乡村俱乐部的网球场位于此处，女球员们在举行酣畅淋漓的比赛。她们白裙飘飘，手握球拍，挥摆强健有力的手臂，来来回回在空中击打着球”（102）。一旁矗立的一座美丽安静的乡村别墅里，“榆树和榉树在铺有砾石、维护良好的道路上投射下宽阔硕大的影子。垂柳在一汪僻静的池水里投下她绿叶飞扬的倒影。水中睡莲与绽放的荷花仿佛被施了魔法似的，期待着从沉醉中清醒，还有无声的天鹅滑过深色的流水，好似从心头涌起无声的幸福梦境”（103）。

除了描写街道及其周围的景象，这一时期不少上海题材的作品都特别强调“两个上海的存在及其毗邻关系，（由此）生成了中国与西方、传统与现代、无序与有序、破败与繁华的空间并置”。[①]《远东的守卫》也不例外，屈阿斯笔下的租界与中国城形成的巨大反差是上海城市贫富差距悬殊的缩影。银行、剧院、珠宝店、俱乐部和小洋房等大多位于各国租界的管辖区内，这个区域的上海是“有俱乐部、大银行、网球场、赛马场、浦江饭店举办的炫目舞会、马球锦标赛、只顾追逐游

① 李永东:《上海租界的空间权力与文学书写》，载《西南大学学报》（社会科学版），2013年第2期，第113页。

戏的上海，是高贵的上海。这里欧洲人过的生活，除了追逐金钱，就是享受不间断的庆祝活动和消遣娱乐”（97）。仅一墙之隔的中国城里，主人公马格努斯看到的完全是另外一番场景：

一道部分已经开裂的墙将欧租界与中国城分隔开。进入中国人住的区域时，各种混合物的腐烂气味扑鼻而来。入口处，乞丐和瘸子相互打招呼，垃圾堆四处可见，在7月的阳光炙烤下臭气熏天。不足三米宽的巷子里可见从房子里伸出的公司招牌以及旗子。理发师们把小板凳放置在大街上，他们的招牌特别显眼，上面写着：无痛清洁耳朵。一个牙医或许是想打广告，他把患者的牙齿串在一根粗线上挂在脖颈上……不久就路过了一家饭堂，店外面有扭打在一起的狗和早已死去的猫……马格努斯看向所有敞开的房门，里面有人在做手工劳动。从家具简陋的房间里飘出一股发霉的、腐烂的气味。棺木停放在房间里一众器具之间。通常要等待几周的时间，算命人才能确定准许死者下葬的时间和地点，这是为了给家里带来好运。因此，尸体和活人在一起，需要等待很久。麻风病人向马格努斯伸出瘦骨嶙峋的手臂。瞎子们一个搭着另一个像鹅一样迎面走来。自残而满身脓疮的病人向马格努斯乞讨。烟贩想为他点烟斗并以此收取费用。一顶大雨伞下的餐桌边围坐着未成年的儿童和工人，吞咽着用少量钱财换来的更加显得量少的饭。他们周围躺着讨饭的人——这里就是这样称呼乞讨者的。他们睁大饥饿的眼睛，盯着他们幸福的同胞嘴里的食物一口一口消失。（95–97）

中国城与租界的生活有着天壤之别。正如马格努斯所见，仅仅隔着极短的距离，“把高贵的上海和那个瘟疫、麻风病横行以及呈现所有人类苦难的上海分隔开”，“那些享受最高生活乐趣的人如何做到无视他们身边正遭受着巨大苦难的人？”（97）

由于身份尊卑的差异，生活在上海的人从打扮、从事的职业、开展的活动等方面反映出迥异的生活质量。居住在上海的外国人多出身于市民阶层，通常以骑骏马、坐轿车的形象示人，出入宴会、俱乐部、酒吧等豪华场所参与社交活动。女士们一席礼服配上精致的打扮，男士们则身着燕尾服或晚礼服。富有的中国人也穿彩色的丝质衣裳，鼻梁上夹着巨大的金边眼镜。街道上不时出现“华丽的双轮马车载着穿着高雅的上海女人或是顶篷可开合的四座马车后排坐着戴眼镜的胖乎乎的中国富人”（94）。高档餐馆里，富有的中国人“一顿晚餐享用20个菜，其中大蒜沙拉、鱼翅、海参汤、海藻、杏仁核、瓜子、灯芯草根和青汁蛋充当重要角色”（164）。来参加林迪希家聚会的中国人是上海有头有脸的大人物：陶泰是“民国政府高级官员”，身着丝质的官服；老李是“上海乃至全中国最有势力的行会会长”。然而，富贵的中国人毕竟属于少数，小说中更多的中国人是穷苦卑微的底层人民。从林迪希家雇佣的中国厨师、宴会中来回奔忙送点心的男服务生、茶馆的招待、身着蓝白色罩衫坐在长凳上替欧洲家庭看管孩子的女保姆们，到最穷苦的黄包车夫和大汗淋漓、散发出大蒜头臭味的搬运苦力，他们遍布城市角落，为富人们提供服务。中国人多以仆人、厨师或黄包车夫的形象出现，他们的能力似乎只能胜任提供这些服务。

战争与和平、生死与爱情是小说家乐于创作、读者乐意阅读的永恒主题。尤其在一战期间那个民族主义高涨的时代，殖民战争题材小说《远东的守卫》在德国受到广大读者的追捧。丰富多样的人物形象，透出神秘气息的远东背景，加之惊心动魄的海战情节与凄婉哀痛的爱情故事，理查德·屈阿斯巧妙地将各种热门元素融入他的小说。时隔百年再次品读，读者仿佛穿越回那个年代，既能体验到历史的厚重感，又能以批判的眼光回顾当时的社会历史事件，获得一种新的阅读体验。

（李斌　文）

第七节
结 语

本章梳理分析了在德语上海小说中，上海作为叙事空间，如何参与构建了一个又一个山雨欲来的革命战争故事。上海或作为革命的摇篮，或作为殖民的权力空间，抑或作为意识形态争夺的阵地，在不同的观察视角、创作语境与审美层面折射出万千气象的城市形象。

《远东的守卫》《台风登陆上海》和《在上海做出决定》这类具有强烈殖民色彩的上海小说，反映出欧洲中心主义思维体系下东西方对话沟通的困境。《远东的守卫》描写一个生活在上海的德裔富商家庭在一战中的遭际，作者屈阿斯作为德国殖民官员，其慷慨激昂的殖民主义论调，看似大义凛然地抨击日本进攻青岛的非正义性，高呼"为德国而战"，实则是德国在青岛利益受损后急赤白脸地泄愤。《台风登陆上海》中，帝国主义势力觍颜天壤，居心叵测的苏联间谍勾结意志力软弱的革命领袖，见缝插针地将上海这颗远东明珠糟践为充满罪恶与欲望的人间地狱。殖民主义和种族主义论调充斥字里行间，对共产主义的仇视和恐惧诉诸笔端，赋予上海堕落血腥的异托邦色彩。自称"非政治性"的佩尔西斯则在《在上海做出决定》中，将德国人奉为正义之师，肩负起唤醒上海、拯救中国的伟大责任；内战阴云下，东方文化成为邪恶力量的代名词。

上海被以典型的殖民地"恶托邦"套话建构起来，对福州路、南京路和中国城等街道及其沿途景观风物的描写，承担着标绘空间的隐喻功能。[①] 一方面，上海被塑造为“东方明珠”，散发迷人的异域魅力，展现西方权力意志的外滩犹如欧洲殖民皇帝头顶的桂冠，十里洋场既是西方教父们冒险享乐的销金窟，又在政治斗争中沦为帝国主义势力博弈厮杀的角斗场，中国人是缺位的。另一方面，中国城的凋敝混乱和蛮荒落后被大书特书，殖民作家的镜头纷纷对准黄包车夫、烟鬼、娼妓、乞丐等社会底层人群，充斥陈词滥调的东方想象显示出作者对中国人民苦难的漠不关心，甚至居高临下的嘲讽鄙夷。“殖民地的人民看起来越偏远、原始和奇异，对他们的剥削和压迫就越合法。”[②] 如此荒唐的殖民论调，彰显东方想象及其背后隐藏的政治意识形态。

许尔森贝克的《中国审判》则以冷静客观的反战反殖民视角，呈现出战争阴云下激荡的“另一种”上海。洋人们丧失“种族优越性”的庇佑，在十里洋场这个酝酿着变革与崛起希望的异域舞台上毫无过人之处，颠沛流离，惨淡收场。从作者大费笔墨描写的上海街景与人物群像可见，早已逾出了简单粗暴的东方想象范式；上海空间建构不再依赖于传统的“租界/西方人—中国城/中国人”二元对立，中国人与外国人、租界与中国城被并置于平行共在的空间结构中。在这个长镜头画面下，东方与西方交融，传统与现代并存，在这种既割舍传统又孕育新生的历史阵痛下诞生的中国人，携带着这份不破不立的胎记走向崛起。作者冷静的笔触及其反对殖民的普世思考在革命战争题材的德语上海小说中难能可贵，也由此具备了历久弥新的可读性。

无产阶级左翼文学家安娜·西格斯的《杨树浦的五一节》《驾驶执照》等反映上海工人革命的小说，凭借敏锐先进的革命思想和鞭辟入里的人性挖掘，打破了上海形象写作的陈规俗套，完全驱逐了帝国主义势力的阴霾，展现上海工人运动的势不可当与革命英雄的伟大崇

① 参见吕超：《比较文学视域下的城市异托邦》，北京：中国社会科学出版社，2011年，第55—56页。

② 同上，第51页。

高。西格斯并不沉迷于虚构政局的诡谲，对小小租界的繁华亦毫无兴趣，相反，她视野恢宏，把中国革命置入世界范围内方兴未艾的无产阶级革命浪潮中。因此，西格斯笔下的上海虽仍有炮火尘硝，但这并非殖民者或“上海教父”们的武力炫耀，而是革命的火种，是对日本侵略上海的激愤抨击，是工人阶级带领中国革命走向成功的先声。《13是个幸运数字》中的“上海”被打上无产阶级专政的烙印，具有更加鲜明彻底的阶级性和光明的未来。作者或虚构或实录地呈现一个又一个平凡的小人物，他们依托上海这个革命舞台实现人生价值，成为革命英雄，一个激荡人心的红色上海亦随之跃然纸上。

在20世纪这个人类文明与伦理剧烈更迭的时代，在帝国主义携殖民主义与极端民族主义兴风作浪的时代，德语文学中的“上海”不可避免地成为西方中心的“他者”，作者展现出的视野与立场深受当时社会心理、集体想象与国际政局、本国话语权的影响，并将东西方异质杂糅而成的上海分裂出多种叙事模式。他们对中国命运或积极或消极的思考，促使我们用历史的、辩证的眼光审视自我，正如《在上海做出决定》一书结尾所写，“洗牌的危机继续燃烧在中国的血管里，上海再次在一个重大决定面前战栗着”。开埠、殖民、革命、开放……见证中国近代百年政治风云的上海如今容光焕发，以全新而独立的姿态傲立世界东方，这也正是我们重读这些德语上海革命战争小说最大的现实意义。

第四章

德语犯罪小说的上海形象

在杜登德语词典中，“上海”一词除了指涉东方名城上海，其派生词“schanghaien”还有“以暴力手段招雇船员”之意。近代以来，上海逐渐走入西方视野，其文学形象亦在历史的裹挟中不断发生着嬗变，逐渐由繁华的江南都会发展成神秘与邪恶共存、进步与堕落交织的东方“恶托邦”，伴随着“中国热”的兴起与退潮，一批以上海为背景或与上海相关联的德语犯罪小说应运而生。著名侦探小说家朱立安·西蒙斯认为，犯罪小说是“虚构情节涉及罪行及其侦破过程的小说作品总称”，[①] 侦探小说与悬疑小说均属于犯罪小说范畴。细究其定义，侦探小说是“以案件为核心、为主干展开对社会生活的描述”，[②] 或曰“一种运用逻辑推理或其他科技手段，解开罪案之谜，描写侦破过程，融情、智、理、趣为一体的独特的叙事文体”。[③] “神秘的悬疑性”是侦探小说最突出的美学特征和魅力所在，通过“不断地穿插和叠加新的秘密”，[④] 以调动读者的好奇心。与侦探小说极为相似的悬疑小说则被定义为“以一个或若干个悬念贯穿始终并且最后解开悬念的小说”，[⑤] 其

① 段枫：《犯罪小说的叙事内核及其伦理考量》，载《国外文学》，2016年第2期，第31页。

② 黄泽新、宋安娜：《侦探小说学》，天津：百花文艺出版社，1996年，第10页。

③ 任翔：《文学的另一道风景：侦探小说史论》，北京：中国青年出版社，2000年，引言第3页。

④ 黄泽新、宋安娜：《侦探小说学》，天津：百花文艺出版社，1996年，第11页。

⑤ 王多庆：《悬疑小说的写作模式》，载《写作》，2012年第1期，第93页。

与侦探小说最大的不同之处在于，案件并非由警察或侦探来破解，而是由案犯本人或其他相关人物揭开谜底。犯罪小说是法学、心理学、药理学、犯罪学、侦查学等各类学科的文学反映，也是实现人们伸张正义、惩恶扬善之心的文学场域。

自工业革命以来，欧洲各国社会矛盾日趋复杂，围绕金钱衍生的罪恶活动有增无减，赤贫暴富、弱肉强食、物欲横流、色情泛滥、道德沦丧等社会问题触及人们自身存在的深层内里。及至20世纪30年代的大萧条时期，人类个体的无助与失望被进一步放大。作为德国一战后直至纳粹时期通俗文化、社会心理以及文学实践的见证与呈现，犯罪小说具有不可忽视的文化史、社会史及文学史价值，并在与纯文学相互渗透与抗衡之下逐渐显示出独特的文学魅力。

本章所论及的六部犯罪小说创作于1925—1946年，难以避免地受到当时欧洲盛行的殖民主义与种族主义的影响。正如萨义德在《东方学》中所言："建立在政治、文化甚至宗教基础之上的东西关系的本质是一种强弱关系。"① 在普遍的西方中心主义视角下，东西方之间形成了尖锐的二元对立关系，东方"是非理性的、堕落的、幼稚的，'不正常的'"，而欧洲则是"理性的、贞洁的、成熟的、'正常的'"。② 在这种二元对立的思维及创作模式下，德语犯罪小说多将异国城市上海构建为罪恶、贪堕、情欲的神秘异域。在《上海来客》中，东方名城上海投射出一种"冒险家乐园""落后之城""罪恶之城"的异托邦镜像。在《上海枪声》中，上海被塑造成充满诱惑与威胁的东方"魔都"，极具代表性的上海弄堂既散发着东方的异国情调，又象征着堕落的情欲放纵。在《上海恶魔》中，租界与中国城构成"魔都"的一体两面——理性进步与罪恶堕落的双面性。《上海要将我吞噬》则在繁华的上海外滩与幽暗上海里弄之间形成巨大反差，并在西方文明的映衬下放大混

---

① 萨义德：《东方学》，王宇根译，北京：生活·读书·新知三联书店，1999年，第49页。

② 同上。

乱无序的“他者”镜像。在《上海商人》中，上海有着令人难以抗拒的神秘，但也是孕育邪恶力量的温床与巢穴。唯在《上海女孩》中，上海不再是西方中心主义视角下“罪恶之都”的异托邦形象，而是作为德国经济大萧条时期的精神避难所，承载着作家对神秘东方的诗意想象以及对乌托邦的迷恋与向往。

此外，相较于有血有肉、立体丰满的西方人，对中国人外貌的表述则趋于平面化和脸谱化。如《上海恶魔》里的中国人“额头扁平，鼻子小而塌陷的脸有点像猴子”，“眯缝眼”。《上海来客》中的上海人李平“身材矮小、丹凤眼、面无表情”，就连《上海女孩》中被视为东方女性正面健康形象的杨桂檀也未能摆脱种族主义的叙事俗套，“睫毛和眼角被厚重的眼皮完全遮盖……眼皮几乎没有任何颜色差别地过渡到鼻翼。鼻子是塌的。”但是，仅就文学叙事层面而言，因人物扁平化描写而缺失内在生命，读者便可在阅读文本时将自身想象投射到这类角色身上，以弥补人物人格与思想上的叙述缺位，情感代入性极强，感染力颇佳。

总体而言，多数德语犯罪小说在展示作家丰邃的睿智之余，也在西方中心主义视角下将上海塑造成一座充斥着阴暗、愚昧、野蛮与情欲的“罪恶之都”，并在继承中西方二元对立的叙事套话基础上，通过编织叙述在上海惊险、刺激、黑暗而真切的经历，令读者在体验异域文化的新奇中，不断重构上海与东方的“恶托邦”印象。

第一节

精神控制与谵妄幻想：《上海商人》的上海之夜与东方魔咒

德语作家罗伯特·雅克斯（Norbert Jacques，1880—1954）生于卢森堡，1922年加入德国国籍，二战时期致力于纳粹宣传。战争结束后，他被遣送回卢森堡，并被指控为叛国罪而驱逐出境，在德国度过余生。雅克斯是一位热爱冒险采风的小说家，在创作题材的选择方面，他并未局限于欧洲，而是将目光投向遥远的异域东方。1912年，罗伯特·雅克斯与第二任妻子玛格丽特进行了一场长达16个月的环游世界之旅。他们从意大利港口特里斯特登船，途径新加坡到达香港。进入中国后，从长江下游一路乘船、骑马向上游探索直至西藏。完成这一不可思议的3000公里探险后，他们原路返回，离开亚洲，前往澳洲和南美洲。雅克斯以在东南亚和中国南方沿江城市的所见所闻为基础，大胆进行文学虚构，杜撰出一名德国商人在上海的奇遇记，并将自己对东方文化的理解巧妙地织入其中，这便是作者出版于1925年的通俗小说《上海商人》（*Der Kaufherr von Shanghai*）。

小说围绕德国商人奈伊、美国金发女郎莉莉特和马来西亚女仆梅拉三人展开。20世纪初的上海被视为遍地红利的淘金天堂，吸引了在马来西亚种植园工作多年的德国商人尼克·奈伊，他雄心勃勃地来到上海，想要建立一个平等互利、互相信任的“亚欧集团”。奈伊拜访了上海租界中颇具名望的寡妇威尔姆斯夫人，并希望得到她的支持；在夫人素有“饿塔”恶名的府邸中，奈伊撞上一位穿着长袍马褂、精神错乱的德国人汤教授，他大声宣扬着对东方神学、对死亡与通灵的顶礼膜拜，“饿塔”的种种古怪让奈伊带着恐惧逃离。随即他意外遇见自己在马来西亚雇用的女仆梅拉。梅拉出于对主人的爱意，从苏门答腊岛一路尾随来到上海，她的出现令奈伊烦躁不已。在租界俱乐部的舞会上，奈伊与在船上认识的美国金发女郎莉莉特重逢，并深深爱上她那充满阳光与自由的灵魂。但此刻的奈伊已深陷东方魔咒的蛛网中：为了夺回主人，梅拉向奈伊施展马来西亚的魔法——血咒，奈伊体内的疟疾种子不断发作，向他施加肉体和精神的双重痛苦；同时，追求与观音通灵和永生的汤教授对他进行精神控制，奈伊常常神志不清地出现在一系列谋杀中国人的案发现场，中国官府的孙博士和民众都怀疑奈伊是谋杀案的元凶，就连奈伊本人也自认杀人凶手而行将崩溃。重重夜雾笼罩着城市，陌生神秘的东方明珠化身为邪恶怪诞的罪恶之城。最后，在威尔姆斯夫人和爱人莉莉特的帮助下，奈伊查明汤教授才是犯下罪行的幕后真凶。真相大白后，奈伊对上海这座拥有东方魔力的城市产生了深深的恐惧，他离开上海，与莉莉特一起返回了她的美国家乡。

小说选取玄幻奇妙的东方魔法作为题材，将其与真实世界的罪恶联系起来。噩梦与真实交织，人性的救赎与贪堕引发犯罪博弈，白昼与黑夜的界限在谵妄中模糊。萎靡的底色中，上海这座城市被异化为邪恶力量的巢穴。

在20世纪初殖民主义文化主导下，“西方人将他们的恐惧和抱负、梦想和欲望投射到亚洲国家”，[①] 因此，在欧洲中心主义视角下，沦为半殖民地的上海成为相对于西方社会而存在的异托邦。上海作为异托邦城市，是相对于自我的他者，是“无法触及的真实生活存在的场域”，[②] 亦是对已知现实存在的解构。一方面，小说《上海商人》所建构的“上海”作为他者，“是自我欲望的对象，是自我欲望的补充和延

① 吕超：《比较文学视域下的城市异托邦》，北京：中国社会科学出版社，2011年，第47页。

② 张一兵：《福柯的异托邦：斜视中的他性空间》，载《西南大学学报》，2015年第3期，第5页。

伸”。[①] 上海作为展现一系列离奇故事的舞台，横向吸纳了欧洲文化、东南亚巫术与东方通神思想，使犯罪、诅咒、商机与华洋矛盾等多向度关系在有限的叙事空间得以呈现。另一方面，作者对莫须有的“东方魔力”的一次次重申，对裹挟秘密与罪恶的城市不厌其烦的描述，使叙事空间在主题化的过程中，削弱了其政治、历史、经济等社会属性，增添了怪诞诡谲的魔幻色彩。小说中呈现出的“上海”如同纵向历史上割裂而出的镜像空间，在咒语、通灵、凶杀等关键词的烘托下，展示出颠覆性的异托邦色彩。

叙事情节在时间和空间两个维度展开，[②] 叙事空间始终是“时间中的空间”。在主人公惊悚的上海奇遇中，大部分推动性情节都发生在夜晚。作者放弃对“阳光下”的城市进行描绘，而是将上海划入黑夜的统治：一切罪恶都发生在迷雾幢幢的夜晚，发生在主角的半梦半醒之间。在夜幕笼罩下的特定的叙事情境中，人们无法信赖对空间感知至关重要的视觉，角色被置于动荡的非安全状态中，只能依靠嗅觉、听觉或触觉感知夜色下的城市。在富有神秘色彩的暗夜基调下展开的城市画卷如同拼凑而成的断章碎片，扑朔迷离。

小说中首先与“夜晚”构成依存关系的是“马来西亚血咒”，女仆梅拉所代表的东南亚神秘巫术是构成小说情节的主题之一，亦被放入“上海”这一叙事空间。邪恶力量支配下的异托邦上海作为对现实的颠覆，“时时通过自己的存在反对和消解现实”，[③] 在通感中形成的幻象反作用于主角身处的现实空间，使夜色下深不可测的城市更具虚幻性。[④] 仿佛邪灵化身的女仆梅拉总是在夜晚活动，她自命为黑夜的使者，以邪恶力量为荣。她自信“当我的朋友——黑夜将太阳逐走后，我会到

① 吕超：《比较文学视域下的城市异托邦》，北京：中国社会科学出版社，2011年，第50页。

② 龙迪勇：《空间叙事学》，北京：三联书店，2015年，第4页。

③ 张一兵：《福柯的异托邦：斜视中的他性空间》，载《西南大学学报》，2015年第3期，第6页。

④ 福柯：《另类空间》，王喆译，载《世界哲学》，2006年第6期，第57页。

主人的身旁去”。[1] 她在夜色的庇护下对奈伊施加魔咒：“大约到了深夜两点，卧室的房门悄无声息地开了。如同风把一片树叶从窗户吹进屋中，一个深色的影子偷偷溜进了房间。是梅拉！”（49）梅拉出现之时，周遭一切仿佛都被黑夜中蔓延的邪恶力量压制，使奈伊完全失去对自我的控制，现实世界的存在亦受到威胁：“森林里面一派阴森幽暗……直至外面灯笼的灯光再也触不到地面时，他才停下了脚步，寻找头绪……正在这时，昏暗中一根枝丫咔嚓一声断裂开来。他睁大被热度灼烧得看不清楚的眼睛，径直望向眼前黑暗的池塘。”（19、20）主角失去对周围世界的感知力和判断力，难以对建筑、道路或灯光做出具象表达，真实的物理空间流于虚无和空洞，上海的形象在夜色中更加怪诞和模糊。与此相反，在对白天的上海的数次描写中，梅拉与她的“血咒”带来的阴戾氛围则是缺位的。奈伊在医院静静享受白昼舒适的时光，他首先听见“苏州河上传来一阵舢板和帆船船主的号子声。对他而言，这条街道往前就深入了内地，那些中国式的陌生声响在街上叮当响个不停——仿佛在这儿，这个国家的内部世界转而向外”（39）。港口、货船、纤夫，这正是上海这座港口城市最本质的特征，回到阳光下的城市变得活跃又喧嚣、忙碌又充实：“夏天侵入了这座城市。当河水退潮时，繁茂树木的香气与河沟里水藻的臭味混合在一起。涨潮时，奈伊就能透过围墙看到小船圆圆的棚顶，闻到河水新鲜的味道，一如他童年时闻到的被剥了皮的柳条香味。”（39）夏日带来勃勃生机，童年的回忆往往指涉美好事物，因此，在奈伊养病的这段平静时光里，邪恶力量缺失的上海被赋予活跃、积极的气质。在爱人伴随下，白天的上海变得更加可爱可亲，这样的氛围引人敞开心胸，倾诉心中的痛苦。“他们俩迎面闯进空旷的绿野中，通过询问亲切纯朴的农夫，得知了前往龙华寺的路……此刻，他的目光所及之处都是自然风光，而心

---

① Norbert Jacques: Der Kaufherr von Shanghai. Berlin: Ullstein A. G., 1925, S. 32. 后文出自该书的引文，将随文标注出处页码，不再另注。

底倾诉的渴望也越来越强烈，所以他开始毫不犹豫地向莉莉特讲述自己的经历。”（130）上海城郊的自然风光令奈伊抛却束缚，也为整个城市的形象增添了明媚色彩。

然而，这种温情脉脉终究只是昙花一现，对叙事空间的塑造起到决定作用的仍是晦暗长夜。陶醉于通灵永生思想的德国人汤教授主导的连环谋杀案件无一例外地发生在沉沉夜色下，构成本部小说悬疑情节的核心。实施谋杀罪行的夜晚都是奈伊被施以“血咒”，以及被汤教授精神控制和精神折磨的时刻，陷入迷乱的奈伊在混沌中穿行于城市阴暗的角落：“这地方曾是法租界的北门，经由这里可以进入中国城……人潮与他相对而行，他左突右冲挤了过去，来到了东门。他在寻找什么？他犹豫不决，又疑惑地转身走回去……这条巷子是如此窄小昏暗，奈伊必须用手摸索着才能前行。”（54）跟随奈伊的脚步，上海的中国城逐渐在浓重的夜雾中显现轮廓，他首先看到巷弄里“挤满了屋檐凸出的铺子”（54），“被放得满满当当的货物中透出零星灯光。这些杂七杂八的货物凌乱地堆放着，其间不时闪过人的脑袋，就像是半明半灭的球体”（54）。夜幕下的中国城失去了白天的生机，一切光影、声音都充满诡异的犯罪气息，“有时昏黑的门会打开来，看起来就像黑洞洞的地穴，把人们引向未知的地方”（54）。随即，撞入谋杀现场而清醒过来的奈伊心惊胆战地逃走，周围的环境令他如坠噩梦，场所变化毫无章法逻辑。奈伊突然发现自己置身于“漆黑的夜中，地面沉降之处有一方黑黝黝的池塘，池塘之上建有木梁，在伸手不见五指的昏暗中，木梁如同动物一般隐藏于黑夜中。一群建筑物则稳稳地立在上面，屋顶犬牙交错。一座桥呈之字形向建筑物蜿蜒而去，仿佛在保护被追逐的人。这是湖心亭——中国城中心一家著名的老字号茶馆”（55）。夜色中，空间的转换摒弃了物理位移的合理性，刚刚置身于凶杀现场的奈伊转瞬来到了不知位于何处的茶馆，“就如同身处被人施以魔法的场景变换中”（55）。借助电影中的蒙太奇手法，主角碎片化的空间体验展现出异托邦将“几个相互间不能并存的空间和场地并置"[1]的特性，其自相矛盾的共时性特征正是对支离破碎、杂乱无章的中国城形象的重申。即便是满载欧洲先进文化的租界和港口区，也被蒙上了噩梦和犯罪的阴影，"黄浦江江面上一片漆黑，轮船的阴影和舷窗中露出的灯光占据了整个江面，这景象随着车子的跑动在奈伊面前一闪而过"（96）。当汤教授出现时，他用言辞蛊惑奈伊，令其眼中的画面再次扭曲："黄浦江中心停靠着一艘轮船。轮船的烟囱中排出一团污浊漆黑的烟雾，它翻滚着径直蹿入黑夜中。烟雾升到高空后，流淌成一团团的形状，相互推搡着。"（97）在诅咒、犯罪与夜晚形成的互涉关系里，与其说夜色下的上海处于噩梦中，不如将这座鬼魅的城市本身理解为永不停歇的梦魇：混乱即是城市布局，罪恶为其打上烙印，幽灵取代城市的居民，扭曲与异化成为建筑与空间的基本特征，作者笔下的异托邦上海被赋予浓厚的无序和迷乱色彩。

在对城市生活的描绘中，上海的轮廓同样披着夜幕的斗篷浮现。异化的城市孕育出病态的人群，夜色下的人变作异化扭曲的生物，让奈伊感觉人的脑袋"就像是半明半灭的球体"（54）。在此生活的三教九流，他们"如同小鸟扑翅飞向昏暗"（174），当他们仿佛魑魅一般出现在暗夜之中，"有人影在爬动，它们借着隐约的灯光摇摇晃晃地聚集过来。周围纷纷响起那个男人刚刚哼唱的歌声，越来越多的人围过来，他们衣衫褴褛，发出恶臭"（180）。一旦听说主人公身上带着钱，便化作行尸走肉，"这群脏兮兮、臭烘烘的乞丐像着魔了一般，赤着脚朝莉莉特扑去"（181）。这群生活在中国城的人是乞丐贫民，他们生活在社会底层，逐渐丧失自我意识，形成病态的群体。在异托邦城市中，陌生的异域城市在空间结构上被喻为迷宫，[2]主人公在中国城错综复杂的弄堂深巷中失去方向，在夜晚慌不择路，"不可回避似的跑进莫名的、杂乱无章的巷子中的黑夜里"（55）。对暗巷的描写反复出现，深化了

① 福柯：《另类空间》，王喆译，载《世界哲学》，2006年第6期，第55页。

② 吕超：《比较文学视域下的城市异托邦》，北京：中国社会科学出版社，2011年，第76页。

迷宫的特性，为中国城打上密集杂乱的烙印。当莉莉特踏入中国城，她看见“小广场周围分布着一排排低矮、昏暗的房子，火炉中发出的刺眼的火焰光芒徒劳地照亮着这些阴暗的房屋”（183）。当奈伊在凶案发生后的白天再次来到这里，中国城仍呈现出污秽的特征：“墙下钻出一条脏兮兮的巷子。一个大开口的无门洞直通一间房屋。一块蓝色的碎片飘飞在洞口前。洞中蹿出一阵恶臭，这臭味缓缓地缠绕上奈伊的脖颈。”（64）“迷宫”是对作者笔下的中国城的最佳诠释，福柯用以形容异托邦“污秽、病态和混乱”的特质在上海的中国城体现得淋漓尽致。

对于西方殖民者而言，上海之夜远不止于此，欲望权色和金钱交易才意味着真正的、作为半殖民地的上海的夜生活。戏院和赌场的声色犬马是小说对上海夜生活描写的重点，这两大场景为作者笔下的“堕落之城”添上重要注解。在商会的晚会上，戏台灯火通明，看客放肆喧嚷，“人群熙熙攘攘地环绕着戏台。戏台上，铜锣哐哐地响着，二胡吱吱呀呀地拉奏着单一的曲调，木琴叮叮咚咚地响着，传出一阵像云雀般啁啾的声音，笛声时而呜咽，时而欢唱。偶尔，所有的乐器像约好了似地共同演奏出一段急促而和谐的音律”。“行会成员往返于庭园与人群中，喝着产自上海南部的茶。他们用搪瓷装点的或者刻有精美雕镂的水烟枪吸着烟，与耽于享乐的宴会宾客一样沉湎于声色犬马中”（79）。行会的存在具体地表明了上海作为繁荣商贸城市的地位，又为流于荒诞的异托邦增添了几分现实性。纸醉金迷的晚会之夜暗合“十里洋场”的经典刻画，画卷中充斥着金钱物欲带来的感官享受。小说通过威尔姆斯夫人的视角，对中国城中一个宾朋满座的赌场进行了全方位的描写。为了躲避警察查抄，赌场位置隐蔽，“它前面的庭院中有客房和餐厅。庭院后面除了仓库还有第二个院子，它掩藏在一大片混乱无章的建筑中”（158）。威尔姆斯夫人从黑暗的巷子中摸索进入，首先看到的是“银色之云”赌场附带经营的鸦片窟：“一股甜美但略带焦味的气息逼进她的鼻孔。平坦宽阔的睡榻上躺着男男女女，他们正在抽鸦片，就这样静静地躺在那儿。他们眼神迷离，像被看不见的梦境吸走了灵魂。他们脱离尘世的喧嚣，是幸福的、没有烦扰的”（158）。威尔姆斯夫人在这里玩了当时赌场最受欢迎的番摊，当她出现在赌场时，引起一阵骚乱，“男人们带着毫不掩饰的好奇望着她”（158），“女士们纷纷走近威尔姆斯夫人，抓起她胸前的琥珀项链细细观察……然后又用手指拂过她衣服的葡萄扣……她们摸着威尔姆斯夫人的裤子……她们不禁惊叹，这个外国人穿着的紧身丝绸裤子是多么精致啊”（159）。对赌徒百态的直观描写生动呈现出一幅“赌场众生卷”：鸦片客、赌徒、烟熏雾绕的赌场、一掷千金的庄家……不同于歌舞升平的晚会，赌场的夜晚如开裂粉化的丝帛，带着浓郁萎靡的封建色彩，这处销金窟的腐朽陈旧是“十里洋场”的另外一张面孔。贫与富、脏污街巷与享乐场所、十里洋场的纸醉金迷与中国城的贫穷混乱形成鲜明对比。共时空间的并置与语义上的对立互相渗透，难以调和的矛盾现象在同一城市空间找到交汇点，阴郁的笔调和蒙太奇式的拼接赋予城市变幻莫测的色彩。

“夜”除却与诅咒、犯罪、享乐相关联，也成为日常生活的底色。在对角色周围环境的描写中，上海的城市画卷在道路延伸中逐渐立体。小说借梅拉的视角描写上海街道的夜晚：“上海这时候的大街上仍有人在游荡。一些夜市小商贩端着装满货物的架子，架子上插着一杆油灯，他们用充满诱惑性的声音大声吆喝着向稀疏的人群走去，大街上不断有类似的一小撮人在晃荡。”（42）梅拉作为旁观者冷眼看着夜晚的上海街道：夜市、商贩、吆喝声，色声光影汇集为一幅热闹祥和的生活图景。黄浦江也成为上海夜色中的明亮织带，不断出现在夜晚街景中：车夫“先是沿着外滩，黄浦江上闪动着轮船的灯光，随后黄包车又闪进了城中”（21）。忙碌的港口昼夜不休、灯火通明，商人奈伊正是沉醉于上海这个商业城市的数之不尽的红利和财富之中，他“走到外滩，看着黄浦江上交织的灯光。一条欧洲商船停靠在岸边。轮船公司‘中国商人’的‘汉考’号商船开进了黄浦江”（85）。小说同样以夜色下的江景画上句号，受够邪恶力量折磨的奈伊与爱人莉莉特匆匆赶往港口，准备离开上海，他们一路“途经孤零零的外滩，然后穿过外白渡桥。一旁的阿斯托尔酒店中透出的灯光照亮了百老汇。车夫们朝着这座城市的出口飞奔。沿途的房屋此刻变得稀稀拉拉，撞入眼帘的是旷野中伫立的工厂。终于，他们的目光触到了夜色下宽阔的黄浦江面”（190）。在经历荒诞诡奇的诅咒凶杀、终获解脱之后，奈伊最后一眼所见的上海之夜终于呈现出宁静疏朗的一面。

尽管小说在尘埃落定后的平静中结束，但通览全书，作者笔下的上海绝非“等闲之地”。作为异托邦的上海，在全书中始终以扭曲镜像出现，被阐释为颠覆性的存在。作者通过莉莉特之口断言：“这树枝摇摆在这座陌生而充满危险的城市夜色中，这座城市中生活着陌生的危险的民族。”（166）在作者笔下，西方的文明胜过东方，而东方残暴原始的邪恶力量却是生活在文明社会的西方人难以抗拒的：“就算是西方人也不可能逃离这片土地的魔法。”（31）夜晚灯火通明的上海，在充满恐惧的奈伊的内心，却是一个“燃烧着的火场”（188），一片“陌生之地的火焰海”（187），在他谵妄的幻象中，“陌生的东方放射出令人倍感煎熬、毫无同情心且惨无人道的火焰”（187）。上海这座城市被冠以陌生、危险的标签，它的繁华背后是惨无人道的堕落世界。在虚构扭曲的离奇想象中，上海被塑造为一个邪恶的异域“魔都”。

（陈丽竹　文）

第二节

情欲与威胁:《上海枪声》的上海想象与空间建构

阿弗雷德·施洛考尔（Alfred Schirokauer，1880—1934）是活跃于魏玛时期的著名电影编剧，其文学创作主要以通俗小说为主，尤擅长写历史人物传记小说。他于1932年所作的通俗小说《上海枪声》（*Schüsse in Shanghai*）以上海为故事发生的主要背景，融爱情、情欲、凶杀与异国情调于一体，情节一波三折、悬念迭起，叙事清晰紧凑、张弛有度，笔调舒缓哀伤、抒情动人，是一部特色鲜明、技法娴熟的通俗小说。上海这座异国城市作为小说情节发生地在小说的整体叙事中占据了重要地位。在通俗小说模式化的叙事与对异国形象套话的使用中，小说呈现出不同的上海想象，或繁华如梦，或肮脏落后，或颓废堕落，或欲望撩人。小说中的上海并非单纯的异国情调式的配景，而是与人物形象、命运以及情节发展紧密相关。下面将以比较文学形象学为基础，在分析小说叙事模式的基础上探究小说通俗文学文类的模式化叙事与形象建构的交互关系。

一、形象与套话

从比较文学形象学的视角来看，形象是某一文化对于另一文化的总体性想象与建构，是一种深入文化心理与思维潜意识的“社会总体想象物”，其本质为“对两种类型文化现实间的差距所作的文学的或非文学，且能说明符指关系的表述”。[1] 形象是一种象征性的语言，一种承载着特殊文化意义的符号。[2] 法国当代形象学家巴柔将“形象的一种特殊而又大量存在的形式”称为“套话”，“套话”使形象这一原本多义的文化符号逐渐演变为只表述单一文化意义的“信号”，[3] 因而是对一种文化的简化与概括。套话是自我区别“他者”，从而建立自我认知的有效机制，这种机制通过将本土文化与他者文化置于“二分法”的对立或对照关系中发挥作用。[4]

自启蒙运动以来，“东方与西方、古代与现代、自由与专政、进步与停滞、文明与野蛮等二元对立框架”[5] 既已成为西方认知与想象东方的基本模式。随着西方工业文明的崛起，中国在西方的东方想象中愈渐成为西方自我想象的负面性镜像，“野蛮”成为西方想象和表述中国的流行套话，经由在地化的叙事呈现出一个个相异又相似的中国形象。而这些形态各异的负面的中国形象，汇集成一套由特定语词、修辞手段、意象等构成的体系，赋予“野蛮”“愚昧”“贫穷”“落后”等修饰性语词以中国特征。以这样的中国形象为前提，中国人的形象同样是以广为流传的经典套话（如“中国佬约翰”“异教徒中国佬”等）[6] 为原型的种种变形，麻木呆板、愚昧无知、阴险狡诈、堕落败坏。

套话作为社会集体想象物，“高度浓缩地表达了一个民族对异民族的认识和感受”，且“一旦形成就会融入本民族的集体无意识深处，潜移默化地影响着本族人对异国异族的看法”；此外，“套话具有持久性

① 达尼埃尔-亨利·巴柔：《形象》，载孟华主编：《比较文学形象学》，北京：北京大学出版社，2001年，第155页。

② 同上，第157—159页。

③ 同上，第158页。

④ 同上，第160页。

⑤ 周宁：《天朝遥远：西方的中国形象研究》，北京：北京大学出版社，2006年，前言第12页。

⑥ 姜智芹：《欲望化他者：西方文学中的中国形象》，载《国外文学》，2004年第1期，第47—48页。

和多语境性，它可能会长时间处于休眠状态，但一经触动就会被唤醒，并释放出新的能量”。[①] 就西方文本中的上海形象而言，上海作为一个中国城市，其形象的建构与想象必然受到已有的中国知识与中国形象套话的影响。异国形象，尤其是套话，往往是均质的、单一的，但是异国中具体的城市所传递的文化信息却有可能同这一形象有所抵牾。对西方而言，上海便是一座极为特殊的中国城市。自开埠以来，上海迅速形成了“十里洋场”的繁华盛况，到20世纪二三十年代更是成为世界第六大城市，以“东方巴黎”“西方纽约”之称而享誉中外。[②] 与此同时，租界之外的上海城市空间作为中国人聚居的中国城，以截然相异的文化形态与作为“城中之国”的租界并存着。上海这座城市的中与西、传统与现代的城市文化逻辑，因其反差与对比的强烈而无法为西方的观察者所忽略，而这些亲历异国城市的观察者留下的上海叙事，在现代媒体方兴未艾的背景之下，通过报刊、书籍、照片、电影等形式传播到西方各国，影响着未曾到访者对于上海的想象。

二、小说中的上海形象

从日尔曼学者福尔克尔·魏德曼在《焚书之书》中对施洛考尔的生平介绍来看，施洛考尔一生并未到过中国，[③] 因而他笔下的上海更多的是一种文学想象与建构。

在女主人公伊莎深入上海这座东方大都市之前，施洛考尔言语间的上海始终是一个如梦如幻的异国城市。对于孩提时期的伊莎而言，远在上海的唯一亲人卡尔舅舅“如同巴格达的哈伦·拉希德和羽毛世

---

① 姜智芹：《欲望化他者：西方文学中的中国形象》，载《国外文学》，2004年第1期，第45页。

② 吕超：《海上异托邦——西方文化视野中的上海形象》，哈尔滨：黑龙江大学出版社，2010年，第31页。

③ Vgl. Volker Weidermann: Das Buch der verbrannten Bücher. Köln: Kiepenheuer & Witsch, 2008, S. 136-138.

界中的霍勒太太”[①] 一般，是童话般的浪漫人物，而上海则“始终是梦幻撩人、却又不可企及的远方”（6）。临近上海，伊莎心情十分激动，“周身沉浸在古老童话变幻成真的神秘气氛中”（5）。伊莎所乘坐的渡轮行驶进黄浦江，她所见到的上海已然是灯火辉煌的“东方巴黎”：“当岸边白晃晃的灯光亮起，天立刻就黑了下来。轮船一个向右急转，就好像从偏僻小巷来到了大城市灯火闪耀的大道上。好似变戏法一般，外滩，这条东方巴黎繁华的沿江大道，就连同它两侧罗列的石砌宫殿、穹顶大厦和万千扇灯火闪烁的窗门一道，赫然跃入眼帘。”（7、8）现代大都市的快节奏和拥挤此时仍显出活力而非威胁与压迫：“毫无预兆地，她就被抛入这座东方国际大都会勃然跳动的心脏里。就在她的眼前，无数汽车驰骋如飞，白色有轨电车隆隆前行，蓝色公共汽车咔嗒有声，黄包车快步如风，人群扰攘奔忙。她站在滑行着的甲板上看这东方大都会扰攘的夜景，就好像置身于一个舒适的移动画廊。”（8）

而当伊莎在黄浦江码头翘首等待本应来接自己的卡尔舅舅时，上海这座城市逐渐显露出其真面目。当伊莎踏上前往上海的渡轮，叙述者便以全知视角预叙善良纯洁的女主人公将在这座东方都市所面临的命运：“这个……对世界一无所知的女孩，正孤单一人前往遥远亚洲那个疯狂危险的城市。”（13）小说开篇，伊莎乘坐着黄包车，穿梭于城市空间中；叙述者借伊莎的视角对城市空间的叙述和描绘与小说人物的塑造与情节的设定交相呼应，为整个上海形象的建构奠定了基调。

到达上海的首夜，伊莎的足迹经过上海的三种城市空间：一是外滩附近的商业街；二是宁静整洁的欧洲人聚居区；三是肮脏混乱的中国城。除欧洲人别墅区能让伊莎感到心安之外，另两处空间都威胁或即将威胁着伊莎的存在。中国城尤其让伊莎感到恐惧与不安。与街道宽阔明亮的欧洲别墅区不同，中国城“黑魆魆的”“杂乱不堪”“臭

---

① Alfred Schirokauer: Schüsse in Shanghai. Berlin: Programm-Bücherei Dr. Bambach & Co. 1932, S. 5. 后文出自该书的引文，将随文标注出处页码，不再另注。

气熏天”（27）；而在其中居住的陌生国度的人们更是蒙昧未开，是些“陌生可怕的生物”——“这些裸着黄皮肤上身、长着恶心脓疮的男人，只在胸前围一片肚兜、下身穿黑色裤子的女人”（27）；伊莎感到自己“不断深入中国城的迷宫中，不断深陷在敌意谩骂的愤怒中”（28）。叙事者以极度夸张与戏剧性的语言描绘伊莎意识到自己身处中国城中的恐惧：“她咬紧牙关，强忍着不让打着战的牙齿发出咯咯的响声。千万不能向她软弱的意志投降！别慌神！血液涌上头来，在耳中轰鸣——心跳得飞快，她甚至觉得，每个人都能听见她心中的嘶吼：冷静——振作——镇定！”（27）这种恐惧伴随着她穿行在中国城和充满敌意的中国人之间，以至于“舅舅的死亡，她不幸的处境，一切都让位于恐惧，只有恐惧还在她脑海中震颤——对骇人听闻的罪行的恐惧——谋杀、奸污、酷刑。所有一切关于中国可怖之处的描述，或是书中虚构的，或是她在轮船上道听途说的，都似乎迫在眼前，立马就要成为令人窒息的现实了”（28）。就在伊莎的恐惧似乎达到顶点时，一声枪响，她的黄包车夫倒在血泊中，她的恐惧与害怕也随之达至顶点。随着伊莎惊慌奔逃入“上海黄浦江边最堕落的城区”（29），小说的情节到达一个高潮。由于卡尔舅舅已在伊莎抵达上海前死于霍乱，孤独无依的伊莎在这座东方大城市中命的运遭际，也在这里进一步推进。

外滩繁华商业大道上的旁支小巷对于伊莎的威胁并非性命攸关，但却关乎其作为女性的存在。伊莎来自于巴伐利亚深山中的一家修道院，纯洁无瑕、未经世事，而上海这座东方城市却充满情欲的诱惑与威胁。叙述者对上海巷弄街景的呈现是情欲化的。阴暗幽深的小巷充满了东方的异国情调，“里头到处彩旗飘飞，彩灯荧荧，阴森可怖地通向深处”；“各个种族的混血儿，各领区内怪异的女人，构成一股不息的缓流，涌入这些小巷”，暗示着城市深处放荡堕落的欢愉场所；甚至连街道上也“笼罩着一层奇异细腻的薄雾，弥漫着一种撩人的色欲气息”（19、20）。除此之外，叙述者对于亚洲人身体裸露的强调——“赤裸上身的搬煤苦力”（9、10）、“裸露上身的黄包车夫”（18、19）、“中国城内裸露的男男女女”（27）、“偶然瞥见的饭馆内汗涔涔的赤膊身影”（20）、“肮脏破败的上海城郊村庄中赤裸的孩童与裸露身体的男女”（83）——给小说的情欲书写增添了原始的又充满威胁的意味。

三、小说叙事结构

洛特曼在《艺术文本的结构》一书中指出，空间与世界观或“思想模式”相互关联，认为两者构成了一种拓扑结构（topologisch）的语义场。如，“高—低”常与“好—坏”相对应，“近—远”常与“熟悉的、自我的—陌生的、他者的”相对应等。[①] 文本空间背后总体的意识形态模式或世界观不同，空间与语义形成的拓扑结构也有所差异；而相对应的空间范畴及其语义则是相反或相对的。小说《上海枪声》中充满了语义对立的空间范畴：德国（亲切的故乡）—上海（陌生的远方）、繁华的外滩大道（繁华艳丽）—昏暗僻静的小巷（混乱堕落）、欧洲别墅区（安全）—中国城（危险）、租界（文明法制）—城郊乡村（野蛮的民族主义）。可见，小说空间建构的背后是东西二元对立的世界图式。东方与西方、野蛮与文明、正向与负面作为一种简化与二分的感知与话语方式参与到上海城市空间的分割、组建与整合中来，文本中的上海便在这一建构中呈现出其东西交杂、矛盾对立的形象。

文学作品中，“文本中的世界空间模式是一种组织要素，非空间的特征则以之为中心排列”；[②] 文本中的空间拓扑结构的建构由此是一种“表现文本中非空间关系的语言”。[③] 空间的对立与分割是小说叙事的基本特征，小说的人物与情节则以此为轴，以一种拓扑结构的形态分布

---

① Vgl. Jurij M. Lotman: Die Struktur literarischer Texte. München: Wilhelm Fink Verlag, 1981, S. 313f.

② Ebd., S. 316.

③ Ebd., S. 330.

于不同的空间中。对立与差异则意味着界限与边际，小说的叙事和情节正是以文本空间所建构的拓扑结构为依托，通过不断越界——从一语义空间进入另一语义空间——得以推进。

小说的主人公伊莎从小父母双亡，在巴伐利亚一座寂静的修道院内长大成人，唯一的亲人是远在上海经商的舅舅卡尔。小说的开头，伊莎应舅舅之邀只身前往上海，并计划在上海定居。19岁的伊莎单纯天真，“除巴伐利亚山区内孤寂的修道院生活和德国游轮上安全的包厢外，对世界一无所知”（12）。《上海枪声》从分类上看属于爱情小说，此处所谓“对世界一无所知”主要指的是伊莎对于爱情、情欲与婚姻的一无所知。此外，伊莎的美貌也从小说中出现的男性角色对她的一见倾心与爱慕以及租界区交际圈内女士们的艳羡嫉妒中可见一斑。伊莎从宁静安详的修道院来到上海这座“中国最混乱的城市”（17）是小说最为根本的空间转换，也是小说情节展开的前提。单纯无知的少女与险恶混乱的亚洲城市构成小说叙事与情节发展的根本张力。伊莎的天真单纯使其丝毫未能察觉黄包车夫对其美貌的垂涎：“但他那颗来自世界大都会的头脑却清醒得很……在他那漠然不动的脑门后快速地盘算着什么。这可是个千载难逢的机会啊！……那儿的白人姑娘是他们最为渴求的人间极乐。”（23）她也无法识破俄国人菲尔金对其肉体的疯狂渴望：“他幻想着同伊莎疯狂恣意地交欢”（42）；“占有她，……征服她！感受她在怀中颤抖……在死亡来临之前再尽情享用这纯粹的珍品”（58、59）；“他内心想道，冷静！再享受片刻她的陪伴，然后再去爆发，尽情释放”（66）。伊莎认定菲尔金是将其从危险中拯救出来的恩人，无视他一开始对自己隐瞒父亲商业伙伴的存在和在黑暗中进入她房间的行为，甚至在安顿下来后一再去拜访菲尔金。沉迷鸦片与情欲幻想的菲尔金最终爆发，扑向伊莎欲行不轨。伊莎在惊慌失措中用匕首刺向菲尔金，菲尔金则在万念俱灰中握住伊莎的手将匕首刺向自己的心脏自杀。

俄国人菲尔金是小说的另一关键人物，在小说中象征着一种堕落的情欲放纵。伊莎是在黄包车夫中枪之后惊慌失措、奔逃至大马路（南京路）——“上海黄浦江边最堕落的城区”（29）时遇见菲尔金的。菲尔金是一个受鸦片荼毒而沉湎于肉欲的堕落的欧洲人形象，也是一个跨越两种空间的矛盾人物，象征着对欧洲文化的偏离。菲尔金曾是白人男性中的翘楚，是“那些在远东闯荡的能干的欧洲先驱之一”（37），后“被鸦片的恶魔攫住”而身心俱毁、沉沦堕落，时常在黄浦江边肮脏淫乱的场所满足欲望。菲尔金早年是叱咤外滩的风云人物、“炙手可热的单身汉”（37），遇见伊莎时却已然是上海臭名昭著的白人男子，终日待在其早年建造的、位于上海郊外的别墅内吸食鸦片。伊莎的出现似乎给深受鸦片毒害的菲尔金带来了救赎的希望，但鸦片致狂致乱的作用使菲尔金对象征着纯洁与希望的少女产生了不可遏制的情欲和渴望。

由于菲尔金的住宅位于租界之外，遭受谋杀指控的伊莎因而要受中国法庭的审判。审判前，伊莎被关押在位于中国城的中国监狱内。此时的德国人在中国已经失去了领事保护权，因而成为中国狂热民族主义者向欧洲宣泄愤怒的替罪羊：“一个在满洲的德国人无凭无据被判处了死刑。还有一个在天津的德国人，推开了一个纠缠不清的小乞丐。那个孩子不幸摔倒了……死了。那些中国人判了他11年徒刑……11年生不如死的折磨！”（91、92）此处，中国民族主义的觉醒被妖魔化为对欧洲人的一种威胁。对此，小说开篇的场景便有所暗示。伊莎抵达上海的第一夜，拉载她的车夫是被当作破坏对日工厂罢工的叛徒而遭错杀，这表明了上海的政治局势混乱及民族主义者暴力行动的猖獗。伊莎从欧洲人生活与活动的区域来到菲尔金居住的城郊无疑是双重的越界，是从文明、理性与法制走向堕落的情欲、野蛮与敌意，从而陷入了生存危机。反之，当伊莎通过与舅舅的商业伙伴——英国人威廉姆·瑞安结合而得以进入英国法庭接受审判时，其生存危机才得以解决。

在施洛考尔笔下，上海纵使极尽繁华，其本质仍是东方的；而作为英属殖民地的香港则不然，它身处东方，却似乎更偏向于西方。伊莎“打一开始就爱上了香港”，“热烈地爱上了这个遍布着拱门与柱廊的城市”（138）。她登临太平山顶，“一种家乡的感觉触动着她”（154）。在对香港的描述中，唯一与中国有关的事件是全国上下抵制英货的相关运动。此处描述这一社会历史形势并非为反映中国的局势有多混乱，而是借此表现兰瑟姆——与伊莎产生爱情纠葛的英国男子——为达目的不择手段的性格特征。当伊莎从上海来到香港时，她所面临的就不再是关乎生死的生存性问题，而是关于激情与婚姻的道德抉择问题。

四、通俗小说叙事与形象建构

毕生致力于研究通俗小说与大众文化的德国学者瓦尔特·努茨对通俗小说有如下界定：“以我之见，‘通俗小说’是一种具有特定的、明确规定的内外形式的标准化产品。这一形式是一种标准，而这一标准绝对适用其内在（如内容、风格、故事主要情节及词汇等）及外在（如出版形式、宣传方式或篇幅等）。这一标准以对通俗小说所面向读者群体的认识为出发点。小说的主要情节总是有相同的编排形式：以一个可解决的冲突开始，结局皆大欢喜……其间是非黑即白模式下‘善良’与‘邪恶’的小说人物之间的交锋。小说人物除少数例外，均是刻板印象（stereotyp）。”[①] 通俗小说的生产本身就是一种模式化的再生产，是“一种由生产者设计出来、并作为这样的产品而被购买者所需求的工艺品”。[②] 在通俗小说中，“生产者和接受者的交际（叙事）层面是一种从（标准化的）偏见中援引观念世界的刻板化。”[③] 由此，通俗

---

① Walter Nutz: Trivialliteratur und Popularkultur. Vom Heftromanleser zum Fernsehzuschauer. Eine literatursoziologische Analyse unter Einschluß der Trivialliteratur der DDR. Wiesbaden: Springer Fachmedien, 1999, S. 63.

② Ebd., S. 64.

③ Ebd., S. 65.

小说征用的多是社会上最为普及与普遍，即深入大众文化心理的偏见、印象与观念。如同通俗小说中非黑即白的人物一样，通俗小说中也充满了泾渭分明的对立，如“远方—故乡、铺石路—泥路、城市—乡村、调情—爱情、情欲—贞洁”，而“这样的两极化可在所有通俗小说中找到”。[①]

作为一部通俗小说，《上海枪声》同样具备上述通俗小说的诸多特点。就人物而言，小说中刻板化的中国人形象对于小说中上海形象的建构具有重要作用。小说中的中国人冷漠（如告知伊莎其亲人已死的中国女仆）（25）、阴险（如欲将伊莎卖到外滩江上妓院中的黄包车夫）（23）、野蛮未开化（如中国人在室外简陋的石槽内如厕）（82）、男女老少衣不蔽体（9、10、18、19、20、27、83）、愚蠢可笑（如中国监狱中关押的女子面对伊莎时的惊恐之状，以及狱卒对两人拥抱亲吻的滑稽反应）（99、100）。这些脸谱化的中国人形象无疑与形象学视角下表述中国的套话不谋而合，是一种对于他者的刻板化。尽管20世纪二三十年代的上海早已华洋共处，且租界内的中国人在数量上占了绝大多数，但负面的中国人形象总是与中国城或城郊的城市空间相勾连，成为塑造这些城市空间的要素。不仅如此，1915—1950年，德国共出版了15部以上海为背景的通俗小说，这些小说“无论在内容上还是在形式上都表现出高度的一致性”：“上海小说”大多是带有情欲主题的犯罪小说，“将具有亚文化特征的国际都市作为神秘犯罪事件的舞台”，奢华与赤贫的对照几乎出现在所有小说中；尽管小说中的人物来自欧亚各国，但这种国际性的描述并非以达到跨文化理解为目的；与此相

① Walter Nutz: Trivialliteratur und Popularkultur. Vom Heftromanleser zum Fernsehzuschauer. Eine literatursoziologische Analyse unter Einschluß der Trivialliteratur der DDR. Wiesbaden: Springer Fachmedien, 1999, S. 65.

反，“情节发展通常都证明了亚洲和欧洲之间不可调和的矛盾”。[1] 在通俗小说非黑即白、极简化的世界图式中，中西方二元对立的想象得到进一步强化与突出。

（陈雨田　文）

① Achim Aurnhammer: Vicki Baums Roman Hotel Shanghai (1939) im Kontext der deutschen Shanghai-Romane. In: Wei Maoping, Wilhelm Kühlmann (Hrsg.): Deutsch-chinesische Literaturbeziehungen. Vorträge eines im Oktober 2003 an der Shanghai International Studies University abgehaltenen bilateralen Symposiums, Shanghai: Shanghai Foreign Language Education Press, 2006, S. 217.

第三节

阴谋与宿命:《上海女孩》的“她者”之镜与东方想象

《上海女孩》(*Das Mädchen von Schanghai*)是德国通俗小说作家恩斯特·阿道夫·比尔克豪泽(Ernst Adolf Birkhäuser，1908—1942)发表于1938年的都市情感悬疑小说。所谓“悬疑”，即悬而未决，疑窦百出，有学者定义悬疑小说为“以一个或若干个悬念贯穿始终并且最后解开悬念的小说”，[①] 另一种定义是“用悬而未决曲折的情节推进故事发展的一种小说形式”。[②] 不论基于何种定义，小说《上海女孩》皆应归于悬疑小说范畴，究其风格，则应属“社会派悬疑小说”，即“所描述的故事情节往往是由一个社会现象引起的，不单单是一个曲折离奇的事件，它……关注社会心理和人性情感……将故事情节放在广阔的社会背景下，凭借作者对社会的洞察力以及对人性的深度刻画，描摹主人公的精神世界”。[③] 出于悬疑这一风格特点，作品中各人物的人格面纱逐层揭开，主人公的形象不断由一个极端向另一个极端变化，作家借此由表及里地展现人性的善与恶、复杂与扭曲。例如，女主角特露德在首次出场时展现出近乎完美的优雅女性形象，而至小说后半部分，她出于利己私心，利用勒恩霍夫对自己狂热的爱慕，间接成为

① 王多庆:《悬疑小说的写作模式》，载《写作》，2012年第1期，第93页。

② 朱全定、汤哲声:《当代中国悬疑小说论——以蔡骏、那多的悬疑小说为中心》，载《文艺争鸣》，2014年08期，第138页。

③ 黄纯一、张鹏:《悬疑小说究竟如何抓住人的心灵》，载《文汇报》，2013年11月1日。

其犯罪行为的帮凶。而真正犯下罪行的勒恩霍夫却随着真相的逐渐揭晓，一改自私疯狂的角色性格，以出人意料的选择和结局唤起读者的同情与唏嘘。

除人物形象塑造外，《上海女孩》在小说情节设定上同样悬念迭生，环环相套。作者并没有借助惊悚恐惧的场面描写来制造悬疑的气氛，而是在情节设定中步步设疑，不断向读者抛出充满悬念的情节转折，例如特露德的意外失明，上海女孩杨桂檀去向不明的突然辞别，从而从心理上牢牢牵动读者，使其不断调整自身的期待视野。其中勒恩霍夫的横死是小说全篇设定的最大悬念，特露德、伯哈特以及海宁医生的证词则是作家故意为读者布下的若干迷局，而滑落在钢琴琴弦中的日记本最终充当了悬念"解谜者"的作用。

概言之，作家借助悬疑小说的创作手法，以几位主人公的爱情为主线，描述了在战争的恐惧和生活的不幸面前，小说人物无力地挣扎于各自命定的宿命之中。上海女孩杨桂檀的几次出场与退场构成了贯穿小说主要情节的一条主线，她是作家赋予"异质"特征的"东方想象物"，是作家对神秘而美好的东方名城上海的想象与寄情载体，象征着作家对遥远东方城市上海的无限向往。

一、《上海女孩》的宿命圈套

作品开篇，A. 雷茨布尔克机械制造厂的负责人保尔·雷茨布尔克正与儿子伯哈特·雷茨布尔克讨论工厂的经营困境，由于受英美企业联合打压，工厂亟待研制新的金属替代物，否则从此将失去市场竞争力。特露德·范·多伦是机械制造厂的核心员工，她外表精致、品位超群，苦难的童年过往使如今的她变得冷酷、干练且野心十足，拔群的工作能力令她在公司各事务间游刃有余。她试图帮助工厂渡过难关，进而在事业上更进一步，却由于一次实验事故不幸失明。事故发生前一晚，她在曼海姆一间酒吧里遇上了君特·勒恩霍夫，一种"模糊的预感"和恐惧将她攫住，这种不祥的征兆暗示着即将发生的悲剧，奠定了宿命的基调，她随即感到某种“让她难以承受的厄运就要来了”。[①] 至此，宿命和绝望的基调被渲染得更加明确和个人化。作者紧接着强调，“有些东西是没有人能够摆脱的，那个人也不能，这是可以肯定的”（24），暗指两位主人公的命运轨迹将在未来不可避免地交叠。

君特·勒恩霍夫原是霍内克诊所的外科医生，年轻时曾作为军医在德国军队中服役。在一次重炮袭击中，他的音乐家好友克莱门斯·图尔·林德的双手被手榴弹炸得粉碎，在好友痛苦的请求下，勒恩霍夫用手枪射穿了好友的心脏。虽然这是他写在日记中不为人知的秘密，但他心中自此埋下了一颗随时爆发的死亡炸弹，他成为“被命运打上标记的人”，他的耳边时常响起众口齐呼的“审判”，“犹如千万人齐声唱起的赞美诗”（58），他害怕被审判，又渴望被审判。他感觉命运的车轮时刻催逼着他赴死，他也试图超越命运划定的惯常轨道，摆脱命运的追逐，但宿命论早已深植于他内心，他感到“一股陌生的力量笼罩在他与命运之上。他对此束手无策，只能任由这股力量掌控自己。”（83）身为医生，他曾将无数人从垂危的生死线上救回，但如今他发现“所有的生命都是暂时的，终点是死亡……活着都是不真实的，只有死亡才是真实的”（58）。

为抓住最后的复明希望，特露德来到柏林枢密大臣霍内克的诊所，却获知他刚刚去世的消息，此处的巧合也暗指人物无法逃脱命运的既定轨迹。万念俱灰的特露德决心利用君特·勒恩霍夫医生对她疯狂的爱慕，帮助自己复明。勒恩霍夫也期盼特露德会出于强烈的感激之情进而爱上他，但他不知道的是，特露德此时早已爱上伯哈特·雷茨布尔克，而他自己也已不幸陷入了命运所设定的、同枢密大臣霍内克近乎相同的爱情悲剧中。按照马丁·布伯的“我—它”关系理论，勒恩霍夫在特露德身上感受到的只是一种“我—它”关系的爱情幻象，

---

① Ernst Adolf Birkhäuser: Das Mädchen von Schanghai. Leipzig: Fr. Wilh. Grunow, 1938, S. 24. 后文出自该书的引文，将随文标注出处页码，不再另注。

“我—它”关系是把他人物化，与“我”产生关联的他人都沦为“我”经验、利用的对象，是满足“我”的利益、需要、欲求的工具，在“我—它”关系中，“我”与他人不可能建立真正的人与人的关系。[①] 因而，勒恩霍夫所希望的——在特露德身上获得最后的女性之爱，也是不可能如愿的，这也直接导致了他的悲剧结局。

小说开篇仅以“背影”形式短暂出场的主人公杨桂檀是上海富商家庭的千金小姐，她随父赴德经商，在柏林上大学。在一次高档酒店的舞会上，她与年轻的弗里茨·海宁医生相识，两人互生好感。海宁和勒恩霍夫同为霍内克诊所的外科医生，但因霍内克猝然离世，海宁失去了工作，每天在与妻子里斯贝特的争吵和求职受挫的生存焦虑中挣扎，原本满怀希望的新婚生活被突如其来的变故打上了“厄运”的烙印，怨怼逐渐取代爱意，充斥二人的生活。海宁医生和妻子里斯贝特多次提及“厄运来了”（113、114、165），认为生活中接二连三的不顺利之事将注定造成悲剧命运，因而，海宁身上也同样印刻着作家浓厚的宿命论色彩。舞会一别，本以为从此不会再有交集，海宁和杨桂檀却在数月后不期而遇。他们爱意愈浓，却皆无法揣度对方的心意。杨桂檀将这归因于自己的东方容貌，无法通过眼神向爱人传递“她对他的狂热与爱慕”，无法“含情脉脉地回应他”（175）。作者此处巧妙地设置了一系列连续的多重巧合，令杨桂檀无法逃脱预设的命运之网。将爱情的不如意归结为东方外表的桂檀端坐在窗边，她收到了一封儿时好友泰鸿从美国寄来的信件，照片上好友的眼睛已按照白人的方式“改造”，原本和桂檀一样的狭长双眼已变为“闪闪发亮的大眼睛”，“因为纵情欢乐而散发着光芒”（177）。之后，劳伦斯夫人的登场则将桂檀彻底推向了悲剧的泥潭。劳伦斯夫人先是品论泰鸿的“西式”长相，对桂檀的“东方式”容貌不留情面地贬斥，紧接着看似不经意地透露出霍内克诊所整容医术之高明，一步步将桂檀引向悲剧的

① 马丁·布伯:《我与你》，陈维纲译，北京：生活·读书·新知三联书店，2002年，第49页。

深渊。纯真的桂檀决心摆脱自己中国人的容貌，幻想通过一次整容手术永远消除她同海宁之间的文化隔阂，消除两人的血统差异。于是，她来到柏林的霍内克诊所，浑然不知自己正置身于深渊的边缘。

小说分为25个章节，在前半部分中，几位主人公的故事情节平行展开、交替叙述，各章节间看似互无关联，仔细品读却可发掘作者穿插其间的诸多线索。直至小说后半部分，众人齐聚柏林的霍内克诊所，主人公们本不交叠的命运轨迹因欲望、渴慕、责任和希望彼此紧密交缠。对特露德疯狂的爱慕令勒恩霍夫逐渐跨越道德与法律的底线，为帮助特露德复明，他决定改弦更张，借助整容手术支撑霍内克诊所的运营开支，以维持原有的医学研究条件，此时主动找上门的上海女孩杨桂檀顺理成章地成了他的牺牲品，他将桂檀视作命运对他的“暗示”，毫不犹豫地利用了这一“暗示”，用桂檀的视力成全了特露德一直以来的愿望。手术后的特露德成功复明，杨桂檀却孤独地躺在诊所的病床上，等待看到她所期待的“改变”。得知真相的特露德深陷自责与恐惧的泥淖，果断拒绝了勒恩霍夫的求爱。

犯下罪行却未能如愿的勒恩霍夫决心赎罪，以期所有牵涉其中的人借此免除罪责。他选择结束生命，犹如响应命运一直以来对他的呼召，“他本想抓住命运的车轮，但车轮却从他身上滚过”，最后只得“苦涩地承认自己面对命运的无力”（197）。马丁·布伯曾在《我与你》一书中写道：“当人沉湎于他所经验、所利用的物之时，他其实生活在过去里。在他的时间中没有现时。”[①] 小说中的勒恩霍夫20年来不断被“命运的审判”纠缠，将自己视作戴罪之人，无法和“现时”中的“我”和解，他仿佛将“我”滞留在过去的已逝时光中。勒恩霍夫的宿命论事实上是战争给他造成的精神失衡与心灵创伤，以及不断蔓延进生活的悲观情愫。战争带来的迷茫和打击令他对医生的责任感和义务逐渐

① 马丁·布伯：《我与你》，陈维纲译，北京：生活·读书·新知三联书店，2002年，第28页。

怀疑和动摇，进而出现了行为的偏颇，但他最后幡然醒悟，试图用人性抵抗虚无，尝试寻找并重构自我价值。弥留之际，勒恩霍夫的耳边再次响起几十年来不断折磨他精神的审判之歌，这一次他知道，歌声终于要永远地停止了。

纵观全书，作家比尔克豪泽在小说中频繁运用事件的巧合来凸显人物面对命运时的无力，借此加深小说的“宿命论”底色。这种偶然性在某种程度上更是一种必然性，偶然的必然性或必然的偶然性是宿命的特点之一。命运犹如一位看不见的小说人物影响着主角们的生活际遇和精神归属，他超然于善恶之外，超然于生死之外，“没有人能阻止别人实现自己的命运”（56），只能放任命运的发展，正如小说中受战争阴影困扰、最终被命运蚕食，但在生命终点实现了自我救赎的勒恩霍夫医生。与此同时，“命运”也将人物引向了各自真实的内心世界，回归生命及精神的源头，重得应有的安宁，如选择家庭的海宁医生和错认爱情、最终重新获得自我身份认同并返回家乡的上海女孩杨桂檀。

二、上海女孩及作为东方想象的上海

小说结尾处，康复后的杨桂檀来和海宁医生告别，她将离开德国，并于六周后抵达家乡上海。虽然作家的笔触始终未涉足东方名城上海，上海女孩杨桂檀在这部同名小说中也并非作家着墨最多的人物之一，但她不仅起到推动情节发展、串联小说其他人物的关键作用，也是作家有关上海想象的寄情载体。作品中，作家频繁使用德文“fremd”（陌生的、异乡的）及其派生词（如：die Fremde、das Fremde、Fremdheit等）描写来自上海的东方女孩杨桂檀，译者也将此类词语译为“异国姑娘”“异域”及“异国风情”等，总之皆不离“异”字。顾彬曾指出：“‘异’可以用来表示自己所不了解的一切，与‘异’相对的乃是自己。‘异’也表示用自己的价值标准去衡量自己所不了解的人、事、地点等。”[①] 比尔克豪泽笔下的“上海女孩”正是这样一种“异”的存在，是充斥着陌生感的想象物。根据目前搜集到的寥寥资料尚无法确知作家本人是否曾亲历上海，小说中有关杨桂檀的描写和评价或许是作家通过阅读或道听途说获知，如“一位广游四方的先生曾将来自上流富裕家庭、接受过良好教育的中国姑娘认为是世界上最美好的女性——那些贫穷的中国苦力妇女自然就被认为是最丑陋的”（133）。作家塑造的杨桂檀正是这样一位“美好的女性”，她的父亲是一位“富有而讲究”的大商人，良好的经济条件为桂檀提供了游历世界和异国求学的机会，第一次正面亮相的她身着一套“品位不俗、材质上称的西式晚礼裙”，搭配“昂贵的鳄鱼皮皮包”。她的德语“近乎完美”，“她的语速很慢，不慌不忙，经常会长时间地停顿，但明显带着一股想要完美、清晰而正确表达的傲气”（133）。在弗里茨·海宁眼中，桂檀是“一位柔弱的、少女般的人儿”，有着“瘦削而动人的肩膀，深黑色的浓密卷发……一张无比扁平的、如面具般僵硬的脸，犹如被琥珀染了色一般，有着深深隐藏着的狭长双眼和涂着口红的性感嘴唇。脸上挂着无法琢磨的浅笑，犹如来自另外一个陌生世界”（132）。值得一提的是，这段有关外貌的整体描摹，同桂檀在勒恩霍夫视角下以“背影”首次登场的描写如出一辙，其中部分描写在小说后文数次近乎无差别地重复出现，这也暴露了作家本人对“东方式”相貌较为单一的刻板认知和对“异域”上海及上海人想象的局限。事实上，比尔克豪泽塑造的上海女孩并不符合传统意义上的东方审美，他在作品中如此描述桂檀的外表：“睫毛和眼角被厚重的眼皮完全遮盖……眼皮几乎没有任何颜色差别地过渡到鼻翼。鼻子是塌的……”（133）作家如此勾画人物，也许只为迎合西方读者对东方女性的主流想象，以实现其特定的文学效果。

即便如此，作家笔下的上海女孩形象依然是一面有价值的“她者”之镜，它折射出的是20世纪三四十年代德国人对中国女性的普遍想象

① 顾彬：《关于“异”的研究》，曹卫东编译，北京：北京大学出版社，1997年，第1页。

与认知。这种想象并不等同于空想。一方面，这种“她者”想象包含着作家及他那一代知识分子的理想，正如小说中的海宁医生。性格乐观、直率的海宁向往充满异国情调的远方，而他多愁善感、理智且悲观的妻子里斯贝特无法满足他的精神欲求。海宁对激情的渴望、对异国及远方的向往逐步幻化为对上海姑娘杨桂檀的渴慕，“在海宁眼中，她的脸仿佛是他永远渴慕着的梦幻般遥远而纯洁的神灵，是带来好运的化身”（175）。这位“身材娇小而纤细”的上海女孩散发着“一股撩人的气息”，“这气息来自他无法触及的远方，此情此景仿佛将他带回青年时代，他一头热血地扎进书籍的彩色奇境之中，连呼吸都难以平静”（132）。除此之外，海宁心里“那个他孩童时期便梦想着，但却永远无法靠近的充满诱惑的远方”（137），随着同桂檀的相识与交往逐渐变成了“令人迷醉的现实”，仿佛能通过桂檀克服空间的距离，抵达充满异国情怀的东方彼岸。从这点上来看，杨桂檀所表征的“异质”及东方想象既在空间意义上指向了“远方”——东方名城上海，又在时间意义上指向了海宁心中更理想的“过去”——他的孩童时代和青年时代。

另一方面，上海女孩杨桂檀体现着这一时代德国人对中国的认知和诗意想象，她是作家心中对东方名城上海所代表的神秘文化、梦幻、诱惑与美好的集结体，杨桂檀无瑕而圣洁的形象犹如一尊“东方的神像雕塑”，“用自己的神秘遮盖了她的容貌”（172），其所在的东方城市上海便是作家在一战后经济衰颓的故乡德国塑造出的精神避难所，是供躲避当下现实的精神家园。根据弗洛伊德在《作家与白日梦》中阐述的理论，作家的创作行为类似于搭建城堡的孩童，作家“构建出一个幻想的世界”，“幻想的动力是未被满足的愿望，每一个单一的幻想都是愿望的满足，都是对令人不满意的现实的纠正”。[1] 可以说，小说人物所经历的一切也是作家本人精神生活中的冲突在小说中的具体

---

① 西格蒙德·弗洛伊德:《论文学与艺术》，常宏等译，北京：国际文化出版公司，2001年，第99—102页。

呈现，亦即将自己精神生活的冲突趋势集中表现在几位主角身上，借助人物挥之不去的压抑情绪和全书铺陈的宿命感，展现平淡生活下精神的苦闷与战争带来的、难以摆脱又挥散不去的阴霾。与此同时，作家也欲借人物来表达和呈现自身对“异地”及远方的迷恋与企望，似乎“异地”是他的灵魂能够完全满足和舒展之地，正如充满异国风情的杨桂檀及其表征的神秘而平和的东方城市上海。

三、结语

朱光潜认为，宿命观“就是对超人力量的迷信，认为这种力量预先注定了人的遭遇，人既不能控制它，也不能理解它”。[①] 在迷雾萦绕、疑窦环生的情节设定下，作家比尔克豪泽通过展现小说人物性格中的弱点、缺陷或是邪恶之处，将主人公逐步引入宿命的圈套。同时，主人公们在宿命这张巨大的网笼罩下产生的无力感和虚无感又与人的理性思维形成了尖锐对立，小说情节在二者的对立交锋中也不可避免地呈现出一种虚妄和荒诞。作者一方面意图借宿命论思想表达对社会现状与生活的不满；另一方面，他将悲剧与战争联系起来，控诉战争将人们引向悲剧的渊薮，给人类带来永久的精神创痛。作家在抨击与控诉之余着力塑造了上海女孩杨桂檀这一近乎理想的东方女性形象，形成一面独具特色的“她者”之镜，并借此映照出彼时德国人对中国和中国女性的认知，及包括作家在内的知识分子对“精神家园”——“异域”上海的诗意想象与希冀。

（陈悦　文）

① 朱光潜:《悲剧心理学》，合肥：安徽教育出版社，1989年，第276页。

第四节
魅惑与堕落：《上海恶魔》的上海形象与中西对立

弗里德·略夫（Friedel Loeff，1906—?）创作的小说《上海恶魔》（*Der Teufel von Shanghai*）出版于1938年，正值纳粹当权时期。长时间以来，德国学界普遍认为，第三帝国文学大致可分为纳粹意识形态文学（宣传文学、战争文学、血与土文学）与内心流亡文学两类；流亡文学则自成一类，不属于第三帝国文学。然而，就当时文学创作与消费的历史现实来看，通俗文学的创作与阅读才是纳粹时期文学生产与消费活动的重心。[①] 侦探小说是纳粹时期最为重要的通俗文学类别之一，在此期间大受读者欢迎。[②] 尽管纳粹德国对于文艺作品的审查制度严苛，但由于侦探小说受众广、受喜爱程度深，纳粹文化工作者和审查者认为，这一文学形式在有效监管下能为纳粹意识形态宣传所用，因而即使在纳粹德国，侦探小说仍有存在与发展的空间；尤其是二战前，通俗小说多被视为政治无害而未受到审查部门的关注。[③] 二战前夕的侦探小说并无明显的政治意识形态。同所有类别的通俗小说一样，这一时期的侦探小说为迎合大众阅读口味而采取模式化的叙事、固化的人物设定等策略。由于英美侦探小说发展较为成熟，在市场上也更

① Vgl. Tobias Schneider: Bestseller im Dritten Reich. Ermittlung und Analyse der meistverkauften Romane in Deutschland 1933-1944. In: Vierteljahrshefte für Zeitgeschichte, Heft 1, 2004, S. 77.

② Vgl. Thomas Kniesche (Hrsg.): Einführung in den Kriminalroman. Darmstadt: WBG, 2015, S. 99.

③ Vgl. CarstenWürmann: Zwischen Unterhaltung und Propaganda. Das Krimigenre im Dritten Reich. Unveröffentlichte Diplomarbeit, Freie Universität Berlin, 2013, S. 223.

为成功，许多德国侦探小说家倾向于模仿英美侦探小说的叙事模式，套用其典型人物与意象，将场景移置到英国或其他国家，有些作家甚至将笔名改为英国姓名。[①] 此外，这些侦探小说中的重要事件多发生在大城市中，[②] 人物角色的分配和设定常带有种族主义色彩，[③] 如英国人多为绅士淑女，美国人多为富商大贾，而中国人或有色人种则多为混蛋恶棍。

小说《上海恶魔》就是纳粹德国前期模式化侦探小说的典型。侦探小说是一种自成一格的文体，“以案件为核心、为主干展开对社会生活的描述”，[④] “情节是侦探小说的生命”。[⑤] 由于每个案件大都经历发现案情、侦察破案、缉拿凶手的过程，侦探小说的叙事很容易陷入固定的模式中，其审美价值和成败也体现在这三个环节的艺术布局和文学表现上。《上海恶魔》中的案情并非直接呈现，而是有一个发现的过程。小说以伦敦一家诊所中一名从上海染病归来的青年不治而亡写起，逐渐披露另三起相似病例，循序渐进、有条不紊地呈现出案件的全貌。随着案情逐渐浮出水面，知情人离奇死亡以及侦探在家中遭袭，小说的悬念逐渐攀升。由于所有死者以及案件相关人员都曾经到过上海，于是上海成为案件侦查的主要地。

小说以《上海恶魔》为题，已然暗示了上海这座城市的罪恶与堕落。小说主人公罗伊抵达喧闹嘈杂的外滩，在他的视角与感知中，外滩各大银行的高楼琼宇既非文明的表征，也不关乎进步，而是“白人金钱和权力钢筋水泥形式的化身”，而黄浦江上的英国舰船，其存在是

---

① Vgl. CarstenWürmann: Zwischen Unterhaltung und Propaganda. Das Krimigenre im Dritten Reich. Unveröffentlichte Diplomarbeit, Freie Universität Berlin, 2013, S. 224.

② Vgl. Ebd., S. 203.

③ Vgl. Ebd., S. 262.

④ 黄泽新、宋安娜:《侦探小说学》，天津：百花文艺出版社，1996年，第10页。

⑤ 同上，第22页。

为了“随时准备着保护同胞的金钱和贸易”，[①]而非彰显大英帝国的权力与影响。主人公对上海城市景观选择性的关注似乎暗示着这座城市罪恶与堕落的根源在于金钱与贪欲。但小说中的上海形象并非通过这些静态式的描写与感知，而主要是在情节的渐次推进中建构起来的。

由于小说中的上海城市形象塑造紧贴小说情节推进，因而是抽象的、简化的，缺少细节上的真实。小说中上海的两种基本空间由租界上流社会交际圈与中国城构成。前者以中国医生李英及其女儿德泰为中心。小说以一种通俗小说特有的夸张语气描绘出李英一家在上海租界内的地位与影响。主人公罗伊的内视角称，李英如宫殿般的宅邸“比他见过的所有豪宅都要豪华富丽”（51）；而他们的社交晚宴上则“聚集了各个国家如此多的白人，就差外交官没有来了”（52）；“富有的外国人在宴会和开办的小型舞会上攀比奢华，但却没有人狂妄到想要超越李英家举行的盛大舞会”，因为“那里的舞会如童话般极尽奢华”（110）。这一空间容纳了舞厅、酒吧、跑马场、俱乐部等子空间范畴，而这些城市空间内，人们的社会行为，即跳舞、饮酒、闲谈、骑马、调情等，则赋予这一空间以纵情声色、奢靡空虚的语义特征。此外，围绕着李英与其女儿的租界上流社会不仅是堕落的欢场，还是贪欲膨胀的渊薮。小说中，四位离奇暴毙的年轻人受李英蛊惑而心生贪念，从而陷入“点石成金”的骗局中，又因不愿与他人分享生财之道而失去倾听他人意见的机会——“如果这些年轻人不那么自私自利，只愿意自己一人变得如洛克菲勒般富有的话，那么他们就会同其他人说起这件事情……”（143）尽管小说中的上海租界生活与当时西方上流社会的生活方式无异，但上海的租界仍是异国的和东方的，也即神秘、魅惑、阴暗与非理性的。这无疑主要通过对李英及其女儿的形象塑造表现出来。作为中国人，李英与德泰的“异”在外貌上显而易

① 弗里德·略夫：《上海恶魔》，陈雨田译，北京：世界知识出版社，2019年，第49页。后文出自该书的引文，将随文标注出处页码，不再另注。

见。李英丑陋："这张额头扁平，鼻子小而塌陷的脸有点像猴子。不仅如此，李英头发全秃，他那羊皮纸般的头皮上一根头发也没有。"（51）而德泰貌美："即使按照欧洲人的品位，德泰也是漂亮的。她像个瓷娃娃般纤弱娇小，娇柔的脸蛋上略施粉黛，一双漆黑的丹凤眼奕奕有神。她薄薄的嘴唇涂了鲜红的颜色，蓝黑的秀发如丝绸般柔滑。"（52）尽管德泰的长相具有东方特征，但其衣着打扮及言行举止——说法语、穿巴黎时装、张罗主持西式宴会——却更像一名西方上流社会的新女性。两人的共同点是表里不一。李英虽然看似德高望重，但本质上却是个谋财害命的恶徒。德泰尽管美貌无双，却只是父亲逞凶行恶的诱饵，她既无自主意识，又脆弱不堪，在得知父亲犯罪后便绝望自杀。总体而言，李英与德泰构成小说东方想象的两面性，即外在的魅惑迷人与内在的阴暗邪恶。小说借罗伊之口道出："意志薄弱的人总是太容易屈从于异国的诱惑，中国会将他们拖垮的"（45）。这里所指的便是那些在上海经受不住美色与金钱的诱惑而失去理智与分辨能力的年轻受害者。

中国城与极尽奢华、纵情声色的租界形成鲜明对比，是贫困、肮脏、堕落与危险的象征。如同李英及德泰构成上海东方性的两面性，租界与中国城分别象征着上海这座东方大都市外表光鲜美丽与内里罪恶堕落的两面。小说中，侦探罗伊共五次出入中国城探寻秘密，发掘线索。关于中国城的情节设置成为小说情节发展的基本动力。为跟踪举止怪异的法国大银行家夫人奥尔加，罗伊第一次只身一人来到中国城内。越深入中国城，"街巷变得越来越狭窄，到处悬挂的招牌旗让原本就狭窄的街巷更显得逼仄和令人窒息"，"这里的恶臭实在令人难以忍受"，以至于罗伊不禁发出"到底是什么事情让这养尊处优的女人非得到这种地方来？"（57）的疑问。此外，尽管小说中没有进行直接描述，但从罗伊的视角得知，中国城不仅逼仄肮脏，更阴森恐怖："罗伊打量着四周，感到毛骨悚然。她真的走进了这周围某间可怕的房子里吗？"（57）无独有偶，奥尔加转眼便消失在"一条条纵横交错的小巷”（57）中更使周遭环境显得森然可怖。罗伊第二次入中国城是同随行前往上海协助查案的帕特森一道。两人乘着夜色前往查看奥尔加最后消失前的停留地，不想却遭躲在暗处的中国人谩骂“你个死白佬”（62），甚至遭到袭击。两人迅速离开，探求无果。罗伊第三次入中国城，发现奥尔加出入中国城是为吸食鸦片。鸦片这一西方对东方想象中的惯用套语在此处又得以呈现。鸦片作为一种使人沉迷上瘾、丧失意志的毒品，集中凝练地象征了魅惑与堕落的上海形象。奥尔加出入的鸦片馆名为“极乐金门”，但其内在却“只有一张木板床，一个硬木枕头”（85），破落不堪，让来访的侦探与随行者大失所望。“极乐金门”的名不符实无疑映照了李英及德泰，抑或上海这座城市外在与本质的分离。罗伊第四次、第五次再入中国城，与一名中国典当商的死亡有关。法国大银行家杜兰德，即奥尔加的丈夫，因疑心典当商王侯被杀与妻子的真假珠宝有关，委托罗伊前往中国城调查。罗伊遂与杜兰德忠心的仆人冯一道前往，探访了可能目击到凶手的小旅馆兼小饭馆老板。这两次中国城之行均在黑夜中进行。在叙述中，小说主要呈现了两处与中国相关的意象，即供下层贫苦民众食宿的小旅店和饮食摊。小说中写道：“相邻的房子是一个小旅馆，如果苦力们不愿在棚子里过夜或是露宿街头的话，只消花几个铜板便可在这里住上一宿。”（105）而所谓旅馆，提供的也不过是“狭长的睡房”中的一个个“床位”罢了。（132）而小说中被称为“小饭馆”的不过是提供露天木桌上“摞成山堆的米饭”和热茶而已。（105）所有这些描述都营造出一个简陋、不卫生以及与租界的奢华大相径庭的城市空间。黑夜及睡房中昏暗的灯光更给这一陌生未知的空间增添了阴森可怖的氛围。两人第二夜再度来访，欲通过夜宿该旅店发现更多线索，却在躺下不多时后便听到房外多人的脚步声，因而心生疑虑，随后便通过睡房后的秘密通道逃出。摆脱追踪的两人又进入王侯的宅邸探寻线索，却在黑暗中遭到伏击。事实上，除第一次外，侦探罗伊每次都是在黑夜中造访中国城并寻找线索的。作者借黑暗、陌生的异国元素，突袭、伏击等情节，极力营造出中国城内危机四伏的氛围，使探案过程显得惊险刺激、一波三折。冒险犯罪元素与中国城的“异”相辅相成，相互渲染增强，在夸张的叙述和心理描写中营造出一种紧张刺激、引人入胜的通俗小说审美效果。

侦探小说有其自身的审美价值与特征，为保证侦探小说的惊险、刺激等审美特征，情节设置相较于人物刻画具有更为重要的地位，叙事紧凑集中的原则也优先于人物形象的塑造。[①] 由此，侦探小说中常借情节塑造人物形象。小说以伦敦和上海为故事发生的背景，侦探小说中经常出现的苏格兰警局在案件调查过程中虽然也起到了一定的作用，但侦破整个案件的人物，即小说中真正的侦探——约翰·罗伊却是一名熟知中国的外交家。这显然与小说将上海作为侦查案件的主要城市有关。如同爱伦·坡笔下的杜宾，柯南道尔笔下的福尔摩斯一样，约翰·罗伊也是“超人、怪人型”[②] 的侦探，具有超乎常人的能力与一些不同寻常的癖好。他身手不凡、临危不惧、心思缜密的“超人”特质多在小说的情节发展中体现出来。而他的怪癖则以简单描述的形式加以呈现。例如，他房间的装饰风格极具女性化：“这房间装饰着皮质墙纸，挂满了壁毯，尽是软垫家具和各种颜色的靠垫，说它是一位女士的房间也不为过。”（15）此外，同福尔摩斯一样，罗伊还有一定的厌女倾向：“那特里小姐肯定是一个危险的女人。看起来像一个漂亮的傻瓜，实际上却比别人想象得要聪明？要不然您还想说什么呢？”（17）

小说其他人物也多是定型化的人物形象，但各有其鲜明特征，丰富了小说整体人物群像。格兰督察是一位忘我工作的侦查人员，始终坚守在自己的岗位，出色地协助罗伊展开侦查工作。米丽娅姆是一位年轻貌美，具有自主意识的新女性形象，她的出现改变了罗伊对于女性愚蠢无知的偏见。此外，她令书中出现的所有重要男性角色为之倾

① 参见黄泽新，宋安娜：《侦探小说学》，第20—21页。

② 同上，第53页。

倒，承载着书中的爱情纠葛，增加了小说的趣味性与人物的丰富性。罗伊的仆人詹姆斯忠诚热心，对于亚洲人的过度警惕显得有些滑稽，但却招人喜爱。值得注意的是，除去因阅历浅薄、意志薄弱而经不住异国影响侵害的四个受害者外，小说中拥有鲜明个性的人物均为欧洲白人。这表明，《上海恶魔》同这一时期的多数侦探小说一样，带有浓重的种族主义色彩。最为显著的例子是，在青岛的德国医院内，一枚放射性的镭针，即本书主体案件中的凶器被偷，肿瘤医生贝尔格将嫌疑人锁定在出入诊所的人员中，但却立马补充道："我指的不是同我合作密切的同事。"（77）此话一出，便排除了所有白人同事，将嫌疑人锁定在中国人身上。

与小说中白人形象的刻画相比，作为黄种人的中国人无论属上层社会，还是属底层社会，几乎都是负面形象。李英与德泰金玉其外、败絮其中的本质特征如前所述。在此需补充的是，"额头扁平，鼻子小而塌陷的脸有点像猴子""双眯缝眼""有色女人"等关于中国人生物学特征的套话亦属于当时殖民主义与种族主义的话语范畴。除李英父女外，书中出现的其他中国人均为苦力、仆人、车夫等下层阶级民众，且多蠢钝、奸诈、狡猾、邪恶。然而，无论是李英父女，还是苦力、仆人与车夫等底层中国民众，他们的形象都是平面化、脸谱化的，没有个性与主体性。小说中对他们的描述仅停留在外表与行动上，极少刻画他们的内心活动，叙述白种人行动的内外视角在此失效。罗伊在中国城内遇见的黄包车夫只有"看到钱币之后，他的脑袋才终于开窍了"（57）；杜兰德家的临时帮佣不仅偷窃了青岛德国医院的镭针，更试图以此加害主人；小旅店和小饭馆老板财迷心窍，与欲杀罗伊和冯灭口的凶手沆瀣一气；典当商王侯奸诈狡猾，参与欺骗与谋害四个英国年轻人，最终为幕后主谋所灭口。唯一一个形象正面的中国人冯也只是因为受到了一个法国人的恩惠而成为其忠心仆人。尽管他可靠、聪明，"但他没法区分重要的与无关紧要的信息……抓不住问题的关键"（106）。无独有偶，不属于欧洲大陆的斯拉夫人同样在种族等级中低欧洲白人一等。因而小说中操纵一切的幕后主谋被设定为斯拉夫人与黄种人的混血儿；而确定犯人“既不是白人，也不是黄种人”（107）这一关键线索的依据仅仅是犯人眼睛的颜色。

小说以人物的种族出身判定人物的品行与道德优劣，无疑深受当时纳粹种族主义、欧洲中心主义以及殖民主义思想的影响，也削减了小说的审美和艺术价值。与案情的铺陈、案件调查的波折和惊险相比，小说的结局因受种族主义和欧洲中心主义的影响而增加了案件结果的可预测性，因而略显平淡，仍无法达到“意料之外，情理之中”的理想境界。文学作为时代与社会的产物，难免会受到特定的历史社会语境的影响，而通俗小说因其读者与市场导向性而比纯文学更带有时代的烙印。也正因如此，侦探小说作为纳粹时期通俗文化、社会心理以及文学实践的见证与呈现，仍有其文化史、社会史及文学史价值。上海这座异国城市在侦探小说“正义与罪恶”“侦探与罪犯”的二分世界里被建构成罪恶、负面的一极，这无疑是一种简化。事实上，小说中除“外滩”“租界”与“中国城”外，并没有出现其他具体的真实地点与空间指称。上海在小说中更多的是一种符号与象征，一种小说情节的建构要素。本文对上海城市空间及中国人形象建构的分析与探讨，仅仅是基础性的研究。结合纳粹时期其他侦探小说中的异国城市形象建构、纳粹时期的文化政策、文学市场的运行机制、消费以及读者接受等各方面的研究，今后可进一步探究异国城市形象在通俗文学中的建构在何种程度上偏离或迎合纳粹意识形态，以及这一类型的通俗小说对于纳粹时期大众文化的影响等问题。

（陈雨田　文）

第五节

幽暗与无序:《上海要将我吞噬》意识形态化的上海想象

彼得·施特伦茨（Peter Strunz）的小说《上海要将我吞噬》（*Shanghai will mich fressen*，1939—1941）系通俗杂志《沃尔夫·格雷夫》[1]系列中的一部。小说情节的发生地为20世纪30年代的上海，主人公“我”——彼得·施特伦茨阴差阳错地被当成保罗·科布而登上了远洋船“马尼拉”，以乘务员的身份从巴西帕拉海港一路航行至上海码头。在船上，施特伦茨结识了一些朋友，比如他的领班卡尔·布拉克，还有一位神秘的中国人，名叫杜穆深。因在船上的优异表现，施特伦茨获得了十天假期，可以下船走进上海这座城市。在外滩的一家小酒馆里，施特伦茨与布拉克敞开心扉聊天。布拉克在知晓施特伦茨的记者身份后激动万分，出门给他的朋友发电报却迟迟未归，施特伦茨感到不安，出门去寻找这位朋友，没想到却遭遇了黑帮袭击。施特伦茨从黑帮头目那里得知，匪徒之所以绑架他，目的是想向他工作的报社索要一大笔赎金。当匪徒还在等待里约报社回信时，施特伦茨在中国人金的帮助下，凭借自身的机智和努力，和被绑的友人一起逃出生天。

一、通俗小说叙事

德国学者瓦尔特·努茨（Walter Nutz）给通俗小说作如下定义：

---

① 该杂志在1939—1941年由德国弗蕾亚出版社（Verlagshaus Freya）刊行。

"'通俗小说'是一种具有特定的、明确规定的内外形式的标准化产品。这一形式是一种标准，而这一标准绝对适用其内在（如内容、风格、故事主要情节及词汇等）及外在（如出版形式、宣传方式或篇幅等）。这一标准以对通俗小说所面向读者群体的认识为出发点。小说的主要情节总是有相同的编排形式："以一个可解决的冲突开始，结局皆大欢喜……其间是非黑即白模式下'善良'与'邪恶'的小说人物之间的交锋。小说人物除少数例外，均是刻板印象。"①

作为一部通俗小说，《上海要将我吞噬》同样具备上述特点。从正邪双方的人物塑造上便可见一斑。线索型人物，即第一人称叙述者——施特伦茨是一个有教养、具有高超观察力和反应能力的正面人物："我可不想把我漂亮的白色西装弄脏，所以无论如何都要成功。也正因如此，我不想说任何大话空话，在仔细观察了轮船的运行轨迹之后，我找准了一个合适的时机，也就是船和海平面平行的时候，穿过甲板。"② 施特伦茨在风暴天气下顺利将汤桶送至船舱餐厅，这一细节在凸显人物性格的同时，也为下文施特伦茨遭受上海黑帮绑架时表现出的冷静和机智做了铺垫。与施特伦茨形成鲜明对比的是残暴的黑帮匪徒和狡诈的人力车夫，黑帮无视法律，为勒索财物绑架他人，不敢以真面目示人，像老鼠一样游走在黑暗中。"这些流浪汉！这些无赖！他们总是带着我们兜圈子，为了拿到一笔更高的酬劳！"（16）"我看着这个令人毛骨悚然，故意化妆成怪模样的中国人，他咧着嘴冷笑着，露出他那泛黄的、有霉斑的牙齿。令人作呕的家伙！"（50）这些具有贬义色彩的套话延续着西方作家对中国人贬损的叙述模式——"东方与西方、古代与现代、自由与专政、进步与停滞、文明与野蛮等二元

---

① Walter Nutz: Trivialliteratur und Popularkultur. Vom Heftromanleser zum Fernsehzuschauer. Eine literatursoziologische Analyse unter Einschluß der Trivialliteratur der DDR. Wiesbaden: Springer Fachmedien, 1999, S. 63.

② Peter Strunz: Shanghai will mich fressen. Verlagshaus Freya, 1939-1941, S. 8. 后文出自该书的引文，将随文标注出处页码，不再另注。

对立框架”。[①] 西方作家往往无意识地、习惯性地使用二元对立的模式，使二元对立在通俗文学中成为一种仪式。

侦探类小说作为通俗文学的分支，其叙事结构正是围绕谜和解谜这种二元对立模式来组织的。施特伦茨为何落海？本应上船的保罗·科布又去了哪里？施特伦茨身边的人有没有发现他的真实身份？杜穆深，这位神秘人士的真实身份又是什么？这些谜题就像“迷雾”（11）和“沉重的幕帘围在我们身边”（11），等待线索人物和读者的破解。

二、小说中的上海想象

“20世纪前期，西方人眼中的上海形象是一座畸形繁荣的城市，被称作‘冒险家的乐园’。”[②] 在上海淘金梦的诱使下，许多在家乡过得不甚如意的人从世界各地涌入上海，上海成为一座为西方人提供梦想的城市。

> 每当轮船靠近它的目的港时，甲板上总是会聚集着一群好奇的乘客。有些人带着些许忧虑迎接他们新的故乡，他们对于新的故乡总是抱以过高的期待；还有那些到上海做生意的，在最后时刻再也无法忍受海上航行，就好像他们要错过一笔大生意似的。他们觉得，要怪就怪轮船靠岸速度不够快……在黄浦江上，我看到了几艘帆船，它们正驶向茫茫大海。时不时有一艘轮船若隐若现，它也在慢慢地靠近码头。与此同时还出现了各式各样的中国帆船。向外望已能看到红色的、有着茅草屋顶的登陆艇了。几艘巡洋舰灰蓝色的轮廓也若隐若现。（10、11）

“船”因其丰富的隐喻成为西方文化重要的象征性符号，从圣经中

---

① 周宁：《天朝遥远：西方的中国形象研究》，北京：北京大学出版社，2006年，前言第12页。

② 吕超：《海上异托邦——西方文化视野中的上海形象》，哈尔滨：黑龙江大学出版社，2010年，绪论第7页。

的救赎之舟，到神话中的冒险之舟和回归之舟，再到文学作品中的罪恶之舟和梦想之舟。20世纪上半叶的上海是世界范围内为数不多的自由港之一，对“马尼拉”号三等舱的乘客和乘务员来说，上海这座不设防的城市象征着一种摆脱原有身份、改变自身命运的可能性。许多本属于小人物的西方人，摇身一变，成为上海的上等公民，就像船员卡尔·布拉克那样，自我标榜为文明的上等人，挥舞着手杖教训身为下等人的黄包车夫。卡尔·布拉克的行为折射出西方人潜意识中对殖民主义和帝国主义强权的自信。这种自信在另一艘远洋轮船“西西里”号的水手的谈话中也有所体现。“西西里”号的水手质疑上海当地政府，尤其是上海警察，认为他们无法保护侨民免遭黑帮毒手，他们将希望寄托于日本人，“人们暂时也不能控制住这个恐怖集团。只有当日本人把其他各个租界都归为自己统治时，情况才可能有所改变”（29）。

“老上海是一座畸形的城市，一方面是种族优越感极强、纸醉金迷的西方人，另一方面则是在死亡线上挣扎的中国贫民”，[①]“在西方文学中，老上海的标志性城市景观当数黄浦江西岸的外滩。这个长约1.5公里的欧式建筑风景线不仅是港口，也是租界展示其实力的一个窗口。周围的英国建筑有英国领事馆、汇中饭店、上海总会、汇丰银行等，它们沿着外滩一字排开，向世人昭示着大英帝国在上海殖民统治的成功”。[②] 施特伦茨和布拉克作为殖民统治的既得利益者，可以乘坐人力车到外滩的一家小酒馆，惬意地喝着啤酒聊天。拉黄包车的车夫是上海贫民的典型代表：“我尝试去嘲笑这些可怜虫的小伎俩，但却无法做到。他们总是光着上身大汗淋漓地拉着车奔跑，死于肺病是他们大部分人的归宿。”（17）黄包车夫为维持生计，每天拉着黄包车拼命地奔跑，还要忍受客人的训斥、辱骂甚至责打。过度疲劳、肺病和被虐待

① 吕超：《海上异托邦——西方文化视野中的上海形象》，哈尔滨：黑龙江大学出版社，2010年，第44页。

② 同上，第63页。

是黄包车夫的命运。贫穷是滋生一切罪恶的温床，黄包车夫一面是生活在社会底层的人，他们的话语权被剥夺，人格被物化，另一面却是绑架事件的直接参与者。施特伦茨在“汉内斯叔叔”酒馆被黄包车夫监视，后被包括黄包车夫在内的三人组绑架，被粗暴地扔上了一辆黄包车，在动作发生的这一刻，黄包车夫由被迫害者变为迫害者，而黄包车的功用亦由谋生工具变为作案工具。

被卷入罪恶之中的并非只有黄包车夫，还有施特伦茨在“马尼拉”号上结识的中国朋友——杜穆深，有别于黄包车夫和黑帮匪徒两种模式化的人物形象，小说借由主人公之口赋予杜穆深这一人物更加复杂的心理映像。杜穆深虽然与黑帮有所牵扯，但良知未泯，先是以纸条警告施特伦茨，后来虽然参与了绑架案，但展现出激烈的内心冲突：“我看到他那严肃的脸庞，还有那双抽搐着的阴郁的眼睛，我相信这里夹杂着疼痛和愤恨。从这之后，我便开始无法摆脱一种直觉，他在最后一刻都还想着带我逃出这个囚笼。”（55）所有这一切只因为“他必须这样，否则他将失去他所有的儿子和女人。可怜的中国！它现在太可怕了，没有任何希望。外国人必须马上去码头，不要通报警察。”（61）罪恶渗透到上海这座城市的每个角落，身为秩序维护者的政府与警察，早已失去公信力，对罪恶束手无策，上海俨然已沦落为一座罪恶之城。“中国的恐怖势力控制着上海滩大大小小的帮派，帮派中多数都是青年小伙。他们，正如我早就知道的一样，敢在光天化日之下袭击市中心的公共汽车，作案时手里总是拿着手枪和手榴弹。”（18）面对社会秩序的紊乱，普通人或是成为罪恶中的牺牲品，莫名其妙地丧命，或是被逼堕落，成为罪恶的帮凶。

在曾经来过上海几次的施特伦茨眼中，“上海已经不再是曾经的那个上海了。现在的上海出现了各式各样黑暗的事物，不单单中国人会卷入其中，外国人也会有所牵扯，当然也包括我们。整个上海的排外情绪很严重，但是对我们德国人是一个例外”（18）。小说通过三次绑架事件来表现上海人的排外情绪，第一次绑架发生在租界内，对象为芬彩蒂教授及其家人，保罗·科布因探望在教授家工作的未婚妻也被卷入其中，第二次和第三次发生在外滩，针对的是施特伦茨和布拉克。从表面看来，绑架的起因皆源于被绑者敏感的身份，芬彩蒂教授发表了一些关于中国现状的文章，施特伦茨是一位知名记者，布拉克也被当作伪装的报社成员。施特伦茨与绑匪之间的对话透露出绑架事件背后更深层次的原因。“所以你们到底想怎么处置我？要以最快的速度把我撵出国门吗？”（52）“这很容易，但我们对此并不感兴趣。我们需要钱，很多钱！而你，你写的每句话都是一笔钱。像你这么宝贵的猎物不会每天都有，所以我们肯定不会轻易放你走。”（52、53）一切都是欲望在作祟，西方媒体对中国的负面报道不过是黑帮用以掩盖其金钱欲望的借口罢了。保罗·科布和布拉克的无辜被抓也从侧面印证了这一点。

三、意识形态形象[①] 与模式化叙事

法国当代形象学家达尼埃尔–亨利·巴柔曾就比较文学的“形象”概念作如下表述：“一切形象都源于对自我与‘他者’，本土与‘异域’关系的自觉意识之中，即使这种意识是十分微弱的。因此，形象即为对两种类型文化现实间的差距所作的文学的或非文学，且能说明符指关系的表述。”[②] 巴柔的这一思想标志着当代形象学研究对传统的突破和发展，由此，“在文学中的异国形象不再被看成是单纯对现实的复制式描写，而被放在了‘自我’与‘他者’，‘本土’与‘异域’的互动关系中来进行研究。”[③] 当代形象学研究也随之从被注视者一方，转向形象创造者一方。就文学创作而言，作家作为形象创造者，其作品中

---

① 让–马克·莫哈：《试论文学形象学的研究史及方法论》，载孟华主编：《比较文学形象学》，北京：北京大学出版社，2001年，第35页。

② 孟华：《比较文学形象学论文翻译、研究札记》，载孟华主编：《比较文学形象学》，北京：北京大学出版社，2001年，第4页。

③ 同上，第5页。

的异国形象是复制了集体描述，还是对集体描述进行了批判，取决于作家与其所处社会或团体的集体想象之间的关系。“凡按本社会模式、完全使用本社会话语重塑出的异国形象就是意识形态的；而用离心的、符合一个作者（或一个群体）对相异性独特看法的话语塑造出的异国形象则是乌托邦的。”[①] 1915—1950年，德国出版了一系列以上海为背景的通俗小说，小说主题与内容虽千差万别，但其中的上海形象表现出高度的一致性：上海被视为当时世界最邪恶的城市之一，它不仅仅是一座充满冒险和罪恶的城市，甚至还是荒淫无耻、邪恶堕落的同义词，在那里人们可以肆无忌惮地犯罪、吸毒和卖淫。通俗小说作家有意或无意地迎合并复制了西方社会对上海这座城市的想象模式和话语体系，他们既是意识形态形象的建构者和鼓吹者，又在一定程度上受制于集体想象的制约，他们笔下的异国形象也因此成为当代形象学研究社会集体想象物不可或缺的参照物。

小说《上海要将我吞噬》主要从人物与空间两方面来建构有关上海的意识形态形象。主人公施特伦茨站在正义、理性的一方，总能在危急关头逢凶化吉。与之相对，小说中出现的上海人，除杜穆深和金外，其他全部无名无姓，被统一模糊为背景式人物，黄包车夫和黑帮分子更是被模式化为与主人公作对的邪恶的反面角色。同样被二元对立模式化的还有人物活动空间，作为主人公施特伦茨主要活动空间的“马尼拉”号成为隐喻进步的西方文明的空间实体，正如施特伦茨可以通过杰出的工作表现实现自身地位的提升一样——从三等舱乘务员升职为二等舱乘务员。而对上海城市空间的描述中，小说刻意模糊了公共租界与外滩的繁华景象：“很快我就透过迷雾看见了对岸高耸屹立、气势雄浑的建筑，我认出了其中的香港银行和上海银行。”（11）令人迷失方向的“各式各样的小弄堂”（40）成为小说着重刻画的空间意象，其中的幽暗与无序成为制造犯罪与掩饰犯罪的最佳帮手。摩天大

① 让-马克·莫哈：《试论文学形象学的研究史及方法论》，第35页。

楼的繁华外表与幽暗小巷的贫穷罪恶形成了巨大的反差，上海由此成为“马尼拉”号所象征的西方文明的负面镜像——充满堕落与混乱的罪恶之城。

西方通俗小说作者以模式化叙述策略为基础构建的“他者”形象，都无可避免地表现为对“他者”的否定，这种否定往往具有一定的先验性，换言之，“他者”形象在被看到之前就已先被说出来了，正如施特伦茨在绑架案未发生前就认定“整个上海的排外情绪很严重”（18）一样。一个作家，不论是否有机会亲赴异国，都会不自觉地从自身所属的社会文化模式角度出发解读异国。事实上，无论他的批判意识有多强，无论他对形象与现实间的真伪程度的认知有多深，都难以摆脱集体无意识的樊笼。

（张丽　文）

第六节

毒药与魔法石:《上海来客》的上海书写与叙事突破

君特·艾尔弗雷德·海因内克（Günter Erfried Heinecke，1898—1968）生于德国东部奥得河畔法兰克福，以编辑职业为生。作为业余通俗小说家，海因内克著有两部侦探小说和一部恐怖小说，分别是《北方快车事件》(*Zwischenfall im Nordexpreß*，1937)、《上海来客》(*Der Gast aus Shanghai*，1946）和《巴黎吸血鬼》(*Der Vampir von Paris*，1940)。有关作者本人的其他记录难觅其踪，概因其作品属边缘文学，被视作消遣读物，而难入“经典文学”之流，加之作者仅以写作为副业或业余爱好，作品不多，故名不见经传。

侦探小说是一类十分注重叙事情节的文学体裁。“一起凶案发生了，许多人受到怀疑。除凶手之外，其他人都被排除，结局是凶手被绳之以法或死去”，[①] 这是遵循社会学批评准则的批评家们对侦探小说的庸俗定义。但实际上，随着文学观念的不断更新，“当今批评界不再简单将其归为通俗文学，而代之以抽象化、理论化的系统探讨，对其展开由伦理、心理、认识论、文化等角度入手的全方位研究”。[②] 侦探小说是充满智慧的文学形式，不仅富有想象力，更要借助大量逻辑推理完成故事情节的完整性和紧凑性。作为一种模式化的叙事，侦探小说相较于经典文学，通常能更加鲜明地反映出创作者所处时代的历史

① 袁洪庚:《欧美侦探小说之叙事研究述评》，载《外语教学与研究》，2001年第3期，第223页。

② 同上。

文化特征。海因内克的侦探小说《上海来客》呈现出诸多20世纪40年代的老上海时代元素。作者基于传统的东方想象和自身对这座城市的认知与体验所构建的上海形象，为研究者提供了窥探彼时上海历史、社会及文化实况的窗口。

一、一场人性与欲望的惨剧

《上海来客》这部侦探小说中凶案发生的诱因是一封25年前的遗嘱。去世于25年前的知名珠宝收藏家艾纳尔·卡尔森在世时为人专横独断，难以相处，因此很早就与三位兄妹完全闹僵，孤独终老，几乎从不相信自己的亲戚。出乎所有人的意料，老卡尔森在遗嘱中利用一批昂贵的珠宝藏品和自己的外甥侄子们开了一场恶意的玩笑。他没有直接把遗产留给他们，而是根据人性的弱点增添了对犯罪心理的揣测——25年之后，还活着的继承者均分藏品；珠宝绝对不被允许以任何形式分割，必须得由一名买家全部买入，而且所有继承人都需同意该买家的报价。

25年后，老卡尔森的法律顾问也已不在人世。他的儿子，律师魏因施泰因博士接手了这桩遗产继承案，并雇用业余网球运动员加布里尔·博尔克小姐协助他做文书工作。遗产共有五名合法继承人——负债累累的庄园主哈拉尔德·卡尔森、唯利是图的珠宝商人迪特里希·冯·德利乌斯和被他视为追名逐利工具的妹妹西尔维亚·冯·马夸特男爵夫人，在纽约从事毒理学研究的化学教授古纳尔·雷德伯格和他在上海做娱乐大亨的弟弟伯恩哈德·雷德伯格。五名继承人应雷德伯格教授的邀请从世界各地赶来，住进教授位于德国萨克森州一个小镇上的别墅里，等待遗产分割。

但诡异的事情早在这一切进展之前就开始发生。先是教授位于纽约的实验室里一个装着剧毒药物的药瓶离奇失踪，自那以后，教授的助手劳顿博士就变得神经兮兮，整日疑心自己和教授从纽约前往德国的途中被人跟踪。教授也收到了一个神秘字条，声称被盗的药瓶已在去往德国的路上。刚到达别墅，劳顿博士就因无法忍受跟踪与匿名威胁，留下一封遗书自杀身亡。接着，教授也成为一次午夜暗枪袭击的对象，但侥幸未被击中。就在人心惶惶之时，珠宝商冯·德利乌斯在第一次继承人会议上狡猾地提出了一个损人利己的报价，激起众怒。不料，不久后的一场网球比赛中，他只是中途去接了一个诡异的电话就猝然暴毙。验尸报告显示死因为中毒，却无法查出毒物和投毒方式。至此，这笔珠宝遗产已夺走两条生命。

调查过程中，上海娱乐大亨哈恩伯特·雷德伯格带来的中国男仆李平成为重点怀疑对象——管家巴林女士在他的抽屉里发现了教授遗失的手表，接着警察又在他的脏衣服里搜出了一个装着几瓶毒药的盒子。虽然李平声称对手表和盒子均毫不知情，但在铁证面前他有口难辩，被警方逮捕。李平被带走后，众人吃了他被捕前亲手做的中国配方肉桂糕，集体发起了高烧。夜里，教授、娱乐大亨和庄园主表兄弟三人把酒言欢，喝得酩酊大醉，次日，众人醒来却发现哈拉尔德·卡尔森已在夜里离奇身亡。疑云和死亡的阴影笼罩在别墅上空，遗产分配的日期尚未到来，活着的继承人仅剩三位，别墅中人人自危。

警察和律师魏因施泰因博士挨个审问了别墅中的众人，先前的第一嫌疑人李平也在监狱里向魏因施泰因博士吐露了自己的发现——原来胆大心细的他一直在留心别墅中的异常，曾经撞见过凶手的一些小动作。各种线索合在一起，案件的眉目逐渐清晰，随着关键证据被找到，凶手同谋的心理防线终于崩溃，坦白了一切——凶手竟是教授早已“身亡”的助手劳顿博士。他利用表兄妹几人多年未曾见面、彼此并不熟悉的漏洞，提前伪造证件，并在纽约的实验室一手炮制了毒药失窃事件。利用教授的委托，他雇用了自己的情人巴林女士当别墅的管家，两人在众人抵达别墅之前杀死教授，把教授的尸体伪装成自杀的劳顿，而劳顿则假冒教授迎接众人到来。两位凶手联手利用毒药在体温较高的情况下能毫无痕迹致人死亡的特性，继续谋害其他继承人，意图牟取更高份额的遗产。

阴谋被揭穿的劳顿博士在驾车逃亡的路上发生车祸，最终自取灭亡。这桩遗嘱设计者乐见其成的人性与欲望的惨剧终于落下了帷幕，遗产最终被上海娱乐大亨和男爵夫人二人平分。探案的过程中，原本就互相爱慕的魏因施泰因博士和助手博尔克小姐确立了深厚的感情，最终迎来了订婚的美好结局。而“上海来客”李平则因他的忠诚、正直和谦逊获得众人的好感，得到警长和男爵夫人丰厚的馈赠，历经波澜的他依然不卑不亢，平静如水……

二、上海想象——充满罪与乐的神秘“异托邦”

百年来，上海因移民、流亡、半殖民和迁徙等历史承载了厚重的时代烙印，兼具中华民族的民族意志和现代意义上的文化多元性。侦探小说《上海来客》中的上海元素呈现于西方文化视角下，主要由两个人物引出——在上海白手起家发展娱乐产业的商人伯恩哈德·雷德伯格和他从上海带来的亲信中国男仆李平。他们与其他几位主人公形成了东西方两大文化阵营的对立。相反，同样定居异国多年的教授这一人物在前五章就已退场，没有受到作者青睐，盖因他所处的美国社会仍属西方文化阵营。根据萨义德的东方主义理论，作者运用二元对立的思维，以西方为中心对东方进行想象与建构，东方城市上海透过伯恩哈德与李平两个人物形象，被集中化、类型化地反映，投射出一种“冒险家乐园”“落后之城”“罪恶之城”的“东方镜像”。[①]

上海娱乐大亨伯恩哈德·雷德伯格对自己的现状颇为自得，曾“邀请哥哥来上海看他”，[②] 并“劝表弟也到上海来发展”(216)。他自恃博闻广见，喜欢“饶有兴致地向众人讲述有关上海各种神秘杀人事件

① 参见于蕾:《后殖民视野下文学文本中的上海形象》，济南大学文学硕士论文(未刊)，2011年，第12页。

② Günter E. Heinecke: Der Gast aus Shanghai. Berlin, Düsseldorf: Deutsche Buchvertriebs- und Verlagsgesellschaft, 1948, S. 74. 后文出自该书的引文，将随文标注出处页码，不再另注。

的听闻，在这里可以轻易地买到神秘的毒药”（147），他说：“你们问问李平，在上海多么容易就能杀死一个人。我跟你们说，那里有你们无法想象的毒药。看上去像疟疾，却完完全全是谋杀。或者看上去像是一起发生在人们眼皮子底下的交通事故，其实却是在那一瞬间被注射了箭毒。”（147）在小说的第11章《上海手段》中，当伯恩哈德向珠宝商暗示自己会说服哥哥反对他的报价时，对方嘲讽道：“看看，多么低劣的交易啊！这就是能挤占生意的上海手段吧？”（107）而伯恩哈德则以威胁回应：“上海手段？您搞错了，冯·德利乌斯先生。真正的上海手段可要危险得多。”（107）可见，文中呈现出的上海形象与当时德国人对上海的主流想象是一致的：国际化、富有活力，娱乐和金融产业发达，是西方冒险家的淘金之地，但同时也存在法制不健全、素质低下、拜金主义的落后性。这与当时所处的时代背景不无关系。19世纪初，上海成为包括德国在内的众多欧美国家的殖民目的地。据英国学者毕可思的记载，17世纪和18世纪，欧洲有数千万人离乡背井到海外工作，英国报刊上经常刊登招募到中国工作的广告。[①] 不安分的伯恩哈德正是这样的一个角色，11岁就已经两次离家出走，换过十几个工作，或许只有远在东方的上海才能适合他敢闯敢干的不羁性格，也正是在那里，他遇到了自己的机会，发展出庞大的娱乐产业。上海既然成为西方列强争夺的属地，便自然被塑造为精彩的、兼具西方现代性与东方神秘色彩的乐园。但是，在西方中心主义思维主导下，作为被统治、被掠夺的对象，东方文化必然处于劣等位置。所以在各位德国亲戚眼中，伯恩哈德仍旧只能是一个“粗暴、野蛮、贪婪、钻法律空子、和风流女人结婚、开烟窑……”（69）的假绅士，虽然拥有同样的白皮肤，却一直被其他人称为“上海人”“上海先生”，俨然变成了西方人眼中的异文化载体和异类。

应注意到，作为文学文本中的上海形象始终是文化想象的产物，

---

① 参见于蕾：《后殖民视野下文学文本中的上海形象》，第18页。

是建立在西方自身集体无意识之上的话语建构，并非客观书写。作者将西方人眼中模式化、刻板化的上海形象集中突出描写，是为了迎合西方读者对东方文化神秘而落后的异域想象。此外，小说中的“上海来客”伯恩哈德·雷德伯格和李平作为故事中众多人物中的两位，并非第一主人公，“上海”亦非小说中心主题，但小说却采用《上海来客》作为标题，作者用上海元素吸引读者眼球的意图昭然若揭。

三、正义的“上海来客”——作者对西方中心主义的大胆突破

若要说流着德国血液的“上海人”伯恩哈德·雷德伯格还不能作为上海形象的典型代表，那么男仆李平这一人物的设立则补全了中国人在德国人眼中的形象。身材矮小，丹凤眼，面无表情，动作敏捷，走路不发出声响，说着一口蹩脚德语——李平是一个土生土长的上海人，小说中的德国人对他的印象是“难以捉摸、沉默寡言”（67）。如果李平只有如此扁平化的人物形象，那就依然囿于德国视角下东方人弱小、卑贱、没有个性的文化刻板印象。然而，书中还有两处关于李平的重要情节描写，正是这两处描写让这个人物变得立体、生动、充满人情味。

第一处是网球比赛中，高傲的冯·德利乌斯因球局不利，多次责备乃至辱骂捡球的李平，李平默默忍受、一言不发。与之对局的博尔克小姐无法忍受这样的情景，暗自打算故意输球以尽快结束比赛。正当她有点拿不定主意地朝李平望去时，李平却看出了她的心意，鼓励她不要因为他受辱而放弃比赛：“您不要——小姐——请……不要因为李平停止。”（134）第二处是在教授遇袭的当晚，李平勇敢地追出别墅与歹徒搏斗，却反而因此成为众人怀疑的对象，因为这次袭击本与他无关，“李平勇敢地插手实在有点儿古怪”（179）。惯于沉默的李平没有多加解释，而是一直默默关注案情，留意每个人的异动，最终为断案提供了关键线索。

如此一来，李平在作者海因内克的笔下以极为正面的形象出现，

体现出了普通中国人隐忍、善良、中庸、聪慧的一面，从嫌疑人成为正义的英雄，经历了由贬到褒的大转折。女主人公博尔克小姐在整个过程中对李平始终怀着信任和同情的态度，或许早就暗示了这一人物形象的正面性。海因内克未囿于文化偏见，而是赞美中国人的优良品质，尝试将德国人塑造成愿意包容理解异文化、平等对待中国人的形象。诚然，东方文化对于个性直接的德国人来说，一开始必然显得极为神秘。正如胡文仲教授提出，认识上的误区、刻板印象和民族中心主义是跨文化交际的三大障碍，[①] 这些因素在小说中均有所体现。但从作者对李平正面形象的塑造和女主人公开放、包容态度的设定中可以窥见，他已经对西方中心主义做出了突破的尝试。

四、引人入胜的女性视角

作为遗产分配案的旁观者，女主人公加布里尔·博尔克的心理活动成为贯穿整部小说的一条红线，引导读者跟随她的视角经历探案的全程——从了解案情，满怀期待，隐隐担忧，挺身协助，到最后与律师订婚的完美结局。小说独出心裁地避开了柯南·道尔式的硬汉模式，本应主导侦探节奏的律师却被这位不擅武力、出身平凡的小姐夺去了光彩。从性别视角来看，这一文学效果的实现极大得益于女主人公柔韧并存的女性魅力——她拥有敏感的直觉，细腻的情感，能对人性进行准确洞察。同时，她富有同情心和包容心，"一点儿也不喜欢白种人和黄种人对立起来的情景"（104），是小说中少有的在真相大白之前就能平等对待中国仆人李平的德国人。

女主人公热爱文学、富于浪漫幻想的特质恰如其分地烘托出小说神秘的气氛，增加了情节的悬念感。"模糊思维是作品中的主人公对案

---

① 参见胡文仲:《跨文化交际学概论》，北京：外语教学与研究出版社，1999年，第177—185页。

件的发起，产生一种把握不定、模糊不清的状态”，① 侦探小说中经常运用到模糊思维和灵感思维的写作手法。教授遇刺当晚，女性的直觉让博尔克难以入睡，她读完《魔山》后还做了一个奇怪的梦，梦境模糊地暗示出案情的玄机，为这部充满阴谋情节的侦探小说增添了浪漫性，也将神秘感推向了极致。同时，博尔克还乐观、勇敢、独立，敢于追逐爱情。当她在舞会上碰到自己爱慕的男子正与美丽的男爵夫人亲密跳舞时，惊慌失措的她马上决定“果断接受战斗”（62），通过落落大方的舞姿成功吸引了律师的目光。博尔克的坚韧使她成为一个形象生动、招人喜爱的人物，也预示着男女主人公必然会冲破各种险阻成功破案，并收获美满爱情。

小说中另外两位女性的命运与女主人公形成了鲜明对比。无论是一生听从哥哥摆布，最后因哥哥死亡而陷入痛苦和迷茫的男爵夫人（就连她短暂的婚姻也是为哥哥换得人脉的牺牲品），还是被情人欺骗、利用，协助其作恶，最终落得自杀身亡结局的女管家巴林女士，她们实质上都失去了自我意识，彻底沦为男性的附庸。小说中几乎所有的女性人物都被置于较低的社会地位或较为恶劣的生存环境当中，这映照出了真实的社会现实。正如女性主义先驱西蒙·波伏娃曾在《第二性》中所言，一个女人之所以成为女人，与其说是天生的，不如说是形成的。男女的社会地位差异成因不在于生理差异，而是社会价值期待的不同。但是，女主人公博尔克冲破社会价值期待，没有沦为读者对男上司和女秘书之间传统香艳想象的对象。她不甘当一个被动、不作为的“她者”，而是积极地追求爱情，协助查案，保护真相，为小说主题赋予了人性的温暖，使这部侦探小说更加引人入胜。

① 胡和平:《谈侦探小说中的思维方式》，载《湖南公安高等专科学校学报》，2004年第3期，第82页。

五、文学引用和比较——“魔山”再现

大量文学引用是这部小说一个较为明显的特征，引用的手法能使文章更生动优美，更具文学性，这点是不言而喻的。例如，男主公称赞博尔克美得像“沙米索写春天的诗”（11），阴险的助手“面露梅菲斯特的表情”（33），冷酷的珠宝商人则是“夏洛克式的”（112），加布里尔埋怨男主人公是负心的“唐璜、卡萨诺瓦”（62），等等。

最精彩的描写是，女主人公在教授遇刺当晚因为睡不着而阅读托马斯·曼的名作《魔山》。她为书中人物皮佩尔科尔恩的偶像魅力深深着迷，钦佩他富有创意的自杀方式，陷入了对爱情魔药的遐想，这一情节烘托出小说浪漫主义的神秘氛围。托马斯·曼“将叔本华、瓦格纳、尼采这三位号称西方非理性主义文化的鼻祖奉为他的精神和艺术先师”，[①]《魔山》中的皮佩尔科尔恩这一人物作为理性的极端对立面，以较多的直觉而非理性行事，是全书最富有鲜活色彩的浪漫主义人物，代表了托马斯·曼深深根植于浪漫主义精神的思考。理性与感性在侦探小说《上海来客》中同等重要：侦破案件不仅需要理性的判断，更需要感性的直觉推动，所以代表感性的女主人公和代表理性的男主人公完美配合，终将成为胜者；而杀人凶手毫无感情、人性与道德，是活在世上的行尸走肉，机关算尽也终究难逃命运的惩罚。

在有关《魔山》的这段描写之后，情节发生转折，继承者相继露出唯利是图的丑恶嘴脸，厄运接踵而至，直到真相浮出水面……因此，女主人公当晚阅读《魔山》时的心理活动对后续情节发展具有强烈暗示性。皮佩尔科尔恩身上带有何种暗示？一种可能的解读是，精神和智力上高于常人的他在平日里讲话时的语言却含混而破碎，这点与中国男仆李平的形象极为吻合，女主人公在后续情节中对李平产生了莫名的信任感，也暗示李平将会提供关键线索，协助查明真相；另一种

① 黄燎宇:《〈魔山〉是怎样一本书》，载《外国文学》，1996年第4期，第84页。

可能是，这是对利欲熏心的继承者们的暗讽。《魔山》中，皮佩尔科尔恩追求性欲放纵与物质享乐，面对自己的性无能，他以自杀的方式结束了生命。《上海来客》的女主人公博尔克“希望他能活得更久一些”，认为他“把自己‘生活上的失败感’视为‘宇宙灾难、上帝之耻’是一件令人难过的事情”（98）。作者借此表达了自己对人性的反思：被欲望控制的人终将被欲望毁灭。

六、结语

现代小说批评家建议，“不要将侦探小说文类的叙事形式仅仅当作谜或者解谜的故事来阅读，甚至也不要先入为主地认为侦探小说是强化了压抑控制系统，而要把它当作符号形式的探索活动，即它再现了社会和精神的神秘领域，这些领域是文学现实主义、科学实证主义和当代法学话语难以把握的”。[①] 小说《上海来客》就是一幅鲜活、生动而深刻地反映西方社会现实的浮世绘，东方背景为其添上一抹神秘色彩，上海来客、肉桂糕、中国绉纱、蛙腿煲等中国元素为德国读者带来新鲜的异文化体验。小说中的上海叙事在解构和重构西方传统东方想象的同时，也在内容和理念上潜移默化地为读者构建着对上海城市形象、历史记忆和文化想象的新认知。

（何心怡　文）

---

① 任翔:《侦探小说研究与文化现代性》，载《中国人民大学学报》，2010年第4期，第150页。

第七节
结　语

本章收录的六部犯罪小说中,《上海商人》《上海枪声》和《上海女孩》将叙述重心聚焦于“罪行”这一情节内核,《上海恶魔》《上海要将我吞噬》和《上海来客》则侧重于案件“侦破”,“罪行”和“侦破”这两大情节内核体现出交叉进行、并列发展的互动关系。值得注意的是，当英美犯罪小说进入长篇侦探小说的“黄金时期”（1920—1950）时，德国犯罪小说却因受战争和高度独裁统治的影响陷入低谷，但读者仍能从远在异域的德语上海犯罪小说中一窥“黄金时期”的风采。如《上海来客》将故事场景限定在狭小空间内（小镇别墅），人物简单，关系固化，矛盾集中（五名继承人争夺遗产），犹如舞台剧，不蔓不枝，仅靠戏剧冲突推动情节发展，利用场景细节制造超现实谜面。嫌犯就在出场的寥寥人物中，故事皆发生在有限的时段内，侦探也在有限空间内推理解密，戏剧风格鲜明，扣人心弦。[①]

六部作品中，题名城市上海呈现出不同的形式和意象，具有广阔的互文性研究空间。在《上海女孩》中，作者的笔触虽未直接关涉上海，但读者仍可透过上海女孩杨桂檀这一近乎理想的东方女性形象，窥见自启蒙运动因袭至今的乌托邦式的中国形象。《上海来客》对上海略有着墨，但多以各种耸人听闻的杀人事件为主，营造出神秘莫测的异域氛围。其余四部作品则不约而同地将光怪陆离的上海视作罪行和侦破故事的舞台，“上海拥有着不同寻常的多彩历史，其中充满着令人

① 梁瀚文:《世界侦探小说发展史话》，郑州：大象出版社，2017年，第116页。

惊奇的悖论和极端特性。在这样一座独特的城市中，杂糅炮舰外交、鸦片、华懋宾馆的下午茶、拥挤街道上的饿殍；在这里，匪徒、知识分子、卖淫者、高端时尚品、暴动和革命、资本主义和实业精神都共存着。这座迷人的城市给许多作家提供了创作灵感”。[①] 出于犯罪小说对罪行环境强力渲染的需要，这四部作品所呈现的上海形象无疑更为饱满，尽管这种饱满是以对上海城市形象的扭曲和异化为前提。

德语犯罪小说中的上海想象堪称对中国人流行偏见的大杂烩。以上海城市空间塑造为例，上海以二元对立的方式被割裂为“租界”和“中国城”两种空间。“租界”象征文明、正义、富足、法制的理性空间，灯火辉煌、高楼林立的“外滩”是其代表性符号，亦是展现西方人种族主义或殖民主义优越感的舞台。以“赌场”“烟馆”和令人迷失方向的“弄堂”为代表性空间的“中国城”则象征贪婪、迷信、贫穷、堕落、无序的非理性空间，也是犯罪之所和侦破之地。“租界”与“中国城”的二元对立是“一场‘理性’与‘非理性’，‘健康’与‘疾病’之间的冲突”。[②] 这种冲突的本质特征在于界限的不可逾越性，否则将会跌入万劫不复的深渊。“意志薄弱的人总是太容易屈从于异国的诱惑，中国会将他们拖垮的。”《上海商人》中的德国人汤教授痴迷于东方通灵和永生思想，终致疯魔，沦为连环杀人犯；《上海枪声》中的俄国人菲尔金受鸦片荼毒沉湎于肉欲，对女主人公欲行不轨，遭拒后自杀；《上海恶魔》中的四位年轻人禁受不住金钱的诱惑，丧失理智，离奇暴毙。理性准则一旦在逾越界限的欲望引诱下失效，人类意识或潜意识中的阴暗面会喷薄而出，这当然不无夸大和绝对的成分，但也彰显德国作家对资本主义理性文明的恪守和称颂，对东方道德伦理和德行操守的肆意贬斥。

---

① 吕超：《海上异托邦——西方文化视野中的上海形象》，哈尔滨：黑龙江大学出版社，2010年，绪论第5页。

② 卫茂平等：《中外文学交流史：中国—德国卷》，济南：山东教育出版社，2014年，第144页。

就人物意象而言，小说中的上海人多是令西方人唯恐避之不及的负面形象。以“搬煤苦力”和“黄包车夫”为例，贬损性的生理特征描写屡见不鲜，如“有霉斑的牙齿”，“长着恶心脓疮”等，而他们面对血腥和罪恶所表现出的残忍和麻木更为上海增添了几分暴戾和恐怖气息。所有的这些刻板的类型化描述，“在一定程度上反映出白种人心目中‘殖民地民族所代表的令人不安的陌生与不可思议性’，同时也表现出因为与当地土著居民的来往，或者‘太靠近野蛮原始情欲的关系’而引发的道德堕落以及对堕落的焦虑”。[①]

侦探小说作家多萝西·利·塞耶斯（Dorothy Leigh Sayers）曾言，侦探小说是一种遁世文学。[②] 窃以为，所谓“遁世”仅是针对犯罪小说社会关联度层面而言的，换言之，犯罪小说因题材限制，在很大程度上缺乏现实批判性。事实上，随着自由资本主义的衰微和垄断资本主义的兴起，大众文化的社会功能由塑造公众的批判意识转为纵容公众的消费意识，消费主义追求的是快乐、享受和满足心理愿景，本章所论及的六部犯罪小说无疑满足了读者对异域历险的猎奇心态。表面看来，这六部小说对老上海及上海人的批判态度与犯罪小说的“遁世”特性有所抵牾，实则不过是西方意识形态规训功能的又一次现实化。通过对上海进行意识形态阐释，作者及其所属文化群体“再现了自我存在并由此强化了自我身份”，[③] 而上海在意识形态的陈词滥调中成为西方社会想象出来的一种负面镜像，一座充满罪感的“恶托邦”。

---

① 吕超：《海上异托邦——西方文化视野中的上海形象》，哈尔滨：黑龙江大学出版社，2010年，第76页。

② 参见雷蒙德·钱德勒：《简单的谋杀艺术》，董乐山、石蓝译，北京：新星出版社，2008年，第15页。

③ 让-马克·莫哈：《试论文学形象学的研究史及方法论》，载孟华主编：《比较文学形象学》，北京：北京大学出版社，2001年，第32页。

第五章
德语冒险小说的上海形象

20世纪上半叶，上海被视为投机者的搏命之地、冒险家的乐园，这个鱼龙混杂之城，充满东方异域的神秘诱惑，“上海故事”自然也就演变为西方冒险小说的一个重要母题。“上海”逾出了单纯的地理名词或故事发生地的字面应有之义，而成为承载中国文化内涵、充满想象的符号，乃至诠释中国现代性的重要视域。

本章辑录的《运煤工人利普卡的毁灭》《扬子江》《上海冒险记》《苦力、走私犯和强盗》均是出版于1930—1950年的德国上海冒险小说，分别描述了四位不同身份地位的冒险者在上海的经历，在一定意义上展现了19世纪中后期到20世纪上半叶的上海社会风貌，从中可以洞察作者对上海以及西方殖民主义的批判性思考。

在《上海冒险记》中，主人公威廉·斯坦伯自恃大英帝国军官，对华人蛮横无理，动辄拳脚相加，将不遵守交规视为殖民者在上海“不成文的特权”，遭到中国官员李福言的迎头痛击。小说结尾处，斯坦伯与莉尔在遭遇绑架事件后痛定思痛，决定立即离开上海，“我们是时候回去了，我们要更谦虚一点”；而在这一天，上海人民欢庆李福言荣升高职，这一充满讽刺意味的对比表明作者对高傲的西方殖民者以拯救者自居的批判与否定。《苦力、走私犯和强盗》讲述了一位正直善良的年轻传教士赫尔穆特来沪传播福音，却在与恶势力的斗争中命丧上海，表达对宗教拯救力量的怀疑。

小说《扬子江》摒弃简单的东西对立思维，将历险故事设定于西方人在上海的种种遭遇。尼尔斯是丹麦最大的啤酒厂在中国和远东的代表，他来沪十年，阅人无数，认定上海是“鱼龙混杂、分不清好人与坏人的地方”，在沪的洋人多是“挣扎在生存边缘绝望的人、骗子、欺诈者和伪君子”。年轻的冒险者罗伯特即是典型，同无数来上海碰运气的西方人一样，终被上海无情地吞噬。《运煤工人利普卡的毁灭》则描述了一位涉世未深、正直单纯的德国青年在上海被同胞毁灭的故事。

四部小说的写作出版时间，正是中国民族解放运动风起云涌之际，上海是东西方碰撞冲突最为激烈的空间。这些来自西方的殖民者，无论是傲慢自大的官员、心存邪念的投机者、寻找正义的青年，还是扶危救困的传教士，无一例外地以失败结束了他们在上海的冒险之旅，这是否也暗示了殖民主义者在上海的宿命，以及作者对西方殖民主义的悲观态度？

第一节
繁华与熙攘背后的堕落：《运煤工人利普卡的毁灭》

《运煤工人利普卡的毁灭》（*Der Fall des Trimmers Lipka*）是理查德·许尔森贝克（Richard Huelsenbeck，1892—1974）1932年发表在杂志《亚特兰蒂斯：国家、民族、旅游》上的短篇小说，讲述了在“洛奇亚号”轮船工作的运煤工人利普卡的故事。他在船上被同伴诬陷为小偷，船只到达上海后，他希望在上海可以找到一个证人证明自己的清白。小说前半部分发生在“洛奇亚号”轮船上，主要刻画主人公利普卡的性格特点，描述船上的生活以及船员之间的矛盾冲突。小说后半部分发生在上海，读者通过利普卡的视角可以感受他眼中千姿百态的上海。没有遇到同乡人弗里德里希之前，利普卡对此行信心满满，然而之后，他的计划被打乱了，尤其是当他发现“洛奇亚号”没有等自己回到船上就返回汉堡时，利普卡彻底崩溃了。从小说的标题中不难看出，利普卡在上海并没有得到他所希望的结果，反而走向了毁灭，而造成这一悲剧的原因，可以通过文中人物细致的刻画和上海社会详细的描述寻找到一些蛛丝马迹。

一、不合群的利普卡

故事伊始，“洛奇亚号”轮船从德国汉堡出发，由于年久失修，船的整体状况不容乐观。锅炉漏水导致船期延误，再加上恶劣的台风天气，船长托普菲莱克“天天脸色阴沉地”[1] 在船上踱来踱去。首席工程师穆肯菲特一直奔波于各种机器之间，以维持船的正常行驶，他是一个“特别粗暴的”（37）人，船员看到他都会绕道而行。小说的主人公利普卡是船上的运煤工人，也是船上唯一的柏林人，其他船员大多是来自“汉堡的年轻人”（37）。但这并非造成利普卡不合群的主要原因。在船上，他是一个“不受欢迎的人”（37），一方面因为他性格腼腆，喜欢安静独处，平日里喜欢写信，不喜与人交谈，给人一种性格孤僻的感觉；另一方面，利普卡身上有一种强烈的“正义感”（37），正是他的正义感导致利普卡后来遭同伴诬陷，受到不公正的待遇。其他船员起初只是觉得利普卡不太合群，但真正令他们对利普卡产生不满情绪的导火索，是利普卡在大家教训游手好闲的船员迈尔时硬要为他主持公道。利普卡与其他船员之间的矛盾在于对公平与公正的理解，对利普卡而言，不管迈尔是否在工作中偷懒或是谎话连篇，船上的人都没有权利对他拳打脚踢。因为利普卡“不能忍受任何不公，不管是对人或是动物”（37），所以他替迈尔赶走了那些要揍他的船员。但对于其他船员而言，迈尔就是一个只会吹牛的无用之人，虽然断了一条胳膊，但这不应该成为他在船上不干活的理由，船员没有义务养着一个不干活还到处说大话的人，因此大家决定给迈尔点教训。因观念不同，利普卡的这种正义感在其他船员眼中是“让人难以理解的”（37），之后大家便把对迈尔的憎恨转移到利普卡身上，而涉世未深的利普卡并不懂得如何在自己陷入危险时保护自己。

二、被诬陷的利普卡

利普卡帮迈尔主持公道之后发生了一件不愉快的事情，他被指认是偷了工程师穆肯菲特钱包的小偷。虽然利普卡对此极力否认，船上

---

① Richard Huelsenbeck: Der Fall des Trimmers Lipka. In: Atlantis: Länder, Völker, Reisen, Heft 1, 1932, S. 37. 后文出自该书的引文，将随文标注出处页码，不再另注。

紧急调查之后也没有在他身上找到任何证据，但同伴们似乎急切地想要定利普卡的罪。而此刻的利普卡如同哑巴吃黄连，面对全体船员的指控无能为力，只能被移交给德国驻上海的领事馆审讯。

在利普卡身上，人们可以看到许尔森贝克的长篇小说《中国审判》里的主人公埃米尔·布莱克尔曼的影子。与埃米尔一样，利普卡也应该出生于中产阶级家庭，在一个良好的环境中长大成人，这从他写信的习惯中得以窥见。然而，两人都没有能力对抗来自这个社会的恶意，没有能力在自己遭遇不公时保护自己。面对同伴的诬陷，利普卡一开始感到"气愤"（38）并极力否认，然而在行动上，利普卡表现得鲁莽冲动，他试图用拳头解决问题，此时的利普卡并没有意识到大家诬陷他的真正原因，只是对自己受到的不公正待遇感到愤怒，并急于摆脱这个子虚乌有的罪名。在利普卡心里，小偷的罪名是一项极大的侮辱，文中提到，利普卡的父母都是"正直高尚"（42）的人，作为一个出生于这样家庭的孩子，他无法允许自己背上小偷的罪名。

作者许尔森贝克也出生于一个家教森严的中产阶级家庭，对中产阶级的教育方式存疑，他写道："如果父母太善良，他们极有可能让自己的孩子陷入危险。孩子得到了所有的爱，还有黄油夹肉三明治和干净的床单，但这些孩子完全不懂得什么是恶意，什么人会伤害他们，而这些才是成年人经常面对的人和事。"[①] 在这样家庭中长大的孩子从小生活环境安逸，看到的都是父母的恪尽职守与克己奉公，除此之外，他们对于外面的世界并不了解，这导致了他们在认知上有局限性。

利普卡性格的形成就是中产阶级教育方法的体现，他对于外部世界的认知仅局限于自己的小圈子，而世界的黑暗面对他来说是陌生的，所以当他接触到这些黑暗面时会不知所措。利普卡的正义感使他与船上其他人对立起来，而利普卡作为一个正直的德国青年最后在上海走

① Richard Huelsenbeck: Von Dada zur Weltordnung. In: Richard Huelsenbeck: Wozu Dada. Texte 1916-1936, Giessen: Anabas-Verlag, 1994, S. 72.

向灭亡，不仅与他本身的性格和出身有关，也与当时的社会状况密不可分。

三、利普卡眼中的上海

船只停靠上海后，利普卡接受了第一轮审讯，然而并没有什么进展。为证明清白，利普卡没有按规定回到“洛奇亚号”禁足直至返航，而是转身走进了“百万人口城市”（39）上海。对利普卡来说，没有什么比证明自己的清白更重要，他此行的目的就是，“为自己找到一个可以证明自己清白的证人”（39），然而利普卡的目标在这个举目无亲的陌生城市中能够实现的概率微乎其微。

利普卡在上海度过了一天一夜，被上海的千姿百态深深吸引，感到十分震惊。熙攘的人群、繁华的街道、川流不息的行人车辆让利普卡暂时忘掉了船上的烦心事。利普卡观察着上海街头来来往往、形形色色的人，他看见在礼查饭店（今浦江饭店）门口，一个“来自美国的旅游团”（40）正准备入住饭店，而另一边的江面上正停靠着几艘“英国战舰”（40）。在租界里，利普卡也看到一些“形形色色不同寻常的人”（40）：“用扁担挑着重物的中国苦力”（40）、“一个断了腿、倚靠在汇中饭店（和平饭店南楼）外墙上的俄国人”（40）、“留着大胡子的印度交警”（40）、“用绷带缠着畸形脚”（40）的中国老妇人、“在码头上卸货的搬运工人”（40）等。这对于利普卡，一个除柏林和汉堡圣保利区以外就一直待在船上工作的运煤工人来说，是一种巨大的震撼，在租界里，利普卡感觉就像身处“迷宫”（40），对周遭的环境充满好奇。面对多样化、现代化的上海，利普卡的信念依然非常坚定，他一定要在上海证明自己的清白。

然而，随着利普卡更深入地走进这座城市，他逐渐感受到这座城市的矛盾与反差。当他进入中国城时，强烈的反差让他觉得自己好像掉进了“深渊”（41），中国城里的“阳光、贫穷和气味”（41）让他感到头晕目眩。利普卡在一个集市上注意到两个被警察逮捕的罪犯，虽然他们的手臂被粗绳捆绑着，却依旧“若无其事、麻木不仁”（41）地走在大街上，究竟是一个怎样的社会才让这些人面对自己的罪行时毫无愧疚感？答案就在上海的大街小巷中，这是一个贫富差距巨大、财富分配极其不均的社会，形形色色的人存在着许多强烈的反差，比如“坐在摇摇晃晃的人力车里打瞌睡的肥胖的中国人”（40）和在码头辛辛苦苦劳作却依然贫困潦倒的苦力们。此外，上海这座城市在西方殖民主义的影响下，街头的印度警察和江面上停靠的外国战舰都是殖民者的耀武扬威，公平公正在这座城市里本来就是稀缺物，这让利普卡的寻找清白之路难上加难。

当利普卡走出中国城再次回到码头时，他心中感慨万千，回想起在船上“闻着海藻的味道”（41）、“听着海浪的声音”（41）、“随便哼唱着一首歌”（41）的时光，他当时的内心是平静的，生活是安定的，因为他知道，自己最终会回到熟悉的汉堡，看到熟悉的街道，听见熟悉的声音。然而这一次他不确定自己会以什么身份回到汉堡，和以前一样还是变成一个小偷？利普卡坚信，自己不能回到船上，因为回到船上就没有任何辩解的机会，船上没有一个人愿意帮助或是相信他，他不能放弃，他要让所有人大声地说出来：“利普卡，我们的同伴，一位出色的运煤工人，他是无罪的，我们对他作出了极其不公正的判决。”（42）

四、金钱至上的生存之道

利普卡的意志力是坚定的，他一心想要在上海寻找一个证人证明自己的清白，但他从未深入地思考过，是什么原因导致同伴对自己栽赃诬陷，又是什么原因导致没有人愿意帮助或相信他，他的单纯善良最终没有赢得他人的尊重与认可，反而变成伤害自己的利器。

当天天色已晚，利普卡身上没有钱，所以在哪里过夜成了一大问题，就在此时，在别墅林立的涌泉路（今南京西路）上，利普卡遇到了同乡人弗里德里希，巧合的是，弗里德里希也曾是一名船上的运煤工人，他向利普卡推荐了一个落脚地，该住处位于虹口，是“上海的娱乐红灯区”（43）。一个名叫邵江的中国人开了个小旅馆，里面住的大多是些无家可归的穷人，利普卡在“充斥着洋葱和汗水味的卧室里”与“中国的商贩和来自欧洲的乞丐”一起在“肮脏的木板床上”（43）将就了一晚。在这个旅馆里，老板邵江有自己的生意之道，他从来不问客人“从哪里来或到哪里去”（43），不管是谁，只要有“铜板”（43），就可以“让他的身体在木板床上舒展开来”（43），这是老板邵江在上海的生存之道，他只认钱，其余一概不管。

凑巧的是，第二天利普卡再次遇到了弗里德里希，利普卡先是向弗里德里希抱怨旅馆里糟糕的住宿条件，然后讲述了自己在船上遭受的不公正对待，希望弗里德里希可以给他出个主意。单纯的利普卡对弗里德里希毫无戒备，将自己的遭遇全盘托出，然而此时他并不了解弗里德里希的为人，弗里德里希在他们的对话中不止一次告诉他，无论他是要享受到好一些的住宿条件还是要找回自己的清白，“这与口袋里有多少钱有关”（44）。言下之意是在上海这样一个社会现实，没有人在乎对一件事或是一个人的评判是否公平公正，人们在乎的是通过这个评判可以收到多少贿赂或好处。文中描绘的那些肥胖的中国商人和审判利普卡的那位“肥胖迟钝的”（39）德国领事，都是这个社会生存法则的受益者，所以利普卡这样真正有正义感的人得不到公平公正的对待，文中这样的对比和描写无疑是在讽刺与批判这种金钱至上的社会生存法则。

不懂人情世故的利普卡甚至还告诉弗里德里希，自己可能还有“100到150美金”（44），这句话让晚上只能睡公园长椅的弗里德里希一瞬间两眼放光，利普卡丝毫没有察觉到此刻的弗里德里希正在动歪脑筋打这一大笔钱的主意。弗里德里希假装好心提醒利普卡，他乘坐的船或许已经离开了上海，这让利普卡惊慌失措、乱了手脚。当他发现，船真的不在原先停靠的位置时，气急败坏的利普卡在码头大闹一场，这场闹剧还被当作新闻写进了《上海晚报》中，利普卡被当作一个“精神错乱的疯子”（45），惊动了码头的卫兵，最后被卫兵制服。

而此时的利普卡身受重伤，医生基本给他“判了死刑”（45），断定他熬不过当晚。在利普卡弥留之际，他的脑海中再次浮现弗里德里希的身影，他们在中国城某条昏暗的小巷子里，利普卡告诉弗里德里希，自己欺骗了他，他并没有那么多钱，但弗里德里希不相信他。在昏暗的巷子里，利普卡拼命地逃跑，弗里德里在后面紧追不舍，最终两人一起消失在黑暗中。

这是利普卡脑海中最后的画面，利普卡在上海再次遭遇不公平的对待，他对弗里德里希寄予完全的信任，但是弗里德里希却一直觊觎他那笔不知道存在与否的钱。利普卡在上海的不幸遭遇一方面归因于他本身性格上的单纯和对这个世界的轻信，另一方面也与这个社会存在太多不公平有关，如文中所描写的，在这个贫富差距悬殊、金钱至上的社会里，利普卡是不可能找到任何公平与公正的。

五、许尔森贝克眼中的上海

1925年，小说作者许尔森贝克曾作为随行医生和海员们一起乘坐“汉堡—美洲—线”经印度、菲律宾和日本，最后从东北进入中国。[①]在此期间，他为不同的报社撰写自己的旅行见闻和感想，其中有一篇报道以“上海”为标题，作为许尔森贝克的特别报道刊登于1925年6月30号的《前进报》[②]上。在这篇报道里，许尔森贝克以旁观者的叙述视角、冷静客观的描写，形象地勾勒出殖民主义统治下上海的大街小巷，其中不乏一些矛盾冲突，比如现代与传统的碰撞，殖民者与当地百姓的冲突，同时也展现了贫富差距显著的社会现实。在许尔森贝克的这篇报道里，上海就是有钱人的天堂、穷人的地狱，这些现代化

---

① Vgl. Herbert Kapfer, Lisbeth Exner: Nachwort. In:Richard Huelsenbeck: China frisst Menschen. Herausgegeben und mit einem Nachwort von Herbert Kapfer und Lisbeth Exner. München: Belleville Verlag, 2006, S. 377.

② 该报纸德语原名为*Vorwärts*，是1876年德国社会民主党创办的一份报纸，至今仍在发行。

设施都是供有钱人娱乐消遣用的，比如“城市中心的跑马场”，[①] 而穷人只能沦为人力车夫，并且要听从“印度警察的指挥”，[②] 而那些有钱人主要是洋人，他们看不起穷人，比如“一个开着福特车的美国女人”，[③] 她“带着无尽的优越感”[④] 鄙视人力车夫。许尔森贝克的这篇报道里描绘的上海与利普卡眼中的上海有相似之处，不同的是，许尔森贝克只是作为旁观者形象地描绘出上海的社会风貌，而文中的利普卡则把上海当作证明自己清白、重获自由的最后希望。

在小说《运煤工人利普卡的毁灭》中，许尔森贝克对上海的叙述与主人公利普卡的命运紧密相连，利普卡想要在上海寻找可以证明自己清白的证人，而展现在他面前的上海却是一幅恃强凌弱、仗势欺人的姿态。租界里华灯闪耀的街道和现代化的建筑让利普卡看到了一个现代化大城市可能带给他的希望，然而成就这座城市的繁华需要付出极大的代价，随着利普卡更加深入地走进这座城市，他看到了繁华背后的丑陋和现实的残酷。许尔森贝克通过利普卡在上海的行走路线，让他在传统与现代，贫穷与富裕之间来回游走，从而凸显出上海繁华背后的贫穷和不公。利普卡首先沿着外滩走入租界最热闹的商业街南京路，看过灯红酒绿的繁华都市景象后，利普卡走进中国城，这里街道狭窄，拥挤不堪，杂乱无章，利普卡感觉自己仿佛“迷失在一个深渊里”（41），此刻的他只想逃离中国城。然而为了寻找一个可以过夜的地方，利普卡不得不再次离开南京路，来到位于虹口的一处专供穷人落脚的小旅馆。除此之外，与繁华格格不入的画面自始至终贯穿在利普卡的上海之行中，比如裹脚的老妇人、驮着重物的中国苦力和停靠在江面上的外国战舰，随着利普卡上海之行的深入，上海风情跃然

① Richard Huelsenbeck: Schanghai. Sonderbericht für den „Vorwärts“ von Richard Huelsenbeck. In: Vorwärts, 30. 06. 1925, o. S.

② Ebd.

③ Ebd.

④ Ebd.

纸上，这是一个繁华与贫穷共存的社会，繁华只是表象，被繁华掩盖的是腐朽的旧习、无尽的剥削以及随时可能爆发的潜藏危机。

在许尔森贝克为《前进报》所写的特别报道中称上海是一个“混合产物”：“上海结合了中国古老文化和纽约的特点，两者成为一个整体，但是以一种奇怪的形式混合。这是一种先进科技和腐朽传统的混合物，一个由汽车、有轨电车和寺庙组成的类似半人半兽的怪物。”[①]西方殖民主义的入侵使上海成为一个现代与传统、先进与落后相结合的混合体，然而这个混合体是由于掠夺和侵略而形成的，这本身就是一种不公平的存在。也正因如此，小说《运煤工人利普卡的毁灭》中的主人公利普卡的上海之行注定是失败的。

六、结语

小说的结尾，利普卡在码头大闹一场后被送进医院，根据德国领事的说法，“利普卡涉嫌一起偷盗案，显然他不敢返回船上”（45），言下之意，利普卡是畏罪潜逃，在逃跑途中被码头卫兵拦截。他的主治医生菲佛得知利普卡的经历后感到十分惋惜，而且他相信利普卡是“想要回到船上的”（45）。这是第一位选择相信利普卡的人，然而一切已经太晚，利普卡的生命即将走到尽头。菲佛医生为无数像利普卡一样的年轻人感到痛惜，这些人和利普卡一样出于各种原因离开家乡，乘船来到上海，并走进上海这座城市，最后却都没能回去，他们出走的原因可能是因为对生活现状的不满，可能是因为对外界新鲜事物的好奇，也可能是因为想要逃避家庭对于其思想和行为的禁锢，但是外面的世界并不像他们想象的那般风平浪静，而是充满危险，存在着各种不公平与不公正。菲佛医生把上海比作一片“邪恶的土地”（45），在作者的笔下，文中的上海可以泛指所有存在不公现象的社会。当时

① Richard Huelsenbeck: Schanghai. Sonderbericht für den „Vorwärts“ von Richard Huelsenbeck. In: Vorwärts, 30. 06. 1925, o. S.

德国中产阶级的教育方式固然存在些许不足，但像利普卡这样拥有正义感的人不应该受到指责，该被指责的是社会的不公平，正是由于这些不公才最终导致像利普卡这样的年轻人走向毁灭。因此，建立一个公平公正的社会才是解决这些问题的根本所在，正如许尔森贝克所写："我们这代人最大的任务就是协助建立一个公正的世界秩序。"①

（黄蕾　文）

① Richard Huelsenbeck: Von Dada zur Weltordnung. In: Richard Huelsenbeck: Wozu Dada. Texte 1916-1936. Giessen: Anabas Verlag, 1994, S. 75.

第二节
投机与博弈之后的灭亡:《扬子江》

伯恩哈德·凯勒曼（Bernhard Kellermann，1879—1951）出生于德国巴伐利亚州北部城市菲尔特。凯勒曼的父亲早逝，1888年起，他便和母亲一起在离菲尔特不远的城市安斯巴赫生活。凯勒曼曾在慕尼黑学习日耳曼语言文学和美术，毕业之后在文理中学担任美术老师。1904年，凯勒曼发表的第一部小说受到热议，之后他便离开了学校，在出版社的资助下继续文学创作。[①] 1909年起，凯勒曼大部分时间都以一名自由作家的身份在柏林创作，他一生创作了许多作品，其中让他名声大噪的是其1913年发表的小说《隧道》（*Der Tunnel*）。这部小说讲述的是一个疯狂的建造计划，即在海底建造一条连接美洲和欧洲的隧道。这部小说被翻译成多种语言，畅销于全世界，并先后于1915年、1933年和1935年被翻拍成电影。[②]

一战期间，凯勒曼当过战地记者，在军队里担任过文职，也在外交部工作过。1918年德国十一月革命期间，凯勒曼曾在工人委员会和士兵委员会的委托下短暂地领导过“德意志社会主义共和国的宣传工作”（Werbedienst der Deutschen Sozialistischen Republik）。[③] 1920年，凯勒曼发表了以1918—1919年德国十一月革命为背景的反战小说

---

① Vgl. Wolfgang Achnitz: Deutsches Literatur-Lexikon. Biographisch-bibliographisches Handbuch. Band 26: Karner-Kelter. Berlin: De Gruyter, 2016, S. 552.

② Vgl. Ebd., S. 553.

③ Vgl. Ebd., S. 552.

《十一月九日》(*Der 9. November*)。该小说在1933年被纳粹德国列入了黑名单，成为柏林焚书事件的牺牲品之一。焚书事件之后，凯勒曼并未离开德国，而是选择在政治环境苛刻的条件下继续创作。

凯勒曼在1926年与奥地利女画家莱娜·施耐德·凯娜(Lene Schneider–Kainer，1885—1971)一同前往亚洲旅行。① 这趟旅行为期一年半，他们穿越了波斯和印度，途径泰国和柬埔寨进入中国，并在北京和上海停留了半年。② 1934年，凯勒曼发表短篇小说《扬子江》(*Jang–tsze–kiang*)，1947年再版。这部小说围绕着扬子江展开，扬子江上的绑架事件、扬子江上的行船以及几座扬子江沿岸的城市构成了小说的主要情节与场景。

二战结束之后，凯勒曼留在了由苏联占领的东柏林。1945年，凯勒曼与约翰尼斯·罗伯特·贝歇尔(Johannes Robert Becher)③ 一同在柏林创立了民主德国文化协会(Kulturbund der DDR)，凯勒曼担任副主席，④ 同时他还是德苏友谊协会(Gesellschaft für Deutsch—Sowjetische Freundschaft)的创始人之一。

一、框型结构小说

小说《扬子江》采用第一人称和倒叙的手法，通过倒叙把主人公的过去与现在联系起来。小说采用框型结构，小说的开头与结尾分别

---

① Vgl. Wolfgang Achnitz: Deutsches Literatur-Lexikon. Biographisch-bibliographisches Handbuch. Band 26: Karner-Kelter. Berlin: De Gruyter, 2016, S. 552.

② Vgl. Bernhard Kellermann: Nachwort. In: Bernhard Kellermann: Jang-tsze-kiang. Berlin: Drei-Säulen-Verlag, 1947, S. 93.

③ 德国表现主义诗人，德国统一社会党的政治家，民主德国国歌《从废墟中崛起》(Auferstanden aus Ruinen)的作词人，曾任民主德国文化部部长。

④ Magdalena Heider: Kutlurbund zur demokratischen Erneuerung Deutschlands. In: Martin Broszat und Hermann Weber (Hrsg.): SBZ Handbuch, Staatliche Verwaltungen, Parteien, gesellschaftliche Organisationen und ihre Führungskräfte in der Sowjetischen Besatzungzone Deutschlands 1945 – 1949, München: Oldenburg Verlang, 1990, S. 714 f.

描写的是第一人称叙述者与小说人物尼尔斯·拉斯穆森的两次相遇。

第一次相遇发生在一艘名为“重庆号”从汉口开往上海的轮船上，“我”与尼尔斯都是头等舱的乘客，除“我们”之外，还有一个整日在船上酗酒的名叫罗伯特（Robert）的英国人，这个英国人成为“我们”的共同话题。罗伯特醉酒后的荒诞行为让同是头等舱乘客的“我”和尼尔斯感到羞耻。尼尔斯于七年前在上海认识了罗伯特，在这七年中罗伯特经历了人生的大起大落，最终沦为一个行尸走肉般的酒鬼。在船上，尼尔斯向“我”讲述了罗伯特曾经在上海的点点滴滴以及之后他们在西贡[①]的第一次短暂碰面。这段由尼尔斯叙述的关于罗伯特的故事构成了小说的主体，同时也称为框型结构里的内部叙事。小说结尾讲述的是尼尔斯与小说开头出现的第一人称叙述者“我”的第二次相遇，与小说的开头形成一个框型结构。此时距离两人第一次在“重庆号”上的相遇已经过去了两年。两人凑巧在停靠于哈尔滨的西伯利亚快线上相遇，于是两人又谈起了他们之间的共同话题罗伯特。尼尔斯谈起了他与罗伯特在西贡的第二次短暂碰面。从尼尔斯口中得知，罗伯特于一年前在一个风雨交加的夜晚死在了西贡原始森林深处的一个小茅屋里，尼尔斯在罗伯特临死前见了他最后一面。

在框型结构里的内部叙事中，尼尔斯是叙述者也是身历者。由尼尔斯叙述的关于罗伯特的故事是按时间顺序叙述的，叙述中运用了许多人物间的对话，为读者营造出一种身临其境的效果。作为叙述者的尼尔斯与作为故事经历者的尼尔斯处在不同的时空中，在叙述的过程中有尼尔斯的回忆和他这些年在东方生活的感悟与感慨。

二、尼尔斯眼中的东方城市——上海

罗伯特的故事离不开上海这座城市。尼尔斯对罗伯特一开始就持怀疑态度，这种怀疑源于尼尔斯对于这个东方世界的认知。尼尔斯来

① 今越南胡志明市。1859年，法军入侵，西贡沦为法国殖民地。

自哥本哈根，是丹麦最大的啤酒厂在中国及远东的代表，来到这个东方世界已经十年了，他表示自己在这个东方世界里“开始变得多疑，开始不信任别的人”。[①] 让他产生这种变化的原因不仅仅出自于那些生活在东方世界的本地人身上，反而越来越多的是出自于来到这个东方世界的欧洲人身上。尼尔斯曾经遇到过一个自称是“刚从西藏中心回来的德国科考人员”，该人员称自己“与他的荒漠考察队失去了联系，并且眼下没有任何生存物资”（15）。让尼尔斯产生怀疑的是这位科考人员完全不知道四川省在什么位置，而四川省恰巧处在进藏路线的必经之路上。在经历了诸如此类的事情之后，尼尔斯无论看待中国人还是欧洲人都带有一种批判和怀疑的眼光，他从不轻易相信他人，抑或是去亲近陌生人。对于上海这座东方城市，尼尔斯同样带着批判和怀疑的眼光。在他的眼中，上海是个鱼龙混杂的世界，仅仅通过外表就想看清一个人是远远不够的。对于那些乘坐轮船来到上海的西方人，尼尔斯是这样描述的：“每一艘大轮船都携带着挣扎在生存边缘绝望的人们、骗子、欺诈者和伪君子来到岸上，这些废物会被这里的热带气候、酒精和鸦片所消灭。至少在绝大多数情况下，他们的生存问题无法得到解决。他们利用游走在各个宾馆和赌场间的周遭人的愚蠢得以生活下去。对于这类人，人们到底要怎么去了解他们？”（12、13）在尼尔斯看来，来到上海的西方人大多数都是骗子和投机者，罗伯特也不例外，他们抱着一种碰碰运气的心态来到上海，利用周围人的善良和同情心，获得信任和支持，并试图在上海立足。因此，自尼尔斯第一次见到罗伯特的那一刻起，他对罗伯特的怀疑就没有停止过。

当然，上海也有好心人，尼尔斯所说的那些善良并富有同情心的人就包括来自旧金山的美国牙医莫里茨·纳坦松。莫里茨七年前在大街上发现了差点儿饿死的罗伯特，并且好心收留了罗伯特。在尼尔斯

① Bernhard Kellermann: Jang-tsze-kiang.Berlin: Drei-Säulen-Verlag, 1947, S. 15. 后文出自该书的引文，将随文标注出处页码，不再另注。

眼里，莫里茨是“一个极端乐观主义者和一个心肠很好的人”（11）。然而，莫里茨在上海的生活却不那么如意，甚至有些糟糕。来莫里茨诊所看病的“大多是年轻的商人”（12），然而他们并不付钱给莫里茨，反而让莫里茨来“感谢”（12）他们，他们自认为自己的到来已经是对莫里茨巨大的恩赐，让旁人觉得毕竟还是有人愿意来莫里茨的诊所看病的。这类商人便是尼尔斯口中的伪君子，在他们华丽外表之下掩饰着他们的虚伪和傲慢无礼。莫里茨的好心肠让他不忍心对罗伯特坐视不理，他帮助罗伯特找工作，介绍朋友给罗伯特认识。在他眼中，当时那个25岁的罗伯特是一位意气正发的青年，他想要帮助罗伯特重新在上海立足。即使在罗伯特因为自己行为不当惹出不少麻烦的时候，莫里茨还是没有放弃过他。莫里茨的这副好心肠让尼尔斯都感到了惊讶，因为在尼尔斯眼中，罗伯特是“一个天生就诡计多端的出色的演员”（36）。莫里茨扮演着保护者的角色，罗伯特扮演着“被保护人”（14）的角色，而在尼尔斯看来，莫里茨保护着的这个人极大可能是一个伪装者、一个骗子。

罗伯特的故事中，鲜有对上海的直接描写，但我们依旧可以通过故事主人公的上海遭遇以及叙述者对故事中人和事的态度，获悉尼尔斯对这座城市的看法。尼尔斯眼中的上海是灰色的，是乌烟瘴气的，他在上海目睹了太多的虚伪与欺骗，因此对于这座城市他也充满了怀疑和不信任。尼尔斯曾说过，罗伯特并不是“第一个被东方世界毁灭的人”（10）。即使是像莫里茨一样的好心人也差点在上海生活不下去，因为好心人在这里并不能得到应有的尊重，反而只能被利用。对于罗伯特这一类来上海试试运气、投机取巧的西方人，尼尔斯一直保持一种怀疑和批判的态度。

三、“妈妈的宝贝儿子”

小说中罗伯特的形象是由尼尔斯来塑造的，尼尔斯对于罗伯特的评价离不开“妈妈的宝贝儿子”（14）这个称号。首先，从外表上来说，尼尔斯觉得罗伯特虽然长相英俊，但稚气未脱，甚至有点“女孩子气”（14），尽管如此，罗伯特英俊的长相仍旧给他带来不少关注。其次，罗伯特在性格上有弱点，他是一个没有自制力并且做事不考虑后果的冲动青年。在上海，罗伯特因为自己轻浮和不得体的行为制造出一次又一次的笑话和丑闻，然而他的身边总有莫里茨的保护。莫里茨一次又一次地充当着如同母亲般的角色，替罗伯特解决麻烦并一再给他机会，让他能够进入上海的上流社会。然而，罗伯特并没有对莫里茨表达过感激之情，他利用自己会弹一点钢琴和会朗诵几首莎士比亚的十四行诗的技能，成功博得上流社会小姐们的青睐，从而走进了格鲁图斯家族。罗伯特没过多久就与格鲁图斯家族的女儿玛丽亚成为夫妻，然而在婚礼结束后的两个月，罗伯特的噩梦便开始了。

罗伯特与玛丽亚开始他们本该美好的蜜月之旅，他们乘坐轮船沿着扬子江从上海出发驶往汉口，然而在路上，船被一群中国强盗拦截，玛丽亚被中国强盗绑架，罗伯特只身逃回了上海。在玛丽亚被绑架之后不久，格鲁图斯家族便收到绑匪让他们支付巨额赎金的要求，然而格鲁图斯家族的成员早已把祖父辈积累下来的财富挥霍一空了。在罗伯特与绑匪交涉无果的情况下，解救玛丽亚的可能性也变得越来越小。在尼尔斯看来，是罗伯特的胆小与软弱导致玛丽亚被绑架。尼尔斯认为，就当时的情况来说，罗伯特应该选择去救玛丽亚，而不应该独自逃回来苟且偷生。尼尔斯与莫里茨在对待罗伯特的态度上是截然不同的，莫里茨提供给罗伯特的是一种类似于母爱般无私的奉献，而尼尔斯则是冷静理智地分析罗伯特的行为，尼尔斯不会被外表被迷惑，而是透过外表看清本质。

四、从上海到西贡

罗伯特的故事开始于上海，结束于西贡。上海和西贡有许多相同点，比如一样闷热潮湿的气候和让人感到不适的高温。除此以外，西贡与上海一样都受到西方殖民主义的控制，文中虽然没有直接点明，但从文中提及“法国传教士”（85），读者可以感受到法国殖民主义对这个城市的影响。从尼尔斯到达西贡时的描述来看，西贡更加不适合西方人居住，因为这里不仅有高温酷暑，还有热带暴风以及西方人所不熟悉的热带生活方式。

玛丽亚被中国强盗绑架之后，罗伯特对于她的态度始终感到困惑和难以理解。因为从玛丽亚的来信和中国强盗的描述中，罗伯特察觉到玛丽亚根本没有想要回家的想法。后来，罗伯特终于从中国强盗那里得到一次看望玛丽亚的机会。根据尼尔斯的叙述，他在西贡第一次与罗伯特碰面时，罗伯特把他与玛丽亚的这次见面详细地告诉了尼尔斯。根据罗伯特的叙述，当时的玛丽亚住在武昌的一个中式农家大院里，里面的生活设施一应俱全。让罗伯特感到震惊的是，玛丽亚无论从外表还是从内心来说都已经完完全全和西方划清了界限。她穿着当地特有的“天蓝色”“丝质”中式服装，梳着“中式发型”（75），像中国人一样蹲坐着，虽然她一如既往的优雅动人，但罗伯特还是感觉到了玛丽亚的变化和他们之间越来越明显的陌生感。不仅如此，玛丽亚还告诉他，她生命中出现了一个重要的男子，而这个男子让她感到他们俩的内心从此“紧密相连”（76）。玛丽亚告诉罗伯特，她选择留在这个农家大院里是经过深思熟虑后才做的决定，她“比较了中西方的人生观，发现两者都不完美，但尽管如此，她更倾向于中国的人生观”（76）。

然而，尼尔斯对于罗伯特与玛丽亚见面的真实性产生了怀疑。首先，尼尔斯从第一眼见到罗伯特时对罗伯特就持有一种怀疑的态度。其次，罗伯特喝醉酒时透露给尼尔斯，自己之前所讲的关于与玛丽亚见面的事情都是谎言。综合这两点，尼尔斯可以判定罗伯特实际上根本没有见到玛丽亚，事实上，他在为自己的逃避与软弱找借口。他故意塑造出一个完完全全中国化的玛丽亚，让旁人觉得是玛丽亚自己不想回来，而不是他没有去救她。罗伯特的这个秘密被尼尔斯戳穿后，他觉得自己整个人好像赤裸裸地展示在尼尔斯面前，没有任何尊严。就在此刻，罗伯特爆发出他此生仅有的一次“刚硬与粗暴”（85）。换句话说，罗伯特最不能忍受的是自己的谎言被拆穿，他表现出来的这种刚硬态度不如说是一种掩饰，掩饰自己的心虚和不知所措。之后，罗伯特试图拿出玛丽亚写给自己的信件以证明自己确实有见过玛丽亚，但信件却不知所踪。其实，罗伯特是否真的见过玛丽亚并不重要，不管玛丽亚出于什么原因失踪，人们关于玛丽亚的传言不会就此打住，人们对于罗伯特的非议也不会停止。罗伯特离开上海是一种逃避行为，并非如他自己所说是出于对自由的渴望，实际上是为自己的懦弱与胆小找借口。

尼尔斯与罗伯特在西贡第一次相遇时，罗伯特告诉尼尔斯，自己是出于对自由的热爱所以选择了猎人这个职业，与当地人一起捕猎，然后靠卖兽皮为生。然而，不管是在西贡还是在上海，罗伯特其实都在扮演一个猎人的角色。在上海，他寻找的猎物是上流社会的小姐，因为有莫里茨的保护和包容，他靠着自己俊美的长相，穿上西装皮鞋，凭借会吟诵几首莎士比亚的诗，成功伪装了自己，并进入上海的上流社会。而在西贡，罗伯特则把自己伪装成一名真正的猎人，然而这并不能掩饰他的堕落。尼尔斯第二次在西贡见到罗伯特时，罗伯特已经奄奄一息了，尼尔斯从牧师口中得知，罗伯特在西贡的时候“彻底沉溺于酒精、鸦片和各种恶习中”，照牧师的话来说，罗伯特给西贡当地人“树立了作为一个欧洲人和一个基督徒的坏榜样”（88）。牧师的话再次证明了尼尔斯最初对于罗伯特的判断。在尼尔斯眼里，罗伯特是“一个废物，一个死人，一具在东方的尸体”（66）。

五、结语

小说伊始，第一人称叙述者“我”在“重庆号”上对于扬子江两岸的风景有过一段描述。在“我”眼里，扬子江幻化成了一头如猛兽般的怪物，“神秘莫测，没有尽头，如同这个它所流经的国家一样。如果在扬子江流经的途中遇到一座城市，它便会把这座城市带走，吞噬掉里面所有的寺庙，所有的居民，所有的市场还有墓地，它吞噬掉的是一大片区域。扬子江已经流经了4000公里，然而它的旅途还在继续，没有尽头”（6）。相较于扬子江上汹涌湍急的水流和一望无际的江面，两岸的村庄、田野、城市和岸边劳作的人们在“我”的眼中显得那么微不足道。上海处于扬子江的入海口，似乎预示着扬子江已奔流到了尽头。然而上海并非是尽头，这座城市有着和扬子江相似的特点。如尼尔斯所看到的，上海的变幻莫测体现在形形色色的人身上，无法辨别，无法看清，扬子江上“一望无际慢慢涌入大海的水流”（11）就如同无数像罗伯特一样乘船来上海试试运气的人们，但等待他们的很可能是无情的吞没和灭亡。

《扬子江》这部小说采用了框型结构，由于框型结构里的内部叙述都是从尼尔斯的角度叙述的，没有人可以直接了解到罗伯特和玛丽亚的内心活动，只能通过尼尔斯的描述，在有限的文本里推测。这一叙述方式导致在文中产生了很多不确定性，比如玛丽亚失踪的真相，罗伯特是否真的见到了玛丽亚，玛丽亚是否真的不愿意回家，等等。正是因为这些不确定性反而给了读者更多的思考空间。但是，不管其中的真真假假，格鲁图斯家族的衰败是毋庸置疑的，这个靠着鸦片贸易致富的家族最终逃不过自取灭亡的结局。不管玛丽亚是出于自愿还是被迫留在中国强盗那里，对于格鲁图斯家族来说都是一种惩罚，格鲁图斯家族的女儿很有可能正与他们最看不起的中国人生活在一起，格鲁图斯家族的女儿也可能正十分享受地吸食着让格鲁图斯家族致富的鸦片来消耗生命。

小说《扬子江》里所描述的上海并没有具体到某一条路或是某一个建筑，而是把重点放在上海这座城市所表现出来的社会问题，一个混沌繁杂的社会里的一次次冒险，一次次投机，一次次博弈。不管是在上海的城市里还是西贡的森林里，罗伯特的结局都是注定的，根本原因在于他的本质——一个不学无术只会投机取巧的堕落酒鬼。在小说的最后，尼尔斯给了读者一个关于罗伯特选择来到上海的原因的暗示。当第一人称叙述者“我”听完了尼尔斯讲述的关于罗伯特的故事后，“我”觉得罗伯特的种种遭遇可能是因为他是“一个与众不同的人”（91）。“我”给出的这个推测遭到了尼尔斯的否定。尼尔斯认为，罗伯特就是“一个普通人”，但是“成为一个普通人并不能让他感到高兴”（91）。为了让自己与众不同，罗伯特选择来到上海，因为只有在这么一个鱼龙混杂的地方他才可以伪装自己，只有在这样一个分不清好人坏人的世界里，他才有机会误打误撞蒙混过关，才有机会让自己变得不再平凡。也正是这样的心态，导致罗伯特最终被上海这座城市无情地吞没。与其说罗伯特“被东方世界毁灭”（10），不如说是罗伯特在东方世界里自我毁灭。

（黄蕾　文）

第三节
傲慢与偏见之下的风暴:《上海冒险记》

卡尔·奥托·维德科尔(Karl Otto Windecker，1904—1967)出生于德法交界处的斯特拉斯堡[①]，他既是一名作家，又是一名记者。二战时期，他曾在波兰作为一名新闻记者，在国家社会主义汽车军团(Nationalsozialistisches Kraftfahrkorps)工作，同时为该军团的报纸《先锋工人》(*Der Frontarbeiter*)写稿。[②]维德科尔所在的国家社会主义汽车军团是从属于纳粹党的准军事组织，团员不仅拥有丰富的机动车机械知识，还有高超的驾驶技术。[③]二战爆发后，国家社会主义汽车军团向德意志国防军输送了大量团员，服务于后勤及运输部队，受纳粹主义思想的影响，该军团有明显的政治倾向，被称为是“机械化的冲锋队”。[④]

维德科尔的作品主要分为三类：第一类为通俗小说，以犯罪小说为主，主要创作时期为20世纪30年代至40年代初，如《最后一位客人》(*Der letzte Gast*，1933)，《上海冒险记》(*Abenteuer in Schanghai*，1939)，《幽灵船》(*Das Geisterschiff*，1940)。第二类为介绍城市类作

---

① 斯特拉斯堡位于阿尔萨斯地区，在历史上曾多次由德国和法国交替统治。维德科尔出生时，斯特拉斯堡处于德国统治时期，一战结束后，统治权被法国索回。二战期间，斯特拉斯堡再次并入德国，直到1945年重新成为法国的领土。

② Vgl. Wolfgang Achnitz: Deutsches Literatur-Lexikon. Biographisch-bibliographisches Handbuch. Band 33: Willius-Wircker. Berlin: De Gruyter, 2014, S.320.

③ Vgl. Dorothee Hochstetter: Motorisierung und „Volksgemeinschaft“. Das Nationalsozialistische Kraftfahrkorps (NSKK) 1931-1945. München: Oldenbourg, 2005, S.21-25.

④ Ebd.,S.98.

品，维德科尔在1941年分别发表了两部关于两座不同城市的作品，分别为他的出生地斯特拉斯堡和如今波兰北部的格但斯克（德国人称为“但泽”）。通过对历史的叙述以及自己对历史的解读，作者向读者讲述了这两座城市在历史长河中的变迁。但泽与斯特拉斯堡一样，在历史的长河中经历了多次战乱与政权的变更，由于其地理位置的重要性，但泽也因此成为德国与波兰的必争之地。根据维德科尔自己的描述，他在波兰投入工作的几个月后生平第一次来到了但泽。[①] 从书名《但泽，一座德国城市的面貌与历史》（*Danzig. Geschicht und Geschichte einer deutschen Stadt*，1941）可以看出，作者主要描述了但泽这座城市在德意志民族统治之下的风貌，作者来到但泽的时候，这座城市已经处于纳粹德国的控制之下，直到1945年二战结束后，该市才又重新成为波兰的一部分。维德科尔的第三类作品与机动车的相关专业知识有关，创作时期为二战结束后，以机动车手册和画册为主，这类作品的产生与维德科尔二战期间在国家社会主义汽车军团的工作经历息息相关。二战之后，维德科尔在斯图加特担任过汽车类杂志《汽车，马达和运动》（*Das Auto, Motor und Sport*）的编辑，也在柏林和达姆斯塔特生活过，主要从事机动车方面的新闻工作。[②] 除此之外，他还是国际泛欧联盟（Paneuropäische Union）的成员。[③]

《上海冒险记》讲述的是一位英国军官在上海的冒险故事。这位英国军官名叫威廉·斯坦伯里，他与同伴豪普特曼·福勒一同服役于驻扎在上海的英国军队，他们之前还一同在印度服过役。故事开始于斯坦伯里到达上海的第14天，此时福勒结束了在英国的探亲之旅，坐船返回上海。船马上要靠岸了，斯坦伯里急急忙忙地开车去码头接福勒，

① Vgl. Carl Otto Windecker: Danzig. Gesicht und Geschichte einer deutschen Stadt. Berlin: Schützen-Verlag, 1941, S.11.

② Vgl. Wolfgang Achnitz: Deutsches Literatur-Lexikon. Biographisch-bibliographisches Handbuch. Band 33: Willius-Wircker. Berlin: De Gruyter, 2014, S.320.

③ Ebd.

一路上他根本不把上海的交通规则放在眼里，这种行为已经被他当作是殖民者在上海的一种“不成文的特权”。[①] 就在此时，斯坦伯里的车与一辆中国人的豪华轿车相撞了，豪华轿车里坐着的中国人穿着西装，文质彬彬，他要求斯坦伯里道歉，但换来的却是斯坦伯里的拳头相向。事后斯坦伯里才得知，这位中国人是国民政府的重要官员，名叫李福言，更让斯坦伯里没有料到的是，之后他在上海的命运也与这个中国人密不可分，一场精心策划的复仇计划正在等待着他。

作品围绕李福言的复仇计划展开。车祸发生后，斯坦伯里当众把李福言打倒在地，李福言觉得自己颜面扫地，所以为了挽回自己的面子，他决定找斯坦伯里复仇。李福言复仇的方式是毁容，即让损其面子之人的面容也受到不可治愈的损伤。李福言买通了斯坦伯里身边的中国仆人，当斯坦伯里一群人在汉口执行任务时，他的仆人会在他的酒里下毒，中毒者脸上会长出一个大瘤子，并且没有解药。然而斯坦伯里并没有喝到毒酒，而是他的一个同伴格林内尔少尉喝到了毒酒。虽然福勒和他们的另一位同伴军医特纳从一个中国护理员口中了解到，格林内尔脸上长瘤子是因为他阴差阳错地替斯坦伯里喝下了毒酒，但福勒与特纳约定，暂时不告诉斯坦伯里真相。虽然斯坦伯里这次逃过一劫，但是李福言并没有打算就此放过他。

莉尔·麦格雷戈正巧与福勒搭乘同一班船，来上海看望她的父亲。在码头上，斯坦伯里对莉尔一见钟情，在之后的相处中他们渐渐互生好感。莉尔并不是完完全全的英国人，她的父亲是苏格兰人，居住在上海，是上海有名的丝绸商，而她的母亲是荷兰人，莉尔从小在荷兰长大，她非常喜爱母亲的故乡。一次，莉尔与斯坦伯里开车去上海郊区寻找中国寺庙的途中，路过一个村庄，村子里空无一人，但突然隐藏在房子里的村民向他们开枪射击。莉尔手臂受伤，于是斯坦伯

① Carl Otto Windecker: Abenteuer in Schanghai. Romansammlung: Der 30 Pfennig-Roman. Band 158. Berlin: Aufwärts-Verlag, 1939, S. 3. 后文出自该书的引文，将随文标注出处页码，不再另注。

里赶紧开车折回一个传教站。这个传教站归一位法国传教士所有，刚才去的途中他们曾在那里休息过片刻。就在斯坦伯里与莉尔到达传教站的时候，他们被已经埋伏在那里的李福言及他的手下绑架。其实，斯坦伯里的行踪早已被他的中国仆人出卖给了李福言，这是斯坦伯里在上海的第二个仆人，之前那位中国仆人在汉口下完毒后便失踪了。被绑架后的斯坦伯里六神无主，只感到头皮发麻，当李福言告诉他复仇计划的原委后，斯坦伯里陷入了绝望，他为自己之前不理智的行为感到后悔，而对于自己现在的处境却无能为力。与斯坦伯里相反，莉尔表现得非常镇定，她通过与李福言机智的谈判，让李福言放下仇恨，停止复仇计划。最终，斯坦伯里向李福言道歉，李福言表示从此以后他们之间互不相欠，并释放了他们两人。与此同时，福勒与格林内尔和另外两个同伴也赶到了传教站，准备营救斯坦伯里与莉尔，他们并不知道两人已经获释。当斯坦伯里在院子里寻找他的汽车时，一声枪响惊吓到了他，他看到格林内尔倒在了不远处，李福言手下的一名守卫射杀了他。斯坦伯里抱着格林内尔的尸体痛骂李福言是杀人犯，而李福言表示这是一个失误，随后斯坦伯里从福勒口中得知了之前在汉口格林内尔中毒的真相。

斯坦伯里本来还要在上海服役一个季度，但经历了这次绑架后，他决定立刻申请调任，离开上海，他的申请很快得到了批准，他将要和莉尔一起踏上回英国的旅程。上船前，斯坦伯里与他的同伴们一一告别，并期盼很快能在英国与他们再次相见。就在这一天，上海民众正在庆祝李福言被任命为国民政府内务部部长。

小说《上海冒险记》出版于1939年，是小说系列“30芬尼小说”（*Der 30 Pfennig-Roman*）中的第158本。截至1939年，该小说系列已出版172本，多数为悬疑小说和冒险小说。小说《上海冒险记》分为16章，共96页，采用德文尖角体排版，该字体在20世纪初的德语地区被普遍使用。根据封面内页描述得知，封面配图选自好莱坞派拉蒙影业公司的电影画面，图中两位男士与一位女士均为西方人，他们身着正装，身后的背景像是一列火车，这位女士与其中一名男士望向同一处，似乎在等待着什么，又或是在观望着什么。这样的封面配图主要是为了吸引消费者的注意，通过熟悉的电影画面可以引起消费者的购买欲望，这一类销售手段普遍运用在20世纪初的德国通俗小说市场上。[①]

文中的男主角斯坦伯里是典型的英国人，他有着英国人的高傲和优越感，上海对于斯坦伯里而言就是英国的一块殖民地，在他眼中，上海和他曾经服役过的英属印度首都加尔各答没有什么大的区别。照斯坦伯里的话说："这里如同加尔各答，甚至与英国的伯明翰一样，都那么英国化，那么无聊。唯一不同的是这里的姑娘有着黄色的皮肤和眯缝的眼睛。"（5）这是斯坦伯里来到上海第14天时对上海的评价。

斯坦伯里与福勒来到上海的原因各不相同。斯坦伯里出生在一个富裕家庭，他的父亲是英格兰伯明翰一家汽车工厂的合伙人，因为父亲的关系，他可以在军队里为所欲为，他的上级军官由于忌惮其父亲的权威，对斯坦伯里的任性与胡闹视而不见，从而养成了斯坦伯里傲慢与莽撞的个性。相较之下，福勒的性格则比较稳重与可靠，他出生于一个没落的英国中产家庭，出于生计，不得不背井离乡来上海服役。斯坦伯里来到上海是因为任性与嫉妒，他羡慕福勒能够离开家乡，体验未知，但当他发现上海无异于那些被英国化的城市后，他对上海便失去了兴趣。但是，此时斯坦伯里对于上海的感知仅仅停留在他生活和工作的这片区域，也就是文中提到的"欧洲城"（16），历史上称为上海的租界。在欧洲城之外是文中提到的"中国城"（16），也就是历史上的华界，是上海大多数老百姓居住的地方。文中描述了斯坦

① Vgl. Dietger Pforte: Bedingungen und Formen der materiellen und immateriellen Produktion von Heftromanen. In: Annamaria Rucktäschel, Hans Dieter Zimmermann(Hrsg.): Trivialliteratur. München: Wilhelm Fink Verlag, 1976, S.36.

伯里与莉尔第一次进入中国城的经历，他们两人把这次经历称为一次冒险。

所谓冒险，就是要离开自己熟悉的生活环境，进入一个充满危险与不确定性的陌生环境。在这段冒险的一开始，斯坦伯里与莉尔就遇到了第一个困难，他们的车无法在中国城狭窄的街道行驶，因为“斯坦伯里那款运动型轿车的宽度无法通过中国城的狭小街道”（16），所以他们只能被迫步行走进中国城。之后叙述者通过第三人称视角描述了欧洲城与中国城，突出相距仅仅几步之遥的两个城区之间巨大的差异。对于欧洲城的描写，叙述者采用一种类比的方式，把上海与西方大城市比较，以突出欧洲城里的兴旺繁华，如：“纵横交错的街道穿梭在各种楼房间，这种疯狂的建楼速度和规模堪比美国的大城市。大街上车水马龙的交通无异于伦敦的罗素广场或是巴黎的蒙马特大道。”（16）除此之外，去中国化也是作者笔下欧洲城的另外一个特点，这一点通过上海本地人服装上的西化得以体现。这里对于欧洲城的描写有两个作用：一方面强调上海的欧洲城与西方任何一个大都市别无二样，也正因为如此，对于两位主人公来说，在欧洲城就如同在他们熟悉的社会环境里，满足不了他们的好奇心；另一方面通过描写中国城狭小拥挤的街道和中国人嘈杂的生活环境，反衬出中国城是一个让西方人难以理解的，完全陌生的东方世界。这种鱼龙混杂的生活环境由叙述者从视觉、听觉和嗅觉的角度来呈现。首先，叙述者从视觉上呈现了中国城“弯弯曲曲的狭小街道”（16），“无数个画着精美图案的广告牌和写有中文的红色或蓝色长条旗”（16），把原本已经十分拥挤的街道装扮得更为拥挤。紧接着，叙述者一连用了三个“陌生的”，这些“陌生的声音、陌生的味道以及陌生的人”（16、17），暗示了两位主人公在进入中国城后感受到的不适应，继而可能产生一种不安的情绪。最后通过一种可能让西方人产生反感的气味，增加了中西方由于地域不同和生活习惯不同而产生的矛盾。文中所描述的这个气味是中国人烧饭时厨房里传出来的油烟味，叙述者称之为“一种令人恶心的从无数个厨房里飘来的油腻的气味”（17），伴随其中的还有“家具店的油漆味”（17），同样是一种让人感到不舒服的味道。

面对欧洲城与中国城的巨大反差，两位主人公所表现出来的态度大不相同。斯坦伯里继续保持着英国人高傲的态度，没有同情心且易怒，他已经将一把“装了子弹的勃朗宁自动手枪”（17）放在口袋中，对于斯坦伯里来说，中国城就是危险的代名词，他要随时准备好，迎接中国人的敌意。莉尔则相反，她会去安慰被斯坦伯里撞倒的中国小孩，她甚至还想从一位中国商人那里买下一条精美的项链。冲突正是发生在他们买项链的时候，当斯坦伯里付给中国商人英镑纸币时，商人反复检查以确认是否是真币，这一举动彻底激怒了斯坦伯里，他甚至要掏出手枪来。这一冲突描写反映了在上海的西方人与东方人之间不可调和的矛盾，商人告诉斯坦伯里，正因为许多英国人会给亚洲人假币，所以他才这么仔细地检查纸币，而斯坦伯里则认为这是商人对自己的不信任，因此大怒。但信任应该是相互的，就如同斯坦伯里一直感受到来自中国人的敌意，难道他对中国人就没有敌意吗？他把莉尔挑选的项链称为“垃圾”（17），把中国人的笑声当作一种“幸灾乐祸的”（18）嘲笑，他随身携带的那把手枪更是最好的证据。对于中国城的描写主要以主人公斯坦伯里的视角为主，从他的视角观察到的中国城是充满威胁与危险的，无论是围观他们买项链的人群，还是孩子摔倒后前来关心孩子的人群，在斯坦伯里看来都是一种威胁，或者说，从斯坦伯里一进入中国城起，他就把中国人的目光都当作“敌意的目光”（17），同时也用自己充满敌意的态度以示回应。

斯坦伯里对中国人的态度直接导致他成为李福言复仇的目标，其实李福言的复仇计划来自两方面原因，表面上看似是为了赢回自己的面子，更深一层看，是对于英国殖民者的憎恨。通过一段李福言与军医特纳的对话，我们从中得知，李福言是一名民族主义者的代表，他表示，在殖民主义的瓜分行为下，“中华民族已经觉醒”，“中国对于接下来世界格局的变化将产生重大的意义”（21）。文中有几处描写印证了这种民族主义精神的觉醒，例如在上海和汉口爆发的反英大游行，斯坦伯里和他的同伴前往汉口，就是为了配合抵抗汉口的反英运动，为了强调汉口的形势危急，文中还加入了一段英国《泰晤士报》的报道，用来营造故事的真实性。但是李福言的这种复仇计划在莉尔看来是盲目的、缺乏理性的。在莉尔与李福言的谈判中，莉尔提到了李福言的父亲，希望李福言以其父亲为榜样，不以肤色和种族来评判一个人，莉尔希望李福言可以把英国人与英国殖民者分开来看待。一方面，她指出了斯坦伯里当初侮辱李福言的行为是幼稚的、不成熟的表现；另一方面，她指出斯坦伯里不应该成为李福言报复英国殖民者的替代品。莉尔以自己为例，凭借其混血的特殊身份，划清自己与高傲的英国人之间的界限，并且表达了自己对于中国文化的喜爱，同时表示自己对于中国人没有偏见。莉尔希望李福言把斯坦伯里的行为当作一次个别行为，并且停止对他的报复计划。莉尔在文中的形象与斯坦伯里形成鲜明的对比，莉尔的混血身份使得她与斯坦伯里的结合可以在某种程度上削弱斯坦伯里骨子里的高傲与偏见。除了莉尔，文中还有一个人物表达了对于英国殖民主义的担忧与质疑，他就是军医特纳，他在送别了斯坦伯里和莉尔后自言自语地说道："作为一个年老的英国人，我在这片土地上待得太久了。现在我可以说：我们是时候回去了，我们要更谦虚一点。一直以来，我们把世界上的人仅仅划分为英国人和其他人。这是一种带有犯罪性质的高傲。每个民族都有其存在的理由……"（96）这可以看作是军医特纳对于英国殖民主义的一种反省。

德语通俗小说通常带有以下两个特点：一是人物具有单一性和极端性，好人与坏人一目了然；二是重复出现一些被社会广泛提及的刻板印象。[1] 维德科尔的这部《上海冒险记》也不例外。虽然，维德科尔

① Vgl. Klaus Weimar(Hrsg.): Reallexikon der deutschen Literaturwissenschaft. Neubearbeitung des Reallexikons der deutschen Literaturgeschichte, Bd. 3. Berlin: de Gruyter, 2007, S.691f.

的这部小说人物设定简单明了，对于中国人的描写带有世俗偏见，比如中国人的神出鬼没，走路悄无声息，笑声让人捉摸不透，中国城里的杂乱无章和中国人执着于面子问题等，但文中始终穿插着对于英国殖民主义的质疑和对于英国人傲慢性格的批判。文中所描绘的上海符合西方社会对于东方世界的期望，这是一个危险、刺激、让人难以捉摸的地方。上海拥有区别于西方世界的异域风情，同时拥有吸引西方人前来冒险的魅力，如同文中的男主人公斯坦伯里：一方面，他对于未知的东方大都市心驰神往；另一方面，他带着对于东方世界的偏见，把所有带有东方色彩的人和事都定义为有威胁的、不可理喻的。东西方文化在上海碰撞，东西方矛盾也在这里碰撞，然而这种矛盾从文中来看是不可调和的。首先，斯坦伯里最终向李福言道了歉，但通过叙述者的描述，读者了解到，当时的斯坦伯里是“强忍着内心的不乐意与反感”（94）而为之，说明他并没有真正认识到自己的过错。其次，李福言的手下开枪打死了前来营救斯坦伯里的格林内尔，按李福言的话来说，是他的手下的一个“错误”（94），言下之意，他并没有放过斯坦伯里，只是格林内尔又一次替斯坦伯里受了罪。这种不可调和的矛盾渗透在作者笔下的上海的方方面面，例如，为了抵挡上海的反英游行运动，斯坦伯里与他的手下接到命令，在欧洲城与中国城的边界上安装并加固了带有尖刺的铁丝网，这些铁丝网不正是象征了东西方不可调和的矛盾吗？

在斯坦伯里离开上海时，他已不再是那个曾经高傲的、不可一世的英国军官了，取而代之的是一种油然而生的恐惧感，所以当他要离开上海时，他感到欣喜若狂。文中出现的一句歌词“回来吧，我亲爱的……”（95）似乎暗示了斯坦伯里最后的归宿。文中通过对于中国城和欧洲城的刻画，体现了两者之间不可调和的矛盾，而斯坦伯里在上海所经历的冒险故事与东西方文化冲击下产生的冲突有着密不可分的关系。除此之外，文中通过李福言的复仇行为说明了两点问题：一是中国的民族主义意识开始苏醒；二是对英国殖民主义的批判与反思。

作为一本通俗小说，维德科尔的这部小说并没有局限于个人恩怨和儿女情长中，而是着眼于世界格局，通过刻画与描述上海的城市面貌与文中人物在上海的冒险经历，引发读者对于殖民主义的思辨。

（黄蕾　文）

第四节

阴谋与剥削之中的救赎:《苦力、走私犯与强盗》

一、作家生平与小说概要

胡戈·科赫尔(Hugo Kocher,1904—1972)出生在德国图宾根,早年就读于图宾根大学,学习绘画与艺术。他靠卖自己的画作和做兼职来赚取旅费游历欧洲。在杜塞尔多夫和日内瓦,科赫尔进入当地艺术学校进修,后成为插图画家,同时他还兼职写作。他的第一部青少年读物《纳姆克,陌生人》(*Namuk der Fremde*,1936)深受好评。之后,他以自由作家和画家的身份生活在慕尼黑。直至1940年,科赫尔被征召入伍参加第二次世界大战,被英军俘虏。被释放后,他回到慕尼黑,恢复创作青少年读物,直至1972年于慕尼黑去世。科赫尔是一位极其多产的作家,相继创作了160多部文学作品。除了儿童文学作品和青少年读物,他还擅长创作极具异域风情的冒险小说,这与他早年在各国游历的经历有关。小说《苦力、走私犯与强盗》(*Kulis*, *Schmuggler und Räuber*,1949)便是其中一部冒险小说。若是再细化分类,可将其归于游历冒险小说一类。这类小说主要描写主人公由于某种缘故离家外出、游历探险的经历,通过人物在流浪冒险过程中的遭遇、感想来刻画人物。游历小说既是对人物现实之旅的描述,也是对人物经历的人生旅途和精神历程的喻指。

根据小说中的描述,故事大致发生在19世纪中叶,讲述了年轻的德国神父赫尔穆特来上海传教的冒险历程。小说以第三人称视角,向读者展现了善良且坚毅的神父远离家乡来到异国传教的过程。传教期间，他与强盗、走私犯斗智斗勇，在上海中国城（华界）帮助并感化当地穷苦的百姓，让他们获得精神力量。如书名所示，小说中除主人公神父以外，其他角色便是生活在上海华界的苦力和平常百姓，还有唯利是图、出卖道德的走私犯和强盗。小说不仅生动地描述了主人公传教所走过的地方与经历的事，亦喻指了主人公的人生旅途与精神的游历，小说中充满冒险元素，融合基督教思想，为情节增添了神秘色彩。

二、他者视角下阴谋与剥削中的救赎

来自威斯特法伦的年轻传教士赫尔穆特，在荷兰商人的帮助下，登上了从新加坡驶往上海的东印度公司游轮。在游轮上，他“巧遇”之前在新加坡街头结识的魏路先生。魏路先生彬彬有礼，并且一心想帮助他。来到上海后，神父深感底层百姓生活之艰辛，更加坚定了他想留在上海传教的决心。在神父安东的引导下，赫尔穆特渐渐走入百姓中间，还救助了一位工厂里的童工——程儿。一天，他接到教会传达给他的任务，要给远在大山中的传教站运送补给品。与此同时，魏路也请求神父帮他捎带一些神秘的箱子。在执行任务的途中，神父识破了魏路及其手下昆福这群人的真面目，原来他们干的是走私和强盗的勾当。神父因为不肯服从魏路等人的胁迫，被他们扣押到山中一座寺庙的地下室中。多亏机灵的程儿，他们一行人才排除万难，从强盗手下逃了出来。神父和程儿被昆福等人一路追杀，昆福不小心掉下悬崖。神父见状不仅没有立刻逃走，还到山崖下将昆福救起。神父想要乘此机会感化昆福，却没有成功。

在逃亡的路上，神父目睹受自然灾害侵袭的破败村庄，当地百姓深受饥荒和瘟疫之苦。此外，他结识了瑶里的修女，听说了修女伊丽莎白为了拯救即将被拐卖的小女孩而献出生命的故事，他被深深打动，也为底层中国百姓的生活状况深感忧虑。回到上海后，神父建了一座小教堂供穷人们做礼拜，为他们传播福音，到教徒家中安抚他们因贫困和疾病而受创的心灵。一天夜里，他发现昆福溜到小教堂里，欲盗圣体匣卖钱。神父不但没有怪罪他，还将他人捐助给传教事业的钱给了昆福，防止他犯下偷盗的罪过。不同于其他大多数租界中的外国人，神父赫尔穆特崇尚人人平等。机缘巧合，他结识了与他志同道合、思想进步的中国大学生——苏。在神父的感化下，苏接受了基督教的洗礼。在苏的引荐下，神父赫尔穆特与南京的基督教画家佟发相识，并从他那里得到了几幅用于装饰教堂的画作。程儿也受这位画家的激励，爱上了绘画艺术。

神父的教徒越来越多，分布在上海及周围各个地区。但是能供他们做礼拜的教堂却少得可怜，许多贫困潦倒的教徒每次需花费半天时间去做礼拜。于是神父想建造一座“水上教堂”，以方便黄浦江畔的穷苦百姓做礼拜。他和苏商量买一艘旧船将其改造为教堂。然而，魏路知道这个消息后从中作梗，想要花更高的价钱买下那艘旧船。于是，神父和苏想了一个计策阻止了魏路，顺利建起了“水上教堂”。可是没过多久，中国城中爆发了霍乱，许多百姓因此丧命。神父赫尔穆特非但没有放弃他们，还在封城的最后一刻将生活和医疗必需品运送到中国城中。除了物质上的帮助，神父赫尔穆特还安抚那些即将死去的人们，让他们在生命的最后一刻获得慰藉。

然而，魏路和昆福却始终不安好心，他们发现走私军火的风险后，便开始做起了人贩子。被神父阻止后，魏路又做起了买卖鸦片的勾当。由于神父一次又一次阻止了魏路的发财计划，他便对神父怀恨在心，他要让神父所在的中国城变得民不聊生。于是，他勾结了当地的地保，任鸦片贩子在中国城内大肆贩卖鸦片。苏发现了这一秘密，便和神父商量，与警察联手将这群人一网打尽。魏路看事情败露，以为是昆福背叛了他，便对他起了杀心。神父知道此事后赶到昆福身边，想最后再救他一次。然而，昆福却以为神父是假仁假义，在临死之前向神父开了枪。神父殒命，但他最终获得了人们的尊重与爱戴。神父下葬那天，所有受到过神父恩惠的人以及知晓神父动人事迹的人都前来与他做最后的告别。故事的结局不禁令人唏嘘，而神父赫尔穆特的精神在黄浦江畔流芳百世。

三、半殖民地社会中的众生相

《苦力、走私犯与强盗》是一部充满异域色彩的游历冒险小说，主人公在异国传教的过程中目睹了上海沦为半殖民地时期底层劳苦大众的生活状态。在整部作品中，作者并没有点明故事发生的年代。根据小说主人公来上海时乘坐东印度公司的轮船这一信息，可以推测故事发生在上海开埠后、东印度公司倒闭前的这一时间段里，即19世纪中叶。1842年鸦片战争之后，清政府被迫签订第一个不平等条约——《南京条约》，根据“五口通商”条款的规定，上海正式对外开埠。外国商品和资本源源不断地涌进上海，行栈、码头、租界、银行纷纷林立而起。西方帝国主义势力的侵入，令当时早已败絮其中的清政府感受到沉重的威胁。清政府“非常腐败，到处都是贪官污吏……那时，清朝的军队，也已经腐败得不成样子了。带兵的将官，一年到头专门争权夺利、剋扣军饷；当兵的捞不到钱用，就去抢劫老百姓。”[①] 当时的百姓在封建统治者与西方帝国主义的双重压迫下，举步维艰，苟延残喘。小说的名字“苦力、走私犯与强盗”对那个时代的众生相做了恰如其分的概括。

“各式各样的船厂、船坞和工厂林立在岸边。成排的轮船顺流而下又或是逆流而上。锚链发出当啷当啷的响声，轮船的烟囱则时而发出尖锐刺耳的汽笛声。装载着木头、煤炭和麻袋的中国帆船忙碌地穿梭，吊车发出嘈杂的噪音。从轮船和中国帆船上传来阵阵呼喊声，声音盖过了其他一切声响，那是一群苦力正在做活。”[②] 这是神父乘坐轮

① 武原:《近代的中国》，上海：上海人民出版社，1983年，第2页。

② Hugo Kocher: Kulis, Schmuggler und Räuber. Donauwörth: Cassianeum, 1949, S. 19.后文出自该书的引文，将随文标注出处页码，不再另注。

船初到上海港口时的所见景象。当时的上海正在逐步向繁华的世界港口发展，而迅速发展的背后正是资本家和工厂主们对于百姓、苦力的剥削。神父用他那敏锐的耳朵听出了苦力们对于艰辛和重压的抱怨与呻吟，除他以外，鲜少有人会同情这些底层百姓。

小说再现了当时被剥削阶级的贫苦生活，年仅十一二岁的孩子为了生计，被迫在工厂没日没夜地工作。对于工厂和上海穷人居住的华界地区，作者都做了详尽的描述。神父不像其他来到上海的西方人一样住在租界区，而是和普通老百姓一样住在上海原住民区。他时常走在华界的小巷上。一次，正值一家棉加工厂的换班时间，他看到“工厂附近的人群愈来愈密集，他们在一个拐角处拐了个弯。女人、小女孩、穿着寒酸且瘦得皮包骨头的男人，还有成群的小伙子，10到12岁的年纪，面庞却显出鲜有的老成、满目的疲惫与绝望。”（25）神父甚至还请求工厂主允许自己到工厂里去参观。“工厂厂房里到处都是丁零当啷、嘈杂不堪的机器，女人、孩童、年轻小伙以及有气无力的成年男子在机器前做工，工人们的肺不断呼入空气中到处飘浮着的絮状物，咳嗽声此起彼伏。然而他们还是不知疲倦地在机器前拼命工作，争取不浪费一秒钟，不让任何一个齿轮，任何一个线轴空转。”（30）通过作者的描写，我们或许能够对19世纪中期上海的面貌有一个更全面的了解，不仅仅是其光彩的一面，还有其灰色的一面。

“这些一脸饥饿相的孩子，他们不讲笑话，不做愉快的游戏，也不搞诙谐的恶作剧。他们绝望地为自己渺小的存在而斗争，他们用脏兮兮、干瘦的双手赚取充饥的面包，现在他们精疲力竭地蜷缩在某处简陋的棚屋内，然而此时，那些工厂主们却在运河边的别墅中享用着晚餐，或者在富丽堂皇的酒店里让调酒师为他们调制马提尼酒。”（25）作者不仅描写了上海肮脏的街巷和苦力工人，富人们的游轮和豪华的商业街也是他笔下重点描绘的对象。初来乍到的神父在魏路的带领下领略了一番繁华南京路的风光：“刚刚还在狭窄、肮脏的房屋之间穿梭，现在汽车就已经飞驰在亮得反光的柏油马路上。到处都是闪烁着霓虹灯的广告牌。酒店在广告牌上吹嘘着新驻的爵士乐队，百货商店在黑暗中叫嚣着自己的商店名，中英文字幕交替着滚动播出。”（26）当魏路再次邀请神父去豪华的别墅中作客时，他拒绝了。相比于繁华的南京路，他更想去那些狭窄而脏乱的道路上，去看真正的上海，去了解、救助那些被剥削的底层百姓。两相对比，穷困潦倒、荜门蓬户的百姓生活更能激起读者的同情，读者仿佛透过字里行间回到那个充满剥削和统治的年代，目睹那一派民不聊生的景象。见识到这个贫富差距巨大的上海之后，主人公赫尔穆特神父下定决心要留在上海传教，为穷人们带去福音。“他想留在这里，在这里工作，就在上海。和这个充满工业和技术的城市相比，中国任何一个地方都不会有更加严重的问题。”（30）在神父目睹上海底层人们的生活后，他的想法发生了转变。原本他到中国来传教的目的是为了用基督教思想“征服”中国人，而现在的他想用信仰拯救陷在底层的穷苦百姓，然而也正是这个决定让神父踏上了一系列的冒险之旅。

决定留在上海展开传教事业后，神父便接到了要去大山之中运送补给品的任务。然而，佯装成商人的走私犯魏路却接近他，利用他的传教用船走私军火。神父发现后断然拒绝与魏路合作，于是魏路派手下将神父绑架至大山中。神父的帮手将他救出，逃亡的路上他们受强盗追击，然而强盗却自己掉下山崖。神父非但没有乘机逃走，还下山将强盗救起，希望可以借此感化他。“神父赫尔穆特内心感到困惑，每个夜晚他都为昆福祈祷，每个夜晚他都为自己的传教工作祈祷新的力量。”（71）此时的神父，不仅救助穷人，还设法感化那些迷途之人。也正是神父这样的想法，让他陷入了一次又一次与恶势力的斗争。

当时，中国的百姓不仅受到西方资本主义势力的剥削，人也被分成了三六九等。“今天，他在学校讲完课之后乘着有轨电车穿越了另一个上海，那是有钱人和外国人的上海。售票员来到他面前。‘先生，这里是二等车厢。”他礼貌地打开通往电车前部的门，那边才是留给欧洲人的。’”（89）神父在电车上结识了与他志同道合的中国大学生苏，“他们两个人肩并肩走着，经过了一座公园，门口竖了一块牌子，上面用英语写着：华人禁止入内！”（90）而视一切为平等的神父不仅在华界建教堂，救助穷苦百姓，还以德报怨，将传教经费赠予曾经绑架过他的强盗，希望他迷途知返，不要再继续作恶。

小说还详细描述了霍乱爆发的上海中国城。19世纪医疗科学落后，霍乱这种烈性传染病一旦爆发就会带走无数人的生命。小说中这样描写道：“它沿着南京路，迈步走在灯火通明的商店旁，橱窗里面陈列着来自世界各地的商品，有擦得发亮的自行车、摄影设备，还有奢侈品。接着，它拐进了中国城狭窄的街道。这个面色土灰、憔悴的幽灵对于有钱人，还有那些养尊处优者的房屋毫无兴趣。它是苦难和贫穷的同胞兄弟。”（126、127）显然，传染病更愿意光顾卫生较差的华界地区，可见当时中国百姓的生活状况是何其糟糕。“死神掠过卢湾、南市、闸北和浦东这几个中国百姓住的城区。在工厂工人和饥饿的孩子中间，它收获颇丰。它会突然拜访街上的乞丐，从人力车夫的手中夺走他的车柄，让他踉踉跄跄地昏迷倒地，它也会突然造访那些坐在工作台旁矮凳上的手工工人。它将人带走时不会区别对待，不管什么年龄，什么性别都不会受到特别保护，在母亲胸前吃奶的婴儿会突然落入它的手里，被孩子包围着的母亲，还有年迈父亲的独子。然而，它却嘲弄般地豁免了一个瞎跛子，一个用沙哑的嗓音恳求它到来的老人。”（131、132）而租界中的外国人不仅没有想办法帮助华界百姓，更是想方设法将华界与租界区隔离开来，以防霍乱传染至租界区。“瘦削的英国人一边耸了耸肩，一边再次戴上手套。‘抱歉，神父赫尔穆特，我们无权干预这么多。我们还得顾及自己的安危。原住民区和租界区之间的每一条通道都会被切断……您一丁点儿忙都帮不上。苦力们将会成百上千地死去。’”（128）然而住在中国城的神父并没有使用自己的特权离开这里，而是坚定地留下帮助华界中的百姓。

除了租界区西方势力的剥削，百姓还要承受本国腐败官员的压迫。第一次鸦片战争后，鸦片的输入量不断增加，腐败的官吏为了一己私利在暗地里保护鸦片贩子。小说中的反派魏路可以说是无恶不作：走私军火、勾结强盗、贩卖女童，甚至销售鸦片。他本想利用神父，用其特殊身份帮助自己违法走私，而神父严正拒绝了他，并一次次阻碍了他要干的勾当。魏路通过贿赂腐败官员，在中国城做起鸦片买卖。“吴统是南市的地保，他在百姓口中的绰号是‘走私之王’。还有现在听筒里的那个油腻的嗓音，便是老温的，他是个人口贩子，而金玉强，现在魏路正拨号的这个人，大家都称其为‘诚实的盗贼’。这三位当官的，可是个牢固的三人组，他们仿照那些停留在旧时传统的中国人，利用自己的官职来填满自己的腰包。”（152）而神父为了不让鸦片继续祸害中国城中的百姓，便与自己的同伴一起设法将这些鸦片走私犯绳之以法，但最终神父也为此献出了自己的生命。

小说通过一位基督教传教士的视角，描绘了他传教过程中所经历的各种各样的冒险，同时展现了19世纪中叶上海和一些落后偏远村庄的景象。在那个充满内忧外患的时期，神父的仁慈和博爱让他身边多了一大批虔诚的信徒。他如慈父般地对待被工厂压榨劳动力的孤儿；他不惜散尽积蓄，力图让强盗迷途知返；他不顾个人安危，与恶人斗智斗勇；他不顾霍乱的危害，留在中国城照顾、安抚贫苦的百姓。虽然在故事的结尾，神父的生命随着他的冒险之旅一同结束了，但是他的精神却将流传下去，神父身上展现的人性光辉将在黄浦江边熠熠闪耀，影响一代又一代的人。

（韩晓莉　文）

第五节
结 语

上海自1842年开埠以来逐渐发展成为远东大都市，更因其传统与现代交汇、东方与西方兼容的特殊环境获得冒险家们的青睐，更成为作家们追逐历险题材、虚构冒险故事的温床。西方游历冒险小说可大致分为三类：以英雄人物为主人公，以冒险开拓活动为主要内容的“冒险开拓小说”；具有某种特殊身份的主人公，为了某个目的和理想而游历天下，以主人公的自然或社会游历活动为内容的“游历游记类小说”；以社会底层人物为主人公，以其在社会下层流浪中的种种经历、见闻为内容的“流浪汉小说”。[①] 经历冒险的主人公或主动，或被动地加入探险、开拓、游历、流浪的过程，进入一个个或充满机遇，或危机四伏，或回天乏力的境遇之中，而等待他的结局只有两个：要么成长、蜕变，要么堕落、毁灭。

20世纪上半叶，涌现出众多以“德意志视角”写就的上海小说，其中不乏大量冒险小说。与其他以英、法、日为母语创作的上海小说相比，德语上海冒险小说整体上也未能避免殖民主义刻板印象而形成的“套话”。本章选录的《运煤工人利普卡的毁灭》《扬子江》《上海冒险记》与《苦力、走私犯与强盗》四部冒险小说，描写了傲慢的英国军官威廉·斯伯坦、因不甘平凡而来上海碰运气的罗伯特、单纯的运煤工人利普卡、善良的传教士赫尔穆特，他们或只为体验未知，或为谋求出人头地，或想在这座本就缺少公平公正的城市寻找正义，或

---

① 亢西民：《欧洲游历冒险小说简论》，载《山西师大学报》，2001年第2期，第80页。

怀着悲天悯人之心来拯救社会底层的穷苦百姓。他们背离家乡，闯入上海这座充满欺骗与罪恶、压榨与暴力，且贫富悬殊的城市："有钱人的天堂，穷人的地狱"，"来到上海的西方人大多数都是些骗子和投机者"，"一个危险、刺激、让人难以捉摸的地方"。从某种意义上来说，经历冒险的小说主人公们皆被上海这座"吃人的城市"所吞噬或驱逐：英国军官在经历绑架后决定立即离开上海；罗伯特逃离上海，到西贡狩猎，在一间小茅屋中孤独离世；运煤工人利普卡在码头大闹一场后重伤去世；善良的传教士则殒命于走私犯的枪下。他们无一例外地以失败结束了在上海的冒险之旅，暗示了殖民主义者在上海的宿命，以及对西方殖民主义的悲观失望。难能可贵的是，德语上海冒险小说中不乏对殖民者的行径和殖民主义政策的反思批判，以及对中国民族主义意识觉醒的客观描写。上海既不欢迎傲慢自大的殖民者，也不是西方投机者的温床，仅凭悲天悯人的传教士和公平正义的理念无法完成扶危救困的重任，上海的社会问题需要中国人自己来解决。

总之，上海以其独特的历史因素、文化交融、复杂多元和神秘色彩，成为德语作家竞相描绘的对象，更成为展开冒险想象的理想之地，上海冒险小说虽不乏刻板偏见或殖民主义思想，但在很大程度上仍是我们了解老上海城市景观的重要文本。

第六章
德语儿童文学的上海形象

“上海开埠后数年间，英美法租界相继辟设，来沪西人络绎不绝，至19世纪70年代初，短短30年，奠定了上海‘东方巴黎’的格局。”[①]东西方文化、传统与现代文明碰撞、互动、融合的众多生动事例，使之成为包括德国作家在内的西方作家甚为青睐的书写对象。到了20世纪三四十年代，租界和犹太人流亡上海的双重历史背景，使得德语文学中涌现出更多上海叙事文本，其中亦不乏儿童文学作品。这些作品除消遣和审美功能外，往往还附带教育的目的，“专门关注‘幼小者’精神成长”。[②]而事实上，“如果从格林童话算起的话，近代儿童文学原本就滥觞于德国，而之后的《豪夫童话》《吹牛大王历险记》等，更昭示出德国儿童文学的悠久传统。至于现当代，米切尔·恩德、普鲁士勒等人的名字也足以与世界上任何一位儿童文学大师比肩，再数数安徒生奖和波隆那奖的话，我们会发现，德国是对这些国际性大奖贡献最多获奖者的国家之一。”[③]

二战结束后，对战争的反思成为战后德国文学的重要主题。本章第一节评介德国女作家乌尔苏拉·梅尔彻斯创作的《蕾娜特和比尔在

① 何顺民:《“上海开埠”的历史记忆——以上海开埠160周年纪念为例》，载《史林》,2016年第2期，第31页。

② 李利芳:《论中国现代儿童文学价值观念》，载《江汉论坛》，2017年第2期，第94页。

③ 涂涂:《德国儿童文学：在中国还需找位置》，载《中国图书商报》，2007年9月4日。

上海》。该小说在德国曾多次再版，并被翻译成多国语言，深受德国乃至全世界少年儿童读者的喜爱。小说以小主人公在上海的冒险经历为主线，以客观的笔触记录了二战时期上海沦陷、上海的盟国侨民被日本兵关进集中营的历史，以及战后上海的德国侨民被迫离开第二故乡、被遣送回国的遭遇，成为德国少年儿童了解上海历史的重要文本。作者对战争的思考、对全世界人民团结起来的呼吁，让少年儿童深深认识到人性的真善美与和平的可贵。与此同时，战后民主德国和联邦德国在社会主义与资本主义两种道路上分道扬镳，导致德国儿童文学中对社会主义新中国的描述大相径庭，或充满偏见，或高度赞赏，在意识形态的高压下摇摆。

本章第五节、第六节分别评述日裔德国作家威廉·野原驹吉的《埃尔文在上海》和女作家乔·雷德勒的《阿凡在中国》。两部作品均选取上海作为故事发生的背景，讲述了小主人公们在这里的成长经历和冒险故事，在德国出版后都曾畅销一时，这自然得益于小说呈现出纷繁的中国元素与多彩的上海形象，神秘的东方背景和引人入胜的故事情节对于德国的少年儿童读者无疑具有巨大的吸引力，迎合了少年儿童探索未知世界的心理需求。

改革开放以来，上海以其飞速的现代化发展受到世界瞩目，重新以国际化大都会的面貌折服世人，“新上海”的风采与“老上海”的记忆共同成为德国作家笔下重要的叙事主题，为少年儿童读者构建出更加多元的上海形象。其中，德国当代作家苏珊娜·霍恩菲克创作于新世纪的“上海三部曲”堪称翘楚，本章第二节到第四节对这三部作品——《银娜》《用筷子吃蛋糕》和《木兰爱在上海》分别进行深入分析。三部小说均以上海为重要的叙事空间，描写不同时期、不同文化背景下三个女孩的“上海故事”。尽管三位小主人公的人生经历和内心成长迥异，但三部作品在中心思想上一脉相承，通过对这座城市在不同历史背景下、不同角度的细节书写，刻画出在冲突表象下达到多元统一、在文化相斥背后兼容并包的上海形象。

第一节
德国少女冒险游历的老上海城市空间：《蕾娜特和比尔在上海》

一、德国少女的上海滩冒险游历

德国女作家乌尔苏拉·梅尔彻斯（Ursula Melchers，1916—？）于20世纪五六十年代创作并出版了《比姆在中国》（*Bim in China*，1954）、《乐桑》（*Raku–san*，1955）、《蕾娜特和比尔在上海》（*Renate und Billin Schanghai*，1955）、《逃出“鬼山”》（*Dem „Geisterberg“ entkommen*，1956）、《妹妹》（*Mei–Mei，die „kleine Schwester“*，1957）、《我看见一条路》（*Ich sehe einen Weg*，1958）、《你心中的爱增加了这么多》（*Soviel in dir die Liebe wächst*，1964）、《彩色鹦鹉里的秘密》（*Das Geheimnis im Bunten Papagei*，1969）等多部儿童小说。这些作品中有多部曾数次再版，并被译介到其他欧洲国家，足可见其畅销程度。梅尔彻斯的儿童小说之所以如此受欢迎，除却其文笔生动、充满童趣，故事情节惊险刺激、引人入胜，兼具“儿童性”与“文学性”之外，与作品中常见的东方元素也是分不开的。作家笔下的故事常常以东方为背景，其中《乐桑》《逃出“鬼山”》中的故事发生在日本，《比姆在中国》《蕾娜特和比尔在上海》《妹妹》则讲述了小主人公在中国的生活经历与冒险故事。神秘的东方国度对于德国的少年儿童读者无疑具有巨大的吸引力，迎合了少年儿童探索未知世界的心理需求。虽经笔者多方查找，仍未能获取梅尔彻斯的生平资料，但透过她的作品，大体可以推论，这位作家或曾长期旅居中国、日本等东亚国家，对东方文化有着浓厚的兴趣和较为客观、深刻的了解，东方也因此成为她甚为青睐的书写对象。

出版于1955年的中篇儿童小说《蕾娜特和比尔在上海》以第一人称的叙事视角展开，讲述了一位德国少女在上海的成长与冒险经历。故事发生在20世纪三四十年代，第二次世界大战和日本对华侵略的历史背景下。13岁的蕾娜特自幼与父母和姐姐一起生活在上海大西路上一幢漂亮的洋房里，花园里的一顶帐篷是她最爱的“秘密基地”。一次，当蕾娜特在这里烤土豆吃时，英国少年比尔不请自来，与蕾娜特成为无话不谈的好朋友。

整部小说的高潮始于蕾娜特的忘年交马蒂亚斯叔叔一次意外的遭遇：他在下班回家途中被土匪抢劫，不幸中枪，身受重伤。幸好，在蕾娜特冷静机智的援助之下，马蒂亚斯保住了性命，但他的外套却被土匪抢走了。糟糕的是，外套垫肩里藏着几份至关重要的文件——冯高山将军的遗嘱。冯高山将军是一位奋战在反日前线上的中国爱国将领，与马蒂亚斯建立了超越国籍和政治立场的深厚友谊。临终前，他托马蒂亚斯将几份遗嘱从上海带往重庆政府，其中涉及一些有关政治工作的重要安排。为帮助重伤卧床的马蒂亚斯叔叔尽快找回这些重要文件，蕾娜特和好友比尔一起骑着自行车，踏上了冒险之旅。

两位小主人公寻访的第一站是上海郊区河畔的鸦片船——土匪头子毛佬的家。虽然没有找到毛佬，但是他们从他妻子那里得知，毛佬效力于上海滩的大富豪溥福。于是，他们又来到溥福位于霞飞路上的豪宅。溥福热情地接待了两个孩子，并很快帮他们找到了马蒂亚斯被抢走的自行车，但是外套却依然难觅其踪。就在他们失望离开时，溥福的男仆建议他们去北京路上的旧货商店里碰碰运气。然而，旧货商店老板去乡下吃酒席，归期不详。在一天天的等待中，蕾娜特和比尔渐渐失去了信心，每天骑车去旧货商店的路途也逐渐被他们当成一种消遣，他们日复一日地观察着沿途的民生百态、奇闻趣事。直到有一天，老板终于回来了，然而他们也并未找到马蒂亚斯的外套。不过，老板想起，自己曾将类似的外套便宜卖给了一个乞丐。他还给两个孩子讲述了“乞丐王”的故事，建议他们去他那里打听。这时，比尔却不干了——他无法忍受蕾娜特为了一点渺茫的希望去接触肮脏的乞丐，将自己置于感染病菌与瘟疫的危险之中，要求蕾娜特放弃这场毫无意义的追猎。争吵后骑车回家的路途中，比尔主动与蕾娜特和解，两人路过涌泉寺，一时兴起进入寺院参观，不想竟无意找到了马蒂亚斯的外套！垫肩里藏着的遗嘱也安然无恙。重要文件失而复得，马蒂亚斯叔叔十分激动，并请求蕾娜特代为保管，直至自己身体康复。

在这场冒险之旅结束后不久，日本侵华的硝烟就烧到了上海。大场遭空袭，上海沦陷，租界的管辖权也落到了日本人手里。日本人即将把敌国侨民关进集中营的流言不胫而走，租界内人心惶惶。比尔追求自由与上进，渴望实现早日独立、进入大学学习，无法忍受在集中营里蹉跎岁月。于是，他在大富豪溥福的帮助下，由毛佬带领，历尽艰难险阻逃亡至重庆，然后由重庆飞回了祖国英国。在重庆时，他曾托人给蕾娜特带来一封缝在手帕里的信，信里约定和平时期再见。

战争结束后，作为战败国的侨民，蕾娜特一家被遣返德国，离开了自己多年来视为故乡的上海。当她在德国的生活渐渐步入正轨，以为自己永远也不会再回到中国时，却收到一封意外的来信——移居香港的老朋友溥福寄来了船票，邀请蕾娜特和妈妈一起前往香港旅行。信里还透露，蕾娜特最为牵挂的好友比尔和保姆阿妈也在那里……这封信如同一个童话般的美梦，激动不已的蕾娜特和妈妈打起行李，憧憬着即将开始的重返东方之旅……

二、小说对上海城市空间的重现

整部小说最精彩的部分显然是蕾娜特和比尔骑自行车环游上海的冒险游历。读者跟随蕾娜特的脚步，走出位于上海法租界的花园洋房，来到与她熟悉的那个繁华大都市截然不同的“另一个上海”。租界内的上海是蕾娜特自幼习以为常的“家乡”，这里有西方社会和西方文明所应具有的一切——优美的环境、怡人的花园、高雅的舞会、会说德语的中国仆人。西式的生活、社交和娱乐活动成为租界文化生活的重要组成部分，上海租界俨然是一个在空间上发生位移的欧洲城市。而两位小主人公在探险历程中踏足的另一个上海——属于中国人的上海，却是拥挤、喧嚣、肮脏、杂乱的——农田、茅草屋、鸦片船、弄堂、旧货商店、寺院……作者生动的描写使读者身临其境般地体会着特殊时代背景下这座城市独特的风情，正如前言中所言：“全世界的港口城市都拥有诸多相似之处：快节奏的生活，形形色色的各国人士、船舶和旗帜。上海，这座中国东海岸最大的百万人口城市，却总是呈现出独特的面貌。世界上没有任何其他地方存在如此强烈的反差：摩天大楼和中国茅屋，百万富翁和家家户户门前的乞丐，东方人和西方人，正派市民和强盗土匪。”[①] 作者着力描写上海这座城市的国际化特质，描写这里的万国居民、文化与建筑风格呈现的多样性。国际租界的存在让城市空间变得更加杂糅，中式与西式并置，现代与传统融合，制造了对各色人等来者不拒的开放式空间形象。基于对上海深刻的了解，作者较为真实、客观地还原了那个年代的上海的面貌。

外国人居住的花园洋房和中国人居住的茅草屋之间的对比不止一次出现在文中。蕾娜特家“那座漂亮的老房子坐落在一个大花园里”，“屋旁四季繁花似锦”，“和煦的风常把周围中国茅屋里各种各样的气味吹到我们这里来”（5）。当蕾娜特和比尔来到市郊时，他们看到“在油菜地和玉米地之间蜿蜒着一条又窄又长的小路，连通了市郊那些低矮的农家茅舍。上海自东向西不断伸展，到了这里绕开了村庄，以免与这些以土地为生的农民产生冲突。如此一来就产生了一种不统一的城市面貌：摩登的街道上矗立着十层高的大楼，大楼后面紧挨着的就

① Ursula Melchers: Renate und Bill in Schanghai. Köln: Hermann Schaffstein Verlag, 1955, S. 2. 后文出自该书的引文，将随文标注出处页码，不再另注。

是低矮的中国人的房子，这些房子的屋顶上雕着龙，带有雕花回廊，旁边往往还有一间小庙，庙里焚香产生的袅袅烟雾和低沉的钟声与现代大都市的熙熙攘攘奇异地混合在一起。在市郊，这种显著的差异越来越清晰地浮现出来。欧洲人富丽堂皇的大别墅坐落在精心打理过的花园里，在它们背后，辛勤的中国农民从早到晚在田地里弯着腰劳作……众多家庭成员栖身于一贫如洗的茅屋里。”（47）路过“世界上最富丽堂皇的基督教传教会之一”（48）——徐家汇耶稣会修道院和“世界上最重要的天文台之一”（48）——徐家汇天文台这些西方文明的代表建筑，小主人公来到了法租界边界上一条浑浊的河流旁，这里呈现出一派截然不同的风貌：“河上密密麻麻地挤着简陋的住家船，它们有着圆形的竹制船顶，下面住着人口众多的中国家庭。”（49）茅草屋和渔船便是中国劳苦百姓的栖身之所，与欧洲人的别墅构成鲜明而不和谐的对照，无处不在的空间断裂感随时随地昭示着“上海这座城市空间的分割性、异质性与复杂性”。[①]

但中国人也并非全部都住在茅草屋和渔船上，在宽阔的霞飞路（今淮海中路）——“这座城市最繁华的街道之一”（53），“路上行驶着干净的电车、闪闪发光的小汽车和精心养护过的出租车。摩登的高楼里，鲜艳夺目的天竺葵从宽敞的白色阳台上垂落下来，一直垂到数不清的环境优雅的商铺和食肆门前。目光所及之处都是那么的优雅，让人们几乎忘记了自己生活在中国，忘记了下一个街角就是贫穷的栖身之处。”（53）这里除了欧洲移民，也居住着中国人中的权贵阶层，蕾娜特和比尔拜访的大富豪溥福就住在霞飞路上最漂亮的豪宅里。它拥有一座蕾娜特“所见过的最漂亮的花园”（53），“一个又一个大房间一直延伸到房子的两侧，地上铺着色彩柔和、样式美观的漂亮地毯，舒服的沙发摆放在矮几周围，巨幅现代画作装点着墙壁，繁茂的花束

① 赵洋洋：《1930—1940年代海派文学城市空间叙事研究》，河北大学硕士论文（未刊），2015年，第6页。

散发出甜甜的香气，充满了整个房间。”（54）这让蕾娜特感慨不已，“这些富有的中国人的花园和房子真是雅致得惊人”（54）。

离开霞飞路，“穿过开着众多欧洲商店的涌泉路”（60），便来到了“那些通往北京路的逼仄弄堂”（60），这里居住着上海市区里的普通百姓：“这些逼仄的弄堂里不仅车多，而且人们都在街道上生活起居。商贩们把货物陈列在人行道上，有些放在架子上，有些整整齐齐地仔细摆放在一块布上。印着广告招贴画的旗帜飘扬在街道上空，用金色、红色、黑色的字母为各种商品做宣传。另一家店铺门前，各种尺寸的鸟笼在风中晃荡，在墙上投下奇形怪状的影子。在这些简陋的灰色房屋之间，一个买水果蔬菜的小摊显得鲜艳夺目——番茄红色的柿子，绿色的青椒、甜瓜和葡萄柚。在所有小店之间，穿着蓝色衣服的中国人像潮水般推搡着、拥挤着、碾轧着。”（60）这些蕾娜特尤为喜爱的小路和在街道上生活起居、贩卖商品的市民是上海这座城市特有的标签，充满令德国读者啧啧称奇的异域风情。

尤为值得一提的是，这部小说同时描述了两个意味深长的空间——代表西方宗教的徐家汇天主教修道院和代表东方宗教的佛寺涌泉寺（今静安寺）。除去“富丽堂皇”这一对修道院外观的描述，更令人印象深刻的是教堂本身对上海居民强大的价值渗透：“这座修道院是早在明朝年间、1580年左右由一位受过洗礼的官员创办的，他以极大的热忱向周边的民众传教……现在，修道院下设数家大型孤儿院、收容所和养老院。在这里，年轻姑娘在麻利的修女们熟练的指导下学习手艺，从最精致的刺绣到绘画，无所不有。给男人开设的有木工和印刷，任何人都可以完全学会一门手艺。不计其数的中国人在这个造福社会的机构里学到了出色的手艺，也获得了精神上的富足，他们又把这谷种传播到自己的土地上。”（48）这是对西方宗教文化最为直接的赞扬，也反映了西方价值观对上海这座城市强有力的渗透。传教士以启蒙者、救世主的形象出现，上海则是被启蒙的对象。但是，作者在赞美天主教的同时，并未将上海的本土文化虚化，她同时也描写了对于西方人而言显得极为神秘的佛教寺庙涌泉寺，称其为“绝美的艺术品”（68）：“在傍晚时分渐渐变得黯淡的天空的衬托下，寺庙像一个黑色的剪影般，显得越发醒目。雕着龙的形象和动物标志的屋檐远远地伸展出去，气势磅礴，一眼看去仿佛要飞上天空似的。借着蜡烛的微光，可以勉强辨认出从寺庙内部延展出来的纹饰。我们拾级而上，绕过红色的柱子，跨过高高的门槛……寺庙里的光线半明半暗，充斥着神秘的气氛。佛像前的祭坛上和高高的边桌上的铜制碟子里都点着蜡烛，它们冒出的烟雾和焚香产生的气味甜腻的烟云混在一起，仿佛给一切罩上了一层幽灵般的面纱。”（68）相较于对天主教修道院“造福社会”伟大力量的赞扬，对佛教寺庙的描写只停留在对其颇具艺术性的建筑物和神秘气氛的描写，未免流于表面。但作者能客观地书写东方宗教文化，对自己不熟悉的另一种宗教信仰保持敬畏之心，而非将其妖魔化、将佛教信徒贬为蒙昧的他者，显示出其注视东方文化时平等的心态。

三、多元化的人物形象

作为一部典型的儿童文学作品，小说中两位小主人公的反叛、独立和冒险精神颇具浪漫主义色彩。蕾娜特的爸爸是收入丰厚的知名律师，妈妈是热衷社交的美丽主妇。蕾娜特是一个充满叛逆精神的小女孩，妈妈总想把她培养成窈窕淑女，让她像其他女孩子一样打扮得漂漂亮亮地去参加舞会，可她却讨厌跳舞，想要改变命运变成一个男孩子。她的梦想是成为一名环游世界的水手！闲暇时，爸爸常常给孩子们讲述他在中国内地考察时的离奇经历，还向蕾娜特许诺，战争结束后带她去西藏探险，这在蕾娜特心中种下了一颗冒险的种子。与蕾娜特十分投缘的比尔是一位英国银行家的儿子，他虽然淘气，但善良、聪明、遇事冷静，也愿意为朋友赴汤蹈火。比尔对战争有自己独到的见解，他追求自由与上进，为了不在日本人的敌国侨民集中营里蹉跎岁月，他勇敢而果决地踏上了逃亡之路。不论是蕾娜特和比尔为了帮朋友找回重要文件而进行的一系列冒险游历，还是比尔穿越大半个中国、九死一生的逃亡之旅，都彰显出两位小主人公非比寻常的意志力和行动力，契合少年儿童对于英雄行为的幻想。

小说中着墨最多的中国人物是自幼照顾蕾娜特姐妹的保姆“阿妈”和大富豪溥福。阿妈被塑造为一个温柔、善良、能干又不失智慧的传统中国妇女形象：“身材矮小而结实，黑色的头发被她整整齐齐地梳在脑后，用两枚绿色的玉发簪盘成一个低矮的发髻。她浅蓝色的‘衣裳’——一件中式长袍——和她穿在自己做的布鞋里的那双棉布长袜一样，总是干干净净的，一点污渍也没有。尽管她双脚畸形，走起路来却还是很灵敏。她对我们满怀爱意，但也会很严格，用她的方式惩罚我们；不过她的耐心和善良胜过了一切。”（6）阿妈总有讲不完的中国民间传说和童话故事，听阿妈讲睡前故事是姐妹俩最期待的事情。在阿妈讲的那些充满异域风情和神秘色彩的故事里，通过鬼神传说、神话人物、民俗活动等编织出的古老中国文化重现了西洋镜像下的中国形象，深深吸引着德国少年儿童读者。相较于单纯的阿妈，溥福的形象则更为丰富、复杂。一开始，蕾娜特和比尔以为他是土匪团伙的幕后主导，所以，尽管他“长着一张聪明的脸，敏锐的眼睛充满活力……举止潇洒而优雅”（54），二人依然认定他老奸巨猾，怀疑他无辜的表情、听到土匪犯下的罪行时表现出的震惊都是伪装出来的。蕾娜特惊讶于“原来一个土匪的举止看上去能像溥福这么优雅”（57），“他表现得好像自己是位诚实的市民，而不是一个走私鸦片的强盗团伙的头子。”（57）比尔也觉得“没人能想到，在他精于世故的举止背后藏着的是一个土匪团伙的头子和金主”（57）。但是，即便比尔在背后断言“溥福是个应该被交给警察的混蛋”，他听到后依然没有失去风度和礼节，还好心地帮两个孩子找到了被抢的自行车。比尔的逃亡也是在溥福帮助下进行的，蕾娜特得知此事时曾非常担忧，责备比尔为何不找一个更可靠的人，比尔也认为“溥福是只见风使舵的狡猾狐狸”（86）。战争结束后，蕾娜特一家作为战败国侨民被监视起来，为了尽可能保住一点财产，走投无路的蕾娜特去找溥福，却目睹了他因为“跟日本人交朋友”被警察抓走的一幕。直到他的男仆向蕾娜特求助时，蕾娜特才知道自己一直以来都误会了溥福：原来他是个正直、勤恳的好人，招摇撞骗、走私鸦片、与日本人来往这些事其实都是他弟弟做的。得知真相的蕾娜特愧疚不已，求助于比尔的爸爸，希望他能帮助受冤的溥福脱罪。在小说的结尾，移居香港的溥福给回到德国的蕾娜特寄来了船票，邀请蕾娜特和妈妈来香港旅行，并告诉她，自己收留了她的阿妈。溥福谦逊、善良、知恩图报的形象和阿妈一样，是中华民族传统美德的典型代表。

作者还不吝赞美中国劳动人民的勤劳与智慧：“辛勤的中国农民从早到晚在田地里弯着腰劳作，争取一年中最多可以达到三次丰收。众多家庭成员栖身于一贫如洗的茅屋里，从曾祖母到最小的孩子，所有人都要养家糊口。只要天气允许，就能看到他们在户外劳作，补缀、浣洗、编席子、弹棉花，孩子们则在垃圾堆里翻找。一小片纸、布料或是一小块木头；一根钉子，不管是直的还是弯的；一个被压扁的罐头——没有一样可以被浪费，因为所有东西都可以以某种形式得到利用。白发苍苍的老人不知疲倦地把钉子敲直，小孩把破布片按大小整理好，这些他们以无穷无尽的勤劳收集来的东西会在集市上被卖掉……没有哪个地方的人比这里的人更勤劳，没有哪个地方比这座百万人口城市里的浪费更少，这里的每个人都在以自己的方式维持生计。”（47、48）

蕾娜特和比尔为寻找外套，游走于上海的每一个角落，混迹于三教九流之中。他们在河边寻找毛佬的鸦片船时曾求助于一个算命先生，并目睹他为了从一个可怜的女人那里多骗点钱，给她算出不祥的预言；而算命先生充满正义感的妻子却不齿于他这种无耻、狡诈的行为，对他破口大骂；土匪头子毛佬贪婪、无耻，带领手下抢劫了马蒂亚斯，后来又为了丰厚的报酬带领比尔逃亡，途中却在比尔九死一生之时扔下他自己逃命；旧货店老板彬彬有礼，却又胆小怕事；寺庙里的乞丐为了御寒，从冻死的可怜同伴身上扒掉衣服穿在自己身上；黄包车夫为了多赚钱，在暴风雨里常常把车拉到水最深的地方，停在那里向客人勒索两到三倍的价钱；溥福的男仆在主人含冤被捕后依然坚守在宅子里，为救主人四处求助；蕾娜特自己家的仆人们也个个兢兢业业、忠心耿耿，在主人一家被遣送回国时，主仆分别的场景十分感人。作者对数量众多的人物形象悉心刻画，其笔下的中国人形象个性丰富，精彩纷呈。她并未为少年儿童创造出一个善恶分明、非黑即白的世界，极少塑造绝对十恶不赦的人物形象。尤为难能可贵的是，当欧洲文坛对中国人的想象仅仅停留在“一些衣着饰品的细节描写以及一些外形特征”[①]时，梅尔彻斯笔下的中国人却呈现出多层次、多元化的特点，具有全人类共通的丰富情感。她将那些全人类所共知的人性的弱点抑或人性的光辉安置在中国文化框架里，打破了对中国人刻板的模式化书写。

四、小说中的其他中国元素

作者在行文中使用了诸多汉语词汇，例如“阿妈”（Amah）、“衣裳”（I–Schang）、“太太”（Tai–Tai）、“干杯”（Gambeh）等，并通过文末的“注解与单词释义”章节向德国少年儿童解释这些词汇的含义，同时也客观地介绍了封建社会“裹小脚”的陋习等中国历史、文化知识。此类描写与介绍对于德国少年儿童读者而言新奇而充满趣味，同时也丰富了他们的中国知识。尤其是对中国丧葬、祭祀、算命、婚嫁、古玩买卖这些“迥然不同的、陌生的现象”[②]的强调，形成了文本中浓郁的异国情调，让德国读者耳目一新、印象深刻。与此同时，作者的

① 米丽耶·德特利：《世纪西方文学中的中国形象》，载《比较文学形象学》，北京：北京大学出版社，2001年，第248页。

② 亨利·雷马克：《浪漫主义中的异国情趣》，载《新概念、新方法、新探索——当代西方比较文学论文选》，桂林：漓江出版社，1987年，第234页。

书写也并未局限于“异样的地理和生态特征”[①] 层面，书写目的并非仅仅停留在满足读者“对于别致和古怪的兴味”。[②] 小说中对中国奇珍异宝和民俗文化的描写跳出了当时欧洲人看待东方惯有的俯视姿态，避免了自我中心的视角，作者对中国广泛而深刻的了解也呈现出客观性。

蕾娜特家的花园尽头有一个坟丘，“从前，当我们的花园还是一片空地时，它的主人就按照自己国家的风俗，把自己的家人安葬在那里。要知道，这里的风俗可是没有什么公墓的。每个农民都想被埋葬在自己的地盘上，他们的儿子会来到墓地，摆上祭品，为死者的灵魂得到救赎而祈祷。”（18、19）中国人的丧葬祭祀习俗和对“落叶归根”、传宗接代的执着，在蕾娜特看到一个冻死在路边的乞丐时又被提及：“那无家可归的可怜人，被人用几张报纸草草地盖着。他没有家人，没人会按照旧俗将他安葬，也不会有儿子给他在坟前摆上祭品，没有牌位，没有人为他的灵魂安息而祷告。对于那些土生土长的中国农村人来说，这和客死他乡、无法埋进祖坟同样悲惨。他们信奉家族的永恒传承，只要家族还存在，并保持着对死者的纪念，这就是一条可以追溯到远古时代，并延续到永恒的未来的连续不断的链条。”（69）当看到另一个乞丐在这个冻死的可怜人脚下烧锡箔纸时，蕾娜特解释道：“这个民族的人相信，人们在死者脚边烧掉的所有东西都能供他在另一个世界里使用，满足他在那边的需求。所以有钱人会给他们死去的亲人烧纸糊的仆人、马匹和房屋，像这样的穷人在地底下需要的东西就很少了，除了一些锡箔纸钞票，他们在那个陌生的遥远世界里还能用得到什么呢？”（70）

相对于对中国人丧葬、祭祀文化的理解和尊重，作者对算命这种

---

① 弗朗西斯·约斯特:《比较文学导论》，廖鸿钧等译，长沙：湖南文艺出版社，1988年，第140页。

② 同上，第141页。

迷信活动则是另一番态度："每个中国人都很迷信，他们会时不时地去找算命先生，询问给家庭成员办婚礼或下葬的吉日，或者确认自家选的宅地是否'辟邪'、招福。如果算命先生对一个人怀有善意，这个人就不需要花很多时间来等待'吉日'；若是有人不知为何惹怒了他，或是他猜测这个人很有钱，他就可能让一个顾客经受数周之久的压力和恐惧，为此额外付钱，直到他终于把那句顾客希望听到的预言赏赐给他。是的，这样一个算命先生在他的村庄里有着巨大的权力，受到所有人的尊敬。"（49、50）作者用尖刻的口吻揭露了算命的真相和算命先生利欲熏心的丑陋面目。

作者笔下中国人的婚庆习俗则体现出传统与现代、中式与西式并存的新奇景象："一条长长的娶亲队伍阻碍了交通，队伍里有盖着红盖头的新娘、礼品，飘扬的旗帜，吹打的音乐，所有人都想上前看一眼穿着红色嫁衣、戴着珍珠的新娘子。在时髦的中国女人按照欧洲的风俗穿上带头纱的白色婚纱之前，婚礼的颜色是红色的。现在仍然有许多人追随旧风俗。"（59、60）

蕾娜特陪比尔去古玩店购买礼品的情景也颇为有趣，这里的交易方式完全超乎外国读者的理解："中国人从不吹嘘他们的宝贝，不论那是一笔新得的财产还是一件举世惊羡的、有着几千个年头的艺术珍宝。正如昂贵的水貂皮和紫貂皮仅仅被他们用作冬季皮衣里料那样，他们的艺术珍品也被谦虚地藏在店铺深处，只有当他们认为买主看上去是个识货之人，并带来了足够的现钱时，才会把它拿出来。走马观花的游客只能看到那些寻常的'中国风工艺美术品'——五彩斑斓的瓷器、闪闪发光的漆器、花里胡哨的丝绸衣裳、雕花浮夸的木匣子——因为这些人只想要那种典型的旅游纪念品。要买到真正的古董，得在成交之前跟老板聊上几个钟头，他们没有时间，也静不下那个心。"（78、79）不过，在中国出生、长大的比尔却深谙此道，"知道要跟老板聊家庭、聊天气、聊世界形势，直到老板非常不经意地报出价格。比尔也同样在不经意间还价，并继续谈论日常琐事。如果他不讨价还价就接受老板第一次的报价，那他在老板眼里就会成为一个蠢货。”（79）最终，两个孩子在“象牙雕成的帝王印玺和一个小型青铜三足鼎中犹豫不决。铜鼎上光彩夺目的绿色铜锈和凹凸起伏的浮雕把我们迷住了。”（79）比尔还让老板给自己展示了别的东西：“陶土马、陪葬俑，然后是一个宝石制成的蜻蜓胸针——他为他妈妈买下了。最后，他终于以一个砍得很低的价格买到了那个绿色的小铜鼎。它被装进一个饰有丝绸的锦缎盒子里，这个盒子本身也是一件小艺术品。”（79）这段描写精彩地呈现了古玩生意的运作方式、中国人讨价还价的买卖习俗和艺术品的精美外形，即使对于今天的中国读者而言依然并不陌生。作者对中国文化的了解之深令人称奇，同时也生动地显示出当时西欧盛行的“仰慕东方器物的风尚”。[①] 追捧东方器物的风尚其实早在大航海时代便已形成，而在20世纪三四十年代，它们早已“逐渐走出达官贵人和收藏家的珍品柜，成为人们的居室装饰品与日常用品”，[②] 其精致、华丽的审美价值得到欧洲人的认可和喜爱。在小说的这段描写中，蕾娜特充满愉悦、欣赏的语气典型地彰显了欧洲人对东方器物和东方风格的迷恋。

五、主人公的跨文化身份认同问题

蕾娜特和比尔都出生于上海，从小在中国仆人的环绕和东方文化的浸淫中长大，小说中曾多次描写他们对中国文化与习俗的熟稔。蕾娜特对“家乡”的认知与困惑也成为小说中一个尤为重要的主题。小说一开始，蕾娜特就讲道，上海这座百万人口城市“从小到大……都是我亲爱的、熟悉的家乡”（5）。被引渡回国前夕，蕾娜特曾充满困惑与无奈地感叹道：“明天一早我们要进一个集中营，不久后会被引渡

① 爱德华·萨义德：《东方学》，王宇根译，北京：生活·读书·新知三联书店，1990年，第63页。

② 袁宣萍：《十七至十八世纪欧洲的中国风设计》，北京：文物出版社，2006年，第56页。

回家。回家——听上去多奇怪啊。我们根本不认识这个家，不认识这个德国，因为到现在为止，上海和中国才是我们的家乡。”（102）回德国的客轮驶出黄浦江时，蕾娜特知道，“自己已经离开了家乡的水域”（104）。在她看来，“新的家乡很美：草地比中国的茂密得多，也绿得多，只有这里才有古老的宫殿和城堡、中世纪的建筑和服饰。”（107）然而她真的热爱这个美丽的“新的家乡”吗？她说：“我知道，我会坚持下去，我爱我新的家乡，我不想把它和以前的生活作比较。我不想让自己产生对东方的渴望，因为我知道，我可能永远也不能再回到那里了。”（107）显然，这种“坚持”，这种“爱”，这种“不作比较”，皆源于蕾娜特对上海、中国和东方深深的渴望与思念，以及深知自己再也无法重归故里的绝望。而当她收到溥福寄来的船票时，她“像快要过圣诞节的孩子那样兴奋，因为我们又要去遥远的东方了”（109）。在蕾娜特心里，那里才是她真正的家乡。

在中国，作为西方移民的欧洲人是截然有别于中国人的存在。例如，蕾娜特家“车库和仆人们的住所则在隔壁的一所房子里，因为在那时，作为白人，和那些天生的奴仆住在同一屋檐下未免有失身份”（5）。在一位中国乞丐眼里，金发碧眼的比尔是个长着一双“丑陋的蓝眼睛”的“白鬼子”（71）。“英国学者斯图亚特·霍尔认为，文化认同并非与生俱来，而是动态的、应变的、松散的，它有关共同的起源、共享的认知，认同的建构永远不会完成；离散人群实际上处于文化错置的处境，即远离源文化的给养，同时又难以融入在地国的文化语境，因而产生身份认同的焦虑。”[①] 尽管蕾娜特和比尔自小在上海长大，并将这里视为家乡，但是在大多数中国人眼里，他们依然是来自另一个世界的入侵者，是可畏又可恨的“洋大人”。然而，当蕾娜特回到德国后，身为德国人的她却又被自己的同胞轻蔑地称作“上海女

① 夏萌：《新移民叙事文学的民族叙事和身份认同》，载《南京师范大学文学院学报》，2017年第2期，第129页。

孩”。这样的双重移民身份势必给蕾娜特造成身份认同上的困惑，殖民和战争造就的候鸟般的人生经历使她遭受到文化冲突与隔阂带来的双重痛苦。但与此同时，这一经历和多元化的跨文化身份也促使蕾娜特和比尔超越民族、国家、宗教的偏狭，对不同文化、人民之间的关系产生了更普遍和本质的认识。小说中，两位小主人公对战争与和平的探讨尤其发人深省。

战争爆发前，蕾娜特以为欧洲人永远也不会被赶出上海，因为“毕竟这座城市的繁荣还要归功于欧洲人的能力和进取心”（25），并天真地认为“可以把法租界和国际租界交给中国市政当局管理，这样就能消除所有的意见不合了”（25）；比尔的见解则要成熟得多，他深知，“没有人会不经过任何斗争就交出自己的属地”（25），更何况那是“一个庞大民族的一块土地”（26），因此，战争是不可避免的。在他看来，中国人只是因为技术上的落后而不得不顺从于外国人，“但是中国人只是在表面上适应了我们的生活方式，他们忍受着我们的存在，对我们古怪的习俗报以善意的笑容，直到某个契机从根基上撼动了他们，他们就会再次对外国人宣战。他们从我们身上学到了很多，总有一天白人们将不再是他们见面就行鞠躬礼的‘白人先生们’，而最多不过是地位平等的贸易伙伴。”（25）在那个时代，一位英国少年对国际关系有着如此深刻和富有远见的认识，着实令人赞叹；而蕾娜特发自孩童视角的、对世界和平的美好愿景也饱含理想化的情怀，精神乌托邦源自她跨文化双重身份的家园归属。

在战争中，普通民众的质朴情感并未被政治世界里的敌我对立影响。蕾娜特和比尔分别来自德国与英国这两个在二战中处于敌对阵营的国家，但在日本人占领上海后，比尔依然邀请蕾娜特来家里参加新年舞会，蕾娜特也为当夜出逃的比尔保守秘密，还在比尔的父母被日本人关进敌国侨民集中营后多次给他们邮寄生活物资。战争结束后，蕾娜特一家“成了不受法律保护的人，不受保护地受到所有专横的对待，被迫品尝着战争失败的恶果”（96）。但是，当蕾娜特向从集中营里获释、重新当上银行经理的比尔父亲求助时，他并未像蕾娜特家的其他旧友一般明哲保身、婉言拒绝，而是毫不犹豫地施以慷慨的援助，并告诉蕾娜特："您不知道，您的包裹在集中营里给我们带来了多少快乐，不仅因为它们令人愉快的外在内容，更因为它们让我们感受到，战争和敌对关系并不会阻止人民之间的友谊。"（101）这种超越国籍与政治阵营的友爱令人动容。

六、结语

在众多西方作家想象中国的思维定式和观照中国的狭隘眼光之间，梅尔彻斯的跨文化书写赋予中国全新的理解。一方面，她既未草率地将中国列为文化猎奇的景观，也未武断地把其当作宣泄文化偏见的出口，中国文化、中国人在其笔下极大程度地摆脱了文学套话的桎梏，令其创作的儿童文学作品在德国少年儿童读者眼中折射出多彩的色泽。另一方面，大多数作家通过猎奇式书写强化了异国情调与本国文化的遥远距离，给读者在新奇的阅读体验之余也造成了置身事外的疏离感，而《蕾娜特和比尔在上海》中大量个人情感的投射却让德国小读者们体会着蕾娜特的心事、情绪、感触，仿佛亲临上海滩，置身于霞飞路、北京路抑或逼仄的弄堂中，体会着这座城市独有的文化与风情。

作者从文化间的平等性出发书写上海与中国，摒弃神化、丑化、模式化、套话化等片面的想象方式，从现实出发，像描绘一个她非常熟悉的国家那样为少年儿童描绘中国，自然也会让少年儿童读者对中国文化既不盲目崇拜，又不断然否定，而是从世界主义出发接近东方、了解东方、想象东方，以平等的眼光体会异文化背景下人性的真善美与和平的珍贵。正如出版商为《蕾娜特和比尔在上海》撰写的前言中所写，"蕾娜特和比尔亲身体会到，乐于助人的人们团结在一起，可以超越一切种族和国籍差异"（2），梅尔彻斯的作品"为青少年读者们打开了认识世界的大门，也成为一种跨越国界、促进全人类联合起来的呼吁”（2）。从这种平等交往的跨文化心态出发，通过对主题、情节、人物形象等的悉心经营，作者为少年儿童塑造的中国形象得以避免落入同时代作品中常见的刻板印象之窠臼，呈现出多元化，体现了作者超越文化偏见的世界主义情怀，也对德国少年儿童乃至全体国民中国观的构建起着积极的作用。

（何心怡　文）

第二节

上海女孩的文化记忆与故乡掠影:《银娜》

德国当代作家苏珊娜·霍恩菲克（Susanne Hornfeck，1956—）自幼倾心于中国文字及其背后深厚的文化底蕴。早在学生时代，她就开始学习中文，大学期间主修汉学、日耳曼学和对外德语，并为自己取了中文名“洪素珊”，后来曾在台湾多所高校担任德语教师，如今作为自由作家和翻译家活跃于文坛。这位致力于传播中国文化和文字的作者编写了系列实用书籍，如《中文阅读入门》（*Erste Chinesische Lesestücke*，2009）和《中国花絮》（*China in kleinen Geschichten*，2013）等，并将林海音的《城南旧事》（*Die Geheimnisse der Yingzi*，1997）和卫慧的《我的禅》（*Marrying Buddha*，2005）等作品译为德语。在她的三部文学作品《银娜》（*Ina aus China*，2007）、《用筷子吃蛋糕》（*Torte mit Stäbchen*，2012）和《木兰爱在上海》（*Mulan verliebt in Shanghai*，2016）中，中国城市上海大放异彩。三部小说均以上海为重要的叙事空间，分别选择“他乡的上海人”“上海的异乡来客”和“初至第二故乡的中德混血少女”为主角，记叙作为异文化交流者的主人公与上海的故事，上海与主人公的内心成长互相成就、彼此推动，在勾勒主人公人生旅程的同时，小说也体现出作者的文化包容思想。

与着眼全局的宏大叙事不同，作者深入挖掘生活的细节，精于对日常生活的记录和刻画，在看似平淡琐碎的生活细节中蕴藏着弘扬中德文化交流的价值观。这一共同点使三部表面上彼此独立的作品在切入视角和思想高度上找到共鸣，刻画出在冲突表象下达到多元统一、在文化相斥背后兼容并包的上海形象。正是基于中心思想上的一脉相承，霍恩菲克的三部上海小说才得以构成“上海三部曲”。

《银娜》是霍恩菲克“上海三部曲”中的首部文学作品。获得博士学位之后，霍恩菲克在1989—1994年作为德国对外学术交流中心的教师赴台，在台湾多所高校担任德语教师。在此期间，她结识了一位名叫陈银娜的同事，其童年时期戏剧化的人生经历深深打动了霍恩菲克，并促使她将这段经历以文字形式记载下来。2007年，《银娜》一书由德国袖珍书出版社出版。三年后，银娜的故事回到中国：2010年，上海人民出版社和台湾左岸文化出版了这部作品的中文译本。

本书依托于陈银娜的真实人生经历，运用感官叙事、场景闪回和对比等手法，记录了女主人公陈银娜童年和少年时期的经历。故事发生在20世纪30年代的上海，八岁的中国女孩银娜自幼丧母，与在外资银行工作的父亲和保姆刘妈一起住在法租界。随着战争逼近，出于安全考虑，父亲将唯一的女儿银娜送往德国，寄住在勃兰登堡。银娜经历了与亲人别离的孤独和语言文化的鸿沟之后，逐渐学会德语，融入德国，在陌生的文化中找到自己的位置。但好景不长，为躲避战祸而来到德国的银娜却走进了二战旋涡的中心，德国进入战争状态，生活物资日益短缺，勃兰登堡也不再安全。远在中国的父亲寄来信件，在多方安排下，银娜不得不离开自己生活近十年的第二故乡勃兰登堡，历尽艰辛逃亡至中立国瑞士。故事的叙事空间随着银娜的旅程发生转变，读者追随着银娜的脚步，从熟悉的上海到暂避战火的青岛，从东方故乡远渡重洋来到异国小城。最终，在故事结尾，银娜在20世纪50年代回到祖国的时候，父亲已亡故多年，她与故乡隔着一道台湾海峡，上海成为回不去的故乡。正如书评所言：“这不是一个旨在还原的复述，而是一个关于置身不同文化、不断离别和异乡异客的故事。”（《不来梅福尔德报》）银娜以“异乡异客”的身份，不得不一次次走在“他乡”的路上。小说糅合了个人经历与宏大战争，却丝毫不追求对宏观战局或民族荣辱的描写，亦不曾展开反对战争、追求和平的说教，作者将笔力倾注于历史洪流中一个平凡女童的个人命运：年幼的女孩在战争面前如何毫无抵抗之力，如何一次又一次地离开熟悉的土地与亲人……其传记式的写作是宏大历史对个人命运影响的直观写照，对日常生活的微观记录亦忠实还原了20世纪三四十年代的东方城市上海和德国小城勃兰登堡的风貌人情。

"上海"作为艺术文本所塑造的空间符号域，具有特殊的空间意义和文学价值。作为一个在他乡的上海人，对故乡的回忆不断被现实中的相似场景所触发，以断章的形式在银娜脑海中重现，因此，"回忆中的故乡"是本书上海形象的重要表现形式。感官触发的闪回与场景的碎片化重塑作为"回忆"的两大特性，也贯穿整个上海画卷。

人物主体的记忆具有明显的空间特性。以记忆形式来组织事件的叙事作品中，空间特性对叙事既有内容、主题上的影响，也有叙事方式上的影响。[①] 感官叙事主导了银娜对上海景物的回忆。她所感知的"上海"并非扁平的黑白图景，其中不仅有视觉的呈现，同时利用味道、声音和触感将整个上海形象拓展至多个层面。故事一开始，作者便透过银娜的视角刻画出租界整齐、有序的形象："法租界的路旁种着梧桐树，英租界和美租界合起来组成公共租界，那里有个跑马场，还有一条叫作'外滩'的黄埔江畔大道，道旁矗立着摩登的银行大楼和宾馆，还有船坞。"[②] 在这一段描写中，叙事视角悄然发生变化，叙事者站在全知的角度，以银娜的上学路为起点，视角逐渐抬高，俯瞰上海的租界区和华人区，"19世纪中叶起，各国的'高鼻子'们住在这里造起了居住区和商业区"，"华人区有城隍庙和一大堆小弄堂"（6）。紧接着，全知叙事者消失，视角又回到位于"西藏路和爱德华七世大道的交叉路口"（6）的银娜身上，她偶遇送葬队伍，"穿白丧服的家属和穿红黄袍子的和尚"（6、7）护送着棺木穿城而过，银娜还在黄包车

---

① 参见龙迪勇:《空间叙事学》，北京：三联书店，2015年，第37页。

② 洪素珊:《银娜》，黄霄翎译，上海：上海人民出版社，2010年，第6页。后文出自该书的引文，将随文标注出处页码，不再另注。

上看到了十里洋场著名的夜总会“大世界”。这一幕是对银娜体验到的上海的直观描写，主要利用视觉感官对租界景象进行笼统概括。银娜来到勃兰登堡之后，上海以回忆的形式再次出现，则是被相似的感知所触发。能够触发回忆的条件，除了具备“形象”与“对象”的相似性，还必须强烈、鲜明、深刻和新颖，让沉睡的回忆能够被唤醒。[①]此时的银娜初到德国，语言不通，就连带她来到德国的堂姐也不在身边，银娜在陌生环境中神经高度紧绷。恰在此时，客厅传来的熟悉的钟鸣唤醒了她在外滩经历过的相似情景：“突然又响起了钟声，这回脆亮高亢……屋角立式大钟发出的……她猛一转身，盯住钟看。”（38）在唤起回忆的强烈刺激下，银娜对于他人的问话“一句也没听懂，什么也没听见，因为她已经飘到了很远很远的地方。她又跟爸爸站在外滩……”（38）“突然响起叮—咚—叮—咚，她奇怪地环顾四周。‘爸爸，什么声音？’‘是海关敲钟，’父亲说，‘1927年塔楼装修时，英国人让装的，仿照著名的伦敦议院大楼塔楼的大本钟，以此纪念家乡英国。’”（38）听觉印象触发叙事时间的转变，也以想象追溯的形式完成空间转化，银娜仿佛再次置身于上海，并由此展开对上海的回忆：“爸爸给她解释黄浦江上卉过的外国船只的旗帜，外国船之间开着渔船和连成一串的拖船。他把沙逊大厦的绿色尖顶指给她看，还有据说以前华人与狗不得入内的黄浦公园。后面是苏州河上外白渡桥的钢筋铁骨，桥对面是雄伟的苏联领事馆。”（38）读者通过一个七岁女童稚嫩的目光和零星的回忆触碰到租界，构建起这一西方殖民文化“飞地”。外滩作为上海租界乃至中国近代史的缩影，它所携带的时代背景、价值意义使它成为上海城市形象的重要元素。在银娜的回忆中出现的这幅外滩画卷中，码头、沙逊大厦、外白渡桥等建筑物是西方文化意象与价值理念的具象化；而黄浦公园入口处“华人与狗不得入内”的告示牌则作为时代产物，是中国半殖民地历史的集中体现。这些具有文化与

① 参见龙迪勇：《空间叙事学》，北京：三联书店，2015年，第333页。

权力象征的建筑物矗立于城市空间中，旨在塑造出一种以西方为价值核心的文明优越感。但作者并未展开回忆的描写，银娜“又被拉回到现实，从这次过去之旅中汲取了‘大本钟’这个名字”（38）。“回忆”的片段化特征使场景无法客观还原，而是轻易地被打断，主人公随即回到当下的现实世界。

除了银娜自小生活的租界区，书中也对上海的中国城展开描写，那里“有城隍庙和一大堆小弄堂”（6），其中“道路两旁商店的招牌都是竖写的，得从上往下念”（6）。对于幼年的银娜来说，她更感兴趣的是“到处都有小吃摊，出售各种美食”（6）。市集、弄堂、城隍庙和小吃摊，正是上海作为一个中国传统城镇的组成部分。相对鲜艳亮丽的租界，它是上海不曾褪下的传统外衣，气质质朴鲜活。银娜来到德国之后，在勃兰登堡市集的见闻，让她不由自主地将两者进行对比。回忆再一次被“市集”这一相似场景激活，叙事情境再次从主角身处的物理空间走进想象世界，随着回忆的展开而回到上海：勃兰登堡“没有繁忙的交通，没有人山人海，没有高楼，没有大船……没有上海街景中必不可少的异国情调的头巾，没有外国面孔，没有黑皮肤”（40）。反面刻画的“没有”，是银娜心理失落的体现，她一方面对德国的不同感到新奇，另一方面则怀念着熟悉的上海。紧接着，银娜利用视觉、听觉、嗅觉以及味觉各种体验，在回忆中重现上海集市的热闹和拥挤：“各种各样的绿叶菜、豆子、茎和根。然后去看水产……再去看活禽，鸡鸭鹅和其他可吃的动物纷纷把嘴爪挤出笼子的栏杆……最后去看五颜六色、各式各样的水果：大大小小的瓜儿，一棱一棱的绿色番荔枝，黄澄澄的金桔。”（40）鲜艳的色彩一一铺展在读者眼前，同时还调动了嗅觉和听觉感官：“又大又臭的榴莲……香气、臭气、不香不臭的气”（40）充斥鼻间，而耳朵也没有空闲的时候，“刘妈……狠狠地杀价……七嘴八舌，土话乱飞”（40）。回忆还融入了银娜的个人体验：“还去卖又酸又甜又咸的话梅的摊位，嚼了又嚼，直到把最后一点香味吸出光溜溜的核为止。”（40）这是刘妈为银娜准备的保留曲目：“买一小袋话梅，要不就买一块葱油饼包在油纸里拿在手上吃。”(40)日常生活的广度和深度在市集这一场景中得到集中体现：视觉、听觉、嗅觉与味觉体验交织，色声香味勾连，伴随辞藻铺展，银娜记忆中的上海生活活灵活现地展现在读者眼前，以小窥大地勾勒出租界以外的、属于上海人的上海形象。这一幅上海画卷兼具对市场的客观描写与银娜在其中的主观体验，从视觉上展现丰富的色彩，从听觉上营造热闹氛围，味觉、嗅觉上进一步拓展空间层次，由此呈现出的集市体现的正是属于传统上海的、充满市井气息的另一面，一个生机勃勃的老上海跃然纸上。

对租界和中国城这两大典型空间的回忆成为银娜心中上海画卷的焦点，亦构成全书刻画上海形象的基础。在此基础上，加入了对集市、外滩公园等子空间的描写。对它们的描写笔触柔软，视角天真，在回忆中流于碎片化，是对整个上海画卷的轻描补充。显而易见，银娜的回忆中呈现出的上海形象是经过主观印象加工之后的画面，在一个离家思乡的女孩眼中，无论有序的租界抑或热闹的中国城，故土经过情感和回忆的加工美化后被赋予了浓郁的亲情温暖。唯其如此，本书中所展现的上海形象才具有历史真实与文学虚构的两面性：一方面，它取材于现实人物的亲身经历，根据真实事件书写而成，书中所提到的建筑物大部分都真实存在，例如西藏路、外滩、外白渡桥、黄浦公园等，因此本书带有真实叙事的特征；另一方面，书中的上海形象并不完整，甚至也不追求真实客观。银娜离开上海之后，上海形象主要存在于银娜的回忆当中，以“上海记忆”的形式展现。本书对上海的观察主要从一个住在租界的小女孩的视角出发，我们对空间的感受和观察强烈地受到视角和出发点的影响。在这种交互影响下，最终呈现出富有生机活力、包容多元、整洁有序、热闹喧嚣的城市形象，同时它又平静、简单，充满家园温情。

（陈丽竹　文）

第三节
犹太少女的上海流亡历程:《用筷子吃蛋糕》

作为“上海三部曲”中的第二部，德国作家苏珊娜·霍恩菲克2012年出版的小说《用筷子吃蛋糕》(*Torte mit Stäbchen*)与其处女作《银娜》在情节上有千丝万缕的联系。本书取景于20世纪三四十年代的上海，讲述受纳粹迫害流亡上海的德国犹太女孩英格·方克斯坦在上海度过的童年和少年时期。英格正是《银娜》一书的主角银娜在勃兰登堡的好友。1937年，由于英格的父亲是犹太人，在勃兰登堡经营的咖啡店遭到破坏，一家人被迫离开欧洲，在恐惧和茫然中踏上未知的流亡之路。此时已是二战前夕，世界各国都关上了接纳德奥犹太难民的大门，只有深受日本法西斯迫害的中国人民站出来，以博爱的人道主义情怀迎接无处可去的犹太难民。已沦陷于日军之手的上海在二战期间接纳了数以万计的犹太难民，成为犹太民族名副其实的“方舟之城”。本书中的方克斯坦一家亦因此登上这座风雨中的“诺亚方舟”。《银娜》中无忧无虑的勃兰登堡女孩英格·方克斯坦由此成为《用筷子吃蛋糕》中流亡上海的犹太少女英格。在上海这座大都市艰难度过将近十年的童年和少年时光后，英格不仅学会了如何在中国人当中如鱼得水地生活，还收获了一份真挚独特的爱情，这座城市从“他乡”变为发自内心认同的“故乡”。

英格一家在上海的八年流亡生活中，“家”在空间上经历了三次更迭，分别是位于虹口的犹太难民收容所、涌泉路(今南京西路)上的飞达咖啡馆和虹口隔都的舟山路214号。作为空间的“家”，不仅仅是自然的物理空间，更是“生存的结构”，[①] 它将英格与上海联结在一起，是二者形成的这一“共在的关系结构”[②] 的出发点。一方面，三个栖身处作为静态的子空间，各自有其固定的物理方位；另一方面，人所生存的外部结构“家”，以其特殊的语义内涵构成上海形象中的重要元素：三个栖身处并非孤立存在，而是通过英格在城市中的探索构筑联系，互相呼应；它们在地图上形成的三个“点”被视为整个上海画卷铺展延伸的基准点，构成上海形象的根基，又有机地将自身融入整个叙事空间中。通过“家”这一静态子空间及其与外界联系构成的空间跨越，让本书的上海形象得以串联起来。

方克斯坦一家在上海的第一个落脚点，是位于虹口区的犹太难民收容所。他们在前往犹太难民收容所的路上看到了轰炸过后的破败景象。一家人从苏州河的“此岸”到“彼岸”，苏州河成为两个子空间的地理边界，外白渡桥所连接起的两个子空间在地理位置上形成租界区与华人区的对立，这一对峙延伸到语义层面，被编织到复杂的社会语境中：它构筑起上海繁华与破败的界限，西方文化与中国传统的界限。作者拉开镜头，通过远景大范围的描写，将战火笼罩下的上海描绘了出来：路过的中国人向日本宪兵鞠躬，苏州河对岸的上海荒凉单调，还能看到日军轰炸之后留下的断壁残垣，战火给这座城市留下的伤痕真实可触地展现在方克斯坦一家面前。他们的最终目的地是“一栋老旧的红砖建筑”，[③] 这就是“犹太移民口中的‘收容之家’”（72）。宏观视角下的街景已然破败不堪，进入收容所的内部，则更加拥挤逼仄。他们看到“走廊上到处晾满了衣服，到处站满了人。”（72）经过排队登记之后，“方克斯坦一家被分配到一个大厅的角落安身，同屋的

---

① 杨春时:《现代性空间与审美乌托邦》，载《南京大学学报》，2011年第1期，第146页。

② 同上。

③ 洪素珊:《用筷子吃蛋糕》，马佑真译，台北：左岸文化，2014年，第72页。后文出自该书的引文，将随文标注出处页码，不再另注。

'室友'大概有70人左右。"（72）可疑的食品状况、疾病暴发的隐患、毫无隐私的生活环境将犹太难民脏污的生活环境展露无遗，原本带着茫然踏上这座方舟的方克斯坦一家对上海失望至极，迫不及待地寻求逃离之计。

他们的下一个落脚点——涌泉路1199号飞达咖啡馆的后院阁楼，由方克斯坦先生的新雇主、咖啡馆老板费德勒先生慷慨提供。他们的栖身之处虽然不必与几十人挤在一起，但仍然和从前一样局促和缺乏隐私，正如母亲所抱怨的那样，"这里真够简陋的，威利，水龙头竟然在走廊上，要上厕所还得穿过院子"（100）。空间是人与世界交往的场域，"家"这一最私密的私人空间，作为感性、封闭的生活世界，则是自我与他人疏远或冲突的所在。[①] 对母亲而言，这个"家"成为她心灵的避难所，她拒绝与外界、与中国打交道，而是把自己封闭在这个小小的阁楼中，将自己从社会关系中抽离："（她）则很少离开她那被保护得很好的后栋阁楼。她总是裹着她的皮氅，一个人坐在客厅的沙发上，度过漫漫的午后时光。"（106）"即使只是到附近的西摩路上的菜市场去买个菜，对她来说都是不可能的事。"（116）母亲采取这种方式画地为牢，让安身的阁楼成为对抗这个城市以及消解现实盾牌，也成了一道枷锁。但是，对英格来说，这栋房子则让"这个世界几乎又完全恢复了正常"（101）。她在父亲烘焙的香气中醒来，日常生活的轨迹与勃兰登堡相差无几。此外，飞达咖啡馆是角色心理和社会地位发生变化的空间载体，它作为城市符号域中的子空间和行动的出发点，与整个叙事空间形成有机联系。英格在咖啡店老板的儿子三毛的引领下开始探索上海和中国文化，并与这位东西兼并的混血同龄人结下深厚情谊。对英格而言，三毛不仅是一个完美结合了中德两国血统的"半龙子"，同时还是带领她认识上海这座大城市、了解中国文化的领路人。在长达四年的飞达咖啡馆生活中，她与三毛一起去静安寺拜佛烧

① 杨春时：《现代性空间与审美乌托邦》，载《南京大学学报》，2011年第1期，第149页。

香，在路边的小摊上尝试上海的各种小吃，与三毛去电影院、跑狗场或哈同花园。三毛还收她为徒，带领她学习中国功夫……英格经历的一切空间跨越，出发点都是自己的阁楼小屋。阁楼既是让她感到安全的“家”之所在，也将她和上海这座城市联系起来。同时，书中的飞达咖啡馆由于地理位置优越，经营多年，它“不仅是上海各路人马聚会碰面的地方，也是情报汇集的中心。”（126）由于老板是德国犹太人，这一双重身份使得飞达咖啡馆也成为多方消息的汇集地：“从双语的《上海犹太记事报》上，她读到犹太移民办事处的最新消息；从来自世界各地的访客身上，她听到国际最新的流言蜚语。”（126）这里聚集了逃避布尔什维克的白俄罗斯人，日本的高阶军官，还有大批在上海从商的德国人，整个上海的新闻都汇集在这里，它成为英格获取信息的一扇窗口。以飞达咖啡馆为圆心，上海的社会百态呈辐射状发散开来，它把租界区内的大街小巷、寺庙亭台和万国建筑收纳到这一时期的上海画卷中，成为本书上海形象中的关键节点。

随着1943年日本在虹口设置起“无国籍难民隔离区”，所有1938年后抵沪的犹太难民都被迫搬入虹口区。英格一家也被迫离开飞达咖啡馆，搬到日军监管的虹口区的隔都。比起苏州河南岸，地狭人稠的虹口区生活水平大幅度降低。一家人挤在舟山路上一个卫生条件恶劣、设施陈旧破败的小房间里。在英格父母的想象催化下，地理位置的变化在道德语义层面被解释为犹太身份的耻辱和社会地位的堕落，[①] 令父母痛苦不已。客观的生活条件也发生剧烈变化：“那个房间位于一排两层楼房的二楼，煮饭的炉灶架在走廊上，共用的水槽在一楼，如厕的便桶在屋顶花园上。”（222）私人空间荡然无存，一家三口共处的斗室令人窒息，英格不得不躲在屋顶上过夜。无论是在犹太难民收容所，抑或飞达咖啡馆的阁楼，还是在虹口的陋室，在逼仄空间里的生活窘

① 参见张海燕：《文化符号诗学引论——洛特曼文艺理论研究》，北京：人民出版社，2014年，第184页。

境贯穿了英格一家的流亡经历，随之而来的隐私匮乏则成为社会生存的常态。

隔都岁月是英格的上海生活的最后一站，租界区的高档住宅和虹口街头的市井俚语、街道的喧嚣和寺庙的宁静，贫穷与富裕的强烈对立通过苏州河的此岸与彼岸表现出来，虹口生活使上海形象不再局限于外国人和富人居住的租界区域，而是得到了来自这个城市另一面形象的扩展和充实。英格离开井井有条的租界区，失去三毛的帮助，独自与中国人打交道、去开水铺买水、在小吃摊上买葱油饼、在犹太难民的小集市上淘来有用的物件，她不放弃对生活的好奇心，在困苦的时日寻找生活遗留的亮色。因此，尽管境况艰辛，但虹口的新家仍然成为英格了解新环境的一扇窗口，她日益接近这个城市属于传统东方的一面。经历了暴雨、轰炸、战火等恶劣局面之后，英格习惯了与中国人紧密相依的生活。当轰炸警报来临之际，“王氏一家老小已经聚集在后院里，他们跑警报的路最近，出了门就到。……老大阿豊看到英格，马上就挪了挪屁股，让出位子给她坐。自从去年第一次交手后，两人早就化敌为友了。”（278）“当隔壁屋顶上的警报器终于拉起长长的两声解除警报，王家最小的妹妹早已熟睡在英格的怀里，刺耳的警报声由大变小，终至沙哑寂静，但妹妹仍不愿醒来。王妈妈感激地朝英格点点头，将女儿抱起带进房去。”（279、280）书中借英格与她的童年玩伴、犹太少年马克斯的对话，对生活不易的上海人在战火年代的机敏、智慧和达观予以肯定：“‘这也是我最欣赏中国人的一点，’英格赞叹地说，‘哪里都有美食！’‘没错，’马克斯一边剥着蛋一边点头称是，现在他又可以插得上话了，‘而且不管是什么东西，中国人一定都可以把它当成买卖来做，极其简单，却又有利可图，这真是让人不得不佩服的地方！’”（334）与此同时，作为犹太人、中国人共同生活的“文化边界”，虹口同时属于两种文化。英格惊讶地发现，萧条的虹口虽然处于日军统治的阴霾下，但仍有国际化的一面：“舟山路上因为有很多奥地利人开的餐厅和咖啡馆，因此有‘小维也纳’之称。”（241）

当英格与童年玩伴马克斯重逢的时候，两人一起来到位于汇山路（今霍山路）的咖啡馆："那是一栋有着许多外墙装饰和彩色玻璃的建筑"（242），"按照宣传广告上的说法，那家'莫斯考特'屋顶花园是虹口最佳的消遣娱乐中心，坐落在汇山路'百老汇大戏院'的楼顶平台上……这家屋顶花园是隔离区内少数几家露天咖啡馆之一，拥有宽敞的空间、众多的座位、舒适的藤椅和栽种在大花盆中的棕榈树。店内白天有从河面吹来的凉爽清风，晚上则有乐队演奏的跳舞音乐。"（240）当读者随着英格的脚步"从昏暗的楼梯间爬上屋顶"（242），展现在眼前的，是与大街小巷的破旧截然不同的景象：男男女女衣着考究，举止从容，"就连服务生也全都是清一色的老外"，"让人误以为是到了维也纳或是柏林。"（242、243）莫斯考特花园位于虹口区的隔都，成为虹口区外国人的聚集场所，此外还有"舟山路上的'奥伦多夫香肠摊'，离方克斯坦家只有几条街而已，那里也是犹太移民喜爱聚集的地点。"（248）这些熟悉的欧式生活断章与共同的文化记忆为英格带去片刻温馨的慰藉。虹口隔都街道上的青砖白瓦与红墙尖顶亦即传统中国与犹太民族的文化符号，二战时期来沪的犹太难民在隔都中发挥着开创精神，用自身的文化悄然为这座城市植入新的文化记忆。历尽艰辛来到上海的犹太难民与普通中国人一起，被迫站在了历史湍急的潮头，尽管他们所秉持的文化观念截然不同，彼此存在误解，但仍不妨碍人与人产生患难与共、互相认可的真情。生活的温情以柔和笔触绘制了流亡岁月中的上海形象，将中犹人民的深厚友谊记录下来，既是对之前四年飞达咖啡馆生活的填补，也使整个上海形象得到深化。

随着英格与上海的心灵联系越发紧密，她逐渐触摸到东方文化的深层肌理，传统佛教文化的空间代表——坐落于虹口区昆明路的下海庙出现在英格的生活中。当英格偶然间看到寺庙的门打开，得到机会第一次踏入庙中的时候，立刻被寺庙的氛围吸引："一名女尼拿着竹帚，正在清扫前院宽敞的石板地，在一段平阔的阶梯后面，竖立着一座雕梁画栋的宏伟大庙，庙里燃着蜡烛，一座巨大的金身佛像隐约可见。”（259）在隔绝战火硝烟的下海庙，她通过扫地来获得内心的宁静："终日忍受虹口拥挤喧闹的街道、臭气四溢的巷弄和那仅容旋身的斗室，英格觉得这座气势雄伟、庄严肃穆的院落，简直就像世外桃源一样。战祸连年，百姓的生活艰困异常，不论是中国人还是外国人，都在那极尽局促的空间里为生存而奋战，而这一切现在似乎都被阻隔在高墙之外。”（259、260）宁静祥和、与世无争的氛围构成英格心中的下海庙。它遗世独立，远离市井尘嚣，既格格不入地存在于这一时期的上海画卷中，又丝丝入扣地被编织进英格的虹口生活。寺庙的宗教内涵无疑是对全书上海形象的拓展和中国文化的深化，英格的上海体验不再停留于表面的街头巷尾、与商贩的讨价还价，而是伴随八年生活一步步来到了这座城市的内部，触摸到深层的文化脉动。

整个上海画卷的呈现有赖于英格以积极的姿态突破空间障碍，不同子空间呈现出的对立性在英格不断前行的坚定脚步中被跨越，“身体与意识在审美体验中完全合一”；[①] 她作为全书的主角，又是空间跨越的主体，跨越行为从地理方位意义渐进到语义层面，她克服语言、思想和文化的鸿沟，“审美想象与同情结合”，[②] 将自身的成长投射到城市的点滴细节中，与中国文化的空间距离不断缩近。1945年，欧洲战场停战之后，在日军最后的负隅顽抗中，虹口区连续多日惨遭轰炸，幸存下来的犹太难民和中国人终于见证了二战的结束。此时，英格已经在上海度过八年时光，她早已将上海视为自己的第二个故乡，对其感情甚至胜过对自己的祖国以及前路未知的移民国。战争结束后，她下定决心要在上海扎根，和青梅竹马的三毛一起留在这个既光鲜亮丽又千疮百孔的第二故乡，用自己独特的文化背景和语言优势在这座城市开辟新的天地。

在《用筷子吃蛋糕》一书中，作者为我们呈现了一个立体的、多

① 杨春时：《现代性空间与审美乌托邦》，载《南京大学学报》，2011年第1期，第150页。

② 同上。

角度的城市形象。本书的上海始终以英格一家的居住场所为出发点展开，三次搬家形成一条线，又随着英格的上海探索之旅构成一个面。在这个面上，各种人物、街道、场所和事件依次铺排，复杂的语义内涵互相交织渗透：静安寺的繁华和下海庙的安宁，哈同花园的与世隔绝和隔都生活的艰辛，隔都的“小维也纳”与租界区的欧洲风情……各个空间聚集而成的上海，千声万语、五彩斑斓：它既是租界的富裕安宁，也是虹口的市井喧闹；它既有战火下的压抑紧张，也偶有平静生活的柔情；它既有外国人带来的异域风情，亦不乏芸芸中国百姓的勤奋乐观。在本书中，日常生活与文化根基互为表里，大千世界的风云万象互相交织，构成一幅包罗万象的20世纪三四十年代上海风物人情画卷。

（陈丽竹　文）

第四节

中德混血少女异文化体验的第二故乡：《木兰爱在上海》

《木兰爱在上海》是苏珊娜·霍恩菲克于2016年出版的第三部上海小说。与前两部作品相同，本书以少女为主角，将人物角色置身于独立体验异乡文化的氛围中，同时在思想宗旨上延续了前两部作品中提倡文化交流的理念。但是与前两部作品《银娜》和《用筷子吃蛋糕》中设定的二战背景不同，本书将故事舞台放在了21世纪的上海，为我们展现了一位中德混血女孩木兰眼中的摩登都市。相比前两部作品，《木兰》的基调更平静，叙事焦点更模糊。读者追随女主人公生活探索的脚步，一点一点揭开上海这座城市在新世纪繁华的面纱。对于抱着“体验上海”的目的来沪的女主人公来说，上海这座城市在本书中不仅作为行动的地点，承担着叙事空间的职能，城市本身作为木兰此行的目的，更是被行为者的体验“主题化”——承载故事的空间作为故事的目的参与到叙事中，城市自身就成为描述的对象本身。①

本书女主人公木兰·曼因哈德是一位生长于德国的15岁中德混血女孩。带着消极以至排斥的心态，她独自飞抵母亲的故乡，同时也是自己的第二故乡——上海。木兰住进舅舅家，带着困惑和探询与这个传统上海家庭相处。舅舅的家庭无疑是无数上海家庭的缩影：三代同堂，生活在对木兰来说相当局促的三室一厅，退休的外婆负责家务，父母早出晚归，孩子——木兰的表哥忙于应付高考压力。木兰如同漫

① 参见米克·巴尔：《叙事学》，谭军强译，北京：北京师范大学出版社，2015年，第131页。

游者一样漫无目的地穿梭于不同的子空间之中，上海这座城市的包容性为她提供置身其中的可能，兼具中国与德国血统的双重身份却又让她始终难以感受到自如的归属感。正是身份的双重性让女主人公一方面拥有了“具有一定程度的行为选择的自由度”，[①] 另一方面又始终无法找到自己在这座城市及其文化中的正确位置。正当木兰懵懂茫然之际，她遇到了台湾男孩念申。让她感到惊奇的是，这个中国男孩竟然有着和她相同的处境：他来自台湾，在当地被视为“外省人”；而在他生活了数年的上海，他的身份却是“台胞”。他既不属于台湾，也不属于大陆。正如中德混血的木兰：在德国时，由于她的一头黑发，她总是被视为外国人，而在上海家庭却又被一再排除在“我们中国人”之外。他们同样不知归属，懂得局外人的滋味，两位年轻人在此时形成心灵上的共鸣，彼此一见如故。正如自己的母亲曾在慕尼黑找到了爱情，当木兰情迷于上海时，她才完完全全抵达了这座城市，认可并接纳了自己处于中西文化之间的双重身份。

叙事空间不仅限于故事舞台这一单一职能，它也成为主角经历“文化休克”、培养自我认同的容器。对上海的塑造与木兰的心灵成长相辅相成，本书延续了作者一贯的中西文化交融思想，通读全书，不难感受到洋溢在字里行间的对理解与宽容的呼吁，对中德文化交流的赞美。本书既是一部面向青少年的文学作品，同时也是一部典型的上海小说，其中对当代上海和上海人生活的刻画细致入微，木兰在这个城市的衣食住行触及日常生活的方方面面，无不充斥着浓郁的上海风情，展现广阔的社会生活，它们共同凝聚为包罗万象的上海画卷。

在本书描绘的这幅上海画卷中，深受西方文化浸润的木兰对这座城市产生的第一印象是个人空间的缺乏，这一印象构成了木兰的上海体验中最剧烈的“文化休克”。人与人之间的界限、空间与空间之间

---

① 张海燕：《文艺符号诗学引论——洛特曼文艺理论研究》，北京：人民出版社，2014年，第217页。

的界限在这座城市毫无保障，这给木兰带来巨大的不安。“所有的文化都是从把世界划分为内部空间和外部空间开始确立自己地位的。”[①] 边界在空间中具备分割和联系的双向功能，但是在上海这个人口以千万计的城市，人与人之间的界限模糊，隐私成为奢侈。小说一开始，女主人公木兰从城市的边缘——浦东机场一路往市区进发，一路所见的景象也产生变化。紧接着，汽车开进了市区。在空间的转移当中，作者通过远观的视角描绘了上海远景：“木兰逐渐从座椅中坐了起来，她指着窗外，那里有一座醒目的桥梁横跨在河上。……木兰只听懂了‘Expo’这个单词，这是上海在2010年举办的世博会，她猛然坐了起来，看着窗外，瞥见了一个鲜红色的寺庙一样的建筑，它顶着一个硕大无棚的房顶，而这就是她到目前为止看到的第一个‘中式’建筑。”[②] 进入繁华的上海市区后，他们换乘拥挤的地铁。人与人随时随地摩肩接踵的拥挤令木兰感到难以呼吸：“真正的挑战才刚刚开始——在人民广场站换乘——这是她迄今见过的最大的地铁站。……要在正确的车站下车也不是一件容易的事情。没有人会让下车的乘客优先，车门一开，等在外面的乘客立刻推着挤着涌上车。在一阵咒骂推搡中，人们挤来挤去，……木兰发现，在这儿决不能表现出娇弱来。谁要是太有礼貌，那准得被罚坐到终点站才能下车。”（19）从小区到家门口这短短一段路途中，木兰再次经历了两次空间跨越：“他们从街上拐弯走进了一个大门，门口有一个穿着绿色制服的保安。这位保安简短有力地向他们行了礼，叔叔把木兰拉到他的面前，介绍了家里这位新成员。‘这样保安就能知道，你是我们家的人。’叔叔向木兰解释道。”（20）这道小区的门被视为一个隔离“街道”（外部）与“家”（内部）的界限。

① 管玉红：《洛特曼符号域边界理论研究》，载王立业主编：《洛特曼学术思想研究》，哈尔滨：黑龙江人民出版社，2006年，第154页。

② Susanne Hornfeck: Mulan verliebt in Shanghai. München: dtv Verlag, 2016, S. 17. 后文出自该书的引文，将随文标注出处页码，不再另注。

随后的界限感知则进入更加微观的人际交流层面："在楼房入口处，不少老奶奶和老爷爷坐在废旧的椅子或藤编沙发上，织毛线，下棋，在太阳下打盹，或是照看骑着三轮车或嬉笑打闹着的孙子。林家的新面孔立刻被围住打量，人们扯开喉咙评论了起来。……比起慕尼黑的排屋，邻居们的评头品足在这里要来得肆无忌惮得多。哪怕上楼的时候她也不得安宁。因为每层楼住户的厨房窗户正好都朝着楼道打开，人们在做饭的时候正好可以观察走上走下的人。"（21）在上楼过程中遭遇的围观反映出人们对隐私观念和他人感受的不重视，每个外来者在这里都免不了被品评一番。界限的模糊同样让木兰无意中也参与到他人的生活中："而现在，六点，正是晚饭的时间。到处都是锅和炉灶发出的嘶嘶声，每层楼都有好几种不同的香气交织在一起。"（21）朝着楼道的厨房窗户、晚饭时间弥漫的饭菜味道，这一系列富有生活气息的场景描写是对上海人生活细节的刻画。琐碎家常的一面消解了上海热闹忙碌的大都市形象，但缺乏呼吸空间的逼仄感还未结束，对隐私空间的入侵在一家人的餐桌上也体现出来，"刚一唏里呼噜地喝完碗里的汤，对客人无休止的盘问就开始了。而舅妈则想事无巨细了解木兰生活中的一切事情"（25）。木兰不由得感到不满："在晚饭时间又是一次盘问审讯。……在这儿难道就没有禁忌话题吗？一丁点儿的个人空间都没有？"（35）全家人去公园共度中秋的时候，也遭遇了人满为患的情况："因为在这个纬度，天总是黑得快，即使是在夏天，太阳同样也很早就会落坡。许多家庭在天黑下来之前在草地上找到一个位置，铺上了桌布。而他们显然不是怀着同样想法的人，这片草地被各种彩色的野餐布占满，而几乎每一块地方都坐着一家三代人。"（120）人际界限的模糊与物理空间的狭窄相辅相成，对木兰而言，人与人之间的交往距离前所未有的"近"，摩肩接踵、你推我挤的生活让她无所适从；但文化隔阂和疏离的观察态度又让她始终游离于人群之外，在陌生的人群和文化中彷徨。

在城市的拥挤之外，作者以弥散的叙事焦点细致勾勒了芜杂的日常点滴。城市符号域中，文化的物质空间结构与其文化空间结构往往互相交织。不同的物质空间具有不同的文化隐喻，并由此产生先进与落后、包容与守旧等差异和对立，它所构成的独特的生活空间和心理空间体现了这一空间的居民社会生活的方方面面。[①] 舅舅的家作为木兰生活的核心区域，其附近环境是木兰最为熟悉的，也是上海画卷的圆心。随着对生活环境的日益了解，木兰在这个小小的社区中找到了生存之道，并学会和谐地与之共处："木兰发现，这个居民区周围异常热闹，尤其是早上。……她带着惊讶和好奇观察着这不同寻常的热闹景象。老年人一起练习太极或者气功，他们充分利用每一片空地或者篱笆舒展身体。这是一处信息交换所和健身中心——而且还是免费的。当然外婆还有更多安排。她每周去老年中心打两次乒乓球。她还告诉木兰，周日自己要和老年朋友去附近的闸北公园唱红歌。"（36）同时，这片区域还为生活提供了极大的便利："老年人和小孩在这儿度过他们的一天，而工作的年轻人则可以在回家的路上迅速买到自己需要的东西。入口处就有一个水果摊，摊位上各式各样充满异国风情的水果引起了木兰极大的好奇。"（37）在熟悉与亲近的过程中，她逐渐放弃超脱漠然的"闯入者"姿态，试图贴合观察对象，走进这幅充满烟火气息的街景：上海的老城区呈现在木兰眼前的不只是它的繁华瑰丽，更多的是充实乐观、生机勃勃。通过对形形色色的日常生活多方面、多层次的细腻描绘，居民社区浓厚的生活气息展现出来，日常生活的背后是木兰与上海文化的积极互动。

此外，作者并未放弃漫游者视角下的大都市叙事，来到南京路、人民广场和外滩，拔地而起的高楼、灯红酒绿的不夜霓虹、热闹的商业街等现代化景观为读者展开一段走马观花的长镜头画卷："商店在周末也开门。……当她走向老城区方向时，购物的气氛更加热烈。毫无

① 参见张海燕：《文艺符号诗学引论——洛特曼文艺理论研究》，北京：人民出版社，2014年，第183页。

疑问，在这里到处都是仿古的新式建筑和拱廊，其中有不少纪念品商店、小吃店、服装店和化妆品店。此外——当然，还有不少小饭馆和小吃摊。在这儿，一切都那么‘热闹’——又热又闹——对于中国人来说难以抗拒的一种美妙结合。”（160）人们不难找到让人仿佛置身于慕尼黑或维也纳的咖啡馆：“深色的木制墙板，典型的咖啡桌椅，玻璃后面的树枝吊灯。”（179）外滩的酒吧让木兰领略到上海这座摩登都市在夜晚的魅力：“她眼前所见的景象让她几乎忘记呼吸。从黄浦江上看到的浦东景象在白天已经相当壮观，而在夜晚，所有建筑都在各色霓虹灯中闪闪发光。高楼大厦的墙面挂着巨幅广告，彩色灯光下的建筑物轮廓分明，勾勒出夜色的影子。东方明珠塔上面的球形灯光就像圣诞树上的装饰。这一切都在黄浦江中投下了颤抖的倒影，多姿多彩的灯光反照在河面。与目同高的位置能看到红底黄星的国旗在潮湿温暖的夜风中飘扬。”（147）对木兰而言，充满异域情调的浪漫氛围将她带离一般生活轨迹，情绪体验被当下的视听情境改变，让她在霓虹与夜幕下产生了冒险的冲动，这股尝试改变的冲动在遇到念申时转化为心灵的碰撞与悸动。

市郊作为城市的边缘地带，也是木兰探索脚步所及的地方。在忍受了都市喧嚣和生活拥挤之后，因与想象大相径庭而对中国颇感失望的木兰来到朱家角。水乡的独特风情与上海市区截然不同：“（河流）被粉刷着白墙、带有木头阳台的房屋包围，被垂杨环绕，河面上漂着乌篷船，船夫用舵控制着船前进的方向。”（128）木兰不由得被它的美所吸引，“突然一切便出现在了眼前——中国，木兰一直想象的那个中国。”（128）她为河流上的古老拱桥惊叹：“一座优雅的拱形石桥横跨在河道上。经过数百年踩踏的平坦世界比例匀称，一幕幕就如画卷般徐徐展开。”（128）“他们无声地在绿色的水面划过，小船进入了错综复杂的狭窄河道之中。……房屋沿着河道铺展开它们原本的模样，它们没有被商业和消费所扭曲：弧形的山墙，紧靠墙壁突出来的阳台，通向河流水面的小石阶。在这里，人们看到一座依赖于河流又与河流一起生活的小城，而这里确实也人丁兴盛，女人晾晒衣服，择洗蔬菜，孩童在狭窄的院子里嬉笑。”（128、129）原本被失望与等待消磨的期待在此刻完全得到弥补，她想象中的古老的东方风情尽在眼前，这一幕与之前所见全然不同的上海令她惊艳不已：青砖白瓦马头墙，拱桥绿水乌篷船，母亲口中的那个上海终于出现在她的眼前，水墨画一般的江南终于成为现实。上海这座城市在此时褪去了它浮华虚荣的国际化外衣，展现出古色古香的江南风情。

总体而言，《木兰爱在上海》一书跟随女主人公木兰的视线和脚步，所触及的范围之广泛、现象之百态，远超出作者的前两部作品。木兰用“外来者”的独特视角观察这座城市，这座城市伴随她心灵成长的同时也展现出自身的万种风情。木兰不断地探索，不断地发现另一个上海，她不再是上海的匆匆过客，每一次漫游都为上海印象注入新的活力：自然朴素的古老江南与摩登现代的东方明珠相对而立，看似格格不入，实则彼此依附、互相渗透，这两种形象都被囊括到上海画卷之中，在对立中达成融合。这座大都市展现出巨大的张力和文化包容力，使置身于中德文化之间、难觅容身之所的木兰认可并爱上这座城市，也让她找到了身份认同感和文化归属感，从心灵上抵达了上海。

（陈丽竹　文）

第五节
德国少年视角下繁华与动荡并存的老上海：《埃尔文在上海》

母亲是德国人，父亲是日本人——1899年，德国作家威廉·野原驹吉（Wilhelm Komakichi Nohara）出生于日本横滨一个跨国婚姻家庭。1920—1921年，野原驹吉在柏林修读艺术史，后定居柏林，成为一名自由职业作家，并加入无产阶级革命作家联盟。为保护犹太裔妻子免遭迫害，他在日本驻德国大使馆谋得一份工作，为大使起草演讲稿，并在德日双方军事专家会谈中承担口译工作。这段经历促使他在二战期间投身反法西斯斗争。1950年，野原驹吉逝世于柏林。

威廉·野原驹吉用德语写作，主要撰写青少年读物、游记和政论文。他的代表作《日本的真面目》（*Das wahre Gesicht Japans*，1935）被翻译成多国文字，成为解读日本文化的重要著作。除此之外，他还著有《我的假日笔记》（*Mein Ferienbuch*，1929，与沃夫·榴莲[①]合著）、《罗蒙岩之夜》（*Die Nacht auf dem Lummenfelsen*，1932）、《埃尔文在上海》（*Erwin in Schanghai*，1934）、《潜水员阿里》（*Der Taucher Ali*，1935）、《"黄祸"》（*Die „Gelbe Gefahr"*，1936）、《巴西日夜》（*Brasilien Tag und Nacht*，1938）、《三姐妹去东京》（*Drei Schwestern gehen nach Tokyo*，1938）、《荒漠男人》（*Männer der Wüste*，1938）、《泻湖的走私犯》（*Schmuggler im Haff*，1940）等多部作品。

《埃尔文在上海——一则来自中国动荡年代的故事》，正如其副标

① Wolf Durian（笔名），德国作家、记者和翻译家，原名Wolfgang Walter Bechtle（1892-1969）。

题所言，是一个发生在中国动荡年代的故事。故事在20世纪二三十年代抗日战争前夕的上海展开。被作者称为“远东的国际大都市”的上海异域风情浓厚，各国人民、各种文化汇聚于此。小说开篇即描写了夜幕下的上海街道：承载着老上海独有记忆的黄包车，宽阔的沥青石路面，高大的欧式购物商场，街道上的英国人、美国人还有俄国人，指挥交通的印度警察，街道两旁欧式风格的建筑群……夜幕下的国际都会跃然纸上，故事由此拉开序幕。德国人布劳恩先生带着14岁的儿子埃尔文去上海的“中国城”参加一场宴会，宴会的东道主常先生正是这家高档酒楼的老板。宴席极尽奢华，菜品制作精良，还有乐师和歌女作陪。宾客们兴致正高时，南市丐头吴宇霖率领众乞丐来向常先生索要拖欠三年的“乞丐税”，引发了一场骚乱。原来，民国时期，上海乞丐数量众多，形成了“丐帮”，头领通常称“丐头”，在丐帮内部拥有绝对权威。当局为维护社会治安，施行“以丐治丐”，默许丐头向店家收取“保护费”，丐头则确保手下的乞丐不去骚扰已交保护费的店家，甚至为交了大数目保护费的店铺值夜。这是社会大众为解决乞丐问题被迫做出的一种捐献，形同变相的税收。[①] 常先生起先并不愿意支付这笔钱，自诩为“现代人”的他坚守“现代化理念”，认为不需要乞丐维护社会治安，一切都应由外国警察负责。布劳恩先生对衣衫褴褛的乞丐心生怜悯，婉言劝说常先生。常先生为维护面子，答应了乞丐们的要求。可就在这时，警察的到来又将场面搅得一团糟。埃尔文急中生智，凭借对上海这座城市的熟悉，指挥乞丐们顺利逃走。骚乱平息之后，宴会继续进行，布劳恩父子俩却兴致全无，提前离席。

埃尔文的父母在闸北开办了一所学校，专门收留那些家境贫困或父母双亡的少年，不仅教授他们实用技能，还给他们提供衣食。他们还远赴满洲救助灾民，给那里的穷苦百姓带去了不少帮助。在父母的言传身教下，埃尔文虽年纪尚轻，但胆识过人，富有怜悯心。在上海，

① 参见卢汉超:《乞丐税》，载《财经》，2012年第33期。

他看到了上流阶层骄奢淫逸的生活，也目睹了底层穷苦百姓的境遇，对他们抱有深深的同情。在埃尔文的心中，上海早已成了第二故乡，他对上海有一种无法言说的爱。

威廉·野原驹吉笔下的上海无疑是繁华的。作者生动还原了20世纪二三十年代繁华与动荡并存的老上海景象：繁华的南京路、老上海酒楼、滔滔黄浦江、各色中式菜品、独特的饮食文化、精致的江南园林、独特的戏剧艺术，老上海的独特风情浮现于字里行间，小说宛如久居中国的德国人撰写的一部回忆录。野原驹吉这样描写南京路："他们穿过南京路，这条路上灯火通明，是上海最有名气的道路之一。到处都是大商场，商品陈列柜里的灯光打得通亮，广告牌闪烁不停。马路上，私家车、黄包车等各种交通工具和欢笑的人群络绎不绝，街道两旁是剧院、大酒店、还有七层楼的'新世界'和购物商场里的娱乐城。"[①]

但繁华的背后暗藏着危机，"黄浦江上波浪翻滚，云雾缭绕中无数战舰停在水面上。其中有三艘战舰稍大一些：带有四个烟囱、逆流而上的法国战舰，印着白色细条纹的英国战舰以及深灰色的日本战舰，此外，意大利和美国的炮船也整装待发。"（37）在小说的第七章，作者仿佛化身战地记者，极其逼真地描述了日军轰炸闸北的恐怖场面："两点整，上海教堂的钟声响起。闸北的天空骤然间昏暗下来。几架战机降落在黄浦江上的母舰上；一架架战机呼啸着在建筑群上方盘旋。埃尔文看着那远处一个个小黑点如何一一散落下来；小黑点嗖嗖地往下落，离房屋越来越近，显得越来越大，可怖至极。"（61）

作者善用对比，除了上海繁华与动荡的对照，还描写了上海上流富人和下层百姓生存境况之悬殊。酒楼老板常先生是上海富人阶层的代表，他"是一个高大魁梧的男人，有着一张智慧的面庞。他身穿淡

① W. K. v. Nohara: Erwin in Schanghai. Leipzig: Franz Schneider Verlag, 1934, S. 29. 后文出自该书的引文，将随文标注出处页码，不再另注。

蓝色丝质长袍，袍子一直拖到脚后跟，外面还穿了件黑色丝绸夹衣，这件衣服是用来自西伯利亚的珍贵貂皮制成的。”（11）小说开篇，作者就用大量笔墨描写了常先生的高档酒楼和豪华晚宴，紧接着，讨要“乞丐税”的乞丐们突然出现，携妻带子闯入这奢华之地，构成一幅极不和谐、荒诞怪异的图景。乞丐们衣衫褴褛，他们的孩子尤为可怜：“这些男孩个个瘦得皮包骨头，光着脚丫子，在这样寒冷的天气里只穿了一层薄薄的棉衣……”（19）这个场景是贫富两个阶层在小说中的第一次正面冲突。常先生的晚宴上，一桌就有30道菜肴；布劳恩夫妇前往救灾的北方饥荒灾区，人们却饿得连站都站不直，只能爬行，满城都是饥寒交迫、奄奄一息的百姓，饿殍遍野：“看上去似乎有十几个大石块躺在地上，密密麻麻堆满了整条街。这些‘石块’上面结了霜，被雪覆盖着。司机用脚把雪往一旁踢了踢，这时，布劳恩先生看到了一块被洗得褪了色的蓝色卡其布露了出来，应该是中式的夏衫。‘这就是其中一个饿死鬼。’司机说着，打了一个寒战。布劳恩先生又仔细看了看其他的‘石块’，他看到的竟是一具具尸体。”（71）强烈的对比让人不禁叹道：“朱门酒肉臭，路有冻死骨。”

小说还突出描写了中国人的麻木与愚昧。当时的上海表面是繁华的大都市，实则危机四伏，各国军队驻于此，伺机瓜分中国。面对祖国的危机，中国人反应各不相同：在富商常先生的宴会上，“人们玩着、笑着、闹着。他们似乎全都忘记了，英国、法国、日本的战舰已经到达中国海域了，大炮已经瞄向了中国城市；他们似乎全都忘记了，普通百姓的生活是多么的贫穷，战争的腥风血雨已经席卷了满洲。这所有的一切，在座的宾客们似乎全都忘记了！”（15）当埃尔文得知日本即将轰炸闸北，迅速通知中国百姓撤离时，大部分人、尤其男人们却无动于衷。不可否认，他们憎恨日本人，但也只是嘴上骂几句以解怨气，毫无切实行动。他们甚至宁愿先吃上一碗热腾腾的面条，也不愿相信埃尔文的劝告，携妻儿尽快撤离。“埃尔文绝望至极。他拍拍那些人的背，但是对于他们来说，面碗要重要得多。埃尔文死命地拉扯着他们。'快站起来！相信我吧，日本人已经在虹口架起大炮了！'他们仍旧无动于衷。对他们来说，热腾腾的面条总是比'小鬼子'如火如荼的战事准备重要得多。"（52）小说后半部分写到中国人抵制日货的运动，在作者看来，这些人同样愚昧无知：他们根本分不清哪些货物是日本的，只一概抵制所有被他们认作日货的东西。与这些愚昧百姓形成鲜明对照的是布劳恩学校的学生们，他们在这所德国人开办的学校里接受了来自现代文明的教育，成为有知识、有担当的少年。这也正是布劳恩先生在中国开办学校的目的：传播知识，通过知识来解救这个奄奄一息的民族。作者在小说中对他们大加赞赏，揭示有知识的少年便是国家的未来。

（陈喆　文）

第六节

瑞士男孩成长故事的老上海印记:《阿凡在中国》

奥地利作家乔·雷德勒（Joe Lederer）1904年出生于奥地利维也纳，原名约瑟菲妮·雷德勒（Josefine Lederer）。她曾受奥地利作家胡戈·贝托尔（Hugo Bettauer）之邀，担任其创办的杂志《生活问题周刊》（*Wochenschrift—Probleme des Lebens*）的秘书。这本杂志在当时饱受争议，遭到保守派的攻击。1925年，贝托尔遭右翼极端分子枪杀后，雷德勒决定辞职。自1926年起，她作为作家巴尔德·奥尔登（Balder Olden）的私人秘书，长期居住在柏林。两年后，她的处女作《女孩格奥格尔》（*Das Mädchen George*）问世，掀起了一阵浪潮，雷德勒一度被誉为德国的克莱特[①]。此后，雷德勒笔耕不辍，出版了多部作品，大多为小说，同时也为电影撰写剧本。不久后，纳粹掌权，为保全经济收入，信仰犹太教的雷德勒在1933年加入了帝国文学院[②]。随后的几年里，她的创作陷入停滞。1934年，雷德勒被迫逃亡到中国上海，但由于染上肺结核，她不得不在1935年返回维也纳。此时，她的全部文学作品已经被禁止发行，即使1936年维也纳世界图书出版公司买下了她所有图书的版权，她依然在经济上陷入困窘。无数次失败的尝试后，雷德勒终于在1939年获得英国的入境许可，开始在伦敦当女佣谋生，

---

① 西多妮-加布里埃尔·科莱特（Sidonie-Gabrielle Colette），20世纪上半叶法国女作家，擅长写爱情小说。

② 帝国文学院（Reichsschrifttumskammer）是第三帝国为控制文化领域设立的机构。凡进入中国文学院进行文学创作的成员，必须是纯血统的雅利安人，其创作必须完全符合民族社会主义思想。

直到1944年在外交部谋得秘书兼翻译的职位。1946，雷德勒获英国国籍。1956年，她返回德国，以自由撰稿人的身份定居在慕尼黑，其后的创作与出版也屡经挫折。1987年，几乎被人们忘却的雷德勒在慕尼黑逝世，享年82岁。

罗伯特·诺曼（Robert Neumann）在日记中回忆雷德勒时这样写道："小巧、优雅、年轻、有吸引力——在希特勒来临之前，她是一位文学神童。她写有关情爱的文字，读来让人倍感愉悦。"[①] 雷德勒的作品多以都市女性的情感生活为题材，代表作有：《女孩格奥格尔》（*Das Mädchen Geoge*，1928）、《夜晚的音乐》（*Musik der Nacht*，1930）、《三天爱情》（*Drei Tage Liebe*，1931）、《遁入黑暗》（*Sturz ins Dunkel*，1957）、《阿凡在中国》（*Fafan in China*，1940）、《愚蠢的少女》（*Die törichte Jungfrau*，1960）、《我爱你》（*Ich liebe dich*，1975）等。《阿凡在中国》是雷德勒唯一一部儿童文学读物，创作灵感来自她流亡至上海的生活经历。小说初版于1940年，由位于阿姆斯特丹的J. M. Meulenhoff出版社发行，1958年，又由德国罗伊特林根的Enßlin & Laiblin出版社再次付梓。再版时，作者曾对小说稍加改动，书名改为《在上海被绑架》（*Entführt in Shanghai*），小说中的一些措辞也略有变动，但故事的大致内容仍维持原貌。

这部儿童小说的主人公是十岁的瑞士男孩施特凡，他出生在苏黎世，跟随父母一起来到上海，这里的中国人都叫他阿凡。作者在小说后记中言明，这本书是为一个名叫汉斯·阿曼的朋友而写，这是一个生活在中国上海的小男孩，中文说得很棒——显然，他正是小说主人公的原型。这样一来，惯于书写都市女性情感生活的雷德勒突然出版这样一部反映青少年生活的作品，也就说得通了：这不仅是一本小说，更是一份友谊的礼物。小说同样围绕着"友谊"这一主线展开，以时间为轴线讲述了阿凡在上海七天的生活。"嗨，朋友们，我们来说说阿

① http: //litkult1920er.aau.at/?q=portraits/joe-lederer.

凡吧。"[①] 小说以十分口语化的语言开篇，读来仿佛在和作者悠闲地聊天。在故事真正开始前，作者以一段简短的文字描述了自己对中国的印象："居住在那儿的人并非像书中常常描述的那样梳着长辫子，不过可以肯定的是，他们都长着一双眯缝眼。"（9）最让作者难以忍受的显然莫过于中国炎热的气候，关于"炎热"的描述几乎贯穿整个小说："那儿从春到秋都热得很，所以，孩子们本应该常年放'暑假'。然而他们并没有这样的假期，因为炎热就是那儿的气候特征，他们一定早就习惯了。"（9）

故事以阿凡和父亲一起玩"登山大冒险"游戏开篇，父子俩争相扮演大英雄——登山领队的角色，玩得忘乎所以，如同一对好友。阿凡的母亲则是截然不同的性格，在她眼里，阿凡似乎还是襁褓中的婴孩，她总以"小宝贝""小可爱""心肝儿"等来称呼阿凡，弄得阿凡浑身不自在。而她自己也好像还没长大，一点不满就像小孩一样嘟起嘴，有时还得阿凡来安慰她。一家三口其乐融融的生活跃然纸上。阿凡家还住着管事仆人高亮、保姆阿妈和还未成年的小仆人申。从作者的文字中可以看出，她对阿妈这个角色抱有深深的同情。"阿妈总是温和地露出牙齿笑着，她不知道，她其实已经死去了。"（14）这里的"已经死去"并非躯体上的，而是精神上的：阿妈跟着阿凡一家已经9年，对主人忠心耿耿，完全失去了自我。"她为何能忍受这些并且对主人忠心耿耿，这我也无法解释。"（131）作者着重描写了阿妈的"中国式小脚"，还在后记中专门解释道："这样的小脚并不是天生的。中国人在女孩子很小的时候就用绷带把她们的脚绑得紧紧的，能绑多紧就绑多紧，这样一来，脚就不再生长，渐渐萎缩了。人们把她们的脚趾朝里掰，使之压在脚掌下面，紧紧地嵌在里面，直到所有的软骨都畸形地长在一起。这需要忍受极大的痛苦，并且需要很多年的时间。这样的

① Joe Lederer: Fafan in China. Amsterdam: J. M. Meulenhoff, 1940, S. 9. 后文出自该书的引文，将随文标注出处页码，不再另注。

金莲小脚是无法正常走路的，只能极其费力地蹒跚而行。”（132）作者对小仆人申也寄予深厚的同情：“虽然他已经15岁了，但却长得一点都不小，身材修长，瘦得仿佛一根竹竿。‘小仆人’仅仅是一个代号，因为在每户人家里都有一个小仆人。这样的仆人往往是没有上过学的，总是被所有人使唤去干没有人愿意干的活。”（19）阿凡把申当作平等的玩伴，从不以傲慢的姿态待他。在后文阿凡与绑匪斗智斗勇的情节中，申也发挥了重要作用。除此之外，一个外号“老虎”的黄包车夫也是这部小说的主要人物之一，他的境况比阿凡家的仆人们还要糟糕，是中国社会最底层的代表。他只有一只眼睛看得见，“穿着一条破了洞的平纹亚麻裤子，头上戴着一顶破草帽。”（54）炎热的夏季，“老虎”在路边等着接客人，可是常常一个客人都没有，于是他总是为吃饭的钱发愁。从这些人物身上可以看到，当时上海还有众多贫苦百姓在社会底层苦苦挣扎，艰难维生。

故事的主要情节围绕着阿凡和中国男孩阿程之间的友谊展开。一天，一位叫阿程的中国男孩跟着父母搬到了阿凡家隔壁。和前面那些中国人不同，这家人属于当时上海的上流阶层，阿程父亲是位高官。阿程的第一次亮相就显示出他优越的家境：“这个小男孩看上去十分友善，穿得整整齐齐的，白色的polo衫，白色的裤子，白色的鞋。”（29）一家人搬家时的排场亦透露出他们平日里奢靡的生活，与前文中的底层百姓形成鲜明对比。经过最初的好奇与误会后，两个男孩结下了深厚的友谊，他们分享玩具，一起逛街吃冰淇淋：“阿凡选了榛子香草口味的冰淇淋，而阿程则更喜欢杏仁口味的冰淇淋。他俩站在食品店门口，狼吞虎咽，因为卷在薄薄的华夫饼里的冰淇淋在一点一点地融化，顺着华夫饼滴了下来。”（52）对天真的孩童而言，快乐就是如此简单，香甜可口的冰淇淋或许正是孩子心中友谊的见证。同时，孩童的心灵又如此纯净善良：两个孩子在街上碰到了一天也没接到一个客人、没吃上一口饭的黄包车夫“老虎”，两人心有灵犀，把原本打算买蜥蜴玩的50美分给了“老虎”。

故事的高潮始于阿程突遭绑架，劫匪向他父亲勒索巨额赎金。得知此消息后，阿凡茶饭不思，苦苦思索如何解救好友。他和小仆人申、黄包车夫“老虎”组成了一个联盟，发誓要齐心协力救出阿程。三个人历经波折终于打听到阿程的下落，又与劫匪斗智斗勇，最终取得了胜利。在这场惊心动魄的事件后，大人们都对阿凡刮目相看，尤其是一直把他当小孩子的母亲。他用实际行动证明了自己是个男子汉，同时，他和阿程的友谊也更加牢固了。“老虎”和申的命运也发生了改变：“老虎”被留在阿凡家做仆人，不用再日夜奔波；申的勇气得到了大家的认可，阿程的父亲还送了他一块金表做奖赏。

整部小说的故事都发生在20世纪30年代的上海，小说中可寻觅到诸多老上海的印记。比如文中多次提到的辣斐德路（今复兴中路），是当时法租界内的一条干道。“汽车驶过辣斐德路，从一幢幢石头盖成的小别墅旁边经过。这些房子十分相像，就跟兄弟姐妹似的。”“每一幢别墅的右边都是一个由柱子围成的露台，左边是车库，旁边围绕着的是花园。所有窗户和阳台门后都有绿色的铁丝网，是用来挡住苍蝇的。”（22）阿凡的母亲最喜欢去的兆丰公园（中山公园）也多次在小说中出现：“兆丰公园很大，数不清的大树几乎直指苍穹。旁边竟然还有一个池塘和一座蜿蜒曲折的小桥，左右两边并不是草地和花圃，而是石子路。这儿人很多，高大的印度人从旁边严肃地走过，他们的额头上缠绕着丝质头巾。还有身材娇小的日本女人，英国士兵、中国大学生、法国军团士兵以及最端庄高雅的欧洲女人。”（24）作者笔下的上海是一个国际化大都市，聚集着来自世界各地的人。

作者也描写了城隍庙这一极富中国特色的区域：“城隍庙门口，依旧人流如潮。一些理发师在入口处摆放了几张凳子，直接露天给顾客们洗头，把他们的头剃得如同反光的圆球，还给一些尊贵的年轻中国男子剪鼻毛。还有一些算命大师蹲在那儿，一位街头牙医对着每一个过路人大声吆喝着，要帮他们看牙。”（92）弄堂是最能体现老上海百姓日常生活状态的场所：“狭窄的中式弄堂蜿蜒曲折，而且到处都是人。从那些砖头房子和小木屋里传来刺耳的音乐。‘老虎’奔跑着穿过卖鸟的小巷子。店铺里挂着竹子做的鸟笼，鸟儿在里面飞来飞去。几个乞讨的小孩跑到黄包车下，大声喊叫着要几个铜板。”（96）城隍庙和弄堂在作者的笔下透露出老上海浓郁的生活气息，上海百姓热闹的生活场景跃然纸上。

同时，上海也是一座饱受战争创伤的城市，作者这样描述被日军轰炸的闸北：“工厂的烟囱矗立在空中，在这里，整条街到处都是被烧焦的废墟。这些房子被日本人一把火烧了，再也没有重建。”（63）承载着老上海历史的吴淞口也出现在小说中：“数百艘小船停泊在那儿。住在帆船上的中国人比周围随处乱跑的狗还要贫穷。他们靠捕鱼和捡垃圾为生，他们偷窃、乞讨。他们穿着破旧的衣衫，饿着肚子划着帆船，一刻也不停歇地穿梭在运河上。”（76）透过这段描写，当时上海繁华的表象下贫穷、混乱的底色暴露无遗，百姓吃不饱穿不暖，偷窃、乞讨也只是百姓为维持生计迫不得已的行为。

除了对上海的描写，文中还不止一次提到阿凡的故乡瑞士。在游苏州的时候，同行的哈格多恩先生感叹古运河畔苏州风景的美丽，这番慨叹勾起了阿凡父亲米勒先生的思乡之情：“他无言地看向窗外，想起了格劳宾登州（瑞士）的群山。”（64）于是米勒先生在游船上一直和阿凡讲述瑞士，不住地感叹：“瑞士真美啊！”文中类似的对欧洲的怀念到处可见，从作者的文字中可以感受到她在流亡期间对故土的深切思念。

《阿凡在中国》是一部充满温情的小说，有亲情，有友情，更有人世间的真情与跨国国界、种族与阶层的大爱。透过作者的文字，我们也能感受到浓浓的老上海风情，体验那个时代上海人各不相同的生存状态，探察繁华的表象下隐藏着的深不见底的贫困和不同阶层之间的争斗。在那样一个动荡不安的社会历史背景中，瑞士男孩阿凡和中国男孩阿程之间的友情显得愈发动人，孩童的单纯和成人社会的复杂形成鲜明对比。作为一本为少年儿童书写的作品，这部小说无疑有一定的教育意义。作者或许想通过这部成长、冒险与友谊的故事寄托自己对和平的期盼，并告诫读者，回归孩童般的单纯心灵，国家和社会才有希望。

（陈喆　文）

第七节
结 语

本章选取的六部德语儿童文学作品，均以少年儿童在上海的成长故事或成长记忆为主题，颇具代表性。通过小主人公们的“上海故事”，上海这座东方城市和日耳曼文化之间建立起了千丝万缕的联系。总体来说，六部作品都基于现实，对上海进行了较为客观的书写；但因时代背景、文化立场、写作视角、表现手法乃至主观情感的差异，千姿百态的上海形象透过少年儿童的独特视角跃然纸上。

从故事发生的地点来看，《埃尔文在上海》《阿凡在中国》《蕾娜特和比尔在上海》《用筷子吃蛋糕》和《木兰爱在上海》五部小说均以上海作为故事上演的主要舞台，上海的城市画卷随着小主人公们对未知世界的孜孜探索或冒险游历的步伐缓缓铺开。而《银娜》则讲述了上海女孩陈银娜为躲避战火，流亡德国和瑞士的经历，小说中的上海以“回忆中的故乡”为主要表现形式，通过闪回式描写和场景的碎片化得以重现，也是推动故事发生发展不可或缺的重要空间。

从故事发生的时代背景来看，《埃尔文在上海》与《阿凡在中国》的故事发生在20世纪二三十年代和二战爆发前夕的上海。其中，《埃尔文在上海》以大量篇幅描写了日军轰炸闸北、上海市民抵制日货等历史事件，刻画了彼时上海危机重重的紧张局势，德国少年埃尔文和父亲在上海开办学校，启蒙民智，挽救中国的危亡，令人钦佩。《阿凡在中国》则另辟蹊径，避开战争、政治等宏大时代背景，集中描写了瑞士男孩阿凡和中国男孩阿程之间的跨国友谊故事，以及阿凡解救朋友的冒险经历，扣人心弦。《蕾娜特和比尔在上海》《银娜》和《用筷子吃蛋糕》三部小说故事均发生于20世纪三四十年代的二战时期，而它们描述战争的角度各具特色。《蕾娜特和比尔在上海》的小主人公蕾娜特是出生在上海的德国少女，好友比尔是出生于上海的英国少年。上海的欧洲租界被日军占领，比尔历艰逃回英国，免遭在盟国侨民集中营中蹉跎岁月；蕾娜特在德国战败后被遣送回国，永别了她心中真正的故乡——上海。小说以战争对个人命运的残忍摆布以及各国人民在战火中跨越国籍与种族的友谊为主题，呼吁世界团结与和平。《银娜》将个人经历与20世纪中叶的重大历史事件糅合。上海女孩陈银娜在二战前背井离乡来到德国，战争爆发后，被迫离开第二故乡德国，前往中立国瑞士避难。战争结束后，银娜回到台湾，上海已成为回不去的故乡……《用筷子吃蛋糕》讲述二战期间流亡上海的德国犹太少女英格，在上海幸运地生存10年，并成功地适应和融入了这座城市。虽然战争可怖，但中犹人民在战火中患难与共、相互扶持的伟大感情令人印象深刻。而《木兰爱在上海》是六部小说中唯一一部“新上海故事”，中德混血少女木兰在新世纪初次来到母亲的故乡上海，在经历了“文化休克”、身份认同感和文化归属感的困惑之后，收获了一份爱情，接纳了自己的双重文化身份，并爱上了上海这座异托邦城市。

虽然六部小说在背景和主题上有着如此显著的差异，但是其刻画的上海形象所包含的共性却更加引人注目：多元而包容，矛盾又和谐，中西杂糅，古今融合。正是这种异质性、复杂性和包容性，构成了上海这座城市尤为独特而不可复制的魅力风情。

《埃尔文在上海》中穷奢极欲的富人与饥寒交迫的乞丐，租界的现代与中国城的凋敝，南京路的繁华与日军轰炸后闸北的废墟形成强烈对比。《阿凡在中国》展示了上海的国际化，小男孩阿凡感觉上海和家乡瑞士别无二致。然而，通过解救被绑架的朋友阿程，阿凡才真正开始了解上海这座城市——富人的天堂，穷人的地狱。《蕾娜特和比尔在上海》中，德国少女蕾娜特自幼将上海租界视为自己的“家乡”，这里俨然是一个在空间上发生位移的欧洲城市。但在与好友比尔的探险历程中，踏足另一个属于中国人的上海却是拥挤、喧嚣、肮脏、杂乱的——农田、茅草屋、鸦片船、弄堂、旧货商店……这里既有富丽堂皇的天主教修道院，也有古老神秘的中国佛教寺庙，城市空间的杂糅，万国居民、文化与建筑风格的多样性，令人应接不暇。《银娜》中，上海女孩银娜对故乡的回忆始于法租界路旁的梧桐树、公共租界的跑马场、外滩上矗立着的摩登大楼、十里洋场著名的夜总会“大世界”、黄浦江上开过的外国船只、苏州河上外白渡桥的钢筋铁骨、桥对面雄伟的领事馆……此外，她对上海的中国城难以忘怀，那里有城隍庙、小弄堂、市集和琳琅满目的小吃摊，尤其是买小吃的场景回忆生动地勾勒出传统上海充满市井气息的烟火味道。对租界和中国城这两大典型空间的塑造，成为银娜的上海回忆中的核心，两者交相辉映，最终呈现出富有生机活力、包容多元的城市形象。《用筷子吃蛋糕》同样为我们呈现出一个立体的、多角度的上海——静安寺的繁华和下海庙的安宁，哈同花园的与世隔绝和隔都生活的艰辛，隔都的“小维也纳”与租界区的精致建筑……上海既是租界的富裕安宁，也是虹口的市井喧闹；既有战火笼罩的压抑紧张，也有精致生活的祥和柔情；既有洋人的纸醉金迷，亦不乏芸芸中国百姓的勤奋乐观。日常生活与传统文化根基互为表里，构成一幅包罗万象的20世纪三四十年代上海风物人情画卷。《木兰爱在上海》中，木兰眼中21世纪的摩登上海更趋多元——市中心的老城区生机勃勃，商业繁荣；水乡古镇朱家角水墨晕染，温婉安静。这座现代化的国际化大都市展现出巨大的张力和文化包容能力，它敞开双臂，迎接着国际化和经济发展带来的繁荣富庶，也保留了传统文化的古朴素净。自然原始之美与现代科技之美和谐并存，呈现出一个近乎完美的上海乌托邦形象。

总之，上海多元包容、海纳百川的特质，受到德语作家的偏爱，一再成为跨文化故事上演的舞台。六部小说均以少年儿童为读者群，不约而同地将书写人性的光辉、伟大的友谊、歌颂真善美作为跨文化交往的主旋律，“故事情节简单、浪漫主义色彩浓厚、教育性极强”，[①] 对德语国家少年儿童中国观的构建，以及中德跨文化沟通起着积极的作用。当然，儿童文学作为成人社会启蒙儿童世界观、价值观和审美观的手段之一，其所承载的社会意义和历史使命不容小觑。其作为“成人的思想载体”，[②] 终将无法脱离社会的价值取向：作者通过情节设置、人物命运等要素向少年儿童传递着成人对事物的认知及对他们的希冀。因此，德语儿童文学尽管相较其他主题类型的德语上海小说意识形态色彩偏弱，但不可否认的是，其对上海形象的塑造亦在一定程度上折射出德国社会的价值取向，及其对少年儿童的文化意识规训。

① 解超群：《西方儿童文学中后殖民主义话语的构建分析》，载《兰州工业学院学报》，2017年第1期，第126页。

② 朱梦婷：《中国儿童文学中的民族价值观探究》，载《考试周刊》，2018年第1期，第185页。

第七章
德语家庭小说的上海形象

“家庭”是文学领域的常见母题，作为一个特殊的时空体，“它本身就具有文学叙事的‘潜文本’或‘元文本’的形态特征。”[①] 因此，“家庭”这一特殊的社会元素常常受到文学家们的青睐。托马斯·曼的《布登勃洛克一家》等小说的出版，使德语家庭小说叙事模式在20世纪初风靡世界。至21世纪，德国家庭小说表现依然强劲，阿诺尔德·盖格尔的《我们过得很好》、尤莉亚·弗兰克的《午间女人》和乌韦·特尔坎普的《塔》三部家庭小说先后荣获德国图书奖。家庭小说通过对家庭命运的创伤记忆，记录战争和大屠杀对家庭成员的摧残和对社会造成的文化创伤。

小说《从上海出发或鬼魂不会转弯》和《回归上海》是德国当代作家海因里希·波伊克曼书写上海的两部家庭小说。前者采用了家庭小说常用的“三代人结构模式”，[②] 通过三代人之间的矛盾冲突，纵向全景式展示社会历史变迁视域下上海的沧桑巨变。后者则以横向的夫妻关系小叙事为核心，以一场中德跨国婚姻探讨上海在不断开放的同时面临的新问题和新挑战，即文化冲突和身份认同。两部书写“上海故事”的德语家庭小说，展现了“他者”看待中国改革开放和现代化建设的新视角。

---

① 杨经建:《论现代化进程中的家族文学》，载《学术研究》，2005年第6期，第126—131页。

② 毛灿月:《现代家庭小说中三代人结构模式》，载《中国文学研究》，1988年第2期，第100页。

第一节
社会巨变中的家庭冲突与和解：《从上海出发或鬼魂不会转弯》

海因里希·波伊克曼（Heinrich Peuckmann，1949—）是一位活跃在当今德国文坛的多栖作家。他生于德国卡门一个矿工家庭，1968年进入波鸿大学，主修日耳曼学、历史学和新教神学，毕业后任教于贝格卡门市立文理高级中学。大学期间，他加入多特蒙德“工作天地文学写作坊”，开启文学之路。他的创作种类多样，包括诗集、儿童文学作品、戏剧和广播剧等，尤其凭借侦探小说在文坛获得盛名，其中两个系列小说最为出名：一个是关于警官安塞姆·贝克尔的系列侦探小说，因人物个性鲜明，情节跌宕起伏而大获成功；另一个是鲁尔区小说系列，其中包括《逃往山中》（*Flucht in den Berg*，1997）、《拳击者》（*Schattenboxer*，2000）、《换弦》（*Saitenwechsel*，2012）、《空洞的日子》（*Leere Tage*，2013）。波伊克曼曾获多特蒙德市青年艺术家促进奖（1988）等奖项，2013年起进入德国笔会主席团，是现任德国作协会员。

波伊克曼的创作地域并不拘囿于鲁尔区或德国，他关注东方，兴趣盎然。2006—2012年，他先后在同济大学和西安外国语大学担任客座讲师，教授德国文学。但他对中国的兴趣早在20世纪90年代就已显现在文学创作之中，《瑞和大熊猫》（*Rui und der Panda*，1996）和《蝴蝶泉边的歌谣》（*Das Lied an den Schmetterlingsquellen*，2004）都是中国题材的叙事作品。此外，他在十年的时间跨度中相继推出了两部“上海小说”。

一、时代变革下的家庭困局与破解

1990年，党中央为深化改革决定开发开放上海浦东，小说《从上海出发或鬼魂不会转弯》（*Aufbruch in Shanghai oder Geister können nicht um Kurven laufen*，1995）的故事正是在这一大背景下展开的。作者以居住在上海老城区的一户普通人家为对象，通过本地女孩程清的所见所闻和所思所感勾勒出一幅生动的上海图景。而小说中外公、父亲、儿子三代人之间的尖锐矛盾，真实地反映了时代变革下老一辈人的恐惧迷惘和新一代人的勇于尝试。

出身于知识分子家庭的少女程清刚从学校毕业，面临就业。她正在经历成长的烦恼，也遭遇了家庭风波：她的哥哥程海借着改革开放、国家大力开发浦东的政策扶持开始下海经商，成了私营企业主，因收入暴涨而急剧膨胀。他们的父亲在文化部门任职，为人保守，对转型期的社会持怀疑态度，对儿子的职业选择深感不满，父子二人因此爆发了激烈的冲突；同时，程清父亲和外公的关系也经常陷入对立。就在此时，程海突然被拘留，家庭矛盾迎来了转机。原来，程海参与非法倒卖车牌的交易，企图从中牟取暴利，不料东窗事发，被当场抓住并关进了派出所。此时，程清已经在和平饭店找到了工作，结交了新朋友。她既对新生活满怀憧憬，又对周遭环境感到困惑。哥哥出事后，她迅速地成熟起来，联合外公和程海的朋友钟明等人，想方设法使程海重获自由。之后，她和外公参观了程海位于浦东的毛绒玩具加工厂，外公很是惊喜。程海因为此次被拘捕的经历收敛了许多，不再傲慢自大。而程清的父亲也接受了家人的劝解，决定与儿子耐心恳谈。父子二人重聚，关系破冰。程清也在和外公的交谈中，得知父亲和外公之间矛盾的历史根源。随后，和平饭店的管理层计划将程清派往广东的高档酒店学习业务。她带着对故乡上海的留恋接受了派遣，从上海出发，奔赴前程。

二、三代人的成长境遇与选择

这是一部典型的外国人讲中国故事的小说，没有跨越中德两地的空间叙事，也没有塑造除中国人以外的其他人物。从故事外壳来看，是典型的家庭小说。小说主要聚焦于一个上海本土家庭，通过对人物个性的刻画和人物之间复杂关系的描写，以家庭这个最小的社会细胞为窗口，展现了20世纪的中国历史和处于改革浪潮中的上海风貌。程海和父亲是家庭矛盾的聚焦点。小说开篇，许久不见的父子相见气氛尴尬。

“你很久没来了。”父亲突然开腔，他弯腰关掉收音机。程海点头：“前段时间来不了。”“为什么来不了？”“生意。我正在筹备。……”“什么生意？”“各种各样的生意。三周前我开了一家毛绒玩具厂，主要生产熊猫。”“哦，当企业家了。”父亲把筷子往桌上一拍，“我儿子成了资本家。”①

二人不欢而散。父亲致力于反对压迫和剥削，不愿看到儿子成为剥削工人的资本家。以父亲为代表的老一辈对计划经济体制下的中国社会充满留恋。他目睹改革带来的弊端，并无形中将之放大，对改革开放和经济建设保持疏离甚至抗拒的态度，视私有制如洪水猛兽。以儿子为代表的年轻一代则意气风发，看准了改革开放经济腾飞的新机遇，抓住各种机会创造财富，所以父子冲突在所难免。成长于不同时期的父子有截然相反的价值观。他们的冲突并非个案，而是那个年代普遍存在的问题。20世纪90年代的上海正处于经济社会转型的关键时期，新旧思想的碰撞与交锋不可避免。是继续坚持计划经济，国家管

① HeinrichPeuckmann: Aufbruch in Shanghai oder Geister können nicht um Kurven laufen. München: Tabu Verlag, 1995, S. 9-10. 后文出自该书的引文，将随文标注出处页码，不再另注。

控一切，还是引入市场经济，发挥市场的积极性，本就是那个时代的重要课题，父亲与程海的矛盾只是这一宏大课题的具化。作者借助一个家庭的矛盾，从微观处洞察改革开放时期的上海乃至中国所面临的疑虑与选择。

程清的父亲和外公之间也有对立。曾任同济大学中文系教授的外公一生历经坎坷。外公的父亲因帮助共产党收集情报遭国民党杀害，失去父亲的外公投奔延安，亲眼见过毛主席，是个“老革命”。“文革”时外公也受到了冲击，高校风起云涌的学生运动让外公无法继续学术研究和教学工作。他的精神慰藉——外孙程涛（程清的大哥），因病情延误不幸夭折。后来，外公被下放到贵州山区劳动改造，多年后才回到上海。“文革”前夕，翁婿二人为不同的政治立场僵持不下；“文革”中，程清的父亲又登报宣布与岳父划清界限；“文革”后，外公目睹女婿在下一代面前扭曲历史，两人的关系再次陷入僵局。以外公为代表的老一代知识分子和以父亲为代表的新一代知识分子之间矛盾重重。虽然双方共同经历了“文革”，但不同的处境和立场使他们相互对立，开明的外公和保守的父亲又因如何与历史和解以及再现历史产生激烈冲突。处在历史洪流中的人们无法逃避被历史裹挟的命运，身不由己的两代人的冲突背后，是风云变幻的中国社会。

作为故事主角的程清出生于20世纪70年代后期，没有背负沉重的历史负担，但家庭矛盾使她对过去有所感悟。刚从学校踏入社会、面临角色转换的她需要自我调整，与钟明互生好感丰富了她的情感世界，帮助程海获得自由使她更加成熟。热情洋溢的她还在经历成长的困惑，不得不接受或对抗周围世界的陌生感，她很失落地发现：“一切都变了。爸爸、妈妈、程海，整个上海都不一样了。”（32）她对上海的飞速变化猝不及防，困惑不已，工作之初更充满了不安和惶恐。“偶尔会掉几滴泪。她觉得被遗弃在这个陌生的世界里，她一直害怕在这个地方犯错。……在学校里，她几乎认识每个人，但这都过去了，无法挽回地过去了。奇怪，一切如此飞快地流逝，新的一切又突然开始。这时她想到了父亲，他是不是也这么觉得呢？”（42、43）城市的巨大变化、社会的迅猛变革让年轻一代感到迷茫，他们在自我成长的同时不得不努力适应新环境，才有可能跟上时代的步伐。

三、改革开放浪潮下的繁荣与隐忧

从叙事空间看，这部作品的情节几乎完全发生在上海，可以说是典型的“上海小说”。如果说这部小说通过个人成长的困惑和家庭矛盾展现了社会变革，那么，它也通过书写上海展现了一个处于改革开放前沿的都市形象。小说一开始就引入了外滩和南京路这些知名景点，和众多西方“上海小说”的套路如出一辙。程海骑着崭新的进口摩托车，带程清穿越繁华的大街去兜风，“程海转弯进了外滩，沿着黄浦江的林荫大道，江上有货船、渡船和渔船。……随后他行驶到南京路——上海的购物街。他们陷入了汽车、公交车和自行车交汇的难以置信的混乱中。……程清每每觉得，好像整个城市都集中到了这里。”（6、7）如果这样的描写还仅仅是在告诉读者，故事发生地上海是一个喧嚣又忙碌的大城市，那么接下来程清傍晚陪同外公探视程海沿途看到的风景，就有了更深层次的含义。“街上华灯初上。大饭店从上到下拉着电线，线上点缀着彩灯，像发光的蜘蛛网。越过外滩，就在他们的公交车前，一辆货车驶过，车后挂着巨幅滚动屏幕，连续播放着广告，吸引行人的目光。香水、收音机、汽车、新电影和时髦的皮大衣。”（71）除却街道上的繁华景象，室内也是灯红酒绿一片，譬如卡拉OK厅。“一位年轻的男士登上舞台，他手中拿着麦克风，在空中挥动，灯光一会儿红，一会儿绿，一会儿又变黄。舞台前面的粉丝们欢呼雀跃……歌声尖锐刺耳，他还试图边唱边跳。他的动作伴随着迅速切换的灯光显得机械而忙碌，就像迈克尔·杰克逊一样。但这个人的身体却很僵硬，衬衫紧贴在肚子上面。”（15）大量广告狂轰滥炸、新潮的进口产品和娱乐场所引导人们憧憬现代化的生活方式。20世纪90年代初的上海已经告别了定量配给和物资奇缺的岁月。新的消费方式象征着物质主义的诱惑和消费主义的抬头，它具有文化象征意义：上海正在融入全世界的当代社会之中，[①] 朝着现代化大步迈进。

另外，传统没有被彻底遗忘。承载着上海文化根基和悠久历史的豫园是上海这个叙事空间中的重要坐标。小说中的人物行动路线至少有三次和豫园有关。第一次，程家兄妹坐摩托车兜风途经此地；第二次，钟明和程清首次约会地点选在豫园；第三次，四个年轻人在豫园聚会。其中，第二个场景详细描绘了豫园的风景："他们走过一座假山，穿过大门走进凉亭，透过敞开的窗户看到了池塘里和鲤鱼一样大的金鱼。"（87）"墙的末端，龙把脑袋伸向天空，令人害怕。它的大嘴露出利齿和长舌，好像要喷出火来。"（87）"古老的湖心亭茶楼在湖中央，正对着豫园。一座九曲桥通向那里。"（90）几段描写涉及鱼乐榭、穿云龙墙、九曲桥和湖心亭等景点，加上钟明对豫园历史的回溯，这一上海著名景点已经比较完整地呈现在读者面前。然而，豫园也在经济体制改革的浪潮中面临新局面。小说借程清之口说出当时人们对豫园股票上市交易的矛盾心态。"拥有这个美丽园林的一部分肯定是一种美好的感觉……但同时她觉得困扰，一切都是可以买卖的，不，恰恰是美好的事物。"（90）此处并不仅仅是小说主人公——酷爱写诗的文艺少女程清"为赋新词强说愁"。这部作品尝试指出改革发展的社会里种种未解的难题：20世纪80年代末期的民工潮为城市建设带来了劳动力，但失业民工无家可归，四处流浪，不稳定因素增加；女性职工获得了就业机会，但无暇照顾孩子，面临两难；政策漏洞为投机分子牟取暴利留下了可乘之机，以权谋私者大有人在；一切向钱看，证券交易所人头攒动，无数人梦想一夜暴富。改革使社会变得更有活力，但是也带来了焦虑：在经济发展、物质繁荣的背后，道德败坏、贫富失

① 参见白吉尔：《上海史：走向现代之路》，王菊、赵念国译，上海：上海社会科学院出版社，2014年，第326页。

衡、金钱成为主宰的隐忧无处不在。

四、结语

这部从中国人视角看中国当代社会和家庭状况的“上海小说”出自一个德国作家之手。从波伊克曼的求学生涯来看，他并非汉学出身，也不是“中国通”。从他的个人经历来看，2006年，他曾经在同济大学担任短期讲座教师。因此，他以往的上海经验，极有可能是凭借旅行者身份和读者身份获得的。有学者认为：“游记作者往往扮演了双重角色：他们既是社会集体想象物的建构者、鼓吹者和始作俑者，又在一定程度上受到了集体想象的制约，因而他们笔下的异国形象也就成为集体想象的投射物。”[①] 游记作者如此，作家同样如此。波伊克曼在这部作品中加入了很多中国元素，如程海工厂里生产的熊猫玩具和印有长城图案的衬衫，在饭店歌厅和酒吧频繁出现的茅台酒。小说还致力于展现并探讨中国社会的一些典型现象：街头贩卖乌龟、竹鼠和蛇等野味；马路上汽车、马车等各种交通工具比比皆是；中国家庭重男轻女；中国女人恪守“夫为妻纲”，三从四德。作为一部德国作家笔下的中国小说，作者向读者呈现出的与其说是真实客观的上海社会状况，不如说是他眼中的上海形象，其中不免会有夸大和误读的成分。但这部“上海小说”还是有值得肯定的地方。面对社会变革中的重重矛盾，新旧上海的鲜明对立和新旧思想的激烈交锋不可避免，但作者在最后采用了父子和解的大团圆式结局，父亲最终接受了程海的工作，这也预示了社会的发展与变革不可阻挡，可见作家对中国的社会改革还是持乐观态度。此外，小说后期有一个场景讲述了外公和程清去东方明珠广播电视塔观光并喝茶。这部小说出版于1995年，而上海的标志性文化景观东方明珠广播电视塔，1991年开建，1995年5月才投入使用。

---

① 孟华：《比较文学形象学论文翻译、研究札记》，载孟华主编：《比较文学形象学》，北京：北京大学出版社，2001年，第16页。

所以，这个情节有“穿越”的嫌疑。不过，这样的“穿越”至少说明波伊克曼对上海始终关注并保有热情，这样的热情支撑他在“上海小说”的创作领域持续耕耘。

（冯晓春　沈金秋　文）

第二节
文化冲突下的身份困惑与回归：《回归上海》

《回归上海》(*Rückkehr nach Shanghai*，2004）是德国当代作家海因里希·波伊克曼的第二部“上海小说”，作品出版于2004年，距离他的第一部“上海小说”《从上海出发或鬼魂不会转弯》(*Aufbruch in Shanghai*，1995）有十年的时间。这两部作品尽管在书名上互为呼应，但无论故事情节或人物设定都是完全独立的，并非彼此的前传或续集。不过这两部小说有一个共同点，故事外壳都是家庭小说，都将家庭冲突作为主线，采用大团圆结局。如果说《从上海出发或鬼魂不会转弯》反映的是社会变革下的代际冲突与和解，那么《回归上海》则是人物内心的冲突与和解、不同文化之间的冲突与和解。

一、身份建构的冲突：从中国妻子到德国情人

《回归上海》的主人公——德国人托尔斯滕·弗莱贝格是德国大众汽车公司驻上海的高级管理人员，他在上海工作生活多年，并娶了中国妻子瑞，有了儿子道。这段跨国婚姻缘起于托尔斯滕在工作中的实际需要。当时，他想在同济大学找一名德语专业的学生担任他的翻译，由此认识了女大学生瑞。两人在频繁的接触中互生情愫，后结为夫妻。三口之家的生活平静而幸福，但随着时间的推移，中西文化之间的差异和矛盾逐渐显现出来。岳父母的频繁拜访使托尔斯滕感到自己的生活受到打扰，个人空间岌岌可危。因为无法享受私密的家庭生活，他对此深感不满：“他感觉自己失去了与瑞和道的联系，尽管不是

每天在失去。但时光流逝，组成一个家庭的某样东西不见了，那就是亲密。”[①] 这种紧张的关系很快变得尖锐：瑞在没有事先征求丈夫同意的情况下，自作主张将生病的父亲接到家中照顾。岳父来的前一晚，瑞对托尔斯滕温柔以待，十分殷勤。得知真相后，托尔斯滕感觉自己受到了欺骗：“他感到非常生气，她应该在不欺骗他的情况下，告诉他她想要什么。他感觉自己遭受了欺骗，感觉自己的爱被利用。但与此同时，他也清楚她别无他法。她总希望在她要求什么东西之前，先给他一些什么作为交换。可是她为什么就不明白，正因为如此，她贬低了她所给的一切。”（41）岳父住进来以后，托尔斯滕余怒未消，对他态度冷淡甚至出言不逊。瑞一气之下带着儿子回到娘家，夫妻两人开始冷战。此时，托尔斯滕身边出现了一个新面孔——来上海筹建广告部的德国同事卡罗拉。她此次的主要任务是推广新车型。卡罗拉视托尔斯滕为“中国通”，除了工作，两人私下也往来频繁。卡罗拉热情率直，她和托尔斯滕的相处模式提醒后者，他多年来一直都与他身处的中国文化和中国家庭存在巨大的隔阂。两人感情迅速升温，很快成为情人。一场家庭危机即将爆发，一桩跨国婚姻危在旦夕。此时，托尔斯滕被公司派到德国出差，埋藏在他心头多年的隐秘和痛苦重新浮上心头。几年前，正当托尔斯滕与瑞热恋时，他在德国的父亲已经病入膏肓。儿子无暇顾及父亲的来信，也丝毫没有察觉父亲的病情。直到姐姐来信告知父亲去世的消息，托尔斯滕才得知原委，陷入愧悔中无法释怀。从此，父亲的死成了托尔斯滕和瑞关系中无法解开的结。这次德国之行，托尔斯滕看望了姐姐一家，并去父亲的墓前忏悔，与自己和解，也重获内心的平静。正在这时，瑞打电话告诉他，她父亲希望他尽快回国，有要事商量。托尔斯滕感到愤怒：“为什么他要比关心自己的父亲更关心她的父亲？这对他父亲不公平。瑞和他的父母为什

---

① Heinrich Peuckmann: Rückkehr nach Shanghai. Münster: Aschendorff, 2004, S. 41. 后文出自该书的引文，将随文标注出处页码，不再另注。

么就不能明白？”（99）尽管如此，他还是立刻回到上海，并和瑞的家人一同见到了现居台湾、阔别大陆数十载后才重回内地的瑞的大伯。夫妻俩陪同大伯和瑞重病的父亲去南京祭奠瑞的祖父。南京之行让托尔斯滕知道了岳父年轻时的遭遇：南京大屠杀期间，他们全家曾遭到日兵追杀，而他的父亲为了掩护两个儿子逃生被日军活埋。目睹的这一切在岳父心中留下了难以愈合的伤口，半生难以走出痛苦。南京之行终于帮助老人了却了最后的心愿，他安详地在故乡长眠。瑞主动要求了解托尔斯滕的家人，夫妻两人彻夜长谈，彼此的心贴近了。这段经历让原本在两段感情之间摇摆的托尔斯滕下定了决心，他送别了卡罗拉，重新回归家庭。

来自西方文化语境的主人公与其身处的东方社会产生的冲突，是小说的基本矛盾，强烈的文化冲击使其身份建构无法保持内在的一致性而产生撕裂。这种撕裂的极端表现，即主人公在中国妻子与德国情人之间的摇摆，妻子与情人象征着两种文化语境对托尔斯滕的不同冲击。

二、两个叙述层面中完成的和解：从一位父亲到另一位父亲

《回归上海》中关于父亲/岳父的叙述视角在现实和回忆两个时空层面交替进行：由托尔斯滕与瑞相识相恋引发他对自己父亲的回忆；又由瑞对她的父亲的照顾，引出她父亲在侵华战争期间的悲惨遭遇。当托尔斯滕第一次同瑞在和平饭店约会时，他联想起以和平饭店为背景的小说《上海大饭店》，这让他回忆起自己的父亲以及他们之间压抑沉闷的父子关系。后来，托尔斯滕被中国姑娘瑞深深吸引，开始忽略与父亲的联系，没有意识到后者来信中急迫的发问和颤抖的字迹意味着什么。姐姐来信通知他父亲的死讯，并告知他，父亲为了能见他最后一面，曾强忍病痛苦苦支撑，最终遗憾离世。年少时违背父亲的意愿，成年后离家远行，最后错失见父亲最后一面的机会，这一切让托尔斯滕陷入深深的自责。他将责任归咎于自己的感情生活，因此影

响了他与瑞的关系，这个问题在两人结婚生子后依然存在。瑞对于她父亲的态度促使托尔斯滕回忆起自己与父亲的关系，夫妻两人的关系一度降至冰点。回忆的副线出现在小说的第五章、第九章和第二十章，与主线独立，情节惊心动魄，讲述的是日本侵华战争时期一对兄弟在南京被日军追捕的惊险故事。在这个故事里，兄弟二人的父亲为救他们被日军逮捕，兄弟俩目睹父亲被活埋，内心遭受重创。小说在第二十二章终于揭晓谜底，原来这对兄弟正是瑞的父亲和大伯。他们二人当年幸运地躲过了屠杀，因不同的际遇各自生活在大陆和台湾，几十年不曾相见。如今两人终于重逢，去南京祭拜罹难的父亲，了却最后的心愿。这两条叙事线最后交汇在一处：托尔斯滕回到故乡德国，在父亲墓前忏悔；垂垂老矣的岳父和大伯回到他们半生不敢踏入的故土，祭奠了亡父。托尔斯滕在父亲墓前忏悔："迷失自我的人，必须回到原点——歧路开始的地方，只有这样他才能再次前进。"（116）托尔斯滕和他的岳父都对自己父亲的死亡无法释怀，人生从此蒙上阴影。通过凭吊亡父，他们鼓起勇气揭开内心的伤疤，直面曾经的伤痛，并最终获得内心的平静。

三、他者视角的渗透：异乡人的乡愁

《回归上海》虽然上演了一出"上海—南京"双城记，但主要的场景设在上海。主人公托尔斯滕在上海工作生活了九年，其间他见证了上海翻天覆地的变化。20世纪80年代中后期的上海处在改革开放之初、经济腾飞之前。"晚上这条街上几乎空无一人，他和她一起走出和平饭店，他站在南京路上，难以置信地望着漆黑的街道。两个小时之前他刚到的时候，这里还人头攒动，现在却静得可怕。在昏暗的微光下，隐约几个黑影飘过，大多数商店都拉下了百叶窗。然而现在才九点左右，在欧洲的大城市，此时正是漫步城市的好时机。上海却死一般的寂静，他永远不会忘记这个景象。"（27）白天的上海又是另一番景象："当他第一次沿着南京路步行的时候，他不得不在交通灯前停下，因为

喧哗和忙碌使他头晕目眩。”（13）闹市拥挤的人潮使初到上海的德国人托尔斯滕有些无所适从。公共交通同样不尽如人意。“他这辈子从来没有乘过这么挤的公交车。他感到高兴，毕竟是挤上去了。他后面那个人用手臂猛力抵住他的脸并按到前面那个人的肩膀上，以至于他连嘴都张不开。整个车程，他像离水的鱼一样大口呼吸。不知过了多久，当他终于到了车站时，他知道自己再也不想重复这种冒险了。”（28）几年以后，上海已蜕变成一座国际大都市。托尔斯滕站在办公室窗户前向外望去：“宽阔的黄浦江在灰色的水泥堤岸间流淌，渡船和集装箱轮船穿梭在水流中，六七艘运货驳船相互连接，在拖轮的牵引下竟丝毫不动。但是它们挣扎着往上游驶向海港，往下游驶向大海。”（5）上海的经济和贸易正蓬勃发展，成为中国对外开放最重要的一个窗口。东方明珠、金茂大厦等建筑在这座城市如雨后春笋般拔地而起。“无法想象，现在这里高楼和电视塔林立，但十年前只是一片片稻田。他并没有亲眼见证这些变化，但中国人已经很自豪地告诉过他，在短时间内他们取得了多大的成绩。”（5）“毫无疑问，中国人想要超越纽约。而他们几乎做到了。”（5）

小说一边描绘着经济迅速发展的新型大都市，一边竭力追寻着往日的痕迹。托尔斯滕每天下班都会经过欧式建筑林立的外滩。“他看着殖民地时期的房屋、市政厅、行政大楼，还有在南京路拐弯处的和平饭店。这些建筑使他想到了欧洲。”（13）“英国人建造了房屋，房屋的入口有圆拱门，每层楼前都设有阳台，屋顶设有塔楼。不是中国寺庙的风格，而是现代的新型摩天大楼。”（13）有着“万国建筑博览群”之美誉的外滩，使人情不自禁沉浸在中西对比的怀想中，人们也许还会因此习惯性地追忆上海的过去。

和平饭店是故事发生的主要场景之一。这是托尔斯滕和瑞第一次约会的地点，也是后来他和卡罗拉频繁约会的地方。而托尔斯滕的父亲就曾通过维基·鲍姆（Vicki Baum）的德语畅销小说《上海大饭店》（*Hotel Shanghai*，1939）向儿子介绍这个上演传奇故事的地方。和平饭店的前身华懋饭店是20世纪30年代上海顶级的豪华饭店、知名地标性建筑。旧日的灯红酒绿在这里上演，纸醉金迷，繁华异常。改革开放的上海卸下了历史的重负，成为中国对外开放的前沿阵地。和平饭店作为旧上海的"遗存"也重新焕发生机。饭店里充满小资情调的爵士乐演出，无论对中国人还是外国人而言，都具有异国情调。和平饭店令外国游客徜徉于怀旧之旅，也让年轻一代大开眼界。和平饭店的兴衰起伏是上海城市发展的缩影。

主人公托尔斯滕内心的冲突和他遭遇的中西文化冲突是小说的重点。这两者通过身份认同的困惑来体现。小说一开始，早已在上海久住的他面对车间机器故障时，虽然很快帮忙排除了技术上的问题，但还是遭遇"文化休克"：他对中国工人的工作态度、对秘书待人处世的方式大为不解。当新来的卡罗拉向他了解中国人的思维方式时，他直言："我在这里住得越久，越不觉得了解这个国家。"（12）他的家庭生活很快暴露了个中缘由。岳父母经常来访，除托尔斯滕以外，家里所有人都说中文，语言不通使他无法融入家庭谈话，"他觉得自己家里有一块玻璃，把他和他的家人隔开了。"（16）与外界的隔膜感让托尔斯滕不快，而他却选择自我隔离。他办公室唯一的装饰是墙上的一幅照片，"照片上有一幢被果园包围的小别墅。那是他父母的家，被一幢银行大楼半覆盖着。这幅照片表达了他与家乡的关系。"（20）他工作的地方，只有故乡的照片陪伴。他的妻子指责他不了解中国，而他却发现自己用中国人的眼光审视卡罗拉。（50）紧接着，瑞带孩子去娘家住，托尔斯滕和卡罗拉发生了婚外情。他举棋不定，甚至开始考虑彻底回到德国。至此，托尔斯滕对身份认同的困惑达到顶点。他之后的德国之行却扭转了这一局面，从到达德国机场的那一刻，他已经开始不习惯："滑稽，现在他意识到自己用陌生人的眼光看这里。"（108）虽然德国的一切保持原样，仿佛时光停滞，可他始终觉得自己是陌生人。而他重回上海，却是另一番感受："一种奇怪的感觉袭上心头。……他需要一些时间来消化。这是回家的感觉。家，迄今为止这里有他的房子，有瑞和道，除此以外，当他使用这个词时，指的是他刚刚回到的这个地方。现在他察觉自己的感情发生了转移。”（121）

上海对托尔斯滕来说是异乡，然而当他回到德国，他发现德国反而成了另一种“异乡”，他不得不用异乡人的眼光来审视德国，但当他身处上海时，他也不得不以异乡人的视角来审视上海。由于文化身份的长期冲突，他获得了永恒的“他者”视角——他同时成为故乡和他乡的异乡人。

托尔斯滕作为中国的“他者”，以“他者”的视角观照上海乃至中国社会的变迁。在经历这些变迁的同时，他像一个中国人一样感到怀念与惘然的情感，又反过来证明了“他者”视角的复杂性和不彻底性。

四、结语

《回归上海》以一场跨国婚姻为主线，将矛头直指文化冲突和身份认同的问题。尽管托尔斯滕在上海工作多年，娶妻生子，却因为语言隔阂和文化差异，在中西方的文化夹缝中举步维艰。但令人欣慰的是，他最终冲破内心的挣扎和摇摆，在爱情、婚姻和生活中寻找到稳定的位置，也对自我有了更清楚的认识。小说也通过一个外国人的视角来呈现上海乃至整个中国社会的变迁，从个人、到家庭再到整个社会。此外，小说还用“同情之理解”观照20世纪的中国历史，触及南京大屠杀等史实。

另外，我们也必须注意，波伊克曼在小说中呈现的有关中国的细节并非完全准确。比如，小说先后两次提到“19号是送人远行的黄道吉日”，也揭示出这个说法和古典小说《红楼梦》之间的关联。但是，“某人于19日远行，去寻找爱情或奔赴死亡”（69）这种说法是错误的。熟悉《红楼梦》的读者都知道，贾雨村得甄士隐重金相助出远门，是为了求取功名。此外，当卡罗拉和托尔斯滕在和平饭店谈论老年爵士乐队时，曾说起“文革”时“红卫兵额头披着红布冲进来，将乐队成员赶出去”（22）。此处对红卫兵的穿戴描述也和历史事实不符。

当然，对一个从20世纪90年代才开始关注中国题材，2006年才开始到上海讲学的外国作家来说，这些要求也许过于苛刻了。

（冯晓春　张超然　文）

第三节
结　语

小说《从上海出发或鬼魂不会转弯》和《回归上海》是德国当代作家海因里希·波伊克曼创作的“德语家庭小说”。《从上海出发或鬼魂不会转弯》透过上海女孩程清的视角勾勒出老城厢的普通人家在时代变革下的痛苦裂变——老一辈的恐惧、中年人的迷惘和新生代的开拓进取。外公是计划经济时代的符号，父亲则是计划经济向市场经济过渡转型的一代，儿子则是市场经济的弄潮儿。家是小国，国是大家，三代人，三个时代，三种思维，隐喻中国的过去与未来，从人物之间的矛盾中可以窥见处于转型期的上海所面临的历史抉择，进而透视整个中国社会转型期向何处去的重大问题。《回归上海》是波伊克曼的第二部“上海小说”，此时的上海已经挺过阵痛，完成了转型，成为一座名副其实的国际大都市和中国对外开放最重要的一个窗口，吸引着全世界的目光，越来越多的外国人纷纷涌向上海。德国人托尔斯滕在此娶妻生子，但作为“他者”，在与妻子瑞的中德跨国婚姻中遭遇文化冲突和身份认同。令人欣慰的是，他最终克服文化沟壑，在爱情、婚姻、生活中找到属于自己的位置，也对自我和上海有了更深刻的认识。

这两部作品的故事情节或人物设定都是完全独立的，并非是彼此的前传或续集。《从上海出发或鬼魂不会转弯》是从上海女孩的视角观照上海的变迁;《回归上海》是通过一个德国人的视角呈现上海的现代化成就。前者反映了社会变革导致的代际冲突与和解，后者则更侧重于人物内心的情感，以及不同文化之间的冲突与和解。显然，两部小说貌似大相径庭，却归根结底在回应全人类共同面临的问题：人如何与他人和自己达成和解。在两部小说中，作者给出了不同的回答。在《从上海出发或鬼魂不会转弯》中，父亲妥协，父子和解，父亲走出心魔，跨进“崭新的上海”；在《回归上海》中，主人公托尔斯滕克服内心的挣扎，回归家庭，既与妻子又与自己取得和解，他以实际行动认可并融入“新上海”。显然，作者在两部小说中传递出一种积极乐观的生活态度——上海日新月异，生活向好。

事实上，通过书名中“出发”与“回归”的互为呼应，作者的创作初衷和意图不言自明：以家庭为故事外壳，将家庭冲突作为主线，以小见大，管中窥豹，彰显特定时期社会文化矛盾的缩影，勾勒上海的历史变迁，采用大团圆结局凸显上海作为国际化大都市海纳百川、勇立潮头的气度和担当，堪称当代乌托邦的现实域。

参考文献

C. W. E. 比格斯贝：《达达和超现实主义》，周发祥译，北京：昆仑出版社，1989年。

埃德加·斯诺：《西行漫记》，董乐山译，北京：东方出版社，2005年。

埃贡·艾尔温·基希：《秘密的中国》，周立波译，北京：群众出版社，1981年。

爱德华·沃第尔·萨义德：《东方学》，王宇根译，北京：三联书店，1999年。

安娜·西格斯：《死者青春长在》，庄瑞源译，上海：上海文艺联合出版社，1954年。

白吉尔：《上海史：走向现代之路》，王菊、赵念国译，上海：上海社会科学院出版社，2014年。

包亚明主编：《现代性与空间的生产》，上海：上海教育出版社，2002年。

本尼迪克特·安德森：《想象的共同体》（增订本），吴叡人译，上海：上海人民出版社，2011年。

蔡翔、董丽敏等：《空间、媒介和上海叙事》，上海：上海大学出版社，2013年。

曹聚仁：《上海春秋》，上海：上海人民出版社，1996年。

曹顺庆：《比较文学教程》，北京：高等教育出版社，2006年。

曹卫东主编：《危急时刻：德国保守主义革命》，上海：上海人民出版社，2014年。

陈思和：《有关20世纪中国文学史研究的几个问题》，载《文学评论》，2016年第6期。

戴鞍钢：《上海开埠与江南城镇格局演变》，载《社会科学》，2014年第1期。

戴维·克兰茨勒：《上海犹太难民社区》，许步曾译，上海：三联书店上海分店，1991年。

丹尼尔·布鲁克：《未来城市的历史》，钱峰、王洁鹂译，北京：新华出版社，2016年。

单世联：《中国现代性与德意志文化》，上海：上海人民出版社，2011年。

邓阿宁：《西方游历小说文体与游历叙述模式的发展演变》，载《重庆师范大学学报》，2010年第3期。

段枫：《犯罪小说的叙事内核及其伦理考量》，载《国外文学》，2016年2期。

范大灿：《德国文学史》第1卷，南京：译林出版社，2006年。

方艳：《〈穆天子传〉的文化阐释》，北京：中国文联出版社，2015年。

冯至：《安娜·西格斯印象》，载《文艺报》，1951年第1期。

冯至：《冯至选集（第二卷）》，成都：四川文艺出版社，1985年。

弗朗克·瓦格纳：《安娜·西格斯与中国》，吕一旭译，载《国外文学》，1987年第1期。

弗朗西斯·约斯特：《比较文学导论》，廖鸿钧等译，长沙：湖南文艺出版社，1988年。

弗雷德里希·奥古斯特·冯·哈耶克：《通往奴役之路》，王明毅等译，北京：中国社科院出版社，1997年。

福柯：《另类空间》，王喆译，载《世界哲学》，2006年第6期。

高璐夷：《百余年儿童文学翻译之索隐》，载《出版发行研究》，2017年第3期。

高年生:《跨越时空的追寻——犹太裔女诗人朱白兰的中国故事》，载《中华读书报》，2016年11月26日。

高中甫、宁瑛:《20世纪德国文学史》，青岛：青岛出版社，2014年。

龚举善:《“非虚构”叙事的文学伦理及限度》，载《文艺研究》，2013年第5期。

顾彬:《关于“异”的研究》，曹卫东译，北京：北京大学出版社，1997年。

管玉红:《洛特曼符号域边界理论研究》，载王立业主编:《洛特曼学术思想研究》，哈尔滨：黑龙江人民出版社，2006年。

韩石:《略论中国古代家庭小说类型的兴起和演绎》，载《南京师大学报》，2010年第6期。

韩耀成:《德国文学史（第4卷）》，南京：译林出版社，2008年。

何顺民:《“上海开埠”的历史记忆——以上海开埠160周年纪念为例》，载《史林》，2016年第2期。

赫尔曼·凯泽林:《另眼看共和：一个德国哲学家的中国日志》，刘姝、秦俊峰译，福州：福建教育出版社，2015年。

亨利·雷马克:《浪漫主义中的异国情趣》，载孙景尧主编:《新概念、新方法、新探索——当代西方比较文学论文选》，桂林：漓江出版社，1987年。

洪素珊:《银娜》，黄霄翎译，上海：上海人民出版社，2010年。

洪素珊:《用筷子吃蛋糕》，马佑真译，台北：左岸文化，2014年。

胡和平:《谈侦探小说中的思维方式》，载《湖南公安高等专科学校学报》，2004年第3期。

胡素萍:《李佳白与尚贤堂——清末民初在华传教士活动个案研究》，载《史学月刊》2005年第9期。

胡文仲:《跨文化交际学概论》，北京：外语教学与研究出版社，1999年。

黄纯一、张鹏:《悬疑小说究竟如何抓住人的心灵》，载《文汇报》，2013年11月1日。

黄燎宇:《〈魔山〉是怎样一本书》，载《外国文学》,1996年第4期。

黄茂文:《战争文学：两大语境与四方格局》，载《解放军艺术学院学报》，2008年第4期。

黄泽新、宋安娜:《侦探小说学》，天津：百花文艺出版社，1996年。

姜涌:《德语语境中的“市民社会”概念》，载《广东社会科学》，2011年第1期。

姜智芹:《欲望化他者：西方文学中的中国形象》，载《国外文学》，2004年第1期。

解超群:《西方儿童文学中后殖民主义话语的构建分析》，载《兰州工业学院学报》，2017年第1期。

亢西民:《欧洲游历冒险小说简论》，载《山西师大学报》，2001年第2期。

柯伟林:《德国与中华民国》，陈谦平等译，南京：江苏人民出版社，2006年。

克拉拉·布鲁姆:《自传》，载林笳主编:《中国籍犹太裔女诗人朱白兰生平与作品选》，广州：中山大学出版社，2016年。

雷蒙德·钱德勒:《简单的谋杀艺术》，董乐山、石蓝译，北京：新星出版社，2008年，第15页。

李光荣:《基希，中国报告文学的乳母——纪念基希逝世五十周年》，载《文艺理论与批评》，1998年第6期。

李利芳:《论中国现代儿童文学价值观念》，载《江汉论坛》，2017年第2期。

李梅军、王克楠、王领霞:《世界间谍人物传略——谍海弄影》，北京：印刷工业出版社，2014年。

李欧梵:《上海摩登——一种新城市文化在中国（1930—1945）》，毛尖译，北京：人民文学出版社，2010年。

李荣山:《共同体的命运——从赫尔德到当代的变局》，载《社会研究》，2015年第1期。

李永东：《上海租界的空间权力与文学书写》，载《西南大学学报》，2013年第2期。

梁瀚文：《世界侦探小说发展史话》，郑州：大象出版社，2017年。

梁漱溟：《东西文化及其哲学》，北京：商务印书馆，1999年。

林筱主编：《中国籍犹太裔女诗人朱白兰生平与作品选》，广州：中山大学出版社，2016年。

林志宏：《民国乃敌国也：政治文化转型下的清遗民》，桃园：联经出版事业公司，2009年。

刘晨：《提篮桥的"维也纳风情"》，载《世界文化》，2014年第5期。

刘永成、赫治清：《论我国行会制度的形成与发展》，载南京大学历史系明清史研究室编：《中国资本主义萌芽论文集》，南京：江苏人民出版社，1988年。

龙迪勇：《空间叙事学》，北京：三联书店，2015年。

卢汉超：《乞丐税》，载《财经》，2012年第33期。

鲁特·维尔纳：《谍海忆旧》，张黎译，北京：解放军文艺出版社，2000年。

鲁迅：《鲁迅全集》第14卷，北京：人民文学出版社，1981年。

罗伯特·E. 帕克、罗德里克·D. 麦肯齐主编：《城市社会学：芝加哥学派城市研究》，宋俊岭、郑也夫译，北京：商务印书馆，2012年。

罗伯特·E. 帕克：《移民报刊及其控制》，陈静静、展江译，北京：中国人民大学出版社，2011年。

罗伯特·E. 帕克等：《城市：有关城市环境中人类行为研究的建议》，杭苏红译，北京：商务印书馆，2016年。

罗兹·墨菲：《上海——现代中国的钥匙》，上海社会科学院历史研究所编译，上海：上海人民出版社，1986年。

吕超：《比较文学视域下的城市异托邦》，北京：中国社会科学出版社，2011年。

吕超:《海上异托邦——西方文化视野中的上海形象》，哈尔滨：黑龙江大学出版社，2010年。

马丁·布伯:《我与你》，陈维纲译，北京：生活·读书·新知三联书店，2002年。

马文·托克耶、玛丽·斯沃茨:《河豚鱼计划：第二次世界大战期间日本人与犹太人的秘密交往史》，龚方震等译，上海：三联书店上海分店，1992年。

玛丽·路易斯·普拉特:《帝国之眼：旅行书写与文化互化》，方杰、方宸译，南京：译林出版社，2017年。

毛灿月:《现代家庭小说中三代人结构模式》，载《中国文学研究》，1988年第2期。

孟华:《比较文学形象学》，北京：北京大学出版社，2001年。

米克·巴尔:《叙事学》，谭军强译，北京：北京师范大学出版社，2015年。

米丽耶·德特利:《世纪西方文学中的中国形象》，载《比较文学形象学》，北京：北京大学出版社，2001年。

倪墨炎:《文化记忆理论读本》，北京：北京大学出版社，2012年。

欧内斯特·海明威:《永别了，武器》，韩琳译，北京：北京理工大学出版社，2015年。

潘光、王健:《犹太人与中国：近代以来两个古老文明的交往和友谊》，北京：时事出版社，2010年。

潘光:《抗战时期上海的国际反法西斯统一战线》，载《社会科学》，2008年第8期。

潘光:《犹太人避难史上的"中国模式"》，载《世界知识》，2018年第3期。

潘光主编:《艰苦岁月的难忘记忆——来华犹太难民回忆录》，北京：时事出版社，2015年。

潘荣陛、富察敦崇:《帝京岁时纪胜·燕京岁时记》，北京：北京古籍出版社，1961年。

彭南生:《近代中国行会到同业公会的制度变迁历程及其方式》，载《华中师范大学学报》，2004年第3期。

彭伟步:《少数族群传媒的文化记忆与族性书写》，广州：暨南大学出版社，2012年。

钱林森:《作为汉学研究的西方中国游记》，载《国际汉学》，2007年第1期。

秦绍德:《上海近代报刊史论》，上海：复旦大学出版社，1993年。

饶本忠:《犹太人与欧洲文明》，北京：人民出版社，2015年。

饶立华:《〈上海犹太纪事报〉研究：流亡者的精神家园》，北京：新华出版社，2003年。

任翔:《文学的另一道风景：侦探小说史论》，北京：中国青年出版社，2000年。

任翔:《侦探小说研究与文化现代性》，载《中国人民大学学报》，2010年第4期。

施台凡·舒曼:《最后的避难地：上海——索卡尔和杨珍珠的爱情故事》，李士勋译，北京：人民文学出版社，2010年。

斯图亚特·霍尔:《文化身份与族裔散居》，载刘象愚、罗钢主编:《文化研究读本》，北京：中国社会科学出版社，2000年。

宋庆龄:《谴责对德国进步人士与犹太人民的迫害》，载宋庆龄主编:《为新中国奋斗》，北京：人民出版社，1952年。

苏永华、张乐克:《媒介融合与新商业模式：新媒体环境下美国报业考察报告》，北京：中国和平出版社，2012年。

孙建昌:《马克思主义何时传入中国考略》，载《学习时报》，2012年3月26日，第9版。

孙立新:《从中西文化关系角度看19世纪德国新教的中国传教》，载《文史哲》，2003年第5期。

孙中山:《孙中山文选》，北京：九州出版社，2012年。

覃明兴:《移民的身份建构研究》，载《浙江社会科学》，2005年第1期。

唐培吉:《上海抗日战争史通论》，上海：上海人民出版社，2015年。

唐培吉:《上海——犹太移民城——上海犹太人研究之七》，载《同济大学学报》，1994年第1期。

唐培吉等:《上海犹太人》，上海：上海三联书店，1992年。

唐振常主编:《上海史》，上海：上海人民出版社，1989年。

滕尼斯:《共同体与社会》，北京：北京大学出版社，2010年。

涂涂:《德国儿童文学：在中国还需找位置》，载《中国图书商报》，2007年9月4日。

王多庆:《悬疑小说的写作模式》，载《写作》，2012年第1期。

王国奇:《“国际义人”何凤山——中华民族的骄傲》，载《中国科技博览》，2016年第17期。

王健:《上海的犹太文化地图》，上海：上海锦绣文章出版社，2014年。

王健:《上海犹太人社会生活史》，上海：上海辞书出版社，2008年。

王健:《逃亡与拯救：二战中的犹太难民与上海》，上海：上海交通大学出版社，2016年。

王俊杰:《论战争及战争文学的审美品格》，载《湖南工程学院学报》，2013年第2期。

王翔:《近代中国手工业行会的演变》，载《历史研究》，1998年第4期。

卫礼贤:《东方思想对西方复兴的意义》，载卫礼贤主编:《中国人的生活智慧》，蒋锐译，济南：山东大学出版社，2010年.

卫礼贤:《中国心灵》，北京：国际文化出版公司，1998年。

卫茂平等:《异域的召唤——德国作家与中国文化》，银川：宁夏人民出版社，2002年。

卫茂平等:《中外文学交流史：中国—德国卷》，济南：山东教育出版社，2014年。

乌尔苏拉·克莱谢尔:《上海，远在何方？》，韩瑞祥译，北京：人民文学出版社，2013年。

吴宓:《悼辜鸿铭先生》，载黄兴涛主编:《旷世怪杰——名人笔下的辜鸿铭，辜鸿铭笔下的名人》，上海：东方出版中心，1998年。

武原:《近代的中国》，上海：上海人民出版社，1983年。

武跃速，蒋承勇:《20世纪西方战争文学中的“毁坏”意识》，载《浙江社会科学》，2011年第8期。

西格蒙德·弗洛伊德:《论文学与艺术》，常宏等译，北京：国际文化出版公司，2001年。

夏萌:《新移民叙事文学的民族叙事和身份认同》，载《南京师范大学文学院学报》，2017年第2期。

谢纳:《空间生产与文化表征——空间转向视域中的文学研究》，北京：中国人民大学出版社，2010年。

邢佳闻主编:《犹太难民的上海记忆》，载《档案春秋》，2013年第4期。

徐培华:《上海开埠时期上海人经济理念的嬗变》，载上海炎黄文化研究会主编:《长江流域经济文化初探》，上海：上海人民出版社，1999年。

严洁琼:《末代贵族的微弱叹息》，载上海图书馆历史文献研究所主编:《历史文献第十三辑》，上海：上海古籍出版社，2009年。

杨春时:《现代性空间与审美乌托邦》，载《南京大学学报》，2011年第1期。

杨经建:《论现代化进程中的家族文学》，载《学术研究》，2005年第6期。

杨丽萍、安俭:《新中国成立初期（1949—1953）反官僚主义的地方实践——以上海为例》，载《河北学刊》，2018年第3期。

姚公鹤:《上海闲话》，上海：上海古籍出版社，1989年。

叶隽:《德国学理论初探——以中国现代学术建构为框架》，上海：上海外语教育出版社，2012年。

叶兰莲:《监狱和犹太难民社区》，载苏智良主编:《上海城区史（下册）》，上海：学林出版社，2011年。

叶廷芳:《遍寻缪斯》，北京：商务出版社，2004年。

于蕾:《后殖民视野下文学文本中的上海形象》，济南大学文学硕士论文（未刊），2011年。

袁洪庚:《欧美侦探小说之叙事研究述评》，载《外语教学与研究》，2001年第3期。

袁宣萍:《十七至十八世纪欧洲的中国风设计》，北京：文物出版社，2006年。

展江:《法国报业黄金时代的〈小日报〉奇迹》，载《看历史》，2011年第5期。

张海燕:《文化符号诗学引论——洛特曼文艺理论研究》，北京：人民出版社，2014年。

张鸿声:《文学中的上海想象》，北京：人民出版社，2011年。

张朋园:《中国民主政治的困境，1909—1949》，台北：联经出版事业公司，2007年。

张倩红、艾仁贵:《犹太文化》，北京：人民出版社，2013年。

张倩倩:《德语新家庭小说的记忆重构》，华中科技大学硕士论文（未刊），2011年。

张淑琴:《论中西十七、十八世纪冒险小说相似特点及其成因》，载《锦州师范学院学报》，1998年第3期。

张伟、严洁琼:《张园——清末民初上海的社会沙龙》，上海：同济大学出版社，2013年。

张伟忠:《中国20世纪家族小说流变轨迹与兴盛原因初探》，载《山东电大学报》，1998年第4期。

张秀苹、娄延强：《论战争文学中兴的四个维度》，载《求索》，2013年第6期。

张艳华、王健：《空间·故事·上海犹太人：提篮桥的过去与现在》，南京：译林出版社，2011年。

张一兵：《福柯的异托邦：斜视中的他性空间》，载《西南大学学报》，2015年第3期。

张英进：《中国现代文学与电影中的城市：空间、时间与性别构形》，秦立彦译，南京：江苏人民出版社，2007年。

赵洋洋：《1930—1940年代海派文学城市空间叙事研究》，河北大学硕士论文（未刊），2015年。

郑振铎：《上海的居宅问题》，载倪墨炎主编：《浪淘沙——名人笔下的老上海》，北京：北京出版社，1998年。

周立波：《周立波文集（第5卷）》，上海：上海文艺出版社，1985年。

周宁：《另一种东方主义：超越后殖民主义文化批判》，载《厦门大学学报》，2004年第6期。

周宁：《天朝遥远：西方的中国形象研究》，北京：北京大学出版社，2006年。

朱光潜：《悲剧心理学》，合肥：安徽教育出版社，1989年。

朱鸿：《夹缝中的历史》，上海：东方出版中心，2006年。

朱梦婷：《中国儿童文学中的民族价值观探究》，载《考试周刊》，2018年第1期。

朱全定、汤哲声：《当代中国悬疑小说论——以蔡骏、那多的悬疑小说为中心》，载《文艺争鸣》，2014年第8期。

A., O.: Ein Idealist über Rußland. In: Vorwärts vom 07.01.1921.

Achnitz, Wolfgang: Deutsches Literatur-Lexikon. Biographisch-bibliographisches Handbuch. Band 26: Karner-Kelter. Berlin: De Gruyter, 2016.

Achnitz, Wolfgang: Deutsches Literatur-Lexikon. Biographisch-bibliographisches Handbuch. Band 33: Willius-Wircker. Berlin: De Gruyter, 2014.

Aurnhammer, Achim: Vicki Baums Roman Hotel Shanghai (1939) im Kontext der deutschen Shanghai-Romane. In: Wei, Maoping & Kühlmann, Wilhelm (Hrsg.): Deutsch-chinesische Literaturbeziehungen. Vorträge eines im Oktober 2003 an der Shanghai International Studies University abgehaltenen bilateralen Symposiums. Shanghai: Shanghai Foreign Language Education Press, 2006.

Baum, Vicki: Es war alles ganz anders. Erinnerungen. Berlin: Verlag Ullstein, 1962.

Baum, Vicki: Hotel Shanghai. Amsterdam: Quaerido Verlag, 1939.

Becker, Peter v.: Der Schrecken ein Glück. In: Der Tagesspiegel, 24. 05. 2009.

Berg, Peter: Deutschland und Amerika 1918-1929. Über das deutsche Amerikabild der zwanziger Jahre. Lübeck und Hamburg: Matthiesen Verlag, 1963.

Birkhäuser, Ernst Adolf: Das Mädchen von Schanghai, Leipzig: Fr. Wilh. Grunow, 1938.

Blättjen, Pieter van: Die gelbe Gefahr hat rote Hände: Ein Chinabericht aus dem Winter 1962/63. Graz und Stuttgart: Stocker, 1963.

Blum, Klara: Der Hirte und die Weberin. Rudolstadt: Greifenverlag, 1951.

Blum, Klara: Nachwort. In: Wilhelm, Richard: Die Geister des Gelben Flusses. Chinesische Märchen. Rudolstadt: Greifenverlag, 1955.

Brenner, Peter J. (Hrsg.): Der Reisebericht in der deutschen Literatur: Ein Forschungsüberblick als Vorstudie zu einer Gattungsgeschichte. Tübingen: Niemeyer, 1990.

Brenner, Peter J. (Hrsg.): Der Reisebericht. Die Entwicklung einer

Gattung in der deutschen Literatur. Frankfurt a. M.: Suhrkamp, 1989.

Briger, Lothar: Die Metropole des Glücksspiels. In: Gelbe Post, Jg. 1, Heft 5, 01. 07. 1939.

Dirksen, Jens: Aufs Rad. Pedaler Antrieb als Leitmotiv in Hermann Kinders Prosa. In: Hamann, Christof & Kopitzki, Siegmund (Hrsg.): Hermann Kinder. Eggingen: Edition Isele, 2008.

Dupeux, Louis: „Kulturpessimismus“, konservative Revolution und Modernität. In: Gangl, Manfred & Raulet, Gérard (Hrsg.): Intellektuellendiskurse in der Weimarer Republik: zur politischen Kultur einer Gemengelage. Frankfurt a. M. u. a.: Peter Lang, 2007.

Eisfelder, Horst: Leben im Wartesaal Exil in Shanghai 1938-1947. Berlin: Stiftung Stadtmuseum, 1997.

Esman, Aaron H.: Richard Huelsenbeck. In: American Imago, Vol. 32, No. 4, 1975.

Felber, Erwin: Juedische Musik in alter Zeit. In: Shanghai Jewish Chronicle, Nr. 250, 11. 09. 1942.

Feuchtwanger, Lion: Der Hirte und die Weberin. In Karl, Martin (Hrsg.): Der Greifenalmanach auf das Jahr 1958. Rudolstadt: Greifenverlag, 1957.

Fischer, Wolfgang: Von Asta Nielsen bis Sonja Ziemann. Erlebnisse eines Filmreporters. Berlin: Wolfgang Fischer, 1958.

Fischer, Wolfgang: Ausreise nach Shanghai. In: Shanghai Woche, Nr. 1, 30. 03. 1939.

Fischer, Wolfgang: Zur Einleitung. In: Shanghai Woche, Nr. 1, 30. 03. 1939.

Follath, Erich & Johaentages, Karl: Mythos Shanghai. München: Heyne Verlag, 2005.

Frank, Ladislaus: Die Presse der Emigration. In: The Shanghai Herald, April Sondernummer, 1946.

Freyeisen, Astrid: Shanghai und die Politik des Dritten Reiches. Würzburg: Königshausen & Neumann, 2000.

Friedlaender, Fritz: Unser judisches Ziel. In: Shanghai Jewish Chronicle, 11. 05. 1941.

Gahlings, Ute: Hermann Graf Keyserling. Ein Lebensbild. Darmstadt: Justus von Liebig Verlag, 1996.

Ganther, Heinz (Hrsg.): Drei Jahre Immigration in Shanghai. Shanghai: Modern Times Publishing House, 1942.

Gentz, Natascha: Mythos Shanghai. Gesichter einer Stadt im Spiegel ihrer Geschichte. In: Forschung Frankfurt. Das Wissenschaftsmagazin der Goethe Universität, Nr. 2, 2004.

Haas, Hannes: Empirischer Journalismus: Verfahren zur Erkundung gesellschaftlicher Wirklichkeit. Wien: Böhlau Verlag, 1999.

Hamann, Christof & Kopitzki, Siegmund (Hrsg.): Hermann Kinder. Eggingen: Edition Isele, 2008.

Heider, Magdalena: Kutlurbund zur demokratischen Erneuerung Deutschlands. In: Broszat, Martin & Weber, Hermann (Hrsg.): SBZ Handbuch, Staatliche Verwaltungen, Parteien, gesellschaftliche Organisationen und ihre Führungskräfte in der Sowjetischen Besatzungzone Deutschlands 1945-1949. München: Oldenburg Verlag, 1990.

Heinecke, Günter E.: Der Gast aus Shanghai. Berlin: Deutsche Buchvertriebs- und Verlagsgesellschaft, 1948.

Hem.: Gefällt es Ihnen in Shanghai? In: Die Tribüne, Nr. 8, 4. März-Woche 1940.

Hermand, Jost & Trommler, Frank: Die Kultur der Weimarer Republik. München: Nymphenburger Verlagshandlung, 1978.

Herzog, Andreas: Writing Culture – Poetik und Politik. Arthur Holitschers „Das unruhige Asien“. In: KulturPoetik, Zeitschrift für kulturgeschichtliche Literaturwissenschaft. Bd. 6. Göttingen: Vandenhoeck & Ruprecht, 2006.

Hinzelmann, H. H.: Chinesen und fremde Teufel. Hamm: G. Grote Verlag, 1950.

Hinzelmann, H. H.: O China, Land auf alten Wegen. Braunschweig: Paul Schlösser Verlag, 1948.

Hochstetter, Dorothee: Motorisierung und „Volksgemeinschaft". Das Nationalsozialistische Kraftfahrkorps (NSKK) 1931-1945. München: Oldenbourg, 2005.

Holitscher, Arthur: Das Unruhige Asien. Frankfurt a. M.: S. Fischer Verlag, 1926.

Holitscher, Arthur: Drei Monate in Sowjet-Rußland. Frankfurt a. M.: S. Fischer Verlag, 1921.

Holitscher, Arthur: Lebensgeschichte eines Rebellen. Meine Erinnerungen. Berlin: S. Fischer Verlag, 1924.

Holitscher, Arthur: Mein Leben in dieser Zeit. Potsdam: Kiepenheuer, 1928.

Holzner, Johann: Zur Ästhetik der Unterhaltungsliteratur im Exil am Beispiel Vicki Baum. In: Alexander Stephan, Hans Wagner (Hrgs.): Schreiben im Exil. Zur Ästhetik der deutschen Exilliteratur 1933-1945. Bonn: Bouvier, 1985.

Hornfeck, Susanne: Ina aus China. München: dtv Verlag, 2007.

Hornfeck, Susanne: Mulan verliebt in Shanghai. München: dtv Verlag, 2016.

Hornfeck, Susanne: Torte mit Stäbchen. München: dtv Verlag, 2012.

Hsia, Adrian: China-Bilder in der europäischen Literatur. Würzburg: Königshausen & Neumann, 2010.

Huelsenbeck, Richard: China frißt Menschen. Frankfurt a. M.: Ullstein

Bücher-Verlag GmbH, 1957.

Huelsenbeck, Richard: China frisst Menschen. Herausgegeben und mit einem Nachwort von Herbert Kapfer und Lisbeth Exner. München: Belleville Verlag, 2006.

Huelsenbeck, Richard: Der Fall des Trimmers Lipka. In: Atlantis: Länder, Völker, Reisen, Heft 1, 1932.

Huelsenbeck, Richard: Der Sprung nach Osten. Dresden: Wolfgang Jess Verlag, 1928.

Huelsenbeck, Richard: Erkärung (Vorgetragen im „Cabaret Voltaire“). In: Riha, Karl & Schäfer, Jörgen (Hrsg.): Dada total: Manifeste, Aktionen, Texte, Bilder. Stuttgart: Philipp Reclam, 1994.

Huelsenbeck, Richard: Schanghai. Sonderbericht für den „Vorwärts“ von Richard Huelsenbeck. In: Vorwärts, 30. 06. 1925.

Huelsenbeck, Richard: Von Dada zur Weltordnung. In: Huelsenbeck, Richard: Wozu Dada. Texte 1916-1936. Giessen: Anabas Verlag, 1994.

Jacoby, Agnes: Hau-Ruck in China. In: Gelbe Post, 08. 12. 1939.

Jacques, Norbert: Der Kaufherr von Shanghai. Berlin: Ullstein A. G., 1925.

Kapfer, Herbert & Lisbeth Exner: Nachwort. In: Huelsenbeck, Richard: China frisst Menschen. München: Belleville Verlag, 2006.

Kellermann, Bernhard: Jang-tsze-kiang. Berlin: Drei-Säulen-Verlag, 1947.

Keyserling, Hermann Graf: Das Reisetagebuch eines Philosophen. Bd.2. Darmstadt: Otto Reichl Verlag, 1923.

Keyserling, Hermann Graf: Reise durch Zeit. Bd. 1. Liechtenstein Verlag, 1948.

Kinder, Hermann: Der Schleiftrog. Zürich: Diogenes Verlag, 1977.

Kinder, Hermann: Kina Kina. Zürich: Haffmans Verlag, 1988.

Kinder, Hermann: Vom Schweinemut der Zeit. Zürich: Diogenes, 1980.

Kisch, Egon Erwin: Gesammelte Werke in Einzelausgaben. Bd. 5. Berlin: Aufbau Verlag, 1972.

Kisch, Egon Erwin: Gesammelte Werke in Einzelausgaben. Bd. 8. Berlin: Aufbau Verlag, 1983.

Kisch, Egon Erwin: Gesammelte Werke in Einzelausgaben. Bd. 9. Berlin: Aufbau Verlag, 1983.

Kniesche, Thomas (Hrsg.): Einführung in den Kriminalroman. Darmstadt: WBG, 2015.

Kocher, Hugo: Kulis, Schmuggler und Räuber. Donauwörth: Cassianeum, 1949.

Kraft, Thomas (Hrsg.): Lexikon der deutschsprachigen Gegenwartsliteratur seit 1945. Band 2. München: Nymphenburger, 2003.

Kranzler, David: Japanese, Nazis and Jews. Hoboken & New Jersey: KTAV Publishing House, 1988.

Krockow, Christian Graf von: Die Deutschen in ihrem Jahrhundert 1890-1990. Reinbek: Rowohlt, 1990.

Küas, Richard: Die Wacht im fernen Osten. Berlin: Verlag August Scherl, 1915.

L., G.: Nur nicht Shanghai. In: 8-Uhr-Abendblatt, Nr. 236, 17. 09. 1940.

L., G.: Umstellung tut not: Asien ist nicht Europa. In: Shanghai Woche, Nr. 2, 06. 04. 1939.

L., G.: Unser neuer Wirtschaftsraum. In: Shanghai Woche, Nr. 3, 14. 04. 1939.

Lafrance: Die Tuere. In: Shanghai Jewish Chronicle, Nr. 308, 13. 11. 1940.

Lange, Thomas: Dshu Bailan oder: Wer war Klara Blum? Porträt einer

Vergessenen. In: Das neue China, Heft 4, 1990.

Lederer, Joe: Fafan in China. Amsterdam: J. M. Meulenhoff, 1940.

Lenhardt, Guenther: Shanghai einst und jetzt. In: Shanghai Woche, Nr. 2, 06. 04. 1939.

Leutner, Mechthild (Hrsg.): Exotik und Wirklichkeit: China in Reisebeschreibungen vom 17. Jahrhundert bis zur Gegenwart. München: Minerva Publication, 1990.

Lewin, Kurt: Artisten. In: Die Tribüne, Nr. 6, 2. März-Woche 1940.

Lewin, Kurt: Die Wandlung. In: Die Tribüne, Nr. 7, 3. März-Woche 1940.

Lewin, Kurt: Herr Wendriner in Shanghai. In: Die Tribüne, Nr. 6, 2. März-Woche 1940.

Lewin, Kurt: Hongkew 1960. In: Die Tribüne, Nr. 8, 4. März-Woche 1940.

Lewin, Kurt: Shanghaier Galgenhumor. In: Die Tribüne, Nr. 2, 3. Februar-Woche 1940.

Lewin, Ossi: Chunukkah. In: Shanghai Jewish Chronicle, Nr. 346, 25. 12. 1943.

Lewin, Ossi: Unsane Tokef. In: Shanghai Jewish Chronicle, Nr. 269, 02. 10. 1940.

Lichtneker, Friedrich: Taifun über Schanghai. Berlin: Verlag Martin Maschler, 1929.

Lind, Manfred: Der Reisebericht als literarische Kunstform von Goethe bis Heine. Dissertation der Universität Köln, 1963.

Lotman, Jurij M.: Die Struktur literarischer Texte. München: Wilhelm Fink Verlag, 1981.

Löwenthal, Rudolf: The German-language jewish press in Shanghai. In: Collectanea Commissionis Synodalis in Sinis, Nr. 13, 1940.

M., K.: „Leschono Tauwo!“: Der Verlauf der Feiertage in Hongkew. In: Shanghai Jewish Chronicle, Nr. 264, 02. 10. 1943.

Mattenklott, Gert: Der Reiseführer Arthur Holitscher. Nachwort. In: Holitscher, Arthur: Der Narrenführer durch Paris und London. Frankfurt a. M.: S. Fischer Verlag, 1986.

Melchers, Ursula: Renate und Bill in Schanghai. Köln: Hermann Schaffstein Verlag, 1955.

M-rd: Shanghai im juedischen Schicksal. In: Shanghai Jewish Chronicle, Nr. 208, 05. 08. 1943.

Nohara, W. K. v.: Erwin in Schanghai. Leipzig: Franz Schneider Verlag, 1934.

Nutz, Walter: Trivialliteratur und Popularkultur. Vom Heftromanleser zum Fernsehzuschauer. Eine literatursoziologische Analyse unter Einschluß der Trivialliteratur der DDR. Wiesbaden: Springer Fachmedien, 1999.

Persich, Walter: Die Entscheidung fällt in Shanghai. Leipzig: A. H. Payne Verlag, 1937.

Petzall, H.: Unsere Einstellung zu den Chinesen. In: Die Tribüne, Nr. 2, 3. Februar-Woche 1940.

Peuckmann, Heinrich: Aufbruch in Shanghai oder Geister können nicht um Kurven laufen. München: Tabu Verlag, 1995.

Peuckmann, Heinrich: Rückkehr nach Shanghai. Münster: Aschendorff, 2004.

Pforte, Dietger: Bedingungen und Formen der materiellen und immateriellen Produktion von Heftromanen. In: Rucktäschel, Annamaria & Zimmermann, Hans Dieter (Hrsg.): Trivialliteratur. München: Wilhelm Fink Verlag, 1976.

Popp, Valerie: „Aber hier war alles anders…“: Amerikabilder der deutschsprachigen Exilliteratur nach 1939 in den USA. Würzburg:

Königshausen & Neumann, 2008.

Radowitz, Joseph Maria von: Briefe aus Ostasien. Stuttfart: Deutsche Verlags-Anstalt, 1926.

Reif, Wolfgang: Exotismus im Reisebericht des frühen 20. Jahrhunderts. In: Brenner, Peter J. (Hrsg.): Der Reisebericht. Die Entwicklung einer Gattung in der deutschen Literatur. Frankfurt a. M.: Suhrkamp, 1989.

Rennstich, Karl: Die zwei Symbole des Kreuzes. Handel und Mission in China und Südostasien. Stuttgart: Quell Verlag, 1988.

Romero, Christiane Zehl: Anna Seghers. Mit Selbstzeugnissen und Bilddokumenten. Berlin: Rowohlt Verlag, 1999.

S., A.: Vergesst nicht. In: Shanghai Woche, Nr. 9, 26. 05. 1939.

S., M.: Die Zeitung als Spiegelbild ihrer Zeit. In: Shanghai Jewish Chronicle, 11. 05. 1941.

Schäfer, Ludwig: Die Zeitung in der Emigrantenwirtschaft. In: Shanghai Jewish Chronicle, Nr. 126, 10. 05. 1942.

Scherer, Stefan: Globalisierung in der Zwischenkriegszeit. China im Weltstadtroman des Exils: Vicki Baums Hotel Shanghai. In: Japp, Uwe, Jiang, Aihong (Hrsg.), China in der deutschen Literatur 1827-1988. Frankfurt a. M., 2012.

Schirokauer, Alfred: Schüsse in Shanghai. Berlin: Programm-Bücherei Dr. Bambach & Co. 1932.

Schlenstedt, Dieter: Egon Erwin Kisch. Leben und Werk. Berlin: Das Europäische Buch, 1985.

Schneider, Ronald: Hermann Kinder. In: Kühlman, Wilhelm (Hrsg.): Killy-Literaturlexikon: Autoren und Werke des deutschsprachigen Kulturraumes. Berlin: De Gruyter, 2009.

Schneider, Tobias: Bestseller im Dritten Reich. Ermittlung und Analyse der meistverkauften Romane in Deutschland 1933-1944. In:

Vierteljahrshefte für Zeitgeschichte, Heft 1, 2004.

Schoenstein, Kurt: Fragen des jüdischen Schicksals. In: Shanghai Jewish Chronicle, Nr. 250, 11. 09. 1942.

Schomann, Stefan: Der große gelbe Fisch: Julie und Robert, eine Liebesgeschichte aus China. München: Heyne Verlag, 2009.

Schomann, Stefan: Letzte Zuflucht Schanghai. Die Liebesgeschichte von Robert Reuven Sokal und Julie Chenchu Yang. München: Heyne Verlag, 2008.

Seghers, Anna: Chinas Schlachtgesang. Betrachtungen zum Buch von Agnes Smedley. In: Freies Deutschland, Nr. 8, 07. 1944.

Seghers, Anna: Das chinesische Volk hat den Frieden verdient. In: Neue Zeit, Januar 1952.

Seghers, Anna: Der Bienenstock. Gesammelte Erzählungen in drei Bänden. Berlin: Aufbau-Verlag, 1963.

Seghers, Anna: Die Gefährten. Berlin: Aufbau-Verlag, 1959.

Seghers, Anna: Kleiner Bericht aus meiner Werkstatt. In: Die Linkskurve. 09. 09. 1932.

Seghers, Anna: Verwirklichung. In: Gustav Seitz: Studienblätter aus China. Mit einem Geleitwort von Anna Seghers. Berlin: Aufbau-Verlag, 1953.

Seghers, Anna: Vortrag über chinesische Bauern vor brandenburgischen Bauern. In: Anna Seghers: Frieden der Welt. Ansprachen und Aufsäze 1947–1953. Berlin: Aufbau-Verlag, 1953.

Seifert, Heribert: Ein weises Kind geht durch die Welt. Die Reisen des Arthur Holitscher. In: Neue Deutsche Hefte, 31. 01. 1984.

Seitz, Gustav: Studienblätter aus China. Mit einem Geleitwort von Anna Seghers. Berlin: Aufbau-Verlag, 1953.

Sengle, Friedrich. Die literarische Formenlehre. Stuttgart: J. B.

Metzlersche Verlagsbuchhandlung, 1967.

Seywald, Wilfried: Journalisten im Shanghaier Exil 1939-1949. Salzburg: Wolfgang Neugebauer Verlag, 1987.

Siegel, Christian Ernst: Egon Erwin Kisch, Reportage und politischer Journalismus. Bremen: Carl Schünemann Verlag, 1973.

Storfer, A. J.: 1 Fusstritt = 10 Cents. In: Gelbe Post, Nr. 1, 01. 05. 1939.

Storfer, A. J.: Bedrohte Rattenherrlichkeit. In: Gelbe Post, Nr. 1, 01. 05. 1939.

Storfer, A. J.: Hut ab vor dem Kuli. In: Gelbe Post, Nr. 1, 01. 05. 1939.

Storfer, Z. B. A. J.: Pidgin English. In: Gelbe Post, Nr. 1, 01. 05. 1939.

Strunz, Peter: Shanghai will mich fressen. Verlagshaus Freya, 1939-1941.

Tausig, Franziska: Shanghai Passage. Emigration ins Ghetto. Wien: Milena Verlag, 2007.

Tausig, Franziska: Shanghai Passage. Flucht und Exil einer Wienerin. Wien: Verlag für Gesellschaftskritik, 1987.

Texter: Wie feiert Shanghai Sylvester. In: Shanghai Jewish Chronicle, Nr. 207, 31. 12. 1939.

Thompson, Carl: Travel Writing. London: Routledge, 2011.

Unbekannt: Die gegenwärtige Situation. In: Shanghai Woche, Nr. 9, 26. 05. 1939.

Unbekannt: Geschichte in Shanghais Strassennamen. In: Shanghai Jewish Chronicle, 25. 06. 1942.

Unbekannt: Im Kaffeehaus. In: Shanghai Woche, Nr. 9, 26. 05. 1939.

Unbekannt: Schanghai. In: Shanghai Woche, Nr. 16, 14. 07. 1939.

Unbekannt: Shanghaier Streifbild. In: Shanghai Woche, Nr. 11, 9. 06. 1939.

Varro, Egon: Ankunft. In: Shanghai Woche, Nr. 2, 06. 04. 1939.

Viering, Jürgen: Fin de siècle. In: Fricke, Harald (Hrsg.): Reallexikon der Deutschen Literaturwissenschaft, Neubearbeitung des Reallexikons der deutschen Literaturgeschichte. Bd. 2. Berlin: de Gruyter,2007.

W., Y. S.: Shanghais wirklicher Name. In: Shanghai Jewish Chronicle, Nr. 126, 10. 05. 1942.

Walter, Henrike: Märchen, Mythen und Montage. Ursula Krechels Roman Shanghai fern von wo als Mosaik von Bedeutung. In: Exil. Forschung, Erkenntnisse, Ergebnisse, Nr. 2, 2010.

Walter, Wilhelm P. O.: Das China von heute. Frankfurt a. M.: Societäts-Verlag, 1932.

Weidermann, Volker: Das Buch der verbrannten Bücher. Köln: Kiepenheuer & Witsch, 2008.

Weimar, Klaus (Hrsg.): Reallexikon der deutschen Literaturwissenschaft. Neubearbeitung des Reallexikons der deutschen Literaturgeschichte. Bd. 3. Berlin: de Gruyter, 3. edition, 2007.

Weisz-Czardas: Im Kaffeehaus. In: Shanghai Woche, Nr. 4, 21. 04. 1939.

Wentscher, Dora: Ein Buch der Freundschaft. Dshu Bai-Lan: Das Lied von Hongkong. In: Neue Deutsche Literatur, Heft 11,1960.

Werner, Ruth: Sonjas Rapport. Berlin: Verlag Neues Leben, 1977.

West-Berlin-Stiftung zur Förderung der Kinder- und Jugendbücher (Hrsg): Wir können noch viel zusammen machen - Katalog zur Ausstellung deutschsprachiger Kinderbücher in China. Westberlin: West-Berlin-Stiftung zur Förderung der Kinder- und Jugendbücher, 1989.

Weyergraf, Bernhard: Literatur der Weimarer Republik 1918-1933. München: Deutscher Taschenbuchverlag, 1995.

Windecker, Carl Otto: Abenteuer in Schanghai. Romansammlung: Der 30 Pfennig Roman. Band 158. Berlin: Aufwärts-Verlag, 1939.

Windecker, Carl Otto: Danzig. Gesicht und Geschichte einer deutschen Stadt. Berlin: Schützen-Verlag, 1941.

Wolf, Gerhard: Deutschsprachige Reiseberichte des 14. und 15. Jahrhunderts. In: Achnitz, Wolfgang (Hrsg.): Reiseberichte und Geschichtsdichtung. Bd. 3. Berlin: de Gruyter, 2011.

Xu, Fangfang: Auch Shanghai hat sich verändert. Der Wandel des Shanghai-Bildes in der deutschsprachigen Literatur 1898-1949. Würzburg: Ergon Verlag, 2015.

Yang, Zhidong (Hrsg.): Klara Blum. Kommentierte Auswahledition. Wien: Böhlau Verlag, 2001.

Yang, Zhidong: Klara Blum - Zhu Bailan (1904-1971). Leben und Werk einer österreichisch-chinesischen Schriftstellerin. Frankfurt a. M.: Peter Lang, 1996.

Zimmer, Thomas: Bild und Rolle Shanghais in der Literatur des 20. Jahrhunderts. Teil 1: Späte Kaiserzeit und Republikzeit. In: minima sinica. Zeitschrift zum chinesischen Geist, Nr.1, 2007.